中国古典诗词校注评丛书

杜甫诗全集 【汇校汇注汇评】

下

闵泽平　校注

长江出版传媒｜崇文书局

中　夜

中夜江山静,危楼望北辰。长为万里客,有愧百年身。故国风云气,高堂战伐尘。胡雏负恩泽,嗟尔太平人①。

【题解】

午夜伫立高楼,远眺京城,江国静寂。长年漂泊,客居万里之外;一事无成,愧对百年有为之身。长安依然风云激荡,华屋饱受战尘侵扰。安禄山辜负恩泽,可怜那些太平之人深受其害。

【注释】

①《新唐书·张九龄传》:"安禄山初以范阳偏校入奏,气骄蹇,九龄谓裴光庭曰:'乱幽州者,此胡雏也。'"

【汇评】

仇兆鳌《杜诗详注》卷一七:此客夔而伤乱离也。在四句分截。望北辰,思长安也;万里一身,危楼所感;故国高堂,北望之意;风云气,变易无常;战伐尘,屡经残破;负恩泽,追恨禄山。盖自天宝初,而祸绵不息,致不能为太平之人也。

边连宝《杜律启蒙》五言卷六:望北辰,望长安也。下皆望中所感。三、四,感止一身。五、六,感及两京。七、八,感及天下。故国,兼两京言。高堂,指两京之富贵者。风云气,变易无常也。战伐尘,屡经残破也。胡雏,指禄山。盖自禄山负恩以来,兵连祸结,十余年不休。向之享太平者,皆遭涂炭矣,故呼而嗟叹之也。

杨伦《杜诗镜铨》卷一四引李因笃曰:极悲壮语,而以朴淡写之,则悲壮在神情,不在字面。

遣 愁

养拙蓬为户,茫茫何所开①。江通神女馆,地隔望乡台。渐惜容颜老,无由弟妹来。兵戈与人事,回首一悲哀。

【题解】

此诗当是大历元年在夔州作,仇注编入成都诗内。本想隐居蓬户以养拙自守,但四顾茫然,何处可去,何地可依。顺江而下为巫山神女庙,逆流而上是成都望乡台,而我欲去不能,欲留不甘。日渐衰老,与弟弟妹妹相见愈难。饱经战乱,骨肉分离,回首往事,悲哀难抑。

【注释】

①潘岳《闲居赋》:"仰众妙而绝思,终优游以养拙。"

【汇评】

仇兆鳌《杜诗详注》卷九:通首皆言愁绪,欲借诗以遣之。江可通而地犹隔,叹不能往夔也。兵戈阻则弟妹难来,人事塞则容颜易老,故不胜悲哀。

边连宝《杜律启蒙》五言卷六:神女馆,在巫山。时客夔,故江可通。望乡台,在成都。时去蜀,故地已隔,并望乡亦不能。已起下联矣。衰老而兼别离,所谓"人事"也。然皆以兵戈之故,故不禁回首悲哀耳。

九日诸人集于林①

九日明朝是,相要旧俗非。老翁难早出,贤客幸知归。旧采黄花剩,新梳白发微。漫看年少乐,忍泪已沾衣。

【题解】

明天就是九月九日重阳节,按照旧日风俗,众人不能提前相邀明日共同登山。何况你们会早出晚归,而我年老体弱,跟不上你们的步伐。往日我也会采集大把菊花,现在连白发都已落尽,无处簪花。看到年轻人兴致勃勃,我的眼泪无法忍住,打湿了衣裳。

【注释】

①九日:一作"日高"或"登高"。

【汇评】

黄生《杜工部诗说》卷七:因吴郎来订明日之约,公不欲赴,故作此诗,止以老翁难与少年同乐为辞,其实寓意在"旧俗非"三字。观"旧日重阳日""旧与苏司业""故里樊川菊"等作,皆忆往时京师九日之事,此诗之旨自见。第此会吴郎为主,故不尽所欲言。贤客多先赴,老翁却难早出;老翁欲先归,贤客幸亦知归。二语交互见意。客中九日,地非其地,人非其人,老翁常欲晚出早归,已令同会憎厌,况屡见黄花,羞簪短发,暮年情绪,当乐反悲。明日漫看年少乐,即今忍泪已沾衣矣,其能强同此席耶。三、四意犹在欲去不去之间,后半云云,则决意不赴已在言外。

返　照

　　楚王宫北正黄昏,白帝城西过雨痕。返照入江翻石壁,归云拥树失山村。衰年病肺惟高枕,绝塞愁时早闭门。不可久留豺虎乱,南方实有未招魂①。

【题解】

　　日落苍黄,楚王宫北迷茫朦胧,白帝城西雨后乍晴。江面斜晖脉脉,石壁倒影荡漾。归云缓慢簇拥于树林,山村小径渐渐消失于雾霭。我年迈衰老,身患肺病,唯有高枕而卧;处在僻远之地,即使满腹愁闷也无可奈何,只得闭门安歇。群盗恣肆纵横,暴虐如豺虎,此地亦不可久留,当早日北归。

【注释】

①《楚辞·招魂》曰:"魂兮归来,南方不可以止些。……魂兮归来,反

故居些。"

【汇评】

黄生《杜工部诗说》卷八：此亦诗成而后命题者，非专咏返照也。与《野老》作调不同而格同。前半景是诗中画，后半情是纸上泪也。视"白帝城中"则较胜一筹。以起属正声，后半气力雄厚，又远过之耳。"南方"字暗挽起处地名。年老、多病、感时、思归，集中不出此四意。横说竖说，反说正说，无不曲尽其情。此诗四项俱见，至结语云云，尤足凄神戛魄也。

仇兆鳌《杜诗详注》卷一五：上四，雨后晚晴之景。下四，衰病乱离之感。雨痕初过，故日照江而石壁之影摇动。黄昏乍暝，故云拥树而山村之路遮迷。此时方欲高枕闭门，乃思及豺虎为乱，则兹地不堪久留矣。但恐惊散之旅魂，未必能招之北归耳。愁时指乱，招魂自谓。

吹　笛

　　吹笛秋山风月清，谁家巧作断肠声。风飘律吕相和切，月傍关山几处明。胡骑中宵堪北走，武陵一曲想南征①。故园杨柳今摇落，何得愁中却尽生②。

【题解】

　　秋山空寂，月白风清，突然一阵悠扬的笛声从远处飘来，引发了别离之情、乡土之思。身处乱世，羁留他地，不禁想起了刘琨吹奏胡笳退敌、马援南征创作笛曲的旧事。故乡的杨柳如今应该凋落了吧？在《折杨柳》的断肠声中，如何才能使它再生呢？

【注释】

　　①《艺文类聚》卷四四引《世说》："刘越石为胡骑所围数重，城中窘迫无计。刘始夕乘月，登楼清啸，胡贼闻之，皆凄然长叹；中夜吹奏胡笳，贼皆流涕，人有怀土之切；向晓又吹，贼并围奔走。"又《晋书·刘隗传》载："（刘隗子刘畴）曾避乱坞壁，贾胡百数欲害之，畴无惧色，援笛而吹之，为《出塞》

《入塞》之声,以动其游客之思,于是群胡皆垂泣而去之。"崔豹《古今注》卷中:"《武溪深》,乃马援南征之所作也。援门生爰寄生,善吹笛,援作歌以和之,名曰《武溪深》。"

②摇:一作"摧"。却:原作"曲",据他本改。

【汇评】

唐汝询《唐诗解》卷四二:此言闻笛于风月清朗之夜,既足断肠,况风能使律吕相和,月则起关山之感,是能助其声之悲也。以此悲声而使胡骑闻之,定应北走,因听武陵之曲而想马援南征,情亦难堪矣。于是念切乡关,就笛曲而翻用之。言故园杨柳方已摇落,今何由而顿生耶?岂不令人添愁耶?

仇兆鳌《杜诗详注》卷一七:此闻笛而有感也。上四摹景,下四写情。细疏之,三、四分顶"风月清",五、六引证"断肠声",末乃乡关之思,从笛声感触者。

《唐宋诗醇》卷一八:吞吐含芳,安详合度,极顿挫之妙而高雅绝人。明人何景明七律全本此种,千载而下固有合续弦胶者也。

秋日寄题郑监湖上亭三首①

其一

碧草违春意,沅湘万里秋②。池要山简马,月净庾公楼③。
磨灭余篇翰,平生一钓舟。高唐寒浪减,仿佛识昭丘④。

【题解】

时值秋日,位于荆楚的湖上亭,虽不再为萋萋芳草所环绕,也当别有一番景致,想必你会如山简、庾亮那样,酣饮醉歌,登览吟咏。而我浪迹江湖,无所作为,唯以赋诗作文消磨时日。等到峡中风浪稍渐,我或许会出峡东下。

①郑监:秘书监郑审,著作郎郑虔之侄。湖上亭:在江陵(今属湖北荆州)。

②违:一作"逢"。

③净:一作"静"。庾公楼:庾亮楼,故址在今湖北鄂州古楼街北段。《世说新语·容止》:"庾太尉(亮)在武昌,秋夜气佳景清,使吏殷浩、王胡之之徒登南楼理咏。音调始遒,闻函道中有屐声甚厉,定是庾公。俄而率左右十许人步来,诸贤欲起避之。公徐云:'诸君少住,老子于此处兴复不浅。'因便据胡床,与诸人咏谑,竟坐,甚得任乐。"

④减:一作"灭"。昭丘:楚昭王墓,在湖北当阳东南。

【汇评】

仇兆鳌《杜诗详注》卷二○:首章,想秋日湖亭之胜,故题诗而神往也。上四景,下四情。草非春意,则楚地皆秋矣。山池切湖,庾楼切亭,用事工贴。篇翰犹存,能寄题也。钓舟素具,将往游也。

边连宝《杜律启蒙》五言卷九:违春,记时;沅湘,记地。池切湖,楼切亭,山、庾比郑监。磨灭之久,唯余篇翰可以赋湖景;平生所有,仅一钓舟可以乘游兴也。浪减而如见昭丘,盖已神往湖亭也。

其二

新作湖边宅,还闻宾客过。自须开竹径,谁道避云萝。官序潘生拙,才名贾傅多①。舍舟应转地,邻接意如何②。

【题解】

你在湖边营建新宅,并不是为了托居云萝而避世,所以当开竹径以待佳客。何况你声名远播,前来拜访的朋友自然络绎不绝。你才华杰出而拙于为官,使我想起了久难迁升的潘岳与谪居长沙的贾谊。如果我现在舍舟登岸,前来江陵与你为邻,不知意下如何?

【注释】

①潘岳《闲居赋序》:"自弱冠涉乎知命之年,八徙官而一进阶,再免,一

除名,一不拜职,迁者三而已矣。虽通塞有遇,抑亦拙者之效也。"贾傅:曾任长沙王太傅之贾谊。傅,一作"谊"。

②转:一作"卜"。

【汇评】

仇兆鳌《杜诗详注》卷二〇:次章,从湖亭说入郑监,欲往与之居也。作宅之后,过客来游,应开竹径以迎宾,岂托云萝以避俗。曰还闻,曰自须,曰谁道,俱属寄题语。官拙才多,言能淡荣名而尚风雅,故宾客喜过而己愿为邻。意何如,问之也。

边连宝《杜律启蒙》五言卷九:上四见郑之广交而爱客,五、六见郑之淡于仕宦而夙具才名,总见可以卜邻意。

其三

暂阻蓬莱阁,终为江海人①。挥金应物理,拖玉岂吾身②。羹煮秋莼滑,杯迎露菊新③。赋诗分气象,佳句莫频频。

【题解】

你生来就是江湖散淡之人,为官秘书省只是暂时寄居而已。你率性而为,视钱财为身外之物,以富贵为身外之事,日日逍遥于湖上亭,食莼饮菊,遗落世事。在这样的环境下赋诗,自然佳句频频,希望能让我与你共享这美景。

【注释】

①阻:一作"住"。蓬莱阁:指秘书省。

②《汉书·疏广传》:"(疏)广既归乡里,日令家共具设酒食,请族人故旧宾客,与相娱乐。数问其家金余尚有几所,趣卖以共具。"拖玉:襟下垂带玉佩。潘岳《西征赋》:"飞翠绥,拖鸣玉,以出入禁门者众矣。"

③滑:一作"弱"。迎:一作"凝"。

【汇评】

仇兆鳌《杜诗详注》卷二〇:三章,从郑监说归湖亭,欲重题其胜也。昔蓬阁而今江海,可见郑之达识。挥金乃物理应然,则江海正可行乐,拖玉于吾身无预,则蓬阁不必久居矣。苑菊,想湖亭食品。赋诗,拟到后题诗。

边连宝《杜律启蒙》五言卷九:暂仕而终隐,不治生产,不耐拘束,此二人之志趣所同者。

石闾居士《藏云山房杜律详解》五律卷五:诗共三章,一层实一层,一层深一层,直使三章连成一首,其妙处实在于此。

八哀诗 并序

伤时盗贼未息,兴起王公、李公,叹旧怀贤,终于张相国。八公前后存殁,遂不铨次焉。

赠司空王公思礼[1]

司空出东夷,童稚刷劲翮。追随燕蓟儿,颖锐物不隔[2]。服事哥舒翰,意无流沙碛[3]。未甚拔行间,犬戎大充斥。短小精悍姿,屹然强寇敌。贯穿百万众,出入由咫尺。马鞍悬将首,甲外控鸣镝。洗剑青海水,刻铭天山石。九曲非外藩,其王转深壁[4]。飞兔不近驾,鸷鸟资远击[5]。晓达兵家流,饱闻春秋癖[6]。胸襟日沉静,肃肃自有适。潼关初溃散,万乘犹辟易。偏裨无所施,元帅见手格[7]。太子入朔方,至尊狩梁益。胡马缠伊洛,中原气甚逆。肃宗登宝位,塞望势敦迫。公时徒步至,请罪将厚责。际会清河公,间道传玉册[8]。天王拜跪毕,说议果冰释。翠华卷飞雪,熊虎亘阡陌[9]。屯兵凤凰山,帐殿泾渭辟。金城贼咽喉,诏镇雄所搤[10]。禁暴清无双,爽气春淅沥[11]。巷有从公歌,野多青青麦[12]。及夫哭庙后,复领太原役[13]。恐惧禄位高,怅望王土窄。不得见清时,鸣呼就窀穸[14]。永系五湖舟,悲甚田横客[15]。千秋汾晋间,事与云水白。

昔观文苑传,岂述廉蔺绩⑯。嗟嗟邓大夫,士卒终倒戟⑰。

【题解】

与《七哀诗》不同的是,《八哀诗》意在为人物立传。"《七哀诗》起曹子建,其次则王仲宣、张孟阳也。释诗者谓病而哀,义而哀,感而哀,悲而哀,耳目闻见而哀,口叹而哀,鼻酸而哀,谓一事而七者具也。子建之《七哀》,哀在于独栖之思妇;仲宣之《七哀》,哀在于弃子之妇人;张孟阳之《七哀》,哀在于已毁之园寝。……老杜之《八哀》,则所哀者八人也。"(葛立方《韵语阳秋》卷四)立传的宗旨,则是伤时怀贤。"此八公传也,而以韵语纪之,乃老杜创格。盖法《诗》之《颂》,而称为诗史,不虚耳。王、李名将,因盗贼未息,故兴起二公,此为国家哀之者。继以严武、汝阳、李、苏、郑,皆素交,则叹旧。九龄名相,则怀贤。序简而该,亦非今人所及。"(王嗣奭《杜臆》卷七)其一为王思礼功名未就而哀。首四句,叙其出生东北,自小习武,转战幽州、蓟北,脱颖而出。以下二十句,记述王思礼追随王忠嗣、哥舒翰征战河西、西域,抵御吐蕃,洗剑青海之水,铭文记功于天山之石,收复九曲黄河之地,纵横披靡,巍然屹立。"晓达兵家流"四句,赞扬他文武兼备,沉稳庄重。"潼关初溃散"以下十六句,叙述潼关之败,身为副将的王思礼无力回天,徒步奔赴肃宗之行在,获得宽宥。"翠华卷飞雪"以下十句,写王思礼奉命扼守金城,带兵严明。"及夫哭庙后"直至诗末,写长安收复后,王思礼受命镇守太原,恪尽职守,赍志而没,接任者是位文人,为倒戈的士兵杀死。

【注释】

①王思礼,唐营州(今辽宁朝阳)高丽人,朔方军将王虔威之子。少习军事,累官河东节度使,封霍国公。上元元年升任司空,二年病卒,赠太尉。

②燕:一作"幽"。锐:一作"脱"。

③《旧唐书·王思礼传》:"思礼少习戎旅,随节度使王忠嗣至河西,与哥舒翰对为押衙。及翰为陇右节度使,思礼与中郎周泌为翰押衙。"

④九曲:今青海化隆回族自治县一带。《新唐书·玄宗纪》:"(十三载)三月,陇右、河西节度使哥舒翰败吐蕃,复河源九曲。"

⑤《吕氏春秋·离俗》:"飞兔、要褭,古之骏马也。"

⑥《晋书·杜预传》载,杜预为征南将军,武帝问预:"卿有何癖?"对曰:"臣有《左传》癖。"《左传》,即《春秋左氏传》。

⑦手格:指哥舒翰被擒。《旧唐书·王思礼传》载,哥舒翰任太子先锋兵马元帅而守潼关,王思礼为元帅府马军都将。天宝十五载六月,哥舒翰被俘,潼关失守,王思礼奔赴行在。肃宗责不坚守,将斩之。会房琯自蜀奉上皇册命至,谏以为可收后效,遂见赦。

⑧清河公:清河郡公房琯。玉册:册立肃宗的诏书。诗句原有注:"清河公,房太尉也。"

⑨卷飞雪:一作"飞雪中"。

⑩金城:县名,今陕西兴平。《新唐书·王思礼传》:"(王思礼)更为关内行营节度、河西陇右伊西行营兵马使,守武功。贼安守忠来战,思礼退保扶风。"

⑪清:一作"靖"或"静"。

⑫《诗·鲁颂·泮水》:"无小无大,从公于迈。"又《后汉书·五行志》载桓帝时童谣:"小麦青青大麦枯,谁当获者妇与姑,丈夫何在西击胡。"

⑬哭庙:至德二载,长安收复后,唐肃宗哭拜宗庙。

⑭窀穸:墓穴。

⑮崔豹《古今注·音乐三》:"《薤露》《蒿里》,并丧歌也,出田横门人。横自杀,门人伤之,为作悲歌。"

⑯廉蔺绩:一作"廉颇迹"。

⑰嗟嗟:一作"诺诺"。邓大夫:邓景山。《旧唐书·邓景山传》载,王思礼卒后,以管崇嗣代为太原尹。数月,召邓景山代崇嗣。景山以文吏见称,至太原检覆军吏隐没者,统驭失所,军众愤怨,遂杀景山。

【汇评】

浦起龙《读杜心解》卷一之五:此篇四句起,四句结。中间凡三次叙功,各入赞语作收束。段落虽有长短,章法却极谨严。

江浩然《杜诗集说》卷一四引查慎行曰:是一篇列传也,诗史之称以此。从童稚以及身后,其人品才力具见矣。潼关之败,曲为周旋;清河一笔,用意深婉。以"不得见清时"为惜,而以邓大夫反衬,见才力之雄。

故司徒李公光弼

司徒天宝末,北收晋阳甲①。胡骑攻吾城,愁寂意不惬。人安若泰山,蓟北断右胁。朔方气乃苏,黎首见帝业②。二宫泣西郊,九庙起颓压③。未散河阳卒,思明伪臣妾。复自碣石来,火焚乾坤猎。高视笑禄山,公又大献捷④。异王册崇勋,小敌信所怯⑤。拥兵镇河汴,千里初妥帖。青蝇纷营营,风雨秋一叶⑥。内省未入朝,死泪终映睫。大屋去高栋,长城扫遗堞⑦。平生白羽扇,零落蛟龙匣⑧。雅望与英姿,恻怆槐里接⑨。三军晦光彩,烈士痛稠叠。直笔在史臣,将来洗箱箧⑩。吾思哭孤冢,南纪阻归楫。扶颠永萧条,未济失利涉。疲苶竟何人,洒涕巴东峡⑪。

【题解】

此首哀李光弼以匡扶大功而忧谗饮恨,受谤未明。起首八句,称颂李光弼在安史之乱中固守太原,使朝廷有了缓和的空间,肃宗得以兴起于灵武。以下八句,写两京收复后,史思明假降而复叛,为李光弼打败。"异王册崇勋"以下八句,写李光弼因功封王,镇守汴河,固若金汤,却因畏祸而不敢入朝,忧愤陨落。"大屋去高栋"八句,写李光弼如栋梁、如城堞,支撑护卫着大唐,他的零落令三军将士痛心。最后八句,写李光弼功烈昭著天地,必将流芳百世,诗人身滞峡中,不能临冢悲哭。

【注释】

①晋阳:县名,今属山西太原。《公羊传·定公十三年》:"晋赵鞅,取晋阳之甲,以逐荀寅与士吉射。"

②《旧唐书·李光弼传》载,郭子仪为朔方节度,荐光弼为云中太守,充河东节度副使。潼关失守,授户部尚书,兼太原尹、北京留守。至德二载,史思明等四伪帅率众十余万攻太原,拒守五十余日,伺其怠,出击,大破之,斩首七万余级。加检校司徒,寻迁司空。乃:一作"多"。

③二宫:唐玄宗与唐肃宗。《资治通鉴·唐纪三十六》载,肃宗至德二载十二月,唐玄宗由蜀归京,至咸阳,肃宗备法驾迎于望贤宫,两帝相见,呜咽不自胜。九庙:帝王的祖庙。《礼记·王制》:"天子七庙,三昭三穆,与太祖之庙而七。"王莽始增建黄帝太初祖庙和帝虞始祖昭庙,计九庙。

④《旧唐书·李光弼传》载,史思明来援安庆绪,李光弼拒战尤力。史思明即伪位,纵兵河南,李光弼代郭子仪为朔方节度、天下兵马副元帅,与史思明战中潭西,大破之。又收怀州,擒安太清等,献俘太庙。大献捷:一作"献大捷"。

⑤《旧唐书·李光弼传》载,乾元二年,光弼进封临淮郡王。《后汉书·光武帝纪》:"刘将军平生见小敌怯,今见大敌勇,甚可怪也。"

⑥《诗·小雅·青蝇》:"营营青蝇,止于樊。岂弟君子,无信谗言。"纷:一作"徒"。秋一叶:李光弼亡故于广德二年七月。《新唐书·李光弼传》载,相州、北邙之败,鱼朝恩羞其策谬,深忌李光弼,程元振尤嫉之。及来瑱为元振谮死,李光弼愈恐。吐蕃寇京师,代宗诏入援,李光弼畏祸,迁延不敢行。广德二年七月,薨于徐州,年五十七,赠太保,谥武穆。

⑦《宋书·檀道济传》:"道济见收,脱帻投地曰:'乃复坏汝万里之长城。'"

⑧《北堂书钞》卷一一八引裴启《语林》:"(诸葛武侯)秉素舆,持白羽扇,指麾三军。"

⑨与:一作"叹"。恻:一作"凄"。槐里:县名,西汉置,唐至德二载改兴平县,在今陕西兴平东南。

⑩箱:一作"筐"。

⑪涕:一作"泪"。

【汇评】

浦起龙《读杜心解》卷一之五:此篇凡三段,前实叙,后虚写。首段叙功业,总撮其大者,守太原而灵武得以兴帝业,捷河南而思明不敢犯京师,此司徒生平大有造于王室者也。事绪繁多,而检举扼要,最有断制。中八句,叙其勋爵崇高,而卒以谗死。妙在抑扬其词,言小挫虽若怯懦,而重镇赖以宁谧,何谗人罔极如此也。后段都在身后着笔,惜倚重而述追感,与前幅勋功呼应。望"直笔"以"洗筐箧",与中幅被谗呼应。末乃致其哀思,言国患未宁，重臣已往，但余"疲苶"，何堪匡济。序所谓"伤时盗贼未息，兴起二公"，此物此志也。

刘濬《杜诗集评》卷三引李因笃曰：回护处妙有阳秋，如昌黎作柳州志铭，正是推崇，非涉隐刺也。诗之高雅，足为人生色，又不必言。

又引吴农祥曰：全首精紧。未入朝，司徒一生恨事也。故特笔涮洗之至。其战功，极力描画，却用一二语概括之，真大落墨也。

赠左仆射郑国公严公武

郑公瑚琏器，华岳金天晶。昔在童子日，已闻老成名。嶷然大贤后，复见秀骨清。开口取将相，小心事友生。阅书百纸尽，落笔四座惊①。历职匪父任，嫉邪常力争。汉仪尚整肃，胡骑忽纵横。飞传自河陇，逢人问公卿。不知万乘出，雪涕风悲鸣。受词剑阁道，谒帝萧关城②。寂寞云台仗，飘飖沙塞旌。江山少使者，笳鼓凝皇情。壮士血相视，忠臣气不平③。密论贞观体，挥发岐阳征。感激动四极，联翩收二京。西郊牛酒再，原庙丹青明。匡汲俄宠辱，卫霍竟哀荣④。四登会府地，三掌华阳兵⑤。京兆空柳色，尚书无履声⑥。群乌自朝夕，白马休横行⑦。诸葛蜀人爱，文翁儒化成。公来雪山重，公去雪山轻。记室得何逊，韬钤延子荆⑧。四郊失壁垒，虚馆开逢迎。堂上指图画，军中吹玉笙。岂无成都酒，忧国只细倾。时观锦水钓，问俗终相并。意待犬戎灭，人藏红粟盈。以兹报主愿，庶或裨世程⑨。炯炯一心在，沉沉二竖婴⑩。颜回竟短折，贾谊徒忠贞。飞旐出江汉，孤舟转荆衡。虚横马融笛，怅望龙骧茔⑪。空余老宾客，身上愧簪缨。

【题解】

此首哀严武未能尽展其才华。首十二句，综述严武的才品气度，他少年老成,早立大志,文采出众,不籍门荫,嫉恶敢言。次十二句,记安史之乱后,他追至剑阁,又受命赴灵武辅佐肃宗。"壮士血相视"八句,记严武出谋划策,协助肃宗收复两京。"匡汲俄宠辱"八句,概述严武四次镇守重地,三度手握雄兵,入朝多有谏诤。"诸葛蜀人爱"十四句,重点描述严武安抚蜀中,征辟贤士,留心民瘼。最后十四句,写严武壮志未遂,病逝蜀中,丧返华阴,曾为幕僚的诗人,怅恨无穷。

【注释】

①纸:一作"氏"。

②萧关:在今宁夏固原东南。《新唐书·严武传》载,武从玄宗入蜀,擢谏议大夫。至德初,赴肃宗行在,房琯荐为给事中。

③视:一作"见"。不:一作"未"。

④匡:匡衡。《汉书·匡衡传》载,建昭三年,代韦玄成为丞相,封乐安侯。后有司奏衡专地盗土,竟坐免。汲:汲黯。《汉书·汲黯传》载,召为中大夫,以数切谏,不得久留内,为东海太守。《新唐书·严武传》载,已收长安,严武拜京兆少尹。坐房琯事,贬巴州刺史。久之,迁东川节度使,擢成都尹、剑南节度使。还京,拜京兆尹,封郑国公,迁黄门侍郎。求宰相不遂,复节度剑南,破吐蕃七万众于当狗城,遂收盐川,加检校吏部尚书。

⑤会府:都会之地,如京兆府、河南府、成都府等。华阳:指巴蜀。

⑥色:一作"市"。《汉书·张敞传》载,敞为京兆尹时,罢朝会,过走马章台街。章台街多柳。《汉书·郑崇传》载,汉哀帝时,尚书郑崇,常曳革履谏争。帝曰:"我识郑尚书履声。"

⑦《汉书·朱博传》载,御史府中列柏树,常有野乌数千栖集其上,晨去暮来,号曰朝夕乌。《后汉书·张湛传》载,张湛为光禄勋,光武临朝,或有惰容,湛辄陈谏其失。常乘白马,光武每见湛,辄曰:"白马生且复谏矣。"

⑧《梁书·何逊传》载,何逊为建安王记室,王爱文学之士,日与游宴。韬钤:太公兵法有《玄女六韬》及《玉钤篇》。《晋书·孙楚传》载,孙楚字子荆,年四十余,始参石苞骠骑军事。

⑨或:一作"获"。

⑩《左传·成公十年》:"公疾病,求医于秦,秦伯使医缓为之。未至,公

梦疾为二竖子,曰:'彼,良医也,惧伤我,焉逃之?'其一曰:'居肓之上,膏之下,若我何?'医至,曰:'疾不可为也,在肓之上,膏之下。攻之不可,达之不及,药不至焉,不可为也。'"

⑪横:原作"无",一作"为"。《后汉书·马融传》载,马融精术数,好音律,尤耽于笛,及卒,客有吊者,诣灵横笛。《晋书·王濬传》载,武帝因谣言,拜濬为龙骧将军、监梁益诸军事。伐吴有功。太康六年卒,葬柏谷山。大营茔域,葬垣周四十五里。

【汇评】

浦起龙《读杜心解》卷一之五:此篇以下,皆叹旧之作。严公一生事业,惟镇蜀为大。诗先举履历始终,撮叙梗概,然后用追叙法,详写在蜀之事及相知哀感之情,制局又变化有法。起十二,以才质官阶作冒。"汉仪"一段,叙扈从两宫,带述收京事,收京事于严无甚关会,但以"密论""发挥"等句,与给事官职相映带,此文家排场处。"匡汲"八句,为中腰枢纽,将仕宦存殁之概总挈一处,所谓率然之势,击中而首尾俱应者。此处看法纪律。"诸葛"一段,追述镇蜀功名,而悲其心事之未酬也。"失壁垒"顶"公来""公去","开逢迎"顶"记室""韬钤",而意已引到自身。"堂上"以下,推明其忧国报主心事,俱从历历亲见处写。末六句,以哀意作结,语极凄怆。严系知己中第一人,自尔情至。

杨伦《杜诗镜铨》卷一四:武于镇蜀外无事业可表见,故升沉始终,只用数语撮叙梗概,极见剪裁断制。

赠太子太师汝阳郡王琎①

汝阳让帝子,眉宇真天人②。虬须似太宗,色映塞外春③。往者开元中,主恩视遇频。出入独非时,礼异见群臣④。爱其谨洁极,倍此骨肉亲。从容听朝后,或在风雪晨。忽思格猛兽,苑囿腾清尘。羽旗动若一,万马肃驌駷⑤。诏王来射雁,拜命已挺身。箭出飞鞚内,上又回翠麟⑥。翻然紫塞翮,下拂明月轮。胡人虽获多,天笑不为新。王每中一物,手自与金银。袖中谏猎书，扣马久上陈⑦。竟无衔橛虞，圣聪矧多仁⑧。官免供给费，水有在藻鳞⑨。匪惟帝老大，皆是王忠勤。晚年务置醴，门引申白宾⑩。道大容无能，永怀侍芳茵。好学尚贞烈，义形必沾巾⑪。挥翰绮绣扬，篇什若有神。川广不可泝，墓久狐兔邻。宛彼汉中郡，文雅见天伦⑫。何以开我悲，泛舟俱远津⑬。温温昔风味，少壮已书绅⑭。旧游易磨灭，衰谢增酸辛⑮。

【题解】

此首哀汝阳郡王李琎德才兼备而早逝。首十句记李琎品貌不凡，深受玄宗皇帝恩遇器重。次二十四句，记唐玄宗射猎，李琎陪猎而及时进谏。"晚年务置醴"八句，描述李琎虚怀好学，笔下有神。"川广不可泝"至篇末，写诗人至蜀中以后，曾谒见其弟汉中王李瑀，如今年老，抚今思昔，无限酸辛。

【注释】

①诗题"琎"原为小字题注，据他本改。

②《旧唐书·睿宗诸子传》载，让皇帝宪，本名成器，睿宗立为皇太子，以玄宗有讨平韦氏功，恳让储位，封宁王，薨，谥让皇帝。

③须：一作"髯"。塞外：一作"寒夜"。

④《太平广记》卷二〇五引《羯鼓录》："汝阳王琎，宁王长子也。姿容妍美，秀出藩邸，玄宗特钟爱焉，自传授之。又以其聪悟敏慧，妙达其旨，每随游幸，顷刻不舍。"

⑤《诗·小雅·皇皇者华》："駪駪征夫。"毛传："駪駪，众多之貌。"

⑥又：一作"入"。

⑦《史记·司马相如列传》："常从上至长杨猎，是时天子方好自击熊罴，驰逐野兽，相如上疏谏之。"

⑧司马相如《上书谏猎》："且夫清道而后行，中路而驰，犹时有衔橛之变。"聪：一作"慈"。

⑨《诗·小雅·鱼藻》:"鱼在在藻,有颁其首。王在在镐,岂乐饮酒。"

⑩《汉书·楚元王传》:"元王敬礼申公等,穆生不耆(嗜)酒,元王每置酒,常为设醴。"

⑪贞:原作"正",当为避宋讳,据他本改。

⑫郡:一作"王"。诗句原有注:"王弟汉中王瑀。"

⑬开:一作"慰"。

⑭《诗·小雅·小宛》:"温温恭人,如集于木。"毛传:"温温,和柔貌。"《论语·卫灵公》:"子张书诸绅。"何晏注引孔(安国)曰:"绅,大带。"

⑮增:一作"多"。

【汇评】

仇兆鳌《杜诗详注》卷一六:前赠汝阳王,本排律也,故叙次庄严。此哀汝阳王,乃古诗也,故纪述错综。前拈"夙德升"为全诗之纲,于奇毛赐鹰,只一语轻点;此拈"谨洁极"为通篇之眼,将诏王射雁,用三段详叙。如《史记·淮阴侯传》多入蒯通语,《司马相如传》备载文君事,皆以旁出见奇,方是善于写生者。

杨伦《杜诗镜铨》卷一四:汝阳事迹独少,前只借射猎一事写其游从亲昵,并能怀忠纳诲。后叙交情处,带及其肝胆文学。结到"哀"字,并及其弟,章法最为简直易明。

赠秘书监江夏李公邕

长啸宇宙间,高才日陵替。古人不可见,前辈复谁继。忆昔李公存,词林有根柢。声华当健笔,洒落富清制。风流散金石,追琢山岳锐。情穷造化理,学贯天人际。干谒走其门,碑版照四裔①。各满深望还,森然起凡例。萧萧白杨路,洞彻宝珠惠②。龙宫塔庙涌,浩劫浮云卫③。宗儒俎豆事,故吏去思计。昒睐已皆虚,跋涉曾不泥。向来映当时,岂独劝后世④。丰屋珊瑚钩,麒麟织成罽⑤。紫骝随剑几,义取无虚岁。分宅脱骖间,感激怀未济⑥。众归赒给美,摆落多藏秽⑦。

独步四十年,风听九皋唳。呜呼江夏姿,竟掩宣尼袂⑧。往者武后朝,引用多宠嬖。否臧太常议,面折二张势⑨。衰俗凛生风,排荡秋旻霁。忠正负冤恨,宫阙深旒缀。放逐早联翩,低垂困炎疠⑩。日斜鹏鸟入,魂断苍梧帝。荣枯走不暇,星驾无安税⑪。几分汉廷竹,夙拥文侯篲⑫。终悲洛阳狱,事近小臣敝⑬。祸阶初负谤,易力何深哗。伊昔临淄亭,酒酣托末契。重叙东都别,朝阴改轩砌。论文到崔苏,指尽流水逝⑭。近伏盈川雄,未甘特进丽⑮。是非张相国,相扼一危脆⑯。争名古岂然,关键欻不闭⑰。例及吾家诗,旷怀扫氛翳。慷慨嗣真作,咨嗟玉山桂⑱。钟律俨高悬,鲲鲸喷迢遰。坡陀青州血,芜没汶阳瘗。哀赠竟萧条,恩波延揭厉⑲。子孙存如线,旧客舟凝滞。君臣尚论兵,将帅接燕蓟。朗咏六公篇,忧来豁蒙蔽⑳。

【题解】

此首哀李邕为天下所重,却遭谮而死。茫茫宇宙之间,人才日益零落凋谢,李邕逝去之后,不知有谁能继之而起?回想当年李邕在世的时候,他学究天人,根柢深厚,文笔洒脱流畅,碑刻制作巍峨高大,前来拜求、观摩之人络绎不绝。他所撰写的碑版文字严整有序,如同宝珠照彻了墓道。道观、寺庙、儒者以及离任的官员,也纷纷前来邀请他撰写碑文。他虽然收取了众多的润笔费,但却心怀高旷,好施济困,人多感激。李邕独步文坛四十年,连天子也为之震动,可惜遭逢不偶,怀才不遇。武则天当政时期,他立朝有节,磊落敢言。嗣后一次次遭受放逐,奔走不暇,几无安稳之日。出任太守之时,李邕广揽宾客,礼贤下士,不料最终蒙冤而卒。我与李邕初遇于洛阳,再会于山东历下亭。当日我们曾谈及以往的文人,包括崔融、苏味道、杨炯、李峤、张说等,李邕对我的祖父杜审言评价甚高。李邕被杖死在青州,埋葬于汶水之北的荒草中,他的子孙微弱,旧交远游,也无人为之昭雪。如今天下依然骚动不安,河北藩镇强横跋扈,朗诵李邕所作的《六公诗》,不禁为他的豪气所激发。

【注释】

①《旧唐书·李邕传》:"邕早擅才名,尤长碑颂,虽贬职在外,中朝衣冠及天下寺观,多赍持金帛,往求其文。"

②洞彻:一作"涸辙"。《宣室志》卷六载,冯翊严生者,家于汉南。尝游岘山,得一物,其状如弹丸,色黑而大,有光,视之洁彻若轻冰焉。其后生游长安,有胡人叩马而言曰:"此乃吾国之至宝,国人谓之清水珠。若置于浊水,泠然洞彻矣。"

③杨衒之《洛阳伽蓝记》卷一载,永熙三年,永宁寺浮图为火所烧,有人从东莱来,云:"见浮图于海中,光明照耀,俨然如新,海上之民咸见之。"云:一作"空"。

④独:一作"特"。

⑤丰屋:大屋。《易·丰》:"丰其屋,蔀其家。"氍:毛毯。

⑥《孔丛子·陈士义》载,昔邴成子自鲁聘晋,过于卫,右宰榖臣止而觞之,陈乐而不作,醑毕而送之璧,成子不辞。行三十里而闻卫乱作,右宰榖臣死之。成子于是迎其妻子,还其璧,隔宅而居。《史记·管晏列传》:"越石父贤,在缧绁中。晏子出,遭之涂,解左骖赎之,载归。"

⑦藏:一作"赃"。《旧唐书·李邕传》:"俄而陈州赃污事发,下狱鞫讯,罪当死,许州人孔璋上书救邕曰:'……且斯人所能者,拯孤恤穷,救乏赈惠,积而便散,家无私聚。今闻坐赃下吏,鞫讯待报,将至极刑,死在朝夕。'"

⑧江夏:今属湖北武汉。《新唐书·宗室世系表》载,后汉会稽太守、高阳侯,徙居江夏,遂为江夏李氏。其后元哲徙居广陵,元哲生善,善生邕。宣尼:汉平帝元始元年,追谥孔子为褒成宣尼公。

⑨《旧唐书·韦巨源传》载,太常博士李处直,议巨源谥曰昭。邕再驳之。当时虽不从邕议,而论者是之。又《旧唐书·李邕传》载,邕拜左拾遗,中丞宋璟劾张昌宗兄弟有不顺之言,武后不应。邕在阶下进言曰:"璟所陈,事关社稷,望陛下可其奏。"后色解,即可璟奏。

⑩疠:一作"厉"。

⑪荣:一作"策"。星驾:星夜驾车赶路。李邕累贬富州司户、崖州舍城丞,又贬钦州遵化县尉。

⑫《汉书·文帝纪》:"(二年)九月,初与郡守为铜虎符、竹使符。"文侯:魏文侯。阮籍《诣蒋公》:"昔子夏处西河之上,而文侯拥篲。"《旧唐书·李邕传》载,邕为陈州刺史,历括、淄、滑三州刺史。天宝初,为汲郡北海太守。

⑬《后汉书·蔡邕传》载,邕上书自陈,下洛阳狱,诏减死一等,与家属钳髡,徙朔方。髡:原作"敝",据他本改。《旧唐书·李邕传》载:"邕性豪侈,不拘细行,所在纵求财货,驰猎自恣。五载,奸赃事发。又尝与左骁卫兵曹柳勣马一匹,及勣下狱,吉温令勣引邕议及休咎,厚相赂遗,词状连引,敕刑部员外郎祁顺之、监察御史罗希奭驰往就郡决杀之,时年七十余。"

⑭崔苏:崔融、苏味道。指:一作"推"。

⑮上句原有注:"杨炯。"下句原有注:"李峤。"盈川:指杨炯,曾为梓州司法参军,迁盈川令,卒于任上。特进:指李峤。神龙三年,封其为赵国公,加特进,同中书门下三品。

⑯诗句原有注:"燕公说。"张相国:指张说。《新唐书·张说传》载,玄宗诛萧至忠,召张说为中书令,封燕国公。晚年又被命为尚书左丞相等。又《旧唐书·李邕传》载:"自云当居相位。张说为中书令,甚恶之。"

⑰曹丕《典论》:"文人相轻,自古而然。"《老子》第二十三章:"善闭,无关键而不可开。"关键:原作"键捷",据他本改。

⑱诗句原有注:"和李大夫。"杜甫祖父杜审言有《和李大夫嗣真奉使存抚河东》诗。

⑲竟:一作"晚"。

⑳诗句原有注:"张桓等五王洎狄相六公。"赵明诚《金石录·唐六公咏跋尾》"右唐《六公咏》,李邕撰,胡履虚书。初余读《八哀诗》云'朗咏六公篇,忧来豁蒙蔽',恨不见其诗。晚得石本入录,其文词高古,真一代佳作也。六公,五王为一章,狄丞相别为一章云。"又董逌《广川书跋》卷七:"李北海《六公咏》,今《泰和集》中虽有诗而无其姓名,又其说一章不尽,或遗。余见荆州《六公咏》石刻,文既不刓,故得尽存。……诗尤奇伟,豪气激发,如见断鳌立极。时至今,读之令人想望风采,宜老杜有云。"

【汇评】

张溍《读书堂杜诗注解》卷一三:写李之生平升沉得丧及成名得祸之由甚备,即志铭有所难及。此等诗初看似板似冗,其实乃公极用意之作,不容草草阅过。

仇兆鳌《杜诗详注》卷一六:各章以序事成文,部署森严,纯似班史。唯此章,感慨激昂,排荡变化,直追龙门之笔。细按其前后段落,又未尝不脉络整齐也。

又引郝敬曰:李江夏之文藻,郑司户之博综,必有少陵之隽笔乃能曲尽其妙。

故秘书少监武功苏公源明①

武功少也孤,徒步客徐兖②。读书东岳中,十载考坟典。时下莱芜郭,忍饥浮云巘。负米晚为身,每食脸必泫③。夜字照爇薪,垢衣生碧藓④。庶以勤苦志,报兹劬劳显⑤。学蔚醇儒姿,文包旧史善。洒落辞幽人,归来潜京辇⑥。射君东堂策,宗匠集精选⑦。制可题未干,乙科已大阐⑧。文章日自负,吏禄亦累践⑨。晨趋阊阖内,足踏夙昔趼。一麾出守还,黄屋朔风卷。不暇陪八骏,虏庭悲所遣。平生满樽酒,断此朋知展。忧愤病二秋,有恨石可转⑩。肃宗复社稷,得无逆顺辨。范晔顾其儿,李斯忆黄犬⑪。秘书茂松意,再崄祠坛墠⑫。前后百卷文,枕藉皆禁脔。篆刻扬雄流,溟涨本末浅⑬。青荧芙蓉剑,犀兕岂独剸。反为后辈亵,予实苦怀缅。煌煌斋房芝,事绝万手搴⑭。垂之俟来者,正始贞劝勉。不要悬黄金,胡为投乳瓂⑮。结交三十载,吾与谁游衍。荥阳复冥寞,罪罟已横罥⑯。呜呼子逝日,始泰则终蹇⑰。长安米万钱,凋丧尽余喘。战伐何当解,归帆阻清沔。尚缠漳水疾,永负蒿里钱。

【题解】

此首哀苏源明节义文章特出而命运乖蹇。苏源明自小失去双亲,客居兖州,在泰山苦读十年,偶尔才下莱芜城背负粮食。他学成之后,来京都参加考试,因中乙科而扬名。苏源明文章越来越好,官职也有擢升,一度出任太守,召为国子司业时正赶上安史之乱,来不及追随皇帝出走,被授以伪职。苏源明称病拒绝,并与友人断绝往来。肃宗收复两京之后,经过甄别,苏源明因未曾失节而重新获得朝廷任用。他前前后后撰写了上百卷文章,浩瀚无涯,锋颖特出,却为后辈轻视。他曾屡次进谏,议论深刻,足以流传后世。苏源明清介自守,无意名利,却不知为何得罪权贵。我与他结交三十年,在郑虔离世之后,他也离开了我。苏源明饿死之日,长安斗米万钱。我现在滞留夔州,身患痼疾,无法归去为老友祭奠尽哀。

【注释】

①《新唐书·苏源明传》:"苏源明,京兆武功人,初名预,字弱夫。少孤,寓居徐、兖。工文辞,有名天宝间。及进士第,更试集贤院,累迁太子谕德,出为东平太守。……安禄山陷京师,源明以病不受伪署。肃宗复两京,擢考功郎中、知制诰。……后以秘书少监卒。"

②客:一作"寓"。

③《孔子家语·致思》:"昔者由(子路)也,事二亲之时,常食藜藿之食,为亲负米百里之外。"

④《后汉书·侯瑾传》:"(侯瑾)少孤贫,依宗人居。性笃学,恒佣作为资,暮还,辄燃柴读书。"生:一作"带"。

⑤《诗·小雅·蓼莪》:"哀哀父母,生我劬劳。"显:一作"愿"。

⑥落:一作"泪"。

⑦射君东堂策:一作"射策君东堂"。《晋书·挚虞传》:"因诏诸贤良方正直言,会东堂策问。"

⑧制可题:一作"制题墨"。

⑨吏禄:一作"掾吏"。

⑩石:一作"不"。《诗·邶风·柏舟》:"我心匪石,不可转也。"

⑪《宋书·范晔传》载,范晔临刑,其子蔼取地土及果皮掷晔,晔问曰:

"汝患我耶?"嚣曰:"今日何缘复患,但父子同死,不能不悲耳。"《史记·李斯列传》载,秦二世具李斯五刑,论腰斩咸阳市。斯顾谓其中子曰:"吾欲与若复牵黄犬,俱出上蔡东门,逐狡兔,岂可得乎?"

⑫意:一作"色"。以下四句,底本原无,据他本增补。

⑬末:一作"未"。

⑭《汉书·武帝本纪》载,元封中,甘泉宫内产芝,九茎连叶,作芝房之歌。《旧唐书·肃宗纪》载,上元二年七月,延英殿御座梁上生玉芝,一茎三花,上制玉灵芝诗。又《新唐书·苏源明传》载,肃宗时,禁中祷祀穷日夜,中官用事,给养繁靡。源明数陈政治得失。及思明陷洛阳,帝将亲征,上疏极谏,帝嘉其切直。绝:一作"终"。

⑮要:一作"恶"。乳:一作"乱"。

⑯诗句原有注:"郑诗在后。"

⑰则:一作"即"。

【汇评】

仇兆鳌《杜诗详注》卷一六:《八哀诗》,苦心力索,未免人胜于天。就诸章而论,前五篇精悍苍古,后三首却繁密不疏,尚须分别而观。

浦起龙《读杜心解》卷一之五:首段,言孤贫游学,用意在"少孤",见根本笃至。次段,言及第累试,筮仕朝京。"累践",屡试而践掾吏之门也。"昔跰",累迁而足趾常在闾阎内也。三段,言拒伪命而复为朝官。"出守"下着一"还"字,隐括为守、为司业在内。"酒断""朋知",抉其心事。"愤病""不转",表其操守。四段,先言文才,次言直节,是类叙法。末段言其穷老以死,而己复不得归奠以致哀也。苏雅善郑,又同年卒,又两人与公最称莫逆,常共杯酒,故连及之。

杨伦《杜诗镜铨》卷一四:此篇独用顺叙,大抵亦多说文字而以"忠孝"二字作骨。首段叙其孤贫好学,次段叙其壮而出仕,三段言其不污伪命,四段叙文才兼表直节,末段言其穷老以死,而己不复归奠以致哀也。

故著作郎贬台州司户荥阳郑公虔

鹡鸰至鲁门,不识钟鼓飨①。孔翠望赤霄,愁思雕笼养②。

荥阳冠众儒，早闻名公赏。地崇士大夫，况乃气精爽③。天然生知资，学立游夏上④。神农极阙漏，黄石愧师长⑤。药纂西极名，兵流指诸掌⑥。贯穿无遗恨，荟蕞何技痒。圭臬星经奥，虫篆丹青广。子云窥未遍，方朔谐太枉⑦。神翰顾不一，体变钟兼两。文传天下口，大字犹在榜。昔献书画图，新诗亦俱往。沧洲动玉陛，宣鹤误一响⑧。三绝自御题，四方尤所仰。嗜酒益疏放，弹琴视天壤⑨。形骸实土木，亲近惟几杖。未曾寄官曹，突兀倚书幌。晚就芸香阁，胡尘昏坱莽⑩。反覆归圣朝，点染无涤荡。老蒙台州掾，泛泛浙江桨⑪。履穿四明雪，饥拾楢溪橡⑫。空闻紫芝歌，不见杏坛丈。天长眺东南，秋色余魍魉。别离惨至今，斑白徒怀曩。春深秦山秀，叶坠清渭朗⑬。剧谈王侯门，野税林下鞅。操纸终夕酣，时物集遐想。词场竟疏阔，平昔滥吹奖⑭。百年见存殁，牢落吾安放。萧条阮咸在，出处同世网⑮。他日访江楼，含凄述飘荡。

【题解】

此首哀郑虔生不逢时。郑虔多才多艺，清誉早著，志在山林，却兼得高位。他生而知之，涉猎方外，博采众长，贯穿经传，多学博识，技艺杂多，上知天文星象，下通地理字画，兵法、药物无不知晓，博览胜于扬雄，诙谐如同东方朔。其诗、书与画，为玄宗称为"郑虔三绝"。他嗜酒狂放，又善弹琴，得意之时，土木形骸，初为广文馆博士，后官著作郎，均无意俗务。郑虔本心向王室，但一受伪职，无从洗涤，远谪台州，埋迹深山，困顿难以自给，终卒于海滨。回想当初我们二人在关中，于春和秋凉之际，剧谈游宴，操纸赋诗，把酒酣饮。如今生死异途，满目萧索，他日至江陵，访其侄郑审，聊以倾述漂泊之伤悲。

【注释】

①鹤鹢：一种海鸟。《庄子·至乐》："昔者海止于鲁郊，鲁侯御而觞之

于庙,奏九韶以为乐,具太牢以为膳,鸟乃眩视悲忧,不敢食一脔,不敢饮一杯,三日而死。"江淹《杂体诗三十首》其八:"咸池飨爰居,钟鼓或愁辛。"

②思:一作"入"。

③诗句原有注:"往者,公在疾,苏许公颎位尊望重,素未相识,早爱才名,躬自抚问。后结忘年之契,远迄嘉之。"气精:一作"精气"或"气清"。

④《论语·季氏》:"孔子曰:'生而知之者,上也;学而知之者,次也。'"游夏:孔子弟子子游、子夏,均以文学著称。

⑤极:一作"或"。

⑥《新唐书·郑虔传》:"虔学长于地里,山川险易、方隅物产、兵戍众寡无不详。尝为《天宝军防录》,言典事该。诸儒服其善著书,时号郑广文。"极:一作"域"。诗句原有注:"公著《荟蕞》等诸书之外,又撰《胡本草》七卷。"

⑦《汉书·扬雄传》:"(扬雄)少而好学,不为章句,训诂通而已,博览无所不见。"《汉书·东方朔赞》:"然朔名过实者,以其诙达多端,不名一行,应谐似优。"

⑧陛:一作"阶"。宣:一作"寰"。

⑨《晋书·阮籍传》:"嗜酒能啸,善弹琴。当其得意,忽忘形骸,时人多谓之痴。"嵇康《四言赠兄秀才入军诗》:"目送归鸿,手挥五弦。俯仰自得,游心太玄。"

⑩王勃《梓州郪县兜率寺浮图碑》:"火绝烟沉,与风云而块莽。"

⑪泛泛:一作"遐泛"。

⑫四明:山名,在浙江宁波西南。楢溪:水名,在浙江台州。《庄子·盗跖》:"昼拾橡栗,暮栖木上,故命之曰有巢氏之民。"

⑬秦:一作"泰"。

⑭吹:一作"推"。

⑮诗句原有注:"著作与今秘书监郑君审,篇翰齐价,谪江陵,故有'阮咸''江楼'之句。"

【汇评】

张溍《读书堂杜诗注解》卷一三:公与郑最善,故叙述情事无不曲尽。

其为郑曲护受伪职事处，只用一二语，尤见笔法。

仇兆鳌《杜诗详注》卷一六引刘克庄曰：《八哀诗》中，如郑、苏二首，非无可说，但每篇多芜辞累句，或为韵所拘，殊欠条鬯，不如《饮中八仙》之警策。盖《八仙歌》，每人只三四句，《八哀诗》，或累押二三十韵，以此知繁不如简，虽大手笔亦然。今按：《饮歌》只说一事，《八哀》则概列平生，未可以概论。卢德水云：《八哀诗》，未免伤烦伤泛，中有数十光洁语，堪与日月并垂者，自不为浮云所掩，大概诗家之元气在焉，杜诗之体统存焉，不可遗，亦不容选也。

故右仆射相国张公九龄①

相国生南纪，金璞无留矿②。仙鹤下人间，独立霜毛整③。矫然江海思，复与云路永④。寂寞想土阶，未遑等箕颍⑤。上君白玉堂，倚君金华省⑥。碣石岁峥嵘，天地日蛙黾⑦。退食吟大庭，何心记榛梗⑧。骨惊畏曩哲，鬒变负人境。虽蒙换蝉冠，右地恶多幸⑨。敢忘二疏归，痛迫苏耽井⑩。紫绶映暮年，荆州谢所领⑪。庾公兴不浅，黄霸镇每静。宾客引调同，讽咏在务屏。诗罢地有余，篇终语清省⑫。一阳发阴管，淑气含公鼎。乃知君子心，用才文章境。散帙起翠螭，倚薄巫庐并。绮丽玄晖拥，笺诔任昉骋⑬。自我一家则，未阙只字警⑭。千秋沧海南，名系朱鸟影。归老守故林，恋阙悄延颈⑮。波涛良史笔，芜绝大庾岭。向时礼数隔，制作难上请。再读徐孺碑，犹思理烟艇⑯。

【题解】

此首哀张九龄志存王室而不能为玄宗所信用。张九龄出生于南方，如下凡间之仙鹤，如矿石所炼之好金，品格超群。进士及第之后，他一路迁升至中书令，并很早就指出安禄山有叛逆之心，后遭受李林甫之谗言，终出镇荆州。张九龄的诗文含蕴深厚，语言清省，音如黄钟之律，味如太和之羹，神如高飞之螭龙，形如巍峨之巫山、庐山，有谢朓之绮丽、任昉之工整而自成一家。他退隐曲江之后，依然眷恋朝廷，直至家居以殁。此前因为地位悬殊，礼数相隔，我未曾上呈我的作品，如今再读他的《徐孺子碑》，还想着南行而瞻拜于他的墓前。

【注释】

①诗题一本"相国"后有"曲江"二字。张九龄（678—740），字子寿，一名博物，谥文献，韶州曲江（今属广东韶关）人。七岁知属文，中宗景龙初年进士，始调校书郎，迁右补阙，开元时历官中书侍郎、同中书门下平章事、中书令。

②《旧唐书·魏徵传》："太宗曰：'公独不见金之在矿也，何足贵哉？良冶锻而为器，便为人所宝。'"

③仇兆鳌注引钱笺："《九龄家传》：九龄母梦九鹤自天而下，飞集于庭，遂生九龄。"

④海：一作"汉"。

⑤土：一作"玉"。遑：一作"尝"。

⑥金华省：金华殿，在汉长安未央宫。

⑦碣石：一作"竭力"。地：一作"池"。《楚辞·七谏》："蛙黾游乎华池。"王逸注："蛙黾，喻谗谀弄口得志也。"

⑧记：一作"托"。

⑨《旧唐书·舆服志》："侍中、中书令，加貂蝉，佩紫绶"。《旧唐书·张九龄传》载，开元二十二年，九龄为中书令，二十四年，迁尚书右丞相。

⑩忘：一作"志"。二疏：汉代疏广与疏受。《太平广记》卷一三载，苏仙公者（耽），桂阳人，少孤，养母至孝，忽辞母云："受性应仙，当违供养。"母曰："汝去，使我如何存活？"曰："明年天下疫疾，庭中井水、檐边橘树，可以代养。"至时，病者食橘叶、饮井水而愈。又《新唐书·张九龄传》载，迁工部侍郎，知制诰，数乞归养，诏不许。及母丧解职，毁不胜哀，有紫芝产坐侧，白鸠、白雀巢家树。是岁，夺哀拜中书侍郎、同平章事。固辞，不许。

⑪紫绶：一作"金紫"。《新唐书·张九龄传》载，张九龄尝荐周子谅为监察御史，子谅劾奏牛仙客，语援谶书。帝怒，杖于朝堂，流瀼州道死。九

龄坐举非其人,贬荆州长史。

⑫诗罢地有余:一作"诗地能有余"。

⑬《南史·沈约传》:"谢玄晖(谢朓)善为诗,任彦昇(任昉)工于笔。"

⑭我:一作"成"。

⑮老:一作"与"。

⑯《后汉书·徐稚传》载,徐稚,字孺子,豫章南昌人,称南州高士。张九龄有《后汉征君徐君碣铭》云:"皇唐开元十五年,予忝牧兹郡,风流是仰,在悬榻之后,想见其人。有表墓之仪,岂孤此地? 则先生之德其可没乎?"

【汇评】

刘克庄《后村诗话》后集卷二:杜《八哀诗》,崔德符谓可以表里《雅》《颂》,中古作者莫及。韩子苍谓其笔力变化,当与太史公诸赞方驾。惟叶石林谓长篇最难,晋魏以前无过十韵,常使人以意逆志,初不以叙事倾倒为工。此八篇本非集中高作,而世多尊称,不敢议其病。盖伤于多,如李邕、苏源明篇中多累句,刮去其半方尽善。余谓崔、韩比此诗于太史公纪传固不易之语,至于石林之评累句之病,为长篇者亦不可不知。

张溍《读书堂杜诗注解》卷一三:《八哀》或叙其功业,或惜其谗间,或述其忠贞,或讳其污累,或置大节而详琐事,或略勋名而赏文章,或言交情,或辨冤抑,或兼及弟侄,或旁及友人,随人即事,笔法种种,故是大家。

刘濬《杜诗集评》卷三引李因笃曰:《八哀诗》叙述八公生平,称而不夸,老笔深情,得司马子长之神矣。

壮　游

　　往者十四五,出游翰墨场①。斯文崔魏徒,以我似班扬②。七龄思即壮,开口咏凤皇。九龄书大字,有作成一囊。性豪业嗜酒,嫉恶怀刚肠。脱略小时辈,结交皆老苍③。饮酣视八极,俗物都茫茫。东下姑苏台,已具浮海航④。到今有遗恨,

不得穷扶桑。王谢风流远，阖闾丘墓荒。剑池石壁仄，长洲
荷芰香。嵯峨阊门北，清庙映回塘。每趋吴太伯，抚事泪浪
浪⑤。枕戈忆勾践，渡浙想秦皇。蒸鱼闻匕首，除道晒要章⑥。
越女天下白，镜湖五月凉。剡溪蕴秀异，欲罢不能忘。归帆
拂天姥，中岁贡旧乡。气劘屈贾垒，目短曹刘墙。忤下考功
第，独辞京尹堂⑦。放荡齐赵间，裘马颇清狂。春歌丛台上，
冬猎青丘旁⑧。呼鹰皂枥林，逐兽云雪冈⑨。射飞曾纵鞚，引
臂落鹙鸧⑩。苏侯据鞍喜，忽如携葛强⑪。快意八九年，西归
到咸阳。许与必词伯，赏游实贤王⑫。曳裾置醴地，奏赋入明
光。天子废食召，群公会轩裳。脱身无所爱，痛饮信行藏⑬。
黑貂不免敝，斑鬓兀称觞。杜曲晚耆旧，四郊多白杨⑭。坐深
乡党敬，日觉死生忙⑮。朱门任倾夺，赤族迭罹殃⑯。国马竭
粟豆，官鸡输稻粱⑰。举隅见烦费，引古惜兴亡。河朔风尘
起，岷山行幸长。两宫各警跸，万里遥相望。崆峒杀气黑，少
海旌旗黄⑱。禹功亦命子，涿鹿亲戎行⑲。翠华拥英岳，螭虎
啖豺狼⑳。爪牙一不中，胡兵更陆梁。大军载草草，凋瘵满膏
肓㉑。备员窃补衮，忧愤心飞扬。上感九庙焚，下悯万民疮㉒。
斯时伏青蒲，廷争守御床㉓。君辱敢爱死，赫怒幸无伤。圣哲
体仁恕，宇县复小康。哭庙灰烬中，鼻酸朝未央。小臣议论
绝，老病客殊方。郁郁苦不展，羽翮困低昂。秋风动哀壑，碧
蕙捐微芳㉔。之推避赏从，渔父濯沧浪㉕。荣华敌勋业，岁暮
有严霜。吾观鸱夷子，才格出寻常㉖。群凶逆未定，侧伫英
俊翔。

【题解】

　诗为杜甫所撰之自传。我七岁才思就很敏捷，九岁开始练习书法，十

四五岁外出与文士交游,得到了名士魏启心、崔尚的赞许。我天性豪爽,嫉恶如仇,酷爱饮酒,喜欢结交长者,酒酣耳热,踌躇四顾,胸怀宽广。东游姑苏山时,我萌发了渡海远航的念头,至今还很遗憾,当时没有东渡扶桑。王、谢的风流已成遗迹,阖闾的丘墓十分荒凉,剑池石壁陡峭如故,长洲荷花散发清香,阊门巍峨高耸,清庙辉映池塘。每去凭吊吴太伯,抚古伤今,眼泪汪汪。渡过浙水,来到会稽一带,我想起了专诸、朱买臣、勾践以及秦始皇的故事。天下要数越中女儿皮肤最白,镜湖五月湖水真凉,剡溪钟灵毓秀令人难忘。畅游了天姥山,我匆匆赶回京城参加考试。我自以为辞赋如屈原、贾谊,诗文超过了曹植、刘桢,却不料违忤了考官而落榜。我辞别洛阳,畅游齐赵,裘马轻狂,春天高歌丛台,冬日打猎青丘,呼鹰纵犬,驱虎逐熊,扬鞭驰马,引弓放箭,就这样度过了八九年的快意时光,然后才西入潼关,来到京都。初入长安,我出入侯门王府,与文坛宗匠往来酬唱,还献赋天子,得到召见。公卿济济一堂,围观我振笔急书,虽然未获任用,也并不惋惜遗憾。在咸阳蹉跎良久,貂裘破败,两鬓斑白,老友逐渐谢世,我竟因年长而受到尊敬。豪门倾轧掠夺,灭门覆族接二连三,朝廷的舞马吃光了粟豆,皇帝的斗鸡耗费着稻粱。由此可以想见,当时何等奢侈浪费,又如何不让人痛惜国家的兴亡。安禄山起兵河朔,玄宗避难蜀中。肃宗即位灵武,招集将士,征讨叛军。谁知一击不中,胡兵更加猖獗。官军行动草率,朝廷病入膏肓。我身为左拾遗,忧国愤世,上感九庙毁于战火,下悯民生凋敝,生灵涂炭,于是直言谏净,虽触怒龙颜,却幸免于死。肃宗躬行仁政,收复两京,盛世在望,而我却再也没有机会议论朝政,多年来漂泊陇右、剑南,滞留他乡,心情郁郁,如同羽翼受伤无法高翔的飞鸟、深谷中萧瑟枯萎的草木、荒园里寒霜摧折的兰蕙。介之推无意奖赏,渔父淡泊名利,不曾建功立业而享受荣华富贵,必然会遭遇危险。范蠡功成身退,才智超乎寻常。群凶叛乱,尚未平定,希望英雄豪杰挺身而出,建功立业。

【注释】

①者:一作"昔"。游:一作"人"。

②崔魏:崔尚、魏启心。前者为久视二年(701)进士,后者为神龙二年(706)进士。诗句原有注云:"崔郑州尚。魏豫州启心。"似:一作"比"。

③略：一作"落"。

④姑苏台：在今江苏苏州姑苏山上。以下阖闾墓、剑池、长洲苑、阊门、清庙，均在苏州。

⑤吴太伯：周文王的伯父，因让位而离开西岐，逃奔荆蛮。

⑥《史记·刺客列传》载，吴公子光具酒请王僚，使专诸置匕首鱼炙之腹中，进之以刺王僚。僚死，光自立，是为阖闾。又《汉书·朱买臣传》载，会稽闻太守至，发民除道。入吴界，见其故妻、妻夫治道，买臣呼到太守舍，置园中给食之。要章：太守章印。

⑦功：原作"工"，据他本改。

⑧丛台：相传为战国时赵王故台，遗址在今河北邯郸。青丘：相传为齐景公打猎之处，约在今山东青州，一说在今山东广饶县北。

⑨皂：一作"紫"。枥：一作"栎"。

⑩引：一作"跋"。

⑪苏侯：苏源明。原有注："监门胄曹苏预。"葛强：《晋书·山简传》载，山简曾携同葛强游猎。

⑫赏：一作"贵"。

⑬爱：一作"受"。

⑭晚：一作"换"。

⑮日：一作"自"。

⑯任：一作"务"。

⑰诗句原有注："汉有太常三辅粟豆。"

⑱少海：皇太子。

⑲命子：传子。涿鹿：黄帝战蚩尤处，此以蚩尤喻安禄山。

⑳英：一作"吴"。吴山，在今陕西凤翔附近。

㉑大：一作"天"。

㉒焚：一作"毁"。万民：一作"苍生"。

㉓《汉书·史丹传》载，元帝欲易太子，丹闻上独寝，直入卧内，伏青蒲上泣谏。

㉔捐：一作"损"。

㉕之推：随晋文公流亡之介子推，避赏入山。《楚辞·渔父》："渔父莞尔而笑，鼓枻而去，乃歌曰：'沧浪之水清兮，可以濯吾缨。沧浪之水浊兮，可以濯吾足。'"

㉖范蠡功成身退，泛游江湖，自号鸱夷子皮。

【汇评】

王嗣奭《杜臆》卷八：此诗乃公自为传，其行径大都与李白相似。然李一味豪放，而杜却豪中有细。观公吴越、齐赵之游，知其壮岁诗文遗逸多矣，岂后来诗律转细，自弃前鱼耶？

张溍《读书堂杜诗注解》卷一四：此诗之佳，在叙往事都有含蓄，不甚说明，若太白则必不能。郑善夫谓此诗豪宕奇伟，无一字一句不稳贴，乃见老杜神力。此诗佳处尤在后一段，两押"浪"字、"扬"字，字同而义不同。

刘濬《杜诗集评》卷三引查慎行曰：此公一生行实，以《壮游》为题，追叙而言之也。由少而壮而老，中间许多阅历，平叙中自见排宕之趣。以年华为经，以地方为纬，以文章为始，以忧国为终，写出壮游心事。

昔　游

昔者与高李，晚登单父台①。寒芜际碣石，万里风云来。桑柘叶如雨，飞藿共徘徊②。清霜大泽冻，禽兽有余哀。是时仓廪实，洞达寰区开③。猛士思灭胡，将帅望三台。君王无所惜，驾驭英雄材。幽燕盛用武，供给亦劳哉。吴门转粟帛，泛海陵蓬莱④。肉食三十万，猎射起黄埃⑤。隔河忆长眺，青岁已摧颓。不及少年日，无复故人杯。赋诗独流涕，乱世想贤才。有能市骏骨，莫恨少龙媒。商山议得失，蜀主脱嫌猜。吕尚封国邑，傅说已盐梅⑥。景晏楚山深，水鹤去低回。庞公任本性，携子卧苍苔。

【题解】

在天宝三载的深秋,我与高适、李白一同登上了单县的琴台。放眼望去,只见风云万里,碣石萧瑟,落叶纷纷,杂草漫卷,辽阔的大泽湖禽飞兽走。那时候正值太平盛世,仓廪充实,道路畅通,勇士们一心想着消灭胡虏,将帅们期待建功立业,君王对英雄不吝封赏,江南诸地向幽燕转送大批粮食布帛,安禄山拥兵三十万以边功邀宠。如今向北远眺,岁月流逝,再也无法快意漫游,与故人举杯畅饮。作诗之时,独自流涕;遭逢乱世,更思贤才。有所作为的君王总会千方百计招揽人才,不会为缺少千里马似的贤士而遗憾。商山四皓力谏高祖不要废黜太子,蜀主刘备消除了关羽、张飞对诸葛亮的嫌猜,姜太公因功被封于齐地,傅说由奴隶而成为一代贤相,可见江山代有才人。羕山日暮,水鹤徘徊,我要如庞德公那样,携带妻子隐居深山。

【注释】

①高李:原有注:"高适、李白。"晚:一作"同"。单父台:在今山东单县南。

②共:一作"去"。

③区:一作"瀛"。

④吴门:指苏州。

⑤三:一作"四"。黄:一作"尘"。

⑥国邑:一作"内国"。《书·说命下》:"若作和羹,尔惟盐梅。"

【汇评】

仇兆鳌《杜诗详注》卷一六:公夔州后诗,间有伤于繁絮者,此则长短适中,浓淡合节,整散兼行,而摹情写景,已觉兴会淋漓,此五古之最可法者。

遣 怀

昔我游宋中,惟梁孝王都①。名今陈留亚,剧则贝魏俱②。邑中九万家,高栋照通衢。舟车半天下,主客多欢娱。白刃仇不义,黄金倾有无。杀人红尘里,报答在斯须。忆与高李辈,论交入酒垆③。两公壮藻思,得我色敷腴。气酣登吹台,怀古视平芜④。芒砀云一去,雁鹜空相呼⑤。先帝正好武,寰海未凋枯。猛将收西域,长戟破林胡。百万攻一城,献捷不云输。组练弃如泥,尺土负百夫⑥。拓境功未已,元和辞大炉⑦。乱离朋友尽,合沓岁月徂。吾衰将焉托,存殁再呜呼。萧条益堪愧,独在天一隅⑧。乘黄已去矣,凡马徒区区。不复见颜鲍,系舟卧荆巫⑨。临餐吐更食,常恐违抚孤。

【题解】

当日我曾游历宋州,那里曾是汉代梁孝王的国都,如今名气仅次于陈留,政务复杂有如贝州和魏州。城中有九万户人家,道路四通八达,车船几乎占据天下之半。宋中土风好客,人怀血性,激于意气,任侠慷慨,快意恩仇。当初我与高适、李白,就在酒肆中结交。他们两人文思壮丽,见到我喜形于色。我们一起登上梁王的吹台,眺望平野,感慨古今,以为隐居芒山、砀山的汉高祖一去不返,只留下野鹤、野鸭在呼叫横飞。那时玄宗皇帝崇尚武力,国势尚未衰颓,勇猛的将帅攻取了西域,击溃了林胡。他们报喜不报忧,以百万大军攻打一城,毫不顾惜士卒性命。玄宗拓边未已,太平和谐已经丢失。想起安史之乱以来,朋友分散凋零,生死相隔,岁月流逝,我衰老而无所依止,不由放声大哭。高适、李白二人均已先我而逝去,我独自一人滞留天涯,卧病舟中,当努力加餐饭,常恐客死他乡,不见高、李两家后人。

【注释】

①宋中:今河南商丘一带。《史记·梁孝王世家》:"于是孝王筑东苑,方三百余里,广睢阳城(今商丘市南)七十里,大治宫室,为复道,自宫连属于平台三十余里。"

②陈留:郡名,即汴州,治今河南开封。贝魏:贝州,治今河北清河;魏州,治今河北大名。

③上句原有注:"适、白。"

④《新唐书·杜甫传》:"(杜甫)尝从白及高适过汴州,酒酣登吹台,慷慨怀古,人莫测也。"又《水经注·渠水》引《陈留风俗传》曰:"县有仓颉师旷城,上有列仙之吹台。……梁王增筑以为吹台,城隍夷灭,略存故迹。……其台方百许步。"

⑤芒砀:芒山和砀山,在今安徽砀山东南。《汉书·高祖本纪》:"高祖隐于芒砀山泽间,吕后与人俱求,常得之。高祖怪问之。吕后曰:'季所居上常有云气,故从往常得季。'"

⑥弃:一作"去"。负:一作"胜"。

⑦元和:太平和乐。《庄子·大宗师》:"今一以天地为大炉,以造化为大冶,恶乎往而不可哉。"扬雄《解难》:"陶冶大炉。"

⑧"萧条"两句:一作"萧条病益甚,块独天一隅"。

⑨颜鲍:颜延之、鲍照。

【汇评】

吴瞻泰《杜诗提要》卷四:此忆旧游,欲抚高、李之遗孤而作也。先叙梁宋都会人物风俗,皆客也。忆与高、李登台怀古八句,是主。奇在陡接"先帝好武"一段,便有水穷云起之势,一篇波澜在此。后段乃遥乎高、李交情,而终之以抚孤,是一篇结穴处。"好武"一段,讽论开边生事,言已尽而意仍留,心甚悲而笔不露。若另为一诗,亦成结构。而置之此章中,更觉峰峦特起,此化平以为奇者也。然关合在"乱离朋友尽"五字,若不经乱离,何至朋友聚散如此哉?

浦起龙《读杜心解》卷一之五:大意与《昔游》同旨,但《昔游》专慨本身,兹篇系怀故友,由前诗递及之也。首段从宋中形胜风俗说起,雄姿侠气,足以助发豪情。次段入高、李同游事,文酒相从,平台吊古,诚为不负名区。三段带述明皇黩武,指出盛衰聚散关头。末段遗怀本旨。"拓境"四句,综括乱端离绪,十余年事,一笔凌驾。以下客怀交谊,一往情深,此老生平肝膈,于斯见焉。

刘濬《杜诗集评》卷三引邵长蘅曰:知己胜迹,终身怀抱,屡形于篇什,不厌其烦。

往　在

　　往在西京时，胡来满彤宫①。中宵焚九庙，云汉为之红。解瓦飞十里，繐帷纷曾空②。疚心惜木主，一一灰悲风。合昏排铁骑，清旭散锦幪③。贼臣表逆节，相贺以成功。是时妃嫔戮，连为粪土丛④。当宁陷玉座，白间剥画虫。不知二圣处，私泣百岁翁。车驾既云还，楹桷欻穿崇。故老复涕泗，祠官树椅桐。宏壮不如初，已见帝力雄。前春礼郊庙，祀事亲圣躬。微躯忝近臣，景从陪群公。登阶捧玉册，峨冕耿金钟⑤。侍祠恧先路，掖垣迩濯龙⑥。天子惟孝孙，五云起九重。镜奁换粉黛，翠羽犹葱胧。前者厌羯胡，后来遭犬戎。俎豆腐膻肉，罘罳行角弓⑦。安得自西极，申命空山东。尽驱诣阙下，士庶塞关中。主将晓逆顺，元元归始终。一朝自罪己，万里车书通⑧。锋镝供锄犁，征戍听所从⑨。冗官各复业，土著还力农。君臣节俭足，朝野欢呼同⑩。中兴似国初，继体如太宗⑪。端拱纳谏净，和风日冲融。赤墀樱桃枝，隐映银丝笼。千春荐陵寝，永永垂无穷⑫。京都不再火，泾渭开愁容。归号故松柏，老去苦飘蓬⑬。

【题解】

　　诗以"往在"为题，即回顾过去而寄望未来，共描绘出三幅画面，即长安沦陷、长安收复以及天下太平。当年西京被叛军占领，宗庙被焚，火光冲天，屋瓦崩散，灵帐飘零，前代帝王的神位在悲风中化为灰烬。胡人铁骑整日横行，逆贼相互庆贺，嫔妃惨遭杀戮，宫殿遭到破坏。城中老人不知玄宗、肃宗去向何处，偷偷哭泣。等到长安收复，宗庙虽不如往日宏壮，但也显示出了皇家力量的雄厚。春天肃宗自长安殿迎接九庙神主入新庙,戴着高耸的皇冠,捧着玉册登上坛阶。我当时身为左拾遗,也跟随群公一起参加了盛典。长安接连遭受安史叛军与吐蕃的蹂躏,宗庙一片狼藉,如何才能让函谷关以东的士兵,都疾驰到长安?各镇将帅都知道何为顺逆,平民百姓也都心向王室,皇帝一旦下诏自责,士卒放下刀枪,官员各尽其责,天下天平,朝野欢呼,国势中兴。帝王虚心纳谏,垂拱而治,宫中祥和静谧,京都不再经受战火,泾渭一带恢复安宁。我年纪大了,还在四处漂泊,真想回到故乡的祖坟痛哭一场。

【注释】

①时:一作"日"。彤:一作"丹"。

②纷:原作"粉",据他本改。

③旭:一作"晓"。幪:原作"蠓",据他本改。

④《资治通鉴·唐纪三十四》唐肃宗至德元载:"安禄山使孙孝哲杀霍国长公主及王妃、驸马于崇仁坊,剜其心,以祭安庆宗。……己巳,又杀皇孙及郡县主二十余人。"

⑤耿:一作"聆"。

⑥濯龙:东汉洛阳宫苑名。

⑦腐:一作"胬"。罘罳:窗棂。

⑧自罪己:一作"罪己已"。

⑨戍:一作"伐"。

⑩呼:一作"娱"。

⑪似:一作"比"。

⑫陵寝:一作"灵寝"或"陵庙"。

⑬苦:一作"若"。

【汇评】

浦起龙《读杜心解》卷 之五:是乱极思治之诗。通首只合作两段,前述既往,后冀将来。前实而后虚,实者眼见之乱端,虚者意中之治象也。又是创格。

杨伦《杜诗镜铨》卷一四:此诗只是因老去飘蓬,思归号故松柏,不觉触出九庙废兴，一腔忠愤，无限怀思，作此一篇大文字。结到自家，是一诗缘起；反从国事带出，章法之变，不可端倪。

谒先主庙①

　　惨淡风云会，乘时各有人。力侔分社稷，志屈偃经纶。复汉留长策，中原仗老臣。杂耕心未已，呕血事酸辛②。霸气西南歇，雄图历数屯。锦江元过楚，剑阁复通秦。旧俗存祠庙，空山立鬼神③。虚檐交鸟道，枯木半龙鳞④。竹送清溪月，苔移玉座春。闾阎儿女换，歌舞岁时新。绝域归舟远，荒城系马频。如何对摇落，况乃久风尘。孰与关张并，功临耿邓亲⑤。应天才不小，得士契无邻⑥。迟暮堪帷幄，飘零且钓缗⑦。向来忧国泪，寂寞洒衣巾。

【题解】

　　先主刘备与诸葛孔明风云际会，乘势而起，但魏、吴也不乏人才，势力不相上下，以致先主复兴汉室的志向无法实现，只留下老臣诸葛亮继承其遗志，惨淡经营。诸葛武侯屯兵渭南，呕心沥血，鞠躬尽瘁，终无法实现其雄图大略。夔州立有先主之庙，庙在高山之中，庙檐与鸟道相接，庙前溪边翠竹掩映，庙中松柏苍老半枯，绿苔蔓延至神座。民间的百姓换了一代又一代，但对先主的祭祀仍未断绝，歌舞不辍。兵荒马乱的岁月，我身处偏僻小城，时值草木飘零之秋日，心中感慨万端。今日战乱不休，有谁能忠勇如关羽、张飞，又能建功如耿弇、邓禹？或许只有应运而生的雄主，才能与贤士亲密无间。我年已迟暮，岂堪更参帷幄，只作磻溪钓叟已耳，但忧国念深，不禁泪洒衣巾。

【注释】

　　①先主庙：刘备庙，故址在今重庆奉节白帝山上。

②《三国志·蜀书·诸葛亮传》:"(诸葛亮)与司马宣王对于渭南。亮每患粮不继,使己志不伸,是以分兵屯田,为久驻之基,耕者杂于渭滨居民之间,而百姓安堵,军无私焉。"

③立:一作"泣"。

④交:一作"扶"。道:一作"过"。

⑤孰:一作"势"。关张:关羽、张飞。耿邓:耿弇、邓禹。

⑥应:一作"继"。

⑦《诗·召南·何彼襛矣》:"其钓维何,维丝伊缗。"缗,钓绳。

【汇评】

唐汝询《唐诗解》卷四八:此诗盛称先主之知人,为己不遇而发也。意谓汉季之乱,群雄并兴,各求贤以自佐。是以先主力虽侔于权、操,志实屈于三分。则以身后之事遗于孔明,欲藉之以取中原也。诸葛承主之意,遂为屯田之计,军民杂耕,历事艰辛,至于呕血,信不负所托矣。奈天运已移,诸葛即逝,于是锦江、剑阁复通秦、楚而合于晋也。今观庙中景物凄其,足兴黍离之慨。然间阎人代数易,而岁时享祀不绝,非主之遗爱耶?我因避乱来此绝域,数尝停舟系马,动怀古之思。以为主之得人不特诸葛,即关、张之勇,颇无其俦。以功论之,殆与耿、邓相亲乎!使主无应天之才,安能得士乃尔?夫诸葛躬耕南阳,先主乃咨以天下事,予虽迟暮,犹堪运筹,乃飘零而隐鱼钓,当不哀时而洒泪邪?思效诸葛之忠而无由,所以深恨肃、代之不能为昭烈也。

吴瞻泰《杜诗提要》卷一三:前叙蜀君臣,在庙前一层写。后隐隐自况,在庙外一层写。惟中一段写庙,而又分谒庙四句,为前后关键。章法极检束,极放纵。"风云会"本雄壮,加"惨淡"二字,便落寞,一句中具盛衰,先主一生始末尽是矣。"各有人",故"力侔";"力侔",故志屈。惟"力侔",故社稷分;惟"志屈",故经纶偃。三句串出,见割据之势已成。下四句,遂将先主存汉,与孔明鞠躬尽瘁心事,尽行写出。"锦江"二句,是不了语。先主王蜀,于楚得荆州,可谋东下;于秦得汉中,可资北讨。犹云其地既过楚,复通秦,宜若江左可定,中原可收,此句中意也。乃自江陵失守,继以猇亭之败,先主寻晏驾,而蜀遂不克过楚矣。

仇兆鳌《杜诗详注》卷一五：善作诗者，必构全局。全局既定，则议论得展，而意义层出矣。此篇若无起段之激昂悲壮，则开端少力量。若无后段之感慨淋漓，则收结少精神。能以吊古之情，写用世之志，足令千年上下，英雄堕泪，烈士抚膺，不独记叙庙貌处，见其古色斑斓、哀音凄怆也。

夔府书怀 四十韵

昔罢河西尉，初兴蓟北师。不才名位晚，敢恨省郎迟。扈圣崆峒日，端居滟滪时。萍流仍汲引，樗散尚恩慈①。遂阻云台宿，常怀湛露诗②。翠华森远矣，白首飒凄其。拙被林泉滞，生逢酒赋欺③。文园终寂寞，汉阁自磷缁④。病隔君臣议，惭纡德泽私⑤。扬镳惊主辱，拔剑拨年衰。社稷经纶地，风云际会期。血流纷在眼，涕洒乱交颐。四渎楼船泛，中原鼓角悲⑥。贼壕连白翟，战瓦落丹墀⑦。先帝严灵寝，宗臣切受遗⑧。恒山犹突骑，辽海竞张旗。田父嗟胶漆，行人避蒺藜。总戎存大体，降将饰卑词。楚贡何年绝，尧封旧俗疑。长吁翻北寇，一望卷西夷。不必陪玄圃，超然待具茨⑨。凶兵铸农器，讲殿辟书帷⑩。庙算高难测，天忧实在兹。形容真潦倒，答效莫支持。使者分王命，群公各典司。恐乖均赋敛，不似问疮痍。万里烦供给，孤城最怨思。绿林宁小患，云梦欲难追。即事须尝胆，苍生可察眉。议堂犹集凤，正观是元龟⑪。处处喧飞檄，家家急竞锥。萧车安不定，蜀使下何之⑫。钓濑疏坟籍，耕岩进弈棋。地蒸余破扇，冬暖更纤绨。豺遘哀登楚，麟伤泣象尼⑬。衣冠迷适越，藻绘忆游睢⑭。赏月延秋桂，倾阳逐露葵。大庭终反朴，京观且僵尸⑮。高枕虚眠昼，哀歌欲和谁。南宫载勋业，凡百慎交绥⑯。

1088

【题解】

当初我辞河西尉不任之时,就是安禄山起兵范阳之初,如今年老,又被表为工部员外郎。眼下虽僻居夔州,可还是难以忘怀在凤翔扈从肃宗的岁月,何况自身无才,漂泊在外,还蒙受圣恩。是故山川阻隔,不能尽职于朝中,却不敢置国事于度外。我生性笨拙,沉湎林泉,耽于饮酒赋诗,历经磨难,身老体衰,卧病峡中,终归沉沦,辜负君王。肃宗即位于灵武之日,战火纷飞,满目疮痍,夷狄纵横,叛军肆掠,令人潸然。嗣后郭子仪接受肃宗遗命,代宗即位,河北诸将跋扈而不可制,回纥背盟,吐蕃内扰,南方离心,中原不宁,京畿乱离如故。值此多事之秋,帝王访贤求士,偃武修文,励精图治,自可重致太平,孰知庙算无闻,恐前乱未靖而后患复生。又恐各地官吏忘记自己职责,无视民间疾苦,一味诛求,致使群盗蜂起而不可收拾。夔州地热,冬日我还身着薄衣,手挥破扇。登高望远,常有漂泊之感、乡土之思;垂钓弈棋,赏月延宾,不无忧国之情。希望朝廷文武官员勠力讨伐不臣,建功立业,重造盛世,不可袖手旁观,畏缩不前。

【注释】

①《庄子·逍遥游》:"惠子谓庄子曰:'吾有大树,人谓之樗。其大本拥肿而不中绳墨,其小枝卷曲而不中规矩,立之涂,匠者不顾。'"恩慈:一作"蒙慈"或"蒙资"。

②云台宿:一作"灵台伯"。湛露:《诗经·小雅》中篇名,为天子宴诸侯之诗。

③《西京杂记》卷四载,梁孝王游于忘忧之馆,集诸游士各使为赋。邹阳作《酒赋》,其词有云:"清者为酒,浊者为醴;清者圣明,浊者顽骏。"

④文园:司马相如拜为文园令,后病免,家居茂陵。汉阁:扬雄曾校书天禄阁。磷缁:磨砺。《论语·阳货》:"不曰坚乎,磨而不磷;不曰白乎,涅而不缁。"

⑤议:一作"识"。

⑥《尔雅·释水》:"江、河、淮、济为四渎。"

⑦白翟:唐时鄜、延二州,春秋时为白翟地。翟,通"狄"。

⑧灵:一作"虚"。

⑨《庄子·徐无鬼》载,黄帝将见大隗乎具茨之山,……至于襄城之野,七圣皆迷,无所问涂。适遇牧马童子,问途焉。

⑩凶:一作"休"。

⑪正观:当作"贞观"。

⑫萧车:萧育之车。《汉书·萧育传》载,南郡江中多盗贼,拜育为太守。上以育耆旧名臣,乃以三公使车,载育入殿中受策。蜀使:司马相如为郎使蜀。

⑬王粲《七哀诗》:"西京乱无象,豺虎方遘患。"登楚:王粲登当阳城楼作赋。麟伤:用西狩获麟事。象尼:孔子首象(像)尼山。

⑭《庄子·逍遥游》:"宋人资章甫而适诸越,越人断发文身,无所用之。"章甫,一种古代的礼冠。陈琳《为曹洪与魏文帝书》:"游睢、涣者,学藻绘之彩。"

⑮大庭:传说中的至德之世,见《庄子·胠箧》。京观:《左传·宣公十二年》:"古者明王伐不敬,取其鲸鲵而封之,以为大戮,于是乎有京观,以惩淫慝。"

⑯南宫:东汉明帝图中兴二十八将于南宫云台。《诗·小雅·雨无正》:"凡百君子,各敬尔身。"交绥:两军刚一接触就各自撤退。

【汇评】

仇兆鳌《杜诗详注》卷一六:杜诗长篇,铸格整严,如金科玉律;用思精细,若蚕丝牛毛。此章分枝分节,相生相应之法,必心心静气,从容玩味,方有端绪可寻。但止流目泛观,涉猎大概,亦何由窥见作者深意哉?

刘濬《杜诗集评》卷一三引李因笃曰:叙丧乱之始终,哀行藏之无据,既参家乘,兼补国书。以子长序述之才,而骈为韵语也。

又引吴农祥曰:痛哭之情,深谋之略,皆于腕底见之。

送李功曹之荆州充郑侍御判官重赠

曾闻宋玉宅,每欲到荆州。此地生涯晚,遥悲水国秋①。
孤城一柱观,落日九江流。使者虽光彩,青枫远自愁。

很早就听说荆州有很多历史遗迹,向往着前去游览登临,却一直滞留夔州,无法启程。如今李功曹即将前往,自己无法偕行,遥望荆州而不能不生悲①;李功曹虽得以饱览宋玉宅、一柱观等遗迹,却将离开友朋而索居,想必也会郁悒怅然。

【注释】

①悲:一作"通"。

【汇评】

仇兆鳌《杜诗详注》卷一八:上四,公欲往荆州而悲,悲在于淹留;下四,李独往荆州而愁,愁生于孤寂。一悲一愁,写出两地情怀,极其悽切。

邓献璋《艺兰书屋精选杜诗评注》卷七:前四自述遥悲,后四送李功曹而叹其远愁。水国、青枫,萧瑟之甚。

石闾居士《藏云山房杜律详解》五律卷五:此诗上截四句,是公因送李触起素日怀抱而兴悲;下截四句,是想到李到荆州亦难免良朋索居之感。缘公不能与之同往,故觉彼此各生愁思。此所以既送别又重赠也。

哭王彭州抡

执友惊沦没,斯人已寂寥。新文生沈谢,异骨降松乔。北部初高选,东堂早见招①。蛟龙缠倚剑,鸾凤夹吹箫②。历职汉庭久,中年胡马骄。兵戈闇两观,宠辱事三朝③。蜀路江干窄,彭门地里遥④。解龟生碧草,谏猎阻清霄。顷壮戎麾出,叨陪幕府要。将军临气候,猛士塞风飙⑤。井漏泉谁汲,烽疏火不烧⑥。前筹自多暇,隐几接终朝⑦。翠石俄双表,寒松竟后凋。赠诗焉敢坠,染翰欲无聊。再哭经过罢,离魂去住销。之官方玉折,寄葬与萍漂。旷望渥洼道,霏微河汉桥。

夫人先即世,令子各清标。巫峡长云雨,秦城近斗杓⑧。冯唐毛发白,归兴日萧萧。

【题解】

王抡曾于广德二年与杜甫同处严武幕中,次年迁彭州刺史,大历元年卒。杜甫惊闻噩耗而作此诗。挚友就这样离开了人世,真让人震惊痛心。他有沈约、谢灵运之文才,又具仙人赤松子、王子乔之道骨,早年授官于京畿,为天子所器重,婚于宗室,历任要职。安史乱起,宠辱顿异,流寓蜀中,任职幕府,智略过人,上佐军机,下练士卒,边境得以无事,皆其筹画所致。其后守彭州而没,当日我曾为之恸哭,今槎过夔州而再哭,又想到我滞留夔州,身老体衰,归京无路,更为凄然。

【注释】

①《三国志·魏书·武帝纪》:"(魏武帝)年二十,举孝廉,为郎,除洛阳北部尉,迁顿丘令。"东堂:《晋书·郤诜传》载:"(郤诜)累迁雍州刺史。武帝于东堂会送,问诜曰:'卿自以为何如?'诜对曰:'臣举贤良对策,为天下第一。'"

②《越绝书·越绝外传记宝剑第十三》卷一一一载:"当造此剑之时,赤堇之山破而出锡,若耶之溪涸而出铜,雨师扫洒,雷公击橐,蛟龙捧炉,天帝装炭。"

③阍:一作"闻"。事:一作"自"。

④江干:一作"干戈"。彭门:山名,在今四川彭州西北。门,一作"关"。

⑤气候:用兵气象征候。

⑥漏:一作"渫"或"满"。

⑦自多暇:一作"多自暇"。

⑧杓:斗柄。仇兆鳌注引《春秋运斗枢》:"北斗七星,第一至第四为魁,第五至第七为杓,合而为斗。"

【汇评】

赵次公《新定杜工部古诗近体诗先后并解》末帙卷六:此诗二十韵,首两句紧叹其死,其下自"新文生沈谢"至"隐几接终朝"十一韵,铺叙王彭州之生平,而于十一韵之中,又分三段。自"翠石俄双表"至"令子各清标"六韵,铺叙王彭州之殁后,而于六韵中又分三段。末四句则公自叹其留滞空老,不得归长安,盖因王君之丧不即还乡而感伤也。

刘濬《杜诗集评》卷一三引李因笃曰:游处之难,身后之悲,杂见篇中。

偶 题

文章千古事,得失寸心知。作者皆殊列,名声岂浪垂。骚人嗟不见,汉道盛于斯。前辈飞腾入,余波绮丽为。后贤兼旧利,历代各清规①。法自儒家有,心从弱岁疲。永怀江左逸,多病邺中奇②。骅骝皆良马,骐骥带好儿③。车轮徒已斫,堂构惜仍亏④。漫作潜夫论,虚传幼妇碑⑤。缘情慰漂荡,抱疾屡迁移。经济惭长策,飞栖假一枝。尘沙傍蜂虿,江峡绕蛟螭。萧瑟唐虞远,联翩楚汉危。圣朝兼盗贼,异俗更喧卑。郁郁星辰剑,苍苍云雨池。两都开幕府,万宇插军麾。南海残铜柱,东风避月支。音书恨乌鹊,号怒怪熊罴。稼穑分诗兴,柴荆学土宜。故山迷白阁,秋水忆皇陂⑥。不敢要佳句,愁来赋别离。

【题解】

诗作于大历元年(766)秋日之夔州,为杜甫诗歌创作经验的全面总结。文章乃是不朽之盛事,不可不慎重,其间的甘苦成败,唯有自己内心明白。历代作家都有其独特成就,他们的名声不会轻易就流传于后世。楚辞之后,汉诗兴起。建安诗人崇尚雄健,六朝诗人崇尚绮丽,后来者继承前人传统而又推陈出新。我从幼年就学习儒家的经典,对江左的诗坛前辈颇为景仰,也喜欢魏都邺中的那些文学奇才,他们都是才华横溢之士,其中还往往父子相继。诗本是吾家事,可惜从我之后就断绝了,我满腹的经验无从传授,哪怕朋友们认为我有绝妙文笔,随便就可以写出《潜夫论》那样的文章。我之所以能写出那些诗歌,是因为经历了长期漂泊的生涯,饱尝了迁徙流离的痛苦。我既然没有经世济民的良策,只能流寓到这偏僻的边远之地,暂以寄身。太平盛世已经远去,蜀地如今也战乱不休,盗贼蜂起,满目萧瑟悲凉,何况荒僻的夔州风俗喧闹卑下。我隐居于此,如宝剑深藏紫光不知何时呈现,蛟龙困守池水不知如何飞腾。此时武人用世,干戈满地,南海不靖,西部多寇,道路阻隔,家书不通。我滞留此处,寄居柴门,苦于耕作,少有闲暇吟诗作文。临江远眺,望不见险峻飘缈的白阁峰、秋水弥漫的皇子陂,又如何能写出精彩的诗句呢?唯有在那苦愁袭来之时,借以抒写离情别绪。

【注释】

①利:一作"列"或"制"或"例"。

②病:一作"谢"。

③骅骝:千里马。骅骝:一作"麒麟"。

④《庄子·天道》载轮扁对齐桓公语:"斫轮,徐则甘而不固,疾则苦而不入。不徐不疾,得之于手而应于心。口不能言,有数存焉于其间。臣不能以喻臣之子,臣之子亦不能受之于臣,是以行年七十而老斫轮。"《书·大诰》:"若考作室,既底法,厥子乃弗肯堂,况肯构?"惜:一作"肯"。

⑤幼妇碑:即曹娥碑。《世说新语·捷悟》:"魏武尝过曹娥碑下,杨修从,碑背上见题作'黄绢幼妇外孙齑臼'八字。……修曰:'黄绢,色丝也,于字为绝;幼妇,少女也,于字为妙;外孙,女子也,于字为好;齑臼,受辛也,于字为辞。所谓绝妙好辞也。'"

⑥白阁:白阁峰,在长安南终南山上。忆:一作"隐"。皇陂:皇子陂,在长安南韦曲东。皇,原作"黄",据他本改。

【汇评】

王嗣奭《杜臆》卷八:此公一生精力用之文章,始成一部《杜诗》,而此篇乃其自序也。《诗》三百篇各有序,而此篇又一部杜诗之总序也。起来二句,乃一部杜诗所从胎孕者。"文章千古事",便须有千古识力为之骨;而"得失寸心知",则寸心具有千古。此乃文章家秘密藏,而千古立言之标准。

吴瞻泰《杜诗提要》卷一三：愚谓古今作者虽殊，而法不易。《三百篇》诗法，为诗家之祖，一变而为骚体，再变而为汉诗。自建安诸公飞腾以入，而至于六代之余波，皆无非法也，所贵寸心能领会耳。少陵一生得力于法，故诗中屡言之，至此篇尽泄其秘。读者能会此篇之大旨，则余所注《提要》之苦心，亦可稍白矣。

杨伦《杜诗镜铨》卷一五引蒋弱六曰：前半说文章，后半说境遇，得失甘苦，皆"寸心知"者。前语少而意括，后语详而情绵，公一生心迹尽是矣。

赠高式颜①

昔别是何处，相逢皆老夫②。故人还寂寞，削迹共艰虞③。自失论文友，空知卖酒垆④。平生飞动意，见尔不能无。

【题解】

在丧乱之中，你我偶然相逢，相对而视，均已头发花白，不觉怅然若失，歔欷不已。相别既久，已记不清当日分手之处了。你蹭蹬不遇，我也四处流离。想当初与高适把酒论文，意气何等飞扬，可惜知交零落之后，意绪萧索，如今与你重逢，不觉故态复萌，诗兴大发。

【注释】

①高式颜：高适族侄。高适有诗《宋中送族侄式颜》等。

②是：一作"人"。

③削迹：绝迹。《庄子·山木》："削迹捐势，不为功名。"

④杜甫《遣怀》诗："忆与高李辈，论交入酒垆。"《世说新语·伤逝》载，王戎过黄公酒垆，谓后车客曰："吾昔与嵇叔夜、阮嗣宗共酣饮于此垆，竹林之游，亦预其末。自嵇生夭、阮公亡以来，便为时所羁绁。今日视此虽近，邈若山河。"

【汇评】

金圣叹《唱经堂杜诗解》卷一：此诗只用"老夫"二字，翻覆成篇。前解忽然说是老夫，后解忽然又说未是老夫。老夫狂态，从纸上跳脱而出也。……又此诗通篇，原以"老夫"字为章法，如"寂寞"二句只补叙也。"皆"字妙，"共"字妙。老又皆老，穷又共穷，不能不想当时并少年同高兴是何处也。后解忽更自思。自高别后，直至顷未逢已前，我亦真既老矣。酒垆如故，邈若山河，设不因老，胡一至是。此二句，便将"老夫"二字自己招承明白。下忽通身翻跌云，乃今日逢尔，却不知何故直与昔日接连重新飞动。然则谁说我两人"老夫"，岂有老夫如此飞动者哉。

张溍《读书堂杜诗注解》卷三：公与高、李饮酒论文，意气飞动，不可一世。今忧乱索居，心绪灰冷，故见高又动昔年故态，亦因适之侄而思适也。

仇兆鳌《杜诗详注》卷六：上四伤彼此沦落，下四感知交聚散，通首俱属言情。起句本言离别之久，而语意却深婉有致。

李潮八分小篆歌①

苍颉鸟迹既茫昧，字体变化如浮云②。陈仓石鼓又已讹，大小二篆生八分③。秦有李斯汉蔡邕，中间作者寂不闻。峄山之碑野火焚，枣木传刻肥失真④。苦县光和尚骨立，书贵瘦硬方通神⑤。惜哉李蔡不复得，吾甥李潮下笔亲。尚书韩择木，骑曹蔡有邻⑥。开元已来数八分，潮也奄有二子成三人。况潮小篆逼秦相，快剑长戟森相向。八分一字直百金，蛟龙盘拏肉屈强⑦。吴郡张颠夸草书，草书非古空雄壮。岂如吾甥不流宕，丞相中郎丈人行。巴东逢李潮，逾月求我歌⑧。我今衰老才力薄，潮乎潮乎奈汝何。

【题解】

李潮书法不为时人所重，杜甫将其置于书法因革变化的进程中，以众多大家进行映衬。仓颉造字的初始形态，时间久远，不得而知。而自从文字出现以来,字体千变万化,奥妙无穷。陈仓出土的石鼓文现已散佚,流传的摹本不可作为依据,我们所确定的是大篆、小篆之后又出现了八分,秦之李斯和汉之蔡邕就分别擅长小篆与八分。可惜李斯所作《峄山碑》毁于野火,刻于枣木的字体肥而失真。苦县老子祠庙蔡邕所书写的碑文,虽然是再刻于光和年间,尚且瘦硬而保存了蔡邕的神韵。李斯、蔡邕的书法不可复得,我从外甥李潮那里感受到了他们的风韵。当代擅长八分的,仅有尚书韩择木和兵曹参军蔡有邻两人而已。何况李潮的小篆笔势坚劲,酷似李斯。他的八分如蛟龙盘旋倔强,一字可值百金。吴郡的张旭以草书称雄于世,但却失于流宕,不如李潮古意萧森,可与李斯、蔡邕相颉颃。我在巴东遇见了李潮,他向我索诗一月有余。我如今年老才衰,无法将其书法的妙处展现出来啊。

【注释】

①李潮:杜甫外甥。八分、小篆:书体名。周越《书苑》:"李潮善小篆,师李斯《峄山碑》,见称于时。"赵明诚《金石录》卷二七:"右《唐慧义寺弥勒像碑》,李潮八分书。"

②《晋书·王羲之传》:"(王羲之)尤善隶书,为古今之冠,论者称其笔势,以为飘若浮云,矫若惊龙。"

③陈仓:县名,今属陕西宝鸡。石鼓:石鼓文,唐时出土。又:一作"文"。

④峄山:今山东邹城东南。《史记·秦始皇本纪》:"二十八年,始皇东行郡县,上邹峄山,立石,与鲁诸儒生议,刻石颂秦德。"

⑤苦县光和:这里指苦县明道宫于汉光和年所立老子之碑。书:一作"画"。

⑥韩择木,颍川(今河南许昌)人,工八分,上元元年官礼部尚书。蔡有邻,一说济阳考城人,善八分,开元时官至右率府兵曹参军。

⑦百:一作"千"。屈:一作"倔"。

⑧东:一作"江"。

【汇评】

乔亿《杜诗义法》卷下:洞悉八法源流,信手落笔,不事张皇,而清古之气左萦右拂,空行不窒,亦歌行之上格也。然真赏难遇,试掩其姓名,有不谓后贤才力过之欤?

浦起龙《读杜心解》卷二之三:篇中述书学源流,最委悉矣。其将古今书家,拉杂援引,目为之迷。不知其中具有洞宗四宾主法,识得四种法门,方许彻底勘破。起处"鸟迹""石鼓",书之祖,征求作引,宾中宾也。后幅"吴郡张颠",书之变,借来作托,亦宾中宾也。斯、邕小篆八分,为李潮本派,此属正陪,乃宾中主也。择木、有邻,时代与潮为近,贴身又入一陪,主中再请宾也。然则潮为主中主矣,而着笔反不多,惟以奄有韩、蔡、辈行斯、邕为称许,则仍用借宾定主法。至其评书之旨,则以"肥"为宾,以"瘦硬"为主。

刘濬《杜诗集评》卷六引李因笃曰:夹议论矣,未为绝调,而其笔力足以副之,故有拙意,然取其拙非取其议论。

峡口二首

其一

峡口大江间,西南控百蛮①。城欹连粉堞,岸断更青山。开辟多天险,防隅一水关②。乱离闻鼓角,秋气动衰颜。

【题解】

大江奔腾而下,至瞿塘峡则异常险峻,向西南可防御百蛮侵扰。夔州依山而建,山势起伏,城堞也随之倾斜。从峡口可见断岸之处,更有山峦重叠,阻隔路途。自古以来,蜀地多天险,而此处又添设水路关卡,严加防范。可惜即使如此,至此秋日,蜀中仍有鼓角之声、乱离之人,不能不令人慨叹不已。

【注释】

①间:一作"阔"。百:一作"白"。

②多:一作"当"。隔:一作"虞"。

【汇评】

边连宝《杜律启蒙》五言卷六:依山为城,故城有时而敝,则连粉堞俱敝。峡口之岸或断,则更补以青山,此皆形势之可以控百蛮者。盖开辟以来,此当天险,而历代又设水关,其所以提防乱离者至矣。乃复值乱离而闻鼓角,能不感动衰颜乎? 盖明险之不足恃也,已吸动下章前半之意。

邓献璋《艺兰书屋精选杜诗评注》卷六:此言峡口为要冲,极控带之广,城堞相连山势,遥兼天险,可恃一水为防。乃徒闻鼓角之声,秋霜之鬓,所以深感于崔旰之乱也。

赵星海《杜解传薪》卷三之六:首章以峡口形要领起,见乾坤设险,多为反侧凭峻,深致戒于蜀将也。

其二

时清关失险,世乱戟如林。去矣英雄事,荒哉割据心。芦花留客晚,枫树坐猿深。疲苶烦亲故,诸侯数赐金①。

【题解】

太平盛世,险关无所用之;乱世之中,盗贼蜂起,虽有天险也无可奈何。当年平定蜀国的英雄豪杰已随风而逝,剩下那些宵小之徒,不自量力,滋生出割据之心。芦花白而自惊岁晚,枫树密而猿猴哀鸣。老病之躯,疲苶至极,烦劳亲旧相助。当地郡守,也多次解囊赐金。

【注释】

①一本有自注:"主人柏中丞频分月俸。"

【汇评】

边连宝《杜律启蒙》五言卷六:时清则无所用险,世乱则险不足恃。试观古之英雄如光武、昭烈之平蜀者,今皆安在? 况一时割据如公孙述、李特者,其心不更荒邈矣乎? 然则冒为英雄而强为割据者,亦可以鉴矣。后四单说己事,与前意总难合拢,居然打成两橛矣,奈何?

杨伦《杜诗镜铨》卷一五:此章溯往事而伤羁旅也。上四明治乱之由,下四言客夔之况。

夏力恕《杜诗增注》卷一五:芦花枫树,万千头绪,正向无情中写出。

南　极①

南极青山众,西江白谷分②。古城疏落木,荒戍密寒云。岁月蛇常见,风飙虎或闻③。近身皆鸟道,殊俗自人群。睥睨登哀柝,矛弧照夕曛④。乱离多醉尉,愁杀李将军⑤。

【题解】

夔州为长安极南之处,筑城于青山、白谷之间,寒云密布,落木萧索,荒凉冷落。毒蛇不时可见,虎吼偶尔可闻。身边都是险峻的山路,山民的风俗也不同于中原。何况时值乱离,登上城墙眺望,夕阳斜照军旗,击柝之声不绝于耳,小人横行,此地难以久留。

【注释】

①南极:星名,一说指南方。

②白谷:谷名,在夔州白帝城西。

③或:一作“忽”。

④矛:一作“螯”。

⑤《史记·李将军列传》:“(李广)尝夜从一骑出,从人田间饮。还至霸陵亭,霸陵尉醉,呵止广。广骑曰:‘故李将军。’尉曰:‘今将军尚不得放行,何乃故也。’”

【汇评】

吴见思《杜诗论文》卷四〇:南极,夔州也,在天地之南,而青山尤众。西江,汉江也,于大江合处,从白谷而分。二句疆界。古城之落木已疏,荒戍之寒云正密,冬时也。乃蛇以不时而见,虎复突如其来,近身无非为道,殊俗自为人群。六句写地。我今居此,而更加以哀柝日传,戈甲未靖,乱离方盛,小人横行乎。四句写事。

张远《杜诗会稡》卷一六:前八句南极之风景,后四句写乱离未靖、小人纵恣。李将军不必实有所指。

夏力恕《杜诗增注》卷一四:鸟道人群险阻,却从平易写出。

送王十六判官

客下荆南尽,君今复入舟。买薪犹白帝,鸣橹少沙头①。衡霍生春早,潇湘共海浮②。荒林庾信宅,为仗主人留。

【题解】

蜀中发生叛乱,旅居者纷纷顺江而下荆州,王判官你如今也要乘舟东行了。此去路途虽远,但轻舟极其迅捷,早上刚买薪登舟,发棹于白帝城,千里江陵须臾而至,很快就会停泊于沙市了。你沿途会经过潇湘一带,那里春水弥漫,浩瀚如海。江陵有庾信故居,虽然已经荒芜,却不妨为我稍作停留。不久之后,我或恐会追踪而来。

【注释】

①少:一作"已"。沙头:即湖北荆州沙市。诗句原有注:"江陵吴船至,泊于郭外沙头。"吴船,一作"舟船"。

②衡霍:即衡山,一名霍山,故称。

【汇评】

范濂《杜律选注》卷五:此诗前半送王之江陵,后半言其地之盛,盖欲王少留于彼,以访古焉。

石闾居士《藏云山房杜律详解》五律卷五:此诗通身是羡王之赴荆,明己之欲往,故写得兴致淋漓,满纸飞舞。

瞿唐两崖

三峡传何处，双崖壮此门。入天犹石色，穿水忽云根。猱玃须髯古，蛟龙窟宅尊①。羲和冬驭近，愁畏日车翻②。

【题解】

三峡得名已久，不过究竟何处才是三峡，历来莫衷一是。如今亲眼看见瞿塘峡口双崖对峙如门户，中贯一江，才感到它并非浪得虚名。这悬崖峭壁直入云霄，洞穿江底，山高水险，故有猿猴盘桓、蛟龙深藏。此处崖陡水深，冬日不见阳光，或许是羲和担心所驾驭的龙车可能撞翻而避开了这里。

【注释】

①猱玃：猿猴。

②冬：一作"骖"。

【汇评】

黄生《杜工部诗说》卷五：首句言其来之远，次句言其势之雄，三、四分贴一、二，五、六又分贴三、四。此青壁也，入天则几同色矣。云根，指石露水面者，其禹凿之余乎？山高水险，故物得久据深藏其中。曰"古"，曰"尊"，字法俱妙。七、八因冬至日行南陆，去地近，故云。形容崖壁之峻，真想落天际矣。前半贴题，后半开一步，结用"翻"字绾合。后半即景寓意。五、六指盗窃盘据之辈，七、八盖暗指控御得其人，庶可免覆辙之戒耳。

吴瞻泰《杜诗提要》卷一〇：起手虚喝一句，次实贴两崖。三状两崖之高，石与天同一色也。四状两崖之险，水与石相腾激也，所谓"双崖壮此门"者以此。五、六则因山高水险，而寓窃据之有人。七、八又因窃据者多，而伤控驭之无术。一层申出一层，出人意表。前半实状两崖，诗人不难为此险语。后半虚状两崖，诗人不能有此胸襟也。虚实实虚，诗其神乎？

瞿唐怀古

西南万壑注,勍敌两崖开①。地与山根裂,江从月窟来。削成当白帝,空曲隐阳台。疏凿功虽美,陶钧力大哉。

【题解】

西南的万壑之水都注入了瞿塘峡,以万钧之力把悬崖劈成两瓣。山底从植根的大地裂开,江水奔腾而至,似乎从西方的月窟而来。峡门如刀削而成,与白帝城遥遥相对,空曲之处隐藏着神秘的阳台。大禹疏凿三峡之功固然壮美,却还是比不上大自然的鬼斧神工。

【注释】

①勍:一作"劲"。

【汇评】

吴瞻泰《杜诗提要》卷一〇:张容园云《瞿塘怀古》,怀瞿塘之古迹也。白帝、阳台、禹功,皆瞿塘后起之迹,而其最先,则自陶钧始,以见此峡之为天造地设也。前言"控三巴",犹带恨词;言"罪真宰",犹有激词。至此亲历两崖,然后知陶钧之力,有非禹所能为功者。平心静气,咏叹悠扬,此为神来之笔。五、七律章法,较古诗隘而且密。而句法尤在铸字,如此诗"注"字、"开"字、"裂"字、"来"字、"当"字、"隐"字,皆百炼精金。

边连宝《杜律启蒙》五言卷六:西南万壑,俱注于此。苟非两崖既开,奚以受之?故必地许山根以裂,开此两崖,然后江之发源月窟者,得携万壑以俱来,而无所阻碍也。不然,虽有疏凿之力,将奈之何哉?盖末二句神理,俱包上四句内矣。

夜宿西阁，晓呈元二十一曹长

城暗更筹急，楼高雨雪微。稍通绡幕霁，远带玉绳稀。门鹊晨光起，墙乌宿处飞^①。寒江流甚细，有意待人归。

【题解】

大历元年，杜甫自云安县抵达夔州后，秋冬寓于西阁，次年春始迁居赤甲。此诗写夜宿西阁及晨起所见，流露出峡之意。夜色逐渐晦暗，城中更筹愈急。夜卧高楼之上，见雨雪霏微。黎明时分，天幕薄如绡帐，霁色稍通，远处玉绳之星隐约可见。晨光渐出，门前喜鹊与城上之乌俱绕飞于空中。寒江潺湲，似乎在催促我归去。

【注释】

①起：一作"喜"。墙：一作"檣"。

【汇评】

王嗣奭《杜臆》卷九：城尚暗而催晓，则更筹急；楼虽高而雨雪已微，故堪早起。此时日未出而旭光已动，轻云掩映，如于鲛绡帐中，稍通霁色；而星未尽落，故远带玉绳而渐稀也。乃门前之鹊，见晨光而起，檣上之乌，从宿处而飞。因想大江之流，此时甚细，若"有意待人归"者，乃不能与鹊俱起，与檣乌齐飞，何耶？

吴见思《杜诗论文》卷四七：城方暗而更筹正传，楼既高而雨雪已少，此夜宿中事也。未几光通幕内，天已霁矣；远望玉绳，星已稀矣。二句晓起而视之。门上之鹊，趁今日之晨光而已起矣；檣上之乌，看昨日之宿处，今不见矣。二句写晓望之事。下望寒江未涨，若有意待人之归，可不早计乎？

边连宝《杜律启蒙》五言卷六：霁色通于绡幕，高阁远带玉绳，是将晓之景。门外之鹊，起于晨光；檣上之乌，飞于宿处，此已晓之景，即以反兴下联。

西阁口号呈元二十一①

山木抱云稠,寒江绕上头②。雪崖才变石,风幔不依楼。社稷堪流涕,安危在运筹。看君话王室,感动几销忧。

【题解】

诗与前首同时而作。冬日萧索的山木,在低沉的乌云下显得稠密。寒冷之气盘旋山顶,雪花淹没了崖石,凛冽的寒风卷起了楼幔。国势堪忧,令人流涕叹息。社稷安危,系于运筹帷幄之人。与你话及王室,闻君之论,使人感动而销忧。

【注释】

①诗题原作"西阁口号",据他本改。又一本"呈元二十一"为题注小字。

②江:一作"空"。

【汇评】

吴见思《杜诗论文》卷一七:因前首未及元曹长,故又有此作。晓雾未散,云犹在山上也。云气未升,荟于木间,天又在云上也。山木抱云,方以云作崖,忽云散而变为石崖矣。云散则有风,初楼中有幔,忽风飘而不依故处矣。四句景。一夜之中,话社稷而为之流涕,计安危而为之运筹。看君拳拳之意,但多感动耳,几当销忧哉。

仇兆鳌《杜诗详注》卷一八:上四,写西阁景;下四,寄元曹长。阴云绕树,寒气盘空,故雪沾石变,而风紧幔飘。堪流涕,世乱未已。在运筹,谋国待人。二句,述元君话中之意。感动销忧,喜留心王室者,尚有同志也。前首,未及呈元意,故此章特详之。

阁 夜

岁暮阴阳催短景,天涯霜雪霁寒宵①。五更鼓角声悲壮,三峡星河影动摇。野哭几家闻战伐,夷歌是处起渔樵②。卧龙跃马终黄土,人事依依漫寂寥③。

【题解】

冬日莅临,白昼的时间越来越短。漂泊天涯,寒宵登高而望,夜雪初霁,霜天空明。长夜本自难眠,好不容易挨到五更,星星尚未隐退,倒影还在江面荡漾起伏,而军营中的号角已经响起。这似乎在提醒着人们战争还在影响着他们的生活,耳畔也仿佛听到了千家万户痛失亲人的悲泣号哭,本来处处可闻的渔樵蛮夷之歌却也零落难逢。夔州附近有为公孙述和诸葛亮所立的庙宇,可无论是逆是忠都同归于黄土。想到此处,目前人事不顺、远地音书难通,又值得伤怀吗? 就让它们付之寂寥吧。

【注释】

①宵:一作"霄"。

②几:一作"千"。是:一作"几"。

③"卧龙"句,底本原有注:"城上有白帝祠,郭外有孔明庙。""人事"句:一作"人事音尘日寂寥"或"人事音书漫寂寥"。

【汇评】

黄光升《杜律注解》卷上:此在夔州作也。阴阳即昼夜,霜雪乃一冬所积者,盖一年将暮,昼夜催逼,真觉光景短速。而高台夜望,霜雪光映,信见寒宵明霁,鼓角入五更而转悲壮,星河临三峡而影自动摇。二句虽咏夜景,而耿耿不能寐之意可见矣。战伐败亡之哭,弥满千家,渔樵蛮夷之歌,零落几处。二句乃晓景也,而戚戚不可堪之意又见矣。末因自叹身事,姑设为无可奈何之词以自解焉。盖孔明尝辅先主于此,公孙述亦尝于此跃马称帝。当日英雄,今皆终于黄土,故欲遗落人事音书不以为意。谓之"漫"者,一任其寂寥而不复计较也。

王嗣奭《杜臆》卷八：岁已暮矣，阴阳迅速，又催短景，人生几何，只此无限悲感。乃身在天涯，而霜雪初霁，寒宵孤店。人心不欢，而"鼓角声悲"也；人心不宁，而"星河影摇"也。战伐败而野哭者约有千家，渔樵乐而夷歌者能有几处？当此危乱，谓非豪杰不能拯济。而追论往事，以"卧龙"而终与"跃马"者同归黄土，况我今日。若论人事，流离衰病已如此矣。"音书"谓家报。公家京师，有家报必及朝事；音书所传亦无好消息，漫然寂寂寥寥，虚度时日，与前辈同于沦没而已。心如悬旌，奈何不与鼓角同悲而星河共摇也。此诗全于起结着意，而向来论诗止称"五更"一联，并不知其微意之所在也。"卧龙"句总为自家才不得施、志不得展而发，非笑诸葛也。

仇兆鳌《杜诗详注》卷一八引卢世㴶曰：杜诗如《登楼》、《阁夜》、《黄草》、《白帝》、《九日》二首，一题不止为一事，一诗不止于一题，意中言外，怆然有无穷之思。当与《诸将》《古迹》《秋兴》诸章，相为表里。读者宜知其关系至重也。

瀼西寒望

水色含群动，朝光切太虚。年侵频怅望，兴远一萧疏①。猿挂时相学，鸥行炯自如。瞿唐春欲至，定卜瀼西居②。

【题解】

诗作于大历元年冬日，翌年三月，诗人即迁居瀼西。旭日初升，阳光照在水面又折射空中，水中物象，无所不有。挂在水边树上的猿猴狎昵嬉戏，浮游水中的鸥鸟悠闲自得。渐近年底，怅望瀼西，勾起我无限兴致，明年春天来临，我定然会卜居于此。

【注释】

①侵：一作"终"。

②卜：一作"下"。

　　王嗣奭《杜臆》卷八："水色""朝光"语，细心者能见之，然写不出；细心者或能写之，然解不得。"猿挂""鸥行"语亦然。然此诗以"兴远一萧疏"为之纲，水色、朝光，此萧疏之远而大者；猿挂、鸥行，此萧疏之近而细者。"萧疏"从"兴远"来，"兴远"又从"怅望"来。"年侵"最是苦情，"怅望"亦非乐事。乃因望频而起兴，遂有此一段光景。无边际，无罣碍，已不能喻，而借景以发之，即公亦不能喻诸人者。若论公之所遭，受尽无穷苦趣，而毕竟苦他不倒，恃有此也。如孤松在冰雪中，而生意长存也。

　　陈式《问斋杜意》卷一六：此望中感叹之作。首二句双起，下六句分承，义取用远形近，却不可止认是用远形近。三、四承第二句，朝光可以远望，志倦于远。五、六以下承首句，水中群动可爱，瞿塘春至，卜居瀼西，故乡付之萧疏。卜居就为群动，谓公真以群动之故，恝然远道之故乡乎？怅望无益之下，所见水中猿鸥，犹是影视自身之借照耳。

　　石闾居士《藏云山房杜律详解》五律卷五：将通篇所望之情景尽纳于中，所以能通身一气。

白帝楼

　　漠漠虚无里，连连睥睨侵。楼光去日远，峡影入江深。腊破思端绮，春归待一金①。去年梅柳意，还欲搅边心。

【题解】

　　白帝楼最高之处，已入太虚。在楼上眺望，但见女墙蜿蜒而升。楼在高绝之处，下临陡崖，城楼倒影落地甚远，远处的峡影也深落江中。腊月即将结束，盼望着春天到来的时候可以出峡归乡，可惜旅资匮乏，真担心和去年一样滞留夔州。去年春天见到梅、柳之际，就已经萌动了归思，只是一直无法成行。

①腊破:一作"破腊"。端:布帛长度单位,古代布帛二端相向卷,合为一匹,一端为半匹。《古诗十九首·客从远方来》:"客从远方来,遗我一端绮。"

【汇评】

金圣叹《唱经堂杜诗解》卷四:非登楼诗,乃坐楼诗也。日日眼前,那不可憎。熟人、熟事、熟语、熟景必憎。"憎"之为字,心曾也。上解全是憎。今年又思端绮犹可,明年又待一金。悲哉! 一金几何,早待两年也。

仇兆鳌《杜诗详注》卷二一:上四城楼之景,下四出峡之情。太虚之际,城堞上侵,极言城之高峻。日照水而其光上映,惟楼高,故去日远。峡临江而其影下垂,惟水落,故峡影深。腊尽春回,正可出峡。思端绮、一金制春服而作行资,尚不可得,恐仍似去年之留滞耳,故对梅柳而还动边心。

浦起龙《读杜心解》卷三之六:因登楼而叹久客也。

白帝城楼

江度寒山阁,城高绝塞楼。翠屏宜晚对,白谷会深游。急急能鸣雁,轻轻不下鸥①。夷陵春色起,渐拟放扁舟。

【题解】

白帝城楼矗立高山之上,远依绝塞,下瞰寒江。夕阳下,峰峦排列,直如翠屏,分外宜人。深藏其间的白谷,颇令人向往,定然会前去细细游历。眼前鸥飞雁鸣,夷陵春来之际,我当乘舟而往。

【注释】

①《庄子·山木》载,庄子舍于故人之家,故人令竖子杀雁烹之。竖子曰:"其一能鸣,其一不能鸣,请奚杀?"主人曰:"杀不能鸣者。"《列子·黄帝》载,海上有人,每旦从鸥鸟游,鸥鸟之至者百数而不止。其父曰:"吾闻鸥鸟皆从汝游,汝取来吾玩之。"明日,鸥鸟舞而不下也。

【汇评】

仇兆鳌《杜诗详注》卷二一：此诗登楼而有出峡之思，在四句分截。公旧居西阁，因上城楼而回望之。"晚对"则返照增妍，"深游"则佳境遍历，此楼前所见者。又以鸣雁轻鸥，兴起春日放舟，此江边所感者。

邓献璋《艺兰书屋精选杜诗评注》卷一〇：此公欲乘春色而出峡也。四句城楼虽荒，而佳境尚可娱。五、六以雁寓意，七、八结出正旨。

边连宝《杜律启蒙》五言卷八：一、二，点题；三、四，楼上之景；下四，出峡之志。翠屏、白谷，皆楼上所见。宜晚对，说现在；会深游，是预期。

西阁曝日

凛冽倦玄冬，负暄嗜飞阁①。羲和流德泽，颛顼愧倚薄②。毛发具自和，肌肤潜沃若③。太阳信深仁，衰气欻有托。欹倾烦注眼，容易收病脚。流离木杪猿，翩仙山巅鹤④。用知苦聚散，哀乐日已作⑤。即事会赋诗，人生忽如昨⑥。古来遭丧乱，贤圣尽萧索。胡为将暮年，忧世心力弱。

【题解】

厌倦了冬日的凛冽寒风，便喜爱在西阁上晒太阳。羲和驾着日车出来，德泽普施大地，主宰冬季的颛顼自愧力薄而敛威。严寒削弱，毛发暖和起来，肌肤也变得光滑润泽。太阳确实仁慈，它不仅使我这气衰体弱之人忽然有了底气，腿脚麻利，免遭行步欹倾之患，也让树梢的猿猴、山巅的仙鹤充满了活力。人到晚年，便苦于知交零落，友朋聚散无常，哀乐此起彼落。触景伤情，即事赋诗，人生转眼如昨。古往今来，遭逢丧乱，连圣贤们也难免寂寞，年老气衰如我，又何必为时世担忧而使心力减弱呢？

【注释】

①冽：一作"烈"。

②《礼记·月令》:"孟冬之月,日在尾。昏危中,旦七星中。其日壬癸,其帝颛顼,其神玄冥。"

③和:一作"私"。

④流离:一作"浏漓"。木杪:一作"木梢"。翩仙:一作"翩翻"。巅:一作"颠"。

⑤用:一作"明"或"朋"。日已作:一作"亦已昨"。

⑥昨:一作"错"。

【汇评】

浦起龙《读杜心解》卷一之五:分两截看。只领现在暄和,无泥迁流幻影。

夏力恕《杜诗增注》卷一五:以猿鹤兴朋知,以流离蹁跹兴哀乐。中间便如空际云峰乍起。

刘濬《杜诗集评》卷四引吴农祥曰:写老景,真流离,下似独处得曝日,兼怀朋旧。

不离西阁二首

其一

江柳非时发,江花冷色频。地偏应有瘴,腊近已含春。失学从愚子,无家任老身①。不知西阁意,肯别定留人②。

【题解】

夔州远离中原,地势偏僻,或是蒸热多瘴之故,尚在腊月,春天还未到来,江花已开,江柳已绿。客居他乡,只好任凭小孩失学;既然无法归去,寄身何处也没有区别。不知西阁你意下如何,究竟是挽留我,还是任我离去?

【注释】

①任:一作"住"。

②留:一作"何"。

【汇评】

吴瞻泰《杜诗提要》卷一〇:前四写西阁不可不离,复四写不可即离,而忽作问西阁之词,言西阁肯令人别乎? 抑定留人乎? 西阁于人何意,乃己不能作主,肯别肯留,一听西阁。写尽穷途景况,满纸泪痕。

仇兆鳌《杜诗详注》卷一八:首章对景感怀,向西阁作问词。非时先发,当冷频开,此见地暖含春也。失学,阁中之事。无家,居阁之故。末乃久客无聊之语。

吴冯栻《青城说杜》:两首自嘲自解,与西阁如相问答,奇情奇理。花柳发于春,乃其时也。今冷色言频而已发者,为此地之偏有瘴气炎蒸故耳。不然如何腊近方冷,春意已含,而江柳江花竟以非时发耶? 花、柳互文协韵,不可分泥。

其二

西阁从人别,人今亦故亭。江云飘素练,石壁断空青①。沧海先迎日,银河倒列星。平生耽胜事,吁骇始初经②。

【题解】

西阁任凭我离去,不再挽留,但真正就要离开之时,我又对亭前的景色难舍难分。江上漂泊的白云如素绢,石壁断处露出青色的天空。早起登楼,可以先一步迎接从沧海升起的太阳;夜晚临眺,可以观赏江中星河的倒影。我平生最喜欢这样的胜景,西阁所见,又如何不让我叹为观止!

【注释】

①练:一作"叶"。断:一作"斩"。
②耽:原作"眈",据他本改。

【汇评】

吴瞻泰《杜诗提要》卷一〇:前结尚在疑词,此起忽作决词,言阁已不留人矣,但人自故亭耳。"故"字妙,写出一段穷途无赖气色。"亭"同"亭午"之"亭",作"停"用。中二联忽变出如许佳景,以疏出不离之故。踟蹰顾盼,借景舒怀，正所谓"人今亦故亭"也。首章望阁留人，次章人不离阁，反覆回互，故曰"不离西阁"。此以两篇问答为章法者也。

仇兆鳌《杜诗详注》卷一八：次章，代西阁作答词，仍取其佳胜也。西阁何心，亦任人别去，只人不能离，直视为故亭耳。江云飘而白如素练，石壁断而空处皆青，此阁上近景。晓登楼而海日先迎，夜临窗而星河倒列，此阁上远景。似此胜事，平昔所耽，今目击初经，能无吁叹而惊骇乎？西阁之中，亦差堪自遣矣。

览柏中丞兼子侄数人除官制词，因述父子兄弟四美，载歌丝纶①

纷然丧乱际，见此忠孝门。蜀中寇亦甚，柏氏功弥存。深诚补王室，戮力自元昆②。三止锦江沸，独清玉垒昏。高名入竹帛，新渥照乾坤③。子弟先卒伍，芝兰叠玙璠④。同心注师律，洒血在戎轩⑤。丝纶实具载，绂冕已殊恩。奉公举骨肉，诛叛经寒温。金甲雪犹冻，朱旗尘不翻。每闻战场说，歘激懦气奔。圣主国多盗，贤臣官则尊。方当节钺用，必绝褦襶根⑥。吾病日回首，云台谁再论⑦。作歌挹盛事，推毂期孤骞⑧。

【题解】

永泰元年(765)，严武去世，郭英乂代为节度，汉州刺史崔旰攻打郭英乂，柏茂林以邛州牙将身份讨伐崔旰。杜甫此诗即歌颂柏茂林父子兄弟在戡乱中所立之战功。时危见臣节，世乱识忠良。在蜀中叛贼气焰嚣张之际，柏氏一家挺身而出，齐心协力，严整军纪，从冬至春，终于打败崔旰，使成都重见太平。他们的功勋被载入史册，朝廷也不惜爵赏，如今为此颁下诏令。这样的盛事，当作诗以颂扬称引，使其名扬天下。

①柏中丞：柏茂林，又名柏茂琳、柏贞节，蜀郡（今四川成都）人。历官邛州刺史、同州刺史等。时为夔州都督兼御史中丞，杜甫作有《为夔府柏都督谢上表》。丞，原作"允"，据他本改。丝纶：帝王诏书。《礼·缁衣》："王言如丝，其出如纶。"

②自：一作"见"。

③名：一作"人"。

④芝兰：香草。《世说新语·言语》："譬如芝兰玉树，欲使其生于阶庭耳。"玙璠：美玉。

⑤师律：军队纪律。《易·师》："《象》曰：师出以律，失律，凶也。"戎轩：兵车。

⑥渗：原作"泠"，据他本改。

⑦日：一作"思"。

⑧推毂：推车前进，喻拜将。毂，车轮轴。《史记·张释之冯唐列传》："臣闻上古王者之遣将也，跪而推毂，曰阃以内者，寡人制之；阃以外者，将军制之。"

【汇评】

陈式《问斋杜意》卷一四：此因览柏氏制词，策之以后效也。

夏力恕《杜诗增注》卷一四：此诗可以为国史之证。

刘濬《杜诗集评》卷一三引李因笃曰：冠冕激发，雅称其题。

览镜呈柏中丞

渭水流关内，终南在日边。胆销豺虎窟，泪入犬羊天。起晚堪从事，行迟更学仙①。镜中衰谢色，万一故人怜。

【题解】

柏茂林或有起用诗人之意，杜甫作诗婉谢。关中为胡人扰乱，流落蜀地,欲归不得。迟暮之年,无法晨起晚归以充职事;行动不便,步伐迟缓,更企望学仙以延年益寿。故人虽不忍我之弃掷埋没,可看看镜中的衰颜,唯有辜负这一片心意。

【注释】

①嵇康《与山巨源绝交书》:"卧喜晚起,而当关呼之不置,一不堪也。"晚:一作"晓"。学:原作"觉",据他本改。

【汇评】

吴瞻泰《杜诗提要》卷九:题曰"览镜",起六句却全不是览镜,似脱题矣。不知其主意只在"衰谢"二字,纯用逆笔倒卷而上,于是八句全是览镜。言我本关内之人,日边之人,无端而胆销泪入于豺虎窟、犬羊天,遂至衰谢如此,因故作一转云:若论出仕,耐劳方可,今起晚更堪从事乎?若论学仙,神健方能,今行迟更堪学仙乎? 览镜窥之,尽衰谢色,乃为自决之词曰:仕既不可,仙又不能,豺虎、犬羊,终日相对,关内、日边,永难复见,更复谁人怜我?所赖者故人为万中之一耳,归到柏中丞。此种笔力,如逆风使篷,波翻浪卷,奇险惊人,而舟子把舵在手,神色不动,得不叫绝?

仇兆鳌《杜诗详注》卷一八:上四回忆长安,叹乱不可归。下则自伤衰老,而有望于中丞也。胆销泪入,起晚行迟,皆衰谢之状,从览镜而思之。

刘濬《杜诗集评》卷九引李因笃曰:题两层,一滚于结语点出。

陪柏中丞观宴将士二首

其一

极乐三军士,谁知百战场。无私齐绮馔,久坐密金章。醉客沾鹦鹉,佳人指凤皇①。几时来翠节,特地引红妆。

【题解】

柏茂林大宴将士,杜甫作陪而赋此二首,称美主人。筵席上陈列着众多精美的肴馔,赴宴的将士们各自戴着铜章墨绶,纵情欢娱,一个个醉醺醺端着酒杯,引得侍宴的歌女对着他们的品服指指点点,满眼诧异,谁能想得到这些将士久经沙场、九死一生?什么时候柏中丞被拜为节度使,再邀来官妓大肆庆贺。

【注释】

①鹦鹉:指酒杯。凤皇:指品服,一说指箫或琴。皇,一作"凰"。

【汇评】

仇兆鳌《杜诗详注》卷一八:首章,记会宴之盛,是堂上事。

边连宝《杜律启蒙》五言卷六:由苦战而得极乐,言其乐非太荒也,此句立定柱脚。下文只管极写乐事,于主帅神将身分皆无所损,此争上流法也。"极乐"字,为两首之纲句。三句,言不论贵贱,皆盛馔也。……中四句,皆言极乐之事。结言中翠节,来自几时,乃得特引红妆,开此盛宴乎?从前所未有也。此为极乐欢忭之词。他注并作祝祷中丞,膺宠命而重开盛宴,则与下首复矣。

其二

绣段装檐额,金花帖鼓腰①。一夫先舞剑,百戏后歌樵②。江树城孤远,云台使寂寥。汉朝频选将,应拜霍嫖姚。

【题解】

到处张灯结彩,筵席上歌舞不绝。乐工不停敲击着贴着金花的大鼓,来为舞剑者伴奏。在百戏之后,将士们还欢快地唱起了夔州本地的樵歌。夔州远离中原,朝廷使者罕至。如果现在朝中选任大将,柏中丞就如同汉代的霍嫖姚。

【注释】

①檐额:指檐下柱头上用于承重的大额枋,泛指屋檐。仇注:"装檐额,即今人宴会结彩于檐之类。"

②樵:一作"鐎"。

范濂《杜律选注》卷四：起语状军容装束，三、四言将士呈技，五、六感时，末归美中丞。

陈式《问斋杜意》卷一四：起盛称柏之声容歌舞，后则言孤远如夔，功臣来者绝少，柏即不减汉之骠姚。认定骠姚于声容歌舞之中，亦未必不是讽意，然总妙在不觉。

夏力恕《杜诗增注》卷一四：前半写得面面如生，后半忧虑深远，期望无穷。

奉送蜀州柏二别驾将中丞命，赴江陵起居卫尚书太夫人，因示从弟行军司马位[①]

中丞问俗画熊频，爱弟传书彩鹢新。迁转五州防御使，起居八座太夫人[②]。楚宫腊送荆门水，白帝云偷碧海春。报与惠连诗不惜，知吾斑鬓总如银[③]。

【题解】

柏茂林命其弟前往江陵向卫伯玉母亲问安，杜甫赋诗送行，并请柏二别驾转达他对自己从弟杜位的问候。夔州都督柏茂林新进迁转为五州防御使，归属荆南节度使卫伯玉之下。他正忙于采问民风土俗，无暇抽身，便派他的兄弟柏二前往江陵问候太夫人起居。腊月的楚国，已现几分春色，江水上涨，江面宽阔，由白帝城晴日乘舟快下荆门，水天一色，直觉春生碧海。并请别驾转告杜位：我本应写诗相寄，只因双鬓斑白如银，力不从心。

【注释】

①柏二：柏茂林之弟。卫尚书夫人：荆南节度使、检校工部尚书卫伯玉之母。从弟行军司马位：杜甫从弟杜位，时为荆南节度使行军司马。位，一作"佐"。底本有篇目无正文，据他本补。

②《新唐书·方镇表》载，乾元二年，以夔、峡、忠、归、万五州隶夔州；广

德二年,置夔忠涪都防御使,治夔州;大历元年,荆南节度复令澧、朗、涪三州。中丞为夔州都督,时自都督迁防御。《初学记》卷一一载,光武分尚书为六曹,并一令、一仆射,谓之八座。

③惠连:谢惠连,谢灵运族弟。《诗品》卷中引《谢氏家录》语:"康乐每对惠连,辄得佳语。"

【汇评】

金圣叹《唱经堂杜诗解》卷四:题极似因送柏二将命起居,乘便寄书与从弟,不知却是特为寄书从弟,故带叙出寄书人来。何以知之?看他如此长题,字字做到,独有头上"奉送"二字,八句中细细寻检,全然不见提起,而后知其用意,在此不在彼也。至其制题,似反于柏二最详,裁诗又似以前一解专叙柏二事者。此则先生用异样奇法,撰作异样奇文,凡所欲说向从弟者,悉不于弟边说,而悉于柏二边说。文家谓之"提花暗色"方法,不可不知。

陈之壎《杜工部七言律诗注》卷二:篇中五人两地,层次有法,宾主相生,头绪甚多,宽然有余。盖四语叙事,妙有领袖分接。四语写景寄情,闲闲布置,已得曲尽。老杜诗成而后有题,不简不烦,正妙于字字注诗。

边连宝《杜律启蒙》七言卷二:一、二贴"别驾将中丞命",三、四贴"起居卫太夫人",五、六贴"送"字,七、八贴"因示弟位"。事琐故题长,以八句次第毕事,井井有条。

荆南兵马使太常卿赵公大食刀歌①

太常楼船声嗷嘈,问兵刮寇趋下牢②。牧出令奔飞百艘,猛蛟突兽纷腾逃。白帝寒城驻锦袍,玄冬示我胡国刀。壮士短衣头虎毛,凭轩拔鞘天为高。翻风转日木怒号,冰翼雪淡伤哀猱③。镌错碧罂鸊鹈膏,锋锷已莹虚秋涛④。鬼物撇捩辞坑壕,苍水使者扪赤绦,龙伯国人罢钓鳌⑤。芮公回首颜色劳,分阃救世用贤豪⑥。赵公玉立高歌起,揽环结佩相终始。

万岁持之护天子,得君乱丝与君理。蜀江如线如针水,荆岑弹丸心未已⑦。贼臣恶子休干纪,魑魅魍魉徒为耳,妖腰乱领敢欣喜。用之不高亦不庳,不似长剑须天倚。吁嗟光禄英雄弭,大食宝刀聊可比。丹青宛转麒麟里,光芒六合无泥滓。

【题解】

荆南兵马使兼太常卿赵某率领楼船,浩浩汤汤从下牢溪前来平乱。夔州州牧出迎,县令奔走,而盗贼闻风丧胆,纷纷逃窜。时值冬日,暂驻白帝之城。筵席之上,赵氏拿出大食宝刀给我欣赏。舞刀的壮士头蒙虎皮,凭轩拔刀出鞘,顿时感到杀气腾腾,阴风怒号,日光惨淡,飞鸟薄云,哀猿丧魂,鬼物遁逃。荆南节度使卫伯玉有识人之明,任用赵氏。赵氏揽环结佩,顾盼生辉,玉立高歌,志在安定王室,荆南弹丸之地不足以展露其才华,蜀地之魑魅魍魉也不堪其一击。他如那大食宝刀,光芒四射,永灭妖氛,必将建立功业,留图像于麒麟阁而流芳百世。

【注释】

①大食:阿拉伯帝国。《旧唐书·西戎传》载,大食国在波斯之西,兵刃劲利。

②趋:一作"超"。下牢:下牢关,在今湖北宜昌西下牢溪。

③木:一作"水"。雪:一作"云"。

④鸂鶒膏:用鸂鶒鸟所熬之油,涂抹刀剑以防锈。鸂鶒,野鸭子。铓锷:一作"铦锋"。虚:一作"灵"。

⑤仇兆鳌注引《搜神记》:"秦时有人夜渡河,见一人丈余,手横刀而立。叱之,乃曰:'吾苍水使者也。'"龙伯国人:巨人。《列子·汤问》卷二载:"龙伯之国有大人,举足不盈数步而暨五山之所,一钓而连六鳌。"

⑥芮公:荆南节度使卫伯玉,广德元年拜江陵尹兼御史大夫,充荆南节度观察等使,封芮国公。

⑦如针水:一作"针如水"。

【汇评】

张綖《杜工部诗通》卷一二:此歌崛崎顿挫,语繁而不杀,绪多而不乱,意之所到,气亦随之。盖不可以常法论,当与太史公并观。

王嗣奭《杜臆》卷六:此《燕歌行》之变体,布局既新,炼词特异,真惊人语也。

杨伦《杜诗镜铨》卷一五引蒋弱六曰:如百宝装成,满纸光怪。造字造句,在昌黎、长吉之间。公特偶有意出奇,然骨力气象,仍非他人所能及。

王兵马使二角鹰①

悲台萧飒石巃嵸,哀壑权枒浩呼汹②。中有万里之长江,回风滔日孤光动③。角鹰翻倒壮士臂,将军玉帐轩翠气。二鹰猛脑徐侯穟,目如愁胡视天地④。杉鸡竹兔不自惜,溪虎野羊俱辟易。鞲上锋棱十二翮,将军勇锐与之敌。将军树勋起安西,昆仑虞泉入马蹄⑤。白羽曾肉三狻猊,敢决岂不与之齐⑥。荆南芮公得将军,亦如角鹰下翔云⑦。恶鸟飞飞啄金屋,安得尔辈开其群,驱出六合枭鸾分。

【题解】

高山险峻而悲风呼啸,枝枒纵横而山谷萧瑟,江流奔腾而波涛四溅。王兵马使立军帐于高台之上,天地充斥萧飒之气。帐中壮士臂上有两只老鹰振翅欲飞,双目深陷有神,无论杉鸡、竹兔还是老虎、野羊,均闻风丧胆,避之不及。王将军也如同这老鹰一般异常勇猛,他原在安西建立功勋,如今来到卫伯玉帐下更如鹰下翔云,搏击长空,定会将那些逆贼诛杀殆尽。

【注释】

①王兵马使:芮公之将,或以为指王昂,大历五年六月,为江陵尹兼御史大夫,充荆南节度观察使。《埤雅》卷六:"鹰鶋二年之色也,顶有毛角微起,今通谓之角鹰。"

②飒:一作"瑟"。巃嵸:山势险峻貌。呼:一作"污"。

③滔：一作"陷"。

④徐侯毾：一作"绦徐坠"。

⑤虞泉：即"虞渊"，神话中日入之处，避高祖李渊之讳而改。

⑥狻猊：狮子。

⑦下翔：一作"入朔"或"入翔"。

【汇评】

王嗣奭《杜臆》卷六：此诗突然从空而下，如轰雷闪电，风雨骤至，令人骇愕。……盖通篇将王兵马配角鹰发挥，而穿插巧妙，忽出忽入，莫知端倪，而各极形容，充之直欲为朝廷讨叛逆、诛谗贼而后已。他人起语雄伟，后多不称；而此诗到底无一字懒散，如何不雄视千古。

《唐宋诗醇》卷一六：以赋鹰者赋人，宾主离合，几于鱼龙百变，眩人心目，此与前篇（《荆南兵马使太常卿赵公大食刀歌》）皆摆脱恒蹊，体格音节苍然入古。

杨伦《杜诗镜铨》卷一五：杜诗多有韵转而意不转，意转而韵不转者，如此种是也。以鹰比王，又以王比鹰，笔意极其变幻。

见王监兵马使说，近山有白黑二鹰，罗者久取，竟未能得。王以为毛骨有异他鹰，恐腊后春生，骞飞避暖，劲翮思秋之甚，眇不可见，请余赋诗二首①

其一

云飞玉立尽清秋，不惜奇毛恣远游②。在野只教心力破，千人何事网罗求③。一生自猎知无敌，百中争能耻下鞲④。鹏碍九天须却避，兔藏三穴莫深忧⑤。

【题解】

附近山上有白、黑两只老鹰,兵马使王某想方设法都未能捕获,担心它们来年春天就会飞走,再也无法见到,为此请杜甫赋诗两首。其一咏白鹰。深秋之白鹰,毛如白雪,骨力强健,从塞外远游自此,翱翔原野,或飞或立,令飞禽走兽胆寒心慑,众人为何要网罗而后快?它生平没有敌手,自然不甘羁绊,仰食于人。在它面前,遨游九天之大鹏会退避三舍,深藏三窟之狡兔也无所遁形。

【注释】

①骞:原作"骞",据他本改。又诗题底本无"二首"两字,据他本补。

②云:一作"雪"。

③千:一作"干"或"于"。

④生:一作"身"。

⑤藏:一作"经"或"营"。穴:一作"窟"。

【汇评】

黄生《杜工部诗说》卷九:鹰感肃杀之气而生,故藉秋风以劲其翮,入春则毛骨俱柔,不能搏击矣。鹰化为鸠,是其验也。首句以为咏鹭亦得,故急以次句承之,则角鹰移不动矣。接联言使其肯来干人,何事用网罗以求之?惟其在野,故心力虽破,犹难致也。转联承言此鹰不屑与众争能,故以下鞲为耻,若其一生自猎,知必无与为敌。猛气所凌,即大鹏犹当辟易,区区狡兔,纵使善藏,又何患不得乎!全篇形容此鹰才品双绝,而比喻自在言外。干人如鸡鹜之类,不能自食,故仰食于人。今角鹰自负其材,深以下鞲为耻,其可轻罗而致耶?士有爵禄不能縻者,其自负亦若此矣。

汤启祚《杜诗笺》卷九:奇毛白鹰,如云如玉,在野自猎,不役于人。心力俱穷,莫能罗取。所击者大,技不小施,百中良材,雅非凡类。

其二

黑鹰不省人间有,度海疑从北极来。正翮抟风超紫塞,立冬几夜宿阳台^①。虞罗自各虚施巧,春雁同归必见猜^②。万里寒空只一日,金眸玉爪不凡材。

【题解】

其二咏黑鹰。很难相信人间还会有这样的黑鹰,我怀疑它是从极北之地渡海而来。它振翅扶摇而上,迎风翱翔万里,飞越紫塞,来到巫山之阳台,不知会停留多久。人们虽然想尽方法来捕获它,不过是徒劳而已,等到春暖花开,它会同大雁一同离开,万里寒空,一日飞尽。看看它犀利的双眼、敏捷的双爪,就知道这只黑鹰不同凡响。

【注释】

①立:一作"玄"。

②各:一作"觉"。

【汇评】

黄生《杜工部诗说》卷九:二首语意互见,但略分赋其色耳。前曰"云飞玉立",不言白而白可知。此曰"金眸玉爪",即无"黑鹰"字,其黑亦可知。惟黑,故眸之黄、爪之白独显。咏物固称精绝耳。三、四自可工对一联,然以流走见致,正有不屑求工之意。曰"几夜",见不肯久留此地也。"自觉",言一张罗即飞去,其机警如此,虞者岂不虚施其巧乎?六句正发春生避暖,却借雁归陪衬,笔下游刃有余。七句一振,全神俱动,亦如角鹰矫然而起。八复拖一句,点出毛骨之异,言外赏叹不尽。若他人,必以此句作起,结处更无余地矣。

边连宝《杜律启蒙》七言卷三:黑鹰之渡海而来也,超紫塞而宿阳台,不过几夜。盖过此玄冬,又将北去,所谓"骛飞避暖"也。虞罗自能觉察,故虚施巧;春雁恐其搏击,故必见猜。然金眸玉爪,其材不凡,万里寒空,只须一日,行将去阳台而返紫塞矣。虞罗又何必施巧,春雁又何必见猜耶?

缚鸡行

小奴缚鸡向市卖,鸡被缚急相喧争。家中厌鸡食虫蚁,不知鸡卖还遭烹。虫鸡于人何厚薄,吾斥奴人解其缚。鸡虫得失无了时,注目寒江倚山阁。

【题解】

　　家中的仆人把鸡绑缚起来,准备拿到集市上去买。鸡儿被缚得紧紧的,不停地挣扎喧叫。家里人讨厌它们食虫杀生,却没有想到鸡儿一旦被卖掉就难逃宰烹的命运。虫子、鸡子各自有生命,人们不能厚此薄彼,于是我呵斥仆人赶快解开绳索,放掉鸡子。但这样一来,虫子却又要遭殃了。鸡子与虫子的得失如何兼顾呢? 我思来想去,找不到万全之策,斜倚楼阁,注视寒江,心潮起伏。

【汇评】

　　唐元竑《杜诗捃》卷三:《缚鸡行》前七句俚甚,末句不深不浅,恰在个中,千古脍炙。苏、黄有意效之,转入理路,所谓学而后知其难。

　　乔亿《杜诗义法》卷下:此亦用乐天体,后人多效之。

　　夏力恕《杜诗增注》卷一五:因物寓意,蔼然仁者之言,却又了无滞碍。

折槛行①

　　呜呼房魏不复见,秦王学士时难羡②。青襟胄子困泥涂,白马将军若雷电③。千载少似朱云人,至今折槛空嶙峋。娄公不语宋公语,尚忆先皇容直臣④。

【题解】

　　房玄龄、魏徵那样的贤臣再也见不到了,如今帝王效法秦王招纳贤才也难以实现。学子与贵胄子弟皆困于泥涂,唯有武将威风凛凛,不可一世。朱云逝后,千载而下没有刚正之臣,折槛强谏的举动不再出现。先皇能够容纳直臣,麾下有娄师德那样默然恭勤的臣子,也有宋璟那样忠谠直谏的臣子。

①《汉书·朱云传》载,汉成帝时,朱云请诛安昌侯张禹,成帝怒,欲斩朱云。朱云手攀殿槛,槛折。将军辛庆忌冒死救之,得免死。后成帝知其忠心,修槛时,成帝命曰:"勿易。因而辑之,以旌直臣。"

②秦王:唐太宗即位前之封号。《旧唐书·太宗纪》:"于时(武德四年)海内渐平,太宗乃锐意经籍,开文学馆以待四方之士。行台司勋郎中杜如晦等十有八人为学士。"难羡:难于仿效。《旧唐书·代宗纪》载,唐代宗于永泰元年三月,命左仆射裴冕、右仆射郭英乂等文武之臣十三人于集贤院待制。

③襟:一作"衿"。

④娄公:娄师德。宋公:宋璟。

【汇评】

张綖《杜工部诗通》卷一一:此有感于文士失时,武臣怙势,思得朱云之直,以折其气而不可得,但今未详所指为何人耳。

乔亿《杜诗义法》卷下:是有感于所闻近事,而前此身被谴呵,不堪回首矣。

立　春

春日春盘细生菜,忽忆两京梅发时①。盘出高门行白玉,菜传纤手送青丝。巫峡寒江那对眼,杜陵远客不胜悲。此身未知归定处,呼儿觅纸一题诗。

【题解】

立春之口,面对春盘韭菜,忽然回忆起当年在长安、洛阳时的场景。那时富贵之家用白玉盘盛着韭菜,如花似玉的婢女将它们送上前来。如今滞留巫峡,独倚寒江,哪堪直视春盘?不知此身能否重归故里,心中悲慨,于是呼儿觅纸,题诗遣怀。

【注释】

①陈元靓《岁时广记》卷八引唐《四时宝镜》云:"立春日食芦菔、春饼、生菜,号春盘。"生菜:韭菜。梅发:一作"全盛"。

【汇评】

陈之壎《杜工部七言律诗注》卷四:前四句是忆昔,后四句是悲今。高门、白玉、纤手、青丝,寓华盛意,寒江、远客寓凄凉意。

边连宝《杜律启蒙》七言卷二:此因立春食春盘生菜而有感于两京也。首句提清眉目,已伏下"对眼"二字,却即按住。盘出高门,菜传纤手,两京全盛之时如此。五句遥接首句,言巫峡寒江,那料其更对春盘而动远客之悲乎?

潘树棠《杜律正蒙》卷下:此避实击虚格。起句先将盘菜坐实一笔,次将两京转入虚际。三、四言两京富贵家盘菜情景,入后俱言己情,以题诗结之。

江　梅

梅蕊腊前破,梅花年后多。绝知春意好,最奈客愁何①。雪树元同色,江风亦自波②。故园不可见,巫岫郁嵯峨。

【题解】

江边地暖,腊月之前梅蕊已经出现在枝头,想必新年之后就会灿然盛开了。夔州春景宜人,那江梅如雪一样白,江水也在清风中荡漾。可惜心怀故园,无心观赏,对着巍峨葱茏的巫峡,黯然销魂。

【注释】

①好:一作"早"。
②元:一作"能"。

【汇评】

邵宝《邵二泉先生分类集注杜诗》卷二一:公未出峡,见梅有感,故赋此诗。言楚地春暖，梅先早知，故蕊破腊前，而花多年后。因叹春回而客未回，对梅思乡，家山远隔，止见巫峡郁葱、嵯峨高耸而已。

仇兆鳌《杜诗详注》卷一八：此见江梅而有感也。"客愁"二字，乃全首之眼。梅占春意，景物自好，而反动客愁者，盖见腊前映雪，年后飘风，花开花谢，都非故园春色，是以对巫岫而添愁耳。

庭 草

楚草经寒碧，庭春入眼浓。旧低收叶举，新掩卷牙重。步履宜轻过，开筵得屡供。看花随节序，不敢强为容。

【题解】

夔州地暖，其草经寒犹碧，至春日庭中一片绿色。旧日枯萎低垂之草，再度生机勃勃；新生之草芽，层层卷曲而出。如此生意盎然之小草，当开筵观赏，不得随意践踏。至于爱花者，则有待他日，不敢强以小草为春容。

【汇评】

仇兆鳌《杜诗详注》卷一八：上四形容草色，下致怜惜之意。寒碧春浓，地暖故也。叶举牙重，入眼浓矣。

汪灏《树人堂读杜诗》卷一八：庭有草，出入经眼，心酷爱之。当春而茂，日盛一日，安可无诗。

晓望白帝城盐山

徐步移班杖，看山仰白头①。翠深开断壁，红远结飞楼②。日出清江望，暄和散旅愁③。春城见松雪，始拟进归舟。

【题解】

拄着拐杖，清晨漫步于江边。抬头仰望白盐山，但见悬崖断裂处树木葱茏,翠色浓郁,朱色的白帝城楼阁屹立高处。旭日东升,江水清澈,气候转暖,旅愁消散。春日的白帝城,尚能见到松间雪景,不禁萌生了进入白盐山游览的愿望。

【注释】

①移:一作"携"。

②红:一作"江"。

③清:一作"寒"。

【汇评】

仇兆鳌《杜诗详注》卷一五:上四晓望之景,下四望中之兴。壁切山,楼切城,皆仰头所见者。断壁开处,见其深翠;飞楼结处,见其远红。此用倒装法。

又引《杜臆》:城中见日初出,从清江而望此山,兼以日气暄和,真足散旅人之愁。旅人以即次为安,谓其堪卜居也。春城焉得有雪,亦谓盐山似之。见此佳景而始拟进舟,有不忍怾然之意。

边连宝《杜律启蒙》五言卷九:断壁开而翠深,飞楼结而红远,句用倒装。楼乃山上之楼,非白帝城楼。盖题是望白帝城之盐山,非城与山并望也,观起联但拈"山"字便见。

王十五前阁会

楚岸收新雨,春台引细风。情人来石上,鲜鲙出江中。邻舍烦书札,肩舆强老翁。病身虚俊味,何幸饫儿童。

【题解】

春日细雨绵绵,和风拂面,景色宜人。等到雨收风细之时,友人王十五设鲙于石上之阁,致书邀诗人前来赴宴。主人殷勤备至,不仅体贴地派遣肩舆迎接体弱的诗人,还特意嘱诗人连儿童也一起带来。

林继中《杜诗赵次公先后解辑校》丁帙卷四:此诗扶病赴客,而主人馈食以归之作。前四句言王十五之为会,后四句言不能食饮而主人馈食之事。

浦起龙《读杜心解》卷三之五:逐层叙下。当雨收风细之时,王君设鲙于石上之阁,而致札迎舆,并沾童稚。意思款曲如此,故诗以志之。

邓献璋《艺兰书屋精选杜诗评注》卷七:杜诗妙在直述事情,自成妙绪。如此诗,阁前之景,会中之人,会中之馔,公来之由,别后之觊,何所不有。

老　病

老病巫山里,稽留楚客中。药残他日裹,花发去年丛。
夜足沾沙雨,春多逆水风。合分双赐笔,犹作一飘蓬①。

【题解】

稽迟留滞于巫山,身老且病,袋子里的药早已残缺不全,去年的花丛又开出了新花。夜里一场淅淅沥沥的小雨打湿了沙滩,春日出峡须迎着东风前行。我本应该回到朝廷为国效力,如今却似飘蓬无处安身。诗作于大历二年(767)。杜甫漂泊至夔州,身体日渐衰老,又有肺病、疟疾、风痹、耳聋、眼疾等缠身,欲归不得,感慨遂多。

【注释】

①《艺文类聚》卷五八引应劭《汉官仪》:"尚书令仆丞郎,月给赤管大笔一双。"

【汇评】

浦起龙《读杜心解》卷三之五:稽留则思出峡,而雨多风逆,殊难就道。结言自此合当分舍郎官双笔矣。盖出峡无期,则还朝无日,长作飘蓬,不须此也。

邓献璋《艺兰书屋精选杜诗评注》卷六:前四因老病稽留,而关心药物,伤情花丛也。夜沾沙雨，春多逆风，皆舟中不堪之况。

边连宝《杜律启蒙》五言卷六："药残他日裹"承"老病"，"花发去年丛"承"稽留"。风雨阻其归程，故不得分赐笔而作飘蓬也。公欲东下而春多东风，故曰"逆水"。中四，俱以第一字作读；下三字，俱以二字连读。一字单读，句法稍重。

崔评事弟许相迎不到，应虑老夫见泥雨怯出，必愆佳期，走笔戏简

江阁要宾许马迎，午时起坐自天明①。浮云不负青春色，细雨何孤白帝城。身过花间沾湿好，醉于马上往来轻。虚疑皓首冲泥怯，实少银鞍傍险行。

【题解】

杜甫表弟崔评事设宴相邀，后因有雨而疑心诗人拒出，故未能前来迎接。杜甫以诗代简，戏为此作。你在江边阁楼上举办宴会，说好要派马前来迎接我。我从天明就等着马来，坐而复起，起而复坐，一直等到中午，仍然不见马来。浮云飘过天空，何减于大好春色？细雨洒落白帝城，又何曾影响其迷人景致？穿行花间沾香露，马上醉驰迎春风，亦是人间雅事。你不用忧心我这老头怯于沾泥而懒于出门，我只是没有马，不方便而已。

【注释】

①自：一作"到"。

【汇评】

金圣叹《唱经堂杜诗解》卷四：从来亲友相聚之乐，人人有之，况他乡失路时耶？先生有云，"杜藜入春泥，无食起我早"。今不过于马上沾湿，与无食而犯泥雨，其为苦乐相去多少。所以佳期未赴，胸中怏怏不乐之甚也。结语似唐突，既云"戏简"，亦不顾矣。

边连宝《杜律启蒙》七言卷三：起联叙明许迎不到，中四言雨景，不惟不

煞风景,而且能助高兴也。末言非我怯出,实子不来迎耳,俱带戏意。

梁运昌《杜园说杜》卷一二:若掩却题目,便不省此诗何所道。乃知费如许长题,非好为烦文也。余谓盛唐人制题有法,观此盖信。

愁 强戏为吴体^①

江草日日唤愁生,巫峡泠泠非世情^②。盘涡鹭浴底心性,独树花发自分明。十年戎马暗万国,异域宾客老孤城。渭水秦山得见否,人今罢病虎纵横。

【题解】

江边绿茸茸的细草,逐日滋生,唤起客子的愁绪。巫峡泠泠的流水,去而不止,全然不懂世故人情。凶险的漩涡中,鹭鸶悠闲惬意地沐浴,这是怎样的心性? 傲然挺立的一株老树自得其乐,花儿开放得极其艳丽鲜明。十年来兵荒马乱,天下一片昏暗,漂泊异乡的我,将要老死在天边孤城。渭水秦山间的长安,不知何时能再相见? 我又老又病,疲惫不堪,可路上却是豺虎纵横。

【注释】

①吴体:多以为即拗体律诗。

②巫:一作"春"。

【汇评】

周甸《杜释会通》卷六:前四句触物感兴,皆可愁者,似吴人竹枝辞体。后四句说出自家愁处,此所以触物而感兴也。

王嗣奭《杜臆》卷七:愁起于心,真有一段郁戾不平之气,而因以拗语发之,公之拗体大都如是。此诗前四句是愁,后四句是所以愁。愁人心事,触目可憎。如江草自生,以为"唤愁";巫峡自流,怪"非世情"。"盘涡鹭浴",此自得也,而疑其"心性";"独树花发",□□□□谓此难解,只是自家"分明"。此等语当会其意,不可以文义求之者。"十年"以下,方发愁人心事。

1131

"南国"当依古本作"万国",既与"孤城"相称,而当时之乱,非止南方也。

黄生《杜工部诗说》卷九:皮、陆集中亦有吴体诗,大抵即拗律诗耳,乃当时吴中俚俗为此体,诗流不屑效之。独杜公篇什既众,时出变调,凡集中拗律皆属此体。偶发例于此,曰'戏'者,明其非正声也。

昼　梦

二月饶睡昏昏然,不独夜短昼分眠[①]。桃花气暖眼自醉,春渚日落梦相牵。故乡门巷荆棘底,中原君臣豺虎边。安得务农息战斗,普天无吏横索钱。

【题解】

二月里嗜睡,整日昏昏然,这不仅仅是因为夜晚的时间变短了,还因为天气变暖,桃花灿烂耀眼。这一觉直睡到日落春渚,醒来还久久沉浸在刚刚所做的梦中。梦中故乡的门巷被掩埋在蓬蒿乱草中,中原的君臣被困伏在豺狼虎豹的身边。不知何时才能结束战争,使百姓安心耕作,普天之下再没有官吏横征暴敛。

【注释】

①昼分:中午。

【汇评】

王嗣奭《杜臆》卷八:二月饶睡,长自昏昏,不独以夜短缺睡,将昼分眠也。果尔,不过多睡数刻足矣。乃"桃花气暖",正昼时候而眼醉思睡。午睡则夜宜醒,而"春渚日落",梦又相牵。是无昼无夜,长自昏昏也。所以然者,思故乡则门巷在荆棘之底,"底"字妙,所见皆是荆棘,门巷若藏其下也;思中原则君臣在豺虎之边,"君臣"连"中原"妙,见中原尽豺虎也。后四句是所以昏睡之故。

陈式《问斋杜意》卷一六:起四句是天气,后四句是时事。天气困人,又加以时事可忧,故有"昼梦"。

朱瀚《杜诗七言律解意》：二月夜短，则昼分贪睡。然不独为此，以正昼桃花炫眼，易入睡乡。至春渚日落，梦魂又复相牵，所为昏昏饶眠。中联承"梦"字，思见故乡门巷、中原君臣，正未可得，故托之梦境。结联斡转上联，若非武臣不弄兵，则豺虎纵横，农务何由兴？非文臣不爱钱，则逃亡日多，荆棘何时辟乎？望治之念，行住坐卧，未尝暂忘也。

遣闷戏呈路十九曹长①

江浦雷声喧昨夜，春城雨色动微寒②。黄鹂并坐交愁湿，白鹭群飞太剧干③。晚节渐于诗律细，谁家数去酒杯宽。惟君最爱清狂客，百遍相看意未阑④。

【题解】

江边的雷声，昨晚轰轰隆隆响了一夜。今晨起来，细雨浸润着春天的山城，竟带来一丝寒意。两个黄鹂儿并排坐在枝头，叽叽喳喳，似乎在为湿润的天气而忧愁；一群白鹭乘雨飞向远空，仿佛犹嫌雨少水干。到了晚年，我更加细心推敲诗歌的韵律，爱喝酒又少有酒喝，到底谁家能够让我屡次拜访而还不乏酒食相待呢？思来想去，唯有你路十九曹长最喜欢我这样的清狂之客，哪怕去你家百遍我依然兴致不减。

【注释】

①诗题一本无"戏"字。

②动：一作"助"。

③鹂：一作"莺"。

④君：原作"吾"，据他本改。最：一作"醉"。看：一作"过"。

【汇评】

金圣叹《唱经堂杜诗解》卷三：此诗是遣闷。不可因"百遍相过"句，便谓与"江阁邀宾许马迎"一首是一意也。每见粗人，见题中有一"戏"字，便谓先生老饕馋吻，动以杯酒赖人，殊可嗤也。愁闷之来，如何可遣？要惟有放言自负,白眼看人,庶可聊慰。然不搜求出一同志人作伴,则众醉指摘,百口莫辨,方将搔揉无路,又焉望其自遣哉?此诗题是"遣闷",先生独能找出一路十九相陪,便知必定心满意足。若夫"戏"字,则落魄贫人不戏,又焉得遣去闷乎?非但要看先生诗是妙诗,切须要看先生题是妙题。

仇兆鳌《杜诗详注》卷一八:公尝言"老去诗篇浑漫与",此言"晚节渐于诗律细",何也?律细,言用心精密;漫与,言出手纯熟。熟从精处得来,两意未尝不合。

边连宝《杜律启蒙》七言卷二:此当春雨既晴之后,欲过路索饮而戏呈之也。前四遣闷,后四戏呈,然由雷而雨而湿而干,则雨晴而可以过访矣,绝非两橛。

晴二首

其一

久雨巫山暗,新晴锦绣文。碧知湖外草,红见海东云①。竟日莺相和,摩霄鹤数群。野花干更落,风处急纷纷。

【题解】

前些日子,巫山久雨,天气晦暗。今日放晴,风和日丽,江山明朗,锦绣成文。湖外之草碧绿,海东之云火红。莺弄晴光,整日相和;鹤喜晴色,摩天高飞。野花久湿转干,迎风而落,纷纷扬扬。

【注释】

①外:一作"上"。

【汇评】

吴见思《杜诗论文》卷四一:追言积雨而巫山久暗,今暂晴而有锦绣之文。碧者知为湖外之草,红者见为海东之云,二句锦绣文也。新晴既佳,物情亦喜,故啼莺相和,飞鹤摩霄。而野花初干反落,风过纷纷矣。第一句言雨,下七句皆咏晴。

仇兆鳌《杜诗详注》卷一五:此为久雨初晴而作也。三、四新晴远景,下四新晴近景。锦绣文,晴光映于山色。"碧"字、"红"字,另读,与"青惜峰岚过,黄知橘柚来"句法相同。莺和、鹤群,自慨羁孤。花落纷纷,叹己飘零也。

边连宝《杜律启蒙》五言卷六:草碧云红,莺啼鹤鷩,而又有落花点缀其间,分明一幅锦绣图也。

其二

啼乌争引子,鸣鹤不归林①。下食遭泥去,高飞恨久阴②。雨声冲塞尽,日气射江深。回首周南客,驱驰魏阙心③。

【题解】

久雨而晴,群鸟欢欣鼓舞。乌鸦啼叫着,带来幼雏倾巢而出,下地觅食,因沾上污泥而去。鹤飞唳天,恨往日阴雨连绵,久久不愿返归旧林。冲刷夔州的雨声终于停止,明亮的阳光直射江底。我长时间滞留他乡,此时此刻,忧国念君之心绪难以平息。

【注释】

①《易·中孚》:"鸣鹤在阴,其子和之。"

②泥去:一作"多泥"。

③《史记·太史公自序》:"是岁天子始建汉家之封,而太史公留滞周南,不得与从事。"

【汇评】

汪瑗《杜律五言补注》卷三:前诗惟起句言久雨,余七句皆言晴景。后诗前六句皆言晴景,惟结联言客怀。二诗俱佳,前诗尤胜。盖二诗作于一时,后诗前四句亦不过前诗五、六之意耳。

仇兆鳌《杜诗详注》卷一五:次章,对晴景而感怀。啼乌下食,鸣鹤高飞,见物情厌雨而喜晴。雨声、日气,点明题意,末伤羁旅不归也。冲塞、射江,与"魏阙"相照。

边连宝《杜律启蒙》五言卷六：乌引子而下食，鹤高飞而不归，以至雨声歇而江射日，皆晴后景事。回首思归，绝非突出。盖鹤之摩霄，乌之引子，早已引动归兴矣！

雨

始贺天休雨，还嗟地出雷①。骤看浮峡过，密作渡江来②。牛马行无色，蛟龙斗不开③。干戈盛阴气，未必自阳台④。

【题解】

刚刚还在为雨停天晴而庆贺，就听见一阵雷鸣浮峡而过，紧接着就看见倾盆大雨渡江而来。骤雷之声夹杂于大雨中，如蛟龙搏击无法分开；这雨水密密麻麻，连牛马都难以分别。世事扰乱不宁，干戈不休，阴气盛而多雨，这雨未必来自阳台。

【注释】

①贺：一作"和"。《易·豫》："雷出地奋，豫，先王以作乐崇德。"

②浮：一作"巫"。密作：一作"塞密"。

③《庄子·秋水》："秋水时至，百川灌河，泾流之大，两涘渚涯之间不辨牛马。"

④《春秋公羊传注疏》卷五桓公八年"冬，十月，雨雪"注："周之十月，夏之八月，未当雨雪，此阴气大盛，兵象也。"盛阴：一作"阴盛"。

【汇评】

金圣叹《唱经堂杜诗解》卷四：此首正写乱极思治，而乱终不已也。始疑自阳台，此云"未必自阳台"，令人无搜索处，语意更深一层。前半首，极写兵甲连年之苦，始贺还嗟，"浮峡过""渡江来"，沉头没脑，生理都尽，不经乱离，那知此事？五、六正写本题。牛马变而为蛟龙，写普天战斗，无复务农之乐。七、八是追恨天宝之事，意谓雨自干戈来，干戈则自阳台来也。反言"未必自"，出语婉甚。

仇兆鳌《杜诗详注》卷一五：乍晴复雷，雨将作矣。中四，状其雨至而势大。末言此关人事所召，非由地气使然，诗盖有感而作也。

刘濬《杜诗集评》卷一〇引李因笃曰：通篇壮语，忽用兴致语结之，乃是调写八音。

怀灞上游①

怅望东陵道，平生灞上游②。春浓停野骑，夜宿敞云楼③。离别人谁在，经过老自休④。眼前今古意，江汉一归舟。

【题解】

久客他乡，思归日切。怅望长安，不禁回忆起当年灞上漫游的美好时光。其时春景烂漫，驻马于野外，至夜幕降临仍不愿离去，就敞云楼而夜宿。当日同游之人，早已风流云散，不知有谁尚在。我今老矣，恐怕已无重游之时。人生短暂，俯仰之间便成今古。江汉之舟，不知何时得以归去。

【注释】

①灞上：今陕西西安灞水东之高原。

②东陵：长安东门外。《史记·萧相国世家》："召平者，故秦东陵侯。秦破，为布衣，贫，种瓜于长安城东。瓜美，故世俗谓之东陵瓜。"

③宿敞：一作"敞宿"。

④谁：一作"虽"。

【汇评】

单复《读杜诗愚得》卷一四：公在巫峡怀灞上旧游而怅望之也。首二句生中四句，末结前六句，而悽黯之意见于言外。

仇兆鳌《杜诗详注》卷一八：上四忆旧游景事，下则念同游而动归思也。昼停骑、夜宿楼，极尽一时游兴，唯聚散无常，故有古今之慨。

邓献璋《艺兰书屋精选杜诗评注》卷九：此公悲老江汉，而忽思昔年灞上盛游之事也。日则野骑连镳接辔，夜则云楼宿月披星。今乃烟飞云散，眼前俯仰，忽成古今，离别怀梦，老病倦游，归舟萧瑟，回首怅望，如同隔世矣。

晨　雨

小雨晨光内，初来叶上闻。雾交才洒地，风逆旋随云[①]。暂起柴荆色，轻沾鸟兽群[②]。麝香山一半，亭午未全分[③]。

【题解】

诗写清晨之小雨。晨光熹微，小雨似有似无，树叶上偶尔传来滴答之声。它汇融雾气才打湿地面，微风吹过才见随云洒落。它轻轻落在柴门之上，慢慢沾濡了鸟兽的羽毛。烟雾迷蒙，乍开乍合，麝香山若隐若现，直到中午还难以分辨出全貌。

【注释】

①逆：一作"折"。

②荆：一作"门"。

③麝香山：在今重庆奉节东四十里。

【汇评】

王嗣奭《杜臆》卷九：小雨晨光映之，最为分明。初来时木叶上亦闻其声，必雾交而才能洒地，风一逆而旋已随云，皆状小雨之景象也。

汤启祚《杜诗笺》卷八：小雨霏微，自晨及午，乍止乍作，非有非无。

黄生《杜工部诗说》卷五：读前诗（《雨》）以为微雨难写，故多从题外着笔耳。及阅此诗，前半竟字字实写小雨，真如化工肖物，不图为诗之至于斯也。光处始见，叶上始闻，体物之精至此极矣。是日本无雨意，以浓雾故耳。观接联及尾联可见。看他布摆风、雨、云、雾四字，将是日景色曲折画出。"鸟兽"字，从麝香山生来。"亭午"应"晨"字。"未全分"，映上"云雾"字。说雨又小又暂，未雨之前，既雨之后，当雨之时，境无不尽，景无不出，微无不入,妙无不臻。或曰:杜公之诗何以至此?曰:只是看得真,写得出耳,无他巧也。

入宅三首

其一

奔峭背赤甲,断崖当白盐①。客居愧迁次,春酒渐多添②。花亚欲移竹,鸟窥新卷帘。衰年不敢恨,胜概欲相兼。

【题解】

大历二年春,杜甫自西阁迁居赤甲而有此组诗。其一说,客居他乡,又还迁居,心中自是黯然,但新居背靠拔地而起之赤甲山,面对峥嵘巍峨之白盐山,自是令人振奋,何况春色复浓,春花可爱,翠竹相依,新鸟窥帘。如此胜景,又有渐添之春酒聊以慰藉,衰老之年还有什么遗憾呢?

【注释】

①甲:一作"岬"。

②酒:一作"色"。

【汇评】

汪灏《树人堂读杜诗》卷一八:写宅在二山之间,初入欣喜情事。

浦起龙《读杜心解》卷三之五:首章,正咏入宅也。虽迁流托迹,而寻幽缀景,聊复慰怀。

邓献璋《艺兰书屋精选杜诗评注》卷九:通首写"胜概"也。首二明居宅之向背。愧迁徙之无常,爱春酒之渐添,花鸟生情,帘竹互映,如此胜概,又何恨乎年侵?然词愈宽,而神愈伤矣。

其二

乱后居难定,春归客未还。水生鱼复浦,云暖麝香山①。

半顶梳头白,过眉拄杖斑。相看多使者,一一问函关。

【题解】

战乱以来,居无定所,四处漂泊,至今无法还乡。眼看今年春天又过去了,鱼复浦的水越来越多,麝香山的云越来越厚,我手扶过眉之拐杖,头余半顶之白发,逐一向往来之使者打听关中的消息。

【注释】

①鱼复浦:在重庆奉节城东南。

【汇评】

仇兆鳌《杜诗详注》卷一八:此迁宅而想故居也。三、四写景,承上春归。下四叙情,应客未还。

浦起龙《读杜心解》卷三之五:次章推开说。虽新入此宅,而故乡之思不能已也。连三章看,此为摆荡处。起即提出此意。三、四且就新居边布还春景。下言今虽老矣,而每看北使,无不动问乡关者。

边连宝《杜律启蒙》五言卷八:客未还而居难定,故暂居鱼复、麝香之间耳。五、六言其老而病。见使而问函关,望其乱定而还故居也。

其三

宋玉归州宅,云通白帝城①。吾人淹老病,旅食岂才名。峡口风常急,江流气不平。只应与儿子,飘转任浮生。

【题解】

夔州附近有名人遗迹宋玉之宅,还有高耸入云之白帝城,算得上人杰地灵。如今我漂泊至此,身老且病,又无宋玉之才名,整日面对峡口之急风、奔涌之江流,难以久居,只好率妻子如飞蓬迁转他处。

【注释】

①陆游《入蜀记》卷六:"宋玉宅在秭归县之东,今为酒家。旧有石刻'宋玉宅'三字。"

张溍《读书堂杜诗注解》卷一六:三诗首章初卜宅,觉胜概可乐,聊以自慰。次首居难定便已思归,第以夔中常有使可问长安消息,为之暂留。末首又言己之才名不及古人,而所寓偶同,复叹峡中风浪,不堪久居,终欲携家飘转他徙也。

浦起龙《读杜心解》卷三之五:末章收转说。虽羁旅堪悲,而势犹相阻,姑且僦家焉。此于通局为缴挽法。

邓献璋《艺兰书屋精选杜诗评注》卷九:无可消遣,因借宋玉自况。然我实老病,才名不逮,乃侪旅食于此。滩濑之峻、风浪之恶,惊心骇目,淹留不能即去,飘蓬断梗,浮生无着,真大惭儿子也。

赤　甲

卜居赤甲迁居新,两见巫山楚水春。炙背可以献天子,美芹由来知野人[1]。荆州郑薛寄书近,蜀客郫岑非我邻[2]。笑接郎中评事饮,病从深酌道吾真[3]。

【题解】

新近移居赤甲,不由想到滞留夔州已有两年之久。在偏僻的夔州,生活虽然清贫,却也自甘其苦,自得其乐。好友郑审、薛据虽然寄书颇近,郫昂、岑参甚至同在蜀川,却都来往不易,唯有吴郎中和崔评事近在迟尺,时相过从,数与宴乐,倾吐肝胆。

【注释】

①《列子·杨朱》:"昔者宋国有田夫,常衣缊黂,仅以过冬。暨春东作,白曝丁口,不知天下之有广厦隩室,绵纩狐貉。顾谓其妻曰:'负日之暄,人莫知者;以献吾君,将有重赏。'里之富室告之曰:'昔人有美戎菽、甘枲茎、芹萍子者,对乡豪称之。乡豪取而尝之,蜇于口,惨于腹。众哂而怨之,其人大惭。'"

②郑薛：郑审和薛据。郄岑：郄昂和岑参。

③郎中：或指夔州司法参军吴某。评事：指崔公辅。

【汇评】

汤启祚《杜诗笺》卷九：暂居赤甲，倏经两春。炙背美芹，自甘野趣。郑审、薛据，远在荆州，己且往荆，寄书将近。郄昂、岑参，同客于蜀，既将出峡，殆非我邻。吴司法郎，崔评事弟，相于披豁，且慰目前。

顾施祯《杜工部诗疏解》卷二：此迁居喜客而作也。首句居之地，二句居之时，三、四思君而不得见，五、六思友而不得来。双夹下来，归到七句，以末句点结之，以接饮道真为主。

暮　春

卧病拥塞在峡中，潇湘洞庭虚映空。楚天不断四时雨，巫峡常吹千里风^①。沙上草阁柳新暗，城边野池莲欲红。暮春鸳鹭立洲渚，挟子翻飞还一<u>丛</u>。

【题解】

卧病滞留峡中，无缘欣赏潇湘之美景。楚地四时有雨，洞庭波澜浩淼。巫峡常吹千里之风，荆楚本可倏忽而至。暮春时节，沙边柳树早已成荫，城外池中莲花欲开。洲上之鸳鸯，携子翻飞，还聚一<u>丛</u>。

【注释】

①千：一作"万"。

【汇评】

张綖《杜律本义》卷三：言卧病拥塞于峡中之逼，久不能南下，则潇湘之空阔为虚胜矣。因言峡中天气不良，殆难久居，而物序相催又复如此。故感莫春之时，而羡禽鸟之得其适也。

陈醇儒《书巢笺注杜工部七言律诗》卷四引黄维章曰：杜律说乐，偏从苦处说;说苦,偏从乐处说。乐时,逢苦亦乐;苦时,逢乐亦苦。往往拈作互映,然乐亦苦处为多。

陈之壎《杜工部七言律诗注》卷四:四句拥塞之况,四句快适之景。或云惟其苦也,说到乐处以自遣,不知卧病拥塞时说到时物好处,胸中正无限悲凉。少陵诗前后似属两截者,惟不说出所以为妙。

即　　事

暮春三月巫峡长,晶晶行云浮日光①。雷声忽送千峰雨,花气浑如百和香。黄莺过水翻回去,燕子衔泥湿不妨。飞阁卷帘图画里,虚无只少对潇湘。

【题解】

巫峡的晚春三月,似乎比其他地区尤为漫长。空中的白云随风飘过,在日光下极其明亮。突然之间,雷声大作,随即高山群峰都笼罩在茫茫大雨之中。大雨骤来骤去,雨后清新的空气中,充溢着各种花香。黄莺本欲飞过江流,遇雨随即翻飞回转;衔泥的燕子却丝毫不惧,依然在雨中穿梭往来。在飞阁之上打开卷帘,眼前即是一幅雨后山水图,只是不如潇湘空廓浩荡。

【注释】

①浮:一作"无"。

【汇评】

王嗣奭《杜臆》卷八:淋漓生动,不烦绳削。燕子营巢,泥欲其湿,而莺则愁湿,各适其性。帘前图画,补以潇湘,妙于取景,见此公胸中造化。

朱瀚《杜诗七言律解意》:山光云影,忽雨忽晴,花香禽乐,直觉生机踊跃行间。百合清夜吐,兰烟四面充。

陈之壎《杜工部七言律诗注》卷四:千峰雷雨,百和花香,莺去燕来,卷帘如昼,此赋西阁雨景也。末一语反足上句,似憾实喜。玩通首神情自见,不得概以为公厌峡思下荆南也。盖前皆平叙,而尾忽波澜,遂通体俱活,此杜诗结构之妙也。

卜 居

归羡辽东鹤,吟同楚执珪①。未成游碧海,著处觅丹梯。云障宽江北,春耕破瀼西②。桃红客若至,定似昔人迷③。

【题解】

滞留夔州,不能如丁令威化飞鹤以归乡,只得如庄舄作越吟而自慰;亦不得东游碧海,姑且避世于山中。卜居之所,在瀼水之西,夔江之北,云雾缭绕,土地宽阔。等到桃花烂漫时,它定不失武陵风范。

【注释】

①《搜神后记》卷一:"丁令威,本辽东人,学道于灵虚山。后化鹤归辽,集城门华表柱。时有少年,举弓欲射之。鹤乃飞,徘徊空中而言曰:'有鸟有鸟丁令威,去家千年今始归。城郭如故人民非,何不学仙冢垒垒。'遂高上冲天。"

②障:一作"嶂"。北:一作"左"。

③昔:一作"晋"。

【汇评】

单复《读杜诗愚得》卷一四:言虽羡丁令威之归而人民非矣,惟同楚执珪之吟而思乡不已焉。今也未能游于碧海,惟著处寻丹梯以居,故于江北宽处得瀼西居之,可以春耕,若桃开而客至,即武陵之桃源矣。言卜居之得其所耳。

金圣叹《唱经堂杜诗解》卷四:题本《卜居》,却偏反起一句,言本意只要归。二句言不归,则虽为楚执珪,犹作越吟。三句言奈一时未得归何,四句始折得题面。看他笔力矫健,以得归为"游碧海",而以卜居为"觅丹梯",真乃望归如仙,读之使人不敢轻出门也。五句,"宽"字妙,且图一豁老眼。六

1144

句,"破"字妙,便足稍充饥腹。末又以桃源为结,则全是姜枣汤自煖其肚矣。

汤启祚《杜诗笺》卷八:令威仙返,庄舄生还,故土欲归,古今无异。秦如碧海,杳矣难求。其次丹梯,客途遍觅,江北瀼西,居然胜地,卜居违乱,或似桃源。

暮春题瀼西新赁草屋五首

其一

久嗟三峡客,再与暮春期。百舌欲无语,繁花能几时①。谷虚云气薄,波乱日华迟。战伐何由定,哀伤不在兹。

【题解】

我这个滞留三峡的异乡人,看来今年又无法离去了。转眼之间,春天又要过去了,花儿即将枯萎,百舌鸟的叫声也将消失。阳光日趋浓烈,云气渐薄,流水渐急,山谷更加开阔。我并非为一己之垂老客居而悲伤,而是忧心战乱何时能够平息。

【注释】

①《淮南子·说山训》:"人有多言者,犹百舌之声。"高诱注:"百舌,鸟名,能易其舌效百鸟之声。"

【汇评】

王嗣奭《杜臆》卷八:久嗟滞峡,再逢暮春,非初意也。三、四言气候如驰,繁华不久,本可哀伤而不暇及兹,止哀战伐之无由定也。五、六言瀼西之景可以适情,五首止此二句。

佚名《杜诗言志》卷一〇:此则题于屋壁,言久于川峡者,非我志也。不过漂泊天涯,兵戈阻绝,故与此暮春再期而不能去耳。夫春既已暮,则鸟之及时而鸣者已将反舌,花之随时而盛者亦无多时。正犹我之自鸣其寥落者,亦自厌其繁渎而欲无语,与我前途之岁月宁复有几时也。夫谷虚则云气薄,逃虚者安能自厚其生?波乱则日华迟,避乱者又安能独归之速?然而我之哀伤总不在此,亦惟忧战伐之无由速定耳。

其二

此邦千树橘,不见比封君①。养拙干戈际,全生麋鹿群。畏人江北草,旅食瀼西云。万里巴渝曲,三年实饱闻②。

【题解】

这里盛产柑橘而不见青竹,实为一处谋生之地。我赁居于瀼西,是因为遭逢乱世,为苟全性命而与麋鹿同处于幽谷,微弱摇摆如江北之小草,飘浮不定如空中飘浮之白云。滞留夔州,三年来饱闻巴渝之俚曲,不知何日才得出川?

【注释】

①邦:一作"郊"。比封君:这里指竹子。

②三:一作"二"。

【汇评】

仇兆鳌《杜诗详注》卷一八:次章,题瀼西赁居。地产贫瘠,而托居于此,不过为养拙全生计耳。身际干戈,故畏人而依江北之草。同群麋鹿,故旅食而伴瀼西之云。三年闻曲,即所谓久嗟三峡客也。公自永泰元年秋之云安,至此为三年,在夔州逢春,则再度矣。

浦起龙《读杜心解》卷三之五:次章,拈出瀼西,明所以居此之故,为身计也。

何焯《义门读书记·杜工部集》:第二首,畏人旅食,窜身穷僻。起连言非求安择地也。

其三

彩云阴复白,锦树晓来青①。身世双蓬鬓,乾坤一草亭。哀歌时自短,醉舞为谁醒②。细雨荷锄立,江猿吟翠屏。

清晨,一场雨下过之后,天上的云彩由暗变白,山上的枫树由灰变青。我扛着锄头,伫立田间,听着江边翠木中的猿声,想到自己双鬓斑白而尚处飘零之中,借大乾坤,仅得一草亭庇身,虽有哀歌而不能长,有醉舞而不能醒,心中无限凄凉。

【注释】

①晓:一作"晚"。

②短:一作"惜"。醉舞:一作"薄酒"。

【汇评】

张綖《杜工部诗通》卷一三:公怀当时之略,遭时不试,衰老无成,飘零绝域,时复哀歌醉舞,心独耿耿。细雨荷锄,将与山夫野叟共终吾生。闻江猿之吟,其感慨何如哉? 此与"林猿为我啼清昼"同意,而语更微婉。

浦起龙《读杜心解》卷三之五:三章,正咏居止瀼西行径,举身世无穷之感,一摆脱于新赁之居。五诗之关目,悉总于此。

邓献璋《艺兰书屋精选杜诗评注》卷九:此首悲歌感慨,俯仰上下,真绝调也。云则阴暗无常,树则雨洗倍青。老无所成,双鬓皤然,乾坤借大,草亭何有。如此十字中,性情气色眼泪都有,真前无古、后无今也。歌以悲伤而短,舞以醉而不欲醒,居江湖之远则忧其君。细雨把锄,恐哀歌之苦,不减江上猿声也。

其四

壮年学书剑,他日委泥沙①。事主非无禄,浮生即有涯②。高斋依药饵,绝域改春华③。丧乱丹心破,王臣未一家④。

【题解】

壮年学书学剑,以求有所报效,谁知他日竟然全部委之泥沙,一无所用。并非未取得官职,实在是官小无济于事,故弃禄而去,闲居高斋,退隐绝域,任岁月之蹉跎,依药饵而全身。丹心尚在,奈何四海未一,逆贼横行。

①年：一作"志"。《史记·项羽本纪》："项籍少时学书不成，去学剑。"

②《庄子·养生主》："吾生也有涯，而知也无涯。以有涯随无涯，殆已。"

③依：一作"休"。

④《诗·小雅·北山》："溥天之下，莫非王土。率土之滨，莫非王臣。"

【汇评】

仇兆鳌《杜诗详注》卷一八：四章，旅居而慨身世也。书剑委于泥沙，欲用而世不见用也。非无禄，前曾授官。即有涯，后无余望矣。五、六承浮生，七、八承事主。

浦起龙《读杜心解》卷三之五：四章，历叙来踪，末又由身而感世。书剑乃用世之具，壮年学之，他日即委之者，非曰历仕而无禄，实以知足而谢事也。是以寄迹幕僚，尝依故旧，春华再改，而竟来隐于此，然此身则可以草屋了矣。若夫世之丧乱，忧方大也。结是不了语，故下章申之。

邓献璋《艺兰书屋精选杜诗评注》卷九：忽然想到壮年学书、学剑一无所成，一旦尽委泥沙，官小既不足以行道，生浮则老又将至，以药饵为性命，任春华之屡改。一点丹心，四海横流，此分明痛诸镇之跋扈，恨不能一剑斩却，吐青蛇之壮气也。

其五

欲陈济世策，已老尚书郎①。未息豺虎斗，空惭鸳鹭行②。时危人事急，风逆羽毛伤③。落日悲江汉，中宵泪满床。

【题解】

时乱如此，并非无济世之策，奈何年老尚为一郎官，何用于世？不能戡乱平叛，食君之禄，心中不能无愧。时愈危而事愈急，虽欲拯救，如鸟遇逆风，一心奋飞而徒伤羽毛。流落江汉，彷徨无依，中宵涕泪满床。

【注释】

①济世：一作"经济"。

②未：一作"不"。

③急：一作"恶"。逆：一作"急"。

【汇评】

顾宸《辟疆园杜诗注解》五律卷一一：此诗五章，首言暮春之情，二言瀼西之景，三言草亭之孤，四、五则一生学术抱负全见。盖公居瀼西时，崔旰之乱已息，乃慨叹诸镇之作逆，王臣未能一家，则乾坤何时正耶？伤老病，追壮年，悲感无限。

边连宝《杜律启蒙》五言卷八：有策莫陈，故豺狼不息；省郎空老，故鸳鹭多惭。时危事急，仍须济世；风逆毛伤，情甘终老。日落生悲，奋飞无自，惟有涕泪盈床而已。首章泛咏暮春而伤世乱，要在题前。次章点明瀼西。三章拈出茅屋，以醒题目，而"身世"二字又起下二首。四章由身世而慨世。五章复由世而慨身。

江雨有怀郑典设①

春雨闇闇塞峡中，早晚来自楚王宫②。乱波分披已打岸，弱云狼藉不禁风。宠光蕙叶与多碧，点注桃花舒小红③。谷口子真正忆汝，岸高瀼滑限西东④。

【题解】

诗人在雨中想起故友郑典设，遂有此作。春雨连绵，早晚不绝，充溢峡中。江流湍急，乱波拍岸；纤云飞卷，随风四散。蕙叶因雨润而碧色增多，桃花为雨水点染而更加娇艳。雨中孤寂，我正在瀼西的谷口想念你。可惜岸高路滑，我无法前往瀼东探访你。

【注释】

①郑典设：名未详，郑州荥阳人。杜甫另有诗《郑典设自施州归》。《旧唐书·职官志三》"东宫官属"："典设局：典设郎四人，从六品下。""典设郎掌汤沐、洒扫、铺陈之事，凡大祭祀，太子助祭，则于正殿东设幄坐。"

②塞：一作“发”。

③《诗·小雅·蓼萧》：“既见君子，为龙为光。”传：“龙，宠也。”《楚辞·招魂》：“光风转蕙，泛崇兰些。”

④滑：一作“阔”。

【汇评】

张綖《杜律本义》卷四：前六句言江雨，后二句有怀郑典设。谓江雨如此，其蕙叶桃花则为雨所滋而可悦焉，遂感兴而怀郑，但为岸高瀼滑所限耳。盖香草芳花皆可比君子，故对蕙桃而忆其人也。

陈之壎《杜工部七言律诗注》卷四：四句江雨之景，四句有怀之情。

杨伦《杜诗镜铨》卷一五：杜晚年七律多颓然自放。

熟食日示宗文宗武①

消渴游江汉，羁栖尚甲兵。几年逢熟食，万里逼清明。松柏邙山路，风花白帝城②。汝曹催我老，回首泪纵横。

【题解】

我身患消渴之疾，漂荡于江汉之间；战乱尚未平息，不得不淹留他乡。多少年来，遇到寒食节就心情沉重，因为无法祭扫先人坟茔；突然惊觉，在这万里关山，一年一度的的清明又将莅临。松柏环绕的邙山祖茔久未拜扫，面对风花满眼的白帝城如何不心中茫然。宗文、宗武你们一天天长大，我也不知不觉就老了。白发相催，先茔难回，涕泪纵横。

【注释】

①熟食日：寒食节。

②邙：原作“邛”，据他本改。花：一作“光”。

【汇评】

仇兆鳌《杜诗详注》卷一八引《杜臆》：客游羁栖，茫茫过去，至熟食之日，忽惊清明已逼，清明在次日也。邙山旧陇，拜扫久荒，故对白帝风花，不胜怵惕。况子年日长,己年日衰,有似催之老者,故山不见,惟回首而泪零耳。旧注:公先茔在洛,流寓不能展省,故有此句。

金圣叹《唱经堂杜诗解》卷四:带病客游,连年不返。岂非兵甲之故哉?起十字,对得错落之极,出他人手,便费笔墨无数矣。三句,我亦能道;四句,非人所及也。熟读细思,便能自造奇句。老人忽忽无乐,只向松柏一路,纵复风花满眼,与之全没交涉。见诸少年及时行乐,不胜厌恶,真有催老之恨也。从"清明"字中,分出松柏、风花二项:松柏渐与老人亲,风花徒属少年事。真有汝曹催我之势,人特未老不知也。

边连宝《杜律启蒙》五言卷六:抱病客游,甲兵未息。其在外而逢熟食者,凡几年矣!今又于万里之外,近清明也。遥望邙山,不获拜扫。栖身白帝,风景徒佳。且汝年日长,我年日衰,若催之者然。盖亦将为松柏中人矣。不识将来能为首邱否也?能无回首而泪下乎!

又示两儿

令节成吾老,他时见汝心①。浮生看物变,为恨与年深。长葛书难得,江州涕不禁②。团圆思弟妹,行坐白头吟。

【题解】

寒食本是美好的节日,反而使我悲老自嗟,这种凄怆伤感,恐怕在我身故之后你们才会有所体验。浮生短暂,眼看衰老兼至,滞留他乡之恨也就越来越深。此时此刻,因思念远在长葛和江州的弟弟妹妹而行坐不安,何时方能与他们团圆以慰藉我这白头之人。

【注释】

①令节:此指寒食。唐以中和、上巳、九日为三令节。

②长葛:隋唐县名,今属河南长葛。

【汇评】

金圣叹《唱经堂杜诗解》卷四:令节也,实反成吾老。汝曹壮盛,未计及此。即日吾死后，当得汝悲痛耳，言今日不能令汝相信也。说得痛恻之极，何可多读？后半首全悲自老，非念远之词。不云"见吾言"，却云"见汝心"，千锤百炼，成此痛语。

仇兆鳌《杜诗详注》卷一八：此足前章之意，兼忆弟妹也。言老不归乡，他时奉先省墓，见汝曹之用心耳。我看物候屡迁，而先垄长隔，恨与年俱深矣，汝曹当体此意也。且弟留长葛，妹托江州，当此令节，不能一室团圆，惟有头白哀吟而已，汝曹并毋忘此意也。"恨"字有两意：一恨久违坟墓，一恨远离弟妹。前有《送弟往齐州》诗，长葛与齐州相近，故知长葛指弟。《七歌》云"有妹在钟离"，江州与钟离相近，故知江州指妹。

边连宝《杜律启蒙》五言卷六：令节频催，吾年不可久矣。他时拜扫，庶几见汝心焉。盖以有限之浮生，而看物类之迁变，年愈衰，而恨亦愈积，岂不与年俱深乎？"恨"字，结上章而起下半。盖前首以不得归先垄为恨，下文以不得见弟妹为恨也。

得舍弟观书，自中都已达江陵。今兹暮春月末，行李合到夔州，悲喜相兼，团圆可待，赋诗即事，情见乎词

尔到江陵府，何时到峡州①。乱离生有别，聚集病应瘳②。飒飒开啼眼，朝朝上水楼。老身须付托，白骨更何忧。

【题解】

杜甫接到其弟杜观之书信，说他已经从长安抵达江陵，晚春就会来到夔州。兄弟团聚在望，诗人悲喜交加，故有此作。诗中说，你已经到达江陵，什么时候才会到宜昌呢？遭逢乱世，伤于离别，相聚之日，似病初愈。自从得知消息，每日登上望江楼，迎风眺望。能将后事托付与你，我也没有什么忧虑了。

【注释】

①到江陵：一作"过江陵"。峡州：今湖北宜昌。

②离：一作"时"。

【汇评】

金圣叹《唱经堂杜诗解》卷四：题前自得舍弟观书至到夔州，共二十四字，一、二只十字了之。"乱离生有别"，单写一"悲"字。"聚集病应瘳"，乃写"喜相兼团圆可待"七字。下一解，写"赋诗"二句。每叹杜诗妙于制题，非此层折不称。

仇兆鳌《杜诗详注》卷一八：此章写离合悲喜之情，语根至性。江陵、峡州，照题叙清。生别是悲，聚集是喜。开眼登楼，将到则可喜。付托何忧，既到则免悲矣。

邓献璋《艺兰书屋精选杜诗评注》卷八：句句性情，句句眼泪。离愁别恨，乱世病躯，交杂横亘。悲喜无端，浑浩流转于四十字中。

喜观即到，复题短篇二首

其一

巫峡千山暗，终南万里春。病中吾见弟，书到汝为人。意答儿童问，来经战伐新①。泊船悲喜后，款款话归秦②。

【题解】

我滞留在千山万壑之巫峡，只觉天昏地暗，心情郁悒，忽然得知你将从万里之外的终南山而来，顿时阴霾一空。长期抱病他乡，又值战乱频繁，吉凶难测，不知你是否安好，如今接到书信，方才知晓你尚活在世上。一边欣喜地翻阅你的书信，一边不厌其烦地回答小孩子有关你的问题，解释你如何冒着巨大风险，从新近交战的地区穿行而来。等你到夔州之后，我们再慢慢商讨怎样返归故里。

【注释】

①意：一作"竟"。

②话：一作"议"。

【汇评】

　　黄生《杜工部诗说》卷七：起二语柱定彼己两地，以后叙事总不费手，自然宛转关合，有山鸣谷应、水到渠成之妙。着一"暗"字，便有悲意。着一"春"字，便有喜意。结处一拍即合，真化工之笔也。"书到汝为人"，见前此并未接其书，苦语翻成趣语。三、四，应是顺应，叙则倒叙。五、六，开书时，其子在傍，询叔动定，且读且答，读至末幅，则知当来此相聚。书中之语，用五句虚括，只以六句显出来意，叙法妙有详略。"泊船"应"巫峡"，"归秦"应"终南"。诗中不仅见兄弟间喜意，并见叔侄间喜意，骨肉之情，蔼然可掬。

　　吴瞻泰《杜诗提要》卷一〇：前有《得观舍弟书》一作，此相承而下。前六句，得观书，作一截。七、八观到，又作一截。"悲喜"二字，一篇之线。出峡归秦，固公本怀。着"千山""万里"字，便有"消息苦难真"之感，是书未到情形。"病中吾见弟"正是书问杳然，深恐不能见弟，悲从中来，及从盼望不可解之时，忽然书到，不胜狂喜，方知其起三句，全为"书到汝为人"一语着力。五则以书中之意答儿童，贴喜一边。六亦书中之言，谓冒险而来，战伐方新，贴悲一边，即答儿童之语也。七方说观到。八以"归秦"二字，缴转一、二，将归故乡之概，与兄弟之情，搅作一团，极真极朴，极深极细。"书到汝为人"，与"妻孥怪我在"同一苦语，然彼是直叙妻孥意，此是向弟追述悲喜情况，更深永。

　　边连宝《杜律启蒙》五言卷七：兄羁巫峡，弟在终南，万里千山，音尘莫答，向来并不知其为鬼为人，敢期其必见哉？今则吾竟得见弟矣，以书到而知汝之尚为人也。时儿童在旁，怪其言之过当，乃撮书中之意而答之曰：来经战伐，险阻艰难，能保其必为人乎？故言非过也。因计泊船之后，可以款款而定归计矣。题中单拈喜，诗则兼言悲，故知二字折不得也。

其二

待尔嗔乌鹊，抛书示鹡鸰①。枝间喜不去，原上急曾经。江阁嫌津柳，风帆数驿亭。应论十年事，愁绝始星星②。

【题解】

接到你的书信，我惊喜万分，拿着它给鹊鸰瞧，让它们知道我们兄弟的急难之情毫不逊色。等你等得我心情急躁，便责怪喜鹊骗人，但喜鹊还是叽叽喳喳，在枝头闹个不停，不愿离去。我整日站在江边的阁楼上眺望，嫌弃那些柳树遮蔽了我的视线。过尽千帆都不见你，我就在心里暗自计算你一路上要经过哪些水驿，如今应该达到何处。等你我相聚之后，再好好倾诉十年来令人痛不欲生的离别之情。

【注释】

①待尔嗔乌：原本脱，据他本补。

②愁：一作"搅"。星星：一作"惺惺"。

【汇评】

黄生《杜工部诗说》卷七：上下关应，诗中一定之法，然有承上者，有解上者。上联语意已完，则以下联承之；上联语意未完，则以下联解之。如此以三、四分解一、二，是。前半喜其至，而又怨其不即至，皆引领延伫时无可奈何之语。嗔乌鹊之不灵已妙矣，"抛书示鹊鸰"，尤觉怪得无理。"数驿亭"，计水程也。"嫌津柳"，碍望眼也。景事意俱妙。惺惺，醒也。绝，死也。言死去复生，语松意狠。

吴瞻泰《杜诗提要》卷一〇：上六，亦是未到之语。七、八，亦是已到之语。然前章赋体，此用比兴。前明写悲喜，此暗写悲喜，用意不同。开口着一"待"字，全篇皆写"待"字之神。嗔乌鹊，待不至而嗔之也；抛书，待不至而弃之也。直是无可告诉，寻鹊鸰而示以书，是待人无聊之极思，贴悲一边。三、四承一、二，宽一步说。曰"喜不去""急曾经"，谓终久可待也，贴喜一边。五、六又紧一步说。待不至而登江阁，偏不见弟而见津柳，遮我望眼，翻觉可嫌。既又待之于驿亭，所见风帆，偏非弟之风帆，着一"数"字，模拟望人光景，形神逼现，贴悲一边。七是待观已到，悲喜俱有。八"愁绝"是悲，"始惺惺"是喜，二语收转，字字皆从性灵中流出，不假一毫色泽也。

范廷谋《杜诗直解》五律卷三：此亦是预拟意，与首章结法同。但首章则先拟归途，此则徐忆往事，因往事而归思为益急，是其章法浅深处。

闻惠二过东溪特一送^①

惠子白驹瘦,归溪唯病身^②。皇天无老眼,空谷滞斯人^③。崖蜜松花熟,山杯竹叶新^④。柴门了无事,黄绮未称臣^⑤。

【题解】

惠二骑着瘦马,抱病回归故居。皇天无眼,使得这样的贤士被弃掷。不过,如商山四皓一般隐居空谷,万事不萦绕于心,品高崖松花所酿之蜂蜜,饮山间竹叶青之美酒,亦不失为人间乐事。

【注释】

①诗题一作"送惠二归故居"。

②驹:一作"驴"或"鱼"。

③滞:一作"值"。

④崖:一作"岩"。熟:一作"古"或"白"。山杯:一作"村醪"。竹叶:竹叶青,酒名。新:一作"春"。

⑤无:一作"生"。黄:一作"园"。黄绮:商山四皓之夏黄公和绮里季。

【汇评】

张溍《读书堂杜诗注解》卷一七:前四句惜之之词,后四句慰之之词。骑驴而归,不得志于时故也。

仇兆鳌《杜诗详注》卷一八:上四,送惠归溪,惜之也。下四,溪中自适,慰之也。八与四应,言虽在空谷之中,不失为黄绮高风。

刘濬《杜诗集评》卷一〇引李因笃曰:公作苍雄淡宕,苦而能和,非老于官商,岂易言此。

寄薛三郎中 据

　　人生无贤愚，飘飘若埃尘。自非得神仙，谁免危其身①。与子俱白头，役役常苦辛②。虽为尚书郎，不及村野人。忆昔村野人，其乐难具陈③。蔼蔼桑麻交，公侯为等伦。天未厌戎马，我辈本常贫④。子尚客荆州，我亦滞江滨。峡中一卧病，疟疠终冬春。春复加肺气，此病盖有因⑤。早岁与苏郑，痛饮情相亲⑥。二公化为土，嗜酒不失真。余今委修短，岂得恨命屯。闻子心甚壮，所过信席珍。上马不用扶，每扶必怒嗔⑦。赋诗宾客间，挥洒动八垠。乃知盖代手，才力老益神。青草洞庭湖，东浮沧海漘⑧。君山可避暑，况足采白蘋。子岂无扁舟，往复江汉津。我未下瞿塘，空念禹功勤。听说松门峡，吐药揽衣巾。高秋却束带，鼓枻视青旻⑨。凤池日澄碧，济济多士新⑩。余病不能起，健者勿逡巡。上有明哲君，下有行化臣。

【题解】

　　诗寄旧友薛据，述聚合离别之情，并劝其出仕。天下之人无论贤愚，只要未得神仙之术，百年之后均成尘土，概莫能外。我与你虽同为尚书郎，却白头行役，反而不及村夫野人逍遥自在。想当初我俩未出仕之日，把酒话桑麻，平视公侯，其间的快乐难以缕述。如今天边的战争极其频繁，吾辈之人难免贫困。你依然客居荆州，而我尚且滞留江滨。卧病峡中的我，终年为疟疾所纠缠，最近又增加了肺病。我所患之肺病，也是有缘由的。早年我与苏源明、郑虔往来，时常痛饮，他们二人已经亡故，我也将生死置之度外。听说你壮心未已，所到之处为人敬重；上马不用人扶，否则必定嗔怒；对客挥毫，名动四方，真可谓盖世手笔，才力愈老愈精神。你所在之荆楚，有青草湖、洞庭湖可以漫游采蘋，有君山可以避暑，甚至还可以东浮沧海之滨。而我未下瞿塘峡，昔日大禹疏凿之处尚不得见，松门峡之山水也未能吐药揽衣而往，或待秋高之日，自当束带鼓枻而来。方今朝廷人才济济，我因病而不能入朝，你身强体健，切莫逡巡不前，当以辅佐圣君教化天下为己任。

【注释】

①免危：一作"克免"。

②役役：一作"没没"。

③具：一作"俱"。

④未：一作"末"，或是。

⑤春复加肺气：一作"复加肺气疾"。

⑥苏郑：苏源明与郑虔。

⑦每：一作"忽"或"思"。

⑧青草：湖名，与洞庭湖相连。湑：水边。

⑨枻：一作"柂"。青旻：青天。

⑩凤池：指中书省。《晋书·荀勖传》载，晋武帝时，勖为中书监，专管机事。后迁尚书令，或有贺之者，勖曰："夺我凤凰池，诸君何贺邪?"《诗·大雅·文王》："王国克生，维周之桢。济济多士，文王以宁。"

【汇评】

张綖《杜工部诗通》卷一四：此寄薛据，述己老病，欲去蜀未能，羡薛之健，当适意胜游，且劝其乘时出仕也。

浦起龙《读杜心解》卷一之五：诗分三段。前十六，彼此合叙。先以尘世物役之概冒起，次追忆未仕之迹，以及遇乱作客，落到目前束住。中十八，彼此分叙，先自言峡中衰病之况，次言薛之心力强而诗格老。此一段申上"我滞江滨""子客荆州"，伏下"病不能起，健勿逡巡"，乃诗腹也。后十八，又彼此合叙，先想荆湖之景，羡薛纵游，慨己不往。终言将下峡相访，共商出处，劝其勿似己之病废而自终。住法矫然。

杨伦《杜诗镜铨》卷一五：此等五古，颇似乐天。

晚登瀼上堂①

故跻瀼岸高,颇免崖石拥。开襟野堂豁,系马林花动。雉堞粉似云,山田麦无垄②。春气晚更生,江流静犹涌。四序婴我怀,群盗久相踵。黎民困逆节,天子渴垂拱③。所思注东北,深峡转修耸。衰老自成病,郎官未为冗。凄其望吕葛,不复梦周孔④。济世数向时,斯人各枯冢。楚星南天黑,蜀月西雾重。安得随鸟翎,迫此惧将恐⑤。

【题解】

晚春以来,瀼西溪流水涨而岸高,骑马沿着河岸前往草堂,可以避开崖石拥塞的山道。将马儿系在花树上,引得花儿颤动,登上草堂,极目远眺,豁然开朗,但见夔州城楼的矮墙如天边浮云,近处山田长满了麦苗。临近黄昏,雾气蒸腾,虽无大风而江流依然奔涌不息。逝者如斯,转眼四时代序,一年的时间又过去了,而群盗相踵,叛乱未休,黎民百姓困苦难堪,渴望太平,天子期待垂衣拱手而治。多年来我滞留西南,时刻关注着东北的洛阳,希望能够早日返乡,无奈三峡幽深险峻,道路阻隔。不知不觉我已经成为衰老之人,往日的梦想渐渐远去,员外郎虽不是冗官,也不能不因病辞去,只得将希望给予今日的雄才大略之士。当年也曾出现了张镐、房琯、严武这些济世之才,可惜他们都已进入枯冢。南楚星月无光,西蜀天空漆黑,真希望能随鸟儿飞去。滞留在这里,心头总有一股恐惧压迫着我。

【注释】

①瀼上堂:瀼西草堂,故址在今重庆奉节卧龙山下。

②粉:一作"纷"。似:一作"如"。

③《书·武成》:"惇信明义,崇德报功,垂拱而天下治。"

④吕葛:吕望、诸葛亮。周孔:周公、孔子。《论语·述而》:"子曰:'甚

矣,吾衰也。久矣,吾不复梦见周公。'"

⑤《诗·小雅·谷风》:"将恐将惧,维予与女。"

【汇评】

单复《读杜诗愚得》卷一四:此公喜野堂之轩豁,景物之雅静,乃念群盗之充斥,以致民困主忧,且已流落多病,而怀吕、葛之济世,然各已枯冢。奈何不能奋飞,惟将恐将惧而已。

陈式《问斋杜意》卷一六:首八句,皆晚登所得之景。而"四序"以下,则言己为群盗所阻,不能出峡,以致衰病郎官,徒有怀吕葛周孔之意。已则又言吕葛周孔亦非所愿,惟是楚天蜀雾,迫此恐惧,不能随鸟翔奋飞。盖登堂思乡之作也。

浦起龙《读杜心解》卷一之五:旷望写怀之作。阻乱不归,其大指也。首八,书瀼上所望,皆暮春晚景。中十二,乃眺远感怀处,值乱世,阻归途,身既老而定乱之人亦亡,是以叹也。末四,仍收到瀼上晚望,而以不归之感,咏叹终焉。

醉为马坠,诸公携酒相看

甫也诸侯老宾客,罢酒酣歌拓金戟。骑马忽忆少年时,散蹄迸落瞿唐石。白帝城门水云外,低身直下八千尺。粉堞电转紫游缰,东得平冈出天壁。江村野堂争入眼,垂鞭亸鞚凌紫陌①。向来皓首惊万人,自倚红颜能骑射。安知决臆追风足,朱汗骖驔犹喷玉。不虞一蹶终损伤,人生快意多所辱。职当忧戚伏衾枕,况乃迟暮加烦促②。朋知来问腆我颜,杖藜强起依僮仆③。语尽还成开口笑,提携别扫清溪曲。酒肉如山又一时,初筵哀丝动豪竹。共指西日不相贷,喧呼且覆杯中渌。何必走马来为问,君不见嵇康养生被杀戮④。

【题解】

诗分为两段,前十六句叙其坠马情形,后十二句写诸人携酒看望。我也算得上是郡守府上的常客了,酒酣耳热之际,挥舞金戟而歌。忽然忆起少年之时马术高强,随即翻身上马,从水云之外的白帝城门,飞驰直下八千尺,抵达瞿塘石上。马儿跑得飞快,两旁粉堞一闪而过,风驰电掣之间,就驶出城堡,来到东边的平野。看见了江村野堂,不由松弛缰绳,垂下马鞭。白发老翁纵马飞驰,向来令人惊异,而我不过是自恃年轻时擅长骑射而已。谁知恣意驰骋之时,马儿喷嚏出汗,将我掀翻在地。可见纵情作乐时,往往得意忘形,免不了自取其辱啊。既然受了伤,就理应卧床休养,何况在迟暮之年出现这样的状况,但我总觉得太憋气。朋友们得知消息,纷纷前来探望,这令我很羞愧。拄着拐杖,由僮仆扶着,我勉强起来迎接。经过一番开导,我终于喜笑颜开,也就随着朋友们一起到清溪边野宴。我们携带着丰厚的酒食,寻到一处幽静的地方,欣赏着丝竹,品尝着美食,闹着笑着,不知不觉就到了傍晚。世事无常,祸福难料,大家也不必因坠马来宽慰我,嵇康一心养生最后也不免惨遭杀戮。

【注释】

①鞭:一作"肩"。弴鞚:松弛马勒。

②当:一作"主"。

③朋:一作"明"。

④来为问:一作"不为身"。被:一作"遭"。

【汇评】

张溍《读书堂杜诗注解》卷一六:前半坠马,后半携酒相看,各极其态。读此诗,知公生平一团天趣,可敬可爱。

汪灏《树人堂读杜诗》卷一八:是题因坠马而作。共二十八句,却先说善驰骋,以反衬十四句;后用强起饮酒,以回衬十句;正面仅只四句,而仍有"人生快意多所辱"一语,为万古恃权作孽不知猛醒人作暮鼓晨钟,何等笔法。

梁运昌《杜园说杜》卷六:一气散行中,却截中四句以题之正位,作上下关捩。上文坠马前事,下文坠后事,两段各十二句,而前段截首二句作总提,后段截末二句作总结。篇法匀配,仍自整齐,虽拗调单行,全不裁对,而却非趁笔写出者。

承闻河北诸道节度入朝欢喜口号绝句十二首

其一

禄山作逆降天诛,更有思明亦已无。汹汹人寰犹不定,时时战斗欲何须①。

【题解】

大历二年(767)正月,淮南节度使李忠臣入朝。三月,汴宋节度使田神功入朝。八月,凤翔等道节度使李抱玉入朝。河北诸镇入朝之事,史无明文,杜甫在夔州或有所听闻,写下这组诗。其一从不入朝说来。安、史叛乱,实为祸源。安禄山谋逆,遭受天诛;史思明继之,也被斩除。他们所引起的骚乱,至今还没有平定。那些居心叵测者,还不为安、史的下场所恐惧警戒吗?他们时时挑起战争,究竟有何企图?

【注释】

①战斗:一作“斗战”。

【汇评】

邵宝《邵二泉先生分类集注杜诗》卷一五:是时群奸殄灭,河北藩镇来归,故公喜之。而言禄山既已天诛,思明亦已杀戮,天下将渐安宁,但反者尚未尽降,则当时时讲武,抑又有何待乎?

钱谦益《钱注杜诗》卷一五:河北诸将,归顺之后,朝廷多故,招聚安史余党,各拥劲卒数万,治兵完城,自署文武将吏,不供贡赋,结为婚姻,互相表里。朝廷专事姑息,不能复制,虽名藩臣,羁縻而已,故闻其入朝,喜而作诗。首举禄山以示戒,耸动之以周宣、汉武,劝勉之以为孝子忠臣。而末二章,则举临淮、汾阳以为表仪,其立意深远如此,题曰“欢喜口号”,实恫乎有余悲矣。

仇兆鳌《杜诗详注》卷一八：首章,喜河北寇平。天宝之乱起于安史,今元恶并除,小丑复何觊乎? 末句乃戒词。

其二

　　社稷苍生计必安,蛮夷杂种错相干①。周宣汉武今王是,孝子忠臣后代看。

【题解】

　　对于朝廷而言,稳定社稷最为重要的方面,是让百姓安居乐业。安、史作逆,带领胡族叛乱,打破了这种安宁局面。如今君王英明如周宣王、汉武帝,你们这些河北诸将应该认清形势,选择做孝子忠臣,以给后代留下好的名声。

【注释】

　　①《旧唐书·安禄山传》："安禄山,营州柳城杂种胡人也。"《旧唐书·史思明传》："史思明,本名窣干,营州宁夷州突厥杂种胡人也。"

【汇评】

　　邵宝《邵二泉先生分类集注杜诗》卷一五：诗又言治天下有道,在安百姓而已。为人臣子,立计必当以此为先。是时蛮夷杂种交错干犯,使我苍生不安,幸赖今王才如周宣、汉武,政可有为。未归节度诸臣,宁不以忠孝存心而使后世瞻仰高风也哉?

　　仇兆鳌《杜诗详注》卷一八：次章,喜边境初静。安史既平,戎狄亦退,此君臣戮力而民社莫安时也。末句乃劝词。

　　刘濬《杜诗集评》卷一五引李因笃曰：稍涉议论矣,而语自蕴深。

其二

　　喧喧道路多歌谣,河北将军尽入朝①。始是乾坤王室正,却交江汉客魂销②。

道路上流传着许许多多的歌谣,都说着河北诸将全部入朝觐见了,从此天下太平,王室定于一尊。而我依然漂泊在江汉,不得归去,不免黯然销魂。

【注释】

①多歌:一作"好童"。

②始:一作"自"。交:一作"教"。

【汇评】

邵宝《邵二泉先生分类集注杜诗》卷一五:诗又言治河北诸臣今尽归朝,是以道路交相歌谣,王室今始得正矣。因伤己虽流落江汉,未得即归,然客中魂梦由是而渐销之也。

吴见思《杜诗论文》卷四一:道路所传,河北将军尽入朝矣。始知乾坤之内,王室巳尊,反使江汉之上,客心悲感乎。此首始入朝。

仇兆鳌《杜诗详注》卷一八:此闻诸镇入朝而喜之也。河北入朝,出于道路童谣,盖据一时传闻而言耳。

其四

不道诸公无表来,茫然庶事遣人猜①。拥兵相学干戈锐,使者徒劳百万回②。

【题解】

往日河北诸镇,不闻一人奉表来朝,各修甲伍,各备兵器,拥兵自重,竞相仿效。使者行役万里,责其不朝,也白白劳顿而已,没有任何结果,只是引得众人猜疑。

【注释】

①不:一作"北"。茫然:一作"茫茫"。遣:一作"使"。

②百万:一作"万里"。

【汇评】

邵宝《邵二泉先生分类集注杜诗》卷一五:此言往事以叹今之不然也。

在昔,朝廷征兵北道,诸将杳无一人肯来,使人顿起反叛之疑,且各节度拥兵争强,徒劳使者万里空回,若可戚矣。今皆先后来归,宁不为之一快哉。

吴见思《杜诗论文》卷四一:昔吐番之乱,诸公不通表,不赴援,拥兵相学,遣使敦谕而不至。当日使人疑虑者,今日相率入朝,能不喜耶。

仇兆鳌《杜诗详注》卷一八:此溯往时不朝而惜之也。曰"不道",曰"遣人猜",据迹而疑其心也。至是,则诸镇之心迹可白矣。

其五

鸣玉锵金尽正臣,修文偃武不无人。兴王会静妖氛气,圣寿宜过一万春①。

【题解】

如今入朝的众位节度都是正直之臣,他们鸣玉锵金,享受无比尊荣,也定然会修文偃武,帮助中兴之主平息妖氛,使得君王万寿无疆。

【注释】

①《国语·晋语六》:"故兴王赏谏臣,逸王罚之。"

【汇评】

邵宝《邵二泉先生分类集注杜诗》卷一五:诗又言诸节度使鸣玉锵金,莫非君王荣贵,必能为匡辅正臣,故今修文偃武。天下岂无好人,最宜王道中兴,群邪屏迹而天子享太平之福于无穷矣。

仇兆鳌《杜诗详注》卷一八:此喜其入朝而颂美君身也。正臣,取其舍逆归顺;偃武,愿其永息干戈。玩末句,知当时入朝乃为圣寿节而来也。

杨伦《杜诗镜铨》卷一五:此首是欢喜口号正文。若移作结便庸。

其六

英雄见事若通神,圣哲为心小一身。燕赵休矜出佳丽,宫闱不拟选才人①。

【题解】

英雄见识高远,料事如神。天子会以圣哲为心,小心翼翼,预防逸欲,厉行节约,不侈天下自奉。河北诸将,你们休要夸耀燕赵自古出美女,当今天子并不准备广选宫中才人。

【注释】

①《古诗十九首·东城高且长》其十二:"燕赵多佳人,美者颜如玉。"

【汇评】

吴见思《杜诗论文》卷四一:诸公之入朝者,英雄之见几也。兴王之靖乱者,今上之圣哲也。英哲而出以小心,谦让节俭。燕赵虽出佳丽,安能蛊惑朝廷哉? 燕赵,河北地也。

张溍《读书堂杜诗注解》卷一六:以规为褒。英雄、圣哲,皆指今王,言恐其太平荒淫,故曰不选才人。又戒燕赵河北节度,勿以美色献媚也。

翁方纲《杜诗附记》卷下:此首乃推自天宝以来,直抉祸本言之,斯为风雅之根柢,谏疏之心事。

其七

抱病江天白首郎,空山楼阁暮春光①。衣冠是日朝天子,草奏何时入帝乡②。

【题解】

我白首为郎,还抱病夔峡,唯有空对高山楼阁,虚度春光。拟想着此时众臣都在朝贺天子,而我的奏章不知何时才能进呈朝廷。

【注释】

①《汉书·冯唐传》:"(冯)唐以孝著,为郎中署长,事文帝。帝辇过,问唐曰:'父老何自为郎?'"

②时:一作"人"。

【汇评】

邵宝《邵二泉先生分类集注杜诗》卷一五:诗又言己之抱病他乡,当此暮春光景,岂无恋国之心。遥度此时入朝草奏,毕竟何人。因自思流落他邦,未得一侍鹓班而徒以自伤也。

吴见思《杜诗论文》卷四一:无奈我之抱病,独处空山,独对暮春也。遥想河北是日入朝,而蜀中何人入贺乎。此首中作一结,下四首俱分咏河北诸镇之事。

仇兆鳌《杜诗详注》卷一八:此遥闻入朝之事,叹不能身见也。

其八

澶漫山东一百州,削成如桉抱青丘①。苞茅重入归关内,王祭还供尽海头②。

【题解】

太行山以东的大片地区,如今都已经被平定安抚,如案板那般整齐划一,他们的贡赋也重新进入了关中。他们所环抱的青州、淄州,自当认清形势,从海边进献朝廷所需的祭品。

【注释】

①桉:同"案"。

②《左传·僖公四年》载,齐桓公问罪楚国:"尔贡包茅不入,王祭不供,无以缩酒,寡人是征。"

【汇评】

仇兆鳌《杜诗详注》卷一八:代宗误听仆固怀恩之说,留田承嗣等于河北,遂成藩镇跋扈之患。自此以后,幽蓟十六州,不入版图,几六百年。公之思深虑远,亦正在此也。

其九

东逾辽水北滹沱,星象风云喜共和①。紫气关临天地阔,黄金台贮俊贤多。

辽水、滹沱之间的燕赵地区,宽阔无边,物产丰富,气象祥和。其中尤其人才众多,前有老君驾临,紫气东来,后有燕昭王筑黄金台,广揽贤士。如今归顺诸镇亦为贤俊,必将大有作为。

【注释】

①辽水:辽河,在今东北地区的南部。滹沱:水名,在今河北西部。喜共和:一作"气共和"。《史记·周本纪》:"厉王出奔于彘。……召公、周公二相行政,号曰共和。"《正义》引韦昭云:"彘之乱,公卿相与和而修政事,号曰共和也。"

【汇评】

陈式《问斋杜意》卷一六:言自此辽水、滹沱之间,所用必皆贤俊。

仇兆鳌《杜诗详注》卷一八:此言疆域广而人才盛也。辽水、滹沱,亦河北地。共和,言一统大顺。函关西控,可以收罗北地贤才矣。

汪灏《树人堂读杜诗》卷一八:言燕地多贤,自知尊崇朝廷,不终叛逆。

其十

渔阳突骑邯郸儿,酒酣并辔金鞭垂。意气即归双阙舞,雄豪复遣五陵知①。

【题解】

渔阳剽悍的骑兵,邯郸威猛的士卒,昔日为贼所用,今日为国效力。酒酣耳热,意气风发,舞于帝京,雄气豪情,为五陵少年赞叹。

【注释】

①双阙:指京都。五陵:西汉之高祖长陵、惠帝安陵、景帝阳陵、武帝茂陵、昭帝平陵,均在长安附近。

【汇评】

王嗣奭《杜臆》卷八:"渔阳突骑邯郸儿",皆昔为贼用者。今为我用而被朝廷之宠,其意气投于双阙,而雄豪垆于五陵。

陈式《问斋杜意》卷一六：言从诸臣入朝一辈,自此返邪归正,双阙之舞,不减五陵年少。

仇兆鳌《杜诗详注》卷一八：此言主将归心而士卒效力也。突骑健儿,昔为贼党者,今为国用矣。双阙,谓都中。五陵,指郊外。

其十一

李相将军拥蓟门,白头虽老赤心存[①]。竟能尽说诸侯入,知有从来天子尊。

【题解】

李光弼从军多年,白发丹心。他拥军蓟门,威望甚重,竟然能够说服尚衡、殷仲卿、来瑱等人先后入朝,使他们懂得了天子之尊。

【注释】

①李相:李光弼,一说指李怀仙。虽老:一作"惟有"。

【汇评】

邵宝《邵二泉先生分类集注杜诗》卷一五：诗又言李相时为河北节度,虽老而存赤心,是以尽说河北诸镇入朝,以见从来天子有至尊之势。此据今日而言,不追其既往,不逆其将来,是以喜悦而形诸咏歌也。

浦起龙《读杜心解》卷六之下：此以李公赤心戴主为仪表也。但李已卒于广德二年。此云"尽说诸侯",非指本事言,特举往事以为况耳。提出臣节大主脑,明白晓示,全重在"有赤心""知天子"两句。

其十二

十二年来多战场,天威已息阵堂堂。神灵汉代中兴主,功业汾阳异姓王[①]。

【题解】

自天宝十四载至大历二年,这十二年以来,河北之地无非战场。如今诸镇入朝,四海息兵,再也无须堂堂严整之师东征西讨。此番中兴伟业得以建立,是因为圣主英明、汾阳郡王郭子仪功勋卓著。

【注释】

①《旧唐书·郭子仪传》载,上元三年二月,郭子仪进封汾阳郡王。

【汇评】

吴见思《杜诗论文》卷四一:末章直挽至首篇。禄山作逆,十二年来,多为战场矣。今天威已息,不用诈谋,而诸镇入朝乎。中兴有主,虽系汉代之神灵,而翊戴有人,则首数汾阳之功业。十二首以归功李相、汾阳结。

卢元昌《杜诗阐》卷二六:不独司徒,汾阳之功为尤盛。自天宝十五载至大历二年,此十二年中,河北无非战场。今诸节度入朝,不烦征讨,是天威已息,堂堂之阵可以无事。虽中兴圣主,不异汉代,亦汾阳精忠,独冠一时,诚中兴一人也。

浦起龙《读杜心解》卷六之下:十二首竟是一大篇议论夹叙事之文,与纪传论赞相表里。钱氏所谓敦厚隽永、来龙透而结脉深是也。若章章而求,句句而摘,半为土饭尘羹矣。

过客相寻

穷老真无事,江山已定居。地幽忘盥栉,客至罢琴书。挂壁移筐果,呼儿问煮鱼①。时闻系舟楫,及此问吾庐。

【题解】

诗写杜甫幽居瀼西,有客相访,不胜欣喜。关于"问吾庐"一联,大约有五种解释。一说在客人到来之前,已经在满怀期待地进行着相关的接待工作了;一说正款待前客,又有后客到来;一说诗人自豪地声称,凡有舟楫往来,到此必定过访;一说客人多次经过此地,今日相寻而得相见;一说诗人邀请正在款待的客人再度前来。

【注释】

①筐:一作"留"。问:一作"间"。

汪瑗《杜律五言补注》卷四:此诗曲尽幽居客至之事,情词备至。但后用二"问"字为嫌。

陈式《问斋杜意》卷一七:客中过客相寻必少。料理在未到之先,全是一段喜意。

边连宝《杜律启蒙》五言卷八:前四客至,五、六款客,末则邀其再过。系舟楫,舟楫系于瀼也,犹云倘或到村,务必相访耳。

竖子至①

楂梨且缀碧,梅杏半传黄②。小子幽园至,轻笼熟奈香③。
山风犹满把,野露及新尝④。欲寄江湖客,提携日月长⑤。

【题解】

正值水果青黄不接的时刻,梨子刚呈现一点绿色,梅子、杏子也才半黄,家里的仆人却从园子里提回来一笼熟透的沙果。刚采摘的沙果十分新鲜,上面有露水,还可以感受到山风的气息。我这浪迹天涯的游子,正好用它打发漫长的时光。

【注释】

①竖子:僮仆。《史记·孔子世家》:"鲁君与之一乘车、两马,一竖子俱,适周问礼。"

②且:一作"才"。

③奈:一种水果,又称沙果、花红等。

④把:一作"地"。

⑤欲寄:一作"欹枕"。

【汇评】

金圣叹《唱经堂杜诗解》卷四:诗叙小子送梣,通首全是幽人乐事。题却如此制就三字,便于笔墨之外,相其胸中蜿蜿蜒蜒,隐起无数悲愤也。盖先生欹枕江河,日望人至,乃今望者不至,而至者乃一竖子,心热人闻叩门声,不觉失口遽问,及至开(门)看,自亦一笑。此"竖子至","至"字之妙也。于榛子外,忽想出樝梨梅杏,碧者尚碧,黄者已黄,便令榛子于樝梨前、梅杏后,有分外出色处。起法之奇,又他人所未有。三、四书其人,书其地,书其器,书其物,凡用四上虚下实字写来,却是极幽秀之句,岂不异事?连上"樝梨"二句,书其时,成一解。五、六,十字,新果之新已尽于此,结来更奇。好意献新,却被放出老饕无赖,言身今欹枕江湖,去期全无消息。如此轻笼捺〔榛〕,日提月携,正未有限。不知是怨愤?是滑稽?是哭?是笑?惟有千回读之,叹其妙手。

园

仲夏流多水,清晨向小园[1]。碧溪摇艇阔,朱果烂枝繁。始为江山静,终防市井喧[2]。畦蔬绕茅屋,自足媚盘飧。

【题解】

仲夏时节,溪水多涨。清晨即乘坐小艇,踏着碧波前往瀼西溪边的菜园。菜园里花果烂漫,朱果耀眼。我避居瀼西,一方面是喜爱这山水之盛,另一方面也是为了躲避市井的喧闹,现在看来,真可谓一举多得。茅屋周边的菜地,长满了鲜嫩可口的蔬菜,足使我盘飧无忧。

【注释】

①流多水:一作"多流水"。

②为:一作"觉"。

【汇评】

王嗣奭《杜臆》卷九:此往园之作,前四句分顶。清晨即往,以避市井之喧也。眼边无俗物也,则畦蔬甘于刍豢矣。

金圣叹《唱经堂杜诗解》卷四:题止一"园"字,诗补出"仲夏"字。前一解,都从仲夏生情。陶公云"园日涉以成趣",园于我何有,只因今日涉、明日涉,便涉出趣来。若此园,竟为我之不可少。凡境皆然,陶公寓意不浅,先生此诗乃言为避喧故,正不妨一涉耳。

仇兆鳌《杜诗详注》卷一九:上四,赴园之景。下四,赴园之故。碧溪承水,朱果承园,乃渡溪而入也。始置此园,本以求静,今厌市喧,故避于此。盘飧自足,无求于外矣。烂,谓灿烂。媚,可爱也。

归

束带还骑马,东西却渡船。林中才有地,峡外绝无天。虚白高人静,喧卑俗累牵①。他乡阅迟暮,不敢废诗篇②。

【题解】

此首与前诗同时而作。前诗写去时途中所见,此首写自园中归来所感。菜园之中无外人,解衣乘凉,袒露胸腹亦可。及至启程归去,就当束带著衣而骑马。抵达溪边,牵马渡船,上岸后穿过长长的峡口,峡谷森林茂密,难见天日。虚室生白,本是高人之雅致;我避居于草庐,为俗累所牵,不免劳苦奔波。滞留他乡,虽值迟暮之年,亦不会沉沦而旷废诗篇。

【注释】

①《庄子·人间世》:"虚室生白,吉祥止止。"

②阅:原作"悦",据他本改。

【汇评】

仇兆鳌《杜诗详注》卷一九:上四,归村之景。下四,归村有感。园中无事,可以袒衣,及归则束带骑马,又卸马渡船,自瀼西而东,两句中,包许多曲折。且林峡之中,地平天宽,尽堪自适,乃不能学高人之静,而仍为俗累所喧,故欲藉诗以遣意。静喧,承上章来。"峡外绝无天",见瀼土独露天光,与上句一意。

又引王嗣奭曰:此诗本为爱静厌喧而作,乃结以不废诗篇。又如《别崔潩》诗,惓惓于忧主济时,而结以薛孟论诗,公盖以诗为生平要事,直欲藉以垂训千古，非但作惊人语也。今其诗具在，有名世语，有经世语，有维世语，有醒世语，有超世语，又有涉世语。至于事系纲常，情关伦序，则刳心沥血，写出良心之所必不容已而古今词人所必不能到，直躐三百之遗躅，宛然孔氏家法也。孔子周流而道不行，始删述六经以垂宪。公则衰谢不忘报主，迟暮不废诗篇，济世训世，倦倦意中。子云、仲淹拟孔子，反贻讥僭王，子美以无心暗合，可不谓豪杰之士乎哉。

园官送菜 并序

园官送菜把，本数日阙。矧苦苣、马齿，掩乎嘉蔬。伤时小人妒害君子，菜不足道也，比而作诗。①

清晨蒙菜把，常荷地主恩②。守者怨实数，略有其名存。苦苣刺如针，马齿叶亦繁。青青嘉蔬色，埋没在中园③。园吏未足怪，世事因堪论④。呜呼战伐久，荆棘暗长原⑤。乃知苦苣辈，倾夺蕙草根⑥。小人塞道路，为态何喧喧。又如马齿盛，气拥葵荏昏⑦。点染不易虞，丝麻杂罗纨。一经器物内，永挂粗刺痕⑧。志士采紫芝，放歌避戎轩。畦丁负笼至，感动百虑端。

【题解】

管理菜园的官员，受夔州都督柏茂林委派，送来一些蔬菜，里面夹杂着苦苣、马齿苋等难以下咽的野菜，杜甫感慨小人常常排挤君子，因而赋此诗。夔州都督柏茂林尽地主之谊，一大早就又派园官送来新鲜的蔬菜。而园官敷衍塞责，只管完成送菜的任务，所送的苦苣长满了短刺，马齿苋全是密密的叶子，它们根本就无法食用。至于时令的蔬菜，埋没在菜园中无人理睬。园官这样做事，本不足怪，可恨的是世间类似的事情太多。大乱之后，荆棘遍地，菜园无人打理，苦苣、马齿苋这些野菜疯狂生长，让那些香草嘉蔬无从容身。这就好比小人得志，占据要津，使君子无出头之日。罗纨同丝麻等低劣的东西混杂在一起，很难保持自身的清白。精美的器皿盛装带刺的野菜，就会留下难看的刺痕。所以那些有识之士，为了洁身自好，往往就会避世而居。看着园官送来的菜篮，我感慨万端。

【注释】

①苦苣：一种嫩叶可食的蔬菜，又名苦菜。马齿：马齿苋。

②晨：一作"旦"或"旭"。蒙：一作"送"。地主：此指夔州都督柏茂林。

③在：一作"自"。

④因：一作"固"。论：一作"伦"。

⑤《老子》第三十章："师之所处，荆棘生焉；大军之后，必有凶年。"

⑥蕙草：香草。

⑦葵：冬葵，又称冬寒菜、冬苋菜、滑菜。荏：菜名，俗称白苏，嫩叶可食。

⑧器：一作"气"。

【汇评】

佚名《杜诗言志》卷一〇：首八句叙园官送菜，而以"未足怪"一笔扫去。下论世事，则以比小人之害君子。然寇盗侵暴，不过荆棘之类，犹易别择；而一等貌厕士林，而为踽踽之行，如苦苣、马齿者，拥塞器物，使罗纨之美，受此粗刺，上以败坏国家，下以荼毒善类。有志之士，岂屑与为伍？宜乎高蹈远引，采芝于山中而避此戎轩也。是则畦丁送菜一事，足以感动虑端者如此。

夏力恕《杜诗增注》卷一六：此诗全首太露，不见深稳顿挫之妙。

杨伦《杜诗镜铨》卷一六：本是愤园官侵尅食料，却入此大感慨，得诗人讽诫之旨。

园人送瓜

江间虽炎瘴，瓜熟亦不早。柏公镇夔国，滞务兹一扫①。食新先战士，共少及溪老②。倾筐蒲鸽青，满眼颜色好③。竹竿接嵌窦,引注来鸟道④。沉浮乱水玉,爱惜如芝草⑤。落刃嚼冰霜,开怀慰枯槁。许以秋蒂除,仍看小童抱⑥。东陵迹芜绝,楚汉休征讨。园人非故侯,种此何草草⑦。

【题解】

峡江一带虽然炎热,可瓜果并没有提早成熟。夔州都督柏茂林上任之后,处理积累的庶务极为迅捷,又与士卒、百姓同甘共苦。他派人送来一筐青色的好瓜,这些瓜是用高山上的清泉浇灌的,如水晶、灵芝那般珍贵。我用刀剖开,吃起来如嚼冰糖,真令人开怀。柏茂林都督还答应,等秋天瓜地收园的时候,还会让人送瓜来。楚汉相争早已结束了,东陵瓜之风流不存,今日之种瓜者并非当日邵平之类,为何也如此辛劳呢?

【注释】

①柏公:柏茂林。国:一作"园"。兹:一作"资"。

②《宋书·谢弘微传》:"分多共少,不至有乏。"

③蒲鸽:瓜名,一说为状瓜之形。

④嵌窦:岩泉。

⑤沉浮:一作"浮沉"。曹丕《与朝歌令吴质书》:"浮甘瓜于清泉,沉朱李于寒水。"

⑥童:一作"儿"。抱:一作"饱"。

⑦《诗·小雅·巷伯》:"劳人草草。"草草,劳心也。

【汇评】

浦起龙《读杜心解》卷一之五:此因食瓜而美,详志其事。凡地主之惠,供口之爽,园夫之勤,一一周悉,而着语不多。夔州五古,极难得此洁致之作。首八,推本地主,以着送瓜之由。中八,咏食瓜之事,先详其法,次明其爽,复引其余。而"许以"二句,已表出园人有不尽之美意,故后四以慰劳其人终焉。言其人岂如东陵之身经兵革而为此乎,何草草而劳于所事也。前诗借事感怀,故于送菜之园官则嗔之;此诗即事成咏,故于送瓜之园人则劳之,岂其偏有爱憎哉。

刘濬《杜诗集评》卷四引吴农祥曰:送瓜送菜,总粗涩无味。

课伐木 并序

课隶人伯夷、幸秀、信行等入谷斩阴木，人日四根止，维条伊枚，正直挺然。晨征暮返，委积庭内。我有藩篱，是缺是补，载伐筱簜，伊仗支持，则旅次于小安。山有虎，知禁，若恃爪牙之利，必昏黑撑突。夔人屋壁，列树白菊，锾为墙，实以竹，示式遏。为与虎近，混沦乎无良。宾客忧害马之徒，苟活为幸，可嘿息已。作诗付宗武诵。①

长夏无所为，客居课奴仆②。清晨饭其腹，持斧入白谷。青冥曾巅后，十里斩阴木③。人肩四根已，亭午下山麓。尚闻丁丁声，功课日各足。苍皮成积委，素节相照烛。藉汝跨小篱，当仗苦虚竹④。空荒咆熊罴，乳兽待人肉。不示知禁情，岂惟干戈哭。城中贤府主，处贵如白屋。萧萧理体净，蜂虿不敢毒。虎穴连里闾，隄防旧风俗。泊舟沧江岸，久客慎所触⑤。舍西崖峤壮，雷雨蔚含蓄。墙宇资屡修，衰年怯幽独。尔曹轻执热，为我忍烦促。秋光近青岑，季月当泛菊⑥。报之以微寒，共给酒一斛。

【题解】

序与诗，大意相同。先叙述他清晨督促僮仆进行山中伐木，每人砍伐了四根，拖回堆积在院中。诗人用这些树木修补藩篱，防御野兽的侵害。虽然夔州都督柏茂林上任以来，清除了不少祸害，但猛虎扰民相沿已久。诗人暂居于此，与猛兽为邻，不能不保持谨慎，因此在僮仆的帮助之下整修墙宇，以过上一段安稳的日子。对于诗序，历来之评价分歧颇大，或以为其几不可读(蔡梦弼《杜工部草堂诗话》卷一)，或赞其"古奥如鼎蕭器，古色陆离"(朱彝尊《朱竹垞先生杜诗评本》卷四)。

【注释】

①隶人：仆人。幸：一作"辛"。《周礼·地官·山虞》："仲冬斩阳木，仲夏斩阴木。"《诗·周南·汝坟》："遵彼汝坟，伐其条枚。"枚：原作"校"，据他本改。仗：一作"杖"。撑：一作"搪"。列：一作"例"或"冽"。菊：一作"菊"或"桃"。《诗·大雅·民劳》："式遏寇虐，无俾民忧。"郑玄笺："式，用。遏，止也。"忧：一作"齿"。付：一作"示"。武：一作"文"。

②奴：一作"童"。

③冥：一作"溟"。阴：一作"幽"。

④仗：一作"材"。苦：一作"若"。

⑤沧：一作"苍"或"登"。所：一作"无"。

⑥季月：四季的最后一月，此指九月。季：原作"李"，据他本改。

【汇评】

张溍《读书堂杜诗注解》卷一三：小序以拙而真入妙，此等笔力，岂有不能古文者？

周篆《杜工部诗集集解》卷三〇：公诗多取逆势，此序亦然。以为质奥则有之，若云不可读，则未也。

浦起龙《读杜心解》卷一之四：诗凡四段。首叙课伐木而人劝其勤；次言得木而兼得竹，欲为篱以御虎患；又次曲为柏公回护；终则期于旅舍得安，将给酒以劳仆也。"尚闻"二语，为第一段住句，盖赞其仆之勤。"晨入""午下"，山中尚多"丁丁"之响，而我仆已"四根""课足"也。"苍皮"二句，由"木"渡"竹"。"不示"二句，言若不使之"知禁"，害岂减于兵刃哉。"城中"一段，用意委曲，措辞圆妙，乃通篇斟酌处。昔以刘琨为弘农，猛虎渡河。今有柏公为夔州，乳兽待肉，得毋于府主有碍乎？故特为斡旋曰，府主有治，真能"理体净"而蜂虿远矣。乃若"虎穴"之"隄防"，特此中旧风俗耳。临文瞻顾如此，惜千年无得其解。或云，亦隐讽柏公宜检核酷吏，此在言外。结法韵而朴，又能使首尾一片。

柴　门

泛舟登瀼西,回首望两崖①。东城干旱天,其气如焚柴。长影没窈窕,余光散唅呀②。大江蟠嵌根,归海成一家。下冲割坤轴,竦壁攒镆铘③。萧飒洒秋色,气昏霾日车④。峡门自此始,最窄容浮查⑤。禹功翊造化,疏凿就欹斜。巨渠决太古,众水为长蛇⑥。风烟渺吴蜀,舟楫通盐麻。我今远游子,飘转混泥沙。万物附本性,约身不愿奢⑦。茅栋盖一床,清池有余花。浊醪与脱粟,在眼无咨嗟。山荒人民少,地僻日夕佳。贫病固其常,富贵任生涯⑧。老于干戈际,宅幸蓬荜遮。石乱上云气,杉清延月华⑨。赏妍又分外,理惬夫何夸。足了垂白年,敢居高士差。书此豁平昔,回首犹暮霞。

【题解】

独自乘舟,自东屯回瀼西。登岸回望,但见夔州城干旱得如柴火焚烧过一样。瞿塘两崖窈窕的身影延伸到远方,渐渐失去踪影,夕阳洒在空阔之处。江流盘曲,漫过幽深石洞而冲向大海,它那奔腾的气势,似乎要割断地轴。高耸的山峰,如宝剑镆铘刺向空中。山中秋意正浓,烟岚遮天蔽日。夔门就从这里开始,最窄处仅容浮槎通过。当年大禹依据欹斜的地势疏凿长江,众多流水就如同蜿蜒的长蛇。从此吴国与蜀中两地得以相通,盐、麻等各种货物能相互流通。我这个他乡游子,也飘转滞留此地。我随性所适,也无意追求奢华,有茅屋庇身,有池塘种花,有浊酒与粗食糊口,便十分满足了。这里地僻人少,风景优美,可以惬意地欣赏乱石之上的云气、月光之下的青杉,安详度过晚年。写完这首感喟生平的诗篇,抬头望去,晚霞还在天空。

①泛:一作"孤"。

②唅呀:一作"豁谺",山谷空阔。

③坤轴:地轴。镆铘:宝剑。《淮南子·说山训》:"所以贵镆邪者,以其应物而断割也。"

④飒:一作"瑟"。气:一作"氛"。

⑤峡:一作"岘"。

⑥巨渠:或当作"巴渠"。《水经注》卷三三载,清水出巴渠县东北巴岭南獠中,即巴渠水也。

⑦约:一作"处"。身:一作"性"。愿:一作"欲"。

⑧病:一作"贱"或"穷"。

⑨清:一作"青"。月:一作"日"。

【汇评】

浦起龙《读杜心解》卷一之五:时以事出游峡间,舟回瀼西,作是诗也。前半从登岸后回写峡势之奇险,后半由息足余自述身谋之止足,有见险息机之思。主意在后半,故题曰"柴门"。篇首,点清登岸回望,带写眼前近景。"大江"以下,极形容江身崖壁、水会舟集等气象,与《发秦州》纪行诗同一笔力。此处写得极震荡,正为下文安闲自在一段光景作势也。"我今"二句作转语,此下皆述柴门自安之趣,是作诗本旨。"万物附本性,约身不愿奢",下半篇提笔也。奉之俭,居之僻,恰与己称。而门以内足以遮断风尘,门以外又有石云、杉日,更觉分外矣。自老有余,敢参高士哉!"回首犹暮霞",正应起处"回首"一段。诗成之后,此景依然。前此无穷奇险,忽若云烟过眼,妙不可言。

槐叶冷淘①

青青高槐叶,采掇付中厨。新面来近市,汁滓宛相俱。入鼎资过熟,加餐愁欲无。碧鲜俱照箸,香饭兼苞芦。经齿冷于雪,劝人投比珠②。愿随金骡褭,走置锦屠苏③。路远思恐泥,兴深终不渝。献芹则小小,荐藻明区区④。万里露寒殿,开冰清玉壶。君王纳凉晚,此味亦时须。

【题解】

把高大槐树上的鲜嫩青芽,采摘下来交到厨房,挤出汁液,和上从附近市上买来的新磨的面粉,做成面条,放入锅中略微煮一下,就吃了还想吃,还怕吃没了。筷子夹着的碧绿新鲜冷面,带着芦笋的清香,一口咬下去,牙齿上感觉比雪还凉爽,真是难得的佳肴。我愿意骑上金骡褭这种神马飞奔而去,把槐叶冷淘面送入皇宫。转念又想,恐怕路远很难送到。可这种强烈的兴致,一直没有衰减。礼物虽然微薄,却表明了我的小小忠心。万里以外的宫殿上,君王用玉壶冰来驱暑,晚上乘凉时,品尝这种美味也是极好的。

【注释】

①槐叶冷淘:用槐叶槐芽之汁和面,做成凉面。

②比:一作"此"。

③《史记·司马相如列传》:"胃骡褭,射封豕。"裴骃《集解》引郭璞曰:"骡褭,神马,日行万里。"屠苏:一作"廧廲",指房屋;一说指酒,一说指帽子。

④《左传·隐公三年》:"苟有明信,涧溪沼沚之毛,蘋蘩薀藻之菜,筐筥锜釜之器,潢污行潦之水,可荐于鬼神,可羞于王公。"

【汇评】

金圣叹《唱经堂杜诗解》卷四:只是偶然咏物小题,偏尽情尽理,有次有第。将许多采叶、付厨、买面、和汁、入鼎、加糁,色色拈来,事事点去。琐琐俗务,的的大雅。入第三解,忽然转笔,便又眷眷君父,无日忘之,遂令小题遂成大作。常置几间吟叹,增长忠爱何限。

仇兆鳌《杜诗详注》卷一九:此全是比喻。路远则欲达不能,兴深则初心未改。献芹之意虽微,荐藻之诚可鉴。倘寒殿玉壶之间,亦须此物,何时得以上陈耶?句句道出忠爱苦衷。

浦起龙《读杜心解》卷一之五：诗只从野人献芹子脱出。前详制食之美，后致入献之情。此等题必要说到奉君，亦是杜老习气。

上后园山脚

朱夏热所婴，清旭步北林①。小园背高冈，挽葛上崎嵚。旷望延驻目，飘飖散疏襟②。潜鳞恨水壮，去翼依云深③。勿谓地无疆，劣于山有阴。石楠遍天下，水陆兼浮沉④。自我登陇首，十年经碧岑。剑门来巫峡，薄倚浩至今。故园暗戎马，骨肉失追寻。时危无消息，老去多归心。志士惜白日，久客藉黄金⑤。敢为苏门啸，庶作梁父吟⑥。

【题解】

炎热夏日之清晨，诗人穿过树林，信步来到后园山脚，崎岖的山路满是藤蔓。他临风远眺，感喟万端，作诗以自遣。潜鱼因水流湍急而无法安栖，鸟儿则依恋山高云深之处。不要以为天地宽阔，就鄙夷山阴之地。遭逢世乱，水陆沉浮，人们无以为生，往往以石楠为食，山谷实为难得的庇身之所。自从弃官于华州，翻越陇山，奔赴秦州，转道同谷，由剑门入蜀而又迁徙流转至夔州，转眼过去了十年，故乡依然战火纷飞，骨肉不知消息，岁月将晚而思乡之情日重。

【注释】

①旭：一作"旦"。

②飘飖：一作"飘飘"。

③水：一作"川"。

④石楠：木名，子如苦荬，皮可食。

⑤傅玄《杂诗三首》其一："志士惜日短，愁人知夜长。"

⑥《晋书·阮籍传》："籍尝于苏门山遇孙登，与商略终古及栖神导气之

术。登皆不应,籍因长啸而退。至半岭,闻有声若鸾凤之音,响乎岩谷,乃登之啸也。"

【汇评】

浦起龙《读杜心解》卷一之五:前半,叙上山脚之事,并状其地势之险窄;后半,因山脚而感及历年跋涉山路,遂动老而不归之叹。

陈讦《读杜随笔》卷下:十年久客,又时危戎马,骨肉追寻。故因夔州之后山,思洛阳之故园。非敢啸苏门之高隐,欲如诸葛之高卧草庐,骨肉团聚也。

杨伦《杜诗镜铨》卷一六:杜公晚年五古,多有此蹇涩沉滞之笔,朱子比之扫残毫颖,如此种诚不可学。

奉送王信州崟北归①

朝廷防盗贼,供给愍诛求。下诏选郎署,传声典信州②。苍生今日困,天子向时忧。井屋有烟起,疮痍无血流。壤歌唯海甸,画角自山楼。白发寐常早,荒榛农复秋。解龟逾卧辙,遣骑觅扁舟③。徐榻不知倦,颍川何以酬④。尘生彤管笔,寒腻黑貂裘⑤。高义终焉在,斯文去矣休。别离同雨散,行止各云浮。林热鸟开口,江浑鱼掉头。尉佗虽北拜,太史尚南留。军旅应都息,寰区要尽收。九重思谏净,八极念怀柔。徙倚瞻王室,从容仰庙谋。故人持雅论,绝塞豁穷愁。复见陶唐理,甘为汗漫游⑥。

【题解】

夔州刺史王崟将入朝任职,杜甫作诗送别。朝廷注意到过分的赋敛会加剧盗贼的肆虐,便挑选郎官到夔州履职,以纾解苍生之困,使井邑重新升起炊烟,生民安居饱食。当时干戈遍地,唯吴越安宁无虞,而夔州也战鼓之

声不绝于耳。王崟赴任之后,夔州大治,白发之人得以早寐,荒榛之地得以
耕作,所以其离任之际,民众极力挽留。王崟礼贤下士,对我异常敬重。我
事业无成,沦落草野,对王崟的高义十分感动。我俩如今似风流云散,天各
一方,恐怕要等到战火平息、寰宇一统之日才能重见。王崟回到朝中,当多
为天子出谋划策;我则隐居世外,期待盛世重临。

【注释】

①信州:这里指夔州。《旧唐书·地理志》:"夔州下,隋巴东郡。武德
元年,改为信州。领人复、巫山、云安、南浦、梁山、太昌、武宁七县。二年,
以武宁、南浦、梁山属蒲州,又改信州为夔州。"王崟:太原祁县人,曾官华州
郑县尉、京兆渭南尉、夔州刺史、怀州刺史等。

②典信:一作"能典"。

③解龟:辞官。《后汉书·侯霸传》载,霸为淮平太尹,政理有能名,"更
始元年遣使征霸,百姓老弱相携号哭,遮使者车,或当道而卧,皆曰愿乞侯
君复留期年"。《晋书·张凭传》载:"初,(张凭)欲诣恢,乡里及同举者共笑
之。既至,……恢延之上坐,清言弥日,留宿至旦遣之。凭既还船,须臾,恢
遣传教觅张孝廉船,便召与同载,遂言之于简文帝。"

④知:一作"能"。

⑤尘生:一作"老尘"。

⑥汗漫游:世外之游。《淮南子·道应训》:"吾与汗漫期于九垓之外,
吾不可以久驻。"高诱注:"汗漫,不可知之也。九垓,九天之外。"

【汇评】

浦起龙《读杜心解》卷五之三:首段,叙王守夔之治效。中段,述王去夔
之情节。末段,想王入朝之功名。出处夹入自己,萦拂生情。起四句,原出
守之由,推本天子忧民至意,立言有体。"苍生"四句,两句一折。民久困而
君素忧者,今乃有炊烟,无鞭血矣。"壤歌"四句,即足前意,亦两句一折。
击壤而歌,惟海甸则然,此地则角声不绝也。今则夜无警矣,寝可早矣;野
无扰矣,农有秋矣。"白发",带插自己。"觅扁舟",王要公以辞行矣。"不
倦""何酬",感其谊。"老尘""寒腻",自谓。"终在""去休",彼此分指。"别
离""行止",彼此合说。"鸟开口""鱼掉头",别时之景,然语似稚。"军旅"

以下，皆想望之词。言朝廷所以召君者，想欲息兵收土，故思得谏诤之姿，以远暨怀柔之化也。则我徙倚于斯，从容遥企，惟君是瞻是仰矣。结言果能致治，则漂泊无憾。

月三首

其一

断续巫山雨，天河此夜新。若无青嶂月，愁杀白头人。魍魉移深树，虾蟆动半轮①。故园当北斗，直指照西秦②。

【题解】

这段时间，巫山一直若断若续下着小雨。今夜雨停，银河灿烂，月光洒在青峰之上。天上还只是上弦之月，山中一片敞亮，那些魑魅魍魉躲藏在大树后不敢露面。见月思乡，不由惦记长安故居。

【注释】

①移：一作"多"。动：一作"没"。

②指：一作"想"。

【汇评】

单复《读杜诗愚得》卷一四：此公在雨后见月，悲喜交集，忆长安而作也。首四句一意，言见月而喜也。然三联承次联意，言见月而忆长安故庐而悲。

仇兆鳌《杜诗详注》卷一八：此章见月而动归思，是咏初晴之月。嶂月新悬，故旅愁暂解。空照西秦，则客愁仍在。上是玩月而喜，下是思家而悲。移深树，避明月。动半轮，上弦月也。故园，指鄜曲。

边连宝《杜律启蒙》五言卷八：首句雨晴，次句河新，庸手便直接月矣，却以翻笔出之，有龙跳虎卧之奇。三联正写月，末联对月而思乡也。魍魉，川泽之神。移深树，避月明也。月中有金背虾蟆。没半轮，上弦月也。

其二

并点巫山出,新窥楚水清①。羁栖愁见里,二十四回明②。必验升沉体,如知进退情。不违银汉落,亦伴玉绳横。

【题解】

月光不仅将巫山的形态充分展示出来,还将江水照得晶莹清澈。羁留于夔州,欲去不得,转眼已经两年过去了,亲眼目睹了二十四次月圆。月儿东升西落,有盈有亏,有圆有缺,好像懂得为人处世的进退之道。它总是伴随玉绳星而横亘天空,决不丢下银河而先落,不孤芳自赏,也不标新立异。

【注释】

①点:一作"照"。

②愁见里:一作"愁里见"。

【汇评】

陈式《问斋杜意》卷一六:公只言己之彻夜看月,经过二十四回,夜夜如此看月。至所以看月之心,则不言已见。

刘濬《杜诗集评》卷一〇引李因笃曰:不伤纤巧,存乎骨气之高。

汤启祚《杜诗笺》卷八:羁栖巫楚,倏已二年,屡见月明,愁中赏玩。时有出没,可验升沉。魄有盈亏,如知进退。月随汉落,且与星横。亦伴不违,坐看至晓。

其三

万里瞿塘峡,春来六上弦①。时时开暗室,故故满青天。爽合风襟静,高当泪脸悬②。南飞有乌鹊,夜久落江边。

【题解】

在这万里之外的瞿塘峡,今年又过去了一半。月光如此皎洁,清风如此爽朗,心情却是那样黯淡悲伤。南飞的乌鹊,绕树良久,终于栖息于江边。而我东飘西荡,不知归栖何处。

①峡：一作"月"。

②高当：一作"当空"。

【汇评】

仇兆鳌《杜诗详注》卷一八：此章对月而念孤栖，是专论半年之月。

又引《杜臆》：中四，有一喜一恨意。时开暗室，则喜之而爽合风襟。故满青天，则恨之而空当泪脸。一月而分作两般，景随情转故也。夜落江边，则无枝可栖，借乌鹊以自伤飘泊。

纪容舒《杜律详解》卷六：合观三首，其一言月之出，其二言月之明，其三言月之落。布置井井有条。

送十五弟侍御使蜀

喜弟文章进，添余别兴牵。数杯巫峡酒，百丈内江船①。未息豺狼斗，空催犬马年。归朝多便道，抟击望秋天②。

【题解】

诗当为送别其十五族弟而作。见到你的文章大有长进，我十分欣喜，可想到你我又要分别，不由平添几分怅然。在巫峡饮完数杯酒，你就要乘船由涪水离去了。蜀中如今大乱，争斗不息，我在夔州虚度岁月。希望你由便道早日归朝，剿灭那些叛贼。

【注释】

①内江：涪江。杨慎《丹铅总录》卷二："内水即涪江，自重庆上合州、遂宁、潼绵是也。"

②抟：一作"搏"。《魏书·昭成子孙传》："御史之职，鹰鹯是任，必逞爪牙，有所噬搏。"

【汇评】

边连宝《杜律启蒙》五言卷七：上四，送别已毕；后四，则以弹劾盗贼望之也。"豺狼",指崔旰辈。犬马年,自谓,言己老而无能为也,故以抟击之任,望之侍御耳。

邓献璋《艺兰书屋精选杜诗评注》卷七:手足之谊,世路之险,衰谢之感,属望之意,一层转变一层,却只是一气。

舍弟观归蓝田迎新妇,送示两篇[①]

其一

汝去迎妻子,高秋念却回。即今萤已乱,好与雁同来。东望西江水,南游北户开[②]。卜居期静处,会有故人杯。

【题解】

杜甫之弟杜观将回陕西蓝田迎接其家眷前来,诗人作诗相送。你即将回去迎接妻子儿女,想必在秋天的时候可以返回。现在正是萤火虫四处乱飞的季夏,在大雁南来的时候,你正好与它们同至。我一直敞开北户之门,眺望着西江之水,等候你南归。到那时我们卜居于静谧之处,以故人为邻。

【注释】

①两篇:一作"二首"。

②水:一作"永"。

【汇评】

夏力恕《杜诗增注》卷一六:东西南北,公诗不甚作此呆板对。

边连宝《杜律启蒙》五言卷七:前四,嘱以夏去而秋即来也。西江,即夔江。夔江东下,故向东望之而甚永。南游,公时将游荆也,蓝田在荆北,故曰"开北户"。二句总见望弟之切,然语太拙,连用"东""南""西""北",尤不雅。荆州有故人可依,故欲卜居其地,与之同饮也,然语亦欠醒。

刘濬《杜诗集评》卷一〇引李因笃曰:空老极矣,正是骨肉至情。然何尝无点染,废巧法也。难其化为老境耳。

其二

楚塞难为路,蓝田莫滞留①。衣裳判白露,鞍马信清秋。满峡重江水,开帆八月舟。此时同一醉,应在仲宣楼。

【题解】

楚地山高水险,路途艰难,希望你莫要逗留太久,早日从蓝田出发,最好在清秋时节,冒着白露乘马而至。我也将在八月扬帆起航,顺江而下。等我们在荆州重新聚首时,再痛饮一番。

【注释】

①路:一作"别"。

【汇评】

汪瑗《杜律五言补注》卷四:二诗一意,但一章前六句以一去一来对讲。二章惟起句言去,余皆言来,体稍异耳。

鲁一同《鲁通甫读书记》:与弟观诸书,老致纷披而情自恳到。乍读之,无甚惊奇,而味之不易及。老手情至之作,难与近世轻才浅学论也。

季夏送乡弟韶陪黄门从叔朝谒①

令弟尚为苍水使,名家莫出杜陵人②。比来相国兼安蜀,归赴朝廷已入秦。舍舟策马论兵地,拖玉腰金报主身。莫度清秋吟蟋蟀,早闻黄阁画麒麟。

【题解】

杜家人才辈出,杜韶尚未显达,还只是一位掌管水运的小官,就已经展示出美好的前途了。最近从叔黄门侍郎杜鸿渐,安抚蜀地之后即将还朝。杜韶为杜鸿渐所赏识,随同而去,舍舟登岸,策马陆行,一路论政谈兵,定会受益良多。从叔杜鸿渐拖玉腰金,为朝廷重臣,一心报效君王。杜韶莫要逗留途中,耽于吟诗作文,应当乘时而起,建立功业。

【注释】

①乡弟:故乡同姓之弟。黄门:黄门侍郎。从叔:这里指杜鸿渐。

②《吴越春秋》卷六《越王无余外传》载,大禹登衡岳,梦见赤绣衣男子,自称玄夷苍水使者。一本有自注:"韶比兼开江使,通成都外江下峡舟船。"

【汇评】

仇兆鳌《杜诗详注》卷一九:题本送韶,因陪黄门朝谒,故诗中兼及鸿渐。首句提杜韶,次句起鸿渐。安蜀、入秦,此叙朝谒之故。舍舟策马,杜韶陪行。拖玉腰金,鸿渐朝服。莫度清秋,望韶速往。早闻黄阁,期渐功成也。下四,皆弟叔双关。

浦起龙《读杜心解》卷四之二:首单领弟,次统举杜门。三、四,卸入叔之朝谒;五、六,合指两人;七、八,一弟一叔也。结言弟莫耽隐而和虫吟,其早听从叔图勋,亦思奋起功名之会哉。语平意侧,颂祷交至。

杨伦《杜诗镜铨》卷一六:两人用一惜一夸,语简而意到。

滟 滪

滟滪既没孤根深,西来水多愁太阴。江天漠漠鸟双去,风雨时时龙一吟。舟人渔子歌回首,估客胡商泪满襟。寄语舟航恶年少,休翻盐井横黄金①。

【题解】

夏日雨水连绵,江水奔腾汹涌,滟滪堆没于水中而难见踪影。天昏地暗,江流无涯,浩渺空蒙,唯有鸟儿可以飞越;风雨潇潇,山色晦暝,波涛拍岸,似巨龙时或长吟。舟人渔子,见惯暴涨之江流,回首高歌;往来之商客,心惊胆寒,抱头而哭。寄语那些无赖少年,不要心存侥幸,贪图厚利而冒险贩盐。

【注释】

①横：一作"掷"。

【汇评】

仇兆鳌《杜诗详注》卷一九：此见滟滪水势，而戒人冒险也，在四句分截。滟滪根没，以水多故也。江天风雨，即太阴愁惨之象。鸟去龙吟，则人不可往矣。回首，见险知止也。泪襟，阻水难下也。少年无赖，逐利轻生，故戒其翻盐以掷金。

边连宝《杜律启蒙》七言卷三：滟滪没而孤根深，所谓如象、如马时也。三、四正太阴之象，但见鸟之双去，时闻龙之一吟，言路断人稀也，正起下联，翻动末联。

毛张健《杜诗谱释》卷二：上四句写险绝之景，下四句诚冒险之人，前实而后虚。

行官张望补稻畦水归①

东屯大江北，百顷平若案②。六月青稻多，千畦碧泉乱③。插秧适云已，引溜加溉灌④。更仆往方塘，决渠当断岸。公私各地著，浸润无天旱⑤。主守问家臣，分明见溪伴⑥。芊芊炯翠羽，剡剡生银汉⑦。鸥鸟镜里来，关山雪边看⑧。秋菰成黑米，精凿傅白粲⑨。玉粒定晨炊，红鲜任霞散⑩。终然添旅食，作苦期壮观。遗穗及众多，我仓戒滋蔓。

【题解】

大江北面的东屯，有上百顷平整的稻田。到了六月，插完秧苗，众人轮流前往，引水灌溉。禾苗青青，一望无际，公田、私田，补水充足，哪怕天旱也高枕无忧。都督柏茂林——询问行官张望，溪畔之景如在眼前。禾苗茂盛，芊芊光亮如翠羽；稻田水溢，波光闪闪如银河。鸥鸟飞来，如置身镜中；

山之倒影，清晰可见。秋天菰米成熟的时候，稻谷也成熟了，就可以吃上白灿灿的香粒，至于红米就让它们随云霞飘散。不辞辛劳地建好粮仓，等到丰收的时刻到来。不过我只是为了让自己旅食无忧，绝不会让自己的粮仓堆得漫出来，至于稻田还会遗留许多稻穗给鳏寡孤独捡拾。

【注释】

①唐时节镇州府有牙官、行官，牙官给牙门前驱使，行官受差遣至各地公干。

②大江北：一作"枕大江"。

③畦：一作"亩"。

④适：一作"通"。

⑤地著：定居于一处。《汉书·食货志上》："理民之道，地著为本。"

⑥明：一作"朋"。伴：一作"畔"。

⑦芊芊：一作"竿竿"。生：一作"向"。

⑧雪：一作"云"。

⑨黑米：菰米。精凿：精米，细米。凿，一作"谷"。傅：一作"传"。

⑩定：一作"足"。

【汇评】

浦起龙《读杜心解》卷一之五：此与下《耗稻》篇，少陵田家诗也。视柴桑之疏淡，此为密致。视太祝之真朴，此为整秀。绝不规橅前哲，等量辈流，风调各成，体裁斯别，不得以彼专胜，诎此兼美。前八，就"稻畦"写；中八，就"行官归"后写；后八，就秋成写。全首总属虚摹，时未亲阅东屯也。起四句，以旧畦水作陪。"插秧"四句，正言督仆补水，以下则行官归矣。"无天旱"，水足而虽旱无虞也。二句，行官归白之语。"主守"二句，问之而分明如见也。以下四句，皆分明见之之景。"炯翠羽"，状苗色也。"生银汉"，苗沃于水也。"镜里""雪边"，畦水之汪洋也。以下预拟秋成之乐，"秋菰"二句，不平以菰米为辅也。"玉粒""红鲜"，俱承"白粲"。"终然"二句，预望之词。"作苦"，合到补水事。"壮观"，收获之富也。结语非专专分惠，正形容"壮观"处。言有余尚可及人，则登场之"滋漫"可知，"我仓"之修治，其预戒哉。

七月一日题终明府水楼二首

其一

高栋曾轩已自凉,秋风此日洒衣裳。翛然欲下阴山雪,不去非无汉署香①。绝壁过云开锦绣,疏松夹水奏笙簧②。看君宜著王乔履,真赐还疑出尚方③。

【题解】

立秋之日,奉节代理县令终某在水楼招待宾客,杜甫作此二首。在高高的水楼之上,凭栏远眺,但见秋风吹起,凉风飒然而至。倏忽之间,便如阴山之雪飞落,清凉爽朗,令人久久不愿离开。青山葱茏,浮云飘过,日光洒落,满眼锦绣。松涛阵阵,涧水潺潺,如笙簧相合。如此美好的景致,暂摄县令的终某飘飘欲仙,不久定当实授其职。

【注释】

①汉署香:鸡舌香。

②夹:一作"隔"。

③《汉书·平帝纪》:"吏在位二百石以上,一切满秩如真。"如淳注:"诸官吏初除,皆试守一岁乃为真,食全俸。平帝即位故赐真。"疑:一作"宜"。《汉书·朱云传》"尚方斩马剑",颜师古注:"尚方,少府之属官也,作供御之器物。"诗末原有注:"终明府,功曹也,兼摄奉节令,故有此句。伫观奏,即真也。"

【汇评】

仇兆鳌《杜诗详注》卷一九:此章从水楼说起,结终明府。首切水楼,次贴初秋。楼高风飒,如此翛然,疑下阴山之雪。今对之不忍舍去,非为无郎署而留此,正以壁开锦绣,松奏笙簧,楼上见闻绝胜故耳。终在此间,去仙何远,故遂以王乔比之,且望其即真也。

刘濬《杜诗集评》卷一一引李因笃曰：写水楼可谓一语不移，然自无迫隘之病。

其二

宓子弹琴邑宰日，终军弃繻英妙时①。承家节操尚不泯，为政风流今在兹。可怜宾客尽倾盖，何处老翁来赋诗。楚江巫峡半云雨，清簟疏帘看弈棋。

【题解】

暂摄奉节县令的终某，继承终氏节操，英姿勃发，有终军当日弃繻出关之风采。他举重若轻，还不失宓子贱弹琴治理单父的风流。他在水楼上所招待的宾客，于我虽是初识，却一见如故。公事之暇日，终某与宾客在水楼上饮酒弹棋，消磨巫山云雨，我这浪迹天涯的老翁在一旁赋诗。

【注释】

①宓：一作"虙"。《汉书·终军传》载，初，终军从济南当诣博士，步入关，关吏与军繻。军问以此何为，吏曰："为复传，还当以合符。"军曰："丈夫西游，不复传还。"遂弃繻而去。后为谒者，行郡国，建节东出关，关吏曰："此乃前弃繻生也。"苏林注："繻，帛边也。旧关出入皆以传，传烦，因裂繻头合以为符信也。"英：一作"年"。

【汇评】

张綖《杜律本义》卷三：此承上章尾句之意，而美明府之优于为政也。言宓子弹琴宰邑，其风流如此，终军弃繻英妙，其节操如此。今明府少年优于治邑，是承家节操不泯，而为政风流在兹矣。遂言其风流在兹之实，盖当摄令烦剧之时，而有余功以接宾客，使野老亦厕乎其列。水楼之中，赋诗者有焉，弈棋者有焉，宛然古人弹琴之风矣。

仇兆鳌《杜诗详注》卷一九：次章，从终明府说起，结归水楼。宓子，切明府。终军，切终姓。承家，顶终军。为政，顶宓子。下文好客好诗，可见明府风流。彼众宾倾盖，饮酒弹棋，都属官僚旧知，公以羁旅老翁，赋诗看弈于其中，独有无限悲凉之意。

黄生《杜工部诗说》卷八：前首多写景，后首多叙事，相合成章。后首一结，写景真趣在目，可庇前路之板重，此章法自为振救。前首叙宴会之景，结归主人，以"看君"二字挑醒。后首称主人之贤，转入宴会，以"风流"二字过渡，又章法相为变化也。

秋，行官张望督促东渚耗稻向毕，
清晨遣女奴阿稽、竖子阿段往问①

东渚雨今足，伫闻粳稻香。上天无偏颇，蒲稗各自长。人情见非类，田家戒其荒。功夫竞掮掮，除草置岸旁②。谷者命之本，客居安可忘③。青春具所务，勤垦免乱常。吴牛力容易，并驱动莫当④。丰苗亦已概，云水照方塘⑤。有生固蔓延，静一资隄防。督领不无人，提携颇在纲⑥。荆扬风土暖，肃肃候微霜。尚恐主守疏，用心未甚臧。清朝遣婢仆，寄语逾崇冈。西成聚必散，不独陵我仓⑦。岂要仁里誉，感此乱世忙⑧。北风吹蒹葭，蟋蟀近中堂⑨。荏苒百工休，郁纡迟暮伤。

【题解】

秋日，行官张望督促东屯完成了稻田最后的除草工作。杜甫心中牵挂，一大早派女仆阿稽、小厮阿段前去查看询问，并作此诗。今年东屯雨水充足，稻田丰收在望，人们仿佛已经闻到了粳稻的香味。但老天爷毫不偏心，稻田里的青蒲、稗子也在疯狂生长。古话说"非其种者，锄而去之"，这是人之常情。对于农家而言，最忌讳的是田地荒芜，草木蔓生。所以这段日子，人们忙着费力将稗于、蒲草从稻田里拔起来去在田埂上。五谷是生存的根本，哪怕客居在外也不能忘记。开春的时候，就计划好所有的农务，然后辛勤劳作，不敢荒废耽搁。水牛力气大，可以两头并排齐驱犁耙。禾苗已经苗壮茂密了，稻田里水光云影掩映，这时杂草也开始蔓延，必须小心提防。行官的职责就是调配督促。荆州、扬州一带天气暖和,直到微霜莅临,稻子才会成熟。我担心行官疏忽大意,没有用心关注,于是清晨就派婢仆翻过山冈,前往东屯给他捎话:秋收后,这些稻子并不会全部堆在我的粮仓,还有许多人指望它们活下来。我这样做并非为了沽名钓誉,而是真切感到乱世之中百姓生存艰难。北风吹动着芦苇,蟋蟀慢慢移近了中堂,年底百工都将停业,我愁肠百结,岁晚不胜忧伤。

【注释】

①耘:除去苗间之草,一作"刈"。

②揎揎:用力的样子;原作"榍榍",据他本改。

③命之:一作"令士"。

④吴牛:水牛。动莫当:一作"纷游场"。

⑤稬:稠密,一作"溉"。

⑥携:一作"挈"。《书·盘庚》:"若网在纲,有条而不紊。"

⑦西成:秋收。《书·尧典》:"平秩西成。"潘岳《籍田赋》:"我仓如陵,我庾如坻。"

⑧《论语·里仁》:"里仁为美。"

⑨《诗·秦风·蒹葭》:"蒹葭苍苍,白露为霜。"《诗·豳风·七月》:"九月在户,十月蟋蟀入我床下。"

【汇评】

黄生《杜工部诗说》卷二:"上天"四句,万物并育者,生成之大;非种必锄者,人事之宜。除草细事,却从大处说起,胸中本领,笔端力量。"督领"二句,耘稻非一家,必邻里同往,公特命行官督率之,"西成"四句盖指此。《信行修水筒》诗,极其奖赏,此诗乃有"尚恐主守疏,用心未甚臧"之语,则二人之贤否见矣。田园诸诗,觉有傲睨陶公之色,以气韵沉雄、骨力苍劲处,本色自不可遏耳。

吴瞻泰《杜诗提要》卷四:题是琐屑家务,而天地之并包、人事之勤惰、客居之经纶、仁人之胞与皆见,可以上颃《豳风》。上天生粳稻,亦生蒲稗,并育而不偏,故蒲稗之害,不敢怨天,只尽人事。四句自为顿挫,下紧接"谷者命之本",所以要督促,又往问也。两层钩画分明。"东渚"二句,题前一层;"西成"四句,题后一层;结四句,拓开一层。正与《唐风》之蟋蟀、《豳风》之改岁略同,命意抑何深厚也。以散为聚,先人后己,又非止勤垦自救而已,此非仁人之胞与而何? 小题大做,见诗人之胸襟,笔端之变换。

刘濬《杜诗集评》卷一六引查慎行曰:前半写耗稻向毕,后半言问督促。一结淡远,更见感慨。

阻雨不得归瀼西甘林①

三伏适已过,骄阳化为霖。欲归瀼西宅,阻此江浦深。坏舟百版坼,峻岸复万寻。篙工初一弃,恐泥劳寸心②。伫立东城隅,怅望高飞禽③。草堂乱玄圃,不隔昆仑岑。昏浑衣裳外,旷绝同曾阴。园甘长成时,三寸如黄金④。诸侯旧上计,厥贡倾千林⑤。邦人不足重,所迫豪吏侵。客居暂封植,日夜偶瑶琴⑥。虚徐五株态,侧塞烦胸襟。焉得辍两足,杖藜出岖嵚⑦。条流数翠实,偃息归碧浔。拂拭乌皮几,喜闻樵牧音。令儿快搔背,脱我头上簪。

【题解】

天降大雨,杜甫被阻隔于瀼溪对岸的果园,欲回瀼西草堂不得,赋有此诗。三伏天刚刚过去,骄阳消退,秋雨就到来了。我想回到瀼西的草堂,可溪水深阻,溪岸险峻,渡船腐坏已被篙工抛弃。我伫立在夔州城东隅,怅然地望着鸟儿高飞远去。此时此刻,虽然不能把那瀼西草堂跟玄圃混为一谈,从城头到那瀼西草堂也没有隔着个昆仑山,奈何烟雾充塞、阴云旷绝,瀼西草堂也真算得上是咫尺天涯。柑橘成熟后,贵如黄金,曾经是夔州重要的贡品。但乡人苦于豪吏的侵夺,并不重视。我客寓此处,聊且种植这片橘树,清风吹过,树叶就如同在弹琴,发出悦耳的声响。眼下这雨下个不停,我真担心它们为风雨摧残,心里颇为烦闷。恨不得雨脚一停,我就挂着藜杖,越过山冈,先到柑林去细数枝条上的青柑,然后再回溪边的草屋,拂拭那张跟我多年的乌皮几,靠着它欣赏樵歌牧笛,还让孩子们给我挠背,顺便把头上的簪儿摘下。

【注释】

①甘林:柑橘林。甘,通"柑"。

②《论语·子张》:"致远恐泥,是以君子不为也。"

③伫:一作"倚"。

④《南史·刘义康传》载,文帝尝冬月啖柑,叹其形味殊劣。彭城王义康在座,遣使还东府,取柑大三寸者供御。

⑤上计:战国秦汉时,地方官于年终将境内户口、赋税、盗贼、狱讼等项编造计簿,遣吏逐级上报,奏呈朝廷,借资考绩。

⑥植:一作"殖"。

⑦焉:一作"安"。得:一作"能"。两:一作"雨"。

【汇评】

浦起龙《读杜心解》卷一之五:自篇首至"曾阴",叙阻雨不得归瀼西。自"园甘"至末,遥叙甘林景事,而预拟归后之情,正与阻归意相发。"草堂"二句,极形容水势之盛,言"草堂"之间如临"玄圃",虽"昆仑"不能隔也。玄圃在昆仑西,故云。"昏浑"二句,极形容烟雾之塞,言所见止及一身,但在"衣裳"之外,便旷绝如"曾阴"所遮也。"安得"二字,直贯至末,皆一派虚境。

翁方纲《杜诗附记》卷下:写甘林亦以遥想,故不嫌于撦实也。

又上后园山脚

昔我游山东,忆戏东岳阳。穷秋立日观,矫首望八荒①。朱崖著毫发,碧海吹衣裳②。蓐收困用事,玄冥蔚强梁③。逝水自朝宗,镇石各其方④。平原独憔悴,农力废耕桑。非关风露涠,曾是戍役伤⑤。于时国用富,足以守边疆。朝廷任猛将,远夺戎虏场。到今事反覆,故老泪万行。龟蒙不复见,况乃怀旧乡⑥。肺萎属久战,骨出热中肠。忧来杖匣剑,更上林北冈。瘴毒猿鸟落,峡干南日黄。秋风亦已起,江汉始如汤。登高欲有往,荡析川无梁。哀彼远征人,去家死路旁。不及父祖茔,累累冢相当⑦。

【题解】

年轻时我漫游山东,于深秋登上泰山,伫立日观峰欣赏日出,碧海吹衣,珠崖邈若毫发,何等意气风发。谁知秋去冬来,山川未改而国势隳颓,中原破碎,百姓疲惫。他们之所以废弃耕桑,并非受天气影响,而是不得不去服兵役。当时国用富足,边境安宁,但朝廷选用悍将,开疆拓边,四处征伐,致使国力耗尽,至今无法恢复。我以迟暮之身,又患肺疾而咳嗽战栗,流落天涯,一心只想着叶落归根,恐怕再也见不到龟山和蒙山了。我满腹忧虑,扶杖上山,峡谷枯黄,猿鸟息止,秋风已起,江水滚滚。我多么想离开这里,可山路险阻,无法成行,看来要客死他乡了。

【注释】

①《水经注》卷二四引应劭《汉官仪》:"泰山东南山顶,名曰日观。日观者,鸡一鸣时,见日始欲出,长三丈许,故以名焉。"八:一作"北"。

②朱崖:亦作"珠厓",郡名,治今海南琼山。《汉书·贾捐之传》:"初,武帝征南越,元封元年,立儋耳、珠厓,皆在南方海中洲居。"碧海:东方极远之海。《海内十洲记》:"扶桑在东海之东岸。岸直,陆行登岸一万里,东复有碧海。海广狭浩汗,与东海等。水既不咸苦,正作碧色,甘香味美。"

③《礼记·月令》:"仲秋之月,……其神蓐收。""仲冬之月,……其神玄冥。"

④《书·禹贡》"江汉朝宗于海",孔安国传:"二水经此州而入海,有似于朝,百川以海为宗。宗,尊也。"镇石:《周礼》九州之镇山。石,一作"名"。

⑤非关:一作"北阙"。

⑥龟蒙:龟山和蒙山,在今山东临沂。复:一作"可"。

⑦父祖:一作"祖父"。

【汇评】

刘辰翁《集千家注批点杜工部诗集》卷一○:本上后园山脚耳,却从昔登东岳,俯望中州,转及时事,情绪阔远,故收拾悲怆。

汪灏《树人堂读杜诗》卷一九:公避乱远方,日望贼灭早归,乃日复一日,其乱弥甚,归更无期。因思禄山一反,糜烂不支,皆由天宝盛时,频频开边,以致元气消耗,力难荡削,其咎何归?然身为臣子,何敢斥言明皇,欲借登高,遍望四远以发之,而客居所历,仅此后园山脚。山脚不甚高,故借登泰山以发之,其实与后园山脚何与?

浦起龙《读杜心解》卷一之五:愚谓此章写景处殊少,上半下半皆述怀也。特以少年日观之游,引衬今日后园之上。上半所伤,伤在彼时世事,中干外强,满目骄盈也;下半所伤,伤在此日情形,凋零漂泛,并忧客死也。

甘 林

舍舟越西冈,入林解我衣。青刍适马性,好鸟知人归。晨光映远岫,多露见日晞①。迟暮少寝食,清旷喜荆扉。经过倦俗态,在野无所违②。试问甘藜藿,未肯羡轻肥。喧静不同科,出处各天机③。勿矜朱门是,陋此白屋非。明朝步邻里,长老可以依。时危赋敛数,脱粟为尔挥④。相携行豆田,秋花霭菲菲⑤。子实不得吃,货市送王畿。尽添军旅用,迫此公家威。主人长跪问,戎马何时稀⑥。我衰易悲伤,屈指数贼围。劝其死王命,慎莫远奋飞⑦。

【题解】

诗写杜甫在柑橘林中的惬意生活,以及与邻居交往时感叹他们赋税的沉重。下船后翻过山岗,进入柑橘林,我就不由得敞开衣襟。马儿愉悦地吃着青草,鸟儿轻快地鸣叫着。晨光中远山起伏,林间的露水慢慢蒸发。迟暮之年,对饮食没有太多讲求,厌倦交游应酬,只喜欢清旷质朴的生活,幸亏有柑橘林这样的地方能让自己放松。哪怕以藜藿为食,也毫不羡慕轻裘肥马的生活。每个人的追求不一样,各人有各自的本性,不要以为朱门就一定好过白屋。第二天我拜访邻里老人,虽然只是以粗粝之饭相邀,但念他们疲于赋敛,不忍心食之,挥手而去。携手与他们走在豆田里,豆子长势喜人,但老人却没有机会食用,因为这些豆子都要被作为赋税送往京都,变成军旅之资。老人沉重地向我感叹,这战争不知何时才会减少。我给他讲述了贼人数次围困长安的事情,劝告他不要轻易逃亡。

【注释】

①多:一作"夕"。

②所:一作"或"。

③《论语·八佾》:"子曰:'射不主皮,为力不同科,古之道也。'"朱熹集注:"科,等也。"

④《汉书·公孙弘传》:"弘身食一肉,脱粟饭。"颜师古注:"才脱粟而已,不精凿〔繫〕也。"

⑤霭:一作"蔼"。菲菲:一作"霏霏"。

⑥问:一作"辞"。

⑦莫:一作"勿"或"忽"。

【汇评】

单复《读杜诗愚得》卷一四:此诗不专主甘林而作,盖因入甘林,遂言喜荆扉,甘藜藿,不矜朱门。步邻里则长老可以相依。又言时危赋敛烦促,民无余赀,迫于苦急而为之悲伤,且劝以义。

卢元昌《杜诗阐》卷二七:题曰"甘林",诗中一字不及甘林者,已见于《阻雨》一篇也。但前篇以豪吏侵夺为辞,此却以迫以科敛为辞,蠓人不聊生矣。

暇日小园散病,将种秋菜,
督勤耕牛,兼书触目①

不爱入州府,畏人嫌我真。及乎归茅宇,旁舍未曾嗔②。老病忌拘束,应接丧精神③。江村意自放,林木心所欣④。秋耕属地湿,山雨近甚匀⑤。冬菁饭之半,牛力晚来新⑥。深耕种数亩,未甚后四邻。嘉蔬既不一,名数颇具陈。荆巫非苦寒,采撷接青春。飞来两白鹤,暮啄泥中芹⑦。雄者左翮垂,损伤已露筋⑧。一步再血流,尚经矰缴勤⑨。三步六号叫,志屈悲哀频。鸾皇不相待,侧颈诉高旻⑩。杖藜俯沙渚,为汝鼻酸辛。

【题解】

大历二年秋日,杜甫病后在瀼西菜园散心,督促仆人套牛种菜,见一双白鹤飞来,有感而作此诗。我不愿到城中的官府里去,老是担心他们嫌弃我太率真。回到乡下的草堂,东邻西舍就从来没人嗔怪过我。年老多病,最受不了拘束;迎来送往,确实耗费精神。到了江村,心情格外舒畅。秋日雨后湿润,最适合耕作。傍晚时分,嚼过冬菁,牛儿跑得飞快。这数亩菜园要深耕细作,不能被四周的邻居落下。园子里的蔬菜很多,菜名很难全部说出来。夔州并非苦寒之地,这些菜叶可以支撑到明年春天。突然飞来两只白鹤,啄食泥中的楚葵。雄鸟左边的翅膀被弓箭射伤,露出了筋骨,每走一步就血流不止,再也无法与雌鸟比翼齐飞。它不停地哀号,似乎在向苍天哭诉,真令我心酸。

【注释】

①勤:一作“勒”。

②及乎归茅宇:一作“及归在茅屋”。

③忌：一作"恐"。

④自：一作"日"。

⑤秋耕：一作"耕耘"。

⑥冬菁：菜名，芜菁、蔓菁之类。晚：一作"晓"。

⑦《汉乐府·艳歌何尝行》："飞来双白鹄，乃从西北来。十十五五，罗列成行。妻卒被病，行不能相随。五里一返顾，六里一徘徊。吾欲衔汝去，口噤不能开。吾欲负汝去，毛羽何摧颓。乐哉新相知，忧来生别离。踟蹰顾群侣，泪下不自知。"芹：楚葵。

⑧露：一作"及"。

⑨血流：一作"流血"。经：一作"惊"。

⑩皇：一作"凤"。

【汇评】

黄生《杜工部诗说》卷二：真本美德，而时人以为嫌，则世情之好假可知矣。应接之际，一味虚文，高士深所厌苦，而时人乐此不为疲，宜其戛戛不相入，至于绝迹人外，侣渔樵而友麋鹿，岂得已哉。己之被斥，如惊弓之禽，故以即目寓诗。"杖藜"句一句结住全篇。古人有一题展作数诗者，有数题合作一诗者。数题一诗，贵在联络无痕，于此可悟其法。

吴瞻泰《杜诗提要》卷四：数题一诗，非截然平分也，其中必有隐线，如蛛丝马迹。观此诗起手八句，与末段志屈悲哀，本是一意，击首可以尾应。然意隐而不露，竟似划然分开者，此以不照应为照应者也。漪堂云：末段本是寓言，如坡公《后赤壁》之类。良以自悲不能直书，姑隐其词如此。而句调则本古乐府"飞来双白鹄"一章。入州府，有用世之思，正杜公真处，而世人翻以为嫌，故不爱入。其归茅屋，放意于江村林木之间，岂得已哉？而世人翻不我嗔。一腔悲愤，已蓄在此段内，而以顿挫出之。读至末段"志屈悲哀"等句，始知其线索之妙。

雨

山雨不作泥，江云薄为雾①。晴飞半岭鹤，风乱平沙树。明灭洲景微，隐见岩姿露。拘闷出门游，旷绝经目趣。消中日伏枕，卧久尘及屦②。岂无平肩舆，莫辨望乡路。兵戈浩未息，蛇虺反相顾。悠悠边月破，郁郁流年度。针灸阻朋曹，糠籺对童孺。一命须屈色，新知渐成故③。穷荒益自卑，飘泊欲谁诉。尪羸愁应接，俄顷恐违迕④。浮俗何万端，幽人有高步⑤。庞公竟独往，尚子终罕遇⑥。宿留洞庭秋，天寒潇湘素。杖策可入舟，送此齿发暮。

【题解】

长时间闷在家中，偶尔出门，触目成趣。山间久雨，路滑而不泥；江上之云，低飞而薄似雾。天乍晴，鹤飞舞于山腰；风不定，树横斜于平沙。洲渚明灭难辨，岩石若隐若现。前些日子因患消渴疾而卧病在床，很少走动，连鞋子都布满灰尘。当然也可以坐上轿子出去走走，只是望不见回家的路更让人伤心。干戈未止，盗贼肆虐，我唯有栖身边鄙，虚度岁月。近来因接受针灸治疗，又与友朋断绝了往来，只能在家带着孩子吃糠咽菜。对有一官半职的人开始也要卑躬屈节，交往久了才能被人接受。沦落在这穷荒之地，我越来越感到自卑，那天涯漂泊之苦又将向谁去倾诉。身体虚弱，最担心应酬交接；稍有怠慢，就可能引起误解。世风日下，情巧万端，唯有幽人不屑流俗，自有高致。庞德公携妻子，登鹿门山采药不返；向子平待儿女婚嫁事了，就会出游名山。可惜我无法效仿他们，只一心等着出峡东游洞庭，哪怕拄着拐杖也想上船，以打发我齿落发稀的迟暮岁月。

【注释】

①云：一作"雪"。

②消中:消渴疾,即糖尿病。

③色:一作"己"。

④尪羸:瘦弱。违:一作"危"。

⑤高:一作"独"。

⑥尚子:尚长,也作"向长"。《后汉书·向长传》:"向长字子平,河内朝歌人也。隐居不仕,……建武中,男女娶嫁既毕,敕断家事勿相关,当如我死也。于是遂肆意,与同好北海禽庆俱游五岳名山,竟不知所终。"

【汇评】

浦起龙《读杜心解》卷一之五:对雨抒闷之作也。发端写微雨乍开乍暝之景,非绘画能到。"拘闷",暗领中段。"旷绝",暗伏末段。中十六句,历叙卧病离乡,淹留寡欢,薄俗不投之苦,所谓"拘闷"也。篇尾志在出峡,所谓"旷绝"也。"浮俗"二句,转笔洒落。"竟独往","终罕遇",正欲同往而相遇也。将为洞庭潇湘之游,此物此志也。中后于"雨"字,在不即不离之间。

夏力恕《杜诗增注》卷一六:此诗全作《选》体,一起一结并中间"悠悠"四语,却见本色。

梁运昌《杜园说杜》卷四:寻常篇什,非有瑰奇沉郁之思,便以偶俪出之,然必于拗折险峭中取幽秀,不肯一字落平庸。昌黎《答张彻》等篇,便是学此种。

秋风二首

其一

秋风淅淅吹巫山,上牢下牢修水关①。吴樯楚舵牵百丈,暖向神都寒未还②。要路何日罢长戟,战自青羌连百蛮③。中巴不曾消息好,暝传戍鼓长云间④。

【题解】

秋风淅淅吹着夔州东边的巫山,巫山以东的夷陵江面正修筑水关。吴

1205

楚的船只被百丈的纤绳拉着,行进在蜿蜒的江中。它们在春暖时就已经驶向成都,但时至寒秋尚未能回转。那些交通要道何时才能没有战乱,如今从青羌到百蛮都骚动不宁。远在天涯的夔州也没有好消息,日暮时分城楼传来低沉的戍鼓声。

【注释】

①上牢、下牢:关名,在今湖北宜昌长江边。

②神:一作"成"。

③百:一作"白"。

④曾:一作"得"。暝:原作"瞑",据他本改。

【汇评】

仇兆鳌《杜诗详注》卷一七:此对秋风而伤世乱也,在下四句分截。修关在秋候,故托秋风以起兴。吴樯楚舵,由水关而向成都,秋寒未还,阻于羌蛮之乱也。中巴信急而戍鼓声闻,巫山非安处之地矣。

浦起龙《读杜心解》卷二之三:伤蜀乱也。"修水关"一顿,是现在事。"吴樯楚柁",当是馈运遣戍之舟。暖时过水关而西,寒犹未还,乱未已也。"要路",拒扼羌蛮之处。"中巴",在蜀之东,夔之西。结言"长云"之间,鼓声远递。自蜀夔一带多警也。

夏力恕《杜诗增注》卷一六:悲思壮节,若骤雨落松竹间,调法最高。

其二

秋风淅淅吹我衣,东流之外西日微①。天清小城捣练急,石古细路行人稀②。不知明月为谁好,早晚孤帆他夜归③。会将白发倚庭树,故园池台今是非。

【题解】

秋风淅淅,吹拂着我的衣裳。江水滚滚东去,斜阳缓缓西沉。清冷的小城,响起急促的捣衣声;古老狭窄的石板路上,少见行人。月光如此皎洁,我真希望有朝一日乘月归去,哪怕满头白发,只要能靠着家中庭院的大树就心满意足。可转念一想,饱经战乱,故园恐怕早已面目全非了。

【注释】

①西日:一作"日西"。

②清:一作"晴"。

③他:一作"也"。

【汇评】

浦起龙《读杜心解》卷二之三:动乡思也。砧急路梗,状景波峭,即蒙上章羌、蛮扰乱来。此中不可久留,所以思归也。结语又令读者眼光一闪。盖归乡倚树,意欣然矣。又恐故园残毁,此志仍灰。读至此,忽觉烟波淼瀰。

江浩然《杜诗集说》卷一六引查慎行曰:全是律诗风致,一气呵成,自生曲折。

周篆《杜工部诗集集解》卷三一:前篇以岁晚乱离为来游者叹,此篇以日暮途穷为有归者羡,有开斯合,有呼必应。

见萤火

巫山秋夜萤火飞,帘疏巧入坐人衣。忽惊屋里琴书冷,复乱檐边星宿稀①。却绕井阑添个个,偶经花蕊弄辉辉。沧江白发愁看汝,来岁如今归未归。

【题解】

秋夜的巫山颇为寂静,我独自坐在书斋中。突然一只萤火虫穿越稀疏的门帘,停落在我的衣服上,绿光一闪一闪,让屋里的琴书都显得幽冷起来。我抬头向外望去,屋檐下还有许多萤火虫飞来飞去,似与天边稀疏的星宿遥相呼应。井栏旁初时只见一个,一会儿又来一个,就这样越添越多。它们偶然经过花丛,使花蕊也时明时暗。你们这些萤火虫生长在巫山,年年岁岁,周而复始。而我这个白发老人,今年在沧江旁忧愁地看着你们,来年的今天不知道回去了没有。

①边：一作"前"。

【汇评】

黄生《杜工部诗说》卷九：借萤火以纪候耳，非咏萤火也。羁旅之感，触物兴怀，故借以起兴。题曰"见萤火"，意可知矣。不动谓之"坐"，即常用字，而用处与人不同，此杜公用字三昧。"冷"谓无灯，"惊"谓忽照。"个个"字趣，庸手必作"数个"矣。"飞"字、"坐"字，并下文映带之。三"坐"也，四"飞"也，五"飞"也，六"坐"也。"沧江"字应转"巫山"字，以上俱作细描，七句忽用大笔一振，此杜之所有，唐之所无也。起作"巫山秋夜"四字，见地见时，笔法已具。初时衣上只见一个，后来屋里檐前，绕井经花，旋旋见添数个，去来聚散，高下远近，一一写出，其体物之精细又如此。结处道出本怀，乃知全然不是咏物，与《朱樱》作同一笔仗，皆极神龙变化之奇者也。

吴瞻泰《杜诗提要》卷一二：前六句细微曲折，咏萤火，非咏萤火也，咏见萤火"见"字也。然六句平叙亦犹人，赖"沧江白发"句，提笔而起，通体俱灵。此杜公家法，所以压倒唐人也。

溪　上

峡内淹留客，溪边四五家。古苔生迮地，秋竹隐疏花①。塞俗人无井，山田饭有沙。西江使船至，时复问京华②。

【题解】

峡口居民鲜少，我淹留于此，孤寂难耐，唯有与溪边四五人家往来。狭窄的土地上长满了苍青色的苔藓，矮矮的秋竹丛中偶尔可见稀疏的林花。这里原本没有水井，山中所产的粮食又夹杂着沙砾，幸好住在溪水边，可以用溪水解决这些难题。更方便的是，在溪边还可以向往来的官船打听京华的消息。

【注释】

①苔:一作"苫"。迮:一作"湿"。

②江:一作"陵"。

【汇评】

浦起龙《读杜心解》卷三之五:溪上栖身,殊无佳趣。京华问信,难得遄飞。所由彷徨而起兴也。

边连宝《杜律启蒙》五言卷八:苔生花隐,聊以自适,其可淹留者一也。塞外无井,可资溪水以为饮爨;山饭有沙,可资溪水以为淘汰,其可淹留者二也。且溪临大江,采问京华消息,此为至便,其可淹留者三也。

石闾居士《藏云山房杜律详解》五律卷五:此诗上四句是溪上之孤寂难堪,下四句是溪上之便宜可取,故题曰"溪上"也。

树 间

岑寂双甘树,婆娑一院香。交柯低几杖,垂实碍衣裳。满岁如松碧,同时待菊黄。几回沾叶露,乘月坐胡床①。

【题解】

园子里有两棵柑橘树,整日默默无语地肃立着。它们的树叶如松树一般终年常绿,所结的果实又会如菊花那样应时而黄。在柑橘成熟的深秋时节,满院都飘着它们的芬香。从树下经过,交错扶疏的枝叶碍着几杖,沉甸甸的果实牵绊着衣裳。我时常将绳床搬到树下,沐浴着月光,直到深夜树叶沾满露水。

【注释】

①叶:一作"落"。

【汇评】

仇兆鳌《杜诗详注》卷一九:上六,树间之景。下二,树间之兴。上截,逐句分承。双树,故见交柯。院香,由于垂实。交柯之色,其碧如松。垂实之时,其黄比菊。沾露看月,得以尽挹佳胜矣。

邓献璋《艺兰书屋精选杜诗评注》卷五:首句领起"双"字,通首写"双甘树"而岑寂之意自见。写交柯,写垂实,写岁时,写颜色,色色有感,色色入妙。

白　露

白露团甘子,清晨散马蹄。圃开连石树,船渡入江溪。凭几看鱼乐,回鞭急鸟栖[①]。渐知秋实美,幽径恐多蹊。

【题解】

柑橘包裹着晶莹的露珠,它们就要成熟了,担心遭人窃取,便想到去橘园转转。一大早我就骑着马来到溪边,在那里可以看见对岸石、树相连的园圃。下马乘船而渡,安坐于园圃,靠着几案贪看溪鱼,不知不觉夕阳西下。鸟儿要归巢了,于是我匆忙回家。

【注释】

①急:一作"至"。

【汇评】

王嗣奭《杜臆》卷九:此公游甘林之作。甘乃南楚佳果,公所注意。而白露团之,甘将熟矣。于是清晨乘马而往,圃树在望,又渡江溪,凭几看鱼,乐同濠上,竟日不厌,见鸟栖而始急于回鞭,其得趣可知矣。秋实渐美,幽径多蹊,不知果能饫其味否也?此亦意外之虑,犹渊明"种豆"诗所云"但使愿无违"也。

仇兆鳌《杜诗详注》卷一九:连石之树,开圃而见。入江之溪,乘船而渡。"连"字,属树不属圃。"入"字,属溪不属船。方看鱼乐,而心急鸟栖,秋日短也。幽径多蹊,恐有窃取,亦爱甘而故为戏词耳。

赵星海《杜解传薪》卷三之七:此因甘熟,往修园圃,以防人之窃摘也。意在结联,先叙后点格也。盖戏笔耳。

诸葛庙

久游巴子国,屡入武侯祠①。竹日斜虚寝,溪风满薄帷。君臣当共济,贤圣亦同时。翊戴归先主,并吞更出师。虫蛇穿画壁,巫觋醉蛛丝②。欻忆吟梁父,躬耕也未迟③。

【题解】

在夔州滞留了很长时间,曾多次拜谒游览武侯祠。祠庙掩映于竹林中,日光斜落于寝殿前,溪边吹来的微风卷动着帐幔。君臣只有和衷共济,才能算是君圣相贤。诸葛亮一生忠心耿耿辅佐先主刘备,后来为一统汉室而师出祁山。虽然立下如此功勋,他的庙宇如今依然荒芜破败,里面虫蛇穿行,挂满蛛网。忽然想起诸葛孔明当年好为《梁父吟》,我现在躬耕或许不算太迟。

【注释】

①《华阳国志·巴志》:"武王既克殷,以其宗姬封于巴,爵之以子。……其地东至鱼复,西至僰道,北接汉中,南极黔涪。"屡:一作"累"。

②醉:一作"缀"。

③也:一作"起"。

【汇评】

吴瞻泰《杜诗提要》卷一三:叙诸葛,不尽写诸葛生平,便不落纪传气习,妙处全在写景以间;写景又不一笔写,使人不测。其景描得十分荒凉,则诸葛生平便十分透露。吊古诗,全于吞吐间遇之,不以议论为长。

仇兆鳌《杜诗详注》卷一九:上四,咏庙中景物。中四,溯武侯往事。下则对庙而感怀也。"虫蛇"二句,承中段来,言当时勋业如此,而遗庙凄凉,但见画壁空穿,蛛丝缀人耳,与"竹日"二句不为犯重。躬耕未迟,盖借孔明以自况。

梁运昌《杜园说杜》卷一四:只中四句是咏古事,前后仍还他"庙"字题面。盛唐法律,至为谨严。末二句从前结转出一意,亦见抱负。

夜　雨

小雨夜复密，回风吹早秋。野凉侵闭户，江满带维舟^①。通籍恨多病，为郎忝薄游^②。天寒出巫峡，醉别仲宣楼。

【题解】

秋风早至，夜来小雨渐密，凉气愈重，透过门户渗入室内。江水添满，小舟维系岸边而不得驶出。虽名隶朝中，忝为郎官，却苦于多病而无法前往赴任。希望能在天寒之时东出巫峡，与荆州友人醉别，再北往长安。

【注释】

①野：一作"夜"。

②恨：一作"限"。

【汇评】

吴瞻泰《杜诗提要》卷一〇：开口一句先将题写尽。次句纪时，只补完题意耳。下六句，皆于虚处写情，不沾夜雨，却句句是夜雨之神。诗有正写不出，须用反击始透者。秋水时至，百川灌河，行人宜及时行矣。乃野凉而户始闭，江满而舟且维，反击出峡之无从也。时解只赏"侵"字、"带"字，不知苦景真情，全在"闭"字、"维"字。五托多病，六托浪游，反击朝廷非弃己也。七以"天寒"挽一、二，"出峡"挽三、四，是预期之词。未出巫峡，便思别荆楚，似谓去之之速，其实反击出之之难也。

仇兆鳌《杜诗详注》卷一九：此章对雨而动归思。上四写景，下四述怀。野气骤凉而侵户，见秋风之早。江水添满而系舟，见夜雨之密。多病薄游，言客况无聊。公在夔则思出峡，往荆又思别楼，意在急于北归也。

边连宝《杜律启蒙》五言卷六：此因夜雨而动出峡之思也。首联，点过题面，户仍闭而舟仍维，则未能出峡也。多病薄游，所以未即出峡之故。末又透过一层，言不但自峡而荆，且将自荆而北矣。

更　题

只应踏初雪,骑马发荆州①。直怕巫山雨,真伤白帝秋。群公苍玉佩,天子翠云裘②。同舍晨趋侍,胡为淹此留③。

【题解】

我本应在冬雪初降时,就骑马从荆州出发而北上长安了。但巫山秋雨连绵,致使我滞留在白帝城动弹不得。想着著裘之天子、佩玉之群臣此时正在朝堂议事,禁省的同僚陪侍在旁,我不禁痛恨自己为何淹留此地。

【注释】

①应:一作"因"。

②《礼记·玉藻》:"大夫佩水苍玉而纯组绶。"《礼记·月令》:"是月(孟冬)也,天子始裘。"

③淹此:一作"此滞"。

【汇评】

吴瞻泰《杜诗提要》卷一〇:此承上章"天寒出巫峡"之意而申言之也,亦预期之词。白山云:前半两联倒叙,言我思天寒出巫峡,岂直因风物堪悲,欲离此地而已哉?只应骑马踏初雪,并发荆州耳。后半承"发荆州",便欲归朝,与同舍共觐至尊,不分独淹留此地也。一腔寥落之感,而装点浓艳如此。可悟古文对照之法。

仇兆鳌《杜诗详注》卷一九:此申前章未尽之意。初冬踏雪,荆州且当急发,何况巫峡乎?怕雨伤秋,见此地断难再留矣。"群公"四句,遥忆京师之乐,而重叹留滞之苦。

边连宝《杜律启蒙》五言卷七:承上章而言,本拟冬初即发荆向北,今则为白帝、巫山之雨所阻,欲向荆且不能,况欲发荆州乎?因思长安早朝,礼服雍容,同官并趋,我独何为淹滞于此而久留乎?

第五弟丰独在江左,近三四载寂无消息,觅使寄此二首

其一

乱后嗟吾在,羁栖见汝难。草黄骐骥病,沙晚鹡鸰寒①。楚设关城险,吴吞水府宽。十年朝夕泪,衣袖不曾干。

【题解】

杜甫之五弟杜丰独自在江左,近三四年来没有消息,杜甫派人寻访并捎去这两首诗。战乱以来,苟延残喘,各自西东,相见实难。我卧病夔州,蹭蹬失志;你流落江东,客况萧索。夔州山多,险峻而难行;吴地水广,渺茫而难遇。十年来我因思念你,无日不落泪。

【注释】

①晚:一作"暖"。

【汇评】

金圣叹《唱经堂杜诗解》卷三:"嗟吾在",起得妙,便令下七句真有恍惚之痛。无消息之人,病亦有之,寒岂免哉?写尽肠中车轮,无念不到。若楚乎则重关跋涉,若吴乎则泽国苍茫,吾竟知汝何在?

吴瞻泰《杜诗提要》卷九:首二句互装,言乱后汝嗟吾在,羁栖吾见汝难,写出两地相思、骨肉缠绵之状。若直说作自嗟吾在、见弟之难,只说得一边,语意便浅。草黄、沙晚,亦属分装,只当作一"秋"字读耳。关城险,水府宽,自有吴楚以来便如此,今隔绝无消息,若特地为我二人而设,怪得无赖。曰"险",见己不得去;曰"宽",见弟无处求。

仇兆鳌《杜诗详注》卷一七:此章,兄弟别而致相思之意。"草黄"句,承乱后,自怜贫老。"沙晚"句,承羁栖,伤弟飘零。关城险,已不能往。水府宽,弟不可知。故久别悲哀而涕泪常流也。

其二

闻汝依山寺,杭州定越州。风尘淹别日,江汉失清秋[1]。
影著啼猿树,魂飘结蜃楼。明年下春水,东尽白云求[2]。

【题解】

听说你寄居在山寺,不是在杭州,就是在越州。在战乱中,分离的日子一天又一天过去了,寒暑不辨,滋味全无。我虽身绊于夔州,动弹不得,但魂早已飞向海滨。明年春天我一定会出峡东下,寻遍江东而找到你。

【注释】

①失:一作"共"。

②求:一作"游"。

【汇评】

金圣叹《唱经堂杜诗解》卷三:"闻汝依山寺",此山寺,是杭州乎?是越州乎?自别日淹至于今,虽复清秋,于我何涉?言无日不思也。五句写失弟之孤,六句写思弟之幻。怀人真有如或遇之之事,如蜃楼无端成楼台也。结更妙绝。

吴瞻泰《杜诗提要》卷九:漪堂云:一、二莫定其地,摹写"寂无消息"四字。三、四言久别,五、六言怀людей。"啼猿树",指峡中;"结蜃楼",谓江左。一边一句。身有所系,故曰"影著";心无所主,故曰"魂飘"。总是无消息也。七、八于无定之处,必欲求其定在何方。曰杭越,犹限方隔;曰"东尽",则遍求江左矣。"尽"字,正应"定"字。"白云"二字,硬装尤妙。不曰"东尽江左",而曰"东尽白云",见白云缥缈无定,正欲于地尽处求之也。情真意远,线藏法密,俱人梦想不到。诗至此,岂易言乎?

仇兆鳌《杜诗详注》卷一七:次章,念弟远离,而致欲访之意。首联,弟在江左。次联,身在夔州。五、六,客夔而想江左。七、八,去夔而寻江左也。

送李八秘书赴杜相公幕①

青帘白舫益州来，巫峡秋涛天地回。石出倒听枫叶下，橹摇背指菊花开②。贪趋相府今晨发，恐失佳期后命催。南极一星朝北斗，五云多处是三台。

【题解】

杜鸿渐自蜀归朝，辟李八秘书入幕。杜已前行，李将追赴，杜甫作诗送后者。李八秘书乘坐青帘白舫之官舟，从成都而来。一路上秋涛翻腾，岸边岩石斜出而高悬，枫树叶落之声似在头上；舟行若箭，穿行峡间，眼前岸边之菊花，转瞬已落身后。因为相府催促颇急，李八秘书在夔州稍作停留，就又在今晨出发了。他此行随杜鸿渐相公回朝，定然随之青云直上。

【注释】

①八：一作"公"。秘：一作"校"。杜相公：杜鸿渐。诗题或有注云："相公朝谒，今赴后期也。"

②上句原有注："滟滪堆。"背：原作"皆"，据他本改。

【汇评】

黄生《杜工部诗说》卷八：起句轻秀，接句猛健，三、四更奇险，写下峡之景，更移不动。悬崖叶下，初焉在目，少焉在耳，故曰"倒听"。迎棹菊开，方见在前，忽已在后，故曰"背指"。若云"倒看""乍指"，则失其趣矣。南星，公自寓。朝北斗，望长安也。"五云"句，羡李所赴之地。五、六略率，亏一结称起前段。七句突然而转，八句悠然自合，转得苍浑，合得深稳。语虽对结，用笔极其顿挫。口中致羡，而言外之悲慨实深。意谓李有人荐拔，故得身近三台；己无人援引，故每心悬北斗。谬解误以南星比李，后半遂觉庸俗无味。自余始掘丰城之剑，而拭以华阴之土，此诗之精光始四射矣。

边连宝《杜律启蒙》七言卷三：此讥秘书之躁热也。前四言其冒险而行，五、六明所以急行之故，微露讥意。七、八微辞，亦谑语。言相公朝天，其去已远，望而不见，但于云雾中追赶耳。盖戏之也，妙在以堂皇语掩之，注家都不得其旨。次句言秋涛之盛，天地亦为之回旋也。

赠李八秘书别三十韵①

往时中补右，扈跸上元初。反气凌行在，妖星下直庐。六龙瞻汉阙，万骑略姚墟②。玄朔回天步，神都忆帝车③。一戎才汗马，百姓免为鱼④。通籍蟠螭印，差肩列凤舆。事殊迎代邸，喜异赏朱虚⑤。寇盗方归顺，乾坤欲宴如。不才同补衮，奉诏许牵裾⑥。鸳鹭叨云阁，骐骥滞玉除⑦。文园多病后，中散旧交疏⑧。飘泊哀相见，平生意有余。风烟巫峡远，台榭楚宫虚⑨。触目非论故，新文尚起予。清秋凋碧柳，别浦落红蕖。消息多旗帜，经过叹里闾。战连唇齿国，军急羽毛书。幕府筹频问，山家药正锄⑩。台星入朝谒，使节有吹嘘。西蜀灾长弭，南翁愤始摅。对扬抚士卒，干没费仓储⑪。势藉兵须用，功无礼忽诸。御鞍金騕袅，宫砚玉蟾蜍⑫。拜舞银钩落，恩波锦帕舒⑬。此行非不济，良友昔相于。去旆依颜色，沿流想疾徐⑭。沉绵疲井臼，倚薄似樵渔。乞米烦佳客，钞诗听小胥。杜陵斜晚照，潏水带寒淤⑮。莫话清溪发，萧萧白映梳。

【题解】

李秘书将随杜鸿渐回朝，访夔时杜甫作此诗相赠。肃宗建元之初，你我同在灵武时扈从天子，你官右补阙，我为左拾遗。其时反贼气焰嚣张，警报迭至，叛军盘踞京都，民众翘首苦待。幸赖天子神武圣明，两京得以收复，群臣奉辇而还，盗贼即将归顺，天下眼看终归太平。彼时我亦朝参班行，身司谏职。自从辞官之后，漂泊无定，故交疏远，滞留夔州，满目凋敝。丧乱之余，与你重逢，也是人生之幸事。夔州僻远，蜀中又战火不息，实无

1217

人无事可论。因战事紧急,你随杜鸿渐而来;清秋时节,你又随之入朝,路过此处。今日之蜀中,用兵乃势之必然,不可姑息养奸,对逆贼视而不见以耗费仓粮。李秘书此番回朝,将受朝廷重用。而我渔樵江渚,沉沦草野,欲归乡而不能,止映照白发于清溪之中。

【注释】

①八:一作"公"。

②汉:一作"魏"。阙:一作"殿"。略:一作"集"。姚:一作"妫"。《竹书纪年》卷上:"帝舜有虞氏,母曰握登,见大虹,意感而生舜于姚墟。"

③回:一作"还"。《诗·小雅·白华》:"天步艰难,之子不犹。"朱熹集传:"天步,犹言时运也。"

④《书·泰誓下》:"一戎衣,天下大定。"孔传:"衣,服也,一著戎服而灭纣,言与众同心,动有成功。"《左传·昭公元年》:"刘子曰:'美哉禹功,明德远矣。微禹,吾其鱼乎!'"

⑤《汉书·文帝纪》载,文帝自代邸来即位,益封朱虚侯刘章二千户,黄金一千斤。

⑥《诗·大雅·烝民》:"衮职有阙,维仲山甫补之。"

⑦玉除:一作"石渠"。

⑧中散:嵇康,曾为中散大夫。

⑨烟:一作"尘"。虚:一作"除"。

⑩诗句原有注:"山剑元帅杜相公,初屈幕府参筹画,相公朝谒,今赴后期也。""秘书比卧青城山中。"

⑪《书·说命下》:"敢对扬天子之休命。"孔传:"对,答也。答受美命而称扬之。"抗:原作"抗",一作"坑"。

⑫袤:一作"裹"。《淮南子·齐俗训》:"待騕褭飞兔而驾之,则世莫乘车。"《西京杂记》载,广川王发晋灵公冢,得玉蟾蜍一枚,大如拳腹,光润如新玉,取以为书滴,盛水滴砚。

⑬银钩:书法遒劲有力。张彦远《法书要录》引王僧虔《论书》载,索靖甚矜其书,名其字势曰银钩虿尾。落:一作"合"。锦帕:马鞍饰。

⑭帪:一作"棹"或"帆"。

⑮晚照：一作"照晚"。潏水：关中八水之一，发源于秦岭。《方言》："水中可居者曰洲，三辅谓之淤。"

【汇评】

陈式《问斋杜意》卷一七：公送秘书既已有诗，而此则综交情之始终、遇合之同异而历叙之。

夏力恕《杜诗增注》卷一六：此诗叙往援今，君臣朋友之意，伤事拨乱之怀，飞腾纸上，义严而浑，词正而腴，排律中之杰作也。

别李秘书始兴寺所居①

不见秘书心若失，及见秘书失心疾。安为动主理信然，我独觉子神充实②。重闻西方之观经，老身古寺风泠泠③。妻儿待来且归去，他日杖藜来细听④。

【题解】

杜甫前往龙兴寺拜访李文嶷，临别赋此诗。很长时间没有见到你，茫然若有所失；甫一相见，如心头之疾痊愈。你幽居此处，精神充实，迥异常人，看来静为动主的说法确实没错。再度听闻讲经，我也感受到古寺风泠袭体，静寂空明。可惜妻儿正等着我回家，他日有缘，再来听你细细谈经。

【注释】

①李秘书：此为李十五秘书李文嶷。

②神充实：一作"精神实"。

③之：一作"止"或"正"。止观，天台宗的修行方法。

④待来：一作"待我"或"待米"。

【汇评】

黄生《杜工部诗说》卷三：三、四二语，"安为动主"四字，已尽止观之义。妻儿待米，本是贫士苦境，入诗偏觉有趣。总之，人品诗品，皆以真牵为贵耳。

翁方纲《杜诗附记》卷下：此诗非谈禅也，然上下千年谈禅之诗，必以此诗为登峰造极。

君不见，简苏徯

君不见道边废弃池，君不见前者摧折桐。百年死树中琴瑟，一斛旧水藏蛟龙①。丈夫盖棺事始定，君今幸未成老翁，何恨憔悴在山中。深山穷谷不可处，霹雳魍魉兼狂风②。

【题解】

杜甫勉励故人之子苏徯早日出仕用世。君不见道旁废弃的旧水池，只有一斛之深，却可能有蛟龙潜藏；君不见摧折的百年梧桐树，看起来已经朽坏，却不妨为琴瑟之良材。大丈夫死则而已，未死一日，则不当轻言放弃。你现在尚不是白头老翁，为何要甘心憔悴于山中？深山穷谷，有风雷霹雳震荡，有魑魅魍魉横行，非久处之地。

【注释】

①刘敬叔《异苑》卷六："句章人吴平，州门前忽生一株青桐树，上有谣歌之声，平恶而斫杀。平随军北征，首尾三载，死桐欻自还立于故根之上。又闻树巅空中歌曰：'死桐今更青，吴平寻当归。适闻杀此树，已复有光辉。'"

②兼：一作"并"。

【汇评】

张綖《杜工部诗通》卷一三：此以池、桐起兴，言物有遭废折而卒有用者，因勉苏及时以立功业，无久处以招凌侮也。

王嗣奭《杜臆》卷七：格调凄紧，语短情长。他人如此起兴，岂肯数言而毕。

赠苏四徯

异县昔同游,各云厌转蓬①。别离已五年,尚在行李中。戎马日衰息,乘舆安九重。有才何栖栖,将老委所穷。为郎未为贱,其奈疾病攻②。子何面鼁黑,不得豁心胸③。巴蜀倦剽劫,下愚成土风④。幽蓟已削平,荒徼尚弯弓。斯人脱身来,岂非吾道东⑤。乾坤虽宽大,所适装囊空。肉食哂菜色,少壮欺老翁。况乃主客间,古来逼侧同。君今下荆扬,独帆如飞鸿。二州豪侠场,人马皆自雄。一请甘饥寒,再请甘养蒙⑥。

【题解】

苏徯将出峡东下,杜甫作诗送别。当年在异地相逢,就已经厌倦了漂泊的生活,如今五年过去了,你我尚如飞蓬。眼看着战乱一天天平息,天子也安居于京城,但我依然栖栖遑遑,身将老而不知所归,虽为郎官,却因病不能前往赴任。你面目鼁黑,形容枯槁,心力交瘁。巴蜀盗贼蜂起,剽掠成习,哪怕如今幽燕已平,蜀中依然斗争未止。你脱身前来,是否也将和我一样东下呢?乾坤如此宽大,你我行囊却如此空空如也。富贵者骄奢,少壮者傲慢,此乃世俗常态。何况流落异乡,仰人鼻息,处境更是艰难。你现在如飞鸿前往荆州、扬州一带,那里本是豪侠之地,你当韬光养晦,勿贪温饱,勿炫才华。

【注释】

①古乐府《饮马长城窟行》:"他乡各异县,展转不可见。"

②奈:一作"病"或"痛"。

③不:一作"焉"。

④劫:一作"掠"。

⑤《后汉书·郑玄传》：“(郑)玄因从质诸疑义，问毕辞归。(马)融喟然谓门人曰：‘郑生今去，吾道东矣。’玄自游学，十余年乃归乡里。”

⑥《易·蒙》：“蒙以养正，圣功也。”孔颖达疏：“能以蒙昧隐默，自养正道，乃成至圣之功。”

【汇评】

浦起龙《读杜心解》卷一之五：苏徯将有湖南之行，赠此勖之也。前半述彼此行踪，以己之老病，惕彼之乘时。后半痛陈世情冷暖，而告以涉世之道。公为苏徯父执，故谆切如此。苏亦久于蜀，故起四句云尔。苏固有才者，如我则老而病耳。子面且黧，我心安豁，巴中不可居矣。南荒待抚，斯人行而吾道东，庶有济乎。此段两两萦拂，笔笔曲致。“坤乾”六句，惟老于世途者知之，可慨也。一结，老趣溢出，“甘饥寒”则不取轻，“甘养蒙”则不取忌，可作游子箴。“一请”“再请”，切恳之谊如见。

江浩然《杜诗集说》卷一六引邵长蘅曰：时平而不获用，乃真穷途矣，通篇回环，只是此意。

别苏徯 赴湖南幕

故人有游子，弃掷傍天隅。他日怜才命，居然屈壮图。十年犹塌翼，绝倒为惊吁①。消渴今如在，提携愧老夫。岂知台阁旧，先拂凤凰雏②。得实翻苍竹，栖枝把翠梧。北辰当宇宙，南岳据江湖。国带风尘色，兵张虎豹符③。数论封内事，挥发府中趋。赠尔秦人策，莫鞭辕下驹④。

【题解】

苏徯决定前往湖南观察使韦之晋幕中，杜甫赠此诗。苏徯你为我故友之子，沦落天涯，有才不遇，壮志难酬，十年来一直穷困潦倒。老夫我身有消渴之疾，无力提携，颇感羞愧。如今有台阁旧友，由京都履职于南楚，招苏徯你于幕中，使你有所依托。此时烽烟未息，危机尚存，苏徯你入湖南幕中，当尽心匡赞，勠力奔走，不可人云亦云，碌碌无为。

【注释】

①塌翼：一作“搨翼”。陈琳《为袁绍檄豫州》：“方畿之内，简练之臣，皆垂头搨翼，莫所凭恃。”吁：一作“呼”。

②先：一作“洗”。

③风：一作“烟”。虎豹符：兵符。

④尔：一作“汝”。《左传·文公十三年》载，晋人患秦之用士会，以谋使其离秦。将行，秦大夫绕朝赠之策，曰：“子无谓秦无人，吾谋适不用也。”《汉书·灌夫传》载，上怒内史郑当时曰：“公平生数言魏其、武安长短，今日廷论，局趣效辕下驹，吾并斩若属矣。”张晏注：“俯头于车辕下，随母而已。”

【汇评】

浦起龙《读杜心解》卷五之三：前十二句叙事，后八句勖词，一气滚出，寓散行于骈体，子美独步。

翁方纲《杜诗附记》卷下：突兀之气，即是章法，所以末句之换仄为平，并非有意。

刘濬《杜诗集评》卷一三引李因笃曰：分三段，首段序苏之同旅，中段被擢，末段则指陈时事而勉之。

别崔潩因寄薛据、孟云卿 内弟潩赴湖南幕职

志士惜妄动，知深难固辞①。如何久磨砺，但取不磷缁②。夙夜听忧主，飞腾急济时。荆州过薛孟，为报欲论诗③。

【题解】

杜甫表弟崔潩将往湖南幕府任职，杜甫赋诗相送，兼寄语薛据、孟云卿。有志之士从不轻举妄动，常惜有为之身以待知己。一旦遇合，便无所顾惜，以国士报之。崔潩磨砺已久，饱经沧桑，于当世之事可谓揣摩已熟，却仍能做到不受环境影响，不为形势左右，忠于职守，夙夜匪懈，飞腾济时，

指日可待。路过荆州时,请转告薛据、孟云卿,不久我会前来与他们相聚论诗。

【注释】

①知深:一作"深知"。

②《论语·阳货》:"子曰:'然,有是言也。不曰坚乎,磨而不磷;不曰白乎,涅而不缁。吾岂匏瓜也哉,焉能系而不食?'"

③过:一作"遇"。

【汇评】

仇兆鳌《杜诗详注》卷一八引王嗣奭曰:此诗与九卷《送窦九归成都》同一机局,夭矫顿挫,唐律所无。窦本有才,勖之以苦节,崔能洁己,勉之以济时,意若相反,合之始为全人。此见公明体达用之学。

边连宝《杜律启蒙》五言卷七:志士固以妄动为戒,然相知既深,而硁硁固辞亦所不可。盖磨砺本以待用,若但欲不磷不缁,而不肯试之一割,亦复何所取哉。以上乃泛言出处之道,以下方就崔漢说。"夙夜听忧主",言其素日乃心王室也。今者之赴幕职,正欲急济时耳。此则其动之非妄,而不固辞者也。诸注皆谓漢盖硁硁自守者,故公为之劝驾,然此行固以赴职,则非硁硁可知,又何待于公之劝者。总因不解上四句为泛论耳。"欲论诗",望其以诗相寄也。

巫峡敝庐奉赠侍御四舅别之澧朗①

江城秋日落,山鬼闭门中②。行李淹吾舅,诛茅问老翁。赤眉犹世乱,青眼只途穷③。传语桃源客,人今出处同。

【题解】

杜甫四舅到访后将往湖南,诗人有是作。夔州日落之后,萧索凄凉,渺无人烟,连山鬼都杜门不出。此刻四舅不辞辛劳,来我卜居之处探访,真有空谷足音之喜。寇盗不绝,世乱未平,沦落不偶,唯四舅对我青眼相待。我之避居夔州,与桃源人避秦乱,出处相同。

【注释】

①澧:澧州,治所在今湖南澧县;原作"澧",据他本改。朗:朗州,治所在今湖南常德武陵。

②日:一作"月"。

③《汉书·王莽传下》:"赤眉樊崇等众数十万人入关,立刘盆子,称尊号。"

【汇评】

黄生《杜工部诗说》卷七:前半叙侍御来访,为己款留之意。后半见侍御所赴之地,因借以寓己怀。次句突语奇险,意言人迹之少,故接以三、四,见侍御来访,有空谷足音之喜也。幸吾舅来问老翁敝庐,故老翁得淹吾舅行李。前半点题首四字,特借"诛茅"与"行李"作对耳。"白眼"故当取嫉于世,今"青眼"亦只途穷,此自伤自怪之词。"世乱"言难归,"途穷"言无援,出处同,心不隐而迹类隐也。澧朗,即古武陵地,故用桃源事嘱其传语于彼,以己厄于世途如此,其出处殆与之同矣。结与"为于耆旧内,试觅姓庞人"同法。

边连宝《杜律启蒙》五言卷七:"诛茅问老翁"者,问所以诛茅于此之意。将欲终老于此乎? 抑或舍而之他也? 下则答问之词,言世乱途穷,吾将与桃源人偕隐矣,安能郁郁居此乎? 因有后半,故题中加"巫峡敝庐"四字,不则赘文矣。

孟　氏

孟氏好兄弟,养亲唯小园。承颜胝手足,坐客强盘飧。负米力葵外,读书秋树根①。卜邻惭近舍,训子学谁门②。

【题解】

孟氏兄弟,孝友勤劳,灌园种菜,负米养亲。只要老人高兴,不惜手足磨出厚茧。客人来访，则盛情款待。一有空闲，就读书于树根之旁。身为邻居，对比他们的所作所为，非常惭愧。教育子女，除了他们家还能学谁。

【注释】

①力：一作"夕"。

②学：一作"觉"。谁：一作"先"。

【汇评】

汪灏《树人堂读杜诗》卷一九：公津津于孟氏之孝友，以为世劝，却不露"孝友"字，而全诗字字孝友。

杨伦《杜诗镜铨》卷一〇引李因笃曰：一幅隐君子养母图，正写得极情尽致。

吾宗 卫仓曹崇简①

吾宗老孙子，质朴古人风。耕凿安时论，衣冠与世同②。在家常早起，忧国愿年丰。语及君臣际，经书满腹中③。

【题解】

诗赠其从孙卫仓曹参军杜崇简。杜崇简敦厚淳朴，大有古人之风。他安分守己，随俗雅化，不标新立异，炫人眼目。在家勤勤恳恳，在外兢兢业业，顾家而不忘忧国，勤于生理而急于忠义。通晓经义，谈及君臣之际，滔滔汩汩，慷慨磊落。

【注释】

①卫仓曹：卫仓曹参军的简称，正八品下。

②《淮南子·齐俗训》："凿井而饮，耕田而食。"

③《后汉书·边韶传》："腹便便，五经笥。"

【汇评】

金圣叹《唱经堂杜诗解》卷三：竟是一篇卫仓曹小传。此诗只是一起，一承，一转，一合，看他起得好，合得好。君子之处乱世也，应如是矣。"安时论""与世同"，六字针砭多少。"早起"云"在家"，"忧国"云"年丰"，未及君臣之际，不过尔尔。此真正"安时论""与世同"者，然非"经书满腹"不能。固知结语，不在意外转出，乃深证上六句之妙也。今日"经书满腹"者，君臣之际，往往难言，始信先生此诗，不可不读。

刘濬《杜诗集评》卷一〇引李因笃曰：写高士如晨门仪封人，语语见身份。洗尽铅华，纯留真液。一种朴拙之气，正所云活泼泼地，便生气常新也。

石闾居士《藏云山房杜律详解》五律卷五：此诗首联领起中两联，末联又补写首联，写得杜崇简贤而安于下位之高品如见，真体用兼备之文。

奉酬薛十二丈判官见赠

忽忽峡中睡，悲风方一醒①。西来有好鸟，为我下青冥。羽毛净白雪，惨淡飞云汀②。既蒙主人顾，举翮唉孤亭。持以比佳士，及此慰扬舲。清文动哀玉，见道发新硎③。欲学鸱夷子，待勒燕山铭。谁重断蛇剑，致君君未听④。志在麒麟阁，无心云母屏。卓氏近新寡，豪家朱门扃⑤。相如才调逸，银汉会双星⑥。客来洗粉黛，日暮拾流萤⑦。不是无膏火，劝郎勤六经。老夫自汲涧，野水日泠泠。我叹黑头白，君看银印青⑧。卧病识山鬼，为农知地形。谁矜坐锦帐，苦厌食鱼腥。东西两岸坼，横水注沧溟⑨。碧色忽惆怅，风雷搜百灵⑩。空中右白虎，赤节引娉婷⑪。自云帝里女，噀雨凤凰翎⑫。襄王薄行迹，莫学冷如丁⑬。千秋一拭泪，梦觉有微馨。人生相感动，金石两青荧。丈人但安坐，休辨渭与泾⑭。龙蛇尚格斗，洒血暗郊坰。吾闻聪明主，治国用轻刑⑮。销兵铸农器，今古岁方宁。文王日俭德，俊义始盈庭⑯。荣华贵少壮，岂食楚江萍⑰。

【题解】

我正在峡中安睡，恍恍惚惚之中，一阵悲风将我吹醒。原来是一只从西方飞来的好鸟，从空中降落在这云烟缭绕的沙汀。它羽毛洁白如雪，为答谢我的关注，在孤亭上绕飞高鸣。薛判官的赠诗，就如同这只好鸟，慰藉我将乘舟东下。你的大作，文辞清丽，说理透彻。你希望先学窦宪再仿效范蠡，建功立业之后就功成身退，你志在建立奇功以留像麒麟阁，而无心厮守于闺中，可惜你的才华无人看重。你新娶之夫人，貌美如卓文君，又出身豪门，唯有你才调俊逸能与之匹配。她贤惠如孟光，客人来时就洗掉粉黛亲自下厨，天黑时还为你拾取流萤，倒不是无钱去买油点灯，只是借此劝勉你学囊萤的车胤勤读六经。夔州没有打井的风俗，所以我要亲自去涧边挑水。我满头白发，行进在清冷的秋野，不禁羡慕你佩系印绶，春风得意。我卧病夔州，只能与山鬼为伍，吃厌了鱼腥。溪水两岸坍塌，溪流无边无际，它碧绿的颜色使我惆怅。突然风雷大作，空中出现白虎的幻影，红色的旌旗导引着神女。做梦的楚顷襄王不知何处去了，孤寂的丁令威也不值得效仿。那些遗憾，千年之后犹令人一掬同情之泪。人心之感动，金石为开。薛判官且请安坐，休去辨别那清渭浊泾。战争尚在继续，鲜血横流，我听说圣明之主莫不轻刑偃武，务崇节俭，搜求俊贤，你当乘时立功，自致荣华。

【注释】

①风：一作"秋"。

②净：一作"尽"。

③硎：磨刀石。《庄子·养生主》："今臣之刀十九年矣，所解数千牛矣，而刀刃若新发于硎。"

④谁重断蛇剑：一作"口重斩邪剑"。断蛇，汉高祖醉斩白蛇。

⑤门：一作"户"。

⑥才：一作"琴"。

⑦皇甫谧《高士传·梁鸿》："及嫁，始以装饰，入门七日而鸿不答。妻

乃下请,鸿曰:'吾欲裘褐之人,可与俱隐深山者,尔今乃衣绮缟,傅粉墨,岂鸿所愿哉?'妻曰:'以观夫子之志耳。妾自有隐居之服。'乃更为椎髻,著布衣,操作而前。"

⑧《汉书·百官公卿表上》:"凡吏秩比二千石以上,皆银印青绶。"

⑨西:原作"南",据他本改。两岸:一作"岸两"。横:一作"积"。

⑩忽:一作"苦"。

⑪右:一作"有"。白虎:星名,指西方七宿。

⑫里:一作"季"。《水经注》卷三四:"宋玉所谓天帝之季女,名瑶姬,未行而亡,封于巫山之台。"

⑬丁:一作"冰"。冷如丁:一作"令威丁"。

⑭人:一作"夫"。

⑮治:一作"活"。

⑯文:一作"天"。

⑰《说苑·辨物》:"楚昭王渡江,有物大如斗,直触王舟,止于舟中。昭王大怪之,使聘问孔子。孔子曰:'此名萍实,令剖而食之。惟霸王者能获之,此吉祥也。'"

【汇评】

吴瞻泰《杜诗提要》卷四:发端处,似是两地怀人,真情妙境,然正意不在此,乃专为下文作伏兵。西来好鸟,尤接得奇。"鸱夷"六句,叙薛诗中之意,引鸱夷、窦宪、陈汤三人,皆抱致君之志者,以明非好色一流。"无心云母屏",来诗本意也。"卓氏"以下八句,答诗慰薛,而暗用孟光、车胤事,以见其妇之贤。且朱门扃则帷薄谨,双星会则有佳期,非奔也。薛之心迹,不白自明矣。"老夫"以下,闲序八句,略加点缀。忽突起奇波,幻出一梦,光怪闪烁,乃现身说法,为薛解嘲也。人知空中结撰,为绝处逢生,而不知"忽忽峡中睡"已埋伏久矣。末段"龙蛇格斗"等语,正遥应"志在""鸱夷"等句,翻出一段正论,以勉其乘时立功,图形麟阁。而相如之爱文君,固不足讳矣。结得深远,亦以不照应为照应法也。入梦一段,不写梦,亦不先写神女,偏从巫峡写起。峡之中有两岸,有横水,有风,有雷,有白虎,有赤节,然后引出一帝女。又于帝女来时,亲见其自云如此。写得缥缈恍惚,声气如生,仍不觉其为梦也。序述既毕,始轻点出"梦觉"二字,然后晓然于从前所序,皆梦也,而梦已断矣。前"西来鸟""山鬼"等句,皆暗为此映带。蛛丝马迹,出神入化,真奇笔也。此种设想,从《九歌》化来,非食人间烟火者所能彷佛。

寄狄明府 博济^①

梁公曾孙我姨弟,不见十年官济济^②。大贤之后竟陵迟,浩荡古今同一体。比看叔伯四十人,有才无命百寮底^③。今者兄弟一百人,几人卓绝秉周礼^④。在汝更用文章为,长兄白眉复天启。汝门请从曾翁说,太后当朝多巧诋^⑤。狄公执政在末年,浊河终不污清济。国嗣初将付诸武,公独廷净守丹陛。禁中决册请房陵,前朝长老皆流涕^⑥。太宗社稷一朝正,汉官威仪重昭洗。时危始识不世才,谁谓荼苦甘如荠^⑦。汝曹又宜列土食,身使门户多旌棨^⑧。胡为漂泊岷汉间,干谒王侯颇历抵。况乃山高水有波,秋风萧萧露泥泥^⑨。虎之饥,下巉岩,蛟之横,出清泚。早归来,黄土污衣眼易眯^⑩。

【题解】

我的姨表弟县令狄博济,你是梁国公狄仁杰的曾孙。十年未见,你依然沉沦下僚。大贤的后裔,往往零落不振,古今皆是如此。你的上一辈,四十人都有才无命;你的同辈,一百人中没有谁能身在高位,执掌大权。你的才华虽然在同辈中最为特出,依然无用武之地。你的曾祖父梁国公,在武后年间多遭诋毁诽谤,却始终刚正自守,不为群邪所乱,廷净苦谏,使太子复位,社稷得以复安。你的曾祖父以不世之材,挽狂澜于既倒,立下如此大功,你们应当列鼎而食,为何现在你漂泊在蜀汉之间,以干谒为事?蜀中山高水险,秋风萧瑟,虎豹肆虐,尘土飞扬,你还是早日归去吧。

【注释】

①诗题原无"寄"字,据他本补。又一本"博济"连题作大字。

②梁公:梁国公狄仁杰,睿宗时追封。

③叔伯:一作"伯叔"或"叔父"。《晋书·夏侯湛传》:"吾闻有其才而不遇者,时也;有其时而不遇者,命也。"

④《左传·闵公元年》载,齐桓公问仲孙湫曰:"鲁可取乎?"对曰:"不可,犹秉周礼。"

⑤翁:一作"公"。诋:一作"计"。

⑥决册:一作"册决"。请:一作"诏"。房陵:唐中宗曾为武后废为庐陵王,迁于房州。前:一作"满"。

⑦《诗·邶风·谷风》:"谁谓荼苦,其甘如荠。"

⑧列土:一作"列鼎"。

⑨《诗·小雅·蓼萧》:"蓼彼萧斯,零露泥泥。"传:"泥泥,沾濡也。"

⑩黄土污衣眼易眯:一作"尘土污人眼易眯"或"黄污人衣眼易眯"。

【汇评】

浦起龙《读杜心解》卷二之三:旧说此诗,俱以怜狄漂零为解。今玩篇尾一段,乃与昌黎《送董邵南序》同意。盖博济必不得志于朝,而历干藩镇者。时河北方多擅命,意颇不喜其往也。先以贤裔陵迟为多才惜,乃诗人忠厚之旨。中间追叙旧德,详言勋在反正,举家声为表率。末则以宜贵为慰,以历抵非是,而讽之使止也。

翁方纲《杜诗附记》卷下:七古一韵到底之作,前人所不常有,而仄韵者尤少,此篇虽以仄韵终篇,而结尾必以跌宕双调耳。

夏力恕《杜诗增注》卷一六:举一事以概生平,得立言大体,而颂其先人曰"浊河不污",勉其后嗣曰"黄土易眯",借往规来,盖必有指斥。山则无波,风则无露,今山高而水波,风既萧萧而露仍泥泥,失其常矣,接言虎蛟之不能得所,将为人困,是其寓意可知也。

同元使君春陵行① 并序

　　览道州元使君结《春陵行》兼《贼退后示官吏作》二首,志之曰:当天子分忧之地,效汉官良吏之目。今盗贼未息,知民疾苦,得结辈十数公,落落然参错天下为邦伯,万物吐气,天下少安可得矣。不意复见比兴体制,微婉顿挫之词。感而有诗,增诸卷轴。简知我者,不必寄元。②

　　遭乱发尽白,转衰病相婴③。沉绵盗贼际,狼狈江汉行。叹时药力薄,为客羸瘵成。吾人诗家秀,博采世上名④。粲粲元道州,前圣畏后生。观乎春陵作,欻见俊哲情。复览贼退篇,结也实国桢⑤。贾谊昔流恸,匡衡常引经。道州忧黎庶,词气浩纵横。两章对秋月,一字偕华星⑥。致君唐虞际,纯朴忆大庭⑦。何时降玺书,用尔为丹青⑧。狱讼永衰息,岂惟偃甲兵。凄恻念诛求,薄敛近休明。乃知正人意,不苟飞长缨。凉飙振南岳,之子宠若惊。色沮金印大,兴含沧溟清⑨。我多长卿病,日夕思朝廷。肺枯渴太甚,漂泊公孙城⑩。呼儿具纸笔,隐几临轩楹。作诗呻吟内,墨淡字敧倾。感彼危苦词,庶几知者听。

【题解】

　　广德元年,道州刺史元结写下《春陵行》和《贼退后示官吏作》。三年后,杜甫见到这两首诗,认为元结身为刺史,能仿效汉代良吏,为天子分忧。如今盗贼没有平息,民众多疾苦,如果有十数个元结那样的父母官,万物可以舒展,天下可以稍安。元结的诗篇内容充实,情调婉转,杜甫喜出望外,于是写下这首和诗寄给他的知交,不一定寄给元结。杜甫在诗中感叹说,遭逢战乱,白发苍苍,疾病缠身,滞留夔州,进退两难。诗家之流,喜欢博采广搜,元结才华出众,足以使前贤望而生畏。读罢他的《春陵行》,顿时感受到他见识过人。再看《贼退后示官吏作》，便会断定他是国之栋梁。两首诗哀枢国势，心忧黎庶，致君尧舜，词气浩荡纵横，可与秋月争光，与华星同辉。朝廷何时下达诏书，重用元结这样的臣子，使战争停止，狱讼衰息。元结在道州哀怜百姓，不忍向他们横征暴敛，可见他是一位正直的人，并非一心想着飞黄腾达。他也不是为了贪图人家的赞美，他的品格如清风震动了南岳。他深深感受到官高任重，不免有归隐之思。我身患消渴疾和肺病，漂泊至夔州，临窗东倒西歪地写下和诗，希望更多的人了解元结的诗。

【注释】

①元使君：元结，字次山，时为道州刺史。舂陵：县名，秦置，故城在今湖南宁远西北，为道州故地。

②目：一作"日"。万物吐气：一作"百姓壮气"。少安：一作"小安"。可得：一作"可待"。增诸：原作"增诗"，据他本改。寄元：一作"寄云"。

③尽：一作"遽"。婴：一作"萦"。

④秀：一作"流"。

⑤桢：原作"贞"，据诸本改。

⑥月：一作"水"。偕：一作"皆"。

⑦纯：一作"淳"。大庭：大庭氏，传说中的古帝之名，一说即炎帝。

⑧丹青：喻公卿。《盐铁论》卷五："公卿者，四海之表仪，神化之丹青也。"

⑨色沮：一作"色阻"。溟：一作"浪"。

⑩公孙城：白帝城。

【汇评】

浦起龙《读杜心解》卷一之六：出他人手，定应铺写道州政绩，如何恤民纾困，如何感化贼徒。求之此诗，毫无一有，反疑此诗与元诗落落无所关合，不知人自堕入应酬套数耳。公之为此，第借次山作一榜样，亦聊以寓想望古治之思，为武健严酷、滔滔不反者告也。故前后俱着自叙。前以"叹时"二句领起，作身世双关语，隐然见民俗羸瘵日甚，无有能以救时药石，一起此沉痼者。"吾人"一段，恰好接出得见元诗，此真能以古治为心矣。只用"忧黎庶"三字，括尽两篇，而"秋月""华星"，仍能兼表诗品也。"致君"一段，纯以虚运，言若结辈大用，何患古治不复。而"凄恻"等句，第将元诗作一印证。至"凉飙"等句，却只就其高怀逸趣，咏叹束住。见其人既非爵禄可縻，而世亦无有识且感者，则古治终难冀也。故末段仍归到己心之思朝廷，因而作诗以达其苦情焉。序所谓"简知我"者，此也。然则公直自为想望古治之诗，元特借为感发之资矣。超极，脱极。元诗作于甲辰岁，系广德二年，至是已三年矣，何传致之迟欤？

刘濬《杜诗集评》卷四引吴农祥曰：借次山以警世乎。笔以朴厚见长，亦以步次山体。题曰"同"，妙。序更竦动。

寄韩谏议 注①

今我不乐思岳阳，身欲奋飞病在床②。美人娟娟隔秋水，濯足洞庭望八荒。鸿飞冥冥日月白，青枫叶赤天雨霜③。玉京群帝集北斗，或骑骐驎翳凤凰④。芙蓉旌旗烟雾落，影动倒景摇潇湘⑤。星宫之君醉琼浆，羽人稀少不在旁。似闻昨者赤松子，恐是汉代韩张良⑥。昔随刘氏定长安，帷幄未改神惨伤⑦。国家成败吾岂敢，色难腥腐餐枫香⑧。周南留滞古所惜，南极老人应寿昌⑨。美人胡为隔秋水，焉得置之贡玉堂⑩。

【题解】

今日我心情郁悒地思念着岳阳，心里想着要奋飞，人却只能卧病在床。友人远隔秋水，濯足洞庭之水，眼望四面八方。鸿鹄展翅高飞，日月放射光芒。青枫转红，秋霜如雨而降。天都的众位仙人追随北斗，或骑着麒麟，或驾乘着凤凰。它们的仪仗旌旗掩映于云雾，身影荡漾于潇湘。它们品尝着玉露琼浆，其中唯有羽衣仙人远在他乡。有人说汉初的张良可能就是昔日之赤松仙人。张良追随刘邦建立了汉朝，帷幄依旧他却神情惨伤。国家的成败怎敢忘怀，但食腥臭之物怎比得上餐清香之枫叶。友人滞留南极令人惋惜,南极老人应该福寿安康。韩谏议为何要被秋水阻隔,怎样才能让他置身朝堂?

【注释】

①诗题原无"寄"字,据他本补。谏议:谏议大夫。又一本"注"字连题作大字。

②《诗·唐风·蟋蟀》:"今我不乐,日月其除。"

③雨:一作"飞"。

④仇兆鳌注引《灵枢奎景内经》:"下离尘境,上界玉京。"元君注:"玉京者,无为之天也。东西南北,各有八天,凡三十二天,盖三十二帝之都。玉京之下,乃昆仑北都。"

⑤落:原作"乐",据他本改。

⑥者:一作"夜"。《史记·留侯世家》:"愿弃人间事,欲从赤松子游耳。"

⑦《史记·留侯世家》:"良未尝有战斗功,高帝曰:'运筹策帷之中,决胜千里外,子房功也。'"

⑧枫:原作"风",据他本改。

⑨所:一作"莫"。

⑩玉堂:宫殿。

【汇评】

卢世㴶《杜诗胥钞余论·论七言古诗》:竟是一首游仙诗,若直看作游仙,精色又减,妙在是寄谏议。

黄周星《唐诗快》卷六:颠倒错杂,不伦不理,读之不知所指何人,所说何事,即韩谏议当亦目瞪口呿,茫然不解,然不得言其不妙。

吴瞻泰《杜诗提要》卷六:漪堂云:此惜韩谏议遭贬,而留滞岳阳以求仙也。两"美人"与"韩张良"皆指谏议。张良辟谷,谏议修仙,故以拟之。意其人曾随肃宗收京,预参帷幄,吾谋不用,斥贬衡湘,故云神惨伤也。下言国家成败,岂敢谓因我而决,但以食腥腐而餐枫香,有难色焉。二句代韩言之,谓其不合而遭贬也。"周南"二句,则谓遭贬留滞,亦不足惜。老人寿昌,赐环有日,盖慰韩之言。故下冀其复参帷幄,遂以贡玉堂结之。⋯⋯

1235

"玉京"六句，因其修仙，遂写得缥缈恍惚，如楚词《九歌》，不可名状。起云"美人隔秋水"，末云"美人何为隔秋水"，是首尾相击法。前引群帝星君，而结以南极老人；前言玉京，而终之以玉堂。正是辟倒神仙，欲其复参帷幄，其用笔有回澜之力。

秋日夔府咏怀奉寄郑监 审
李宾客 之芳 一百韵

绝塞乌蛮北，孤城白帝边。飘零仍百里，消渴已三年。雄剑鸣开匣，群书满系船①。乱离心不展，衰谢日萧然。筋力妻孥问，菁华岁月迁。登临多物色，陶冶赖诗篇。峡束沧江起，岩排石树圆。拂云霾楚气，朝海蹴吴天。煮井为盐速，烧畲度地偏。有时惊叠嶂，何处觅平川。漎鹉双双舞，獑猿垒垒悬。碧萝长似带，锦石小如钱。春草何曾歇，寒花亦可怜。猎人吹戍火，野店引山泉。唤起搔头急，扶行几屐穿②。两京犹薄产，四海绝随肩。幕府初交辟，郎官幸备员。瓜时犹旅寓，萍泛苦夤缘③。药饵虚狼藉，秋风洒静便。开襟驱瘴疠，明目扫云烟。高宴诸侯礼，佳人上客前。哀筝伤老大，华屋艳神仙。南内开元曲，常时弟子传。法歌声变转，满座涕潺湲④。吊影夔州僻，回肠杜曲煎。即今龙厩水，莫带犬戎膻⑤。耿贾扶王室，萧曹拱御筵⑥。乘威灭蜂虿，戮力效鹰鹯。旧物森犹在，凶徒恶未悛。国须行战伐，人忆止戈铤。奴仆何知礼，恩荣错与权。胡星一彗孛，黔首逐拘挛⑦。哀痛丝纶切，烦苛法令蠲。业成陈始王，兆喜出于畋⑧。宫禁经纶密，台阶翊戴全。熊罴载吕望，鸿雁美周宣⑨。侧听中兴主，长吟不世贤。音徽一柱数，道里下牢千⑩。郑李光时论，文章并我先。

阴何尚清省，沈宋欸联翩。律比昆仑竹，音知燥湿弦⑪。风流俱善价，慊当久忘筌。置驿常如此，登龙盖有焉。虽云隔礼数，不敢坠周旋。高视收人表，虚心味道玄。马来皆汗血，鹤唳必青田。羽翼商山起，蓬莱汉阁连。管宁纱帽净，江令锦袍鲜⑫。东郡时题壁，南湖日扣舷。远游凌绝境，佳句染华笺。每欲孤飞去，徒为百虑牵。生涯已寥落，国步乃迍邅⑬。衾枕成芜没，池塘作弃捐⑭。别离忧怛怛，伏腊涕涟涟。露菊班丰镐，秋蔬影涧瀍⑮。共谁论昔事，几处有新阡。富贵空回首，喧争懒著鞭。兵戈尘漠漠，江汉月娟娟。局促看秋燕，萧疏听晚蝉。雕虫蒙记忆，烹鲤问沉绵。卜羡君平杖，偷存子敬毡⑯。囊虚把钗钏，米尽坼花钿。甘子阴凉叶，茅斋八九椽。阵图沙北岸，市暨瀼西巅⑰。羁绊心常折，栖迟病即痊。紫收岷岭芋，白种陆池莲⑱。色好梨胜颊，穰多栗过拳。敕厨唯一味，求饱或三鳣。儿去看鱼笱，人来坐马鞯⑲。缚柴门窄窄，通竹溜涓涓。堑抵公畦棱，村依野庙墙⑳。缺篱将棘拒，倒石赖藤缠。借问频朝谒，何如稳醉眠。谁云行不逮，自觉坐能坚。雾雨银章涩，馨香粉署妍。紫鸾无近远，黄雀任翩翾。困学违从众，明公各勉旃。声华夹宸极，早晚到星躔。恳谏留匡鼎，诸儒引服虔。不逢输鲠直，会是正陶甄㉑。宵旰忧虞轸，黎元疾苦骈。云台终日画，青简为谁编。行路难何有，招寻兴已专。由来具飞楫，暂拟控鸣弦。身许双峰寺，门求七祖禅。落帆追宿昔，衣褐向真诠。安石名高晋，昭王客赴燕㉒。途中非阮籍，查上似张骞。披拂云宁在，淹留景不延㉓。风期终破浪，水怪莫飞涎。他日辞神女，伤春怯杜鹃。淡交随聚散，泽国绕回旋。本自依迦叶，何曾藉偓佺㉔。炉峰生转盼，橘井尚高褰。东走穷归鹤，南征尽跕鸢㉕。晚闻多妙教,卒践塞前愆。顾凯丹青列,头陀琬琰镌^㉖。众香深黯黯,几地肃芊芊。勇猛为心极,清羸任体孱。金篦空刮眼,镜象未离铨^㉗。

【题解】

杜甫多次收到郑审、李之芳书信,邀请他出峡同游,于是寄赠此排律。飘零至夔州,又身患消渴之疾,筋力衰歇,常登临以诗自遣。夔州在峡口江边,江潮拍岸,古木参天,地势崎岖,山峦重叠,鸂鶒飞舞,猕猴腾跃,青草小花,四时不断,山民多吹火引泉,烧地而耕,煮井为盐。夔州非久留之地,自己在两京还有薄产,朝廷也任命了郎官的职位,但至今如浮萍泛波,因病难去,坐卧难安,对秋风开襟以驱忧郁。虽为当地官员礼遇,常接之以高宴,佐之以轻歌曼舞,却心哀神伤。国势不振,权宦弄权,将士懈心,外夷入寇,民生困苦,四海日望止戈偃武。朝廷当选贤任能以实现中兴,郑、李二人才华特出,名重一时,却闲置荆楚。自己因两人之游赏,欲往从之而不得。国运迍邅,生计寥落,伤惨忧苦,无人可诉,此时接到郑、李书信,分外珍惜。眼下寄居瀼西,生活极为清苦,所居为八九椽之茅屋,所食为粟米、紫芋、白莲之类,但求一饱而已。壮志已无,雄心不再,自甘废弃。他日出峡,亦当遍游佛地,精参佛理。

【注释】

①"雄剑"两句:一作"所向皆穷辙,余生且系船"。

②上句原注:"何逊云:金粟裹搔头。"下句原注:"诸阮曰:一生能著几屐。"

③《史记·齐太公世家》:"瓜时而往,及瓜而代。"裴骃《集解》引服虔曰:"瓜时,七月。"犹:一作"仍"。

④诗句原有注:"都督柏中丞筵,梨园弟子李山奴歌。"

⑤诗句原有注:"西京龙厩门,苑马门也,渭水流苑马门内。"

⑥耿贾:东汉之耿弇、贾复。萧曹:西汉之萧何、曹参。

⑦《汉书·五行志下之下》:"北斗,人君象;孛星,乱臣类,篡杀之表也。"孛:一作"闇"。黔首:一作"首恶"。

⑧《毛诗序》:"(《七月》)陈王业也。周公遭变故,陈后稷先公风化之所由,致王业之艰难也。"《史记·齐太公世家》:"西伯将出猎,卜之,曰'所获非龙非彲,非虎非黑,所获霸王之辅'。于是周西伯猎,果遇太公于渭之阳,与语大说。"

⑨《毛诗序》:"(《鸿雁》)美宣王也。万民离散,不安其居,而能劳来还定安集之,至于矜寡,无不得其所焉。"

⑩诗句原有注:"郑在江陵,李在夷陵。"

⑪《汉书·律历志》:"黄帝使泠纶自大夏之西,昆仑之阴,取竹之嶰谷生其窍厚均者,断两节间而吹之,以为黄钟之宫。"

⑫《三国志·魏书·管宁传》:"自黄初至于青龙,征命相仍,……宁常著皂帽、布襦裤、布裙,随时单複,出入闺庭,能自任杖,不须扶持。"江总《山水衲袍赋序》:"皇储监国余辰,劳谦终宴,有令以衲袍降赐。"

⑬乃:一作"尚"。

⑭诗句原有注:"平生多病,卜筑遣怀。"

⑮蔬:一作"菰"。

⑯《晋书·王献之传》:"(王)献之字子敬,……夜卧斋中,而有偷人入其室,盗物都尽。献之徐曰:'偷儿,青毡我家旧物,可特置之。'群偷惊走。"

⑰诗句原有注:"八阵图。市暨,夔人语也。江水横通山谷处,方人谓之瀼。"

⑱紫收岷岭芋:一作"紫秧岷下芋"。池:一作"家"。

⑲"儿去"句:一作"俗异邻蛟室,朋来坐马鞯"。

⑳诗句原有注:"京师农人指田远近多云几棱。棱音去声。"

㉑逢:一作"过"。

㉒上句原有注:"郑高简,得谢太傅之风。"下句原有注:"李,宗亲,有燕昭之美。燕,周之裔。"

㉓拂:一作"晤"。

㉔迦叶:摩诃迦叶,禅宗第一祖师。偓佺:传说为槐山采药父,好食松实,体生毛数寸,能飞行逐马。

㉕《后汉书·马援传》:"当吾在浪泊、西里间,虏未灭之时,下潦上雾,

毒气重蒸,仰视飞鸢跕跕堕水中,卧念少游平生时语,何可得也。"李贤注:"鸢,鸥也。跕跕,堕貌。"

㉖顾凯:顾恺之。头陀:头陀寺,故址在今湖北武汉武昌区。

㉗镜象未离铨:一作"平等未难铨"。

【汇评】

仇兆鳌《杜诗详注》卷一九:诗题咏怀寄友,是宾主两意。此诗或分或合,极开阖变化、错综恣肆之奇,而按之纪律,却又结构完整。刻本割裂段落,多寡不匀,几于乱丝难理。今分作十段,每段各有起止,各有承转,天然位置,不容毫发混淆,此在读者详玩耳。诗有近体,古意衰矣;近体而有排律,去古益远矣。考唐人排律,初惟六韵左右耳。长篇排律,起于少陵,多至百韵,实为后人滥觞。元白集中,往往叠见,不免夸多斗靡,气缓而脉弛矣。此篇典雅工秀,才学既优,而部伍森严,章法尤为精密。短章诗断处多用突接,长排体则须用钩挑之法。每段出落处,回顾上文者为钩,逗起下文者为挑,必层层连络,各有关合照应,否则散漫不属矣。玩此诗,逐段钩挽挑逗,俱见作法之巧。

又引王嗣奭曰:题属《咏怀》,故篇中详于自叙,而转换穿插,妙合自然。唐人百韵诗,杜公首倡,句句精致,字字峭拔,真千古独擅之长。

又引卢世㴶曰:此是集中第一首长诗,其中起伏转折,顿挫承递,若断若续,乍离乍合,波澜层叠,竟无丝痕,真绝作也。风流善价,惬当忘筌,即可取此语以评此诗。

又引张溍曰:此诗才大而学足以副之,故能随意转合,曲折自如。其忽自叙,忽叙人,忽言景,忽言情,忽纪事,忽立论,忽述见在,忽及已前,皆过接无痕,而照应有法。

寄刘峡州伯华使君四十韵①

峡内多云雨,秋来尚郁蒸。远山朝白帝,深水谒夷陵②。迟暮嗟为客,西南喜得朋③。哀猿更起坐,落雁失飞腾④。伏枕思琼树，临轩对玉绳。青松寒不落，碧海阔逾澄。昔岁文为理，群公价尽增。家声同令闻，时论以儒称。太后当朝肃，多才接迹升⑤。翠虚捎魍魉，丹极上鲲鹏。宴引春壶满，恩分夏簟冰⑥。雕章五色笔，紫殿九华灯⑦。学并卢王敏，书偕褚薛能。老兄真不坠，小子独无承。近有风流作，聊从月继征⑧。放蹄知赤骥，捩翅服苍鹰。卷轴来何晚，襟怀庶可凭。会期吟讽数，益破旅愁凝。雕刻初谁料，纤毫欲自矜⑨。神融蹑飞动，战胜洗侵凌。妙取笻蹄弃，高宜百万层。白头遗恨在，青竹几人登。回首追谈笑，劳歌跼寝兴。年华纷已矣，世故莽相仍。刺史诸侯贵，郎官列宿应。潘生骖阁远，黄霸玺书增⑩。乳贙号攀石，饥鼯诉落藤⑪。药囊亲道士，灰劫问胡僧。凭久乌皮绽，簪稀白帽棱⑫。林居看蚁穴，野食行鱼罾⑬。筋力交凋丧，飘零免战兢。皆为百里宰，正似六安丞⑭。姹女萦新裹，丹砂冷旧秤。但求椿寿永，莫虑杞天崩⑮。炼骨调情性，张兵挠棘矜。养生终自惜，伐数必全惩⑯。政术甘疏诞，词场愧服膺。展怀诗诵鲁，割爱酒如渑⑰。咄咄宁书字，冥冥欲避矰。江湖多白鸟，天地有青蝇。

【题解】

我在高高之白帝城，你在江流深蓄之夷陵，同处峡区，秋来郁热多雨。迟暮之年，客居幽僻之地，如哀猿起坐不安，落雁欲飞无力，故而对你思念尤深，伏枕而思，凭轩而坐，直至玉绳星闪现于空中。刘使君气节如岁寒之青松，雅量如浩瀚之碧海。往日崇尚文治，才士备受瞩目。你的先辈同我的祖父齐名，都以儒学称道于世。此后武后临朝，贤人引类以进，山林多弃逐小人，庙堂多进用君子，文士宠命优渥，意气风发。令祖文思之敏捷如卢照邻、王勃，书法之善可比于褚遂良、薛稷。老兄你不坠家声，而我却无所承接。你最近所写三峡之诗作，俊逸雄豪如赤骥、苍鹰，可慰我胸襟之久望,不由深恨得见之晚,当反复吟诵以破旅愁。其雕刻之妙,已入自然;用心之细,不失纤毫。神思飞动,无复牵碍,立意高远,令人难以企及。追忆昔日你我谈笑之乐,我日夜局促不安。韶光易逝,岁月如梭,转眼你以郎官出守,贵为一方诸侯。我遭逢世乱,躲避战火,流落蛮荒,衰病之余,看蚁穴以适情,置鱼罾以食鲜。原本我亦是郎官,也理应出宰百里,如今以飘零见弃,备受转徙之苦,只餐食以养身,服气以养神,不复忧心世事。我虽薄有文名,却疏于政务,不期为世所用,幸遇刘使君为知己,不必咄咄书空,忧谗畏讥。

【注释】

①刘伯华,洛州巩县人。大历初为峡州刺史,官至工部郎中。峡州:治所在今湖北宜昌。

②山:一作"天"。谒:一作"出"。夷陵:即峡州。

③《易·坤》:"君子有攸往,先迷后得,主利。西南得朋。"

④更:一作"劳"。

⑤当:一作"临"。

⑥满:一作"酒"。

⑦仇兆鳌注引《西京杂记》:"元日燃九华灯于终南山上,照见百里。"

⑧继:一作"峡"或"竆"。

⑨料:一作"解"。

⑩潘岳《秋兴赋序》:"以太尉掾兼虎贲中郎将,寓直于散骑之省,高阁连云,阳景罕曜。"生骖:一作"安云"。《汉书·循吏传》:"二千石有治理效,辄以玺书勉厉,增秩赐金。"增:原作"曾",据他本改。

⑪《尔雅·释兽》:"赟,有力。"郭璞注:"出西海。大秦国有养者,似狗,多力,犷恶。"

⑫乌皮:指乌皮几。绽:一作"拆"。白:一作"皂"。

⑬《易林·震·蹇》:"蚁封户穴,大雨将集。"行:一作"幸"或"待"。

⑭皆:一作"昔"。《后汉书·桓谭传》载,桓谭谏用谶,光武帝怒,欲斩之,后出为六安郡丞,卒于道中。

⑮《庄子·逍遥游》云:"上古有大椿者,以八千岁为春,八千岁为秋。"

⑯数：一作"叛"。

⑰诗句原有注："平生所好，消渴止之。"

【汇评】

仇兆鳌《杜诗详注》卷一九：杜诗必有来历，不特用其字句，而并融其神理，于此可以触悟。

刘濬《杜诗集评》卷一四引李因笃曰：语语千锤百炼，而文却一气浑成。拈景、序事、写情，无一不臻其极。真大家手笔。

天　池①

天池马不到，岚壁鸟才通。百顷青云杪，曾波白石中。郁纡腾秀气，萧瑟浸寒空。直对巫山出，兼疑夏禹功②。鱼龙开辟有，菱芡古今同③。闻道奔雷黑，初看浴日红。飘零神女雨，断续楚王风。欲问支机石，如临献宝宫④。九秋惊雁序，万里狎渔翁⑤。更是无人处，诛茅任薄躬⑥。

【题解】

天池险峻陡峭，马儿无法攀越，唯有鸟儿可以飞抵。其水之高，如荡漾青云之上；其水之清，水底白石历历可数。水汽升腾，晴日飘缈，阴天萧瑟。它正靠近巫山，或许也是当日夏禹疏凿而成。池中生长着菱角、芡实，鱼儿游来游去。气候变幻不定，乍阴乍晴，或风或雨，时而一片黝黑，时而红光漫天，置身此处，惝恍迷离如登仙境。多年漂泊无定，已至暮年，真想在天池诛茅而居。

【注释】

①天池：高山湖泊，其故址在今重庆奉节白帝城东北凤凰山腰。

②出：一作"峡"。

③芡：一作"芰"。同：一作"丰"。

④《太平御览》卷八引《集林》："昔有一人寻河源，见妇人浣纱，以问之，曰：'此天河也。'乃与一石而归。问严君平，云：'此织女支机石也。'"《穆天子传》卷一："天子授河宗璧。河宗伯夭受璧，西向沉璧于河。"

⑤渔翁：一作"樵童"。

⑥劳：一作"茅"。

【汇评】

杨伦《杜诗镜铨》卷一五：首记天池形胜，次记天池景物，末致卜居之意。

刘濬《杜诗集评》卷一四引李因笃曰：分三段。上段天池，中段池中所有，末段自序。写山则有峥兀之风，写水泽尽幽窅之致。

梁运昌《杜园说杜》卷一三：起四点题，中十二句写景，后四句题后结。常语亦胜于诸家常作。

秋野五首

其一

秋野日疏芜，寒江动碧虚①。系舟蛮井络，卜宅楚村墟②。枣熟从人打，葵荒欲自锄③。盘飧老夫食，分减及溪鱼④。

【题解】

秋收之后，田野一片荒芜，唯有碧绿的寒江水依然波光粼粼。漂泊之中，暂且系舟于巫山，卜居于瀼西。草堂枣熟，任人扑打；菜园净尽，荷锄前往。近来多吃蔬菜，溪鱼也少见捕捉。

【注释】

①疏：一作"荒"或"蔬"。

②井络：星宿名。左思《蜀都赋》："远则岷山之精，上为井络。"络，一作"路"或"落"。村：一作"邱"。

③从：一作"行"。自：一作"且"。

④分减：十种布施方法之一。《法苑珠林》卷四九引《百缘经》："子齐不听，乃至计食与母，母故分减施佛及僧。"溪：一作"樵"。

【汇评】

仇兆鳌《杜诗详注》卷二〇：首章，记秋野景事。系舟承江，卜宅承野。枣熟葵荒，卜居之事。减食饲鱼，系舟之兴。此下数章，多以首二句为主。疏芜，收获已毕，野色萧疏也。碧虚，波光相荡，水天一色也。

又引《杜臆》：系舟卜宅，去住尚难自决也。枣从人打，则人己一视。葵欲自锄，则贵贱一视。食及溪鱼，则物我一视。此皆见道语。

边连宝《杜律启蒙》五言卷八：首联，系舟卜宅之景；三联、四联，系舟卜宅之事。系舟，羁羁也；卜宅，赁襄也。原非两项。秋叶凋疏，无所雍蔽，故见江之动碧虚也；而野疏江寒，正剥枣刈葵之候。前景后事，正自相因。

其二

易识浮生理，难教一物违①。水深鱼极乐，林茂鸟知归。吾老甘贫病，荣华有是非②。秋风吹几杖，不厌此山薇③。

【题解】

浮生之理，还是容易认识的，万事万物都要顺其自然，不能违背其本性。鱼儿喜欢深水，鸟儿钟爱茂林。年少爱慕荣华，年老就当甘于清贫，远离是非，餍足于薇蕨，拄着几杖逍遥在秋风中。

【注释】

①《庄子·刻意》："其生若浮，其死若休。"

②吾：一作"衰"。

③此：一作"北"。

【汇评】

黄生《杜工部诗说》卷七：此首直接上章之意而申之。违，谓违其生也。水深而鱼乐，林茂而鸟归，生意存焉尔。上章云云，因人以知物，故曰"难教一物违"。三、四云云，因物以知人也，故曰"易识浮生理"。如鱼鸟尚思茂林深水,则夫人之慕荣华以婴世患者,非自贼其生乎?所以贫病自甘,食薇不厌,亦曰达生者当如是尔。一肚皮社稷君民,不甘老病自诿。此章忽若尽情放下,要知亦自宽自释之语,公盖没齿不易其志也。五与七相唤应,六与八相唤应。"有是非",犹言有忧患也。"几杖",承"老"字来。用经史字入诗不厌,因"秋风吹"三字运笔有致故。

吴瞻泰《杜诗提要》卷一〇:起联、中联,是一副说话,若依次而下,近于说理,其言腐矣。妙在正说浮生物理,而接以"水深"二语;正说贫老荣华,而结以"秋风"二语,臭腐变为神奇。可见说诗谈理,亦无不可,只在黏脱之间,主宾之势,比兴之情,用得活泼耳。

边连宝《杜律启蒙》五言卷八:浮生之理,本自易识,不过顺其自然而已。试观鱼之乐水,鸟之归林,此正不违其自然而得浮生之理者。故今者情甘老病,永谢荣华,几杖逍遥,日餍薇蕨,亦以不违其自然之理耳。人物皆是浮生,本该鱼鸟在内,诸注以浮生专属己,一物方属鱼鸟,故多费周折。

其三

礼乐攻吾短,山林引兴长。掉头纱帽仄,曝背竹书光①。
风落收松子,天寒割蜜房。稀疏小红翠,驻屐近微香。

【题解】

我对仪礼规范修养并不精通,不免遭人攻讦,对于山林却一直兴趣不减。偃卧竹林之下,曝背晒书,着纱帽而摇头吟诵,自有一番风味。踩着木屐,顺着幽香寻觅寒花,捡拾秋风吹落的松子,采收成熟的蜂蜜,这样的生活无比惬意。

【注释】

①《周书·独孤信传》:"(独孤)信在秦州,尝因猎日暮驰马入城,其帽微侧。诘旦,而吏民有戴帽者,咸慕信而侧帽焉。"《世说新语·排调》:"郝隆七月七日出日中仰卧,人问其故,答曰:'我晒书。'"

【汇评】

黄生《杜工部诗说》卷七:起联亦承上章来。礼乐者,荣华之士所栖;山林者,鱼鸟之性所便也。下文遂长言之以申其意。礼乐,犹言世法。世法己之所短,时俗苦以相绳,若攻伐然。是以愈动山林之兴,大有为渊驱鱼、为林驱鸟之意。"礼乐"字如何入诗?此诗如何入得"礼乐"字?要不过即"世法"二字变文,以硬用见老、见趣。首句意本老庄,句则自造,似正似谐,此杜公真本事,使矫伪者无所措手。……偃曝竹下,偶掉头看此,竹枝所挂,帽为之侧,亦忘形适己之一端也。五、六通言山林之兴。七、八云云,时而偃曝竹下,时而驻屐花间,礼乐去身,山林丧我矣。

吴瞻泰《杜诗提要》卷一〇:起句陡然而下,随即撇开,人赏其句之奇,不知其用意全在题前,乃得有此发端。掉头曝背,正与礼乐反射。后四句平列,所谓不挽之挽,不承之承。收松、割蜜、践红、拾翠,皆随其兴之所之,有因物付物之乐。此章大是玩世。……按公一肚皮社稷君民,不甘老病自废,至此忽作达生语,将热肠尽情放下,而曲体人情物理,为逍遥自适之计。非易己志也,正是无可如何,聊作宽解耳。前三章,欲适其性。后二章,乃微露本怀,细咏便知是激昂慷慨之人。作一转解,未可以庄生、阮籍辈衡之也。

其四

远岸秋沙白,连山晚照红。潜鳞输骇浪,归翼会高风。砧响家家发,樵声个个同。飞霜任青女,赐被隔南宫[①]。

【题解】

群山沐浴在晚照中,远远望去,岸边的白沙尤其醒目。江中的鱼儿逐浪而去,空中的鸟儿顺风归来。白天樵夫砍伐之声不绝于耳,夜晚捣衣之声此起彼伏。清霜降临,想必朝廷的同僚已经有了赏赐的棉被。

【注释】

①《淮南子·天文训》:"至秋三月,……青女乃出,以降霜雪。"高诱注:"青女,天神,青霄玉女,主霜雪也。"《太平御览》卷二一五引《汉官仪》:"尚书郎给青缣白绫被,或锦被、帷帐、毡褥、通中枕。"

【汇评】

仇兆鳌《杜诗详注》卷二〇：四章，见秋野无羡于荣禄，承上山林兴来。首句秋景，次句晚景。三、四俯仰所见，五、六远近所闻，每句各兼秋、晚两意。末叹寒色凄凉，山林与廊庙判隔矣。输，如输送之输，是逐浪而去。会，如际会之会，是顺风而回。

浦起龙《读杜心解》卷三之五：次章，水深鱼乐，林茂鸟归，谓惟此奥区，真堪栖托，为投老作引。此章潜鳞输浪，归翼会风，谓由来野性，合趁宽闲，与"引兴"相承，句法一颠一倒，各还凑理，语相类而意不复。

其五

身许麒麟画，年衰鸳鹭群。大江秋易盛，空峡夜多闻。径隐千重石，帆留一片云。儿童解蛮语，不必作参军①。

【题解】

本有雄心壮志，无奈年老体衰，无法回朝履职与同僚相聚。滞留峡江，秋夜漫漫，耿耿难眠。赁居之地幽僻，归去之帆难觅。久客蛮荒，所闻皆蛮语，心中寂寥。

【注释】

①《世说新语·排调》："郝隆为桓公南蛮参军，三月三日会，作诗，不能者罚酒三升。隆初以不能受罚，既饮，揽笔便作一句云：'娵隅跃清池。'桓问：'娵隅是何物？'答曰：'蛮名鱼为娵隅。'桓公曰：'作诗何以作蛮语？'隆曰：'千里投公，始得蛮府参军，那得不作蛮语也。'"

【汇评】

汪瑗《杜律五言补注》卷四：一章言己客于楚，亲人而爱物也；二章言己深谙人情物理，故甘贫贱而不厌山林也；三章言山林幽兴之长；四章言去朝之悲；五章言滞蛮之恨。此其大略也。

仇兆鳌《杜诗详注》卷二〇：末章，身在秋野，而自伤留滞也，承上隔南宫来。上二，客夔之故，下皆对景述情。老别鸳班，徒负许身初志，唯有卧病江峡而已。秋易盛，浪高水涨。夜多闻，风怒兽号。径隐石，避地已深。帆片云,归航在望。五、六,分顶峡江,而意却注下。前三章,叙日间景事。第四章,则自日而晚。末一章,则自晚而夜矣。凡杜诗连叙数首,必有层次安顿。

课小竖锄斫舍北果林,枝蔓荒秽净讫,移床三首①

其一

病枕依茅栋,荒锄净果林。背堂资僻远,在野兴清深。山雉防求敌,江猿应独吟。泄云高不去,隐几亦无心。

【题解】

杜甫督促僮仆将房屋北面的果林收拾干净,将藜床移往安置其下,赋此组诗。其一说,因病卧床,行动不便,于是将果树林中的枝叶蔓草清除干净,栖息林间,凭几对云,可以看山鸡舞斗,可以听江猿哀鸣,深感清幽阒静,心中分外平和。

【注释】

①诗题一作"秋月闲居三首"。

【汇评】

黄生《杜工部诗说》卷七:此首正做本题,余兴未尽,故复有后二首。俗人因此题不能通冒,又苦其太长,遂有改为《秋日闲居》者。即一制题,而后人心手已不及古人之朴妙矣,何论其诗乎。前写题事,后发题意,题虽长,只是芟除与移床二事,直述即难收拾。此妙在先安下"病枕"二字,已起移床之意,与结"隐几"字遥相唤应。章法至此,真不烦绳削而自合矣。

仇兆鳌《杜诗详注》卷二〇:上四写题面,下四发题意。床向北,取其僻远。秽尽除,兴觉清深矣。看雉听猿,凭几对云,总见静寂幽闲之趣。雉性善斗,见求敌则防。猿本群啸,闻独吟则应。

边连宝《杜律启蒙》五言卷八:病枕但依茅栋,不得至果林也。荒锄者,

1249

除荒之锄，与病枕对。果林净，则可以移床矣。背堂者，床背南而向北也。僻远、清深，则床已移矣。下四，皆僻远清深景趣。

其二

众壑生寒早，长林卷雾齐。青虫悬就日，朱果落封泥^①。薄俗防人面，全身学马蹄^②。吟诗坐回首，随意葛巾低^③。

【题解】

山谷易早生寒气，深林易雾霭弥漫。对着阳光，可以看见悬挂在树枝下的青虫，以及深陷泥土中的红色果子。风俗浇薄，人心叵测，全身远害，莫如深僻自处。吟诗自适，无左顾右盼之劳，无衣冠周旋之苦。

【注释】

①封：一作"成"。

②人：一作"狸"。《庄子·马蹄》："夫至德之世，同与禽兽居，族与万物并，恶乎知君子小人哉！"

③坐：一作"重"。

【汇评】

黄生《杜工部诗说》卷七：此首与前首同一布置。前半则衍"荒锄净果林"之余意也。因寒早，故果收；因雾敛，故日出。此三、四贴一、二之事。三、四人所不肯写者，然点"枝蔓荒秽"之景，正复雅妙。……上句以人面影兽心，下句以篇题括篇意，如此用事，真出神入化矣。

仇兆鳌《杜诗详注》卷二〇：次章，言舍北朝景，有绝人避世之意。壑当秋，故寒早。晓将晴，故雾卷。虫悬果落，俱从秽净后见之。

边连宝《杜律启蒙》五言卷八：前四，是果林秽净之景。五、六宕开，惟其混同全生，故可随地自适也。结联神理，自与前半缴应。

其三

篱弱门何向，沙虚岸只摧^①。日斜鱼更食，客散鸟还来^②。寒水光难定，秋山响易哀。天涯稍曛黑，倚杖更徘徊。

篱笆损坏,已不知门开向何方;河边多沙,堤岸常常崩塌。夕阳西下,鱼儿群相吐沫于水面;客人散后,飞鸟聚噪于林间。时至黄昏,寒水泛光,秋山转寂,倚杖徘徊。

【注释】

①只:一作"自"。

②更:一作"独"。

【汇评】

汪瑗《杜律五言补注》卷四:一章泛言野僻,二章言晓晴,三章言日暮,此叙景之章法也。一章言无心,二章言随意,三章以徘徊结之,此叙情之章法也。一章言隐几而坐,三章言倚杖而立,中言岸巾而回首,则在坐立之间,此叙事之章法也。规矩森然,非苟作者,然未尝深究心于《三百篇》者,则不足以语此。

顾宸《辟疆园杜诗注解》五律卷一一:一章以山雉江猿自喻,二章以人面马蹄自警,三章以鱼食鸟来自适,此叙意之章法也。

仇兆鳌《杜诗详注》卷二〇:三章,言舍北晚景,有随寓而安之意。三、四,薄暮近景。五、六,深秋远景。

解闷十二首

其一

草阁柴扉星散居,浪翻江黑雨飞初。山禽引子哺红果,溪女得钱留白鱼①。

【题解】

诗或作于大历二年秋日。诗以"解闷"为题,"非诗能解闷,谓当闷时,随意所至,吟为短章,以自消遣耳"(王嗣奭《杜臆》卷八)。其一写眼前所见景致风物。夔州平地极少,百姓往往依山而居,简陋的房屋星罗棋布,四处分散。山雨初来，乌云骤至，黑浪翻滚。山中飞禽引着雏儿觅食红果，溪边女子卖鱼得钱，留下白鱼自用。

【注释】

①女：原作"友"，据他本改。

【汇评】

仇兆鳌《杜诗详注》卷一七：前二首即事兴感，此从夔州风景叙起。上二句，山水对言。山禽引子，山间之景；溪女留鱼，江边之事。

浦起龙《读杜心解》卷六之下：是寓西阁即景语。"留"字逸甚。

杨伦《杜诗镜铨》卷一七：先从夔州风景叙起。

其二

商胡离别下扬州，忆上西陵故驿楼①。为问淮南米贵贱，老夫乘兴欲东流②。

【题解】

胡商前来道别，他将出峡东下扬州。我不禁想起年轻时游览吴越的往事，于是请他代为打听江南眼下的状况，想着自己也可能会乘兴东游。

【注释】

①西陵：西陵驿，在浙江萧山；一作"兰陵"。宋施宿《会稽志》卷一："西陵城，在萧山县五十二里。"

②淮南：淮南道，唐时治所在扬州。流：一作"游"。

【汇评】

仇兆鳌《杜诗详注》卷一七：此欲去夔而游吴也。

浦起龙《读杜心解》卷六之下：因人动兴。

杨伦《杜诗镜铨》卷一七：此预思解网。

其三

一辞故国十经秋，每见秋瓜忆故丘①。今日南湖采薇蕨，何人为觅郑瓜州^②。

【题解】

离开故乡已经十多年了,故乡在长安青门外,以产东陵瓜著称。每当秋日瓜熟之时,思乡之情就无法抑制。当日郑审居住在长安之南的瓜州村,如今也流落楚国,在南湖采薇食蕨。

【注释】

①故国:指长安。故丘:一作"故侯"。《水经注》卷一九:"南出东头第一门,本名覆盎门,王莽更名永清门长茂亭。其南有下杜城,应劭曰:'故杜陵之下聚落也,故曰下杜门。'又曰端门,北对长乐宫。"

②诗末原有注:"今郑监审。"时郑审在江陵南湖。南:一作"东"。瓜州:村名,今作"瓜洲",在陕西西安长安区韦曲街道。瓜,一作"袁"。

【汇评】

唐汝询《唐诗解》卷二七:此为思瓜而作。瓜不可得而忆故人之以瓜为号者,亦无聊之词也。言我去国而经秋者数矣,每见瓜则忆故丘所产,今采薇蕨于南湖,即他瓜亦不复可睹,何人为我觅郑瓜州与之遣闷矣?

黄生《杜工部诗说》卷一二:两"故"字,两"秋"字,两"瓜"字,连环钩搭,"薇蕨"字又与"瓜"字相映,此绝句弄笔之法,大方时一为之耳。

仇兆鳌《杜诗详注》卷一七:以下五章,皆感怀诗人,此则怀郑审也。故丘有瓜洲,即郑秘监所居,今已谪居南湖,无复有访觅者矣,盖伤其寥落也。

其四

沈范早知何水部,曹刘不待薛郎中^①。独当省署开文苑,兼泛沧浪学钓翁^②。

【题解】

薛据和何逊都曾任职水部,但何逊早早就得到了沈约、范云的赏识,而薛据却没有曹植、刘桢那样的知音。当年他在禁中诸省衙门独擅文名,如今客居荆楚,泛浪钓鱼而已。

①沈范:沈约、范云。何水部:尚书水部郎何逊。《梁书·何逊传》载,范云见何逊对策,大相称赏,因结忘年交好,一文一咏,云辄嗟赏。沈约亦爱其文,尝谓逊曰:"吾每读卿诗,一日三复,犹不能已。"曹刘:曹植、刘桢。薛郎中:水部郎中薛据。

②诗末原有注:"水部郎中据。"

【汇评】

仇兆鳌《杜诗详注》卷一七:此怀薛琚〔据〕也。何、薛同为水部,但何有知音而薛无同调,故为惜之。当省署,昔为部郎。泛沧浪,今客荆楚。

杨伦《杜诗镜铨》卷一七:五首皆怀诗人,而兼及自写。

其五

李陵苏武是吾师,孟子论文更不疑①。一饭未曾留俗客,数篇今见古人诗②。

【题解】

孟云卿谈论诗歌创作时,曾说过要坚持以李陵、苏武为师。他不屑于同俗人往来,所作的许多诗篇力追西汉,大有古风。

【注释】

①"李陵"两句:一本作"孟子论文更不疑,李陵苏武是吾师"。孟子:孟云卿。

②诗末原有注:"校书郎云卿。"

【汇评】

仇兆鳌《杜诗详注》卷一七:此怀孟云卿也。苏李吾师,此述其论诗。今见古人,此称其作诗。便知云卿诗格,独能力追西汉。

其六

复忆襄阳孟浩然,清诗句句尽堪传。即今耆旧无新语,漫钓槎头缩颈鳊①。

【题解】

又忽然想起了襄阳的诗人孟浩然,他的诗篇清新俊丽,句句都足以流传后世。如今的故老再也写不出那样新人耳目的诗句,唯有在溪边钓得缩颈鳊鱼,谋求一醉,以解其闷。

【注释】

①槎头缩颈鳊:鳊鱼。颈,一作"项"。习凿齿《襄阳耆旧传》:"岘山下汉水中出鳊鱼,味极肥而美,襄阳人采捕,遂以槎断水。因谓之槎头缩项鳊。"

【汇评】

仇兆鳌《杜诗详注》卷一七:此怀孟浩然也。上二忆其诗句,下二叹其人亡。新句无闻,而徒然把钓,则耆旧为之一空矣。槎头缩颈鳊,即用浩然句。孟诗"鸟泊随阳雁,鱼藏缩项鳊",又"试垂竹竿钓,果得槎头鳊"。此独记名,以别于云卿也。

浦起龙《读杜心解》卷六之下:耆旧新语,孟已独漱其芳,今无能为者。漫以把钓之逸致,方之而已。时浩然已亡。

其七

陶冶性灵在底物,新诗改罢自长吟①。孰知二谢将能事,颇学阴何苦用心②。

【题解】

什么东西能够陶冶性灵呢?那就是诗歌了,所以我作诗尤为认真。每次写罢新诗,我都要反复吟诵,看看是否妥帖。我深深地知道,要想达到谢灵运、谢朓极尽诗歌之能事的程度,还要学习阴铿、何逊精益求精的态度。

【注释】

①在:一作"存"。
②学:一作"觉"。

【汇评】

仇兆鳌《杜诗详注》卷一七:此自叙诗学。诗篇可养性灵,故既改复吟,且取法诸家,则句求尽善而日费推敲矣。

浦起龙《读杜心解》卷六之下:自言攻苦如此。卤莽其学殖者,可以矍然矣。

杨伦《杜诗镜铨》卷一七引邵长蘅曰:此老苦心乃尔,后人草草何耶?

其八

不见高人王右丞,蓝田丘壑漫寒藤①。最传秀句寰区满,未绝风流相国能②。

【题解】

超世绝俗、风流倜傥的王维已经亡故了,他啸吟盘桓的蓝田丘壑长满了藤蔓。斯人已逝,固然令人痛惜,但在兄弟相国王缙的帮助下,王维秀丽的诗句传遍了天下。

【注释】

①漫:一作"蔓"。《旧唐书·王维传》载,上元中,转尚书右丞,晚年得宋之问蓝田别墅,辋水周于舍下,竹洲花坞,与裴迪浮舟往来,啸咏终日,所赋诗号《辋川集》。

②诗末原有注:"右丞弟,今相国缙。"《新唐书·王缙传》:"少好学,与兄维俱以名闻。"《旧唐书·王维传》:"代宗时,缙为宰相,代宗好文,常谓缙曰:'卿之伯氏,天宝中诗名冠代,朕尝于诸王座闻其乐章。今有多少文集,卿可进来。'缙曰:'臣兄开元中诗百千余篇,天宝事后,十不存一。比于中外亲故间相与编缀,都得四百余篇。'翌日上之,帝优诏褒赏。"

【汇评】

仇兆鳌《杜诗详注》卷一七:此怀王维也。右丞虽殁,而佳句犹传,况有相国诗名,则风流真可不坠矣。缙党附元载,人不足取,特以一家诗学可称,故连类及之。或以缙能表章维集,故云风流未绝,诗中似无此意。

浦起龙《读杜心解》卷六之下:美二王诗笔竞爽也。

杨伦《杜诗镜铨》卷一七:赞襄阳只一"清"字,赞摩诘只一"秀"字,品评不苟。

其九

先帝贵妃今寂寞，荔枝还复入长安①。炎方每续朱樱献，玉座应悲白露团②。

【题解】

虽然唐玄宗与杨贵妃都已经故去了，但荔枝依然源源不断地被运入长安。在进贡樱桃之后，南方还进献了瓤肉莹白如冰雪的荔枝。先帝有灵，见到这些荔枝而沉思往事，也许会悲从中来。

【注释】

①今：一作"俱"。《唐国史补》卷上："杨贵妃生于蜀，好食荔枝。南海所生尤胜蜀者，故每岁飞驰以进。然方暑而熟，经宿辄败，后人皆不知之。"

②《礼记·月令》："是月(仲夏之月)也，天子乃以雏尝黍，羞以含桃，先荐寝庙。"郑玄注："含桃，樱桃也。"

【汇评】

仇兆鳌《杜诗详注》卷一七引《杜臆》：已下四章，皆为明皇征贡荔枝而发，此叹旧贡之未除也。帝妃皆亡，而荔枝犹献，得无先帝神灵，尚凄怆于白露中乎？盖微讽之也。

浦起龙《读杜心解》卷六之下：此下皆言荔枝事。蜀岁贡荔枝，书所触也。此章志旧贡未除也。诗情悠远，含有两意。荔枝为先朝所嗜，当兹续献，得无对"露团"而凄然乎？荔枝又祸乱所因，至此还来，得无抚"玉座"而惕然乎？盖两讽云。

杨伦《杜诗镜铨》卷一七：下四首皆借荔枝遣兴，蜀岁贡荔枝，志所触也。

其十

忆过泸戎摘荔枝，青枫隐映石逶迤①。京中旧见君颜色，红颗酸甜只自知②。

【题解】

突然想起在泸州和戎州所见到的采摘荔枝的情景,一路山石逶迤,青枫掩映。经过长途运输而抵达京都的荔枝,再也无法保持它明亮的色泽和鲜嫩的口感。它的好处,京都人怎能知晓?

【注释】

①泸戎:泸州和戎州,今四川泸州、宜宾一带。

②京中旧见:一作"京华应见"。君:一作"无"。

【汇评】

吴瞻泰《杜诗提要》卷一四:荔枝一日色变,二日香变,三日味变。此见到京色变,以讥劳民远送之非也。

仇兆鳌《杜诗详注》卷一七:此讥远贡之失真也。泸、戎之间,亲摘荔枝,若京中所见,应无此色味,食者当自知耳。

浦起龙《读杜心解》卷六之下:此下因荔枝杂感,勿专在充贡上索解。此有呈身取轻意,箴士品也。枫石栖迟,何其高也。京华尘染,斯失色矣。悠悠而节自甘,逐逐而趣转涩,此意惟人自领耳。

其十一

翠瓜碧李沉玉甃,赤梨蒲萄寒露成①。可怜先不异枝蔓,此物娟娟长远生。

【题解】

炎炎夏日,沉入井水而变得冰凉的瓜、李,刚刚采摘还沾满露水的赤梨、葡萄,味道都极其甘甜可口,足以解暑去渴,但它们颇为常见,并不为人重视。而荔枝因为生长在幽远的地方,故而身价百倍。

【注释】

①玉甃:玉石所砌之井。

【汇评】

仇兆鳌《杜诗详注》卷一七:此讥异味之惑人也。

又引《杜臆》：宫中食荔，不过为其味甘寒，可以消暑止渴，因比之水晶绛雪，然瓜李沉之井中，梨萄采之露下，亦何减于荔？只缘诸果枝蔓寻常，初不以为异，独荔枝生自远方，慕其色味而珍重之耳。

其十二

侧生野岸及江蒲，不熟丹宫满玉壶①。云礐布衣鲐背死，劳生重马翠眉须②。

【题解】

荔枝生长野岸江边，不是在宫中成熟，却盛满了宫中的玉壶。穷处山野的布衣之士，即使满腹经纶，老死也无人问津；而荔枝哪怕生长在幽僻之地，因为美人的喜爱，也会劳民伤财，不惜代价地将它送到京中。

【注释】

①蒲：一作"浦"。满：一作"与"。

②《尔雅·释诂上》："鲐背、耇老，寿也。"郭璞注："鲐背，背皮如鲐鱼。"生重：一作"人害"。须：原作"疏"，据他本改。

【汇评】

仇兆鳌《杜诗详注》卷一七：此结出当时致乱之由。荔枝生于远僻，不植宫中，而偏满玉壶，以其所好在此，不惮多方致之也。岂知抱道布衣，老丘壑而不征，独于一荔，乃劳人害马，以给翠眉之须。噫，远德而好色，此所以成天宝之乱欤？

又引王嗣奭曰：公因解闷而及荔枝，不过一首足矣，一首之中，其正言止"荔枝还复入长安"一句。正言不足，又微言以讽之。微言不足，又深言以刺之。盖伤明皇以贵妃召祸，则子孙于其所酿祸者，宜扫而更之，以丕苏民困。公于《病橘》亦尝及之，此复娓娓不厌其烦，可以见其忧国之苦心矣。

杨伦《杜诗镜铨》卷一七：诸作俱随意所及，为诗不拘一律。

洞　房

洞房环佩冷，玉殿起秋风。秦地应新月，龙池满旧宫①。系舟今夜远，清漏往时同。万里黄山北，园陵白露中②。

【题解】

贵妃死后，华美的宫殿中秋风萧瑟，一派凄凉，当日清脆灵动的环佩变得零落冰凉。关中这时也该升起了新月，兴庆宫中的龙池想必注满了水。我一叶扁舟，四处漂泊，如今在偏远的夔州，想起往日寓直左省时所听到的禁中清漏，此时应该还在滴答滴答响着。万里之外的黄山宫北，汉武帝的陵园矗立在晶莹的白露之中。

【注释】

①《唐会要》卷三〇《兴庆宫》："开元二年七月二十九日，以兴庆里旧邸为兴庆宫。初，上在藩邸，与宋王等同居于兴庆里，时人号曰五王子宅。至景龙末，宅内有龙池涌出，日以浸广。……至是为宫焉。"

②黄山：黄山宫，在今陕西兴平马嵬街道。《三辅黄图》卷三："黄山宫，在兴平县西三十里。武帝微行，西至黄山宫，即此也。"

【汇评】

赵汸《赵子常选杜律五言注》卷下：此诗盖因泊舟见月，忆秦京是夕月色亦新，且悲夫宫池之满、宫漏之清，皆与己向在朝时不异；而秋风起于玉殿，环佩冷于洞房，则物是人非，而陵园之感系矣。

汪瑗《杜律五言补注》卷三：此诗盖因月夜泛舟，因思长安而怀帝阙，以寓己流落之感耳。然洞房、玉殿、秦地、旧宫、黄山、园陵，字样太多，本非佳句，但参错开阖，斡旋成章，悲慨之意，蔼然言外，亦不失为作者。

仇兆鳌《杜诗详注》卷一七：首章，后秋夜感兴，有故国旧君之思。上四，长安秋夜之景，所感在妃子。下四，夔州秋夜之景，所感在明皇。

宿　昔

宿昔青门里，蓬莱仗数移。花娇迎杂树，龙喜出平池[①]。落日留王母，微风倚少儿[②]。宫中行乐秘，少有外人知。

【题解】

当年唐玄宗居住在南内兴庆宫，常往来于东内蓬莱宫即大明宫。宫中有名花倾国，花娇人美，并有杨氏姊妹日暮陪宴。其隐秘之事，不足为宫外道也。

【注释】

①乐史《李翰林别集序》："开元中，禁中初重木芍药，即今牡丹也。得四本，红、紫、浅红、通白者，上因移植于兴庆池东沉香亭前，会花方繁开，上乘照夜车，太真妃以步辇从。"李德裕《次柳氏旧闻》："天宝中，兴庆池小龙尝出宫垣南沟水中，蜿蜒奇状，靡不瞻睹。及銮舆西幸，龙一夕乘云雨，自池中望西南而去。"

②日：一作"月"。《汉武帝内传》："王母言语粗毕，啸命灵官，使驾龙严车欲去。帝下席叩头，请留殷勤，王母乃止。"《汉书·卫青传》载，卫媪，长女君孺，次女少儿，次女则子夫。少儿先与霍仲孺通，生去病。及卫皇后立，少儿更为陈掌妻。

【汇评】

黄生《杜工部诗说》卷七：此下二章皆承上章而言。开元之政如彼，天宝之政如此，所谓具文以见意也。"蓬莱移杖"，言为兴庆之游也。三影带荜花楼，与四皆兴庆之景。王母，喻贵妃。少儿，喻诸姨，时从游兴庆，日晚常留宿于此。虽曰宫中事秘，外人少知，而丑声已播中外矣。此首略见讽刺，然其辞微而婉。如"禄山宫里""虢国门前"之句，非唯失风人之意，亦全无臣子之礼矣。

金圣叹《唱经堂杜诗解》卷三："宿昔"妙，见今日祸乱之有由也。天仗岂可数移？而明皇与诸姨往来无度。"花骄""龙喜"，写诸姨与明皇迭为宾主，无礼法也。五句之淫，淫在"落日"字；六句之淫，淫在"倚少儿"字。七、八句，承言当时明皇，岂不自谓秘不外闻，乃今日普天之下，谁不知有天宝之事哉？迎杂树，花骄（娇）极矣。出平池，龙喜之至也。只十字，写尽一时情事。

仇兆鳌《杜诗详注》卷一七：此追叙明皇逸豫之事。上四叙游幸，下四叙女宠。昔于青门城内，见仙仗数移，自蓬莱而往曲江南苑也。花迎龙出，景物亦若增新矣。日将落而留连王母，贵妃专宠也。风微起而凭倚少儿，秦、虢得幸也。当时恣意行乐，不令人知，今果安在哉？上章已说园陵，此处复追叙生前，故用宿昔二字另提，下二章俱蒙此。

能　画

能画毛延寿，投壶郭舍人①。每蒙天一笑，复似物皆春②。政化平如水，皇恩断若神③。时时用抵戏，亦未杂风尘④。

【题解】

君王有所爱好，身边总不乏逢迎之人。他们窥视着君主的喜乐，企盼得到宠幸恩赐。君王之一乐，对于他们而言，就如同万物逢春。但倘若君王明断如神，政平如水，不寡恩滥赏，即使有所嬉戏玩乐，也不至于蒙尘出奔。

【注释】

①《西京杂记》卷二："画工有杜陵毛延寿，写人形，好丑老少，必得其真。"又卷五载："武帝时，郭舍人善投壶，以竹为矢，不用棘也。古之投壶，取中而不求还，故实小豆，恶其矢跃而出也。郭舍人则激矢令还，一矢百余反，谓之为骁，言如博之擘枭于掌中为骁杰也。每为武帝投壶，辄赐金帛。"

②《神异经·东荒经》载，东荒山中有大石室，东王公居焉，与一玉女投壶，设有脱误不接，天为之笑。似：一作"以"。皆：一作"初"。

③恩：一作“明”。

④《汉书·武帝纪》：“（元封）三年春，作角抵戏。”杂：一作“离”。

【汇评】

黄生《杜工部诗说》卷七：此言开元中天子留心国事，政治清明，使克善所终，则虽有倡优抵戏之乐，无损于治，亦何至风尘澒洞，成天宝之乱哉！言外见明皇昏惑，皆杨氏为之历阶。使内无妃子，外无国忠，晚年必不狼狈至是也。从半腰说起，转法始不费力，若先颂开元治化，叙手必拖沓矣。

吴瞻泰《杜诗提要》卷九：此借古喻今，慨优贱承恩，足以妨治。五、六翻出波澜，言假使政平如水，皇断若神，虽复时时抵戏，无损于治。是悬想语，故作波澜，而言外深慨政事不理，以致召乱也。

仇兆鳌《杜诗详注》卷一七：此记当时优宠工巧也。在四句分截。舍人投壶，足动天颜之笑。延寿善画，能令物色生春。此一时适意之事。若使当年政平威断，即时用抵戏，亦何至风尘杂起乎？惜乎明皇之不然也。

斗 鸡

斗鸡初赐锦，舞马既登床①。帘下宫人出，楼前御柳长②。
仙游终一阕，女乐久无香。寂寞骊山道，清秋草木黄。

【题解】

开元盛世之日，斗鸡走马，设宴欢会，歌舞升平，真是人间乐事。安史乱后，贵妃已死，先帝已殁，梨园子弟散去，骊山冷冷清清，一派荒凉寂寞。

【注释】

①陈鸿《东城老父传》载，玄宗在藩邸时，乐民间清明节斗鸡戏，及即位，立鸡坊于两宫间，索长安雄鸡，金毫、铁距、高冠、昂尾千数，养于鸡坊，选六军小儿五百人，使驯扰教饲之。帝出游，见贾昌弄木鸡于云龙门道旁，召入为五百小儿长。天子甚爱幸之，金帛之赐日至其家，天下号为神鸡童。

《明皇杂录》补遗:"玄宗尝命教舞马四百蹄,各为左右,分为部目,为某家宠、某家骄。时塞外亦有善马来贡者,上俾之教习,无不曲尽其妙。因命衣以文绣,络以金铃,饰其鬃鬛,间杂珠玉。其曲谓之《倾杯乐》者数十回,奋首鼓尾,纵横应节。又施三层板床,乘马而上,旋转如飞。或令壮士举一榻,马舞于榻上。乐工数人立左右前后,皆衣淡黄衫、文玉带,必求少年而姿貌秀美者。每千秋节,命舞于勤政楼下。"既:一作"解"。

②《明皇杂录》卷下:"每赐宴设酺会,则上御勤政楼。……又令宫女数百,饰以珠翠,衣以锦绣,自帏中出,击雷鼓,为《破阵乐》《太平乐》《上元乐》。"柳:一作"曲"。

【汇评】

黄生《杜工部诗说》卷七:前半叙楼前杂陈百戏,纵宫人出观。举斗鸡舞马,则余可概见。后半讳言明皇之崩,若仙隐而去,当时传上清之曲者,亦香销粉灭久矣。遥想骊山御道,秋气堪悲,能不动人以盛衰之感乎? 五句是通盘一大关节,盖不以荒宴直接播迁,径及驾崩之感,则有伤痛而无刺讥,是温柔敦厚之遗教也。

仇兆鳌《杜诗详注》卷一七:此章有乐极悲来之感。上四,铺张盛事,见生前之乐。下四,追惟遗迹,致没后之悲。

浦起龙《读杜心解》卷三之五:此首前后转关处,述明皇两头事。中间播迁一段,泯然隐起,俟后两篇叙出。但将上下半篇一翻转看,盛衰存没之间,满目泪痕矣。

历　历

历历开元事,分明在目前①。无端盗贼起,忽已岁时迁。巫峡西江外,秦城北斗边。为郎从白首,卧病数秋天②。

【题解】

开元年间之盛事,分明如在眼前,历历可见。谁能料想突然间天崩地裂,安史乱起,盗贼横行,不知不觉战乱竟延续到我迟暮之年。我滞留在长江之巫峡,眷念关中之京城,白首而为区区一郎官,本已不堪,何况卧病数秋,难以赴任。

【注释】

①目:一作"眼"。

②荀悦《汉纪》卷八:"冯唐白首,屈于郎署,岂不惜哉!"

【汇评】

金圣叹《唱经堂杜诗解》卷三:开元事,既云"历历",又云"分明"。乃三、四句又言"无端"者,为尊君讳也。此皆先生言外微意。若只云开元中事,分明如昨,而荏苒岁时,忽已迁改,即又安用诗为?"数"字妙,便是予日望之之意,岂为白首为郎之故哉?巫峡西江,秦城北斗,卷卷京国,老而弥笃,岂以一官不迁为悲?

黄生《杜工部诗说》卷七:以下八首,皆摘首二字为题,自是一时之作,旧编次第无序,今以意绪正之,觉脉胳相承,辞旨一贯。五言之《历历》八首,竟可与七言之《秋兴八首》并观矣。因卧病峡中,间忆开元之事,而叹其自盗起至今不觉岁时已经屡易,此为八首总冒,章法则层层倒卷。

仇兆鳌《杜诗详注》卷一七:此章承前起后。前三章说承平之世,故以开元事括之。后三章说乱离以后,故以盗贼起包之。上四乃追述往事,下则自叹夔江衰老也。天宝之乱,皆明皇失德所致。此云"无端盗贼起",盖讳言之耳。

洛　阳

洛阳昔陷没,胡马犯潼关。天子初愁思,都人惨别颜。清笳去宫阙,翠盖出关山。故老仍流涕,龙髯幸再攀①。

【题解】

安史叛军先攻陷了洛阳,紧接着进逼潼关。玄宗忧心忡忡,与京都人惨然道别,凄然离开长安,出奔蜀地。后来安史乱平,两京收复,玄宗自蜀中返还,故老相迎于道边,涕泗横流。

【注释】

①《史记·封禅书》载,黄帝采首山铜,铸鼎于荆山下。鼎既成,有龙垂胡髯下迎黄帝。黄帝上骑,群臣后宫七十余人从上,龙乃上去。余小臣不得上,乃悉持龙髯。龙髯拔,堕,堕黄帝之弓,百姓仰望黄帝既上天,乃抱其弓与龙髯。

【汇评】

黄生《杜工部诗说》卷七:此章始更端陈及播迁之事,与荒宴话分两头,此杜公惨淡经营处。此与首章第三句遥应,而为下章张本。前叙仓卒出幸之事,后叙贼退还京之事。盖明皇播迁之祸,虽由晚年失德,而开元之政,所结于人心者实深。故其出也,都人拥马足而不舍;其归也,故老幸龙髯之再攀。辇下之人情如此,海内之民心可知。

仇兆鳌《杜诗详注》卷一七:此叹西狩之事也。上四,叙幸蜀之由。下四,记还京之事。别颜、流涕,上下相应。禄山于天宝十四年十二月陷东京,所谓洛阳没也。次年六月七日,灵宝败绩,贼入潼关,所谓犯潼关也。是夕,平安火不至,明皇惧而谋幸蜀,所谓初愁思也。十三日,帝出延秋门,至咸阳驿,而从官骇散,所谓惨别颜也。至德二年九月,郭子仪收复西京,贼众夜遁,所谓去宫阙也。十月,肃宗入长安,上皇发蜀郡,所谓出关山也。十二月,上皇至自蜀,百姓舞抃路侧曰:"不图今日,复见二圣。"所谓故老流涕,龙髯再扳也。此叙出狩还宫之事,首尾详明,真可谓诗史矣。

骊　山

骊山绝望幸,花萼罢登临。地下无朝烛,人间有赐金。鼎湖龙去远,银海雁飞深①。万岁蓬莱日,长悬旧羽林②。

【题解】

唐明皇在位之日,每年十月必至骊山华清宫,还经常登上花萼楼,与诸弟宴游,如今骊山、花萼楼再也等不到明皇的身影。他赏赐群臣的金银尚留在世上,而人则长眠九泉之下。鼎湖上迎接圣驾的神龙早已远去,深埋皇陵中的鸿雁也无法传递出信息。君王固然难免一死,唯有亘古不灭之太阳,依然高悬茂林掩映的陵墓之上。

【注释】

①《汉书·刘向传》:"秦始皇帝葬于骊山之阿,下锢三泉,上崇三坟,其高五十余丈,周回五里有余,石椁为游馆,人膏为灯烛,水银为江海,黄金为凫雁。"去远:一作"远去"。

②《汉书·礼乐志》:"芬树羽林,云景杳冥。"颜师古注:"言所树羽葆,其盛若林。"一说,此处羽林指守卫之卒。

【汇评】

黄生《杜工部诗说》卷七:此承上二章,述明皇驾崩之感,故以首二语发之。仙游一阕,则朝天之烛,不照地下,宠赉之金,空在人间。言外见平时受恩之臣,今日未必有追思先帝者矣。"羽林",上应星文,故与"日"字相贴。此本蓬莱仗士,曰"旧",则守陵之卒也。天子坐朝,如日当空,物无不照。万岁后梓宫所在,朝夕亲近者,惟守陵卫士而已。语不哀激,实含至痛。叙宴驾事,本难措辞,此诗当看其出手处,刻画匠心,曲折尽意,洵非大手笔不办。

仇兆鳌《杜诗详注》卷一七:此重伤园陵而作也。上四,升遐之感。下四,陵寝之悲。

提　封

提封汉天下,万国尚同心①。借问悬车守,何如俭德临②。时征俊乂入,草窃犬羊侵③。愿戒兵犹火,恩加四海深④。

【题解】

万众归心,方能天下一统。据险固守,莫若躬行节俭。倘若能够采纳箴言，重用贤士，又何虑外寇入侵。希望视兵如火而谨慎待之，以恩德统御四海，莫要穷兵黩武。

【注释】

①《汉书·东方朔传》："提封顷亩。"颜师古注："提封，亦谓提举四封之内，总计其数也。"

②《国语·齐语》："悬车束马，逾太行与辟耳之溪拘夏。"车：一作"军"。

③草窃：一作"莫虑"。

④《左传·隐公四年》："夫兵，犹火也，弗戢，将自焚也。"

【汇评】

黄生《杜工部诗》卷七：此为八章之总结。言既往之事不必言，今日欲为社稷灵长之计，宜以人心为国祚之本。人心尚不忘汉，则当思所以固结之。悬车守不若俭德临，斯本论也。至于俊乂登庸，远人喙息，又伐谋之要道，然则军旅之事，诚非今日所急，愿朝廷念不戢自焚之戒，休兵息民，则恩加四海者，已不可量已。此章与《有感》诸章相表里，见罢兵息民、用贤尚俭为当宁之急务。老成经国，字字订谟，后之读公诗者不能推论及此，而徒以"诗史"见称。呜呼！"名岂文章著"，公已自道矣。八章专述开元以来之事，借古喻今，美恶不掩，风人之旨，尽于此矣。他诗有连及者，固无讥刺之意，以为是非具在国史，非臣子所得而私议。至受恩先帝，没齿不忘，深思慨慕，则时有之。后人不能推公之志，毛求影捕，辄谓有所刺讥。夫君子不非是邦之大夫，况亲委贽而为之臣者哉。鳃鳃曲学，不可与言诗如此。

仇兆鳌《杜诗详注》卷一七：此章总结，直究当时致乱之由，以垂为永戒也。言当此一统天下，万国同心，世事尚可为也，但勿更寻前辙耳。自明皇好边功而尚奢侈，故有悬车俭德之语。不听张九龄，而致禄山终叛，故有俊乂、犬羊之语。使当时息兵爱民，焉有天宝之祸哉？故以戒兵加恩终之。此诗反覆丁宁，无非鉴已往以告将来。若云指讽代宗时事，则当年吐蕃入寇，叛将不恭，恐非罢兵可以止乱也。……《秋兴》及《洞房》诸诗，摹情写景，有关国家治乱兴亡，寄托深长。《秋兴》八首，气象高华，声节悲壮，读之令人兴会勃然；《洞房》八章，意思沉郁，词旨凄凉，读之令人感伤欲绝。此皆少陵聚精会神之作，故能舌吐风云，笔参造化，千载之下，犹可歌而可涕也。但七律才大气雄，固推赋骚逸调，而五律韬锋敛锷，直与经史并驱，两者当表里参观，方足窥其底蕴焉。

鹦　鹉[①]

鹦鹉含愁思，聪明忆别离。翠衿浑短尽，红嘴漫多知[②]。未有开笼日，空残旧宿枝。世人怜复损，何用羽毛奇。

【题解】

鹦鹉尤为聪明，它善解人意，懂得别离，故而长含愁思。可是即使它灵巧能言，身上翠绿的羽毛还是快被人剪光了。只要鸟笼没有被打开，它就无法飞回旧巢。世人既然喜欢它，为何又要把它漂亮的羽毛剪下来呢？

【注释】

①诗题一作"剪羽"。

②《文选·祢衡〈鹦鹉赋〉》："绀趾丹嘴，绿衣翠衿。"刘良注："绿衣，谓毛绿色。胸前翠色，故云翠衿。"

【汇评】

吴瞻泰《杜诗提要》卷九：一、二分装句，鹦鹉本聪明之鸟，今忆别离，故含愁思。唯其聪明，故束缚笼中。至于翠衿短尽，问其由来，实红嘴多知之害。然三由于四，非平列句。三、四只完得"聪明"二字，留"别离"意为五、六地步。章法断续离奇。

仇兆鳌《杜诗详注》卷一七：咏鹦鹉，有离乡之感。鹦鹉而含愁思者，以聪明能忆别离也，二句提纲。翠衿短，伤其貌悴。红嘴多，惜其空言。未开笼，苦于拘束。残旧枝，悯其远离。句句说别离，句句说愁思，句句皆聪明中所自晓者。末又写出所以别离之故，感慨深矣。

边连宝《杜律启蒙》五言卷七：此以首联为主。三句，羽毛憔悴也；四句，空言无补也；五句，束缚烦恼也；六句，颠倒梦想也。句句说别离，句句说愁思，句句是聪明。究其所以致此之故，则由羽毛之奇，虽见怜而终得损耳。大要是贾害以采之意。

孤　雁

孤雁不饮啄，飞鸣声念群①。谁怜一片影，相失万重云。望尽似犹见，哀多如更闻②。野鸦无意绪，鸣噪自纷纷③。

【题解】

一只离群的大雁独自在空中飞着，它顾不上吃喝，不停地呼唤着伴侣。它的同伴消失在茫茫云海，有谁来怜惜它形单影只？它努力向前眺望，似乎看见同伴就在天的尽头；它哀鸣不绝，耳畔仿佛出现了同伴回应的叫声。那些野鸭无法理解孤雁的凄苦，自得其乐地聒噪不休。

【注释】

①飞鸣声念群：一作"声声飞念群"。

②尽：一作"断"。如更：一作"更复"。

③自：一作"亦"。

【汇评】

仇兆鳌《杜诗详注》卷一七：咏孤雁，有流落之悲。首二另提。片影相失，写孤雁之状。望尽哀多，写念群之意。末联，借鸦形雁，乃题之外象。不饮啄者，为念群故也。谁怜，指群雁之已去者。雁行既远，望尽矣，似犹有所见而飞；追呼不及，哀多矣，如更有所闻而鸣。二句，申言飞鸣迫切之情。"见""闻"二字，属在孤雁。

又引王彦辅曰：公值丧乱，羁旅南土，而见于诗者，常在乡井，故托意于孤雁。章末，讥不知我而说说者。

浦起龙《读杜心解》卷三之五：寓同气分离之感。儿女相聚则嘲之，兄弟相睽则痛之也。精神全注一"孤"字。"飞鸣声念群"，一诗之骨。"片影""重云"，失群之所以结念也。唯念故飞，"望断"矣而飞不止，似犹见其群而逐之者；唯念故鸣，"哀多"矣而鸣不绝，如更闻其群而呼之者。写生至此，天雨泣矣。末用借结法。

纪昀《瀛奎律髓刊误》卷二七：前半就孤雁意中写，三、四自然。后半就咏孤雁者意中写，不着一分装点。结稍露骨，托之咏物，尚不甚碍耳。

社日两篇

其一

九农成德业，百祀发光辉①。报效神如在，馨香旧不违②。南翁巴曲醉，北雁塞声微。尚想东方朔，诙谐割肉归③。

【题解】

旧时有春社、秋社，此两首诗描写秋收后众人祭祀欢会的场面和杜甫自己的落寞心绪。社神于百姓的生计息息相关，功业最著，所以百姓祭祀往往最为虔诚，祭品最为丰厚，场面也最为热闹隆重。流落南方的诗人，听着巴渝俗曲，不禁怀念北方故土，又揣测同僚或许此刻正享受着朝廷所赐之肉。

【注释】

①九农：一作"秋丰"或"九成"。《左传·昭公十七年》："九扈为九农正。"杜预注："扈有九种也。……以九扈为九农之号，各随其宜，以教民事。"百祀：社祭。

②《论语·八佾》："祭如在，祭神如神在。"《诗·周颂·载芟》："有飶其香，邦家之光。有椒其馨，胡考之宁。"序云："春籍田而祈社稷也。"

③《汉书·东方朔传》："伏日，诏赐从官肉。大官丞日晏下来，朔独拔剑割肉，谓其同官曰：'伏日当蚤归，请受赐。'即怀肉去。大官奏之。朔入，上曰：'昨赐肉，不待诏，以剑割肉而去之，何也？'朔免冠谢。上曰：'先生起，自责也！'朔再拜曰：'朔来！朔来！受赐不待诏，何无礼也！拔剑割肉，一何壮也！割之不多，又何廉也！归遗细君，又何仁也！'上笑曰：'使先生自责，乃反自誉。'复赐酒一石，肉百斤，归遗细君。"

金圣叹《唱经堂杜诗解》卷三：秋神为九农正。九农既成，百祀毕举。一起写得国家根本大计郑重之至。三句转至"社日"字，四句趁势带出"旧"字，便生下半首无限感慨。夫社饮而醉，亦自足乐，而所与饮者，悉是南翁。不然，何所唱之悉巴曲也。因而念及北土，则雁声始来。夫流离如此，尚敢想东方细君之乐哉。"尚"字自写痴况，好笑。

仇兆鳌《杜诗详注》卷二〇：首章，见社祭而思家。农事告成，故社祀皆举。报效，言致祭之诚。馨香，言祭品之洁。南翁北雁，对社时而怀故乡。东方割肉，因社事而念颁赐也。

其二

陈平亦分肉，太史竟论功[①]。今日江南老，他时渭北童[②]。欢娱看绝塞，涕泪落秋风。鸳鹭回金阙，谁怜病峡中。

【题解】

陈平少时能为乡人平分祭肉，太史公见微知著，从这件小事中看出了陈平的远大志向。但谁又能想到，我少时生长于渭水之北，迟暮之年竟然流落江南。在欢娱的人群中，我孑孑独立，眺望故土，迎着秋风潸然泪下。同僚此时都已经回到了朝中，谁又会记得我正因病滞留峡中？

【注释】

①《史记·陈丞相世家》："里中社，平为宰，分肉食甚均。父老曰：'善，陈孺子之为宰。'平曰：'嗟乎，使平得宰天下，亦如是肉矣。'……太史公曰：陈丞相平少时，本好黄帝、老子之术。方其割肉俎上之时，其意固已远矣。"

②北：一作"水"。

【汇评】

金圣叹《唱经堂杜诗解》卷三：次首起句之妙，在"亦"字、"竟"字，便有无数不满。上国人谪居下里，节序触目，真有如此悲笑。"今日"字承上，云今竟老于是中，岂不记身本渭北生产哉。五、六便转，云所以看他欢喜，转益我涕泪,而还阙故人乃竟已忘我,如何如何。

仇兆鳌《杜诗详注》卷二〇:东方之遇汉武,曲逆之逢高祖,遭际盛时,名传千古。公以三朝遗老,流落江滨,因社日而追论前贤,慨古伤情,其自负原不浅也。杜诗有首尾联络,两章如一章者,如《散愁》诗,前以司徒收结,后以尚书接起;《社日》诗,前以方朔收结,后以陈平接起,皆章法之最巧者也。

八月十五夜月二首

其一

满目飞明镜,归心折大刀①。转蓬行地远,攀桂仰天高。水露疑霜雪,林栖见羽毛。此时瞻白兔,直欲数秋毫。

【题解】

十五的月亮,如圆圆的镜子一样飞悬在空中。面对如此美好的月色,我思念着家乡,却又无法归去,心中颇为感伤。这些年来自己如飞蓬越飘越远,想要到月亮上去眺望故乡,而月中的桂花树却高不可攀。明月如此皎洁,林中栖鸟的羽毛清晰可见,水面上仿佛蒙上了一层霜。此刻瞻望月亮,月中白兔纤毫毕现。

【注释】

①《玉台新咏》卷一〇《古绝句四首》:"藁砧今何在,山上复有山。何当大刀头,破镜飞上天。"吴兢《乐府古题要解》卷下:"'藁砧今何在',藁砧,趺也,问夫何处也。'山上复有山',重山为出字,言夫不在也。'何当大刀头',刀头有环,问夫何时当还也。'破镜飞上天',言月半当还也。"

【汇评】

仇兆鳌《杜诗详注》卷二〇:此正咏中秋之月。明镜喻月,刀环思归。三、四承归心,下四承明镜。

浦起龙《读杜心解》卷三之五:此正咏当空之月,先情而后景。

刘濬《杜诗集评》卷一〇引李因笃曰:只首句直赋,用一"飞"字,便化平为奇;次联就所处承上句言之。下二句纯用虚描,而无一意非月,无一意非秋分之月,横绝古今矣。结径就月说,而万象俱含,非此则写八月十五夜,即千言万语不彻也。

其二

稍下巫山峡,犹衔白帝城。气沉全浦暗,轮仄半楼明①。刁斗皆催晓,蟾蜍且自倾。张弓倚残魄,不独汉家营。

【题解】

月亮慢慢落下了巫山深峡,鱼复浦便沉入黑暗之中。白帝城还笼罩在月光下,城头的戍楼半晦半明。在急促的刁斗声中,月儿渐渐开始隐退。在这万籁俱静的黎明时分,凭借着这残存的微光,处于战争中的敌我双方都拉开弓箭,严阵以待。

【注释】

①仄:一作"侧"。

【汇评】

汪瑗《杜律五言补注》卷三:前篇言月之升,首联言己之情,而后皆咏月。后篇言月之落,前皆咏月,而尾联方及时事。此章法也。

仇兆鳌《杜诗详注》卷二〇:此咏将晓之月。上四,月下之景。下四,月下感时。月傍山头,光气沉而全浦皆暗,浦在山下也。月射城西,轮影侧而半楼尚明,楼居城上也。时将达旦,军士犹张弓而仰残月,盖竟夜防警矣。末见军旅非一处也。

浦起龙《读杜心解》卷三之五:前诗伤阻归,此诗伤久乱。要之只是咏月,故妙。

十六夜玩月

旧挹金波爽，皆传玉露秋。关山随地阔，河汉近人流。谷口樵归唱，孤城笛起愁。巴童浑不寝，半夜有行舟^①。

【题解】

十六的月光似金波玉液，让人爽心悦目，恨不得舀一杯品尝。人们都说到了中秋月色更明亮，看来的确是这样，晶莹的露珠闪闪发光。关隘山川在皎洁的月光下也开阔起来，流动的银河仿佛就在头上。樵夫伴月而归，唱着歌走出谷口；孤零零的白帝城传来悠扬的笛声，勾起无限的乡愁。巴山地区的青年兴奋得无法安睡，半夜还在河中划船嬉戏。

【注释】

①寝：一作"寐"。

【汇评】

仇兆鳌《杜诗详注》卷二〇：首从十五形起，旧，指昨宵。秋，指中秋。三、四，月下所见。五、六，月下所闻。末见行舟而思出峡也。月光普照，故与关山俱阔。天河秋皎，俨若傍人而流。上句承月，下句承秋。或云河汉得月而倍明者，非，月明则天河光掩矣。樵归而唱，笛起含愁，上四字一读，下一字另读。

浦起龙《读杜心解》卷三之五：上四，贴月光写；下四，借人事衬出。起只言月光之爽，于秋倍显，自昔自然耳。……关山明迥，而势若加阔，于客中尤切。河汉逼近，而光如欲流，于羁地尤切。……下皆言明月夜事，人人忘寝，愈为月光增色。

十七夜对月

秋月仍圆夜,江村独老身。卷帘还照客,倚杖更随人。光射潜虬动,明翻宿鸟频^①。茅斋依橘柚,清切露华新。

【题解】

八月十七的月儿依然是圆圆的,而年老的我依然孤独地寄居在江边的小村里。闲坐茅屋,卷起草帘,月光洒在我身上。拄着拐杖,来在庭院,月儿也随着我徘徊。外面的月光真明亮啊,深潜于水中的鱼儿被惊动而游来游去,栖息于林中的鸟儿也不安地折腾着。我还可以清晰地看见茅屋旁边树上悬挂的橘柚,以及橘柚上晶莹的露珠。

【注释】

①虬:无角龙。

【汇评】

王嗣奭《杜臆》卷九:以仍圆之月,对独老之身,能无怆然? 乃卷帘则照,倚杖则随,月亦未尝不怜我。独念光明注射,潜虬亦动,宿鸟犹翻,而清切露华,沾于橘柚,茅斋中人怀归之思,能不与虬俱动,与鸟俱翻乎?

黄生《杜工部诗说》卷七:曰"仍圆",则望在十六夜可知。中二联分承首联,结以"清切"字绾题,以"茅斋"字见卷帘、倚杖所在,亦双绾法也。此首不露意,只略用虚字点拨,其旨自见。五、六亦依栖不定之喻也。

仇兆鳌《杜诗详注》卷二〇:秋月仍圆,喜其未缺。江村独老,不觉凄然矣。下六句,自近而远,自远而近,皆写出江村月下之景,皆写出老身对月之情。

日 暮

牛羊下来久,各已闭柴门①。风月自清夜,江山非故园。石泉流暗壁,草露滴秋根②。头白明灯里,何须花烬繁③。

【题解】

落日的余晖洒满这幽静的村庄,三三两两的牛羊慢悠悠从村外归来,家家户户合上了柴门,享受他们安宁祥和的生活。月亮升起来了,微风轻柔地吹着,这江山如此美好,可惜不是我的故土。清泠的泉水,沿着石壁潺潺地流淌着;秋夜的露珠,顺着叶片渗入地下,滋润着杂草的根部。回到室内,捻灯独坐,花白的头发使人心惊。人们都说灯花报喜,可再多的灯花也无法给我以信心。

【注释】

①《诗·王风·君子于役》:"鸡栖于埘,日之夕矣,羊牛下来。"

②滴秋根:一作"满秋原"。

③明灯:一作"灯明"。花烬:灯心余烬结成的花状物。

【汇评】

唐汝询《唐诗解》卷三四:此感风月而思故园也。日将夕则牛羊下,夜既久则人各闭门矣。风月虽清,江山非旧,又况听石泉之流,闻草露之滴,颓然白首,良无好怀,安用灯花之报喜也。

金圣叹《唱经堂杜诗解》卷四:忽忽此生已老,忽忽此日又暮。读第一句,才说牛羊下来,却忙又下"久"字。夫久,则忽忽又已夜也,忽忽又黄昏也,半夜也。壮夫读之,遍身不乐,何况老人?如此风月清夜,何得闭门不顾?嗟呼!此有至痛,非人所知也。题是《日暮》,我欲作日暮诗,乃甫吟"牛羊下来"四字一句犹未毕,而日暮景色失已久矣。老人余光,统计已无几何。乃中间流注,曾无少停,又且如是,即欲不闭门,无计可堪也。"自清夜",写门外风月;"非故园",写门内眼泪。使人读之,真视风月如无常鬼伯,自有此物以来,未遭如是用也。"各已闭柴门",不妙于先生诗中,写他人闭门;妙于写他人闭门时,先生亦已闭门。想至此,真乃无贤无愚,只合与草木一例去也:是一齐闭门义也。泉流露滴,何刻不尔?暗壁秋根,人故不觉耳。二句便将前解第一句重更提唱一遍。然则身坐灯明,命驰鬼国,刹那刹那,呼变吸异。况在白头,其事倍速;花烬连连,报我何喜也哉?前解,不闭门不好;后解,闭门又不好。《仁王经》四"无常"偈,到处筑着、磕着矣。

反　照

反照开巫峡,寒空半有无。已低鱼复暗,不尽白盐孤。荻岸如秋水,松门似画图。牛羊识僮仆,既夕应传呼。

【题解】

西斜的太阳反照于巫峡上空,山中的景色晦暗不定。低处的鱼复浦见不到夕阳,黯淡无光;尖尖的白盐山顶,沐浴在落日的余晖中,闪亮瞩目。长满芦苇、荻草的江岸,远远望去与江水浑然一片;两棵松树相对如门,相错如画。野外的牛羊识得各自的主人,听着牧童的吆喝下山回家。

【汇评】

仇兆鳌《杜诗详注》卷二〇:首句出题,次句摄下。鱼复卑而全暗,是半无;白盐高而孤露,是半有。荻岸茫如秋水,是半无;松门映若画图,是半有。此时牛羊下山,各识僮仆之声,而传呼则应,此又夕照将暝之候也。巫山将暮,得返照而景色重开,起语卓然。

又引《杜臆》:中四写影,各分有无之半。末二摹神,想入有无之间。工致如此,真诗中有画矣。

刘濬《杜诗集评》卷一〇引李因笃曰:起处已尽返照之妙,次联以虚字实描,五、六点缀形容,结就本色更拈一意,面面俱彻,觉画亦不能到此玲珑也。

自瀼西荆扉且移居东屯茅屋四首

其一

白盐危峤北，赤甲古城东。平地一川稳，高山四面同。
烟霜凄野日，粳稻熟天风。人事伤蓬转，吾将守桂丛^①。

【题解】

大历二年秋日，为收割东屯之稻田，杜甫暂且把家从瀼西搬到东屯农庄。其一着重叙述东屯的方位。东屯在高高的白盐山之北、古老的赤甲城之东，四面环山，一川平地。秋天到了，稻子成熟了。我已经厌倦了迁徙飘转，准备就此隐居不出。

【注释】

①《楚辞·招隐士》："桂树丛生兮山之幽。"

【汇评】

仇兆鳌《杜诗详注》卷二〇：首章，叙移居之事。上四东屯地势，五、六东屯秋景，末点居屯之意。

浦起龙《读杜心解》卷三之六：首章叙述，先言东屯之胜。五、六，带时序而逗本事。末结到移居。其移居之故尚未露，俟下章点出。

边连宝《杜律启蒙》五言卷八：首联，记东屯之位置；次联，记东屯之形胜；三联，记移屯之时景。而烟霜凄日，正粳稻熟风之候。公之移屯，正为护稻也。烟霜凄夫野日，粳稻熟于天风。上句顺，下句逆。顾注：公自冬寓夔之西阁，再迁赤甲，三迁瀼西，今又迁东屯，一岁四迁，不啻如蓬之转，故欲守此而不移也。按守此不移，亦当兼瀼西、东屯言，盖东屯特公之农庄，收获既毕，仍当还瀼西耳，观题中"且"字可见。

其二

东屯复瀼西，一种住青溪。来往皆茅屋，淹留为稻畦^①。

市喧宜近利，林僻此无蹊②。若访衰翁语，须令剩客迷。

【题解】

　　无论东屯还是瀼西的居所，都是在溪边，都是一样的茅屋。我之所以搬到东屯，一方面固然是为了便于看管稻田，另一方面也是为了躲避喧嚣吵闹。瀼西茅屋附近有集市，而东屯茅舍在幽僻的林荫深处。倘若老朋友前来看望我这个老头，一定会在这世外桃源似的地方迷路。

【注释】

　　①皆：一作"兼"。

　　②上句原有注："西居近市。"

【汇评】

　　仇兆鳌《杜诗详注》卷二〇：次章，写居屯之故。东西两舍，总在清溪，今特移东屯者，一为获稻而来，一为避喧而至也。过客易迷，言地僻不减桃源。

　　浦起龙《读杜心解》卷三之六：次章，上四乃移居之故也。瀼、屯相去不远，村景如画。下四，爱其地之僻也，在瀼固乐其便，在屯亦喜其幽。抑扬其词，以清宾主。不曰过客而曰"剩客"，乃与"衰翁"相称。

　　边连宝《杜律启蒙》五言卷八：公之移屯，为护稻也，上章已逗此意，而未显露，故此用特笔剔醒。言瀼西、东屯，其清溪同也，其茅屋同也，而我独淹留于屯者，为稻畦故耳。且也瀼之地喧，只宜近利，屯之林僻，可以避人，倘有见访，应如入桃源矣，所谓一举而两得也。然收稻意重，避喧意轻。前半以三句剔一句，又参差，又整齐，极变化之妙。

其三

　　道北冯都使，高斋见一川①。子能渠细石，吾亦沼清泉。枕带还相似，柴荆即有焉②。斫畬应费日，解缆不知年。

【题解】

　　东屯草堂的北面，还住着一位高邻冯都使。我们两家隔川相望，都枕带林泉。饮水仰给于溪水,柴火俯拾即可,他家砌石为渠,我家也引泉为沼。开荒种田尚需时日,解缆东下则不知在何年。

【注释】

①《晋书·阮咸传》:"(阮)咸与籍居道南,诸阮居道北,北阮富而南阮贫。"

②带:一作"席"。《北史·韦敻传》:"(韦敻)所居之宅,枕带林泉。敻对玩琴书,萧然自逸,时人号为居士焉。"

【汇评】

仇兆鳌《杜诗详注》卷二〇:三章,叙东屯邻居之胜。都使高斋,隔川望见,故彼渠此沼,共在一川。朱注:林泉枕带,两家相似,故柴门之外,即可兼而有之。砑畲种植,应费时日,则解缆而去,正未有期也。

浦起龙《读杜心解》卷三之六:三章,喜隔川邻近有高人居止,因志其事。五、六,将惟其有之,是以似之,倒转看即得,彼之趣吾亦有之也。结有终焉之志,狎胜流故也。

边连宝《杜律启蒙》五言卷八:都使、高斋,隔川望见,是公与冯共此一川矣。故冯既砌石为渠,公亦引清泉为沼,无不取给于一川焉。由是枕带林泉,与冯居相似,而一川之胜为,为公柴荆所有矣。既以定居,必将种植,砑畲费日,则解缆无期矣。

其四

牢落西江外,参差北户间。久游巴子宅,卧病楚人山①。幽独移佳境,清深隔远关。寒空见鸳鹭,回首忆朝班②。

【题解】

与冯都使房屋参差相对的东屯茅舍,在长江边显得格外寥落冷清。我卧病云安,久滞夔州,所处之地虽清静幽深,但心中总是牵挂着故土。又见水鸟从寒空中飞过,不禁回想起往日上朝站班的情形。

【注释】

①宅:一作"国"。

②忆:一作"想"。

【汇评】

王嗣奭《杜臆》卷九:首言"牢落""参差",见终非娱老之地。但以卧病故,取其幽独清深,以自休息。及见鸳鹭,又想朝班,此又公之转念也。

顾宸《辟疆园杜诗注解》五律卷一一:合读四首,初言将守桂丛,疑老于此居矣。继言剩客亦迷,遂有淹留佳客之意,便不自甘寂寞。三言解缆何年,望去惟恐不速。四言回首朝班,居然热中人矣。于最寂寞之境写出最难耽寂寞之况,意之所到,不觉随口而发,即屡次迁居可卜,其无一安顿此身之地矣。

黄生《杜工部诗说》卷一二:吴东岩曰:八句中反复感慨,须看其每联一转处。一、二言东屯形胜可居,三、四又开一步,言何为久居于此。五、六又合一笔,见幽清殊可适意,七、八又发热中之想,甚言东屯非己所恋也,低回三复,实是无可栖身,楚楚动人。"寒空"字正映六句,反照"朝班"。鸳鹭不列于朝,忽从寒空见之,猛然不堪回首。一结力大情深。

晓 望

白帝更声尽,阳台曙色分①。高峰寒上日,叠岭宿霾云②。地坼江帆隐,天清木叶闻。荆扉对麋鹿,应共尔为群③。

【题解】

白帝城的更漏声刚刚结束,阳台的一抹曙色就展现出来了。旭日从寒意逼人的高山峰顶上升起,前夜的云霾还飘荡在层山叠岭间。两岸的峭壁如裂缝一般,江上行舟的桅杆隐入其中,难见踪影。黎明时分,天静风清,连树叶飘落在地的声音也可以听见。我本应与亲人团聚,现在唯有守着柴门,与麋鹿为群了。

【注释】

①曙:一作"晓"。

②寒:一作"初"。宿霾:一作"未收"。
③扉:一作"柴"。应共:一作"共应"。

【汇评】

唐汝询《唐诗解》卷三四:上三联赋晓望之景,末联纪遁世之情。峡形如地之坼,"江帆隐"者,涯岸峻也。"天清木叶闻",是两截语。文虽不属,意实相关。刘辰翁谓:使人不可解,方是妙处。吾恐不然。

黄生《杜工部诗说》卷七:叠岭宿昔为云所霾,惟峰之高者始见日耳。地坼,谓岸高,因岸高故江帆隐。天清,谓境静,因境静故木叶闻。中二联写景并精妙。《论语》:"鸟兽不可与同群,吾非斯人之徒与而谁与?"七、八暗反其意。而《遣闷》作"斯人难并居",竟明言之矣。有彼作之明言,益见此结含蕴之妙。天清则无风埃,木叶有时自落,一闻其响;若风起,则但闻风声不闻叶声矣。此虽精意,语本不晦,须溪乃谓使人不可解,方是妙处。以此语为不可解,又以不可解为妙。吾今而知竟陵诗派,其源出于须溪也。

暝

日下四山阴,山庭岚气侵①。牛羊归径险,鸟雀聚枝深②。正枕当星剑,收书动玉琴。半扉开烛影,欲掩见清砧。

【题解】

诗写黄昏景象。四面高山环绕,树林茂密,太阳下落,山谷逐渐为雾气所弥漫。采光不足,牛羊小心翼翼地从山中小径归来,鸟雀叽叽喳喳地聚集在一起。宝剑悬挂在床头,借着它的反光摆正枕头;收检书籍,不小心触动了一旁的琴弦。柴门半开半闭,烛影飘忽,起身欲将掩门,突然瞥见了门角的捣衣石。

【注释】

①四:一作"西"。
②鸟:一作"乌"。枝:一作"林"。

【汇评】

黄生《杜工部诗说》卷五:三、四倒押句。与"飞星过水白,落月动沙虚"同法。"星",剑饰。"玉",琴饰。故是工对。"动",动其弦也。公笔能钜能细。钜则函盖乾坤,细乃析分丝理,如五、六叙琐事精妙乃尔,晚唐人自宜拱手而服。此无故,炼字大方故也。洪方舟云:见,即闻也。砧以声著,不可言见。或问:如此何不用"听"字? 余曰:"听"与"闻","见"与"看",并有心无心之别,故不可言"听"也。前景后事,终篇不出意,此即景遣兴之作。

吴瞻泰《杜诗提要》卷一〇:此直就暝色而赋之也。于鼎云:首二句,写将暝;末二句,写既暝;中二联,写暝正面,却不直写。三、四即物形暝,是遥想虚词。五、六即已形暝,是亲历实际。顷刻间写来如许次第,如许曲折。白山云:公笔能钜能细,钜则函盖乾坤,细乃析分丝理。观此琐屑叙事,开晚唐人心胸,却不是晚唐人蹊径。

边连宝《杜律启蒙》五言卷七:日落山阴,庭侵岚气,此为"暝"字正面。三、四则既暝之景,一动一静。下四,则既暝之事。五、六,尚未秉烛;七、八,则已燃灯矣。正枕而恰当星剑,剑光微映也;收书而适动玉琴,琴声误触也。开半扉而露烛影,身在烛光之中,殊不见清砧也,及欲掩而始见耳。极其刻画,而意味无多。

晚

杖藜寻晚巷,炙背近墙暄①。人见幽居僻,吾知拙养尊②。
朝廷问府主,耕稼学山村。归翼飞栖定,寒灯亦闭门。

【题解】

下午依偎院墙,在村边晒着太阳。黄昏时分,拄着拐杖,沿小巷辨寻回家的路。旁人都很奇怪,不明白我为何要住在如此偏僻的地方,我却深深了解抱朴守拙、与世无争的妙处。我潜心学稼于山村,如果真要知道朝廷的动向,再去向官员打听。鸟儿入林栖息了,我也该闭门点灯了。

【注释】

①晚巷：一作"巷晚"。

②拙养：一作"养拙"。

【汇评】

黄生《杜工部诗说》卷五：初贪偃曝，傍晚始归，一"寻"字画出老子暗中扪索矣。三承上，四起下。"拙养"，即"养拙"。"尊"，贵也。因一"巷"字，三、四遂暗用"在陋巷"三句之意，而变化其语如此。通篇见"拙养"意。"学稼"字亦从《论语》来。归翼且飞且栖，皆已定息，吾亦呼灯闭门，与物同息而已。"灯"字应"巷晚"，"寒"字应"墙暄"。诗律之细，宜公自道。朝廷之事，但一问府主而已，不复如往日关心社稷，逢人访询，言外有"耕凿作息，帝力何有"之意。虽曰养拙自安，要知皆即事遣兴之辞。

仇兆鳌《杜诗详注》卷二○：首记薄晚之事，末记薄晚之景，中乃自叙己情。僻则与世无关，尊则自得其趣。朝问府主，耕学山农，见野人不豫国事矣。末言与物偕息，写出优游自在之意。

边连宝《杜律启蒙》五言卷六：首二句，皆幽居之事。幽居即所以养尊，但人已之见殊耳。朝廷之事，则问府主；耕稼之事，则学山村。至栖鸟皆归，则柴门亦闭，仍入幽居以养拙而已。

奉贺阳城郡王太夫人恩命加邓国太夫人①

卫幕衔恩重，潘舆送喜频②。济时瞻上将，锡号戴慈亲。富贵当如此，尊荣迈等伦。郡依封土旧，国与太名新。紫诰鸾回纸，清朝燕贺人③。远传冬笋味，更觉彩衣春④。奕叶班姑史，芬芳孟母邻⑤。义方兼有训，词翰两如神⑥。委曲承颜体，骞飞报主身。可怜忠与孝，双美画麒麟⑦。

【题解】

荆南节度使卫伯玉被加封为城阳郡王后，其母又被加封为邓国夫人，杜甫写诗祝贺。诗中说,卫伯玉深受朝廷厚恩,其母也频受锡命。匡时济世就要依赖这样的干将,而朝廷也不吝封赏,使其慈亲富贵尊荣。此次郡国封地仍是城阳,封号邓国夫人是新加的。朝廷的诏书抵达,燕雀也前来贺喜。卫伯玉如孝子孟宗、老莱子那样侍奉母亲,这也是其母训子有方,如同孟母。正因为太夫人德行、文才均超凡绝伦,所以卫伯玉也能够忠孝双全。

【注释】

①阳城郡王:此指荆南节度使卫伯玉。阳城,一作"城阳"。

②卫幕:卫青征匈奴,大胜,武帝遣使者至卫青幕府拜其为大将军。潘舆:潘岳奉母之舆。潘岳《闲居赋》:"太夫人乃御版舆,升轻轩,远览王畿,近周家园。"

③鸾回纸:诏书上之鸾凤花纹,一说其文字笔势如鸾凤飞举。《淮南子·说林训》:"大厦成而燕雀相贺。"

④《三国志·吴书·孙皓传》裴注引《楚国先贤传》载,孟仁本名宗,三国吴江夏人,"宗母嗜笋,冬节将至,时笋尚未生,宗入林哀叹而笋为之出,得以供母"。彩衣:用老莱子娱亲事。

⑤奕:原作"弈",据他本改。班姑:班昭。

⑥《左传·隐公三年》:"石碏谏曰:'臣闻爱子,教之以义方,弗纳于邪。'"

⑦《汉书·金日磾传》:"日磾母教诲两子,甚有法度,上闻而嘉之。病死,诏图画于甘泉宫,署曰'休屠王阏氏'。日磾每见画常拜,乡之涕泣,然后乃去。"画:一作"映"。

【汇评】

刘濬《杜诗集评》卷一四引李因笃曰:此等诗,只是写得的当,写得清彻,恰好处便是绝顶处。入他手,作笼统话头,虽佳,亦减色矣。

又引查慎行曰:句句双击,妙在侧重阳城,手法独绝。

送田四弟将军 将夔州柏中丞命，

起居江陵节度阳城郡王卫公幕①

离筵罢多酒，起地发寒塘②。回首中丞座，驰笺异姓王。燕辞枫树日，雁度麦城霜③。空醉山翁酒，遥怜似葛强④。

【题解】

夔州都督柏茂林派部署田四将军，前往江陵问候荆南节度使卫伯玉。临行之宴会上，杜甫作此诗相送。饮下众人的送行酒，将军从夔州启程了。辞别中丞时，将军回首眷念，不肯遽发；但一旦踏上征程，就会勇于任事，迅驰而往。时至秋日，望一路平安，早日速归。抵达江陵后，节度使卫伯玉定会对将军另眼相待。

【注释】

①题注一本连题作大字。

②地：一作"舵"。

③麦城：相传为楚昭王所筑，故址在今湖北当阳东南。

④空：一作"定"。《晋书·山简传》："(山)简优游卒岁，唯酒是耽。……强家在并州，简爱将也。"

【汇评】

仇兆鳌《杜诗详注》卷二一：首二送田，三、四赴卫，五、六送别秋景，七、八江陵情事。枫树，指青枫江，故对麦城。山简，比卫。葛强，比田。

边连宝《杜律启蒙》五言卷七：前四，叙题已毕；五、六，点出时景。七、八，欲拟其到卫幕而相得也。

九月一日过孟十二仓曹、十四主簿兄弟

藜杖侵寒露，蓬门启曙烟①。力稀经树歇，老困拨书眠。

秋觉追随尽，来因孝友偏。清谈见滋味，尔辈可忘年。

【题解】

冒着寒霜冷露，我拄着藜杖来到孟氏兄弟的居所。远远望去，茅屋上升起了袅袅炊烟。年纪大了，精力不济，走了一段路，不免要靠着大树歇歇脚。在家看书的时候，也会时常发困。整个秋天，我喜欢来拜访你们，一方面是因为府上孝友满门，另一方面则是你们兄弟谈吐有趣，让我忘记了年龄上的差距。

【注释】

①寒：一作"云"。启：一作"起"。

【汇评】

黄生《杜工部诗说》卷七：起联一己一彼，三、四承己说，五、六承彼说，结彼己双绾。……地一隔曰"偏"，人一意亦曰"偏"，言不他往也。五、六倒叙，因重其孝友，故偏来此追随，不觉一秋将尽，况与之清谈更见滋味，则尔辈信可为我忘年交矣。"滋味"本言有味，特用实字助句。

边连宝《杜律启蒙》五言卷八：寒露，暗点九月一日。首句，公侵露而行也；次句，孟启门而迓也。三句承首句，四句承次句。因力稀故老困，二句又自为流对。拨书，谓拨书取隙而眠也，解作抛书者非。

孟仓曹步趾领新酒酱二物满器见遗老夫

楚岸通秋屐，胡床面夕畦。藉糟分汁滓，瓮酱落提携①。饭粝添香味，朋来有醉泥。理生那免俗，方法报山妻。

【题解】

这天，孟仓曹参军提着新酿成的酒、新制成的酱各一满瓮，亲自徒步送到杜甫家中。杜甫非常高兴，写下此诗。秋日我正坐在胡床上，望着稻田里即将成熟的谷子，远远就看见孟十二穿着木屐拎着两瓮东西从岸上走来。他用漉酒器把酒与糟分开,装了满满一瓮酒给我招待朋友,还提来一瓮酱让我下饭。过日子哪里免得了这些生活琐事,我赶快向他询问酿酒制酱的方法,告诉老伴也来试试。

【注释】

①藉:一作"籍"。《文选·刘伶〈酒德颂〉》:"先生于是方奉罂承槽,衔杯漱醪,奋髯箕踞,枕麹藉糟。"李善注:"藉,铺也。……旋复枕麹铺糟而卧也。"

【汇评】

黄生《杜工部诗说》卷七:起联一宾一主,中二联写所馈之物,一联承宾说,一联承主说。结联既领其物,复询其方,在诗为进一步法。制题即见手法,见二物系新成,兼又满器,又自领而来,其深荷主人之意在言外矣。如此题极无紧要,亦必见地见时,使当日宾主酬酢之景,一一在目。可见下笔便以千秋自期,传神写照,正在阿堵。题云"酒",诗云"糟",知其所遗者酒母,饮时任意旋入水耳。滓,即糟。汁,其浆也。酒事有典,已成雅句。"酱"字无典,颇难措手。看他虚对"落提携"三字,通括上句,造联之妙,真匪夷所思。五句"酱"字,影掠亦佳。六句用周泽事,亏三字锤得老。八句"报"字如闻其声,酷似向客细询二物方法,隔屏呼老妻记之,尤见题中"新"字之意。馈者非新不表敬,受者必新始询方。别本竟无此字,惟钱本有之。甚矣,诗之贵善本也。汪几希曰:不讳俗,偏不俗。世间最俗是言清行浊一流人。

仇兆鳌《杜诗详注》卷二〇:通屧而来,面畦遥见,叙出步趾亲领,志其意之诚。酒可醉朋,酱多流落,又叙满器见遗,言其情之厚。末则兼美制法之精也。

送孟十二仓曹赴东京选①

君行别老亲,此去苦家贫②。藻镜留连客,江山憔悴人。秋风楚竹冷,夜雪巩梅春。朝夕高堂念,应宜彩服新。

【题解】

前仓曹参军孟十二要到东都洛阳参加选官考试,杜甫作诗送行。你之所以辞别老人前去参加铨选,是苦于家中贫寒,需要俸禄来侍养亲人。等候藻镜鉴别,非旬日之事,恐怕你要因滞留他乡而憔悴了。你出发之日,正值秋风瑟瑟;抵达洛阳时,应该是来年春天,那时巩县的梅花已经在夜雪中绽放了。自此你的母亲会时时牵挂你,希望你顺利通过京选,穿上新官服。

【注释】

①《新唐书·选举志下》:"太宗时,以岁旱谷贵,东人选者集于洛州,谓之东选。"

②《初学记》引《韩诗外传》曾子曰:"初吾为吏,禄不及釜,尚欣欣而喜者,非以为多也,乐其逮亲也。既没之后,吾尝南游于楚,得尊官焉。堂高九尺,转毂百乘,然后北向而涕泣者,非为贱也,悲不逮吾亲。故家贫亲老,不择官而仕。"

【汇评】

仇兆鳌《杜诗详注》卷二〇:亲老家贫而赴选。上四,写孝子之心。春秋朝夕之系念。下四,说慈亲之意。只现前寻常语,而关于至性,读之悱恻入情。

边连宝《杜律启蒙》五言卷八:藻镜留连,谓其选期必迟也。家贫而耽延选期,则憔悴于江山矣。楚竹冷,初去夔也;巩梅春,久羁洛也。亦是从两边写,暗跟上交流,连下起高堂念。末则嘱以早归娱亲也。

凭孟仓曹将书觅土娄旧庄①

平居丧乱后,不到洛阳岑。为历云山问,无辞荆棘深。北风黄叶下,南浦白头吟。十载江湖客,茫茫迟暮心。

【题解】

孟十二将赴东都洛阳铨选,杜甫请他顺路前往偃师,找一找自己守墓

1290

住过的土娄庄。自从安史之乱以来,我再也没有回过偃师首阳山下的故居。此次拜托你远涉云山,前去探寻,万望你莫要推脱路途艰难。北风萧萧,黄叶飘零,我这个白头之人送你到南浦而别。多年浪迹江湖,迟迟难归故土,心中茫然。

【注释】

①土娄庄:又名土楼庄,在今洛阳偃师商城街道杜楼社区。杜甫《祭远祖当阳君文》:"小子筑室,首阳之下。"

【汇评】

浦起龙《读杜心解》卷三之五:浅语自尔曲到。执别寄言,稽南翘北,千载下神情宛然。

边连宝《杜律启蒙》五言卷八:前四嘱其觅庄,后四但言羁旅之苦,所以使之必觅耳。

简吴郎司法①

有客乘舸自忠州,遣骑安置瀼西头②。古堂本买藉疏豁,借汝迁居停宴游。云石荧荧高叶曙,风江飒飒乱帆秋③。却为姻娅过逢地,许坐曾轩数散愁④。

【题解】

此为戏谑之作。杜甫之姻亲司法参军吴某,带着家眷从忠州乘船而来,诗人派人骑马前去迎接,并把他们一家人安置在瀼西草堂。诗人以诗代简,打趣说:草堂的景色宜人,曙光当空,云石荧荧,五彩流动,秋色萧森,江风飒飒,江帆飞舞。我经常坐在这里消磨时日,现在借给了你暂住,不知道我还能否来此消遣?

【注释】

①司法:唐在府为法曹参军,在州为司法参军,州郡属官。

②忠州:治所在今重庆忠县。

③曙：一作"晓"。

④《尔雅·释亲》："女子子之夫为婿,婿之父为姻,妇之父为婚。父之党为宗族,母与妻之党为兄弟。妇之父母、婿之父母,相谓为婚姻。两婿相谓为亚。"

【汇评】

仇兆鳌《杜诗详注》卷二〇:此章为吴郎借居而作也。乘舸而至,遣骑往迎,见宾主之情。昔借疏豁,今停宴游,以借居故也。五、六,疏豁之景;七、八,迁居后事。

边连宝《杜律启蒙》七言卷三:上四,叙借吴草堂之事。五、六,点草堂疏豁之景。末言倒宾为主,倘我以姻亚相过,亦许我坐而散愁否?恐其以游僧而逐住持,盖戏之也。

又呈吴郎

堂前扑枣任西邻,无食无儿一妇人。不为困穷宁有此,只缘恐惧转须亲。即防远客虽多事,使插疏篱却甚真①。已诉征求贫到骨,正思戎马泪盈巾②。

【题解】

瀼西草堂前有几棵枣树,一位寡妇经常前来打枣。杜甫将草堂借给吴某后,吴某在草堂周围插上了篱笆,杜甫便写诗给吴某,希望他体恤老妇人。诗人劝告说,草堂西边那位邻居是一位无儿无食的妇人,以往我任凭她前来打枣。现在你刚刚搬到这里来,她不免对你心怀恐惧,你应该对她更为亲近。虽然她对你的提防是多此一举,不过你一来就插上篱笆也过于较真。她曾经告诉我由于遭受租税逼迫而一贫如洗,想到战乱不息,这样的穷苦人比比皆是,我不禁热泪盈巾。

【注释】

①防:一作"知"。使:一作"便"。

②盈：一作"沾"。

【汇评】

王嗣奭《杜臆》卷九：此亦一简，本不成诗。然直写情事，曲折明了，亦成诗家一体。大家无所不有，亦无所不可也。

仇兆鳌《杜诗详注》卷二〇：此章告以恤怜之道也。上四悯邻妇，下四谕吴郎。"无食无儿一妇人"句，中含四层哀矜意，通章皆包摄于此。三言宜见谅其心，四言当曲全其体。妇防客，时怀恐惧。吴插篱，不怜困穷矣。诉征求，述邻妇平日之词。思戎马，念乱离失所者众也。此诗是直写真情至性，唐人无此格调。然语淡而意厚，蔼然仁者痌瘝一体之心，真得《三百篇》神理者。

边连宝《杜律启蒙》七言卷三：瀼西草堂有枣一株，旧任邻妇所扑。今者寓居吴郎，闻其插篱为界，故以诗呈之曰：孀妇无依，扑我堂枣，不为困穷，宁复有此？我向者因其恐惧而不敢径扑，故转相亲近，使得明目张胆而扑之，其所由来旧矣。今者草堂非旧，远客新来，彼妇之心窃防之，以为不知仍容我扑与否？此虽是伊多事，然便插疏篱以为界限，则不欲其扑之心，却似甚真。而彼则竟不敢扑矣，其奈此困穷何！盖因征求贫彻骨，彼妇之诉，闻已伤心。因思邻妇以征求而贫，征求以戎马而甚，天下之为邻妇众矣，能不为之泪沾巾乎？以瘦硬通神之笔，写痌瘝在抱之素。其曲尽人情处，直令千载下读之，犹感激欲泣也。

晚晴吴郎见过北舍

圃畦新雨润，愧子废锄来①。竹杖交头挂，柴扉扫径开②。
欲栖群鸟乱，未去小童催。明日重阳酒，相迎自酦醅③。

【题解】

刚刚下过一阵雨，菜地正湿润，你没有去菜园劳作，却穿过果林从北舍过来看我。我又惭愧又感动，拄着长长的手杖为你开门扫径。时值晚晴，群鸟欲归栖而乱飞,跟随你的小厮也催促你归去。明天就是重阳节,请你再来,我亲手漉酒来招待你。

【注释】

①新:一作"佳"。

②挂:一作"拄"或"柱"。扫:一作"隔"。

③酦:一作"拨"。

【汇评】

黄生《杜工部诗说》卷七:"愧"字,即照结语,谓愧其来意也。此处不说明,至末方找出,则知首联本起"晚晴"二字,因恐愧意在尾处见,未免拖沓,随手插入次句,翻成绝妙章法。三写二老相见之状如画,六又极见小童性情。题云"北舍",必吴取捷径叩其后扉。曰"扫径",则知此扉不常开,即所谓"锄斫舍北果林枝蔓荒秽"者也。……前六句只叙来去之事,至末始述吴嘱客之意,宛如临行面订,主人逊谢,小童促别光景。诗至此方可当一"真"字。

仇兆鳌《杜诗详注》卷二〇:初喜其过,既惜其去,而又望其来,此直叙情事,有朴质自然之致。

复愁十二首

其一

人烟生处僻,虎迹过新蹄①。野鹘翻窥草,村船逆上溪②。

【题解】

组诗当作于大历二年秋日。诗题曰"复愁",非指旧愁已释而新愁添生,乃是愁而又愁,愁闷未已。其一叙写周遭环境令人愁。夔州瀼西一带极为偏僻,人烟稀少,时有各种野生动物出没。村外可以看见老虎刚刚经过所留下的足迹,空中有野鹘盘旋,窥伺着草丛。乡下的小船,艰难地逆行在溪水中。

①处僻:一作"远处"。

②鹊:一作"雉"或"鹇"或"鹤"。

【汇评】

仇兆鳌《杜诗详注》卷二〇:首章,记瀼峡愁景。烟僻,则居人少。迹新,则虑患多。鹊窥草,见求食之难。船上溪,见行舟之险。

浦起龙《读杜心解》卷六之上:公怀无时不愁。复愁,犹云咏怀。一动怀而愁复至也。

其二

钓艇收缗尽,昏鸦接翅稀①。月生初学扇,云细不成衣。

【题解】

傍晚,坐在钓鱼的小艇上将丝纶全部收了上来,乌鸦稀稀落落地飞回旧巢。月亮升起来了,眼下是上弦月,浅浅地如一把未能展开的扇子。零星飘过的一丝丝浮云,细如鱼鳞,连不成片,织不成衣。

【注释】

①鸦:一作"鸥"。稀:一作"归"。

【汇评】

卢元昌《杜诗阐》卷二七:收缗尽,不复有为矣。接翅稀,无枝可栖矣。月初生,光明不能普被。云犹细,覆庇岂能及物。故可愁。

仇兆鳌《杜诗详注》卷二〇:次章,记薄暮愁景。

其三

万国尚防寇,故园今若何①。昔归相识少,早已战场多。

【题解】

全国各地战乱不休,我的故乡如今不知道是何等模样。乾元元年我从华州短暂回乡时,家乡彼此相识的人已经很少了,现在故园恐怕早已经成了战场。

【注释】

①防寇:一作"戎马"。

【汇评】

仇兆鳌《杜诗详注》卷二〇:三章,怀思故乡而愁。戎马,谓吐蕃侵境。故园,指东都旧居。昔年暂归而人少地残,则今日更觉荒凉矣。

浦起龙《读杜心解》卷六之上:"昔归"二句,悠然不尽。昔归已如此,今复何如耶?一则乱久而不忍言,一则久别而不深悉。

徐增《而庵说唐诗》卷八:先从万国说到故园,复因今日说到昔时。二十字中,具如是曲折,非子美不能也。

其四

身觉省郎在,家须农事归。年深荒草径,老恐失柴扉。

【题解】

虽然身上还挂着工部员外郎的官衔,但根本之计还是要回家务农。长年奔波在外,家里的园田早已荒芜。年纪大了,真担心连家也没有了。

【汇评】

王嗣奭《杜臆》卷九:省郎尚在,贫须归农。荒径年深,又恐并柴门而失之。愁极。

仇兆鳌《杜诗详注》卷二〇:四章,无家可归而愁。承上章言,弃官则须归农,乃草荒而田日芜,扉失而居日废,不复有乡土之可依矣。

浦起龙《读杜心解》卷六之上:亦因经乱久客,故恐乡园芜废。此足上首之旨,乃不归之感也。

其五

金丝镂箭镞,皂尾制旗竿①。一自风尘起,犹嗟行路难。

【题解】

自从战乱以来,已经过去了十年,如今处处都有胡虏金丝雕饰的箭头,时时可见他们用黑色牦牛尾装饰的旗杆,而我回家的路依然那样艰难。

【注释】

①镂:一作"缕"。制:一作"掣"。

【汇评】

王嗣奭《杜臆》卷九:"一自风尘起",经今十年矣,乱犹未息,家不得归,犹嗟行路之难,此愁之所以不歇也。

仇兆鳌《杜诗详注》卷二〇:五章,涉经世乱而愁。箭饰金丝,旗装皂尾,贼恃利器以作逆者。风尘十载,而归路犹难,则愁绪真不能歇矣。

杨伦《杜诗镜铨》卷一七:此首因思乡感到行路。

其六

胡虏何曾盛,干戈不肯休。闾阎听小子,谈话觅封侯①。

【题解】

胡虏何足为患? 他们从来只是昙花一现,而中原的战争却还是没有平息,是因为那些藩镇野心勃勃。即使在偏僻的闾里乡村,小伙子谈起战争都兴致勃勃,以为这是建功封侯的良机。

【注释】

①话:一作"笑"。

【汇评】

王嗣奭《杜臆》卷九:定胡虏易,定人心难。人怀倖功之心,此干戈所以不息也。

仇兆鳌《杜诗详注》卷二〇:六章,人心好乱而愁。

杨伦《杜诗镜铨》卷一七:愁闾阎。

其七

贞观铜牙弩,开元锦兽张①。花门小前好,此物弃沙场②。

【题解】

开元、天宝年间武力雄厚,强弓劲弩使敌人闻风丧胆。如今回鹘的小箭耀武扬威,昔日的劲弩强弓反而无用武之地。

【注释】

①铜牙弩:铜制机栝发箭的弓。锦兽:饰以兽头的箭靶。

②前:一作"箭"。

【汇评】

仇兆鳌《杜诗详注》卷二〇:七章,借兵外蕃而愁。国家兵仗虽精,而收功反在花门,慨利器不足恃,而虏性终难测也。

浦起龙《读杜心解》卷六之上:此不特慨借兵之损威,盖深以回纥为不可狎而警之。

其八

今日翔麟马,先宜驾鼓车①。无劳问河北,诸将觉荣华②。

【题解】

今日的良马,在冲锋陷阵之前应该先驾御鼓车,为君王效力。河北藩镇诸将,只知道争权夺利,享受荣华富贵,没有半点忠诚之心。

【注释】

①《唐会要》卷七二《马》:"贞观二十一年八月十七日,骨利幹遣使朝贡,献良马百匹,其中十匹尤骏,太宗奇之,各为制名,号曰十骥。"其九为"翔麟紫"。《晋书·江统传》:"昔汉光武皇帝时,有献千里马及宝剑者,马以驾鼓车,剑以赐骑士。……高世之主,不尚尤物,故能正天下之俗,刑四方之风。"

②觉:一作"角"或"推"或"撺"。

【汇评】

仇兆鳌《杜诗详注》卷二〇:八章,诸将留镇而愁。郭子仪将略威名,足以慑服降将,今置之闲散,犹翔麟之马,不用于战阵,而先驾鼓车矣。彼河北诸将,竞相角胜荣华,谁复起而问之乎。

浦起龙《读杜心解》卷六之上:为朝廷不问河北,而反词以醒之也。

杨伦《杜诗镜铨》卷一七引邵长蘅曰:将骄卒惰之意,隐隐言外。

其九

任转江淮粟,休添苑囿兵。由来貔虎士,不满凤皇城。

【题解】

可以尽量从江淮一带多转运粮食,但不能用来增加禁军。从来勇猛的将士,不应该云集在京城。

【汇评】

仇兆鳌《杜诗详注》卷二〇:九章,卫士糜饷而愁。朱注:言禁兵不必添设,但当转运以实京师。末二,即天子有道,守在四夷意。代宗宠任朝恩,由是宦官典兵,卒以亡唐。公此诗所讽,岂徒为冗兵虑哉。

浦起龙《读杜心解》卷六之上:为宠任宦官,专掌禁旅而讽也。

杨伦《杜诗镜铨》卷一七引卢德水曰:中五首所论时事处,词气渊然黯然,有雅人深致。

其十

江上亦秋色,火云终不移。巫山犹锦树,南国且黄鹂。

【题解】

江上已经显示出秋意了,空中还停留着火烧云。巫山树木五彩斑斓,偶尔可闻黄鹂婉转的歌声。

【汇评】

仇兆鳌《杜诗详注》卷二〇:十章,气候失平而愁。《杜臆》:江上秋色,正于锦树见之,乃火云犹在,而黄鹂且鸣,宜凉反热,其堪耐乎。

浦起龙《读杜心解》卷六之上:言气候之异于北方。

杨伦《杜诗镜铨》卷一七:此气候失平而愁。

其十一

每恨陶彭泽,无钱对菊花。如今九日至,自觉酒须赊①。

每每提到陶渊明赏菊而无钱买酒,便遗憾不已。但终究还是有人给他送酒,而如今到了重阳节,无人给我送酒,我唯有赊酒以求一醉了。

【注释】

①《宋书·陶潜传》:"(陶渊明)尝九月九日无酒,出宅边菊丛中坐久,值弘送酒至,即便就酌,醉而后归。"

【汇评】

仇兆鳌《杜诗详注》卷二〇:十一章,穷居寂寞而愁。对菊无钱,九日赊酒,公与渊明同一贫况。但陶则送酒有人,而公则独酌杯中耳,意更寥落矣。

浦起龙《读杜心解》卷六之上:穷而自恨也,反将"恨"字贴彭泽说,活甚。

杨伦《杜诗镜铨》卷一七:此穷居寂寞而愁。

其十二

病减诗仍拙,吟多意有余。莫看江总老,犹被赏时鱼①。

【题解】

病情好转而诗情未能畅达,总觉得意犹未尽。不要觉得我老而无用了,我还被赏了一个五品的官职。

【注释】

①《唐会要》卷三一《鱼袋》引《苏氏记》云,开元九年九月十四日,中书令张嘉贞奏曰:致仕及内外官五品以上检校试判,听准正员例,许终身佩鱼,以为荣宠。以理去任,亦许佩鱼。自后赏绯紫,例兼鱼袋,谓之章服。

【汇评】

唐元竑《杜诗捃》卷四:此诗题曰"复愁",十二篇不见一"愁"字,却各有愁意,又各自为意,一波未平,一波复起,但语多引而未尽。

陈式《问斋杜意》卷一七:一连十二首,作自一时。一首、二首思归;三首、四首不愿归;五首目下不能归;六首至九首,将来不能归;十首以下,所有诗酒以慰不归。

浦起龙《读杜心解》卷六之上:此是结束体。上二相承说,言病后拙于安句。吟虽多,而意中无穷之愁,写不能尽也。下二,一直读,作歇后语。盖谓莫看我老被赏鱼,以为尚堪用世也。正见颓废意。

九日五首 阙一首①

其一

重阳独酌杯中酒,抱病起登江上台②。竹叶于人既无分,菊花从此不须开。殊方日落玄猿哭,旧国霜前白雁来。弟妹萧条各何往,干戈衰谢两相催。

【题解】

大历二年(767)重阳佳节,独自一人饮酒,颇感无聊,于是强扶病体,登上江边高台。既然此生似乎再也无法和亲友会面共饮重阳酒了,真希望那菊花从此也不绽放了。滞留在僻远的夔州,看着太阳慢慢下山,听着林中猿猴凄婉的啼哭声,想着大雁在霜降之前应该归来,而弟弟妹妹还不知流落何方,感到战乱与岁月都急促地催着自己走向衰老。

【注释】

①一本以《登高》为第五首。

②独酌:一作"少饮"。起:原作"岂",据他本改。

【汇评】

吴瞻泰《杜诗提要》卷一二:"独酌"二字是眼,"独酌"即忆弟妹,通首皆写"独"字。"玄猿哭""雁来"愈形其独,所以呼出弟妹来也。

仇兆鳌《杜诗详注》卷二〇:首章,思弟妹也。上四,叙事伤情。下四,对景有感。本是登台酌酒,起用倒叙法耳。曰独酌,意中便想及弟妹矣。

曰人无分,恨弗同饮也。曰不须开,恨弗同看也。

其二

旧日重阳日,传杯不放杯。即今蓬鬓改,但愧菊花开。北阙心长恋,西江首独回。茱萸赐朝士,难得一枝来①。

【题解】

旧日在朝为官之时,重阳节参加宴集,同僚尽情畅饮,众人传杯不歇。今日两鬓苍苍,面对菊花而不能痛饮,满心怅然。独自徘徊在江边,想着君王此日赐宴,自己却无法分得一枝茱萸。

【注释】

①茱萸:一作"萸房"或"萸芳"。

【汇评】

仇兆鳌《杜诗详注》卷二〇:次章,思朝事也。上四伤老,下四怀君。首联亦承前章来,因今日之不饮,而思旧日之传杯也。菊花、茱萸,点九日事。

其三

旧与苏司业,兼随郑广文。采花香泛泛,坐客醉纷纷①。野树歌还倚,秋砧醒却闻②。欢娱两冥莫,西北有孤云③。

【题解】

曾经与苏源明、郑虔一同过重阳节,大家坐在菊花丛中酣饮,不知不觉大醉淋漓,斜倚着野树高歌不已,直至沉睡,醒来时已是夜半,唯听得捣衣声时时响起。欢乐的日子想起来是那么遥远,两位老朋友早已故去。

【注释】

①泛泛:一作"簇簇"或"漠漠"。

②歌:一作"欹"。

③莫:一作"寞"或"漠"。

仇兆鳌《杜诗详注》卷二〇：三章,思故交也。上四,叙往日欢娱。下四,叹今此寂寞。客醉,承前传杯。冥漠,谓苏、郑俱亡。

其四

故里樊川菊,登高素浐源。他时一笑后,今日几人存①。巫峡蟠江路,终南对国门②。系舟身万里,伏枕泪双痕。为客裁乌帽,从儿具绿尊。佳辰对群盗,愁绝更堪论③。

【题解】

往日重阳节尚在故里,采摘樊川盛开之菊花,登上浐水源头之高地,与友人欢会笑乐。十多年过去了,聚会之友人不知有几人犹存? 今日孤舟万里,漂泊无依,戴着破旧的乌帽,在偏僻的巫峡边独自饮酒,遥望长安对面的终南山,想着群盗猖獗,自己有家难归,心中的愁恨无以排遣。

【注释】

①笑:一作"醉"。

②蟠:一作"盘"。对:一作"带"。

③堪:一作"谁"。

【汇评】

唐汝询《唐诗解》卷四八:此因九日而写舟中之旅况也。昔居故里,采樊川之菊,遵素浐以登高。今此同游之人存者无几,已足兴慨,况流寓巫峡,江路既遥,缅想终南,国门永隔,系舟万里,而伏枕其中能无挥泪乎? 客久冠敝,乌帽新裁,岂复有孟嘉之兴? 聊听儿曹具酒,而又对此群盗则亦不能饮也。

吴瞻泰《杜诗提要》卷一三:巫峡,纪今日所居之地,属装头句。但见"巫峡蟠江路",遥想"终南对国门",一句今日,一句他时,自为暗线。"为客","为"字去声,翻孟嘉事。裁乌帽,特以为客,平时不巾可知矣。"佳辰对群盗",不胜他日今时之感,寄恨在此,正与起手反照。

仇兆鳌《杜诗详注》卷二〇:四章,思故里也。上四夔川九日,下四夔州九日,中四则在夔思樊。几人存,承上苏、郑。万里,在巫峡。泪痕,忆终南。栽乌帽,见独居。儿具樽,见无客。对群盗,欲归不得矣。

登 高

风急天高猿啸哀,渚清沙白鸟飞回。无边落木萧萧下,不尽长江滚滚来。万里悲秋常作客,百年多病独登台①。艰难苦恨繁霜鬓,潦倒新停浊酒杯。

【题解】

天空清旷,急促的秋风中夹杂着猿猴凄厉的悲鸣声。秋水无尘,洲渚清澈而白沙明亮,鸟儿飞去又飞回。山中的落叶不断飘零,似乎无休无止;滚滚长江涌来,自是无穷无尽。漂泊万里,长年客居他乡,面对秋色,愁绪萦回;暮年多病,独自登上高台,不免感叹世事艰难,岁月迅驰,人生易老;困顿潦倒,心灰意懒,本拟借酒浇愁,却因病停酒而不能举杯,心中满是无奈。诗作于大历二年九月九日。

【注释】

①秋:一作"歌"。

【汇评】

陈式《问斋杜意》卷一七:此诗读者亦谓五、六顿挫,不知此诗一句有一句之顿挫;合看两句,有两句之顿挫;合看通篇,有通篇之顿挫。顿挫为公独得之妙,此诗政当于字字顿挫求之。

汪灏《树人堂读杜诗》卷二〇:公诗如大《易》变化,无一爻复,无一卦重。又如棋局,无一棋局偶同。如浮云日日新异,无一日相似。如苏氏织锦璇玑图,纵横上下,皆有意义可通。他人佳诗,必如此读则滞,则碍,必如此读则碎,唯公全部诗皆可作如是观。

方东树《昭昧詹言》卷一七:《登高》,前四句景,后四句情。一、二碎,

三、四整,变化笔法。五、六接递开合,兼叙点,一气喷薄而出。此放翁所常拟之境也。收不觉为对句,换笔换意,一定章法也。而笔势雄骏奔放,若天马之不可羁,则他人不及。

覃山人隐居

南极老人自有星,北山移文谁勒铭①。征君已去独松菊,哀壑无光留户庭②。予见乱离不得已,子知出处必须经。高车驷马带倾覆,怅望秋天虚翠屏。

【题解】

覃氏故去后,杜甫见其隐居之所,伤悼而作此诗。我尚活在这世上,而你却已经永远离开了。如今我将回京赴任,途径你的隐居之处,这里松菊犹存,户庭无恙,你却不能如同孔稚圭那样写出《北山移文》来阻止我了。遭逢乱离,欲有所作为,我不得已而出仕;你却深知治世则进、乱世则退是出处的常道。我也知道乘坐高车驷马恐有倾覆之忧,何况翠绿的山峰真让人惋惜留恋。

【注释】

①《文选·孔稚圭〈北山移文〉》吕向注:"钟山在都北,其先,周彦伦(周颙)隐于此山,后应诏出为海盐县令,欲却过此山。孔生乃假山灵之意移之,使不许得至,故云《北山移文》。"

②陶渊明《归去来兮辞》:"三径就荒,松菊犹存。"

【汇评】

黄生《杜工部诗说》卷九:首句惜其不寿,次句美其终隐,缩"空"字、"再"字于句内。三句以哀壑无光,对征君已去,不贵工而贵老。松菊尚存,户庭犹在,只觉哀壑为之惨淡无光,其伤之也至矣。此又混装成对,不得以欠工少之也。后四句开一步。五言己入幕之事。放倒自己,却非正说,正说在七句。四皓《采芝歌》:"驷马高盖,其忧甚大。"此采其语。言征君既去,此地谁人复继高纵？盖多昧居高必危之戒耳。怅望翠屏,不益深无人之感乎。结句深秀,亦足救前路之朴率。

吴瞻泰《杜诗提要》卷一二:此经山人隐居而伤逝之作。起句初不得其解,及玩"哀壑无光"与结句,然后知山人已化而为星矣。公诗起句突兀,往往有此。次句"谁勒铭",翻用北山无移文者,美之也。旧解皆谓讥嘲,失之矣。细味前后诗意,山人是知出处之经者,通体皆赞语,且放倒自己,尽力抬高山人,何有丝毫讥诮意?"高车驷马",又用四皓语以扬之,而叹其识见之高,不可及也。后四句波澜层出,正为前四句作注脚。"怅望秋天",缴南极星;"虚翠屏",缴二、三、四句。收束之工,莫密于此。

柏学士茅屋

碧山学士焚银鱼,白马却走身岩居①。古人已用三冬足,年少今开万卷余②。晴云满户团倾盖,秋水浮阶溜决渠。富贵必从勤苦得,男儿须读五车书③。

【题解】
杜甫偶然经过柏学士之茅屋,有感而赋诗。昔日参议朝政、直言进谏的柏学士,在安史之乱中卸下了官职,隐居在这青山绿水中。祥云绕门,团团如车盖;秋水湍急,如大水决渠。他年纪轻轻,手不释卷,学业有成。自古以来,要想荣华富贵,就必须刻苦攻读。大好男儿,要像柏学士那样博览群书。

【注释】
①《后汉书·张湛传》:"光武临朝,或有惰容,湛辄陈谏其失。常乘白马,帝每见湛,辄言'白马生且复谏矣'。"
②《汉书·东方朔传》:"年十三学书,三冬文史足用。"今:一作"曾"。
③《庄子·天下》:"惠施多方,其书五车。"

仇兆鳌《杜诗详注》卷二一:杜诗近体,有两段分截之格,有两层遥顶之格。此章若移"晴云""秋水"二句,上接首联,移"古人""年少"二句,下接末联,分明是两截体。今用遥顶,亦变化法耳。又中间四句,平仄仄平,俱不合律,盖亦古诗体也。

题柏大兄弟山居屋壁二首

其一

叔父朱门贵,郎君玉树高。山居精典籍,文雅涉风骚。江汉终吾老,云林得尔曹。哀弦绕白雪,未与俗人操①。

【题解】

柏中丞出身高贵,他的侄儿们如庭中玉树,虽居于深山,而博古通今,气质非凡。我就要终老于江汉了,能与他们结识并成为知己,实乃人生之幸事。

【注释】

①宋玉《对楚王问》:"客有歌于郢中者,其始《下里》《巴人》,国中属和者数千人,其为《阳春》《白雪》,国中属而和者不过数十人而已。"

【汇评】

仇兆鳌《杜诗详注》卷二一:首章,记柏氏好学,喜得知音。精典籍,则博古。涉风骚,则能文。此正玉树之姿,不囿于朱门者。哀弦白雪,言相与弹琴咏歌,不与俗人同调,此承"云林"句来,是赋,非比。

其二

野屋流寒水,山篱带薄云①。静应连虎穴,喧已去人群。笔架沾窗雨,书签映隙曛。萧萧千里马,个个五花文②。

【题解】

柏氏的山居白云萦绕,寒水潺潺,偏僻得简直就要靠近虎穴,所以人迹罕至。房屋简陋,雨花容易飘进窗口,沾湿笔架;夕阳从屋壁的缝隙中射进来,照在书签上。他们兄弟个个如五花马,有千里之志。

【注释】

①薄:一作"白"。

②马:一作"足"。

【汇评】

仇兆鳌《杜诗详注》卷二一:次章,叙山居景事,而赞其多材。境幽地僻之中,见此笔架书签,知真能精典籍而涉风骚矣。上章玉树高,比其质秀。此章千里马,比其才良。个个,该柏氏兄弟也。

杨伦《杜诗镜铨》卷一七:上首就柏兄弟说,此首就山居说,而结仍抱前篇。

寄柏学士林居①

自胡之反持干戈,天下学士亦奔波。叹彼幽栖载典籍,萧然暴露依山阿②。青山万里静散地,白雨一洗空垂萝③。乱代飘零余到此,古人成败子如何。荆扬春冬异风土,巫峡日夜多云雨④。赤叶枫林百舌鸣,黄泥野岸天鸡舞⑤。盗贼纵横甚密迩,形神寂寞甘辛苦。几时高议排金门,各使苍生有环堵。

【题解】

自从安史之乱以来,干戈遍野,战乱未休,柏学士也四处奔波。如今栖身草野,于幽静之青山,对雨后之藤萝,不胜萧然。他博览群书,对古今典籍观之甚熟,我飘零至此,向他询问如何看待古人成败之事。南方气候,春冬与中原不同。巫峡多雨,日夜下个不停。深秋枫叶红了,还可以听见百舌的叫声,这些鸟儿本当在春天活动。溪岸到处是黄泥,天鸡走来走去。时局动荡,盗贼纵横,我形容枯槁倒也罢了,只希望朝廷重臣早日提出方略,使天下苍生可以安居。

【注释】

①林居:一作"草堂"。

②依:一作"向"。

③里:一作"重"。

④云:一作"风"。

⑤泥:一作"花"。

【汇评】

浦起龙《读杜心解》卷二之三:前叙学士寄迹林居之由,后言俗殊盗逼,以干济期之,又若几几不可得。有率直处。

寄从孙崇简

嵯峨白帝城东西,南有龙湫北虎溪。吾孙骑曹不骑马,业学尸乡多养鸡①。庞公隐时尽室去,武陵春树他人迷。与汝林居未相失,近身药裹酒长携。牧竖樵童亦无赖,莫令斩断青云梯②。

【题解】

白帝城东西两面是高峻的山岭,南北两面是湍急的溪流,地势险恶。族孙杜崇简你虽曾任益州司马参军,却旷达冲淡,不以尘事萦怀,随即入山学道,领妻子以隐。我与你同居山中,携酒与药而相往来,甚为相得。你千万莫要受俗世小人的影响,中断求道之路。

【注释】

①骑曹:骑曹参军,掌外府杂畜簿帐、牧养,供给马匹诸事。骑,一作

"记"。《世说新语·简傲》:"王子猷作桓车骑骑兵参军,桓问曰:'卿何署?'答曰:'不知何署,时见牵马来,似是马曹。'桓又问:'官有几马?'答曰:'不问马,何由知其数?'"

②竖:一作"叟"。

【汇评】

杨伦《杜诗镜铨》卷一七引蒋弱六曰:"东西南北"四字,分置变化。

季秋苏五弟缨江楼夜宴崔 十三评事、韦少府侄三首①

其一

峡险江惊急,楼高月迥明。一时今夕会,万里故乡情。星落黄姑渚,秋辞白帝城②。老人因酒病,坚坐看君倾。

【题解】

诗写亲友的一次聚会。深秋之夜,明月当空,白帝城的缨江楼,下瞰湍急的江流。离乡万里的亲友,今晚在此得以相聚,欢会难舍,至夜半河鼓星落仍不愿散去。我虽然病酒而无法痛饮,也强扶病体坐在一旁,看亲友畅饮抒怀。

【注释】

①季秋:农历九月。崔十三评事:崔公辅,杜甫表侄。

②黄姑:河鼓星。《晋书·天文志》:"河鼓三星,旗九星,在牵牛北。"

【汇评】

黄生《杜工部诗说》卷五:一、二写江楼,五、六写季秋,三、四浑叙主宾,七、八专叙自己。作客遇乡人,情事千载如见。此亦虚实相间格。

浦起龙《读杜心解》卷三之五:此夜江楼之宴,与他处不同。历观两岁羁夔,绝少亲朋高会,无论在两都时,即视蜀中之况,亦远不逮矣。值此一叙,觉种种江光月色,俱并入亲情乡思中,有为之停杯而三叹者。三诗命意,只"一时今夕会,万里故乡情"十字尽之。他如佐觞闲话,有不遑铺叙者尔。故读杜须通十数卷疏观其意境也。

边连宝《杜律启蒙》五言卷七:一句点江,二句点楼,三、四点夜宴,"故乡情"三字是全篇眼目。五句夜阑,六句秋杪,即起下"坚坐"意。盖三子皆公故乡戚党,故己虽老病不饮,而犹坚坐以看其倾,其高兴如此。

其二

明月生长好,浮云薄渐遮。悠悠照边塞,悄悄忆京华①。清动杯中物,高随海上查。不眠瞻白兔,百过落乌纱。

【题解】
月光如此皎洁,却被飘来的浮云遮蔽,使远在幽僻之地的我,无法望见长安而忧愁。我真想饮尽杯中酒,乘着月色浮槎于大海。无心睡眠的我徘徊月下,月光时隐时现,反反复复落在乌纱帽上。

【注释】
①边:一作"远"。

【汇评】
浦起龙《读杜心解》卷三之五:次章于乘月命酒,见出故乡情,所谓月色皆亲情乡思也。

边连宝《杜律启蒙》五言卷七:此直因玩月而思京华耳。除却"杯中物"三字,无与宴事,"海上槎"亦无着。

杨伦《杜诗镜铨》卷一七:此首是独不饮中心事。

其三

对月那无酒,登楼况有江。听歌惊白鬓,笑舞拓秋窗。樽蚁添相续,沙鸥并一双。尽怜君醉倒,更觉片心降①。

【题解】

对月何尝无酒,何况高楼正对着大江。轻歌曼舞之中,惊觉两鬓已白,于是推开窗户怅然远望。看着沙滩上的一对鸥鸟,喝了一杯又一杯。诸君尽情痛饮,醉倒方休,使我心服。

【注释】

①片:一作"我"。

【汇评】

陈式《问斋杜意》卷一七:三诗一意往复,无非劝诸君饮酒。然公既病不能饮,则亦不必劝诸君饮,且令诸公饮,亦何与于公饮。而予于此悲公之志焉。公生平一肚牢骚,饮酒时借酒发舒,不饮酒时则又看人饮酒,以供己之发舒,公盖无往而不极发舒牢骚之至也。但不知诸君比读公诗,其亦有知公诗之妙者否?

边连宝《杜律启蒙》五言卷七:首句酒,次句江。三句对酒而歌也,暗承酒;四句拓窗而望江也,暗承江。五句明承酒,言不但有酒,而且可相续也;六句明承江,言不但有江,而且有鸥也,俱进一层。客醉而己心亦降,言饮者与不饮者俱尽欢也。

杨伦《杜诗镜铨》卷一七引李因笃曰:三首空淡中有至味,百读弥见其高。以为空淡,尤觉浑雄,前后绮绮疏疏,非诸家所及。

戏寄崔评事表侄、苏五表弟、韦大少府诸姪

隐豹深愁雨,潜龙故起云①。泥多仍径曲,心醉阻贤群②。忍待江山丽,还披鲍谢文③。高楼忆疏豁,秋兴坐氛氲④。

【题解】

在与崔公辅等诸位亲友宴饮于缨江楼后,杜甫希望再次聚会,却为雨所阻,于是写下此诗。天空中忽然下起了大雨,是不是因为这些隐豹和潜龙呢? 小径弯弯曲曲,雨后又泥泞不堪,所以无法前来。只有挨到天晴,再

与你们把酒论文。此刻坐在高楼上，想起前日的聚会，令人兴致勃发。

【注释】

①《列女传》卷二载，陶荅子妻谏其夫曰："南山有玄豹，雾雨七日不下食者，何也？欲以泽其毛而成文章也。"《易·乾》："潜龙勿用。""云从龙。"

②《晋书·阮咸传》："太原郭奕高爽有识量，知名于时，少所推先，见（阮）咸心醉，不觉叹焉。"阻：一作"沮"。

③待：一作"对"。

④豁：一作"阔"。氛：一作"氲"。

【汇评】

仇兆鳌《杜诗详注》卷二〇：上四沮雨有怀，下约晴时往晤。

浦起龙《读杜心解》卷三之五：此阻雨而忆诸人，欲续前夜之会也。起笔涉戏，见此日忽然云雨，为有许多"隐豹""潜龙"嘘结而成。豹、龙统含宾主，不必分贴。下半言忍而待江山丽景，欲还披鲍、谢文章，需天霁以图重晤也。盖由回忆前宵，兴复勃发耳。

季秋江村

乔木村墟古，疏篱野蔓悬。素琴将暇日，白首望霜天①。登俎黄甘重，支床锦石圆。远游虽寂寞，难见此山川。

【题解】

诗绘深秋江村之景。古老的村落周围有许多高大的乔木，稀疏的篱笆上悬挂着碧绿的藤蔓。年老的我弹着素琴消磨暇日，偶尔抬起头遥望霜天。这里的人们常常吃黄柑，用带花纹的圆石头垫床脚，生活条件虽然简陋，却别有一番风味。

【注释】

①素：一作"清"。

王嗣奭《杜臆》卷九：世乱久客，宜无好怀，而兴之所至，虽"白首望霜天"，亦自成趣。况黄柑、锦石，他方所无，遂忘远游之寂寞矣。

仇兆鳌《杜诗详注》卷二〇：上四，秋村之景。下四，秋村之情。抚素琴，则清音入耳。望霜天，则丹枫寓目。且对黄甘锦石，虽贫亦可以自乐矣。

边连宝《杜律启蒙》五言卷八：首联，秋村之景；中二联，秋村之事；末联，秋村之情。

小　园

由来巫峡水，本自楚人家。客病留因药，春深买为花。秋庭风落果，瀼岸雨颓沙。问俗营寒事，将诗待物华。

【题解】

巫山峡水本是楚人所有，我非楚人，为何要滞留此处呢？那是为了问医求药之便利。至于买下这个小院落，则是喜欢它里面春天盛开的花朵。时值深秋，风将院子里的花果吹落了，雨冲毁了溪边的沙岸。我忙着向邻居打听，为了来年花开，冬天里我应该做些什么。

【汇评】

黄生《杜工部诗说》卷七：此为小园而赋。诗中不见"园"字，以"买"字见之。对起劈分两扇，接联各承以解其意。公律多此法，但以起处无"园"字，故稍费解。言我由来欲下巫峡，所以留此者，因就其医药之便耳。此园本楚人家物，所以买之者，为爱其花果之盛耳。五补"果"字，见园所有，六见园所在。结以"问俗"字应"楚人"，以"物华"字应"春深"。一、三本客意衬对，故单收二、四以终题意焉。此秋时之作，盖买园之时，花事已过，目下屈指冬春易序，悬吟兴以待物华，其渴欲看花之心可想矣。

仇兆鳌《杜诗详注》卷二〇：上四置园之故，五、六园前景，七、八园中事。巫峡之水,本楚人所居,今置园于此者,总为莳药种花计耳。

又引《杜臆》:园中寒事,如秋药冬菁皆是,素不习惯,故问俗而营。又云:以诗叙事为难,在律诗尤难,此章该括四时,妙在错综见意。

寒雨朝行视园树

柴门杂树向千株,丹橘黄甘北地无[①]。江上今朝寒雨歇,篱中秀色画屏纡[②]。桃蹊李径年虽故,栀子红椒艳复殊。锁石藤梢元自落,倚天松骨见来枯[③]。林香出实垂将尽,叶蒂辞枝不重苏[④]。爱日恩光蒙借贷,清霜杀气得忧虞。衰颜动觅藜床坐,缓步仍须竹杖扶[⑤]。散骑未知云阁处,啼猿僻在楚山隅[⑥]。

【题解】

瀼西果园里有近千株果树,其中丹橘、黄柑之类都是北方所没有的。今天早上江边下了一阵雨,雨后从篱笆望去,果园的景色如同画屏一般美丽。走在园中的小路上,红椒鲜艳,翠藤垂落,高松干枯。香喷喷的柑橘快要被摘尽了,飘落的树叶彻底失去了生机。此时的阳光分外温暖,可凌厉的清霜令人畏惧。我年老体衰,缓步行走还需扶着竹杖,动不动还得找个地方歇口气,虽然身为朝廷官员,却流落在这穷乡僻壤愁听猿啼。

【注释】

①北:原作"此",据他本改。

②中秀:一作"边新"。

③倚:一作"到"。

④辞:一作"离"。枝:一作"柯"。

⑤动:一作"更"。

⑥《晋书·职官志》:"魏文帝黄初初,置散骑,合之于中常侍,同掌规

谏,不典事,貂珰插右,骑而散从,至晋不改。"

【汇评】

浦起龙《读杜心解》卷五之末:首句杂树是一项,次句橘甘是一项,三、四得雨晓色,此四句为开局。中段,前四叙杂树,应首句;后四,言橘甘,应次句。此八句为中腹布景。藜床,竹杖,以坐衬行,结联乃行时自慨。此四句为收局。

伤 秋

村僻来人少,山长去鸟微①。高秋收画扇,久客掩荆扉②。懒慢头时栉,艰难带减围。将军犹汗马,天子尚戎衣③。白蒋风飙脆,殷柽晓夜稀④。何年减豺虎,似有故园归⑤。

【题解】

村庄幽僻,人迹罕至。群山绵延,飞鸟远去。楚地炎热,至深秋方收起画扇。久客他乡,少应酬交游,深掩荆扉而懒于梳头。世事艰难,天子与将军尚在勠力平叛,自己忧心忡忡,日渐消瘦。葵草不堪秋风摧折,赤黑的河柳落尽枯叶,枝干稀疏。不知何日才能消灭叛军,使我看到返乡的希望。

【注释】

①村:一作"林"。

②收画扇:一作"藏羽扇"。荆:一作"柴"。

③犹:一作"思"。

④白蒋:葵草。柽:河柳。

⑤减:一作"灭"。

【汇评】

仇兆鳌《杜诗详注》卷二○:此感长安时事,乃伤秋之故。汗马戎衣,吐蕃侵境也。蒋脆桎稀,重入秋景,是借草木零落,以比兵乱凋残,赋中有比。思归而曰"似",未可必之词也。此章,上下各六句。

即　事^①

　　天畔群山孤草亭,江中风浪雨冥冥。一双白鱼不受钓,三寸黄甘犹自青。多病马卿无日起,穷途阮籍几时醒^②。未闻细柳散金甲,肠断秦川流浊泾^③。

【题解】

　　瀼西草堂身处天涯,群山环抱。堂前大江横过,风起浪涌。蒙蒙细雨之中,难以钓致白鱼;黄柑犹青,尚不能食用。虽才如司马相如,却无起用之日,故效仿阮籍穷途而哭,愿醉而不愿醒。关中战争尚未平息,没有听到周亚夫细柳营解散的消息,遥望秦川,肝肠断绝。

【注释】

①诗题一作"天畔"。
②马:一作"长"。
③川:一作"州"。

【汇评】

　　黄生《杜工部诗说》卷九:亦前景后情格,喜其调稍轻。羁旅贫病,言之不一而足,故又借古人言之。旅况如此,加以关中多警,道途梗塞,北望秦川,能不为之肠断耶?末句盖谓水能流而人不能行,浊泾乃韵中字凑手耳。俗儒便谓言浊泾而不言清渭,以喻时乱,何其愚而喜凿也。

　　仇兆鳌《杜诗详注》卷二〇:上四景物,下四感怀。起聊,言客居之萧瑟。白鱼,承江。黄甘,承山。不钓、犹青,言食味艰难也。多病、穷途,而当秦地用兵,则归京无日,所以肠断耳。

夜

绝岸风威动,寒房烛影微。岭猿霜外宿,江鸟夜深飞。独坐亲雄剑,哀歌叹短衣①。烟尘绕阊阖,白首壮心违。

【题解】

峻峭的河岸,寒风呼啸;简陋的草屋,烛光飘忽。山中的猿猴,畏惧寒霜而早早栖息;江上的飞鸟,深夜还在寻觅着归宿。诗人寒夜独坐,把剑叹息,京都战火纷飞,他有心杀敌而头白体衰。

【注释】

①《太平御览》卷五七二引《淮南子》:"宁戚饭牛车下,望见桓公而悲击牛角,而疾商歌曰:'南山粲,白石烂,短褐单裳长止骭。生不逢尧与舜禅,终日饲牛至夜半,长夜漫漫何时旦。"

【汇评】

唐汝询《唐诗解》卷三四:此伤迟暮而不为世用也。前二联赋寒夜之景,后二联述所感之怀。亲雄剑则壮志犹存,叹短衣则贫窭已甚。因言国难方兴,思一自效,而居然白首,有乖壮心,徒增感慨也。时大历二年,边有吐蕃之警,故及烟尘云。

仇兆鳌《杜诗详注》卷二〇:猿宿鸟飞,承风威,此夜中景。独坐哀歌,承烛影,此夜中事。末承三联,伤暮年不能靖乱也。

边连宝《杜律启蒙》五言卷八:风动故烛微。三、四寒房以外之景,五、六寒房以内之事,末承五、六作结。

耳 聋

生年鹖冠子,叹世鹿皮翁①。眼复几时暗,耳从前月聋。

猿鸣秋泪缺，雀噪晚愁空。黄落惊山树，呼儿问朔风。

【题解】

我流落楚地，如同那衣蔽履空、以鹖为冠的鹖冠子，又似那幽居深山、卖药于市的鹿皮翁，眼睛不知道从什么时候开始模糊看不清了，上个月耳朵也听不见了。世事艰难，听不见或许更好。秋日猿猴哀鸣时，我不会因触景伤情再流泪；黄昏时刻麻雀聒噪，我不会再因思念故乡而忧愁。惊见山中枯黄的树叶飘落，我才唤来儿子问他冬天是否到了。

【注释】

①《文选·刘峻〈辩命论〉》：“至于鹖冠瓮牖，必以悬天有期。”李善注引刘向《七略》：“鹖冠子者，盖楚人也。常居深山，以鹖为冠，故曰‘鹖冠’。”刘向《列仙传》卷下载，鹿皮翁者，淄川人。居岑山上，食芝草，饮神泉，且七十年著鹿皮衣。后百余年，下卖药于市。

【汇评】

黄生《杜工部诗说》卷七：四始出题，亦养局之法。五、六是闻境，七、八必转一见境，调始不重。三虽衬对，然与七、八为针线，句亦非剩。“缺”字工甚，遍想仄声字，皆无以易此。五、六应“叹世”句，“泪缺”“愁空”，聊写聋意耳。其实，未尝缺，未尝空也。

吴瞻泰《杜诗提要》卷一〇：通首俱是叹世，而借耳聋以发之。前三句未出题，而横插“眼暗”一句，意谓眼复再暗，则不但于世无闻，且无见矣。其语甚愤。既又复作欣幸之词，谓猿鸣宜泪，雀噪必愁，今因耳聋，而泪缺，而愁空矣，实写耳聋正面。结以游戏出之，描写出有见无闻之状，并“眼暗”句亦关照如画。八句诗，前后几番层折，几番顿挫，绝似一篇大文章，不得以小题目限之也。

石闲居士《藏云山房杜律详解》五律卷六：此诗因耳聋而作，却以眼暗作陪。盖耳聋眼暗，乃连类而及之事。本是恨耳聋，又若幸其聋。幸其聋，正所以深恨其聋，此透过一层法，所谓正言若反者此也，其真以耳聋为幸哉？

独坐二首

其一

竟日雨冥冥，双崖洗更青。水花寒落岸，山鸟暮过庭。暖老须燕玉，充饥忆楚萍①。胡笳在楼上，哀怨不堪听。

【题解】

雨整日下得昏天黑地，将瞿塘峡两岸的高山冲洗得更为青翠。江水凛冽，花儿飘落岸边；暮色苍苍，鸟儿飞过草堂。年老畏寒，思得燕玉以保暖；饥肠辘辘，忆剖楚萍来充饥。但燕玉、楚萍本是人间难得之物，缺衣少食又奈若何。白帝城楼传来阵阵胡笳声，凄然而不堪听闻。

【注释】

①《搜神记》卷一一载，杨伯雍葬父母于无终山，有人与石一斗，令种之，玉生其田。又北平徐氏有女，伯雍求之，要以白璧一双。伯雍至玉田，求得五双，徐氏妻之。《孔子家语·致思》载，楚王渡江得萍实，大如斗，赤如日，剖而食之甜如蜜。

【汇评】

王嗣奭《杜臆》卷九：瞿塘双崖，朝夕相对，雨洗而更青，若厌之者。水花无情，因寒落岸；独山鸟有情，暮而过庭，见人之不如也。暖老须被，充饥须食，无被无食，想及燕玉、楚萍，此人间必不可得之物，而衣食之难得如之，语似谑而情则苦矣。故胡笳本在楼上，于人何预？而声之哀怨殊不堪听，不知哀怨从吾心生，非关笳也。

仇兆鳌《杜诗详注》卷二〇：诗以独坐命题，伤村居寥落也。上四景物，下四感怀。

其二

白狗斜临北，黄牛更在东①。峡云常照夜，江日会兼风②。

晒药安垂老,应门试小童。亦知行不逮,苦恨耳多聋③。

【题解】

白狗峡在夔州之东北,黄牛峡更在白狗峡的东面,何时才得出峡而去呢?峡中之云,无日无夜飘浮着;江上之风,无休无止地吹着。垂老多病,非药而不安,故须时时不忘晒药。耳聋更兼足弱,难以远行,困受家中,觅一小孩姑且当作门童。

【注释】

①白狗:白狗峡,在今湖北秭归。黄牛:黄牛峡,在今湖北宜昌。

②日:一作"月"。

③逮:一作"远"。

【汇评】

王嗣奭《杜臆》卷九:白狗峡在归州,黄牛峡在夷陵,而夷陵又在归州之东。二峡去夔尚远,因近无与侣而悬想及之。一"斜临北",一"更在东",若俨然陪我而坐者,而绝不露其为峡,此文人笔端游戏,若鸟兽同群然者,以见所与无斯人之徒也。至于目前常见,尚有峡之云、江之日。"峡云照夜"者,返照也;日已落而光映高云,夜而犹照,见云之多情也。江中所见之日,朝出之日也;日渐高而生风,若有挟之而来,见日之多情也:皆借以形人情之薄也。以此遂思出峡而预为之计,早已晒药以安我之垂老,又以应门试小童之能否。亦知身之行已不逮,非药不可;且恨耳聋,客至非将命之童不可也。二诗意极悲,而玄超不著色相,无迹可寻,可谓妙入神者。

仇兆鳌《杜诗详注》卷二〇:此亦对景而叹寂寥,格同上章。白狗临北,黄牛在东,而身坐两峡之间,唯见夜中云映,日下风生,常伴旅人耳。晒药应门,旅居差堪自给,乃足行不逮,而此身无复有为,耳听多聋,而世事并且不闻。平生壮志雄心,至此销歇,言之不胜悲怅矣。末联,另作转语,方有曲折。

月

　　四更山吐月,残夜水明楼。尘匣元开镜,风帘自上钩。兔应疑鹤发,蟾亦恋貂裘。斟酌姮娥寡,天寒奈九秋[①]。

【题解】

　　四更时分,月亮从山头钻了出来,好像把宝镜从尘封的匣子里拿了出来。风吹开帘幕,弯弯的月儿如玉钩悬于空中。月光照在水面上,水边的小楼明亮起来。月中的玉兔,应该惊疑我的满头白发;月中的蟾蜍,或许会贪恋我的暖裘。孤零零的嫦娥,不知如何度过这寒意萧索的秋日。

【注释】

　　①九秋:秋季共九十日,又指深秋。

【汇评】

　　金圣叹《唱经堂杜诗解》卷四:此题最无分晓。法应书何地月,或何时月,乃今只标一"月"字,便似咏物通套题耳。而其诗却又云"四更山吐",极不通套。然则还是此处山高,四更方见,还是下句月迟,四更乃吐耶?及至读其诗,反复哀怨,而后始知先生满肚忠君爱国,而当时又有不可显言者,于是托喻于月,以宛转摅其欲吐难吐之情抱也。设有嗔责之者,即不妨指题婉谢之曰:"臣咏月也,非臣自咏。"于是先生即一字之题,无不备极风人之遥深矣。

　　仇兆鳌《杜诗详注》卷一七:上四咏将尽之月,下则对月自怜也。四更山吐月,乃二十四五之夜。月照水而光映于楼,故曰水明楼。月魄留痕,如匣边露镜,此承吐月。弯月挂檐,如钩上风帘,此承明楼。月色临头,恐兔疑白发。月影随身,如蟾恋裘暖。从月色下,写出衰老凄凉之况。姮娥独处而耐秋,亦同于己之孤寂矣。

　　潘德舆《养一斋诗话》卷一:杜诗一首之中,好丑杂陈,至天地悬隔者,莫如"四更山吐月"一首。此起二句,高深清浑,笔有化工。第三句则曰"尘匣元开镜"，直儿童语矣。第四语"风帘自上钩"，则又隽拔自如，即目得景，不可思议也。五、六"兔应疑鹤发，蟾亦恋貂裘"，又系卑格。收云"斟酌姮娥寡，天寒耐九秋"，夫姮娥之寡不耐寒，何斟酌之有？"斟酌'二字，下得痴重可笑。岂非好丑相悬不可以道里计耶。然杜之拙处在此，其高出千古处亦在此。非丑拙之不可及，盖题无巨细，句无妍媸，一派滚出，所以为江河力量也。若着意修饰，使之可人，则近人之作耳。

秋　峡

江涛万古峡，肺气久衰翁。不寐防巴虎，全生狎楚童。衣裳垂素发，门巷落丹枫。常怪商山老，兼存翊赞功[①]。

【题解】

万古高峡，江涛奔涌，衰翁久困于肺疾，滞留此处。巴地多虎，夜深难寐；客居他乡，虽童稚亦不敢轻慢。白发萧索，门庭寂寞。想到商山四皓年老而犹能辅佐太子，不能不为之叹服。

【注释】

①常：一作"尝"。商山老：商山四皓。

【汇评】

顾宸《辟疆园杜诗注解》五律卷一一：此诗前四句一气，后四句一气。前谓处此万古之涛峡，当此久病之衰年，虎固可畏，童亦宜狎，何敢出而与人物争。后谓老景既可暂安，门巷亦复幽僻，我亦四皓，我亦商山，窃怪其多此功业想。

仇兆鳌《杜诗详注》卷一九：江峡、衰翁，首联并提。中二承江峡，下四承衰翁。万古峡边，衰翁独处，起语不寒而栗。夜须防虎，昼宜狎童，物性人情，种种可畏矣。且素发老人，对此丹枫零落，暮年秋景，万事灰心。若商山四皓，老立功名，常怪其精力过人也。

边连宝《杜律启蒙》五言卷八：以万古之峡而贮久衰之翁，则夜则防虎，昼则防人，白发萧条，门庭寂寞，此际此心，真如死灰难燃矣。而商山四皓独能老立功名，何也？或是精力之强，亦其遭际之隆耳。

秋　清

高秋苏肺气，白发自能梳①。药饵憎加减，门庭闷扫除。杖藜还客拜，爱竹遣儿书。十月江平稳，轻舟进所如。

【题解】

秋高气爽，身体也有所好转，终于能够给自己梳头了，也能够拄着拐杖接见客人了。前段时间总是吃药，已经颇为厌倦；身体不好，也懒得与人往来。庭院里的竹子很讨人喜爱，兴来作诗，就命儿子书写。等到十月份江平浪静，我就可以乘坐小船去想去的地方。

【注释】

①肺：一作"病"。《黄帝内经素问》卷一《四气调神大论》："无外其志，使肺气清，此秋气之应，养收之道也。"

【汇评】

黄生《杜工部诗说》卷七：肺，金藏也。病剧于秋，以金旺故。秋高则金气衰而肺病苏矣。因病愈起下峡之兴，故作是诗。"自能梳"，前此不能自梳也。"憎加减"，屡无效也。"闷扫除"，懒应接也。三、四追述，五、六即事，七、八悬期，并属藏头句。谓言前此药饵憎加减，久矣门庭闷扫除。今始杖藜还客拜，欣然爱竹遣儿书。屈指十月江平稳，准拟轻舟进所如。叙久病之况，叙久病初愈之况，皆如目睹。结以"十月"应"高秋"。"所如"不言何地，以常在口故，亦极似心口相照之语。

仇兆鳌《杜诗详注》卷一九：首句总领，下五句皆承肺气苏。轻舟出峡，言秋尽冬初之事。憎加减，嫌其无效。闷扫除，懒于应接。答拜还须扶杖，题竹仍遣儿书，此摹写病后情状极肖。

边连宝《杜律启蒙》五言卷八：首句以病愈领起，下五句皆病愈之事，末则言病愈而可以出峡也。憎加减,无事于加减也;闷扫除,借扫除以释闷也。六句言题竹以诗,而遣儿书也。

云

龙以瞿唐会,江依白帝深①。终年常起峡,每夜必通林②。收获辞霜渚,分明在夕岑。高斋非一处,秀气豁烦襟。

【题解】

山川为云之渊薮,云又跟从龙而来,瞿塘峡为龙会聚之所,江水深依白帝城,故夔州一带云雾缭绕,终年不散,昼夜浮于林峡之上。秋日稻子收割之后,云气从低处的岸渚转移到山头。黄昏时分,山陂上一处又一处的草屋云气蒸腾,望去令人悦目爽心。

【注释】

①龙:一作"云"。以:一作"自"或"似"。
②夜:一作"宿"。通:一作"过"。

【汇评】

仇兆鳌《杜诗详注》卷二〇:此诗咏云,有水云、山云之别。江为龙窟,水气上升,而布于林峡,此水云也。及秋尽收成,则龙蛰水落矣,故江渚云辞,而夕岑独挂,此山云也。山云淡微,故云秀气豁烦襟。

浦起龙《读杜心解》卷三之六:通首一气呵成,亦如龙之嘘气成云。……言龙,致云之物也。此间"白帝""瞿塘",乃其窟宅,故云"常起峡"而势"每通林"。只今获毕之处,虽与江口相悬,而一带所见,无非云气秀发,岂不以近峡故乎。要之诗之作于瀼西、东屯之间,因见近地山云而发。上半特其落想耳,非远近分咏之格。

夜二首

其一

白夜月休弦,灯花半委眠①。号山无定鹿,落树有惊蝉。
暂忆江东鲙,兼怀雪下船。蛮歌犯星起,重觉在天边②。

【题解】

夜色如昼,灯花半落。似梦似醒之间,恍惚听见野鹿号于山中、惊蝉落
于林下。思绪纷纷,仿佛置身吴越,忽闻巴楚蛮人之俚曲,顿时清醒,仰望
星空,方觉自己原来正滞留在天涯。

【注释】

①《大唐西域记》卷二《岁时》:"月盈至满,谓之白分;月亏至晦,谓之黑
分。"白:一作"向"。半委:一作"委半"。

②重:一作"空"。

【汇评】

吴瞻泰《杜诗提要》卷一〇:二、七两句是关锁,本因夜而眠,眠而不
得安枕,故又见星而起也。中二联,言鹿之无定、蝉之有惊,因而思江东
之鲙、雪下之船,直是竟夜不眠景状。及听蛮歌,犯星而起,乃觉仍滞天
边也。不说己不眠而起,说蛮歌起,蓄恨在此。然究竟非"蛮歌犯星起"
也,乃公闻蛮歌而犯星起。挽转"眠"字,何等气力。炼一"犯"字,有不应
起而起之意。

仇兆鳌《杜诗详注》卷二〇:此章先景后情,从夜月叙起。无心看月,故
云休弦。待灯花半落,身方就眠,却闻号鹿惊蝉,虽眠不寐矣。故思及鲈鲙
雪船,如身游吴越之间。忽听蛮歌四起,方觉身在天边,孤栖如故也。

边连宝《杜律启蒙》五言卷七:首句,谓上弦已过也。次句,谓灯花半委
于将眠时也。然以号山之鹿,兼致落树之蝉,则竟不得眠矣。既不眠矣,于

是思出峡而游吴。张翰之忆鲙,子猷之访戴,皆吴越事也。于是兴致勃勃,此身真若在吴,忘乎其为峡中矣。及闻犯星之蛮歌,始觉其为天边耳。蛮歌犯星,盖已一夜不眠矣。

其二

城郭悲笳暮,村墟过翼稀。甲兵年数久,赋敛夜深归。暗树依岩落,明河绕塞微。斗斜人更望,月细鹊休飞。

【题解】

兵火连年,生民窘困。日暮城笳悲鸣,荒村人烟稀少。入城缴纳赋税之乡民,深夜方且归来。星光熹微,月细林黑。诗人夜不能寐,斗斜犹望,思乡之情难以抑制。

【汇评】

吴瞻泰《杜诗提要》卷一〇:上截,城郭、村墟、甲兵、赋敛,立论甚大,下截忽作景语,全不出意,若两两开说。不知诗之妙处,全在若离若合之中,具有深情至理。盖上四句,是苦兵重赋,居人无所栖息。故下四句,即化魏武诗,以见己无枝可依。乃上截起下截法,八句原是一气,只妙在不说破耳。

仇兆鳌《杜诗详注》卷二〇:次章,景情夹叙,将月细作结。一、二将夜之景,三、四伤夔人之重困,五、六夜尽之景,七、八伤一己之孤栖,此亦虚实相间格。过翼稀,见村野荒凉。公欲北归,而嫌鹊南飞,故嘱其休飞也。

边连宝《杜律启蒙》五言卷七:首二,初夜之景;次二,夜深之事;后四,又后半夜之景也。忽而景,忽而事,忽而又景,未知于律法何如?

雨四首

其一

微雨不滑道,断云疏复行。紫崖奔处黑,白鸟去边明。秋日新沾影,寒江旧落声。柴扉临野碓,半湿捣香粳^①。

【题解】

秋来半晴半雨,雨下得不大,地面没有湿透。浮云稀稀疏疏,似断还续,经过势如骏奔的山崖时变为黑色,白鸟飞去的那边则变得明亮。一会儿太阳又出来了,万物的影子都给沾湿了,但寒江之上,依然时不时响起雨落的声响。柴门外的水碓,正在舂着半湿的香粳。

【注释】

①湿:一作"得"。

【汇评】

黄生《杜工部诗说》卷五:前半不烦绳削,后半极力经营。自起句外,止"沾""湿"二字着雨,其余俱是衬说,此文家避实击虚之法也。悟得此法,则虚处破,实处亦破。五、六与"河汉不改色,关山空自寒"并于题外取神。结"半湿"字与"暗满"字亦同一缩法。旧评此云:雪诗中偏写月,雨诗中偏写日,皆以反攻逆击见奇,笔端不可方物。

仇兆鳌《杜诗详注》卷二〇:首章,记倏晴倏雨之象。上二雨、云对起,三、四承断云,下四承微雨。崖奔之处,云行而见其黑。鸟去之边,云疏而见其明。上四字各另读,诗意本顺。

浦起龙《读杜心解》卷三之四:四首亦皆深秋微雨中所得,《杜臆》所谓秋霖也。……"奔处黑",山足连绵如奔,其凹处不得天光也。"去边明",白鸟飞翔既远,晴光反夺,阴色反显也。日乍漏而新沾之影的然,江常泻而旧落之声自若。四语状乍晴乍雨,十分工致。结就山家风物,点出"半湿"字,与起应。

其二

江雨旧无时,天晴忽散丝。暮秋沾物冷,今日过云迟。上马回休出,看鸥坐不辞①。高轩当滟滪,润色静书帷②。

【题解】

江雨倏忽难测,说来就来,说停就停。天刚刚放晴,雨丝又落了下来,暮秋时分沾在身上感觉很冷。今天浮云移动得很慢,我本来骑上了马,现在折回来就不想再出去了,于是坐在窗口观看江中的鸥鸟。高敞的长廊对着滟滪堆,润泽的山光水色映入帷幔。

【注释】

①辞:一作"移"。

②高:一作"层"。

【汇评】

仇兆鳌《杜诗详注》卷二〇:次章,记雨中候晴之景。朱彝尊曰:微雨断云,俗谓之过云雨。旧无时,不时常雨。过云迟,云中带雨也。回马看鸥,避雨之事。润色入帷,观雨之趣。上二首咏雨,尚在怡情处,下二章咏雨,却在伤心处矣。

浦起龙《读杜心解》卷三之四:此与上章略同。峡内本多云雨,故首句下一"旧"字。晴亦散丝,正所谓"旧无时"也。此二句泛言平时。三、四入题,而上句犹泛言连日少霁,下句乃专言本日多阴。五、六一事一景。结就所居处设色。

杨伦《杜诗镜铨》卷一七引李因笃曰:上首写雨,此兼写对雨之人。以下情感,更逐层推出。

其三

物色岁将晏，天隅人未归。朔风鸣淅淅，寒雨下霏霏。多病久加饭，衰容新授衣^①。时危觉凋丧，故旧短书稀^②。

【题解】

到了年末，尚远泊于天涯而不得归去。北风淅淅，寒雨霏霏。多病而长时间少吃多餐，体弱而早早穿上了冬衣。时事艰危，故旧凋丧，连短札也日渐稀少。

【注释】

①《诗·豳风·七月》："九月授衣。"授衣，备制冬衣。

②凋丧：一作"丧乱"。

【汇评】

王嗣奭《杜臆》卷九：想到岁晏而未归，便觉风雨之可厌。所喜病久加饭，则将愈矣；衰容授衣，有起色矣。然有膂力而后可营四方，病虽稍安，而念及时危，便觉凋丧。乃故旧之短书犹稀，则世亦以废人待我矣，我亦何心于斯世耶。友朋相与，近者短书，远者长书。短书犹稀，况长书乎？近者且然，况远者乎？

仇兆鳌《杜诗详注》卷二〇：三章，叙雨中客况。首二总提，三、四应物色将晏，下四应天隅未归。淅淅，风细声。霏霏，雨微貌。加饭授衣，旅人自慰。故旧书稀，又觉自伤矣。

浦起龙《读杜心解》卷三之四：此与下章，对雨而志感。本章就身事言，阻归期也。上四，爽朗一气，从岁晚客居情事，带出雨来，笔笔空灵。下将近况一顿，跌出"凋丧""书稀"。身虽粗安，乡关难问，归终未卜矣。

其四

楚雨石苔滋，京华消息迟。山寒青兕叫，江晚白鸥饥。神女花钿落，鲛人织杼悲^①。繁忧不自整，终日洒如丝。

【题解】

楚地多雨潮湿,石头上长满了青苔。寒冷的秋雨中,山里的青牛抬头长鸣,江上的白鸥饥饿不归。看着细雨如丝,花草零落,想着京都的消息又迟迟未来,终日心中烦乱。

【注释】

①鲛:一作"蛟"。

【汇评】

王嗣奭《杜臆》卷九:全发忧世之意,而所忧乃京师也。中四句比凶人得志,负士坎壈,寡妇穷民,苦于兵凶赋急,忧端甚多,不能自理,所以对雨丝而兴怆也。

吴瞻泰《杜诗提要》卷一〇:雨虽微而已久,则石苔滋,故通章俱怨雨之词。妙在起一句即断,而接"京华消息迟",大是不测。方舟谓:写景不测者,"秋风落日斜"是也;用意不测者,"京华消息迟"是也。意景虽殊而法不殊,悟此知次句之有开法,笔路纵横跌宕矣。中二联皆比体,见久雨之繁忧。"繁"字正与"如丝"字对照。

仇兆鳌《杜诗详注》卷二〇:四章,叙雨中忧绪。此诗结构,人但知首尾相关,二与七应,一与八应,而不知中间即景寓意,俱是双关。

戏作俳谐体遣闷二首

其一

异俗可吁怪,斯人难并居。家家养乌鬼,顿顿食黄鱼①。旧识难为态,新知已暗疏②。治生且耕凿,只有不关渠③。

【题解】

夔州这个地方风俗很奇怪,真很难与土著生活在一起。他们家家侍奉乌鬼,顿顿饱餐黄鱼,哪怕是旧日相识也是惺惺作态,虚与委蛇,对于新知更是貌合神离。我姑且独自耕田凿井，不与他们往来。

【注释】

①乌鬼：巴楚间所侍奉之鬼神。或以为指鸬鹚、鸦雏、乌蛮龟、猪等。

②难：一作"能"。

③关：一作"开"。

【汇评】

仇兆鳌《杜诗详注》卷二〇：此诗厌居夔州而作也。异俗难居，二句领起，三、四言俗之可怪，五、六言人难并居，末欲付之不问，聊以遣闷也。

又引卢元昌曰：乌鬼可异，家家供养，则以异为常。黄鱼本常，顿顿皆食，则虽常亦异矣。旧识而多倦态，新知亦唯貌亲，总见交情之薄。

其二

西历青羌坂，南留白帝城①。於菟侵客恨，粔籹作人情②。瓦卜传神语，畲田费火声③。是非何处定，高枕笑浮生④。

【题解】

我从秦中出发，西至嘉州，又南到白帝城，滞留于巫山。这里的环境非常恶劣，时常可以听见虎吼之声，人们用一种叫粔籹的食物作礼品，用瓦片来占卜，还停留在刀耕火种的阶段。他们习惯了这种生活，还用异样的眼光看待我。我也不愿多作解释，唯有闭门不出，自笑浮生而已。

【注释】

①青羌坂：代指唐之嘉州，今四川乐山。朱鹤龄注："唐嘉州本古青衣羌。"坂，原作"板"，据他本改。

②於菟：老虎，一作"穀於"。粔籹：用发酵后的米粉拌蜜糖煎炸的食品，犹今之馓子。

③瓦卜：用瓦片占卜。《岳阳风土记》载，荆湖民俗，疾病不事医药，惟灼龟打瓦，或以鸡子占卜，求祟所在，使俚巫治之。声：一作"耕"。

④浮：一作"平"。诗末原有注："顷岁自秦涉陇，从同谷县出游蜀，留滞于巫山也。"

仇兆鳌《杜诗详注》卷二〇：次章，亦叹夔俗之可怪也。首二叙客夔之由，中四记土俗之异，末言此地是非，不必与论，但当以一笑置之耳，所谓遣闷也。於菟惊客，险而可怪。粔籹赠人，陋而可怪。瓦代龟卜，怪其矫诬。火当水耕，怪其创见。

昔　游

昔谒华盖君，深求洞宫脚①。玉棺已上天，白日亦寂寞②。暮升艮岑顶，巾几犹未却③。弟子四五人，入来泪俱落。余时游名山，发轫在远壑④。良觌违夙愿，含凄向寥廓。林昏罢幽磬，竟夜伏石阁。王乔下天坛，微月映皓鹤。晨溪响虚驶，归径行已昨⑤。岂辞青鞋胝，怅望金匕药⑥。东蒙赴旧隐，尚忆同志乐。休事董先生，于今独萧索⑦。胡为客关塞，道意久衰薄。妻子亦何人，丹砂负前诺。虽悲鬓发变，未忧筋力弱⑧。扶藜望清秋，有兴入庐霍⑨。

【题解】

往年漫游梁宋时，我曾不辞辛劳去拜谒一位隐居的道士。傍晚时分，我登上了王屋山东北的山顶，找到道院，可惜这位道士已经羽化而去，只留下他生前用过的头巾和几案。随行的四五个弟子见此情形，悲伤不已。那时我为了觅求仙缘，经常探访名山胜水。这次无缘一睹仙长之面，了却平素心愿，心中也颇为惆怅。林木昏暗，磬声幽幽，我整晚都待在石阁。恍惚之中，仿佛见那王子乔从天坛上下来，在月光下跨上了白鹤。清晨我伴着山间淙淙的溪流声原路返回，当时穿着草鞋，哪怕脚板上磨出了硬茧也不觉得辛苦，只是遗憾没能求得灵丹妙药。于是我又转向东蒙，重游旧地，至今尚能回忆起与诸人相伴而行的快乐。不过一想起当时服侍董炼师的情形,现在又不免感到萧索凄凉。我不明白的是,为何我会长时间地寄居于夔州。很久以来,为家室所累我失去了求道之心,空负了从前炼丹访道的诺言。头发虽由黑变白,可我尚有筋力去访道,希望在明净爽朗的秋天,兴致盎然地去访庐、霍。

【注释】

①华盖君:指隐居的道士。仇兆鳌注引葛洪《神仙传》:"昔周王子乔养道于华盖山,后升仙,号华盖君。"深求洞宫脚:一作"绿袍昆玉脚"。洞宫,传说燕昭王得洞光之珠以饰宫,王母三降其地,称为洞宫,后指洞府、道院。

②《后汉书·王乔传》:"乔有神术,每月朔望,常自县诣台朝。……后天下玉棺于堂前,吏人推排,终不摇动。乔曰:'天帝独召我邪?'乃沐浴服饰,寝其中,盖便立覆。"寂:一作"冥"。

③艮岑:东北方的山峰。《易·说卦》:"艮,东北之卦也。"岑,一作"峰"。巾几:头巾与案几。

④发轫:启行。轫,刹车木。屈原《离骚》:"朝发轫于苍梧兮,夕余至乎悬圃。"

⑤响:一作"向"。驶:一作"驶"。

⑥怅望:一作"惆怅"。金匕:金鼎玉匕,道家炼丹器具。药:仙丹。

⑦休:一作"伏"。

⑧鬓发变:原作"发变鬓",据他本改。鬓,一作"须"。

⑨扶:一作"杖"。庐:庐山。霍:霍山,道家所指为南岳衡山。

【汇评】

浦起龙《读杜心解》卷一之二:此因客途多累,思与学道者游。华盖之谒,系游梁宋间事。董先生之赴,系游齐鲁时事。华盖君久殁,董先生尚存。而董复不在旧隐,移栖庐、霍,欲往从之。故作此以见意。其向往之处在后半,而前半历访先之人,乃追溯因由,于本篇为陪客也。分前后两段看。中四句,则上下枢纽。起四句,提起往访已殁大意。"暮升"四句,叙访而已殁之事。"余时"四句,述访而已殁之情。"林昏"四句,托宿阒寂之景。其曰"王乔下天坛"者,意中如见其神灵也。中四句,上下摇曳,情景俱会。言昨日之来踪,乃今日之归径。足胝非所惜,金丹常系思也。遥遡当日不遇斯人,复寻他隐,神致跃跃。"东蒙"以下入正文。此四句,亦是援往以递今,乃引下口气。"胡为"四句,怅目前之负约。"虽悲"四句,冀将来之重赴。全首主意,归结在此。

大觉高僧兰若① 和尚去冬往湖南

巫山不见庐山远,松林兰若秋风晚②。一老犹鸣日暮钟,诸僧尚乞斋时饭③。香炉峰色隐晴湖,种杏仙家近白榆④。飞锡去年啼邑子,献花何日许门徒⑤。

【题解】

杜甫在夔州结识了高僧大觉,秋日去寺庙拜访,不料后者上年冬天已经前往湖南了。他怅然而返,写下此诗。袅袅秋风中,我来寺院寻访大觉,谁知他已经离开巫山了。日暮时分,钟声敲响,众位僧人开始用斋。庐山风景秀丽,人烟稠密,令人留恋。大觉和尚已经离开一年了,这里的信徒都很想念他,希望他早日归来。

【注释】

①兰若:梵语"阿兰若"的省称,意为寂静、无苦恼烦乱之处,此指寺院。

②林:一作"间"。

③一老:有德行的老人。《诗·小雅·十月之交》:"不慭遗一老,俾守我王。"

④慧远法师《庐山记》载,山东南有香炉山,孤峰秀起,游气笼其上,即氤氲若香烟。其南岭临宫亭湖,下有神庙,以宫亭为号。众岭中第三岭极高峻,岭下半里许有重岩,上有悬崖,古仙之所居。汉董奉馆于岩下,常为人治病,病愈者令栽杏五株,数年之间,蔚然成林。计奉在人间近三百年,容状常如三十时,俄而升仙,绝迹于杏林。

⑤飞锡:僧人外行所持锡杖。

仇兆鳌《杜诗详注》卷二〇：此高僧已往湖南，而题诗于寺也。上四言巫山事，下四言庐山事。一老诸僧，守寺遗规。香炉杏林，庐山胜迹。啼邑子，前惜其去。许门徒，今望其回。

杨伦《杜诗镜铨》卷一七：风调颇似摩诘。

东屯月夜

抱疾漂萍老，防边旧谷屯^①。春农亲异俗，岁月在衡门。青女霜枫重，黄牛峡水喧。泥留虎斗迹，月挂客愁村。乔木澄稀影，轻云倚细根。数惊闻雀噪，暂睡想猿蹲。日转东方白，风来北斗昏。天寒不成寝，无梦有归魂^②。

【题解】

诗写杜甫在东屯彻夜难眠之境况。我身如浮萍，抱病漂流至东屯，在这风俗迥异的乡间，从春天一直滞留到秋天。今夜明月高悬于孤村，乔木的树影稀稀疏疏，崖边的轻云欲动不动，深秋红红的枫叶寒霜凝重，泥土上老虎打斗的痕迹历历在目，黄牛峡中急流的喧闹声清晰可闻。好不容易像猿猴蹲着那样踡着身子打了个盹，又几次被鸟雀的叫声惊醒。就这样在煎熬中渡过了漫长的一夜，直到北斗为风刮得昏黑，东边泛出鱼肚白，我还是没能做成一个回家的梦。

【注释】

①疾：一作"病"。

②寝：一作"寐"。有：一作"寄"。

【汇评】

吴智临《唐诗增评》卷一：此因月夜不寝而作。首句冒起通篇，次句点明东村，三、四承东村笼月夜。"青女"四句写节侯，点出月夜。"乔木"四句,正写月夜。"日转"四句,写月夜将明,就题后结。首尾见羁旅之意,妙在先安首五字,觉全篇字字写景,字字写情。

杨伦《杜诗镜铨》卷一七引何焯曰:此非玩月,乃彻夜不寐之况。

东屯北崦①

盗贼浮生困,诛求异俗贫。空村惟见鸟,落日未逢人②。步壑风吹面,看松露滴身。远山回白首,战地有黄尘。

【题解】

盗贼作乱,生民困顿不堪。官府盘剥,百姓异常贫穷。村庄里空空荡荡,唯有飞鸟经过;直至落日惨淡,依然未见一人。缓步走在山谷中,凉风扑面而来;驻足静观松林,露珠浸湿了衣裳。白首而回顾北崦,依稀可见战火纷飞。

【注释】

①崦:泛指山;原作"俺",据他本改。

②未:一作"不"。

【汇评】

王嗣奭《杜臆》卷九:此诗前后皆荒乱景象,而颈联有清幽之致,亦枯槁中生意也,不妨并见。

汪灏《树人堂读杜诗》卷二〇:借一村写出乱后荒凉,人散之惨,以该天下。

边连宝《杜律启蒙》五言卷八:缘盗贼,故有诛求。浮生皆困,则异俗亦贫。至于见鸟而不逢人,则贫困极矣。五、六,正不逢人景况。回首战地,伤吐蕃寇边也,与盗贼应。

从驿次草堂复至东屯茅屋二首①

其一

峡内归田客,江边借马骑②。非寻戴安道,似向习家池。
山险风烟僻,天寒橘柚垂③。筑场看敛积,一学楚人为。

【题解】

大历二年冬天,诗人从驿站借马而骑至瀼西草堂,察看果园后又至东屯,赋此二首诗以纪行。我这个隐居峡中的老头,在江边驿站借来一匹马,骑上它不同于王子猷的雪夜访戴,也不像山简的出游习家池,我只是在为生计而奔波。瀼西果园的橘子、柚子已经成熟了,沉甸甸地挂在枝头上。农家忙着修筑禾场,我也该学学楚人将稻子都收上来堆着。

【注释】

①诗题一本无"茅屋"两字。复:一作"后"。
②峡:一作"山"。内:一作"里"。客:一作"舍"。归田客:张衡有《归田赋》。
③山:一作"地"。僻:一作"合"。

【汇评】

仇兆鳌《杜诗详注》卷二〇:此章,从驿次至东屯。下四,叙其景事。公骑马不乘船,故非戴而似向习。

张溍《读书堂杜诗注解》卷一七:二联言借马非访友游池,止为治生收获之事耳。公诗真率如此。似向,言非实为此也。第三联是马上所见之景。结句是到屯所营之事。

其二

短景难高卧,衰年强此身。山家蒸栗暖,野饭射麋新①。
世路知交薄,门庭畏客频。牧童斯在眼,田父实为邻②。

【题解】

禾稻收割,事关生计,难以高卧而置之不理,秋冬日短,所以我以衰老之身借马出行。世路艰难,知交稀少,畏惧无益之交游。山民力耕而食,以亲自采摘而来的板栗与射猎而来的麋鹿为生。我也要与眼前的牧童、田父一样,踏踏实实为生计而奔波。

【注释】

①《左传·宣公十二年》:"麋兴于前,射麋丽龟。"

②斯:一作"须"。

【汇评】

王嗣奭《杜臆》卷九:世路之知交既薄,门庭之畏客频来,故复至东屯也,宁牧童与对,而田父为邻也。

张溍《读书堂杜诗注解》卷一七:此首较前推广言之,言收割之事,实关养生。所以老景衰年,难以高卧,不得不强此身亲为之。此借马仆仆之故也。畏薄交,厌过客,历久知其无益。惟一意与牧童、野老共理农事,为当务之急耳。此等真语,皆他人所不肯说。

边连宝《杜律启蒙》五言卷八:日影已短,故难高卧;年颜虽衰,仍强此身。往来劳苦以勤收获,正所以强此身也。

暂往白帝复还东屯①

复作归田去,犹残获稻功。筑场怜穴蚁,拾穗许村童。落杵光辉白,除芒子粒红②。加餐可扶老,仓庾慰飘蓬③。

【题解】

到白帝城去了一趟,就忙着往回赶,因为稻子收获的事情还没有忙完。修筑禾场填平了一些蚂蚁窝,不免于心不忍;至于掉在田里的稻穗,就任凭村里的孩童去捡拾。新谷春出的米又白又亮,其中还有一些鲜艳的红米。吃饱了饭,衰老的身子也有力气了。仓廪装满粮食,对我们这些流离失所的人是莫大的安慰。

【注释】

①往：一作"住"。

②除：一作"殊"。

③庾：一作"廪"。

【汇评】

仇兆鳌《杜诗详注》卷二〇：上四东屯收稻，下言旅食可资。归田，复还屯上也。犹残，刈获未完也。

杨伦《杜诗镜铨》卷一七引蒋弱六曰：一片天地父母之心，随触而见。

边连宝《杜律启蒙》五言卷八：次句申明首句，三、四正是获稻，五、六则获毕之事也，末联自慰之词。

茅堂检校收稻二首

其一

香稻三秋末，平田百顷间①。喜无多屋宇，幸不碍云山。御袂侵寒气，尝新破旅颜。红鲜终日有，玉粒未吾悭。

【题解】

此二首写杜甫在东屯督察收稻之事。其一写丰收的喜悦。深秋时节，东屯平田上一百顷稻田开始收割。幸好这里没有多少人家，可以一览无余。天气转凉了，要穿上夹衣。品尝到新鲜的稻米，客居他乡的愁闷也有所消解。整日都能看到收割上来的红米，看来今年真是大丰收。

【注释】

①田：一作"畴"。

【汇评】

王嗣奭《杜臆》卷九：前联正赋茅堂。当其收获，必嫌屋隘，而反言之，更见风致。"红鲜",谷也,络绎收回,故云"终日有"。贫家暴富光景可笑。

仇兆鳌《杜诗详注》卷二〇:此章,叙东屯收稻之事。上四,喜茅堂地旷。下四,喜检校多获。

浦起龙《读杜心解》卷三之六:一、二,就平畴处写景;三、四,就场圃间写景;五记时,六主句;七、八缴足"尝新"。

其二

稻米炊能白,秋葵煮复新①。谁云滑易饱,老藉软俱匀。种幸房州熟,苗同伊阙春②。无劳映渠碗,自有色如银③。

【题解】

其二写尝新。新米煮出来的饭真白,冬寒菜炒了吃也很新鲜。谁说这冬寒菜滑溜溜容易饱?老年人就喜欢把它和软软的米饭搭着吃。幸亏今年从房州换来良种,一栽上就长得如家乡龙门山那里的春苗。这新米饭本身色泽晶莹,无须明亮的车渠碗来映衬。

【注释】

①秋葵:古人常吃的一种菜,一说即今冬寒菜。李时珍《本草纲目·草五·葵》:"古人采葵必待露解,故曰露葵。今人呼为滑菜,言其性也。"又曰:"六七月种者为秋葵,八九月种者为冬葵,经年收采,正月复种者为春葵。然宿根至春亦生。"

②房州:治所在今湖北房县。伊阙:龙门山,在今河南洛阳南。

③渠碗:用一种叫车渠的海贝制作的碗。

【汇评】

仇兆鳌《杜诗详注》卷二〇:上四以秋葵形稻米,五、六以故乡嘉种,比东屯美稻,皆借客意相形。滑,指葵。软,指饭。俱匀,言二物配食。如银,言其白可爱。自秦陇赴蜀,十载流离,今见秋成刈获,故庆有年而喜旅食。次乍适荆南,又有朝夕不给之忧矣。

浦起龙《读杜心解》卷三之六:上四,用宾主回文体。米既白而葵复新,两俱美矣,然葵滑只以佐饱,而米软乃可扶衰,轻重自见。"房州熟""伊阙春"，疑皆当时稻名，犹今云松江糯、杭州粳也。盖以客中之种，拟故乡之种，亦聊以慰旅愁焉。

大历二年九月三十日

为客无时了，悲秋向夕终①。瘴余夔子国，霜薄楚王宫②。草敌虚岚翠，花禁冷叶红③。年年小摇落，不与故园同。

【题解】

作客他乡，没完没了，不知何时是尽头。今天已经是秋季的最后一天，寒霜早早降临，但夔州依然还残留着湿热的空气。草儿不愿枯黄，山岚青翠；花儿也很耐寒，叶子鲜红。南方的草木，在秋冬只有小凋残，与北方颇不相同。

【注释】

①悲：一作"愁"。

②夔子国：春秋古国，都城在今湖北秭归。

③叶：一作"蕊"。

【汇评】

黄生《杜工部诗说》卷七：凡杜公有题事、有心事，因不能悉以心事为题，故借诸题以带见心事，而巧生乎规矩之中，则有单抛双绾之法。如此诗首句，心事也；次句，题事也。中二联止承次句，则首句是单抛；至尾联，则题事、心事双绾。诗中多用此法，即此可例。题作特书之体，记为客之岁月，便自具文见意。昔人感摇落而悲秋，此地瘴多霜薄，秋今已去，花草尚妍，宜若可杀其悲者，特因摇落不同故园，天涯久客，倍觉伤心触目。秋虽"向夕终"，悲其能"向夕终"耶。"冷蕊疏枝半不禁"，不禁，欲笑也。"花禁冷蕊红"，禁冷而开也。起得悲婉，承得大方，转得鲜妍，结得隽永，何故诸选从未刮目？

仇兆鳌《杜诗详注》卷二〇：为客悲秋，是全首大意。中言地气暖而物

1342

色鲜,是秋尽之景。末对摇落而思故园,是作客之情。年年,见为客已久。客无尽期而秋向夕终,叹节序屡移也。以花草起摇落,后四断续相生。

边连宝《杜律启蒙》五言卷八:瘴余霜薄,地气暖也。草之翠,可敌虚岚;花之红,能禁冷蕊,则瘴余霜薄所致也。禁,耐也。

十月一日

有瘴非全歇,为冬不亦难①。夜郎溪日暖,白帝峡风寒。蒸裹如千室,焦糟幸一柈②。兹辰南国重,旧俗自相欢。

【题解】

湿热的瘴气还没有全部消歇,不知不觉就到了冬天。听说夜郎一带还很暖和,瞿塘峡这边因风大而冷起来了。这里的家家户户都忙着做蒸裹,我有幸收到了一整盘馓子。原来夔州把十月初一当作重要节日,大家按照旧俗欢度佳节。

【注释】

①不亦:一作"亦不"。

②蒸裹:即裹蒸,可用于鱼肉等。《齐民要术·蒸缹法》卷八:"裹蒸生鱼,方七寸准,又云五寸准。豉汁煮秫米如蒸熊。生姜、橘皮、胡芹、小蒜、盐、细切,熬糁。膏油涂箬,十字裹之,糁在上,复以糁屈牖纂之。"焦糟:一说即粔籹,今馓子。糟,一作"糖"。柈:盘。

【汇评】

仇兆鳌《杜诗详注》卷二〇:上四记风土,下四记民俗。瘴未全消,而忽焉交冬,记节候也。溪暖犹带瘴,峡寒则涉冬矣,二句申上意。《杜臆》:蒸裹焦糖,夔俗如此,盖以是日为佳节。幸一盘,以满盘赠遗为幸。自相欢,言于客居无与也。或云:冬而有瘴,不亦难乎为冬,乃怪叹之词。或云:冬初有瘴,则过冬不见苦难,乃欣幸之词。两说俱不如前。

杨伦《杜诗镜铨》卷一七引邵长蘅曰:记风土诗别致。

刈稻了咏怀

稻获空云水,川平对石门。寒风疏草木,旭日散鸡豚①。野哭初闻战,樵歌稍出村。无家问消息,作客信乾坤。

【题解】

水稻收割完之后,眼前更为开阔了,百顷田畴可谓云水一色。水落石出,两岸悬崖高耸如门。寒风萧瑟,草木稀疏。太阳出来后,鸡豚都散在田野,樵夫唱着歌走出村庄。战争伤亡的消息传来,村外响起哭声,而我的家园早已毁于战火,连打听消息的渠道都没有,只能在乾坤中任意漂泊。

【注释】

①草:一作"落"。旭:一作"晓"。

【汇评】

黄生《杜工部诗说》卷七:此感归期无日,终年旅食于此,故因获稻以起兴。一、二刈稻了,七、八咏怀,三、四承上,五、六起下,此两截之正格。《东渚耗稻》诗"丰苗亦已槭,云水照方塘",此苗在水中之景,今稻获则云水更空廓矣。石门,水中石对立如门,水落而后石出,故曰"川平对石门"。初,犹"率"也。野哭皆因战伐之故,所闻大率此声。若樵歌则稍稍有出村者而已。须溪不识"初"字。七、八咏"战"字而下,言兵戈阻绝,不知家乡存否?则亦任飘泊于乾坤之内而已。此亦勉强自宽之词。

仇兆鳌《杜诗详注》卷二〇:上四,刈稻后,野旷冬寒之景。下则伤乱思归,所谓咏怀也。

边连宝《杜律启蒙》五言卷八:云水为稻所遮,故稻刈则云水空,而见石门之对平川也。石门,即所谓双崖壮石门也。草木之疏,乃寒风疏之也;鸡豚之散,乃旭日散之也。三句刈了之景,四句刈了之事,鸡豚恐其扰稼,故刈了而后散之也。

孟 冬

殊俗还多事,方冬变所为。破甘霜落爪,尝稻雪翻匙①。巫岫寒都薄,乌蛮瘴远随②。终然减滩濑,暂喜息蛟螭。

【题解】

没有想到在习俗迥然不同的他乡,还有那么多事情要做。到了冬天,情况完全不同了,吃吃经霜的橘子,尝尝松软如雪的米饭,日子倒也惬意。巫峡一带冬天向来都不冷,因为有南边送来的湿热之气。险滩恶水减少了,蛟龙蛰伏起来,也不再兴风作浪了。

【注释】

①甘:一作"柑"或"瓜"。爪:一作"刃"。

②岫:一作"峡"。乌蛮:一作"黔溪"。

【汇评】

汪瑗《杜律五言补注》卷三:此诗大意,谓当初冬之候,虽客殊方,然有破柑尝稻之多事,尚不寂寞也。虽有瘴疠远随,而且喜蛟螭暂息,亦足以慰于一时矣。

仇兆鳌《杜诗详注》卷二〇:上四冬日人事,下四冬日风景。在殊俗而犹多事,前此课督田园也。冬变所为,则喜于无事,惟破甘尝稻而已。霜落,言其鲜。雪翻,形其白。寒薄瘴随,地气尚暖;浪减蛟藏,水患方免也。夔子国、楚王宫、夜郎溪、白帝峡,与巫峡、黔溪,连章叠用地名,而句法各有变化。

鸥

江浦寒鸥戏,无他亦自饶。却思翻玉羽,随意点青苗。雪暗还须浴,风生一任飘①。几群沧海上,清影日萧萧。

寒江边上嬉戏的鸥鸟,如果没有口腹之累,也算得上自得其乐。它只求展翅高飞,至于谋食则是勉强为之。它冒着纷纷扬扬的大雪,在寒风中凄然地飘飞。沧海上潇洒闲散的海鸥,令它羡慕不已。

【注释】

①浴:一作"落"。

【汇评】

罗大经《鹤林玉露》甲编卷五:言浦鸥闲戏,使无他事,亦自饶美,奈何不免口腹之累,故闲戏未足,已思翻玉羽而点春苗,为谋食之计,虽风雪凌厉,有所不暇顾。末言海鸥之旷逸,清影翛然不为泥滓所点染,非浦鸥所能及。以兴士当高举远引,归洁其身如海鸥,不当逐逐于声利之场,以自取贱辱若浦鸥也。

金圣叹《唱经堂杜诗解》卷三:此诗可谓清绝之作。鸥何能戏?只是天机偶然飞动耳,故言"无他",又言"亦自饶",全是写闲散人一片真趣。"却思""随意",何等优游自得,承上"无他亦自饶"来。雪暗须落,来亦不辞;风生任飘,去亦不恋。如读《中庸》"素位"一章,真正不怨不尤,居易俟命。末因想到沧海,所谓优而至于圣人之域也。

仇兆鳌《杜诗详注》卷一七:咏鸥,怜其少自得之致。此在六句分截。叹浦鸥之劳,不如海鸥之逸也。

猿

袅袅啼虚壁,萧萧挂冷枝①。艰难人不免,隐见尔如知。惯习元从众,全生或用奇。前林腾每及,父子莫相离。

【题解】

猿猴挂在寒冷的树枝上随风摇摆,它凄厉的叫声在空谷中显得格外悠长。人生在世,不免艰难,猿猴似乎有知,故而或隐或现。它搏矢避弓,也许只是本能,为了求生,有时候还得采取出乎意料的方式。不过在林中飞腾穿梭的时候,父子千万不要分开,否则会有危险。

【注释】

①虚:一作"云"。

【汇评】

金圣叹《唱经堂杜诗解》卷三:纯是处乱世之言。艰难之及,免者几人?隐见之间,尔宜早计。不知是借人讽猿,不知是借猿讽人,读之但有忽忽不乐。五、六"元"字妙,"或"字妙。正论必以"从众"为是,"全生"则或一出于"奇"耳。父子莫离,所谓"从众"正论也。

黄生《杜工部诗说》卷五:通篇皆以人事字,用之于物,极迂极趣。"艰难""隐见"字,更妙于立言。猿之超腾,每传枝而过,其子或不相及,故戒之。"众"字,与《归燕》诗"俦侣"字,皆以其类相形,知所咏者,乃目前之物。后人泛泛拈题,凭虚撰造,作者之质既丧,所咏之神安得全乎。汪几希曰:前后咏物诸诗,宜合作一处读,始见杜公本领之大、体物之精、命意之远。说物理物情,即从人事世法勘入。学到、笔到、心到、眼到。惟其无所不到,所以无所不尽也。

吴瞻泰《杜诗提要》卷九:通首咏猿。说物见人,是正笔。三句忽开一步,说人见物,是奇笔。正笔是主,奇笔是宾。究竟咏猿,不专为猿,主固是宾也。咏猿带说人,意原属人,宾固是主也。宾主奇正,不独文为然,诗亦然。此诗全妙在第三句,非老手不能下。

麂

永与清溪别,蒙将玉馔俱。无才逐仙隐,不敢恨疱厨①。乱世轻全物,微声及祸枢。衣冠兼盗贼,饕餮用斯须。

【题解】

麂子被捕获之后,就要永远告别清溪而成为权贵们的食物了。既然无法追随仙人远离尘世,就难以避免被吃掉的命运。身在乱世,很难保全性命。麂子美味的声名,招来祸患。那些衣冠楚楚的权贵,兼有盗贼的贪婪之性,须臾之间,就会如饕餮将麂子吃得干干净净。

【注释】

①《神仙传》载,葛仙翁凭桐木几,于女几山学道数十年,登仙,几化为白麂三足,时出山上。

【汇评】

黄生《杜工部诗说》卷五:此物颇难入咏。看他前半写得如许风致,妙在以"清溪"字陪对"玉馔",以"仙隐"字陪对"庖厨",遂觉烟火之气净尽。……结语将衣冠盗贼作一处说,其骂世至矣。盗贼草菅杀人,何惜物命。若衣冠当此乱世,尚口腹是耽,无乃贻肉食之讥耶。后半语不离咏物,意全不是咏物,此之谓大手笔。虽曰大手笔,至其遣调,又甚灵动,全代麂作自谦之语,至尾忽尔大骂,何其前恭而后倨耶?读之失笑。

吴瞻泰《杜诗提要》卷九:通首皆代麂陈词。前四起伏顿挫,已极摇曳,五、六故宕开,然后收转,所谓放宽一步,而笔力愈紧者也。极小题目,每每发出绝大议论。试问古来婴祸之士,有一不自微声而得者乎?可以兴,可以观矣。

仇兆鳌《杜诗详注》卷一七:咏麂,叹其不当鸣而鸣也。上四,代麂写意,自悔不能见几远害,下乃慨世之贪味而残生者。一、二作痛心语,三作自责语,四作自解语。乱世,叹其生不逢辰。微声,推出致祸之本。衣冠乃食肉者,盗贼乃捕兽者。徇口腹之欲,而戕命于斯须,则衣冠亦等于盗贼矣。此骂世语,亦是醒世语。

鸡

纪德名标五,初鸣度必三①。殊方听有异,失次晓无惭。问俗人情似,充庖尔辈堪。气交亭育际,巫峡漏司南②。

鸡有文、武、勇、仁、信五种美好的德性,每夜将晓时必啼叫三次。但在夔州,我家公鸡打鸣却错过了时辰。原以为是风土不同所致,向人打听才知道没有什么不同,失职的公鸡只能在厨房里当作食物。在昏晓的交替时刻,身处巫峡的我只有依靠漏刻来判断时间。

【注释】

①《韩诗外传》卷二:"君独不见夫鸡乎?首戴冠者,文也;足傅距者,武也;敌在前敢斗者,勇也;见食相呼者,仁也;守夜不失时者,信也。"《史记·历书》:"时鸡三号,卒明。"

②《老子》第五十一章:"长之育之,亭之毒之。"

【汇评】

黄生《杜工部诗说》卷七:此以鸡之失次,喻臣之失职也。一、二道其常,三、四纪其变,"听有异"谓当鸣不鸣,不当鸣反鸣。"晓无惭",谓不自以失德为惭也。后半谓其鸣有异。初谓方俗或有不同,及问之本俗,亦以失次则杀,人情相似。虽亭育气交,宜顺生成之令,然物之失职者,必杀无赦,况司南有漏,恶用是喈喈者为哉。七见时,在冬春之交;八见地,与"殊方"相应。写至六句,意已尽矣,本韵更不易押,何图复有此结?"晓无惭",道尽朝廷坏事之辈,偃然在位,不自愧耻。然此辈之窃位,咎在朝廷之失刑,岂可借口好生,轻使奸邪漏网哉!观此一诗,使公得为宰相,必张曲江、裴司空一流人也。

仇兆鳌《杜诗详注》卷一七:咏鸡,叹其当鸣而不鸣也。上六叙事,是案。末二归结,是断。德常标五,鸣必度三,此鸡之职也。今在殊方,听之则异,夜鸣失次矣,比晓能无惭乎?乃问之习俗,人情皆云如是,彼既不能司晨,亦但堪充疱已耳。当子半亭育之时,而巫峡漏声,早有司南之报,鸡鸣果安在哉?

黄　鱼①

　　日见巴东峡，黄鱼出浪新。脂膏兼饲犬，长大不容身。筒桶相沿久，风雷肯为伸②。泥沙卷涎沫，回首怪龙鳞。

【题解】

　　每日在巴东三峡，可以看见黄鱼在江中翻滚，激起高高的浪花。虽然它体型巨大，却不能保全自己，被人们用竹筒木桶捕捞上来，饱食之余扔给狗吃。当它困在泥沙中口吐涎沫时，定然会慨叹龙之有鳞、有风雷相助。

【注释】

　　①《尔雅·释鱼》"鳣"郭璞注："鳣，大鱼，似鱏而短鼻，口在颔下，体有邪行甲，无鳞，肉黄，大者长二三丈，今江东呼为黄鱼。"

　　②桶：一作"箭"。伸：原作"神"，据他本改。

【汇评】

　　金圣叹《唱经堂杜诗解》卷三：为儿时，自负大才，不胜侘傺，恰似自古迄今，止我一人是大才，止我一人独沉屈者。后来颇颇见有此事，始悟古来淹杀豪杰万万千千，知有何限。青史所纪，磊磊百十得时肆志人，若取来与淹杀者比较，乌知谁强谁弱？嗟哉痛乎！此先生《黄鱼》诗所以始之以"日见"二字，哭杀天下才子也。

　　仇兆鳌《杜诗详注》卷一七：咏黄鱼，叹长大而罹患也。上四言取之狼籍，下致哀悯之意，虽欲援救而不能矣。筒桶取鱼，世俗相沿已久，虽有风雷肯相伸救，彼亦卷沫泥中，徒望龙飞而惊怪，见黄鱼之大而不灵也。

　　边连宝《杜律启蒙》五言卷七：捕以筒桶，相沿已久，虽有风雷，肯为神其变化乎？想黄鱼自恃其大，窃谓可以成龙，至于沫卷泥沙，未尝不怪龙鳞之神变。而我独否也，盖亦不自谅矣。

白　小^①

白小群分命，天然二寸鱼。细微沾水族，风俗当园蔬。
入肆银花乱，倾箱雪片虚^②。生成犹拾卵，尽取义何如^③。

【题解】

银鱼只能长成两寸大小，天然唯有群聚而生。它们虽然细小，好歹也
算作水中动物，在夔州却被当作蔬菜一样普遍食用。进入集市，一眼望去，
成筐成筐都是雪花一样的银鱼。人们不仅将长大的银鱼捕捞上来，甚至连
鱼卵都不放过，这难道不违背仁义之道吗？

【注释】

①白小：银鱼，俗称面条鱼。

②箱：一作"筐"。

③拾：一作"舍"。

【汇评】

吴瞻泰《杜诗提要》卷九："义""命"二字，首尾对照。"群分命"，何等郑
重。"当园蔬"，何等轻微。题有正面说不透者，须用反攻旁击。"风俗当园
蔬"，即反击也。"入肆""倾箱"，顶"风俗"来，已含尽取意。七、八故作诘问
语，顿挫以挽"群分命"三字。"义""命"字入诗易腐，看其用得超秀如此。

边连宝《杜律启蒙》五言卷七：咏一白小，却从天命之性说下来，蔼然便
有万物一体之意，然绝无腐气。物虽细微，亦沾水族之一，何夔俗竟以之当
蔬菜也。五、六承上"园蔬"，起下"尽取"，措语风秀。末言体生成之德者，
拾卵犹且舍之，今乃竭泽尽取，于义果何如哉？

石闾居士《藏云山房杜律详解》五律卷五：此《白小》诗悲细民之同遭屠
戮，一则忠君之心如见，一则爱民之念独深，真粹然儒者之言。

向 夕

眹庙孤城外,江村乱水中。深山催短景,乔木易高风。鹤下云汀近,鸡栖草屋同①。琴书散明烛,长夜始堪终。

【题解】

瀼西草堂远离白帝城,依山傍水。冬日苦短,受高山遮蔽而阳光更少;周围多高大树木,风声尤为响亮。飞鹤落在云雾缭绕的小洲上,豢养的小鸡与人同处一屋。漫漫长夜,唯有在灯烛下弹琴翻书以消磨时间。

【注释】

①汀:一作"河"。

【汇评】

吴瞻泰《杜诗提要》卷一〇:此诗全不出意,姑即景以写意也。于"孤"字、"乱"字、"催"字、"易"字中,见地之荒寂;于"近"字、"同"字中,见人之寥落。羁人对此景,那堪终夜乎?幸有琴书,可散怀抱,始能终夕耳。一结以叙事挽转全章,通身是力。句句练字,唯练始通神。

纪昀《瀛奎律髓勘误》卷一五:山深则障日,树高则招风。眼前景写来真切,惜后半稍弱。一"同"字连人嵌入,末二句始不突然。

夏力恕《杜诗增注》卷一六:每句各为一意,而一气相承,如无缝天衣,此乃超然于格律之外者,非含咀不辨其味也。

雷

巫峡中宵动,沧江十月雷。龙蛇不成蛰,天地划争回。却碾空山过,深蟠绝壁来。何须妒云雨,霹雳楚王台。

【题解】

十月这一天的半夜,惊雷从江中响起,震动了巫峡。这巨大的轰鸣声,应该是龙蛇还没有进入冬眠所造成的。电光从空中划过,大地似乎又回到了夏天。雷声阵阵,从山头一路逼近,盘旋绝壁而来。它们或许是嫉妒巫山云雨,所以在楚王台上空噼里啪啦响个不停。

【汇评】

仇兆鳌《杜诗详注》卷二〇:十月动雷,记异也。不成蛰,气候暖。划争回,雷复起。其声前而复后,如却碾空山之中;其势盘旋不已,似深蟠绝壁之上。久雨雷鸣,则云散雨收,今当十月之候,何须妒巫山云雨,而霹雳阳台耶? 真可骇矣。

杨伦《杜诗镜铨》卷一七引李因笃曰:题云便有秀蔚之色,咏雷如闻霹雳之声。以"划"字写雷光,何等简妙。

梁运昌《杜园说杜》卷一一:咏雷少专作,此诗次联写十月雷,下半首切峡中,造语瑰伟,可称石破天惊。

朝二首

其一

清旭楚宫南,霜空万岭含。野人时独往,云木晓相参。俊鹘无声过,饥乌下食贪。病身终不动,摇落任江潭①。

【题解】

冬天的太阳升起了,夔州千山万壑都笼罩在清霜之中。我经常独自一人进入山中,看那乔木高入云霄,巨鹘悄无声息地从空中划过,饥饿的鸟儿落下觅食。我因病而不能东下,只有听任自己如江边的草木随风飘零。

【注释】

①庾信《枯树赋》:"昔年种柳,依依汉南。今看摇落,凄怆江潭。"

吴瞻泰《杜诗提要》卷一〇：此秋晓睹霜旭起兴，而悲病身之不动也。以清朝百物流动，反形身之不动，召客陪主，浑然无迹。三人动，四云动，五高者亦动，六卑者亦动。曩见江潭摇落，犹望身动还家；今终不动，亦任之而已。较寻常惊秋羁旅之悲，又进一解。前六句，极力形容朝景。曰"独往"，见市嚣尚静；曰"相参"，见宿霭将收；曰"无声过"，见霜晓寒寂；曰"下食贪"，见乘朝谋食。各得物情。末二句，方出本意。

仇兆鳌《杜诗详注》卷二〇：首章，对朝景而兴久客之悲，在四句分截。叶落霜空，故万岭皆含日色。既而独往山上，又见木杪停云，参在眼前矣。

杨伦《杜诗镜铨》卷一七引李因笃曰：天光物理，写之无不入微，所感深矣。

其二

浦帆晨初发，郊扉冷未开。村疏黄叶坠，野静白鸥来①。础润休全湿，云晴欲半回②。巫山冬可怪，昨夜有奔雷。

【题解】

早晨很冷，我家柴门还没有打开，鱼复浦中的船只就张起了船帆，准备出发了。村里偶尔可见黄叶从稀疏的树上飘落，寂静的田野中白鸥悠闲地飞来。房子下面的石头湿漉漉的，看来似乎有雨；乌云散开，太阳露出来了，似乎又要转晴。巫山这个地方真是奇怪，已经到了冬天，昨夜还听到了滚滚雷声。

【注释】

①村：一作"林"。

②《淮南子·说林训》："山云蒸，柱础润。"

【汇评】

仇兆鳌《杜诗详注》卷二〇：此章，叙朝景而叹气候之殊，亦四句分截。帆初发而扉未开，病身畏寒也。林疏野静，朝来清趣可观，无如础润云回，尚含雨意，恐昨夜经雷，阴晴还未定耳。郊扉，即公柴门，前诗"郊扉及我私"可证。林已疏矣,犹飘黄叶,此正孟冬之候。曰可怪,志异也。

浦起龙《读杜心解》卷三之六:首联,见发棹者之早而羡之也。"未开",指四野望见之扉。三、四,晓望之景。下乃欲得久晴,以效浦帆之发,"休湿""欲回",希冀之词也。结又转出夜雷可怪,终恐再为雨阻。

闷

瘴疠浮三蜀,风云暗百蛮。卷帘唯白水,隐几亦青山。猿捷长难见,鸥轻故不还①。无钱从滞客,有镜巧催颜。

【题解】

来到瘴气弥漫的蜀地,触目皆是百蛮。卷帘而望,但见茫茫江水;凭几而坐,相对唯有青山。敏捷的猿猴难觅踪影,轻快的江鸥一去不还。旅资匮乏,只得滞留他乡;心情郁郁,催得镜中之颜渐老。

【注释】

①难:一作"相"。

【汇评】

吴瞻泰《杜诗提要》卷九:八句全对,蝉联而下。首联闷在风土,为滞客安脚。次联白水青山,本可遣闷,而在瘴疠风云之地,卷帘隐几,无非此物,觉山水亦可憎,隐承一、二也,则已暗伏七、八矣。五、六想象之词,故作开笔。言至捷者猿,山宜有之而长难见;至轻者鸥,水宜有之而故不还。曰"捷"曰"轻",反形"滞"字,是欲遣闷。曰"长难见",曰"故不还",正写"滞"字,是闷无可遣。故七、八紧接"滞客"二字,通章之意俱醒。客久滞,则颜自摧,于镜何与?今不曰"摧颜",而曰"巧催颜",怪得极无聊。钱宜有而偏无,镜宜无而偏有。无钱任从滞客,易遣;有镜偏巧催颜,难遣。二句法又相因,总写得滞客七颠八倒,方完得题中一"闷"字。句中藏句,意外藏意,极工整,极跌宕,此杜律之神髓也。

仇兆鳌《杜诗详注》卷二〇:白水青山,本堪适兴,因处蛮瘴之地,故对此只足增闷耳。山猿水鸥，何以成闷，见其轻捷自如，遂伤客身之留滞也。三、四承上，五、六起下，末方结出致闷之由。无钱叹贫，催颜嗟老。

寄杜位 顷者与位同在故严尚书幕

寒日经檐短，穷猿失木悲。峡中为客恨，江上忆君时[①]。天地身何往，风尘病敢辞[②]。封书两行泪，沾洒裹新诗。

【题解】

冬日昼短，阳光很快从屋檐下溜走了。猿猴失去了栖息的树木，悲鸣不已。客居峡中，欲归不得，不禁想起了你。漂泊天地之间，风尘仆仆，贫病交加。在寄与你的新诗上，沾满了我的泪水。

【注释】

①中：一作"筵"。恨：一作"久"。上：一作"并"。
②往：一作"在"。

【汇评】

仇兆鳌《杜诗详注》卷一八：寒日穷猿，对景有感。为客久，承穷猿。忆君时，承寒日。五、六，申客久之况。七、八，申忆君之情。

又引《杜臆》：漂流天地，既无定在，憔悴风尘，病又奚辞。凄凉之语，真堪流涕。穷猿失木，乃叹无家可归，或云伤严武之亡，非也。武在日，公已辞回草堂矣。

边连宝《杜律启蒙》五言卷七：首句日暮，次句途穷，伏下"恨"字。"江上"，浦注指成都江上，极是。谓忆与君同在江上时也，如此才与自注有关照，亦不复"峡中"字。

玉腕骝^① 江陵节度卫公马也

闻说荆南马,尚书玉腕骝。顿骖飘赤汗,蹢躅顾长楸^②。胡虏三年入,乾坤一战收^③。举鞭如有问,欲伴习池游。

【题解】

听说荆南节度使卫伯玉尚书,有一匹宝马玉腕骝,飞奔时赤汗飘洒,缓步时顾盼生辉。安史之乱以来,卫尚书乘坐此马,征讨叛贼三年,皆一战而败敌。如今功成身退,卫尚书乘此良马,遨游于习家池。

【注释】

①玉腕骝:前足腕洁白为玉腕,赤马黑鬣为骝。

②顿骖:一作"骖驔"。

③《旧唐书·卫伯玉传》载,乾元二年十月,史思明遣李归仁率铁骑三千入寇,卫伯玉以数百骑击破之。上元二年二月,史朝义率其党夜袭陕州,卫伯玉以兵大破于永宁。广德元年冬,吐蕃寇京师,代宗以卫伯玉有干略,拜江陵尹。

【汇评】

仇兆鳌《杜诗详注》卷一八:上四咏骝马之神骏,下则有功成身退之意。赤汗如珠,而长楸欲奋,言今有余勇。三年伐叛,而一战收功,言昔能陷阵。事平之后,思伴习池,结语奇隽。

又引《杜臆》:举鞭欲问,问马也。欲伴习池,代马对也。此虽咏马,兼讽卫公。

边连宝《杜律启蒙》五言卷七:前四赋马已毕,后四夹入卫公,举鞭问马,欲伴卫公习池之游乎? 恐不甘于伏枥也。盖即"青丝络头为君老,何由却出横门道"之意。注家以末句作马答词,讽卫公功成身退者,殊谬。

上卿翁请修武侯庙，遗像缺落，时崔卿权夔州^①

大贤为政即多闻，刺史真符不必分。尚有西郊诸葛庙，卧龙无首对江濆。

【题解】

大历二年，杜甫堂舅崔卿代理夔州刺史，诗人请求他修补诸葛亮庙中的头像。我早就听闻了你这位大贤施政有方，即使身为代理刺史任，也敢作敢为。夔州城西郊的诸葛庙中，无首的塑像正对着大江，希望你能派人修葺。

【注释】

①"遗像缺落，时崔卿权夔州"两句，一本作为题注。

【汇评】

仇兆鳌《杜诗详注》卷二〇：上二崔权州事，下二请修遗像。

奉送卿二翁统节度镇军还江陵^①

火旗还锦缆，白马出江城。嘹唳吟笳发，萧条别浦清^②。寒空巫峡曙，落日渭阳明^③。留滞嗟衰疾，何时见息兵^④。

【题解】

崔卿翁乘坐白马，来到江边。江中锦缆牙樯，旌旗招展，笳声嘹亮，别浦凄清。众人依依难舍，本拟曙光初晓出发，而徘徊流连至落日西下。我留滞夔州，自伤年老多病，不知何时战事平定，方能归去。

【注释】

①卿二翁：即前诗之崔卿翁。

1358

②吟:一作"鸣"。

③渭阳:渭水之北。《诗·秦风·渭阳》:"我送舅氏,曰至渭阳。"明:一作"情"。

④疾:一作"病"。

【汇评】

仇兆鳌《杜诗详注》卷二〇:上四崔还之事,下四送别之情。朱旗锦缆,军士列舟以待也。白马出城,统军将启行矣。于时笳声悲惨,不觉别浦萧条。自曙而夕,惜别情深。何时息兵,有感世乱也。

石闾居士《藏云山房杜律详解》五律卷六:此诗首联是羡崔之归还,末联是叹己之留滞。中二联俱是赋送别,一是从情写景,一是从景见情,缠绵凄恻,一起流转,尤为文章化境。

久雨期王将军不至

天雨萧萧滞茅屋,空山无以慰幽独①。锐头将军来何迟,令我心中苦不足②。数看黄雾乱玄云,时听严风折乔木。泉源泠泠杂猿狖,泥泞漠漠饥鸿鹄③。岁暮穷阴耿未已,人生会面难再得。忆尔腰下铁丝箭,射杀林中雪色鹿。前者坐皮因问毛,知子历险人马劳。异兽如飞星宿落,应弦不碍苍山高。安得突骑只五千,崒然眉骨皆尔曹。走平乱世相催促,一豁明主正郁陶。忆昔范增碎玉斗,未使吴兵著白袍④。昏昏阊阖闭氛祲,十月荆南雷怒号⑤。

【题解】

因长时间下雨,退居夔州的王将军未能如约而来,诗人失望之余,赋此诗。风雨潇潇,茅屋清冷,空山幽独,久候王将军而不至,心中凄苦。仰望天空,黑云低沉,黄雾飞转,饥饿的大雁陷落于泥泞。时而听见凛冽的寒风摧折枯木,泠泠的泉水声中夹杂着猿猴的哀鸣。时值穷冬岁末,天气没有丝毫转晴的迹象,我们会面越加艰难。回忆前些日子我去拜访你,坐在雪色鹿皮的垫子上,交谈起来方知是你腰悬铁弓,千辛万苦猎获而来。山虽高,林虽深,也无法影响你精湛的射术和打猎的决心。真希望你能率领五千精兵强将,讨平叛逆,为君王排忧解难。可惜你有范增之谋、陈庆之之能征善战,又值灾变未弭,敌寇嚣张,却依然不能为朝廷所用。

【注释】

①天:一作"山"。滞:一作"带"。

②锐头将军:指白起。孔衍《春秋后语》:"平原君对赵王曰:'渑池之会,臣察武安君之为人也,……小头而锐,断敢行也。'"

③泞:一作"滓"。

④忆:一作"恨"。《汉书·高帝纪》载,鸿门之会时,张良以玉斗献范增,范增拔剑碎之。《南史·陈庆之传》载,陈庆之麾下悉著白袍,所向披靡。先是洛中谣曰:"名军大将莫自牢,千兵万马避白袍。"

⑤氛祲:不祥之气。《左传·昭公十五年》:"吾见赤黑之祲,非祭祥也,丧氛也。"

【汇评】

仇兆鳌《杜诗详注》卷二〇引郝敬曰:此诗奇突豪迈,直可追风掣电。

浦起龙《读杜心解》卷二之三:目前之期王将军者,"慰幽独"也。意中之期王将军者,平祸乱也。至则将与之言定乱之谋,故不至则遥忆其有定乱之具。前写题面,后写肝肠。每四句转意。"天雨"四句,雨中不至之情。"数看"四句,雨中独处之况。此以上叙事也。"岁暮"四句,由今之不见,溯昔之已事。两蒙上,两起下。"前者"四句,述问猎之情节,申射猎之勇概,所由忆将军者在此,正为后文张本。此一段,上下关目也。"安得"四句,冀多得其人而建功。"恨昔"四句,惜久废其身而长乱。"恨玉斗",成谋终弃也;"未白袍",奇勋莫建也。朝廷多难,楚蜀少宁,有远慨焉。此以上发意也。约分三截看。

谒真谛寺禅师①

兰若山高处,烟霞嶂几重②。冻泉依细石,晴雪落长松③。问法看诗妄,观身向酒慵④。未能割妻子,卜宅近前峰。

【题解】

真谛寺在高山之上、烟霞深处。雪后天晴,解冻的泉水沿着细碎的石块缓缓流淌,松动的雪块不时从高树上落下。与禅师问法观身、细究佛理,方知平时所耽之诗实为虚妄,所好之酒索然无味。不过身处乱世,终究不能抛妻别子逃避于禅中。所能期待的,仅仅是在靠近寺庙的山脚下卜居而已。

【注释】

①真谛:佛教语,又名第一义谛、胜义谛,与俗谛合称为"二谛"。

②嶂:一作"障"。

③冻:一作"冷"。

④妄:一作"忘"。观身:佛教有四种观行,即观因缘、观果报、观自身、观如来身。

【汇评】

金圣叹《唱经堂杜诗解》卷四:世间法,以日为俗谛,月为真谛,灯为中谛。出世间法,以文殊般若为真谛,普贤解脱为俗谛,世尊得法于传灯为中谛。此方以伯夷为真谛,叔齐为俗谛,国人立其中子为中谛。真、俗二谛,不相无者也。寺是真谛寺,诗是真谛诗,谁谓先生不作佛语?"冻泉""晴雪",虽复即景,然禅师威仪,尽此十字矣。看诗虽妄,然非诗无以悦情性。向酒虽慵,然非酒无以慰寂寥。总因未能割妻子,故诗、酒、妻子,近于俗谛。偏以俗谛形真谛,妙。结应首二句。

边连宝《杜律启蒙》五言卷六:一、二望寺之景。三、四,到寺之景。后四,谒师之情。佛法无语言文字,故"看诗妄"。酒能乱性,佛家戒之,故"向酒慵"。妻子难割,甚于诗酒,非沾沾儿女态也。当离乱羁栖,而欲割妻子以逃禅,实为忍人,当亦我佛所不许耳。

虎牙行①

秋风欻吸吹南国,天地惨惨无颜色②。洞庭扬波江汉回,虎牙铜柱皆倾侧③。巫峡阴岑朔漠气,峰峦窈窕溪谷黑。杜鹃不来猿狖寒,山鬼幽忧雪霜逼。楚老长嗟忆炎瘴,三尺角弓两斛力。壁立石城横塞起,金错旌竿满云直。渔阳突骑猎青丘,犬戎锁甲闻丹极④。八荒十年防盗贼,征戍诛求寡妻哭,远客中宵泪沾臆。

【题解】

凛冽的寒风猛然袭来,温暖的南方顿时惨淡失色。洞庭湖波浪翻滚,江水、汉水为之倒流,虎牙山上的铜柱为之倾斜。巫峡充斥着北方的寒气而变得阴沉,夔州的峰峦溪谷显得黝黑幽深。经常出入山间的杜鹃、猿猴和山鬼禁不住寒冷,也不见了踪影。一向害怕暑热的夔州老人,冻得连连叹息,竟然想念起湿热的瘴气。气温如此之低,僵硬的三尺角弓需要二斛之力才能拉开。偏僻的夔州城也不得安宁,高高的战旗直入云霄。十年来安史叛乱、吐蕃入寇,百姓既要应征入伍,还得交纳税赋,处境悲凉,哀嚎遍野。客居他乡的诗人中宵难寐,泪水沾衣。

【注释】

①虎牙:山名,在今湖北宜昌猇亭。

②秋风:一作"北风"。欻吸:一作"欻欻"。

③铜柱:为纪念大禹治水而立于虎牙山。一说滩名,在今重庆涪陵区东长江东岸。

④闻:一作"围"。

浦起龙《读杜心解》卷二之三：值寒风猛烈而作,盖世乱民贫之叹也。上八句,状朔风阴惨之景,在经乱作客者当之,觉萧杀之气,正应兵象。此段摹写,早为后幅作地矣。下八句,述时事,而前四指目前之弓劲旌多,后四推祸始而总计之,以寄其慨。而其景色,亦从阴风中显出。结只用单句收住。两截总括,神致黯然。

锦树行

今日苦短昨日休,岁云暮矣增离忧。霜凋碧树行锦树,万壑东逝无停留①。荒戍之城石色古,东郭老人住青丘②。飞书白帝营斗粟,琴瑟几杖柴门幽。青草萋萋尽枯死,天马跂足随牦牛③。自古圣贤多薄命,奸雄恶少皆封侯④。故国三年一消息,终南渭水寒悠悠。五陵豪贵反颠倒,乡里小儿狐白裘。生男堕地要膂力,一生富贵倾邦国⑤。莫愁父母少黄金,天下风尘儿亦得。

【题解】

时间过得真快,转眼一天就过去了,不知不觉到了岁末,离乡背井的愁思更为浓厚了。经霜之后,绿树斑驳如锦。万水东去,不为任何人稍作停留。我困居在荒凉的石城外,生计艰难,不得不向白帝城中的亲友写信,谋求斗升米粮糊口。青草枯死之后,天马无以为食,饥饿难耐,缓缓而行,同牦牛也没有什么差别。自古以来,圣贤之士不得任用,潦倒不堪,而奸雄恶少却往往志得意满。家乡音讯难闻,想必长安定然是天翻地覆。男子汉生来顶天立地,要依靠自己的力量去建功立业。战乱之际,正是武夫获用之时。

【注释】

①行:一作“作”或“待”。

②《史记·滑稽列传》载,齐人东郭先生贫困饥寒,衣敝履破,行雪中,履有上无下,足尽践地。青:一作"春"。

③马:一作"骧"或"与"。跋:一作"跛"。

④皆封侯:一作"封公侯"。

⑤一生:一作"生女"。

【汇评】

张缙《杜工部诗通》卷一二:此诗纵其笔力之所至,无不成言,所谓从心所欲不逾矩者。然未免规角峭露,乏处困而亨之度,故曰贫而无怨难。

浦起龙《读杜心解》卷二之三:客途迟暮,久于困穷,因动武夫得志之慨。起四,情景交会,盖兴体也。中十二,伤穷老而诧骤贵者。四自叙,四泛言"颠倒",四实指时局。此段叙意已竟,而此辈得贵之由,尚未说明。末四,结出武力来,为全旨归宿。此辈贵而我辈其终穷矣,可胜浩叹!"东郭老人",非公自号。"青丘",非寓夔地名。盖因"恶少""小儿"等语,太觉颠斥,故自隐其名,而托为子虚、无是之人,以避时忌耳。

刘濬《杜诗集评》卷六引李因笃曰:通首浑脱排宕,惟杜能之。

自 平

自平宫中吕太一,收珠南海千余日①。近供生犀翡翠稀,复恐征戎干戈密②。蛮溪豪族小动摇,世封刺史非时朝③。蓬莱殿前诸主将,才如伏波不得骄④。

【题解】

自从平定宦官吕太一之乱,南方顺服已有三年多了。近来贡税稀少,镇守无力,群蛮蠢蠢欲动,归顺者也不再按时朝觐。告诫朝中的那些将军不得骄横,妄生事端。

【注释】

①宫中:一作"中宫"或"中官"。《资治通鉴》卷二二三载,代宗广德元

年十一月,"宦官广州市舶使吕太一发兵作乱,节度使张休弃城奔端州,太一纵兵焚掠,官军讨平之"。

②生犀:犀牛角。戎:一作"戍"。

③小:一作"山"。仇兆鳌注引《唐书》载,溪洞蛮酋归顺者,皆世授刺史。时:一作"常"。

④前:一作"里"。

【汇评】

仇兆鳌《杜诗详注》卷二〇:上四,忧南海之乱;下四,言柔远之道。朱注:太一平后,蛮豪复小梗,公恐出镇者,遽兴兵生事,故援羁縻之义以戒之。钱笺:蛮溪豪族,虽有小警,常置之不问。世封刺史,其于朝贡,则不责常期。此言唐初处置之法如此。则蛮夷率俾,虽有伏波之将,不得生事于外矣。殿前诸将,指中官之掌禁兵者。

杨伦《杜诗镜铨》卷一八引蒋弱六曰:此亦可备诗史,一片忧时爱主之心,千载下犹为流涕。

寄裴施州①

廊庙之具裴施州,宿昔一逢无此流②。金钟大镛在东序,冰壶玉衡悬清秋③。自从相遇感多病,三岁为客宽边愁④。尧有四岳明至理,汉二千石真分忧⑤。几度寄书白盐北,苦寒赠我青羔裘⑥。霜雪回光避锦袖,龙蛇动箧蟠银钩⑦。紫衣使者辞复命,再拜故人谢佳政⑧。将老已失子孙忧,后来况接才华盛⑨。

【题解】

裴施州你乃朝廷之栋梁,轩朗如金钟大镛,清高如冰壶玉衡,此前尚未见到你这样的人才。自从你就任施州刺史,为朝廷排忧解难,边地得以安

1365

稳下来。你多次写信给我，书法有力，如铁画银钩，如龙蛇飞舞；你赠送给我的羊皮裘，洁白如霜雪，华丽如锦绣。如今你的信使已经返回，希望能传达我对你"佳政"的深深谢意。你能够造福一方，子孙将享受你的恩泽，何况他们本身颇具才华。

【注释】

①施州：治所在今湖北恩施。

②此：一作"比"。

③镛：大箫钟。东序：夏代的大学。《礼记·文王世子》："凡学世子及学士，必时。春夏学干戈，秋冬学羽箫，皆于东序。"玉衡：古浑天仪的部件，亦指北斗七星中的第五星。

④感：一作"减"。

⑤四岳：尧之臣，羲和之子，分管四方诸侯。《书·尧典》："帝曰：'咨四岳。'"

⑥羔：一作"丝"或"缣"。

⑦龙蛇：一作"蛟龙"。

⑧辟：原作"辟"，据他本改。

⑨诗末《文苑英华》有"遥忆书楼碧池映"七字。

【汇评】

黄生《杜工部诗说》卷三："金钟"二句，赞其品格贵重，神宇清澈，造语特妙。"龙蛇"句美其书。"霜雪"句赞其裘，盖以素衣为裼，故霜雪为之回光也。末七字见《文苑英华》。书楼盖裴子弟旧读之地，公意自许为世交，己之子孙必为裴后人垂盼，诗尾及之，亦犹书末致声人家子弟耳。拖此一语，上二句意始明，诸本削之，非也。

浦起龙《读杜心解》卷二之三：前两四句，颂美之词；后两四句，寄谢之旨。

郑典设自施州归

吾怜荥阳秀,冒暑初有适。名贤慎出处,不肯妄行役[1]。旅兹殊俗远,竟以屡空迫[2]。南谒裴施州,气合无险僻。攀援悬根木,登顿入天石。青山自一川,城郭洗忧戚。听子话此邦,令我心悦怿。其俗则纯朴,不知有主客[3]。温温诸侯门,礼亦如古昔[4]。救厨倍常羞,杯盘颇狼藉。时虽属丧乱,事贵赏匹敌[5]。中宵惬良会,裴郑非远戚。群书一万卷,博涉供务隙。他日辱银钩,森疏见矛戟。倒屣喜旋归,画地求所历[6]。乃闻风土质,又重田畴辟。刺史似寇恂,列郡宜竞借[7]。北风吹瘴疠,羸老思散策。渚拂兼葭塞,峤穿萝茑幂[8]。此身仗儿仆,高兴潜有激。孟冬方首路,强饭取崖壁。叹尔疲驽骀,汗沟血不赤。终然备外饰,驾驭何所益。我有平肩舆,前途犹准的。翩翩入鸟道,庶脱蹉跌厄。

【题解】

郑典设为名门望族之后,对于出处、行役之事向来很慎重,现在却迫于生计,到南方去拜谒了裴施州。他的旅途非常艰险,山石高耸,往往要拉着倒悬的树根攀援而行。施州为青山环绕,自成一体,民风淳朴。裴施州热情好客,倒屣将郑典设迎入幕中。公务之暇,他们或宴会,或览书,甚为相得。裴施州有东汉太守寇恂的风范,施政有方,颇受当地官绅倚重。冬日萧森之时,我将会去拜访裴施州。只是如今年老体弱,我无法乘马前往,到时候只能乘坐舆轿行进在险峻的山道上。

【注释】

①出处:一作"所出"。

②远:一作"还"。《论语·先进》:"回也其庶乎,屡空。"

③则：一作"甚"。

④《诗·小雅·宾之初筵》："宾之初筵，温温其恭。"

⑤赏：一作"当"。

⑥倒屣：古人家居时脱鞋席地而坐，为急于迎客，将鞋子穿倒了。《三国志·魏书·王粲传》载，王粲拜见蔡邕，邕闻粲在门，倒屣迎之。求：一作"来"。

⑦《后汉书·寇恂传》载，寇恂历任河内、颍川、汝南太守，皆有政绩。后随光武南征至颍川，百姓遮道曰："愿从陛下复借寇君一年。"借：一作"惜"。

⑧塞：一作"寒"。

【汇评】

浦起龙《读杜心解》卷一之六：此喜典设归述施州之美，而首原其赴幕之因，次叙其口述之语，终之以欲往之情也。起写典设，极有身分。"气合无险僻"一语，提掇有力。下两联，一险一僻束住。"听子"一段，所谓气之合也。"其俗"二句，施土之美。"温温"四句，裴谊之厚。"丧乱"句，泛插时事作开，而事则贵乎适当其匹。此句引下，盖裴、郑良会，皆世族而兼世谊也。聚书供"涉"，幕中乐事。"银钩""森疏"，带表裴翰之工，亦正显出雅韵相处处。以上总见施幕之可依。"倒屣"一段，束前起后之文也，末自致欲往之情。"此身"二句，决行计。"孟冬"二句，拟行期。"叹尔"以下，姿趣横生。言老不任骑，须就平舆。《杜臆》所谓对面商量之语，辄以入诗者也。公究不往施，而为此云云者，特动于其娓娓之言，遂借作情文波致耳。

写怀二首

其一

劳生共乾坤，何处异风俗①。冉冉自趋竞，行行见羁束。

无贵贱不悲,无富贫亦足②。万古一骸骨,邻家递歌哭。鄙夫到巫峡,三岁如转烛。全命甘留滞,忘情任荣辱。朝班及暮齿,日给还脱粟③。编蓬石城东,采药山北谷④。用心霜雪间,不必条蔓绿。非关故安排,曾是顺幽独。达士如弦直,小人似钩曲⑤。曲直我不知,负暄候樵牧。

【题解】

众生劳苦,熙熙攘攘,竞相奔趋,身不由己。假如乐天知命,安于富贵贫贱,知晓万古固同一死的道理,则无所谓哀乐苦痛了。自从我来到巫峡,暂居于此,不知不觉三年过去了,生活就像飘动的烛光那样令人提心吊胆。为了养病延年,我心甘情愿滞留在这里,不去计较利害得失。我也曾列朝班、食俸禄,如今到了颓年暮齿,不得不食粗粮,居茅屋,以采草药为生。即使如此,依然自守穷困,持霜雪之操,不慕荣华,不如藤蔓依附大树。我并非有意为此,只是顺从自己幽独的本性。前人都说"直如弦,死道边;曲如钩,反封侯",我哪里知道什么是非曲直,只想着晒晒太阳,等候樵夫牧童归来。

【注释】

①《庄子·大宗师》:"夫大块载我以形,劳我以生,佚我以老,息我以死。"

②阮籍《大人先生传》:"夫无贵则贱者不怨,无富则贫者不争,各足于身而无所求也。"

③脱粟:脱壳的粗米。

④编蓬:结茅而居。北:一作"林"。

⑤《吕氏春秋·知分》:"达士者,达乎死生之分。达乎死生之分,则利害存亡弗能惑矣。"《后汉书·五行志》载顺帝末京都童谣:"直如弦,死道边;曲如钩,反封侯。"

【汇评】

吴瞻泰《杜诗提要》卷四:"劳生"二字提纲,与"顺幽独"反映。世间人以富贵荣其生而至死不悔者，皆不肯顺幽独也。"顺幽独"，亦不过居食粗给而已。两段隐隐相承，如灯取影，正具一部《南华》学问。

浦起龙《读杜心解》卷一之六：久困于夔，而发为达观任运之词，二诗同旨。首章分三段，起言世态之移人，中自叙其所事，末则超然于世俗见解之外矣。

陈沆《诗比兴笺》卷三：杜诗多言事而罕及理。独此二篇，俯仰高深，语多见道，有步兵、射洪之遗，可以占其学焉。"无贵贱不悲，无富贫亦足"，则穷达一矣；"万古一骸骨，邻家递歌哭"，则死生一矣；"用心霜雪间，不必条蔓绿。非关故安排，曾是顺幽独"，则性分定矣。

其二

夜深坐南轩，明月照我膝。惊风翻河汉，梁栋已出日[①]。群生各一宿，飞动自俦匹。吾亦驱其儿，营营为私实[②]。天寒行旅稀，岁暮日月疾。荣名忽中人，世乱如蚁虱[③]。古者三皇前，满腹志愿毕。胡为有结绳，陷此胶与漆[④]。祸首燧人氏，厉阶董狐笔[⑤]。君看灯烛张，转使飞蛾密。放神八极外，俯仰俱萧瑟。终契如往还，得匪合仙术[⑥]。

【题解】

夜深人静，我独坐南轩，月光洒在我的双膝上。忽然刮起了大风，简直要把银河吹翻。等到太阳从房脊横梁上出现，天已大亮。休息了一夜的动物呼朋引伴，出来活动。我也督促着儿子，赶快起床干活。天寒地冻，行人稀少。到了年底，感觉日子就过得特别地快。人们为了追求名利，如同那蚁虱把世上弄得乱七八糟。上古三皇时期，人们有如"偃鼠饮河，不过满腹"，生活简单，极易满足。自从结绳记事以来，智巧日生，矛盾重重，陷入困境而难以自拔。如此看来，教人钻木取火的燧人氏是罪魁祸首，秉笔直书的董狐则变本加厉。名利有如灯烛，点燃了灯烛，飞蛾就密密麻麻地扑了过来。唯有超越名利，神游物外，方能俯仰自得，契合真如的本性。

【注释】

①已出日：一作"日已出。"

②实：一作"室"。

③忽：一作"惑"。

④《易·系辞下》："上古结绳而治，后世圣人易之以书契。"《庄子·骈拇》："待绳约胶漆而固者，是侵其德也。"

⑤厉阶：祸端。董狐：春秋时晋史官，作史直书不讳。

⑥终契如往还：一作"终然契真如"。得匪合仙术：一作"归匪金仙术"。

【汇评】

吴瞻泰《杜诗提要》卷四：即前首劳生意，而以日月之逝起兴。见人之情，非迫于私实，即迫于名利如此。夫争讼起于饮食，是非生于文字，古今通弊，乃坐为燧人、董狐罪，议论奇辟。妙在议论未完，即撇开，以火蛾为比。诗恶言理，以比意透之，即不觉。不怪火蛾，反怨张灯，若有使之然者，可见私实荣名即世网也。妙语解人颐。

浦起龙《读杜心解》卷一之六：次章，亦分三段。起就现前景事发端。中段，追咎智计之所始，乃愤激之词也。末则归于真如不动之说。……前篇言"日给""用心"，聊且安分。此言如是"营营"，尚属滟灂，又就前意翻上一层也。要其大旨，总归于达观任运，以慰解其所遇之穷。张绖以前篇为处困而亨，此篇为绝圣弃智。忽圣贤，忽老佛，顷刻两岐，误矣。

陈沆《诗比兴笺》卷三：此诗之意，自来未有识者。"君看灯烛张，转使飞蛾密"二语，是其发感之由。盖少陵论治，一则曰"舜举十六相，身尊道何高。秦时用商鞅，法令如牛毛"；再则曰"致君尧舜上，再使风俗淳"。此篇"祸首燧人""厉阶董狐"，刺当时执政之刀笔之吏，设牛毛之法，上下文貌饰欺，有名无实，奸伪滋多，盗贼蜂起。故欲一举而反之王道，疏节阔目，执要握枢，而天下大治，此作者之旨也。昔屈原志三后之纯粹，杜陵期稷契之大道，皆疾今之政以思往者，言文而声哀焉。张氏绖乃谓此章绝圣弃智，乃老庄玄谈、愤俗放旷之语，以辞害意。固哉！固哉！

可　叹

　　天上浮云如白衣,斯须变幻如苍狗①。古往今来共一时,
人生万事无不有。近者抉眼去其夫,河东女儿身姓柳②。丈
夫正色动引经,鄪城客子王季友③。群书万卷常暗诵,孝经一
通看在手。贫穷老瘦家卖屐,好事就之为携酒④。豫章太守
高帝孙,引为宾客敬颇久⑤。闻道三年未曾语,小心恐惧闭其
口⑥。太守得之更不疑,人生反覆看亦丑。明月无瑕岂容易,
紫气郁郁犹冲斗。时危可仗真豪俊,二人得置君侧否。太守
顷者领山南,邦人思之比父母⑦。王生早曾拜颜色,高山之外
皆培塿。用为羲和天为成,用平水土地为厚。王也论道阻江
湖,李也丞疑旷前后⑧。死为星辰终不灭,致君尧舜焉肯朽。
吾辈碌碌饱饭行,风后力牧长回首⑨。

　　【题解】

　　人生如苍狗白云,变幻无常。古往今来,世事亦无奇不有。近来有河
东柳氏,因其夫经常用经书的道理来教育她,便断然与他反目决裂。她的
丈夫,就是客居于江西丰城的王季友。王季友博览群书,尤其对《孝经》爱
不释手,家贫如洗而有操守,不少人慕名而来,登门求教。洪州刺史李勉引
为座上宾,王季友谨言慎行,故深得李勉信任器重。明珠岂能无瑕,人岂有
完人。李勉、王季友两人当为朝廷重臣,立侍于君王之侧。当年李勉为山
南道观察使,那儿的人们把他视为父母。我很早就认识了王季友,他才华
特出,可堪大用,可惜无人赏识。如今王季友沉沦草野,李勉青云直上,境
遇不同,但他们都是上应天象而生、死为星宿不灭的英杰,令人仰慕不已。

　　【注释】

　　①如:一作"似"。

1372

②夫：一作"眹"。

③鄷城：即丰城，唐属洪州，今属江西。王季友，河南洛阳人，两为李勉宾幕，历任太子司议郎、监察御史，隐居而终。

④《太平御览》卷六九八引谢承《后汉书》载，江夏刘勤家贫，每作屩供食。尝作一屩，已断，勤置不卖。他日妻窃以易米，勤归知之，责妻欺取直，因弃不食。屩：一作"履"。

⑤高帝孙：此指李勉。《旧唐书·李勉传》载，勉历河南尹，徙洪州刺史、江西观察使。

⑥闻：一作"问"。

⑦《旧唐书·李勉传》："（李勉）累为河东节度王思礼、朔方河东都统李国贞行军司马，寻迁梁州都督、山南西道观察使。"

⑧《尚书大传》卷二："古者，天子必有四邻：前曰疑，后曰丞，左曰辅，右曰弼。"

⑨风后、力牧：黄帝大臣。《史记·五帝本纪》载，黄帝得风后于海隅，登以为相；得力牧于大泽，进以为将。

【汇评】

张戒《岁寒堂诗话》卷下：观子美此篇，焉得不伏下风乎？忠义之气，爱君忧国之心，造次必于是，颠沛必于是，言之不足嗟叹之，嗟叹之不足，故其词气如此。恨世无孔子，不列于《国风》《雅》《颂》尔。

浦起龙《读杜心解》卷二之三：详诗意，为鄷城王季友食贫苦志，尝见弃于妻，俗人或有丑之者，故作此以破众惑。题曰《可叹》，非以夫妇乖违而叹，亦非以怀才不用而叹，乃叹其见毁众口耳。主意本为王而发。而王为豫章守李勉之部民，人多丑之，太守独引而亲之，此其有特达之识者。故后半美王生，兼美太守。以谓二人之才，皆可为良相，其言不无过当。然公之识鉴，度越流俗矣。比兴起，飘忽。"无不有"三字，已暗逗作诗大意，见人生异变，不足丑也。"近者"四句，点见弃于妻事。"群书"四句，表其经明行修，穷而得友，为王生申独断也。"豫章"八句，表太守之特识，又为王生解众惑也。"三年闭口"，坚操可知。就在幕言，太守既得之耳闻目见，更不以妻弃之嫌，而疑其有遗行矣。无如人生不幸反覆至此，看者久已丑之，此句

1373

为作诗之由。然明珠岂尽无瑕，英气自不可掩，无害其为重宝也。此二句为作诗本旨。局至此已竟，以下王、李合赞，乃一派虚机，直说到可当大任，皇古辅相，且引为徒，此余波之最淋漓者。此段一气读，勿断。

观公孙大娘弟子舞剑器行① 并序

　　大历二年十月十九日，夔府别驾元持宅，见临颍李十二娘舞剑器，壮其蔚跂，问其所师，曰："余公孙大娘弟子也。"开元三载，余尚童稚，记于郾城观公孙氏舞剑器浑脱，浏漓顿挫，独出冠时。自高头宜春、梨园二伎坊内人泊外供奉，晓是舞者，圣文神武皇帝初，公孙一人而已。玉貌锦衣，况余白首，今兹弟子，亦非盛颜。既辨其由来，知波澜莫二，抚事慷慨，聊为《剑器行》。往者吴人张旭，善草书书帖，数尝于邺县见公孙大娘舞西河剑器，自此草书长进，豪荡感激，即公孙可知矣。②

　　昔有佳人公孙氏，一舞剑器动四方。观者如山色沮丧，天地为之久低昂。㸌如羿射九日落，矫如群帝骖龙翔。来如雷霆收震怒，罢如江海凝清光。绛唇珠袖两寂寞，况有弟子传芬芳③。临颍美人在白帝，妙舞此曲神扬扬。与余问答既有以，感时抚事增惋伤。先帝侍女八千人，公孙剑器初第一。五十年间似反掌，风尘倾动昏王室④。梨园弟子散如烟，女乐余姿映寒日。金粟堆南木已拱，瞿唐石城草萧瑟⑤。玳筵急管曲复终，乐极哀来月东出。老夫不知其所往，足茧荒山转愁疾⑥。

【题解】

　　从前有位佳人公孙大娘，以剑舞名动四方。每当她跳起剑舞，天地仿佛为之感染而震动，观众为之胆寒而色变。她那闪烁的剑光，迅捷如后羿之射落九日；她那矫健的舞姿，飘逸恰似天帝驱龙飞翔。她起舞时，剑势来如雷霆万钧;她收舞时,平静似江海凝聚的波光。她曼妙的身姿和绰约的舞姿都已逝去,如今有弟子来发扬光大。临颖美人李十二娘,神采飞扬地在白帝城跳起舞。关于剑舞的来历,她与我谈论很久。想起往事,不由令人黯然神伤。当年玄宗身边有八千侍女,公孙大娘的剑器舞姿最为特出。五十年的岁月,转瞬就过去了,王室依旧笼罩在战火的飞尘中,梨园子弟如轻烟四散,金粟山玄宗墓前的树木长得很高了。我流落到瞿塘峡的白帝城,在萧瑟的冬日,听着急促的管弦乐,仰望初升的明月,悲哀不已。我亦老矣,不知道该前往何方,在这荒山中越走越觉艰难,越走越觉凄凉。

【注释】

①公孙大娘:玄宗时期的舞蹈家,善舞剑。剑器:一说为古武舞之曲名。

②持:一作"特"。临颖:县名,今属河南漯河。蔚跂:光彩焕发。三载:一作"五载",是。郾城:县名,今撤县改区,属河南漯河。浑脱舞:戴浑脱帽的人所表演的一种舞蹈。浑脱,用小动物的整张皮革制成的囊形帽子,或形状类似的仿制品。高头:前头。伎:一作"教"。圣文神武皇帝:唐玄宗的尊号。锦:一作"秀"。邺:一作"叶"。西河剑器:用黄河以西乐曲伴奏的《剑器》舞。

③况:一作"晚"。

④倾动:一作"颎洞"。

⑤金粟堆:金粟山。草:一作"暮"。

⑥疾:一作"寂"。

【汇评】

吴瞻泰《杜诗提要》卷六:诗之要领,究竟不在公孙大娘,在圣文神武皇帝。序已插得突兀,诗尤提得高浑,治乱兴衰,俱于一舞女见之,岂石崇《思归引》、白傅《琵琶行》所能彷彿?叙事以详略为参差,亦以详略为宾主,主宜详而宾宜略,一定之法也。然又有宾详而主反略者。如此诗公孙大娘,宾也;弟子,主也。乃叙公孙舞则八句,而天地、日、龙、雷霆、江海,凡舞之高低起止,无所不具,是何其详?叙弟子则四句,而言舞则"神扬扬"三字,抑何其略?究之诗意,非为弟子也,为公孙大娘也。则公孙大娘固为主,而弟子又为宾,仍是主详宾略云耳。学诗者得详略之宜,尽参差之变,思过半矣。

仇兆鳌《杜诗详注》卷二〇引王嗣奭曰:此诗见《剑器》而伤往事,所谓抚事慷慨也。故咏李氏,却思公孙;咏公孙,却思先帝,全是为开元天宝五十年治乱兴衰而发。不然,一舞女耳,何足摇其笔端哉。

刘濬《杜诗集评》卷六引李因笃曰:绝妙好词。序以错落妙,诗以整妙。错落中有悠扬之致,整中有跌宕之风。

冬　至

年年至日长为客,忽忽穷愁泥杀人。江上形容吾独老,天涯风俗自相亲①。杖藜雪后临丹壑,鸣玉朝来散紫宸②。心折此时无一寸,路迷何处是三秦③。

【题解】

这些年来的冬至日,我都是在他乡作客,穷愁缠身,精神恍惚。江上往来众人,唯有我形容枯槁而衰老;长久滞留天涯,异乡的风俗人情也有了几分亲切和熟悉。雪后我拄着藜杖,踱步在这丹枫红岩遍布的荒野,突然想到此时早朝刚散,文武百官正该离开紫宸殿,顿时黯然神伤,中心摧折,连一寸都没有剩下。眼前恍惚,不知道站在何处才能望见故乡三秦。诗作于大历二年。

【注释】

①涯:一作"边"。

②鸣玉:一作"明主"。

③是:一作"见"。

【汇评】

仇兆鳌《杜诗详注》卷二一:上四言旅居冬至,下忆长安冬至也。惟客途久滞,故自伤泥杀。形容独老,皆穷愁所致。风俗自亲,于为客无与。身临丹壑,而意想紫宸,故有心折路迷之慨。心折则穷愁转甚,路迷则久客难归矣。

王嗣奭《杜臆》卷九:"泥杀"二字,发自苦衷。穷愁故形容独老,长为客故风俗相亲。雪后杖藜,下临丹壑,庶以写忧,而忽想紫宸罢朝,不觉心折。寸心既折,则穷愁转深。三秦之路俱迷,而为客何时得了也。

石间居士《藏云山房杜律详解》七律卷下:此诗亦通体对格,又妙在中间两联,偏能流走,起末两联,反见对峙。文笔之变化至此,真令人莫能测识也,奇哉,幻哉。

小　至①

天时人事日相催,冬至阳生春又来。刺绣五文添弱线,吹葭六琯动浮灰②。岸容待腊将舒柳,山意冲寒欲放梅③。云物不殊乡国异,教儿且覆掌中杯。

【题解】

天时推移,人事变迁,冬去春来,日子过得飞快。冬至日过去了,白昼的时间变长了,阳气上升,岸边的柳条送走腊月将要舒展,山中的寒梅也将冲破寒气傲然绽放。这里的景色与家乡相差无几,但有家难回,心中不免黯然,姑且叫儿女倒一杯酒来解忧。

【注释】

①小至:冬至后一日。一说为冬至前一日或即冬至日。

②文:一作"纹"。《岁时广记》卷三八引《岁时记》:"晋魏间,宫中用红线量日影,冬至后日添长一线。"《后汉书·律历志》:"候气之法,为室三重,户闭,涂衅必周,密布缇缦。室中以木为案,每律各 ,内庳外高,从其方位,加律其上,以葭莩灰抑其内端,案历而候之,气至者灰动。其为气所动者其灰散,人及风所动者其灰聚。"

③放:一作"破"。

边连宝《杜律启蒙》七言卷三:岸有何容?待腊而将舒柳,即岸之容也;山有何意?冲寒而欲放梅,即山之意也。以容写岸,复以"待"字、"将"字写岸之容;以意写山,复以"冲"字、"欲"字写山之意,可谓作意刻画。

刘濬《杜诗集评》卷一一引李因笃曰:此至日情事景色,语不旁溢,然非后人贪用故实者可比。转接虚实,远近秩然,即章法极好。

范廷谋《杜诗直解》七律卷二:八句中,首二句点题,颔联用事,颈联写景,末二句言情,次第井井。

柳司马至

有使归三峡,相过问两京。函关犹出将,渭水更屯兵。设备邯郸道,和亲逻逤城①。幽燕唯鸟去,商洛少人行②。衰谢身何补,萧条病转婴。霜天到宫阙,恋主寸心明。

【题解】

柳司马从京都来到三峡,我向他打听两京的消息。他告诉我吐蕃入寇,战乱未平,至今京师戒严,将出函谷关,兵屯渭水边。幽燕一带道路阻绝,商洛地区行人罕至。我本已衰落多病,听闻中原如此萧条,心情更为沉重,霜夜眺望长安,恋主之丹心与圆月同明。

【注释】

①《汉书·张释之传》:"从行至霸陵,上居外临厕。时慎夫人从,上指视慎夫人新丰道,曰:'此走邯郸道也。'"逻逤:一作"逻些",唐时吐蕃都城,即今西藏拉萨。

②商洛:时指商县和上洛县之合称,今属陕西商洛。

【汇评】

仇兆鳌《杜诗详注》卷二一:首二,柳至夔而问信也。中六,柳答词。下四，公自叙。出将屯兵，设备和亲，此指西京吐蕃事。幽燕路梗，商洛人稀，此指东京叛将事。

又引《杜臆》：霜天望阙，千里明净，唯恋主丹心，与之共明耳，此十字句法。

又引申涵光曰：此诗用三峡、两京、函关、渭水、邯郸、逻些、幽燕、商洛，地名八见，亦是一病。

送高司直寻封阆州①

丹雀衔书来，暮栖何乡树②。骅骝事天子，辛苦在道路。司直非冗官，荒山甚无趣。借问泛舟人，胡为入云雾。与子姻娅间，既亲亦有故。万里长江边，邂逅一相遇。长卿消渴再，公幹沉绵屡③。清谈慰老夫，开卷得佳句。时见文章士，欣然淡情素④。伏枕闻别离，畴能忍漂寓。良会苦短促，溪行水奔注。熊罴咆空林，游子慎驰骛。西谒巴中侯，艰险如跬步。主人不世才，先帝常特顾。拔为天军佐，崇大王法度。淮海生清风，南翁尚思慕。公宫造广厦，木石乃无数。初闻伐松柏，犹卧天一柱。我瘦书不成，成字读亦误⑤。为我问故人，劳心练征戍。

【题解】

丹雀衔书而来，象征着国有大贤出现，如今高司直栖栖遑遑，不知所归；骅骝这样的骏马，本该为天子效力，高司直眼下却劳苦奔波于道路。司直并非消散冗官，阆州地处僻壤，高司直你为何要深入云山雾海呢？我与你既是姻亲，又是故友，在万里之外长江边上意外相遇，感慨良多。我疾病缠身，历久不愈，能得以欣赏你的佳作，并与你畅快清谈，自是欣慰不已。可惜良会苦短，相聚未久，你又将启程，一路跋涉，前往阆州。阆州封刺史乃不世之材,深受先帝器重,曾任职于禁军,又为官于淮海,清廉正直。遗憾的是朝廷想有所建树,任用了无数庸人,却将封刺史、高司直这样的贤士遗漏了。我年老多病,连字也写不清楚了,请高司直你替我转告封刺史,当用心操练士卒。

【注释】

①司直:官名,从六品上。《唐六典·大理寺》:"(司直)掌承制出使推覆,若寺有疑狱,则参议之。"封阆州:阆州刺史封某。

②《太平御览》卷二四引《尚书中候》:"周文王为西伯,季秋之月甲子,赤雀衔丹书入丰镐,止于昌户。"

③公幹:刘桢字公幹。其《赠五官中郎将诗四首》其二有云:"余婴沉痼疾,窜身清漳滨。"

④淡:一作"谈"。

⑤瘦:一作"病"。读:一作"字"。

【汇评】

浦起龙《读杜心解》卷一之六:此平铺直叙之文,总以高、封两人不得登朝大用,深致婉惜,一劳于道途,一屈于外吏也。而在己聚散之感,寄问之情,错叙于其间。然高为主,封为宾,措词自有先后。首八句,惜司直之失位而奔走,用比兴起。"与子"八句,叙旧谊而喜客遇。"时见"十句,叙午遇而即别,且为致戒前途。盖蜀多戎轩,故动步即险,亦正为"阆州"作反剔,封盖循吏也。以上皆对司直语。"主人"十句,入"封阆州",叙其历官往迹,而惜其目前小用。"造厦"需材,遗此"天柱",亦比语也。末四,自叙,而以寄语阆州作结。曰"为我问",仍是托高之词,收绾不漏。

奉送韦中丞之晋赴湖南①

宠渥征黄渐,权宜借寇频②。湖南安背水,峡内忆行春③。
王室仍多故,苍生倚大臣。还将徐孺榻,处处待高人④。

韦中丞你深受朝廷倚重,眼下暂时出镇一方,终将征召入朝。你就任衡州刺史后,定然会巡视郡县,劝人农桑,使湖南背水而安。如今天下多故,王室蒙尘,百姓正需要你这样的辅弼大臣。还希望你积极寻访高人,多为朝廷举贤。

【注释】

①韦之晋,京兆杜陵人。玄宗朝历监察御史、吏部员外郎等。代宗大历二年,检校秘书监,兼衡州刺史、湖南观察使,加御史大夫。四年二月,迁潭州刺史,仍兼观察使,徙湖南军于潭州。卒于任。

②黄:黄霸。寇:寇恂。

③《后汉书·郑弘传》:"弘少为乡啬夫,太守第五伦行春,见而深奇之,召署督邮,举孝廉。"李贤注:"太守常以春行所主县,劝人农桑,振救乏绝。"

④榻:原作"子",据他本改。

【汇评】

仇兆鳌《杜诗详注》卷二二:上四送韦之词,下四勉韦之意。征黄渐,渐将内召也。借寇频,频刺衡潭也。湖南安于背水,是望其新政。峡内犹忆行春,乃思其遗泽。多难之际,人倚大臣,正当设榻求贤,以图治安之计。

浦起龙《读杜心解》卷三之五:首二,一起一落,言渐将内召矣,权复刺郡也。"安背水"者,湖南背湖为治,而韦又有领军制寇之责,故借用此二字。"忆行春",记取峡中治效,望其有光旧绩也。"仍多故",则兵食须供。"倚大臣",则民穷宜恤。结联勖其延访谘诹,而南下之本心亦见焉。

送鲜于万州迁巴州①

京兆先时杰,琳琅照一门②。朝廷偏注意,接近与名藩③。
祖帐排舟数,寒江触石喧④。看君妙为政,他日有殊恩。

鲜于仲通之子鲜于炅,由万州改刺巴州,杜甫赠诗相送。鲜于氏人才辈出,三世冠冕,门第光彩,为海内胜族。朝廷对鲜于炅尤为关注,让他接连出牧两个相邻的郡县。前来送行的舟船密密麻麻,挤满了寒江。鲜于炅赴任巴州之后,继续施行妙政,他日定会受到重用。

【注释】

①鲜于万州:鲜于炅,鲜于仲通之子。颜真卿《鲜于公神道碑铭》载,仲通子六人,皆有令闻。叔曰万州刺史炅,雅有父风,颇精吏道,作牧万州,政绩尤异。有诏迁秘书少监,寻又改牧巴州。

②《新唐书·李叔明传》载,李叔明,本姓鲜于氏,与兄仲通俱尹京兆,兼秩御史大夫,并节制剑南,又与子升俱兼大夫,蜀人推为盛门。

③意:一作"玺"。

④排:一作"杂"或"维"。

【汇评】

仇兆鳌《杜诗详注》卷一八:上四鲜于迁巴,下则伐别而祝之也。

边连宝《杜律启蒙》五言卷七:首句先世,次句门风,三、四自万迁巴,五、六送别,七、八祝祷,亦是应付好诗。

石闾居士《藏云山房杜律详解》五律卷五:合全诗观之,中二联是现在实事,首联先溯其已往,末联又祝其将来,通身仍是浑沦一气。命意措词,极见匠心。

奉送十七舅下邵桂①

绝域三冬暮,浮生一病身。感深辞舅氏,别后见何人。
缥缈苍梧帝,推迁孟母邻。昏昏阻云水,侧望苦伤神。

【题解】

客居偏僻的夔州,在深冬时节送别崔十七舅,不知何时重见,心中颇为凄恻。十七舅将要前往缥缈的苍梧山,路途艰险,生死未卜,见舅如母,追忆当日母亲的谆谆教诲,更是依依难舍。邵阳、桂林与夔州云水相隔,我侧身眺望,心痛神伤。

【注释】

①邵桂:邵州(邵阳郡)与桂州(始安郡),即今邵阳与桂林。

【汇评】

汪瑗《杜律五言补注》卷三:此诗一联承一联而言,中两联不以舅氏舅母作对,而反覆抑扬,自有余味。

仇兆鳌《杜诗详注》卷一八:上四,旅中送别之情。下四,别后相思之意。绝域病躯,何堪离别,"感深"二字,上下俱关。

浦起龙《读杜心解》卷三之五:若常格,则先叙十七舅,次叙下邵、桂,然后作送别语矣。诗乃从客中亲故别去之情,触口流出,正是旅人送舅氏语,不须作文饰旧套也。

舍弟观赴蓝田取妻子到江陵喜寄三首

其一

汝迎妻子达荆州,消息真传解我忧①。鸿雁影来连峡内,鹡鸰飞急到沙头②。峣关险路今虚远,禹凿寒江正稳流③。朱绂即当随彩鹢,青春不假报黄牛④。

【题解】

你前往家乡迎接妻子,现在抵达荆州。消息被鸿雁带到峡中,顿时解除了我的忧虑,我恨不得如鹡鸰飞至沙市。蓝田关的艰险已经成为过去,不用考虑了,从荆州至夔州也会风平浪静。明春我将乘船东下,你不用遣人报信来约。

①达：一作"到"。

②沙头：沙头市，今湖北荆州沙市区。

③峣关：蓝田关。

④黄牛：黄牛峡。

【汇评】

仇兆鳌《杜诗详注》卷二一：首章，弟到江陵而喜，下半叙欲往之志。鸿雁影来，承"消息"句。鹡鸰飞急，承"荆州"句。弟到沙头，则峣关不见其远矣。身在寒江，则稳流正可出峡矣。从此乘舟东下，无烦报书峡中也。衣朱绂而乘彩鹢，兄弟骨肉，须作此慰劳语，不嫌侈张也。此诗末二句，与"即从巴峡穿巫峡，便下襄阳向洛阳"语意相似，但彼诗语势轩豁，此将朱彩青黄作对，不免拙滞矣。

边连宝《杜律启蒙》七言卷三：三句言弟达江陵，去夔甚近。四句言身虽在夔，神赴江陵。险路虚远，已达江陵也，承三句；江流正稳，可赴沙头也，承四句。七、八言明春即赴江陵，家信不必寄夔州矣。总申明消息既真，可以解忧之意。

刘濬《杜诗集评》卷一一引李因笃曰：诗有句句滚注之势，于此见公友于至情。

其二

马度秦山雪正深，北来肌骨苦寒侵①。他乡就我生春色，故国移居见客心。剩欲提携如意舞，喜多行坐白头吟②。巡檐索共梅花笑，冷蕊疏枝半不禁③。

【题解】

你从终南山而来，马行深雪，肌骨侵寒，一路极其艰难辛苦。我长期索居他乡，你终于来到江陵，春日我们便可以移居同处。想到这里我不禁手舞足蹈，坐卧不安，绕着屋檐寻找梅花，与之共笑。而冷蕊虽半放于疏枝，仿佛亦是笑不自禁。

【注释】

①度:一作"瘦"。山:一作"关"。

②剩欲:一作"欢剧"。

③共:一作"近"。蕊:一作"落"。

【汇评】

张性《杜律演义》后集:后四句极言其欢喜之状。起舞、长吟,犹以为未足,复索梅花共笑,而梅花乃初发,尚不禁冷,是其春色反不如我之生春色矣。

仇兆鳌《杜诗详注》卷二一:次章,悯弟远来之情,下半写喜慰之意。卢世㴶曰:他乡就我,故国移居,还题明净,而意更温深。欢剧喜多,尚与弟相隔许程,于是步绕檐楹,索梅花共笑。此时梅花半开,即冷蕊疏枝,亦若笑不能禁矣。说得无情有情,极迂极切。

边连宝《杜律启蒙》七言卷三:前四,总因弟冲寒冒雪,远来相就,而深致其慰劳之意。五、六,正写当下之喜,浦谓预拟相见时者,非。至巡檐索笑,而梅亦不能自禁,则喜可知矣。

其三

庾信罗含俱有宅,春来秋去作谁家①。短墙若在从残草,乔木如存可假花。卜筑应同蒋诩径,为园须似邵平瓜②。比年病酒开涓滴,弟劝兄酬何怨嗟③。

【题解】

庾信、罗含曾经卜居于荆州,春去秋来,不知道他们的故居如今落在谁家。即使短墙尚存,想必庭院里也是长满了荒草;倘若乔木依旧,不妨前去赏花。如果我们筑居于江陵,当开三径以迎接知己,躬耕以求自给。兄弟重聚之日,我定然破酒戒以开怀畅饮。

【注释】

①《晋书·文苑列传》:"罗含,字君章,桂阳耒阳人也。……转(荆)州

别驾。以廨舍喧扰,于城西池小洲上立茅屋,伐木为材,织苇为席而居,布衣蔬食,晏如也。"

②同:一作"如"。

③年:一作"因"。病:一作"断"。

【汇评】

仇兆鳌《杜诗详注》卷二一:三章谋卜居江陵,下半喜同室聚首也。庾、罗旧宅,久历春秋,未知今属谁家。倘故宅犹存,虽一草一木,亦不忍伤也。若须别为营构,亦当开蒋径以延客,学邵瓜而治生。兄弟劝酬,乃豫道新居乐事。庾信、罗含,就江陵而言。蒋诩、邵平,本长安人物,公以故里先贤偶忆及之,非谓欲卜居长安也。

杨伦《杜诗镜铨》卷一八:意中语曲折善达,亦由笔力之高,格法通首一气。

石闾居士《藏云山房杜律详解》七律卷下:合三首观之,只是一纸家书,写得喜寄之意,眉飞色舞,至性至情,令人千载如见,确乎有关世教之文。

夜 归①

夜来归来冲虎过,山黑家中已眠卧②。傍见北斗向江低,仰看明星当空大③。庭前把烛嗔两炬,峡口惊猿闻一个④。白头老罢舞复歌,杖藜不睡谁能那⑤。

【题解】

半夜冒着巨大危险回到家中,山中漆黑,家人早已入睡。北斗星低垂于江上,启明星高悬于空中。进入庭院,诗人就责怪家人,如今经济拮据,怎么能点两只蜡烛,一只就足够了。责备的声音,在寂静的夜晚尤其响亮,连峡口安睡的猿猴都惊醒了。家人睡眼惺忪,不耐烦地催促诗人快去睡觉。诗人固执地回答说:我这把老骨头今晚就是要载歌载舞,挂着藜杖不睡,你能把我怎么办。

【注释】

①夜归：一作"醉归"。

②夜来：一作"夜半"。

③明星：金星，一作"明月"。《尔雅·释天》："明星谓之启明。"

④嗔：一作"唤"。

⑤不睡：一作"不寐"。那：奈何。

【汇评】

王嗣奭《杜臆》卷九：黑夜归山，有何奇特？而身之所经，心之所想，耳目所闻见，皆人所不屑写，而一一写之于诗，字字灵活，语语清亮，觉夜色凄然，夜景寂然，又人所不能写者。

陈式《问斋杜意》卷一八：此公黑夜归家，途中迎者无人，家中待者无人，进门发怒之作。至今读其诗，声音颜色，勃勃纸上。描写形容，《左》《史》最称绝妙，如公自状无之。

杨伦《杜诗镜铨》卷一八引蒋弱六曰：此亦近俳谐体，意在自夸老壮。反面一看，正不觉怆然。

前苦寒行①

其一

汉时长安雪一丈，牛马毛寒缩如猬②。楚江巫峡冰入怀，虎豹哀号又堪记。秦城老翁荆扬客，惯习炎蒸岁绤纻。玄冥祝融气或交，手持白羽未敢释③。

【题解】

长安苦寒，大雪又深又厚，牛马冻得像刺猬缩成一团。我这个长安人，长期客居荆扬，已经习惯了南方湿热的天气，常年穿着葛布衣裳，一年到头都不敢放下手中的扇子。没想到今年冬天特别冷，怀里好像抱着冰块一样,虎豹冻得连连哀号,这又让我记起了长安的冬日。

【注释】

①《古今乐录》载,王僧虔《技录》:"清调有六曲,一《苦寒行》。"

②《西京杂记》卷二:"元封二年大寒,雪深五尺,野鸟兽皆死,牛马皆踡蹜如猬。三辅人民冻死者,十有二三。"

③玄冥:冬神。祝融:夏神。《礼记·月令》:"孟冬之月,……其神玄冥。""孟夏之月,……其神祝融。"

【汇评】

吴瞻泰《杜诗提要》卷六:"又堪记",承汉时言,盖谓南方从古无雪,所堪记者,惟汉时长安雪大耳,岂意此地又如此乎,深慨时之失常。只一"又"字练得响。"秦城"二句,回忆已往;结二句,预期将来。玄冥,阴也。祝融,阳也。阴阳气交,则时序自复。不怪阴阳不调,而止望其气交,亦是深一步法。

仇兆鳌《杜诗详注》卷二一:此夔州遇雪而作也。长安雪寒,古以为灾。巫峡冰寒,今更可异。又叹南方经岁常暖,而今则地气忽变矣。冰入怀,冷气切肤。虎豹号,雪中无食。秦翁荆客,公自北而南。玄冥、祝融,谓冬夏相似。

浦起龙《读杜心解》卷二之三:此以古时北地之寒,形起今日南方之寒。下半仍以南方气暖,作翻身势结。通首俱在南北异候上立意。北寒其常也,尚有元封之记。今南方如此,可勿记乎? 四句乃作诗之故。然公虽北翁,久为南客,已曾惯习土风。则今兹寒气,恐当即转,姑持扇以俟之耳。

其二

去年白帝雪在山,今年白帝雪在地。冻埋蛟龙南浦缩,寒刮肌肤北风利①。楚人四时皆麻衣,楚天万里无晶辉②。三足之乌足恐断,羲和送将安所归③。

【题解】

去年仅仅在高山上能见到雪花,今年雪花落入了白帝城里。寒风刺骨,鱼复浦也上冻了。楚国人往常四季都穿着麻布衣服,很少见到晶莹的雪霰。今年恐怕是三足乌骨折了,羲和不知将太阳藏到了什么地方。

【注释】

①刮:一作"割"。

②里:一作"顷"。

③《淮南子·精神训》:"日中有踆乌,而月中有蟾蜍。"高诱注:"踆,犹蹲也,谓三足乌。"足:一作"骨"。送将安所归:一作"送送将安归"或"送之将安归"。安,一作"何"。

【汇评】

仇兆鳌《杜诗详注》卷二一:此记连岁雪寒也。雪在山,寒气尚微。雪到地,祁寒甚矣。末见日色阴霾,而设为慨叹之词。冬日无光,岂日乌畏寒,而羲和使之匿影耶? 此与"羲和冬驭近,愁畏日车翻",同属凭空想像语。

浦起龙《读杜心解》卷二之三:此即就本地两年异候说起,下仍以地本暖而忽寒作结,与上篇结意正相反。"雪在山",高处微有寒气,正言不寒也。"雪在地",则寒甚矣。"蛟龙缩",即虎豹号意。"刮肌肤",即冰入怀意。"楚人""楚天"二句,一纵一擒。末言日光匿耀,申"无晶辉"也。

杨伦《杜诗镜铨》卷一八引邵长蘅曰:短章往往苍劲,老气无敌。

后苦寒行二首①

其一

南纪巫庐瘴不绝,太古以来无尺雪②。蛮夷长老怨苦寒,昆仑天关冻应折③。玄猿口噤不能啸,白鹄翅垂眼流血,安得春泥补地裂④。

【题解】

南方巫山、庐山一带瘴疠不绝,自古以来没有下过一尺深的大雪。夔州见多识广的老年人,也感叹天寒地冻,恐怕昆仑山上的天门关柱都被冻折了。天气如此寒冷,黑色的猿猴无法开口长啸,白色的鸿鹄翅膀低垂,双眼流血。真希望春天早日到来,湿润的泥土可以填补冻裂的缝隙。

【注释】

①诗题原无"行"字,据他本增补。

②南纪:南方。巫:巫山。庐:庐山。

③应:一作"欲"。

④流:一作"出"。

【汇评】

仇兆鳌《杜诗详注》卷二一:此章写雪寒之苦。末句寒极思春,乃道其常。

浦起龙《读杜心解》卷二之三:此即隐括前二首之意。"蛮夷长老",即指夔人。曰"长老"者,见年老之人,尚未经此也。"冻应折"者,苦寒若此,想是关柱折去,寒气无从捍蔽耳。春温则土润,故可以补裂,此只是后一层托题法,无别意。昆仑关折,已逗动后首作意。

其二

晚来江门失大木,猛风中夜吹白屋①。天兵断斩青海戎,杀气南行动坤轴,不尔苦寒何太酷②。巴东之峡生凌凘,彼苍回轩人得知③。

【题解】

傍晚刮起大风,将江边的大树卷走了。到了半夜,寒风越来越急,掀动着白屋。莫非是天兵厌弃了战乱,斩杀入寇的吐蕃,致使杀气南泄,振动了地轴。不然,这里为何如此寒冷,巫峡也出现了流冰。西戎已经猖獗太久,或许天机旋转,也未可知。

【注释】

①晚:一作"晓"。门:一作"边"或"间"。

②断斩：一作“斩断”。坤：一作“地”。太：一作“其”。

③轩：一作“幹”。

【汇评】

吴瞻泰《杜诗提要》卷六：起二句写风，只“拔木发屋”四字耳。乃发端先写失大木，次写猛风，次写飞白屋，化板为新，便成奇特。“天兵”二语，即白山所称“装头句”，是悬揣语，谓应是“天兵斩断青海戎”，以致“杀气南行动地轴”。不然何苦寒太酷如此哉？三句直是古文顿挫。一结倒换句。谓天心一旦回旋，则峡中冰解，岂人所得知耶？与“玄冥祝融气或交”同意，皆空中悬拟之词。四诗句在题中，意托言外。

仇兆鳌《杜诗详注》卷二一：次章写风寒之苦。末言峡水生冰，乃虑其变。兵临青海，杀气南行，此想其现在。巴峡生凌，苍天难测，此患其将来。中间“不尔”句，极抑扬顿挫之情。

浦起龙《读杜心解》卷二之三：此一起，就风势上见出苦寒。二句用倒势。“天兵”三句，作意绝奇，言此殆天心厌乱，厉威杀贼，寒气激而南行乎？不尔，何寒之酷若此。“巴峡凌澌”，就“苦塞”敷衍一笔。“彼苍回幹”，即缴足“天兵断戎”意。盖言西戎炽盛久矣，意者气机旋转，将欲灭此丑类耶？“人得知”，若曰天意盖可知矣。借寒威杀气，一畅殄寇之怀，思入非有想天。

晚　晴

高堂暮冬雪壮哉，旧瘴无复似尘埃①。崖沉谷没白皑皑，江石缺裂青枫摧。南天三旬苦雾开，赤日照耀从西来，六龙寒急光徘徊。照我衰颜忽落地，口虽吟咏心中哀②。未怪及时少午子，扬眉结义黄金台。泪乎吾生何飘零，支离委绝同死灰③。

【题解】

暮冬时节，一场纷纷扬扬的大雪，消除了尘埃般的瘴疠，填平了山谷，冻裂了江石,摧折了青枫。一眼望去,铺天盖地都是皑皑白雪。连续一个月的阴天,到今天傍晚突然放晴,浓雾散开。阳光从西边射出,摇曳不定,照在我的脸上,又落在地上,这夕阳暮景让我感伤不已。往日看见年轻人追逐名利,很不以为然。如今看来,建功立业应该趁早,不然等到衰老似我,飘零无依,豪情壮志早已不在。

【注释】

①堂:一作"唐"。

②虽:一作"中"。

③泊:一作"泊"或"汨"。

【汇评】

仇兆鳌《杜诗详注》卷二一:杜诗歌行,前半段多隔句用韵,后半段多叠句用韵。此篇前俱叠韵,后反隔韵,又另一变体也。

浦起龙《读杜心解》卷二之三:此因雪后晚晴,寒光照影,而感及身衰也。前四句,从积雪起,笔势飘飘。中三句,晚晴正面。后六句,思路幻,笔情曲,衰颓之状,己亦无由自见,忽从晴光斜影,照出龙钟老态,触目生哀,极奇极确。又谓年少角逐,及时驰骋,向或怪之,今无怪也。功名须早立也,不见我飘零委绝,壮心灰尽如此乎。意似衰飒,语实磊落英多。

复　阴

方冬合沓玄阴塞,昨日晚晴今日黑①。万里飞蓬映天过,孤城树羽扬风直。江涛簸岸黄沙走,云雪埋山苍兕吼②。君不见夔子之国杜陵翁,牙齿半落左耳聋。

【题解】

冬天长时间阴寒,昨晚放晴,今天又漫天昏黑。寒风卷起蓬草,呼啸而过,又将白帝城上的旌旗拉扯得笔直。狂浪冲走岸边的黄沙,如同簸箕筛掉杂物。深山里被大雪掩埋的苍兕,发出巨大的吼声。客居夔州的杜陵老翁,牙齿半落,左耳亦聋。

【注释】

①塞:一作"寒"。

②簌:一作"欺"。苍兕:水兽。

【汇评】

仇兆鳌《杜诗详注》卷二一:上六,冬阴凄惨之象。下二,老年作客之感。

浦起龙《读杜心解》卷二之三:似接《晚晴》篇来,故题曰《复阴》也。境象黯淡如此,况以客子衰翁值之,当复奈何。

有　叹

壮心久零落,白首寄人间。天下兵常斗,江东客未还^①。穷猿号雨雪,老马泣关山^②。武德开元际,苍生岂重攀。

【题解】

壮志难酬,白首失路。战火正炽,流寓他乡,苟全乱世。如穷途末路之猿猴号泣于雨雪之中,如弃置不用之老马望关山而流泪。武德、开元那样的盛世,苍生还可以重逢吗?

【注释】

①下:一作"泣"。

②泣:一作"怯"或"望"。

【汇评】

浦起龙《读杜心解》卷三之六:此因衰年羁旅,而叹兵端之未靖,客路之多艰也。追想盛时,穆然神远。

边连宝《杜律启蒙》五言卷八:穷猿虽号雨雪,而老马仍望关山,设一旦免雨雪之号,展关山之足,则高祖武德、玄宗开元之盛,庶几苍生可以再攀于今日,而岂其然乎?"岂"者,或然而不敢必之词也。

刘濬《杜诗集评》卷一〇引李因笃曰:五、六忽用比体,于全诗则为开宕,宽以养局也。结语深悲,于蔼然唱叹之中,正太庙朱弦也。

峡 隘

闻说江陵府,云沙净眇然①。白鱼如切玉,朱橘不论钱。水有远湖树,人今何处船。青山各在眼,却望峡中天②。

【题解】

听说江陵府为江乡水国,云沙澄澈,渺然无涯。水中随处可见如玉之白鱼,树上挂满了红色柑橘。可惜湖边的远树虽令人向往,如今却无船前往。四周高山环绕,我抬眼望去,只见峡中之青天。

【注释】

①净:一作"静"。

②各:一作"若"。

【汇评】

仇兆鳌《杜诗详注》卷一九:上四想江陵之胜,下叹峡隘难居也。云沙,思其风景。鱼橘,思其物产。远湖树,遥指江陵。人何处,想及弟观也。青山各在眼前,而却仍望峡天,恨出峡之不早耳。

边连宝《杜律启蒙》五言卷九:此苦峡中之隘,而思出峡游江陵也。首句提起,自次句至五句皆忆江陵之佳胜,却用六句作转,言思游江陵之人,其船果在何处乎? 盖仍系峡中耳。六句与五句字面相对,而实总承首句。以下作转,极尽伸缩变化之妙。

别李义①

　　神尧十八子,十七王其门②。道国泊舒国,实唯亲弟昆③。中外贵贱殊,余亦忝诸孙。丈人嗣三叶,之子白玉温④。道国继德业,请从丈人论。丈人领宗卿,肃穆古制敦⑤。先朝纳谏净,直气横乾坤。子建文笔壮,河间经术存⑥。尔克富诗礼,骨清虑不喧⑦。洗然遇知己,谈论淮湖奔。忆昔初见时,小襦绣芳荪⑧。长成忽会面,慰我久疾魂。三峡春冬交,江山云雾昏⑨。正宜且聚集,恨此当离樽。莫怪执杯迟,我衰涕唾烦。重问子何之,西上岷江源。愿子少干谒,蜀都足戎轩。误失将帅意,不如亲故恩。少年早归来,梅花已飞翻。努力慎风水,岂惟数盘飧。猛虎卧在岸,蛟螭出无痕。王子自爱惜,老夫困石根。生别古所嗟,发声为尔吞。

【题解】

　　高祖建立大唐,有十八子尚存,一子嗣位,十七子封王。十六子道王元庆,与十八子舒王元名本是兄弟,你是道王的玄孙,我是舒王外孙之外孙,地位上有贵贱之别,算起来我们还是中表亲。你的父亲嗣道王三世之业,曾任宗正卿,敦厚宗族,正直敢言,文笔雄壮,经术湛深。你温润如玉,骨气清爽,思虑纯粹,言谈有力。回想最初与你相见时,你还是童稚,身着绣有香草的短衣,长大后久别重逢,深感欣慰。春冬之际的三峡,云昏雾浓,你我短暂相聚,又还匆匆而别。你所前往之成都,武夫当政而跋扈,风波险恶,危机四伏,你务必要谨慎小心。我困居夔州,无力襄助,唯有在临别之时,反复叮咛。

【注释】

　　①李义,高祖李渊第十六子道王元庆之玄孙。

②《新唐书·高祖纪》："上元元年，改谥神尧皇帝。"十八子：高祖李渊共二十二子，卫怀王元霸、楚哀王智云先亡，太子建成、巢王元吉在玄武门事变中遭杀。

③道国：指高祖第十六子道王元庆。舒国：指高祖第十八子舒王元名。泊：一作"及"。实：一作"督"。

④丈人：这里指李义之父李炼。三叶：三代，道王传子诱，诱以事削爵，更以元庆次子询之子微嗣，微传子炼；原作"王业"，据他本改。

⑤宗卿：宗正卿。《旧唐书·高祖二十二子传》："炼，开元二十五年，袭封嗣道王。广德中，官至宗正卿。"

⑥子建：曹植。笔：一作"章"。河间：河间王，汉景帝之子、武帝之弟刘德。

⑦尔：一作"温"。《诗·小雅·小宛》："人之齐圣，饮酒温克。"

⑧襦：短衣，一作"孺"。芳荪：芳草。

⑨冬：一作"夏"。

【汇评】

浦起龙《读杜心解》卷一之六：武臣悍卒，奴隶士夫，居夔之诗，屡形叹愤。读者观此世而慨然也。

杨伦《杜诗镜铨》卷一八引何焯曰：韩退之碑版，每学此笔法。

元日示宗武

汝啼吾手战，吾笑汝身长。处处逢正月，迢迢滞远方。飘零还柏酒，衰病只藜床①。训喻青衿子，名惭白首郎。赋诗犹落笔，献寿更称觞。不见江东弟，高歌泪数行②。

【题解】

宗武啊，你看到我赋诗落笔、双手颤抖而悲啼，我却为你长大了能献寿称觞、孝敬父母而高兴。虽然眼下滞留他乡，漂泊不定，但天下哪里都是正月,还当饮柏酒以示庆贺,遗憾的只是我尚卧病在床。新的一年到来,也该对你训导了。想到我白首为郎,功业无成,实在羞愧。在这团聚的日子,又想到小弟杜丰流落江东,多年没有相见,不禁高歌落泪。

【注释】

①酒:一作"叶"。

②诗末原有注:"第五弟丰漂泊江左,近无消息。"

【汇评】

仇兆鳌《杜诗详注》卷二一:此诗皆悲喜并言。啼手战,是悲;笑身长,是喜。逢正月,是喜;滞远方,是悲。对柏酒,是喜;坐藜床,是悲。子可教,是喜;身去官,是悲。赋诗称觞,又是喜;忆弟泪行,又是悲。只随意序述,而各有条理。

刘濬《杜诗集评》卷一四引李因笃曰:衰年远客,逐绪牵愁,其中义蕴甚长,如画竹数尺有千丈之势。

又示宗武

觅句新知律,摊书解满床。试吟青玉案,莫羡紫罗囊①。假日从时饮,明年共我长②。应须饱经术,已似爱文章。十五男儿志,三千弟子行。曾参与游夏,达者得升堂。

【题解】

你最近知道了格律,琢磨着准备写诗了。为了方便寻找典故,你把书卷摊开,铺在床上。希望你好好学学张衡《四愁诗》那样的作品,不要羡慕谢玄而追求时髦与华丽。有空的时候,不妨陪我喝点酒,到了明年,你就长得和我一般高了。除了多读文学作品之外,你还得饱览经书。十五岁男儿应该立志苦读,首先成为合格的儒门子弟,然后争取如曾子、子游、子夏那样登堂入室。

【注释】

①张衡《四愁诗》:"美人赠我锦绣段,何以报之青玉案。"《晋书·谢玄传》:"玄少好佩紫罗香囊,(谢)安患之,而不欲伤其意,因戏赌取,即焚之。"羡:一作"带"。

②假:一作"暇"。

【汇评】

仇兆鳌《杜诗详注》卷二一:次章,专言训子之意。觅句摊书,武知学矣。饱经术以发为文章,此进一层语。法先贤之孝行文学,又进一层语。青玉案,谓古诗。紫罗囊,指戏具。暇日方饮,戒其毋纵酒以旷时。

远怀舍弟颖、观等

阳翟空知处,荆南近得书①。积年仍远别,多难不安居。江汉春风起,冰霜昨夜除。云天犹错莫,花萼尚萧疏。对酒都疑梦,吟诗正忆渠。旧时元日会,乡党羡吾庐②。

【题解】

我只知道舍弟杜颖在阳翟,但远别多年,一直无法相见。最近收到另一位弟弟杜观的书信,说他在荆州还没有安居下来。春风吹到了江汉,昨夜冰霜完全消除,只可惜云天漠漠,兄弟隔离。无论饮酒还是写诗,我无时无刻不牵挂着你们。以往的元旦我们阖家团聚,备受乡人羡慕,如今想来恍恍惚惚,似置身梦中。

【注释】

①阳翟:古地名,秦置县,治所在今河南禹州。荆南:唐方镇名,治所在今湖北江陵。

②日会:一作"会日"。

【汇评】

杨伦《杜诗镜铨》卷一八引蒋弱六曰:一派自言自语,读之黯然销魂。

将前聚首之乐,衬出今离别之悲,倒煞作结,更觉含情无限。

刘濬《杜诗集评》卷一四引李因笃曰:深情老格,调苦气舒,不袭风雅一词,为真风雅。

续得观书,迎就当阳居止,
正月中旬定出三峡①

自汝到荆府,书来数唤吾。颂椒添讽咏,禁火卜欢娱②。舟楫因人动,形骸用杖扶。天旋夔子国,春近岳阳湖。发日排南喜,伤神散北眸③。飞鸣还接翅,行序密衔芦④。俗薄江山好,时危草木苏。冯唐虽晚达,终觊在皇都。

【题解】

自从你到了荆州,多次写信催促我前去。元旦这天又接到你的来信,这更增添了我在新春佳节饮酒作诗的兴致。我拟定于正月中旬离开夔州,坐船出峡,扶杖而行,春光明媚的时节抵达岳阳,大约在寒食节前后我们就可以汇聚一堂了。出发时我将满怀南行的喜悦,虽然不免为无法北归而叹息。飞鸟要与其同类翱翔蓝天,我们兄弟也得团聚互助。春天到了,草木虽已复苏,可时局依然动荡。荆州景色宜人,但风俗浇薄。我虽然年纪大了,还是一心想着回到长安为朝廷效力。

【注释】

①止:原作“山”,据他本改。

②宗懔《荆楚岁时记》:“正月一日是三元之日也。……长幼悉正衣冠,以次拜贺。进椒柏酒,饮桃汤。……去冬节一百五日,即有疾风甚雨,谓之寒食。禁火三日,造饧大麦粥。”娱:一作“呼”。

③眸:一作“吁”或“呼”。

④《淮南子·修务训》:“夫雁顺风,以爱气力,衔芦而翔,以避缯弋。”

浦起龙《读杜心解》卷五之三：上八叙题，下八发意，大旨谓身将就南，心终恋北也。起四，叙述明了，因人、用杖，表出束装情状。旋夔、近湖，清还两地去就，作一束。排喜、散吁，为后半提笔。会面之喜，形于方发之初；故国之吁，终有暗伤之致。试观禽鸟，方接翅而南翔，旋衔芦而北向，伊可怀也。彼当阳居止，江山虽好，草木渐苏，吾辈亦当有欣欣顺动之思矣。结语点破。

太岁日①

楚岸行将老，巫山坐复春。病多犹是客，谋拙竟何人。阊阖开黄道，衣冠拜紫宸②。荣光悬日月，赐与出金银③。愁寂鸳行断，参差虎穴邻。西江元下蜀，北斗故临秦。散地逾高枕，生涯脱要津。天边野柳树，相见几回新④。

【题解】

春天再度降临到楚江巫山，我却又老了一岁，何况客居他乡，疾病缠身，谋生计拙，真情何以堪。此时正值新年朝会，文武百官正由黄道至紫宸殿拜见君王，而我远离朝班，结邻虎穴，又愁苦何堪。长江西边的上游，原本就是出蜀东下的水路；北斗七星的下面，那就是我日夜思念的长安城。我浪迹天涯，脱离官场，高枕于这闲散之地，已多次看见柳叶新绿。

【注释】

①太岁日：与此年干支相同的一天。大历三年干支为戊申，正月初三戊申日为太岁日。

②黄道：地球上所见之太阳运行轨道，此处指通往皇宫的大道。

③《尚书中候》："帝尧即政七十载，……乃沉璧于河，礼备。至于日稷，荣光出河，休气四塞。"与：一作"予"。

④野：一作"梅"。

1400

唐汝询《唐诗解》卷四八:是年孟陬三日值太岁。疑当时以是为庆,故子美首述己之流落,中叙朝之欢娱,末叹不得与此会也。言客夔既久,贫病日甚,想今朝廷逢此令节,群臣入贺,咸沾佳气而被赏赐矣。我乃违此朝班,居邻虎穴,缘江仰斗,仿佛京师。散地高眠,要津永隔,岂复有趋朝之望,徒对此梅柳而伤春耳。

浦起龙《读杜心解》卷五之四:通首皆羁栖之感。起四句,提出老而留滞意。次四句,述当年是日随班之事。又次四句,伤去官而望阙。结四句,两应中幅,两应篇首。

杨伦《杜诗镜铨》卷一八引李因笃曰:前四峡中,次四忆长安事,末则抚时自伤也。通篇苦调,故以和语结之。

人日两篇①

其一

元日到人日,未有不阴时。冰雪莺难至,春寒花较迟。云随白水落,风振紫山悲。蓬鬓稀疏久,无劳比素丝②。

【题解】

从正月初一至初七,没有一天不是阴天。冰雪覆盖着大地,鸟儿难觅踪迹。春寒料峭,花儿比往年开得更迟。白云远去,与江水融为一体。寒风刮过,引起紫山阵阵回响。白发稀疏欲尽,令人伤感。

【注释】

①宗懔《荆楚岁时记》:"正月七日为人日。以七种菜为羹,剪彩为人,或镂金簿为人,以贴屏风,亦戴之头鬓;又造华胜以相遗,登高赋诗。"两篇:一作"二首"。

②久:一作"少"。

【汇评】

仇兆鳌《杜诗详注》卷二一：首章，感人日阴寒而作也。上四写阴惨气象，下乃触景而增忧。

又引《杜臆》：昔比素丝，蓬鬓犹在，今又稀疏，愧于素丝矣。

其二

此日此时人共得，一谈一笑俗相看。樽前柏叶休随酒，胜里金花巧耐寒①。佩剑冲星聊暂拔，匣琴流水自须弹。早春重引江湖兴，直道无忧行路难。

【题解】

此日此时，人人都在欢度佳节，我也随俗谈笑为乐。但元旦已过，再饮柏叶酒难免为多事；花畏寒不开，只有佩戴剪裁的彩胜金花。拔剑醉舞，气冲牛斗之间；开匣鸣琴，志在高山流水之中。我将在早春再度开始邀游江湖，此时不应该忧心行路的艰难。

【注释】

①耐：一作"奈"。

【汇评】

仇兆鳌《杜诗详注》卷二一：次章，当人日而思出峡也。人共得，举世同此人日。俗相看，流俗相沿为乐。柏叶休随，言元日已过。金花耐寒，见人日尚阴。

金圣叹《唱经堂杜诗解》卷四：先生前诗云："元日到人日，未有不阴时。"农家以此数日阴晴，定终岁丰歉之验。若人日阴雨不止，则岁之歉收可知，而出处俱困矣。今先生重欲远游，而人日恰逢佳日，虽欲不与俗共谈笑得乎？此江湖之兴所以勃发也。"休随酒"，言随处可以饮酒。"巧耐寒"，言虽寒可以曲耐也。转句奇妙。先为远游算出行路之难与不难，非写琴剑随身实事也。佩剑冲星，得无有望气如雷焕者乎？匣琴流水，得无有知音如钟期者乎？如此则行路可保无忧，而今日江湖之兴，何妨重引哉。

喜闻盗贼蕃寇总退口号五首①

其一

萧关陇水入官军,青海黄河卷塞云②。北极转愁龙虎气,西戎休纵犬羊群③。

【题解】

朔方节度使路嗣恭大败吐蕃之后,官军进而收复了萧关、陇水一带,青海、黄河等边塞地区恢复了安宁。朝廷以为外患已去,鱼朝恩所掌管之禁卫军成为内忧。不过吐蕃虽退,也不可掉以轻心。

【注释】

①诗题一本无"蕃寇"二字。《资治通鉴》卷二二四载:"(大历二年)冬十月,戊寅,朔方节度使路嗣恭破吐蕃于灵州城下,斩首二千余级,吐蕃引去。"

②萧关:故址在今宁夏固原东南。

③极:一作"阙"。愁:一作"深"。

【汇评】

仇兆鳌《杜诗详注》卷二一:首章,喜王师能御寇也。萧陇军入,路嗣恭歼虏于此也,河海云卷,塞外之风烟已静矣。时宦官典兵,内忧方切,故云北极转愁。吐蕃暂退,而祸根未除,故曰西戎休纵。

浦起龙《读杜心解》卷六之下:首章,分顶而下,直提荡寇事,作发端。

杨伦《杜诗镜铨》卷一八:首章喜王师能御寇,并即致忧盛危明之意。

其二

赞普多教使入秦,数通和好止烟尘①。朝廷忽用哥舒将,杀伐虚悲公主亲②。

【题解】

当年吐蕃君长多次派使者来到长安,双方通亲和好,停止战争。后来朝廷忽然任用哥舒翰,攻打石堡城,致使边衅重开,边患不断,和亲的金城公主悲伤不已。

【注释】

①止:一作"尚"。

②用:一作"可"。

【汇评】

仇兆鳌《杜诗详注》卷二一:此追咎边将之起衅者。当时吐蕃请和,正可息兵,自哥舒翰迎合上意,纵兵恣杀,而边衅从此开矣。

浦起龙《读杜心解》卷六之下:次章,原开衅之由。

其三

崆峒西极过昆仑,驼马由来拥国门①。逆气数年吹路断,蕃人闻道渐星奔。

【题解】

昆仑山在崆峒山极西之处,那里的人们曾经骑着驼马前来长安朝觐。后来吐蕃叛乱,不服朝命,使得朝觐之路中断了数年。此次吐蕃大败,如群星奔逃散走。

【注释】

①西极:一作"西北"。

【汇评】

仇兆鳌《杜诗详注》卷二一:此记吐蕃叛服之不常也。驼马入贡,往时归顺,自逆命数年,而今乃奔散,喜之也。

浦起龙《读杜心解》卷六之下:三章,上二,追述奉贡时事,为下二引脉。此首大意,乃总计叛乱之年数,以及于今日之引退也。

其四

勃律天西采玉河,坚昆碧碗最来多①。旧随汉使千堆宝,少答胡王万匹罗②。

【题解】

往年西域各国随着大唐使者前来长安时,他们纷纷进献各种珍宝,如勃律国献上玉河中的美玉,坚昆族献上他们制作的碧碗,而朝廷赏赐给这些部落的物品并不多。

【注释】

①勃律:西域国名,在今克什米尔。玉河:流经西域于阗国,即今新疆之和田河。坚昆:古部族名,汉初属匈奴,唐以其地设坚昆都督府,在今叶尼塞河上游。

②胡:一作"朝"。

【汇评】

吴瞻泰《杜诗提要》卷一四:来多答少,只二十八字,写出朝廷羁縻远人方法。截然而起,截然而收,唐人绝句中,无此体格,亦无此手眼。

仇兆鳌《杜诗详注》卷二一:此忆往时而戒之有道也。勃律采玉,坚昆碧碗,来多答少,此朝廷羁縻远夷之法,惜今不可复见耳。

浦起龙《读杜心解》卷六之下:四章,咏叹平时往来报礼之常,冀复循此旧好也。

其五

今春喜气满乾坤,南北东西拱至尊①。大历三年调玉烛,玄元皇帝圣云孙②。

【题解】

今年春天,吐蕃败退,四海喜气洋洋,天下一统,拥戴天子。这预示着大历三年风调雨顺,当今皇上不愧为玄元皇帝的圣子孙。

【注释】

①春：一作"朝"。

②三：原作"二"，据他本改。《尔雅·释天》："四气和，谓之玉烛。"

【汇评】

周篆《杜工部诗集集解》卷三五：第一首言破走吐蕃，第二首追言所以失和之故，第三首言吐蕃本不为害，自待之失策而其患始深。今既破走，宜思善后之术，故第四、第五首遂言昔日柔远之道，而以玉烛之调为至尊望也。

仇兆鳌《杜诗详注》卷二一：末章，备述喜庆之意。南北东西，喜皇图无外。玉烛云孙，喜太平有象。诗以绝句记事，原委详明，此唐绝句中，另辟手眼者。

浦起龙《读杜心解》卷六之下：末章，全写喜意，颂扬赞叹，著字欲飞，才结得五首住，不知者以为熟俗。

送大理封主簿五郎亲事不合，却赴通州。主簿前阆州贤子，余与主簿平章郑氏女子，垂欲纳采，郑氏伯父京书至，女子已许他族，亲事遂停①

禁脔去东床，趋庭赴北堂②。风波空远涉，琴瑟几虚张。渥水出骐骥，昆山生凤皇。两家诚款款，中道许苍苍。颇谓秦晋匹，从来王谢郎。青春动才调，白首缺辉光③。玉润终孤立，珠明得暗藏④。余寒折花卉，恨别满江乡。

【题解】

杜甫和夔州主簿一起为前阆州封刺史之子、时任大理寺主簿封五郎，向郑家提亲，不料该女子大伯从京师来信，称其已许与他人。封五郎婚事未成，遂往通州省亲，杜甫作诗相送。封五郎未能成为郑家东床快婿，将往通州探望父母。远途而来，议婚不成，琴瑟虚张，令人遗憾。封五郎如渥洼池之骏马，郑氏如昆仑山之凤凰，男才女貌，本是天作之合，两家也很有诚意，曾指天为誓。谁知婚事出现意外，封五郎怅然而去。

【注释】

①通州：隋唐时名在通州、通川郡之间转换，今属四川达州。平章：做媒。纳采：行聘。

②《晋书·谢混传》载，孝武帝为晋陵公主求婚，谓王珣曰："主婿但如刘真长、王子敬便足。"珣曰："谢混虽不及真长，不减子敬。"帝曰："如此便足。"未几，帝崩。袁山松欲以女妻之，珣戏曰："卿莫近禁脔。"北堂：指母亲。《仪礼·士昏礼》："妇洗在北堂。"

③首：原作"手"，据他本改。

④珠明：一作"珠光"。《晋书·卫玠传》："玠妻父乐广，有海内重名，议者以为妇公冰清、女婿玉润。"《史记·鲁仲连邹阳列传》："臣闻明月之珠，夜光之璧，以暗投人于道路，人无不按剑相眄者。"

【汇评】

仇兆鳌《杜诗详注》卷二一：此惜其停婚而去也。青年负才，而白首未谐，在封郎则孤立无耦，在郑女则暗藏失所矣。

将赴荆南寄别李剑州①

使君高义驱今古，寥落三年坐剑州。但见文翁能化俗，焉知李广未封侯②。路经滟滪双蓬鬓，天入沧浪一钓舟。戎马相逢更何日，春风回首仲宣楼③。

【题解】

大历三年(768)春，杜甫将携家出峡，远赴荆南，未及面别剑州李刺史，作诗寄赠。李刺史你高尚的品德，古往今来颇为罕见，但三年以来却一直默默地履职于剑州这偏远的地方。人们只看见你如同汉代文翁那样能教化百姓,哪里注意到你命运蹭蹬似飞将军李广。我此次就要经由滟滪堆而出峡,驾一叶扁舟驶入沧浪之水。在这兵荒马乱的岁月,不知何时再能重逢。来年春天,我将会在荆南的仲宣楼眺望剑州。

【注释】

①荆南:唐方镇名,治所在荆州。剑州:治所在普安(今四川剑阁)。

②文翁,名党,字翁仲,汉庐江人。《汉书·循吏传》载其为蜀郡守,修起学官于成都市中,吏民大化。俗:一作"蜀"。

③仲宣楼:当阳县城楼。东汉王粲避乱荆州,曾作《登楼赋》。

【汇评】

唐汝询《唐诗解》卷四一:此诗前二联叹李之不遇,后二联伤己之飘零。言剑州能并驱今古者,正以有文翁之美政,然其流落不偶,亦如李广之数奇也。吾今别子而去,经滟滪入沧浪,蓬鬓萧然而钓舟飘泊,亦足悲矣。况戎马未息,会面无时,惟登仲宣之楼以想望君耳。

仇兆鳌《杜诗详注》卷一三:上四寄李剑州,下四将赴荆南。能化蜀,承剑州,此引太守事。未封侯,承流落,此用同姓人。滟滪、沧浪,自夔适荆之地。双鬓伤老,一舟言贫。江楼回首,到荆而思蜀交,仍与高义相关。

将别巫峡,赠南卿兄瀼西果园四十亩①

苔竹素所好,萍蓬无定居②。远游长儿子,几地别林庐。杂蕊红相对,他时锦不如。具舟将出峡,巡圃念携锄。正月喧莺未,兹辰放鹢初③。雪篱梅可折,风榭柳微舒。托赠卿家有,因歌野兴疏。残生逗江汉,何处狎樵渔④。

【题解】

我一向喜欢青苔绿竹,可惜居无定所,如萍流蓬转。几次建好了园林茅庐,又不得不离开,在漫长的漂泊生涯中,儿女们都不知不觉长大了。等到瀼西果园里的花儿绽放,那时肯定比五彩缤纷的锦缎都漂亮。我已经准备好乘船出峡了,但依然舍不得这果园,时不时去园中为果树松土。正月黄莺还没有鸣啭,我却要放舟东下了。篱笆边梅花傲雪而开,水榭旁柳枝迎风而舞。谨以这四十亩果园奉赠给你,又用这首诗歌表达我的野兴逸情。我大概会在江汉之上度过余生,再也无法这样亲近樵渔。

【注释】

①卿:原作"乡",据他本改,下同。

②无:一作"不"。

③未:一作"末"。

④逗:一作"逼"。

【汇评】

刘濬《杜诗集评》卷一四引吴农祥曰:五排以浓整为主,得公又开此法门,以意转笔,遂生波澜曲折。

黄生《杜工部诗说》卷一〇:"蕊"字当作"果"字。他时、杂果、红相对、锦不如,十字套装。三、四写久客飘泊,雅而透。此诗当与《园》诗四韵同看。彼以买得而喜,此以别去而惜,皆见物外高致。然始而买,终而赠,又是达士旷怀,彼视天下之物,何者为我所有哉?若在俗人,果园四十亩,必将襟府塞满;在公举以赠友,只与馈桃扑枣同观。想见灵府空洞无物,不虚作第一诗人。

敬寄族弟唐十八使君①

与君陶唐后,盛族多其人②。圣贤冠史籍,枝派罗源津。在今气磊落,巧伪莫敢亲③。介立实吾弟,济时肯杀身。物白讳受玷,行高无污真。得罪永泰末,放之五溪滨。鸾凤有铩翮,先儒曾抱麟④。雷霆霹长松,骨大却生筋⑤。一失不足伤,念子孰自珍。泊舟楚宫岸,恋阙浩酸辛。除名配清江,厥土巫峡邻⑥。登陆将首途,笔札枉所申。归朝蹋病肺,叙旧思重陈。春风洪涛壮,谷转颇弥旬。我能泛中流,搪突鼋獭瞋。长年已省柂,慰此贞良臣⑦。

【题解】

我与你本是同族,均是陶唐之后。我们这一大族人才辈出,有许多圣人贤者名垂青史。我们的枝派繁茂,在各地都受到敬重。我们的族人磊落轩昂,奸诈虚伪之徒不敢接近。唐使君你耿直孤介,忘身救世,品性高洁,不愿意同流合污,故不容于时,遭受诽谤,得罪于永泰末年,流放至蛮溪之地。贤人志士难免受挫,鸾凤有铩羽之时,孔子有泣麟之举。但青松虽遭受雷劈,仍能长出新枝,小小的挫折你也不应在意。在前往恩施的途中,你泊舟巫山,写信与我,满腹慨叹。我因肺病之故,虽欲归朝而踟蹰难行。春水涨溢之时,我将泛险而行,与你晤谈于巫山,船工已经做好了出行的准备。

【注释】

①唐使君:唐旻,广德、永泰年间为汾州刺史,时谪往施州。使,底本脱,据他本补。

②《汉书·高帝纪赞》:"而大夫范宣子亦曰:'祖自虞以上为陶唐氏,在夏为御龙氏,在商为豕韦氏,在周为唐杜氏,晋主夏盟为范氏。'"

③气:一作"最"。

④《公羊传·哀公十四年》载,哀公十四年西狩猎获麒麟。孔子以为麒麟之出,乃圣王当世的嘉瑞,时当周道之衰,感嘉瑞之无应,泣曰:"吾道穷矣。"

⑤霹:一作"劈"。

⑥除名:罢官。清江:清江县,施州治所,即今湖北恩施。

⑦长年:船工。

【汇评】

浦起龙《读杜心解》卷一之六:详诗意,唐以永泰末诖误,至是被谪施州,将近贬所,书来道故,并邀公叙旧,公遂以此简之,时公正在下峡启行之会也。唐自北到施,必经巫山,公自夔出峡,亦必经巫山,故约晤于此。起段,叙两家谱系,并表唐君品概,作一冒。次段,叙唐得罪被放事,话语清劲,"雷霆"二句,比其受挫而不挠也。三段,叙唐赴贬惠札相邀事,"恋阙",其书中语也。末段,答以正欲出峡,便道就巫握晤意。"贞良臣",与前"介立""行高"等语相照。

巫山县汾州唐使君十八弟宴别,兼诸公携酒乐相送,率题小诗,留于屋壁[1]

卧病巴东久,今年强作归。故人犹远谪,兹日倍多违。
接宴身兼杖,听歌泪满衣。诸公不相弃,拥别惜光辉。

【题解】

大历三年正月中旬,杜甫乘船由夔州东下,至巫山与前汾州刺史唐旻相遇。唐旻设宴饯别,巫山士绅亦携酒乐相送,杜甫在屋壁上留下此诗。我长久因病滞留巴东,今年强打起精神,欲至江陵而作归乡之计。故友唐刺史却还要谪居施州,两人在此相饮而别。身体衰弱,哪怕在筵席上也无法离开手杖;心中凄凉,听歌却泪洒衣裳。众人因为唐使君的缘故,纷纷前来与我道别。

【注释】

①汾州:唐属河东道,治所在今山西汾阳。

【汇评】

黄生《杜工部诗说》卷七:独称唐为故人,其余以诸公概之,笔下自分泾渭。对故人,语极悲凉;对诸公,语如欣荷。悲凉者情真,欣荷者意泛。本集云"取别随厚薄",其此之谓欤?

仇兆鳌《杜诗详注》卷二一:首二经巫山县,三、四别唐使君,五、六宴时酒乐,七、八诸公送别。

边连宝《杜律启蒙》五言卷九:首联,到巫之故;次联,别唐之情;三联,正写宴;末联,兼谢诸公。"兼"字妙。

春夜峡州田侍御长史津亭留宴① 得筵字

北斗三更席，西江万里船。杖藜登水榭，挥翰宿春天。
白发烦多酒，明星惜此筵②。始知云雨峡，忽尽下牢边③。

【题解】

乘船自西江东行万里，至峡州杖藜登上水榭。田侍御史在这里为我举
行宴会，宾主尽欢，留连吟咏，挥毫作诗，不觉已至三更。白发如我，不堪多
饮；而启明星却知筵席之难得，不忍即出。多年来我一直期望着出峡，没有
想到来到下牢溪就走出了巫峡。

【注释】

①峡州：今湖北宜昌。

②烦：一作"须"。

③宋玉《高唐赋》："妾在巫山之阳，高丘之阻，旦为朝云，暮为行雨。"下
牢：下牢溪。

【汇评】

边连宝《杜律启蒙》五言卷九：三更设席，明星宴罢，此叙宴之始终也。
次句下船，三句到亭，四句赋诗，五句饮酒，此则中间次第也。末联兼二意，
一见惜别，一喜出峡。

刘濬《杜诗集评》卷一〇引李因笃曰：急弦缓拊，写留宴之情如在目前。

大历三年春，白帝城放船出瞿塘峡，久居夔府，将适江陵，漂泊有诗，凡四十韵

老向巴人里，今辞楚塞隅。入舟翻不乐，解缆独长吁。
窄转深啼狖，虚随乱浴凫①。石苔凌几杖，空翠扑肌肤。叠壁

排霜剑,奔泉溅水珠。杳冥藤上下,浓淡树荣枯。神女峰娟妙,昭君宅有无。曲留明怨惜,梦尽失欢娱②。摆阖盘涡沸,敧斜激浪输。风雷缠地脉,冰雪耀天衢。鹿角真走险,狼头如跋胡③。恶滩宁变色,高卧负微躯。书史全倾挠,装囊半压濡。生涯临臲卼,死地脱斯须。不有平川决,焉知众壑趋④。乾坤霾涨海,雨露洗春芜⑤。鸥鸟牵丝飏,骊龙濯锦纡。落霞沉绿绮,残月坏金枢⑥。泥笋苞初荻,沙茸出小蒲。雁儿争水马,燕子逐樯乌⑦。绝岛容烟雾,环洲纳晓晡。前闻辨陶牧,转眄拂宜都⑧。县郭南畿好,津亭北望孤⑨。劳心依憩息,朗咏划昭苏。意遣乐还笑,衰迷贤与愚。飘萧将素发,汩没听洪炉。丘壑曾忘返,文章敢自诬。此生遭圣代,谁分哭穷途。卧疾淹为客,蒙恩早厕儒。廷争酬造化,朴直乞江湖。澒洞险相迫,沧浪深可逾。浮名寻已已,懒计却区区。喜近天皇寺,先披古画图⑩。应经帝子渚,同泣舜苍梧。朝士兼戎服,君王按湛卢⑪。庞头初俶扰,鶗首丽泥涂。甲卒身虽贵,书生道固殊。出尘皆野鹤,历块匪辕驹。伊吕终难降,韩彭不易呼。五云高太甲,六月旷抟扶⑫。回首黎元病,争权将帅诛。山林托疲苶,未必免崎岖。

【题解】

诗写大历三年早春杜甫由白帝城前往江陵时的一路见闻与感慨。在夔州留滞得太久了,几乎就要老死于巴地了,现在终于要离开了,登舟解缆之际,反而有些恋恋不舍。船行于狭窄的江面,时闻猿猴深啼,每见浴凫惊乱,长满青苔的岩石似乎触手可及,从峭壁坠落的细泉水珠四溅,幽深的藤蔓披拂而下,参差的树木或枯或荣,神女峰娟秀可爱,昭君宅依稀难辨。水流渐急,漩涡四起,波浪冲激,飞沫高扬。过鹿角滩如铤而走险,渡狼头滩而战战兢兢,进退两难。舟船摇荡,行李倾覆,书籍浸湿,唯有故作镇定。

等到冲出峡口,看见平川浩淼,方觉逃出死地。此时江水一望无际,春草清新似洗,白鸥远去如丝,余霞散落碧波,残月沉沦金枢,笋苞钻泥而出,浦草点缀沙岸,大雁争食水中小虫,春燕追逐船樯而飞,江中洲渚烟雾蒙蒙。前方即可望见江陵郊野,那里有久负盛名的天皇寺、帝子渚,眼下姑且在宜都休憩。我本生于盛世,谁知遭此漂泊流离之苦。虽曾身列儒官,终以疏拙以酬主上顾遇之恩,致使穷途作客,白发听涛于舟中,随人笑乐。如今中原不宁,吐蕃入寇,朝廷忙于征战,武夫得志,士子失路,巴蜀民生凋敝,将帅争权夺利,江陵岂可安居,恐又将奔波转徙。

【注释】

①乱:一作"落"。

②怨惜:一作"怨别"。

③鹿角、狼头:险滩名。走险:《左传·文公十七年》:"小国之事大国也,德则其人也,不德则其鹿也,铤而走险,急何能择。"走,一作"趋"。跋胡:《诗·豳风·狼跋》:"狼跋其胡,载疐其尾。"诗句原有注:"向者二滩名。"

④决:一作"快"。

⑤涨海:南海的古称。《梁书·海南诸国传》:"又传扶南(今柬埔寨)东界即大涨海。"

⑥金枢:月亮没入西方之处。木华《海赋》:"若乃大明摭辔于金枢之穴。"

⑦水马:水黾的一种,俗称水划虫。

⑧陶牧:在湖北江陵西,传说其地有陶朱公墓。宜都:三国蜀改临江郡为宜都郡,唐时属峡州,今属湖北宜昌。

⑨南畿:这里指松滋,肃宗曾以江陵府为南都。诗句原有注:"路入松滋县。"

⑩天皇寺:在今湖北荆州。诗句原有注:"此寺有晋右军书、张僧繇画孔子泊颜子十哲形像。"

⑪湛卢:宝剑名。《越绝书·越绝外传记宝剑第十三》卷一一:"欧冶乃因天之精神,悉其伎巧,造为大刑三,小刑二:一曰湛卢,二曰纯钩,三曰胜

邪,四曰鱼肠,五曰巨阙。"

⑫五云:五色瑞云。太甲:星名。王勃《益州夫子庙碑》:"华盖西临,藏五云于太甲。"《庄子·逍遥游》:"鹏之徙于南冥也,水击三千里,抟扶摇而上者九万里,去以六月息者也。"

【汇评】

吴瞻泰《杜诗提要》卷一三:此诗分两大支写。前一支叙放舟出峡,分两段写,一险一平,写得异样景色,造句奇峭。后一支叙适江陵,亦分两段写,一追昔,一抚今,历述漂泊苦情,而以"甲卒""书生",两两夹出骯髒不平之气,如乐之卒章,繁弦急管,络绎不绝者然。排律中最难得此后劲。句有四句承接者,有四句遥对者,有倒插者,有顺叙者,有实眼居中者,有上三下二者,流水侧落,诸法皆备,无一呆笔。排律至百韵、四五十韵,必有冗率之病,老杜亦所不免。惟此警炼,无一懈笔。

汪灏《树人堂读杜诗》卷二一:自瞿塘至江陵,一路细细铺叙,闲情逸致,吊古伤今,具见纪程之中。

《唐宋诗醇》卷一八:处处刻划,间以情思,其体则班彪、潘岳之征行,其情则王粲之登楼也。队仗整肃,骨力雄健,长律最可学者。

泊松滋江亭①

纱帽随鸥鸟,扁舟系此亭。江湖深更白,松竹远还青②。一柱全应近,高唐莫再经。今宵南极外,甘作老人星。

【题解】

终年着纱帽随鸥鸟四处漂泊,今日才得以系舟于松滋江亭。江湖水深泛白,松竹远望才青。我念念不忘的一柱观就在附近了,希望再也不要重游瞿塘峡。今宵身处南方的我,甘愿作太平之寿星。

【注释】

①松滋:县名,东晋侨置,唐属江陵府,今属湖北。

②还:一作"微"。

【汇评】

吴瞻泰《杜诗提要》卷一〇:此志出峡之喜也。首二句犹云终年"纱帽随鸥鸟",今日"扁舟系此亭"。三句乃承次句而下,写江亭之景,已与峡中迥别。五、六有瞻前顾后之状,摹写羁人途次如画。七、八反言见意,平时不安于老,今以出峡为幸,虽老亦甘之矣。起语突兀,意蓄题前,自叹不整冠于朝端,而随鸥鸟以终老,甚不甘心。末句乃遥应之,强作自慰耳。一呼一应,如灯取影,妙在不觉。

黄生《杜工部诗说》卷七:前四十韵极言下峡之险,诗盖志出险之喜也。前瞻一柱应全近,回望高唐莫再经,系明说,三、四系暗说。三、四皆非峡中之景,今乍见之,其喜可知。平时不伏老,今宵甘作老人星何?老人,寿星也。前诗云:"生涯临兀桌,死地脱斯须。"几有性命之忧,今幸而免,则虽老人星亦甘为之矣。

边连宝《杜律启蒙》五言卷九:一、二,泊亭;三、四,亭景;五、六,垂堂之戒;七、八,甘老之情。

行次古城店泛江作,不揆鄙拙,奉呈江陵幕府诸公①

老年常道路,迟日复山川②。白屋花开里,孤城麦秀边。济江元自阔,下水不劳牵。风蝶勤依桨,春鸥懒避船。王门高德业,幕府盛才贤③。行色兼多病,苍茫泛爱前。

【题解】

杜甫行近江陵,寄诗与卫伯玉幕府诸人。我白发苍苍而奔波于旅途,春日迟迟依然行走在山川。江边之茅舍鲜花环绕,古城之郊野荞麦青青。江水原本宽阔,无须劳烦船工拉纤。避风之蝴蝶时不时地想要停驻于船桨,江中之鸥鸟懒洋洋地避开来船。荆南节度使幕中人才济济,我穷途多病,期待得到诸公的照顾。

【注释】

①古城:或以为指夷陵之陆抗故城,在今湖北宜昌葛洲坝。

②《诗·豳风·七月》:"春日迟迟。"

③王门:荆南节度使卫伯玉封阳城郡王,故有此称。

【汇评】

单复《读杜诗愚得》卷一六:首四句行次古城店之景物,次四句泛江之景物,末四句奉呈江陵幕府诸公,因诉行色萧然且多病,而冀其见怜耳。

黄生《杜工部诗说》卷一〇:以首联立柱,中三联应次句,末二联应首句。因"古城"故用"麦秀"字。按《水经注》:此地有陆抗彝陵县故城。"济江"二句,写旷境安流之景,志出峡之余喜也。蝶、鸥二语,写物情毕肖,笔下化工。结句,隐动诸公盼睐。"苍茫"二字,含蓄几多难言之情。"泛爱"二字,杜公惯用,故处处入妙。若他人突入此,便碍眼矣。

刘濬《杜诗集评》卷一四引李因笃曰:朴淡如不经意,然自凄恻动人。

乘雨入行军六弟宅①

曙角凌云罢,春城带雨长②。水花分堑弱,巢燕得泥忙。令弟雄军佐,凡才污省郎。萍漂忍流涕,衰飒近中堂。

【题解】

春城笼罩于蒙蒙细雨之中,曙角声断于青云之上。雨水分流入壕沟,浪花减弱;筑巢的燕子飞来飞去,忙着寻找合适的春泥。我与六弟杜位曾同在严武幕中,如今他雄踞行军司马之职位,我则勉强担任省中郎官。迹似浮萍,虽忍住流涕,靠近中堂之时亦不免衰飒黯然。

【注释】

①行军六弟:指杜位,时为荆南节度使卫伯玉之行军司马。

②罢:一作"乱"。

单复《读杜诗愚得》卷一六:首四句言春城朝雨之景物,末四句称美六弟之贤,而自述飘零衰老之情,话应题意。

仇兆鳌《杜诗详注》卷二一:上四,春时雨景。下四,入宅有感。角声齐起,故曰乱。雨气连城,故曰带。分垄弱,荷初抽叶也。得泥忙,燕急营巢也。省郎,公自谓。中堂,位听事。

石闾居士《藏云山房杜律详解》五律卷六:此诗上四是乘雨,下四是入宅。颔联是从景寓情,颈联又从情应景。从春城起,以中堂终,总完得一个乘雨入行军六弟宅。

上巳日徐司录林园宴集①

鬓毛垂领白,花蕊亚枝红。欹倒衰年废,招寻令节同。薄衣临积水,吹面受和风②。有喜留攀桂,无劳问转蓬③。

【题解】

三月三日上巳佳节,徐家在林园举行聚会修禊,杜甫应邀参加而赋此诗。我白发苍苍,面对着缀满枝头的鲜花,心惊神伤。在这样的佳节,再也不能一醉方休了。换上单衣,临水洗濯,享受着迎面吹来的习习和风。跻身于盛会之中,就不要再提多年漂泊之苦了。

【注释】

①上巳:农历三月三日。司录:司录参军事,唐时州府属官,掌正违失,莅符印。

②薄:一作“荡”。

③《楚辞·招隐士》:“攀援桂枝兮聊淹留。”

【汇评】

仇兆鳌《杜诗详注》卷二一:上四林园宴集,五、六上巳之景,七、八司录之情。

又引《杜臆》：鬓白花红，彼此相左。衰年到园，以令节见招也。上截，悲中有喜。临水受风，修禊乐事，暂留攀桂，而莫问转蓬。下截，喜中有悲。

边连宝《杜律启蒙》五言卷九：鬓白花红，相形一笑。三句承鬓白，四句承花红。上四，园林宴集；五、六，上巳之景；七、八，谢徐而因以自伤也。

宴胡侍御书堂 李尚书之芳、郑秘监审同集，归字韵

江湖春欲暮，墙宇日犹微。闇闇书籍满，轻轻花絮飞[①]。翰林名有素，墨客兴无违[②]。今夜文星动，吾侪醉不归[③]。

【题解】

胡侍御在书堂举行宴会，杜甫与李之芳、郑审等人应邀在座。众人拈韵赋诗，杜甫拈得"归"字韵而作此诗。胡侍御的书堂靠近湖边，春暮之时，熹微的阳光照在高高的墙宇上。院内花木蓊蔚，柳絮轻飔，昏暗的堂上满是书籍。胡侍御、李之芳、郑审等人素有才名，功成名就，而我仅能舞文弄墨。逢此良辰，得遇知己，当不醉不归。

【注释】

①书：一作"春"。

②扬雄《长杨赋序》："聊因笔墨之成文章，故藉翰林以为主人，子墨为客卿以风。"

③文星：文昌星，亦称文曲星。《晋书·天文志上》："东壁二星，主文章，天下图书之秘府也。"《诗·小雅·湛露》："厌厌夜饮，不醉无归。"

【汇评】

边连宝《杜律启蒙》五言卷九："闇闇"句承日微，"轻轻"句承春暮。翰林比胡，墨客比己与李、郑。劣，三句尤劣。乃知笔墨间无火会，真杂何他不得。

石闾居士《藏云山房杜律详解》五律卷六：此诗词似平淡，意实深厚。颔联写书堂内外之景，一静一动，既贴人事，又合天时，所以为佳。至末更收得有声有光，使通身之作意，一齐振起，岂小家数所能为哉。

书堂饮既，夜复邀李尚书下马月下赋绝句

湖水林风相与清，残樽下马复同倾①。久拚野鹤如双鬓，遮莫邻鸡下五更②。

【题解】

此诗与上首同夜稍后而作。在胡侍御书堂饮罢返回途中，杜甫邀请李之芳下马，在月下赋此诗。湖水清澈，林风清新，酒兴未阑，不如下马再饮几杯。哪怕我双鬓早已雪白如野鹤之羽毛，也不妨痛饮至五更鸡鸣。

【注释】

①水：一作"月"。相与：共同。

②双：一作"霜"。遮莫：尽教，莫管。

【汇评】

唐汝询《唐诗解》卷二七：风月既清，樽酒未竭，当与尚书共之矣。况垂白之年，饮当达旦，一任邻鸡之催晓也。第三句是倒装法，援野鹤对邻鸡，大为今人开一取巧门户。

仇兆鳌《杜诗详注》卷二一引周珽曰：风月既清，酒兴未阑，饮当垂白，达旦何妨，钟情自道，气味宛然。少陵七绝，老健奇瑰，别成盛唐一家。

奉送苏州李二十五长史丈之任

星坼台衡地，曾为人所怜①。公侯终必复，经术竟相传②。食德见从事，克家何妙年③。一毛生凤穴，三尺献龙泉。赤壁浮春暮，姑苏落海边。客间头最白，惆怅此离筵。

【题解】

李二十五将赴苏州长史任,杜甫作诗相送。你出生宰辅之家,曾为人所仰慕。虽然父亲已经陨落,但你必定会如韦玄成那样子承父业,再登相位。你从凤穴而出,承受先辈的德泽,才华杰出,似提三尺龙泉宝剑,年纪轻轻而重振家声。暮春时节,你将过赤壁,至姑苏。为你送行的筵席上,以我最年长。

【注释】

①星坼:星宿崩落。《晋书·张华传》载,张华为司空,少子韪以中台星坼,劝华逊位,华不从,未几被害。台衡地:喻三公宰辅之位。台,三台星;衡,玉衡,北斗杓三星。《汉书·五行志》载汉成帝时歌谣:"故为人所羡,今为人所怜。"

②竟:一作"昔"。

③《易·讼》:"食旧德,贞厉,终吉。或从王事,无成。"《易·蒙》:"包蒙吉,纳妇吉,子克家。"

【汇评】

仇兆鳌《杜诗详注》卷二一引胡夏客曰:明皇时,李适之为左相,罢后仰药死。此恐是适之之子,但适之之子季卿,史不载为苏州长史,或另是一子也。

杨伦《杜诗镜铨》卷一八:公诗好用经语。

暮春江陵送马大卿公恩命追赴阙下

自古求忠孝,名家信有之。吾贤富才术,此道未磷缁。玉府标孤映,霜蹄去不疑①。激扬音韵彻,籍甚众多推②。潘陆应同调,孙吴小异时。北宸征事业,南纪赴恩私③。卿月升金掌,王春度玉墀④。熏风行应律,湛露即歌诗⑤。天意高难问,人情老易悲。樽前江汉阔,后会且深期。

【题解】

大历三年暮春,马大受命入朝面圣,杜甫赋诗送别。自古以来,朝廷征召的都是忠臣孝子,而忠孝之子也必定受朝廷重用。马大是吾辈中的贤良之士,富有才术,坚持操守,文武兼优,诗名独震,与潘岳、陆机同调,与孙武、吴起异代。如今他由江陵北还,入京城参拜圣上,自然一帆风顺,青云直上。而我贫老凄凉,前途茫茫,只希望江汉一别,能在京阙重逢。

【注释】

①玉府:《周礼》官署名,掌管天子之金玉玩好、兵器等。孔稚圭《北山移文》:"使我高霞孤映,明月独举。"《庄子·马蹄》:"马,蹄可以践霜雪。"

②《汉书·陆贾传》:"贾以此游汉廷公卿间,名声籍甚。"

③宸:一作"辰"。《诗·小雅·四月》:"滔滔江汉,南国之纪。"

④《书·洪范》:"王省惟岁,卿士惟月。"《公羊传·隐公元年》:"元年春,王正月。""春者何?岁之始也。王者孰谓?谓文王也。"

⑤熏风:南风。《南风歌》:"南风之熏兮,可以解吾民之愠兮。"湛露:指《诗·小雅·湛露》篇,为天子燕诸侯之诗。

【汇评】

浦起龙《读杜心解》卷五之四:以多年去国之人,送新命趋朝之客。猛然感触,真不能不问天而悲老。江汉迢迢,深期后会。非望马卿复来,正冀此生复返。其情为已切矣。

和江陵宋大少府暮春雨后
同诸公及舍弟宴书斋①

渥洼汗血种,天上麒麟儿。才士得神秀,书斋闻尔为。棣华晴雨好,彩服暮春宜②。朋酒日欢会,老夫今始知③。

【题解】

暮春雨后,江陵宋少府在书斋宴请杜甫之弟与诸公,席间并赋诗助兴。

杜甫闻之,和此诗。参加宴集的各位都是天上的麒麟儿、渥洼的汗血宝马,你们神骏清秀,才华杰出。我的兄弟也穿着春服,跻身其间。我今天才知道你们日日聚会欢饮,这样的生活真令人羡慕。

【注释】

①宋大少府:江陵县尉宋大。舍弟:或指杜位,一说指杜观。

②《论语·先进》:"暮春者,春服既成。"

③《诗·豳风·七月》:"朋酒斯飨。"

【汇评】

仇兆鳌《杜诗详注》卷二一:汗血、麒麟,所谓神秀也,此称诸公及弟。才士,指宋少府。尔为,言各赋诗。棣华,比其弟。彩服,兼诸公。两句并点暮春雨后。今始知,不得与宴,而遥和其诗也。

浦起龙《读杜心解》卷三之六:少府为主,诸公及弟为宾。详诗意,少府开宴,似为其亲具庆而设。日日欢会,今日始知,颇致不得与宴之憾,盖戏笔也。

暮春陪李尚书、李中丞过郑监
湖亭泛舟 得过字韵①

海内文章伯,湖边意绪多。玉樽移晚兴,桂楫带酣歌。春日繁鱼鸟,江天足芰荷。郑庄宾客地,衰白远来过。

【题解】

李之芳、郑审等人都是文章宗师,海内负有盛名,在湖边泛舟饮酒,诗兴大发。湖上春意盎然,触目尽是荷叶菱角,处处可见鸟飞鱼跃。郑氏颇为好客,我以衰老之身终得从夔州来访。

【注释】

①李中丞:一作"季中丞"。得过字韵:一本连题作大字。

仇兆鳌《杜诗详注》卷二一：首联叙二李才思，三、四泛舟之事，五、六春
亭之景，七、八美郑监而志陪游。

浦起龙《读杜心解》卷三之六：通首叙事体，二李一层，过湖亭一层，泛
舟一层，带暮春写湖景一层，美郑监一层，自叙陪游一层，清楚而联络。

宇文晁 尚书之甥 崔彧 司业之孙尚书之子
重泛郑监前湖 审①

郊扉俗远长幽寂，野水春来更接连。锦席淹留还出浦，
葛巾攲侧未回船。樽当霞绮轻初散，棹拂荷珠碎却圆②。不
但习池归酩酊，君看郑谷去夤缘。

【题解】

大历三年初夏，杜甫陪宇文晁、崔彧等人重游郑家湖而赋此诗。郑审
的湖亭远在江陵郊野，人迹罕至，颇为幽静。春来湖水涨溢，一望无际。郑
氏于亭中设下华美之筵，延客宴饮。众人既醉且饱，又乘兴泛舟湖上。晚
霞如绮，倒影湖上，触桨即散。水滴恰似珍珠，滚动于荷叶之中，遇棹即碎。
当年山简习池醉归，风流高雅；今日重游郑氏前湖，也成佳话。

【注释】

①宇文晁：礼部尚书李之芳之甥，时以尚书员外郎赴江陵石首县令任。
崔彧：国子司业崔融之孙，礼部尚书崔翘之子，官终太子少詹事。又，朱鹤
龄注："尚书之子佚其名。'孙'下当有缺字。"又，"尚书之甥""司业之孙尚
书之子"，原作大字，并入诗题。

②谢朓《晚登三山还望京邑诗》："余霞散成绮，澄江静如练。"

【汇评】

仇兆鳌《杜诗详注》卷二一：首二郑监湖亭，三、四泛舟同饮，五、六前湖

晚景,末则归美郑监也。郊居俗远,而又春水接连,写得野趣悠然。淹留,亭中先酌。欹侧,舟中醉容。霞绮,暮天景。荷珠,雨后景。结乃借古形今,言不但习池醉归,昔著风流,还看郑谷频来,今成韵事矣。习池,因地近而用之。郑谷,因姓同而用之。酩酊,昏醉貌。夤缘,连络之意。一说,后二句是结重游意,谓不但前游见其酩酊,今来更觉夤缘矣。一说,结出游人踵至意,言不但同舟醉归,而后来者又杂沓矣。

金圣叹《唱经堂杜诗解》卷四:古人诗,有诗从题出者,有题从诗出者,有诗之所无题补之者,有题之所无诗补之者,有题与诗了不相关者,有诗与题融然一片分开不得者。如此律固诗与题一片也。先以起二句,立定自家人品,下却写连日之趋承,而以后四句辨白之,淋漓痛哭之文也。富贵无常,沧桑不定,我看破已久。"还出浦""未回船",岂真周旋权要哉? 夫前湖宛然而郑监何在? 若彼尚能夤缘,我亦不妨为之也。

归　雁

闻道今春雁,南归自广州。见花辞涨海,避雪到罗浮。是物关兵气,何时免客愁。年年霜露隔,不过五湖秋[①]。

【题解】

《唐会要·祥瑞上》:"大历二年,岭南节度使徐浩奏:十一月二十五日,当管怀集县阳雁来,乞编入史。从之。先是,五岭之外,翔雁不到,浩以为阳为君德,雁随阳者,臣归君之象也。"杜诗或为此事而作。每年大雁南飞,不会越过洞庭湖,最远也只到衡阳,因为回雁峰以南有露无霜。但听说去年秋天大雁为了躲避大雪而南至罗浮山,今年春暖花开之时才辞别大海从广州北还。在我看来,大雁南飞其实是为兵气所逼,何时我才能如归雁北还呢?

【注释】

①衡山一阳峰极高,雁不能过而遇春北归,故名回雁峰。五湖:此指洞

庭湖。

【汇评】

吴瞻泰《杜诗提要》卷一〇:首二句,书其归,书其归自岭南也,春秋之笔也。末书其不过五湖,逆笔倒卷,从今时之异,追溯其前此之不异,用笔最曲折。而中间横插入“兵气”“客愁”,正与《春秋》之书“鸜鹆来巢”同一卓识,不徒诗法擅长。

黄生《杜工部诗说》卷五:何以赋?记异也。南方少霜露,故常时雁不更过五湖,今乃直至罗浮、涨海之间。何也?杀气盛于下,则天地凛冽之气应于上,故阳鸟不攸居。其占为主兵。垂老飘零,客愁其能免乎!此《归雁》之诗所为赋也。明年,果有湖南兵马使臧玠之乱。五、六本属结意,却作中联。七、八本是发端,翻为结语。前半更先言“归”,次言“辞”,后言“到”,终乃言“不过”,章法层层倒卷,矫变异常。事起景结,事转景收,亦虚实相间格。

仇兆鳌《杜诗详注》卷二一:上六记其异,下二道其常。辞涨海,言今春之去。到罗浮,溯去秋之来。南方地气忽寒,故北雁乘秋而至,此杀气之可愁者。在往时则瘴暖无霜,雁飞原不过湖也。衡山一阳峰以内,有霜,自此峰以南,有露无霜矣,故曰“霜露隔”。今询之粤东人,却云有霜有雁,岂地气自北而南,始于大历间耶。

短歌行 赠王郎司直

王郎酒酣拔剑斫地歌莫哀,我能拔尔抑塞磊落之奇才。豫樟翻风白日动,鲸鱼跋浪沧溟开,且脱佩剑休徘徊[①]。西得诸侯棹锦水,欲向何门趿珠履[②]。仲宣楼头春已深,青眼高歌望吾子[③],眼中之人吾老矣。

【题解】

王郎你郁郁不得志,酒酣耳热,拔剑起舞,斫地悲歌。只有我知道,你是个磊落坦荡的世间奇才,如同屹立狂风中、白日为之动容的豫树樟木,又如那乘风破浪、沧溟为之而开的鲸鱼。你暂且放下手中的宝剑,不用再犹豫徘徊。此去西川,定然会得到蜀中节镇的重用,但是要选好效力的对象。我站在春深的仲宣楼上,高歌为你送行。在我眼中,你正年富力强,可是我已经衰老无用了。

【注释】

①佩剑:一作"剑佩"。

②跋:原作"飒",据他本改。

③已:一作"色"。

【汇评】

徐增《而庵说唐诗》卷四:子美歌行,此首为短,其层折最多,有万字收不尽之势,一芥子内藏一须弥山,奇绝之作。

沈德潜《杜诗偶评》卷二:上下各五句,复用单句相间,亦是创格。

梁运昌《杜园说杜》卷八:此即昌黎《送董邵南序》意,每四句后用一单句,单句虽一语,实是一段文字。篇法、调法,并为奇绝。

忆昔行

忆昔北寻小有洞,洪河怒涛过轻舸①。辛勤不见华盖君,艮岑青辉惨么麽②。千崖无人万壑静,三步回头五步坐。秋山眼冷魂未归,仙赏心违泪交堕。弟子谁依白茅室,卢老独启青铜锁③。巾拂香余捣药尘,阶除灰死烧丹火④。玄圃沧洲莽空阔,金节羽衣飘婀娜。落日初霞闪余映,倏忽东西无不可。松风涧水声合时,青兕黄熊啼向我。徒然咨嗟抚遗迹,至今梦想仍犹佐⑤。秘诀隐文须内教,晚岁何功使愿果⑥。更讨衡阳董炼师,南浮早鼓潇湘柁⑦。

　　回忆天宝三载,我渡过黄河前去王屋山寻找华盖君。不料辛辛苦苦爬上东北山头,却得知华盖君已经驾鹤西去,秋色惨淡,万壑寂寥,只留下几个弟子住在白茅盖的道观里。华盖君的弟子卢老,特意为我们打开尘封已久的青铜锁,让我们进入华盖君当年炼丹的静室。拂尘里还有丹药的余香,衣物上沾染着捣药的微尘,只是丹炉早已停火,只剩下一腔死灰,恍惚中仿佛看见华盖君身着羽衣,飞向昆仑。日落霞生,波光不定,倏忽而逝。松风与洞水之声和鸣,偶尔还可以听见青儿、黄熊的啼叫,空山幽谷,格外凄凉。华盖君的遗迹,至今令我难忘。据说仙术是秘密传授,岁晚之人,不知如何才能获得。我将要南下潇湘,去衡阳寻找董炼师,向他讨要秘诀。

【注释】

　　①小有洞:小有天。《太平御览》卷四〇引《太素真人王君内传》载:"王屋山有小天,号曰小有天,周回一万里,三十六洞天之第一焉。"

　　②勤:一作"苦"。

　　③茅:一作"石"。室:一作"屋"。

　　④阶:一作"前"。

　　⑤佐:一作"作"。

　　⑥晚岁:一作"岁晚"。使:一作"收"。

　　⑦讨:一作"觅"。浮:一作"游"。

【汇评】

　　王嗣奭《杜臆》卷一〇:公困于羁旅,故有此忆。亦以泛舟潇湘,而董炼师在衡阳,欲乘便访之,因而追忆华盖君也。然词笔玄超,真带仙灵之气。

　　浦起龙《读杜心解》卷二之三:首段,述当年寻访华盖,初闻羽化之事。"千崖"四句,摹拟"不见"情景也。二段,述当年入其室,只见其弟子,因而徘徊室中,望其仙魂重返。虚神全在"玄圃"四句。言仙界虽远,仙驭或来,落霞交映,庶几左右遇之也。以上两段,层次而下,亦如《昔游》诗之前幅,都非正文,俱为后幅引子。末段,曲曲写出本意。风、水、儿、熊,凄惨满目,不学仙而不可也;遗迹、梦想,杳然无踪,欲学仙而何适也。"内教"须求,此愿宜果,衡阳董师,其所归往矣。主意至此结出。

惜别行送向卿进奉端午御衣之上都①

肃宗昔在灵武城,指挥猛将收咸京。向公泣血洒行殿,佐佑卿相乾坤平。逆胡冥寞随烟烬,卿家兄弟功名震。麒麟图画鸿雁行,紫极出入黄金印②。尚书勋业超千古,雄镇荆州继吾祖③。裁缝云雾成御衣,拜跪题封贺端午④。向卿将命寸心赤,青山落日江潮白。卿到朝廷说老翁,漂零已是沧浪客。

【题解】

唐人有端午换服之俗。大历三年夏,荆南节度使卫伯玉派向尊入长安贡献御衣。杜甫想起自己于乾元元年任左拾遗时,曾在端午节蒙圣恩赐衣,不免感慨万端,借为向卿送行抒写其今昔之叹。安史乱起,肃宗即位于灵武,指挥精兵强将收复长安一带。向尊之兄泣血扈从,辅佐卿相平定乾坤。逆贼安、史诸人灰飞烟灭,向家兄弟功勋卓著,当留图像于麒麟阁,出入紫极宫,掌金印紫绶。卫伯玉尚书立下汗马功劳,如我元祖杜预那样雄镇荆州,在端午节到来之际,制成轻柔细软之御衣进献天子,命向尊将此忠心赤胆带入京城。向卿你抵达京城,烦请向朝廷陈述我已是飘零江海的沧浪之客,无由再为天子效绵薄之力。

【注释】

①向卿:向尊,时在荆南节度使卫伯玉幕中。之:一作“赴”。上都:唐肃宗宝应元年建东、西、南、北四陪都,称首都长安为上都。

②图:一作“阁”。

③尚书:指卫伯玉,其时为江陵尹、荆南节度使,加检校工部尚书。吾祖:指杜预,其曾以镇南大将军都督荆州诸军事。

④贺:一作“向”。

【汇评】

浦起龙《读杜心解》卷二之三：上下八句截，各四句转意。起四，述其兄先朝扈跸之功。次四，兼述兄弟勋秩之盛。以上皆颂美向氏之词也。以下乃叙事送别之文。"尚书"四句，叙制衣贺节，出自卫公。末四，才是本题正面，送之入朝，因而嘱诉飘零。垂老作客，情所必至，而神味正复翩翩。

夏力恕《杜诗增注》卷一九：起溯肃宗指挥，结叹老翁飘零，一生用舍行藏，总在灵武即位并还京以后，即事及之此意，盖时时流露耳。

夏日杨长宁宅送崔侍御、
常正字入京[①] 得深字韵

醉酒扬雄宅，升堂子贱琴。不堪垂老鬓，还对欲分襟。天地西江远，星辰北斗深。乌台俯麟阁，长夏白头吟[②]。

【题解】

大历三年夏日，众人在长宁杨县令宅中饮酒赋诗，为崔侍御、常正字进京践行，杜甫拈得"深"字韵。宴别于长宁令杨氏宅，身已垂老，不堪离愁。我滞留于西江，独处天地极远之地，白头苦吟；崔、常二人将入北斗瞻顾长安，任职于御史台、秘书省，令人艳羡。

【注释】

①《新唐书·地理志四》："上元元年析江陵置长宁县，二年省枝江入长宁。大历六年复置枝江，省长宁。"《新唐书·百官志》："校书郎十人，正九品上；正字四人，正九品下，掌雠校典籍，刊正文章。"

②麟阁：麒麟阁，汉代宫中藏书处，武则天改秘书省为麟台。

【汇评】

浦起龙《读杜心解》卷三之六：一、二，了长宁宅，以下入送崔、常话头。三、四，领脉。五、六，一我一彼。七、八，瞻彼而感我。

边连宝《杜律启蒙》五言卷六：首二，完长宁宅。以下，送崔、常。西江，公所居。北斗，崔、常所赴。七句，言到京后，二人相亲近。末，则公自谓也。惟三、四，有佳致。

夏夜李尚书筵送宇文石首赴县联句

爱客尚书贵，之官宅相贤。**子美** 酒香倾坐侧，帆影驻江边。**之芳** 翟表郎官瑞，凫看令宰仙①。**彧** 雨稀云叶断，夜久烛花偏。**子美** 数语欹纱帽，高文掷彩笺②。**之芳** 兴饶行处乐，离惜醉中眠。**彧** 单父长多暇，河阳实少年。**子美** 客居逢自出，为别几凄然③。**之芳**

【题解】

夏日的夜晚，尚书李之芳在宅中举办筵席，为即将赴任石首县令的外甥宇文晁鉴别，杜甫和崔彧在座。杜、李、崔三人顺序赋诗，遂成此联句诗。杜甫先称颂说，好客的李之芳尚书，已尊贵无比；赴任的外甥宇文晁，前途远大。李之芳则劝酒说，诸位当尽情痛饮，前往石首的帆船已经等候在江边。崔彧预祝宇文晁青云直上，说野雉宿止、野雁浮过，都是良好的兆头。杜甫又说，夜深了，雨小了，花叶飘落，烛花黯淡，筵席可以结束了。李之芳则说，酒后不妨交头絮语，拈纸赋诗，遥掷彩笺。崔彧以为行乐当尽兴，正好醉眠以消解离别之情。杜甫又赞美宇文晁如治理单父之宓子贱、出任河阳令的潘岳。李之芳最后总结说，客居他乡而遭逢外甥离别，心中凄然。

【注释】

①翟：一种长尾野鸡。《艺文类聚》卷九〇引萧广济《孝子传》："萧芝至孝，除尚书郎，有雉数十头饮啄宿止。当上直，送至歧路，下直入门，飞鸣车侧。"

②欹：一作"敧"。

③《尔雅·释亲》："男子谓姊妹之子为出。"宇文晁为李之芳外甥。

【汇评】

仇兆鳌《杜诗详注》卷二一：首联，李伐宇文。次联，筵宴之事。三联，宇文赴县。四联，送别时景。五联，同席联句。六联，座中惜别。七联，记宇文之贤。八联，记送别之情。

又曰：西汉《柏梁诗》，即联句之始，六朝人效之，遂人各两句，但以一气呵成、次序秩然者，方为合法。玩此篇，起结承转，各极自然。

刘濬《杜诗集评》卷一四引李因笃曰：如出一口，见盛唐组织之工。

多病执热奉怀李尚书 之芳①

衰年正苦病侵凌，首夏何须气郁蒸。大水淼茫炎海接，奇峰崱屴火云升。思沾道暍黄梅雨，敢望宫恩玉井冰。不是尚书期不顾，山阴野雪兴难乘②。

【题解】

大历三年初夏，李之芳邀请杜甫前往相聚。杜甫畏热，作诗婉拒。衰年正苦多病，谁料初夏即闷热难耐。炎气蒸腾，几乎与大海相接，铺天盖地，无处可避。天边奇特高峻的云朵，崱屴如山，艳红似火。我真盼望梅雨早日到来以缓解这酷热，又想起往日在朝为官时曾蒙赐冰消暑。尚书有约，不可不赴，因无夜雪，不能乘兴前往。

【注释】

①《诗·大雅·桑柔》："谁能执热，逝不以濯。"
②野：一作"夜"。

【汇评】

仇兆鳌《杜诗详注》卷二一：首联，拈多病执热。炎海火云，言郁蒸之状。梅雨井冰，思解热而不得也。欲赴期约，而无雪可乘，总缘畏热所阻耳。此结怀李之意。

边连宝《杜律启蒙》七言卷三：首句多病，次句执热，三句热之由，四句热所致。五、六仍于执热中带多病，言但得雨以解病暍足矣，不敢望赐冰也。时必李邀公见过，故末答以不赴之故。

水宿遣兴奉呈群公

鲁钝乃多病，逢迎远复迷①。耳聋须画字，发短不胜篦。泽国虽勤雨，炎天竟浅泥。小江还积浪，弱缆且长堤。归路非关北，行舟却向西。暮年漂泊恨，今夕乱离啼②。童稚频书札，盘餐讵糁藜③。我行何到此，物理直难齐。高枕翻星月，严城叠鼓鼙。风号闻虎豹，水宿伴凫鹥。异县惊虚往，同人惜解携④。蹉跎长泛鹢，展转屡鸣鸡。嶷嶷瑚琏器，阴阴桃李蹊⑤。余波期救涸，费日苦轻赍。支策门阑邃，肩舆羽翮低⑥。自伤甘贱役，谁愍强幽栖。巨海能无钓，浮云亦有梯⑦。勋庸思树立，语默可端倪⑧。赠粟囷应指，登桥柱必题⑨。丹心老未折，时访武陵溪。

【题解】

大历三年夏日，身处江陵的杜甫，接到寓居当阳家人的来信，诉说资用匮乏，于是冒雨乘船，前往武陵求助于友人，途中寄诗于卫伯玉幕府诸公。我体弱多病又生性鲁钝，不善交际逢迎，如今不得不远行求助，心中茫然。哪怕已至暮年，耳已聋，发稀少，可仍不得安生。水乡本自多雨，小江里还波浪滔滔，谁知就在这样的大热天，我所乘坐的船竟然给河泥胶住搁浅了，只好把细缆暂且系在长堤边过夜。这艘船是往西走，而并非北归还乡，常年漂泊而怀乱离之恨，今晚我不由得伤心痛哭。寄居当阳的孩子们频频写信来诉苦，说他们连糠菜糊糊都已喝不上了。为何我会落到这步田地,这道理我始终想不明白。舟中高枕而卧,头上星月随波浪在翻动起伏,旁边唯有野鸭沙鸥,耳畔隐隐约约传来城中的鼓鼙声,而从怒号的风声中还时不时可以听到虎啸豹叫。这一次出门一无所获,因为朋友不愿周济。求助之路并不顺利,我在船上辗转反侧直到天明。幕府的诸位人品不凡,如众人奔趋的桃李,我却似车辙中望水来救的小鲋鱼,苦于赏赐微薄。我拄杖步行趋府,看门人不给通报;坐着轿子来拜会倒能进去,无奈又付不起轿钱。我四处碰壁,甚至甘操贱役为生,可又能指望谁来怜悯我。垂钓于大海岂无所得,青云直上也要有天梯。我一心建立功勋,在平时的言谈中曾微露端倪。如果有人能帮助我,我虽老而壮志犹存,还能大有作为,终究会有所回报。至于这次武陵之行,不过是去去就回。

【注释】

①《论语·先进》:"参也鲁。"何晏注:"鲁,钝也。曾子性迟钝。"

②今夕:一作"久客"。

③讵:一作"具"。糁藜:野菜汤掺米。《庄子·让王》:"孔子穷于陈、蔡之间,七日不火食,藜羹不糁。"

④《庄子·德充符》:"虚而往,实而归。"《易·同人》:"同人于野,亨。"

⑤巍巍:高尚貌。《史记·五帝本纪》:"其色郁郁,其德巍巍。"

⑥支:一作"杖"。

⑦《庄子·外物》:"任公子为大钩巨缁,五十犗以为饵,蹲乎会稽,投竿东海,旦旦而钓。"

⑧《易·系辞上》:"君子之道,或出或处,或默或语。"

⑨《三国志·吴书·鲁肃传》:"周瑜为居巢长,将数百人故过候肃,并求资粮。肃家有两囷米,各三千斛,肃乃指一囷与周瑜,瑜益知其奇也,遂相亲结,定侨、札之分。"

【汇评】

汪灏《树人堂读杜诗》卷二一:客路浮家,珠桂艰瘁,望润枯于涸辙,竟绝响于西江,世态炎凉,俗人慳客,竟有不堪形之笔墨者。不意一气如话,尽情写出,遂成奇文。

寄李十四员外布十二韵 新除司议郎
兼万州别驾,虽尚伏枕,已闻理装

名参汉望苑,职述景题舆①。巫峡将之郡,荆门好附书。远行无自苦,内热比何如②。正是炎天阔,那堪野馆疏。黄牛平驾浪,画鹢上凌虚。试待盘涡歇,方期解缆初。闷能过小径,自为摘嘉蔬。渚柳元幽僻,村花不扫除。宿阴繁素柰,过雨乱红蕖③。寂寂夏先晚,泠泠风有余。江清心可莹,竹冷发堪梳④。直作移巾几,秋帆发敝庐。

【题解】

员外郎李布最近被任命为司议郎兼万州别驾,虽然尚在病中,却已经开始整理行装,准备赴任。杜甫寄诗与他,劝其不要带病冒暑上任,还邀请他到郊野避暑。杜甫在诗中劝说道,你已经名列东宫僚属,官方正催促你迅速赴任。一路上风波险恶,不要让自己太辛苦。如今天气炎热,也不知你的内热病最近如何,还能经受旅途的劳累吗?是否可以等到水缓秋凉,再解缆前往呢?如果你觉得烦闷,不妨到郊外来,让我摘些菜蔬来款待。这里柳树幽静,落花满地,柰子繁茂,荷花清新,江水清澈,凉风习习。要不你将行李携来村居,过了炎暑再去就任。一说此诗作于广德二年杜甫闲居成都草堂时。

【注释】

①《汉书·武五子传》载,戾太子刘据冠,武帝为立博望苑,使通宾客。《北堂书钞》卷七三引谢承《后汉书》载,周景为豫州刺史,辟陈蕃为别驾,不就。景题别驾舆曰"陈仲举座也",不更辟。蕃惶恐,起视职。

②自:一作"日"。

③素柰:白柰。柰有青、白、赤三种,通称"柰子",又名沙果。

④堪：一作"宜"。

【汇评】

张溍《读书堂杜诗注解》卷一一：通首招邀眷恋之至，可谓笃至，是真朋友。

刘濬《杜诗集评》卷一四引李因笃曰：以诗代柬，能畅所欲言，在诗则波折潆洄，于文则抑扬尽致矣。

鲁一同《鲁通甫读书记》：通首如话，愈读愈有精神。

遣 闷

地阔平沙岸，舟虚小洞房。使尘来驿道，城日避乌樯①。暑雨留蒸湿，江风借夕凉。行云星隐见，叠浪月光芒。萤鉴缘帷彻，蛛丝冒鬓长。哀筝犹凭几，鸣笛竟沾裳。倚著如秦赘，过逢类楚狂②。气冲看剑匣，颖脱抚锥囊。妖孽关东臭，兵戈陇右疮。时清疑武略，世乱跼文场。余力浮于海，端忧问彼苍③。百年从万事，故国耿难忘。

【题解】

诗作于大历三年夏夜，舟行武陵途中。沙岸平远，视野开阔，小舟盘旋，船舱深邃。驿道上车马往来奔驰，扬起阵阵尘土；高大的城墙遮住了夕阳，连船上的桅杆都罩在阴影中。一场突如其来的大雨，留住了夏日蒸腾的热气；傍晚江风徐徐吹过，带来丝丝凉意。星星随行云而时隐时现，月光随波浪上下起伏，薄帷外萤火虫一闪一闪，蛛丝在风中飘舞。初闻哀筝犹自强忍泪水，凭几而听之；至笛声响起，则泪湿沾衣。生计无着，不得不依附他人如秦之赘婿；无人怜惜，行迹似避世之楚狂。壮心犹存，无脱颖而出之良机。关东生灵涂炭，安、史遗臭万年。吐蕃连年入寇，陇西满目疮痍。盛世轻武，乱世轻文，我欲隐居浮海，满怀忧虑仰问苍天。百年俱废，万事不萦于心,唯有故乡亲友耿耿难忘。

【注释】

①樯:一作"墙"。

②《汉书·贾谊传》:"故秦人家富子壮则出分,家贫子壮则出赘。"

③《诗·秦风·黄鸟》:"彼苍者天,歼我良人。"

【汇评】

汪灏《树人堂读杜诗》卷二一:舟泊者多矣,未有无家可归,以一舟而寄全家命脉如杜公者。今则以舟为家,以舟为屋,以舟为饮食起居之所,以舟为此生送老之乡。且以一舟为台榭,为园囿,为村居,为邻里,安可抛而不记?既已记之,须详写公之境界,公之时遇,公之情况,又岂可与浮家泛宅,如张志和,如陶岘,如陆龟蒙,以一舟为乐者相颉颃耶?

舟月对驿近寺

更深不假烛,月朗自明船。金刹清枫外,朱楼白水边①。城乌啼眇眇,野鹭宿娟娟。皓首江湖客,钩帘独未眠。

【题解】

夜深人静,明月当空,舟中无须燃烛。船泊于白色之江边,紧靠驿站之朱楼。透过青青的枫树林,隐约可见闪闪发光的佛塔。城头乌啼幽微难辨,郊野鹭鸶睡姿柔美。在这样寂静的夜晚,满头白发浪迹江湖的我,卷帘望月,难以成眠。

【注释】

①杨衒之《〈洛阳伽蓝记〉序》:"金刹与灵台比高,广殿共阿房等壮。"周祖谟校释:"金刹者,幡柱也。此指浮图而言。"

【汇评】

汪灏《树人堂读杜诗》卷二一:月是本题,写船、写寺、写驿,复写枫以写寺,写楼写水以写驿。写城、写野、写乌、写鹭、写钩帘,无非写月,无非写一白头孤客在舟中卷帘望月。

《唐宋诗醇》卷一八:以四句了题。舟夜遣怀,词意清丽乃尔。

边连宝《杜律启蒙》五言卷九:一、二,舟月。三句,近寺;四句,对驿。乌啼城而远,故闻之眇眇;鹭宿野而近,故见其娟娟。钩帘未眠,月下听乌而玩鹭也。

舟　中

风餐江柳下,雨卧驿楼边。结缆排鱼网,连樯并米船。今朝云细薄,昨夜月清圆。飘泊南庭老,只应学水仙[1]。

【题解】

江流之下,迎风而餐;驿楼之边,冒雨而宿。结缆之处,渔网相排;连樯之舟,米船相并。昨夜月儿又清又圆,今朝微云又细又薄,天气可谓阴晴不定。我本北人,漂泊至南方而成老叟,只好学着做一个水神。

【注释】

①《拾遗记》卷一〇:"屈原以忠见斥,隐于沅湘,披蓁茹草,混同禽兽,不交世务,采柏实以和桂膏,用养心神;被王逼逐,乃赴清泠之渊。楚人思慕,谓之水仙。"

【汇评】

浦起龙《读杜心解》卷三之六:此与前首即景短述耳,而皓首漂泊之况,萧然在目。

江陵节度阳城郡王新楼成,王请
严侍御判官赋七字句,同作

楼上炎天冰雪生,高飞燕雀贺新成。碧窗宿雾濛濛湿,朱栱浮云细细轻。杖钺褰帷瞻具美,投壶散帙有余清①。自公多暇延参佐,江汉风流万古情。

【题解】

大历三年夏日,荆南节度使卫伯玉在江陵建楼新成,大宴宾客,席间严侍御赋七言律诗,杜甫亦赋诗相贺。新楼拔地而起,燕雀绕飞,碧窗蒙蒙而生雾,朱栱轻巧,高入浮云。安坐其中,分外凉爽,炎炎夏日如迎冰雪。阳城郡王手持黄钺,节镇荆南,在此高楼可以体察民情,军务倥偬之际亦不妨投壶开帙,娱宾宴佐。其风流遗韵,足以在江汉流传万古。

【注释】

①《后汉书·贾琮传》:"乃以琮为冀州刺史。……升车言曰:'刺史当远视广听,纠察美恶,何有反垂帷裳以自掩塞乎?'乃命御者褰之。"《后汉书·祭遵传》:"遵为将军,取士皆用儒术,对酒设乐,必雅歌投壶。"

【汇评】

黄生《杜工部诗说》卷九:全首温婉雅润,非公本色,间入盛唐正宗。

仇兆鳌《杜诗详注》卷二一:首章,志新楼落成,而称阳城韵事,在四句分截。碧窗朱栱,楼新故丽。雾宿云浮,楼高故凉。瞻具美,言文武兼优。有余清,言儒雅不俗。延参佐,暗用庾亮登楼事。

陈醇儒《书巢笺注杜工部七律诗》卷四:咏新楼处,写来清高峻拔,色色俱与伯玉相称。咏伯玉处,写来严饬风华,色色俱与新楼相称。

又作此奉卫王

西北楼成雄楚都，远开山岳散江湖。二仪清浊还高下，三伏炎蒸定有无^①。推毂几年唯镇静，曳裾终日盛文儒^②。白头授简焉能赋，愧似相如为大夫^③。

【题解】

此与前首同时而作。新楼坐落在郢都西北，雄壮高大。登楼远眺，山岳列开，江湖四散，天清地浊，不复知有三伏天之炎热。卫王出镇荆南，造福地方，前来投效之文儒络绎不绝。当年梁王游兔园，曾请司马相如为赋；我已头白，有愧于卫王之请而作诗。

【注释】

①《易·系辞上》："是故易有太极，是生两仪。"《列子·天瑞》："清轻者上为天，浊重者下为地。"

②邹阳《上书吴王》："饰固陋之心，则何王之门不可曳长裾乎？"

③谢惠连《雪赋》：梁王游于兔园，"授简于司马大夫曰：'抽子秘思，骋子妍辞，侔色揣称，为寡人赋之。'"

【汇评】

黄生《杜工部诗说》卷九：前作赋新楼，故结归阳城。此作因赋楼而自叙，故结归自己。此作初不入选，嫌"二仪"句太笨实故，迨因选前作，复取阅之，乃深为作者设想所以成此句之故，始知发端既已雄壮，若复写琐细之景，不但为其所压，亦更无细景可写，所以将笔再一提起，写成此句。更为设想此句何以成对，则除下七字亦无有对法。下七字虚实轻重虽若不伦，然以虚对实，以轻对重，即对法也。前半气局既已如此，后半虽少警句，亦无弱调。

毛张健《杜诗谱释》卷二：公诗最避雷同，何两篇若一印板出也。乃是前篇写楼中之景，其境清丽；此则写楼外之景，其境空阔。前首带出参佐，是指判官；此首带出授简，是公自谓。皆补出前篇之所未及。格虽同，而意则异也。

（日本）津阪孝绰《杜律详解》卷下：大家气象，真吞云梦矣。

江边星月 二首

其一

骤雨清秋夜，金波耿玉绳①。天河元自白，江浦向来澄②。
映物连珠断，缘空一镜升。余光隐更漏，况乃露华凝③。

【题解】

大历三年秋日作于江陵。骤雨过后，秋夜清凉。银河原本青白，江浦
向来澄清，雨后更为纯净。明月如飞镜悬挂空中，群星如断线之珍珠散落
天上，月光耿耿如金之流波。残漏将尽，夜色将晓，露华已凝。

【注释】

①玉绳：星名，常泛指群星。北斗第五星玉衡北两星为玉绳。

②浦：一作"渚"

③隐：一作"忆"。

【汇评】

仇兆鳌《杜诗详注》卷二一：首联，江边星月。雨后气清，故云元白、向
澄，此承首句。星月夜皎，故如珠连、镜升，此承次句。更深光隐，则露华凝
而天欲晓矣。末句，逗起下章。

边连宝《杜律启蒙》五言卷九：首句补题前，"金波"拈月，"玉绳"拈星。
天河元白，江浦故澄，得星月映之而愈白愈澄也。二句浑写。

其二

江月辞风缆，江星别雾船①。鸡鸣还曙色，鹭浴自清川②。
历历竟谁种，悠悠何处圆③。客愁殊未已，他夕始相鲜。

星月悠悠而去,不知归向何处。风雾悄然而生,渐渐袭入舟中。雄鸡一唱,曙色终现,清河之中,鹭鸶出没。一夜过去,客愁未断,如此星光,如此月色,他夕才能重见。

【注释】

①缆:一作"槛"。雾:一作"露"。

②曙:一作"晓"。清:一作"晴"。

③古乐府《陇西行》:"天上何所有,历历种白榆。"白榆,星名。

【汇评】

仇兆鳌《杜诗详注》卷二一:星月离舟,光将没矣。鸡鸣鹭浴,天已晓矣。想星月无踪,而俟之他夕。盖客愁借之以频遣也。

边连宝《杜律启蒙》五言卷九:首联,星月已落;次联,天色已晓;三联,从落后想象;末联,期他夕重玩。结语拙。

石闾居士《藏云山房杜律详解》五律卷六:此诗是天明以后情景,妙在无中生有,仍能回抱星月。两首如同一首,故总题曰"江边星月"也。

秋日荆南述怀 三十韵

昔承推奖分,愧匪挺生材。迟暮宫臣忝,艰危衮职陪①。扬镳随日驭,折槛出云台。罪戾宽犹活,干戈塞未开。星霜玄鸟变,身世白驹催②。伏枕因超忽,扁舟任往来。九钻巴噀火,三蛰楚祠雷③。望帝传应实,昭王问不回④。蛟螭深作横,豺虎乱雄猜。素业行已矣,浮名安在哉。琴乌曲怨愤,庭鹤舞摧颓⑤。秋水漫湘竹,阴风过岭梅⑥。苦摇求食尾,常曝报恩鳃。结舌防谗柄,探肠有祸胎⑦。苍茫步兵哭,展转仲宣哀。饥藉家家米,愁征处处杯⑧。休为贫士叹,任受众人咍。得丧初难识,荣枯划易该。差池分组冕,合沓起蒿莱。不必伊周地,皆登屈宋才⑨。汉庭和异域,晋史坼中台。霸业寻常体,宗臣忌讳灾。群公纷戮力,圣虑窅徘徊。数见铭钟鼎,真宜法斗魁⑩。愿闻锋镝铸,莫使栋梁摧。盘石圭多翦,凶门毂少推。垂旒资穆穆,祝网但恢恢⑪。赤雀翻然至,黄龙讵假媒。贤非梦傅野,隐类凿颜坏⑫。自古江湖客,冥心若死灰。

【题解】

大历三年秋日,杜甫久居于荆州,感怀时事而作此诗。从前我受人推许奖掖,以为是特出之才,谁知在艰危之际,才得任职为左拾遗,侍从于皇帝身边。不久又因疏救房琯,出为华州功曹。此后战乱不休,干戈阻塞,我再也无法回到朝中。春去秋来,时光倏忽,扁舟漂泊,不知不觉在蜀国已辗转滞留了九年。如今又去蜀入楚,流寓荆南。盗贼横行,强臣跋扈,平素志愿已落空,往日浮名又何用? 秋水阴风,曲怨鹤摧,逆旅艰难,知己难酬,途穷而哭,借米寻杯。得失初本难以预料,荣枯此后截然分明。志得意满者未必皆有伊尹之谋、屈宋之才,对朝廷方略提出异议之忠臣弃掷不用。期待文臣纷纷建言,武将勒铭鼎萧,栋梁终得大用,生民可以休息。宗室稳如磐石,藩镇不再强横,天子宽仁,嘉瑞屡至。我无傅说之贤,当学颜阖远遁,浪迹江湖,心如死灰。

【注释】

①《诗·大雅·烝民》:"衮职有阙,维仲山甫补之。"

②《礼记·月令》:"仲春之月,……玄鸟至。""仲秋之月,……玄鸟归。"

③葛洪《神仙传》卷五载,汉代方士栾巴在京,于元旦喷酒化雨,扑灭了故乡成都的火灾。

④《左传·僖公四年》载,齐桓公伐楚,管仲借周昭王南巡死于汉水,向楚问罪,楚使对曰:"昭王之不复,君其问诸水滨。"

⑤吴兢《乐府古题要解》卷上载,南朝宋临川王刘义庆为江州刺史,与彭城王相见而哭文帝征之,义庆大惧,妓妾夜闻乌啼,云:"明日应有赦。"及旦,改南兖州刺史,因作此《乌夜啼》。《韩非子·十过》载,师旷应晋平公之请,鼓琴奏清徵之调,有十六只玄鹤飞来,列队而舞。

⑥水:一作"雨"。竹:一作"水"。

⑦探:原作"深",据他本改。

⑧藉:原有注:"入声。"

⑨登:一作"知"。

⑩斗魁:北斗七星之枢、璇、玑、权四星。《晋书·天文志》:"杓南三星及魁第一星、西三星,皆曰三公,主宣德化、调七政、和阴阳之官也。"

⑪《史记·殷本纪》载,商汤见野张网四面,乃令去其三面,祝曰:"欲左,左。欲右,右。不用命,乃入吾网。"诸侯闻之,曰:"汤德至矣,及禽兽。"

⑫《书·说命上》:"高宗梦得(傅)说,使百工营求诸野,得诸傅岩。"《淮南子·齐俗训》:"颜阖,鲁君欲相之而不肯,使人以币先焉。凿培而遁之。"高诱注:"颜阖,鲁隐士。培,屋后墙也。"坏:原作"坏",据他本改。

【汇评】

汪灏《树人堂读杜诗》卷二一:衣结履穿,餐霞食柏,公贫苦备尝矣。此篇尤尽情写出,足见有万世之名者,为天地所阨,往往如此着意。

杨伦《杜诗镜铨》卷一九引李因笃曰:此诗沉雄高浑,行藏之本末,丧乱之源流,皆略具篇中,有鹏鹏运海之才,兼羚羊挂角之妙。其语多奥屈,则定、哀之微词。

秋日荆南送石首薛明府辞满告别,奉寄薛尚书颂德叙怀斐然之作① 三十韵

南征为客久,西候别君初。岁满归凫舄,秋来把雁书。荆门留美化,姜被就离居。闻道和亲入,垂名报国余②。连枝不日并,八座几时除③。往者胡星孛,恭惟汉网疏。风尘相澒洞,天地一丘墟。殿瓦鸳鸯坼,宫帘翡翠虚。钩陈摧徼道,枪㯟失储胥④。文物陪巡守,亲贤病拮据。公时呵獩貐,首唱却鲸鱼。势惬宗萧相,材非一范雎⑤。尸填太行道,血走浚仪

渠⑥。滏口师仍会,函关愤已摅⑦。紫微临大角,皇极正乘舆⑧。赏从频峨冕,殊私再直庐⑨。岂惟高卫霍,曾是接应徐。降集翻翔凤,追攀绝众狙。侍臣双宋玉,战策两穰苴。鉴澈劳悬镜,荒芜已荷锄。向来披述作,重此忆吹嘘⑩。白发甘凋丧,青云亦卷舒。经纶功不朽,跋涉体何如⑪。应讶耽湖橘,常餐占野蔬。十年婴药饵,万里狎樵渔。扬子淹投阁,邹生惜曳裾。但惊飞熠耀,不记改蟾蜍。烟雨封巫峡,江淮略孟诸。汤池虽险固,辽海尚填淤⑫。努力输肝胆,休烦独起予。

【题解】

石首县令薛某任满回京,杜甫为之送行,并托之向其兄薛尚书问候致意。我长期作客于南方,在秋日与你相别。你在石首县令上任期届满,留下美好的声名,现在接到兄长的来信,要北上与他团聚。你的兄长薛景仙出使吐蕃,立志报国,声名远扬。你同气连枝,也将青云直上。往日法纪不严,胡人悖乱,风尘遂起,兵戈遍野,天子出奔,嫔妃四散。在此危难之际,薛景仙由陈仓令升任扶风太守,击退叛逆,稳固了形势,功劳可与萧何相当。嗣后唐军平定河南、河北,收复两都。肃宗回京,薛景仙以扈从而受赏,值宿宫中,倚重如卫青、霍去病,信任如应场、徐干,致使小人难以攀附,一时朝中人才济济,文似宋玉,武似司马穰苴。薛尚书有知人之鉴,可惜我久已荒废,不堪为用。如今在石首读到薛尚书的新作,忆起薛尚书的功勋,不禁想打听他的近况。我十多年来沉沦草野,卧病难归,早绝干谒之心。眼下大局虽定,而政令尚未畅达,希望薛尚书勠力为国除乱,不必在意我的起复。

【注释】

①石首薛明府:石首县令薛某,尚书薛景仙之弟。辞满:官吏任期届满,自求解退。

②《旧唐书·吐蕃传》:"(大历二年)十一月,和蕃使、检校户部尚书兼御史大夫薛景仙自吐蕃使还,首领论泣陵随景仙来朝。"

③《文选》苏武诗:"况我连枝树,与子同一身。"《通典·职官典·历代尚书》:"后汉以六曹尚书并令、仆二人,谓之八座。"

④钩陈:一种用于防卫的仪仗。徼道:巡行警戒的道路。枪櫐:削尖的栅栏。储胥:库藏。

⑤萧相:萧何,诗句原有注:"郭令公。"范雎:诗句原有注:"诸名将。"

⑥太行道:太行山古有太行八陉之称,为东西交通孔道。浚仪渠:汉明帝时建,在今河南荥阳至开封一带。

⑦滏口:古隘道名,太行八陉之一,在今河北邯郸西南石鼓山。

⑧《隋书·天文志》:"一曰紫微,太帝之座也,天子之常居也。""大角一星,在摄提间。大角者,天王座也。"《书·洪范》:"建用皇极。"

⑨《左传·僖公二十四年》:"晋侯赏从亡者。"诗句原有注:"公旧执金吾,新授羽林前后二将军。"私:一作"恩"。

⑩诗句原有注:"石首处见公新文一卷。"

⑪诗句原有注:"公顷奉使和番,已见上。"

⑫填:原作"阗",据他本改。

【汇评】

仇兆鳌《杜诗详注》卷二一:杜诗排律,其前后段落,必多寡匀称,未有长短错出者。此诗诸家分截,亦尚未清。细玩,始见其整齐也。

杨伦《杜诗镜铨》卷一九引邵长蘅曰:全首浑劲有气,亦长律中杰作。

独　坐

悲秋回白首,倚杖背孤城[①]。江敛洲渚出,天虚风物清。沧溟服衰谢,朱绂负平生[②]。仰羡黄昏鸟,投林羽翮轻。

【题解】

秋日背负孤城,倚杖而坐,白头回首,不胜悲伤。江水退落,沙渚显露。天高气爽,风物冷清。欲东游沧海而人亦衰老,念朱绂又感身不由己,有负平生志趣。黄昏时群鸟轻快地投归故林,令人仰慕。

【注释】

①秋:原作"愁",据他本改。

②服:一作"恨"。

【汇评】

仇兆鳌《杜诗详注》卷一四:上四独坐秋景,下四独坐感怀。《楚辞》"收潦而水清",此"江敛洲渚出"所自来。"天高而气清",此"天虚风物清"所自出。"投林羽翮轻",即"还入故林栖"意。

刘濬《杜诗集评》卷九引李因笃曰:起处乃独坐之由,颔联独坐时所见,五、六其所思也。坐则仰而视鸟语,格并奇,结又点出晚景。

夏力恕《杜诗增注》卷一九:骤读之,但觉老练耳。重吟数过,则真味益出。此老杜所以卓绝,然读者亦复大难。

暮　归

霜黄碧梧白鹤栖,城上击柝复乌啼①。客子入门月皎皎,谁家捣练风凄凄。南渡桂水阙舟楫,北归秦川多鼓鼙②。年过半百不称意,明日看云还杖藜。

【题解】

秋霜过后,碧绿的梧桐树开始变黄。白鹤已经栖息,城头的击柝声引起乌鸦阵阵啼叫。踏着月色,我进入家门;夜深人静,风中隐约传来凄凄的捣衣声。想要渡桂水而南行,可惜没有舟楫;欲往秦川而北归,那里又战乱不休。年过半百,世事不称意,百无聊赖,唯有日日杖策看云而已。

【注释】

①《易·系辞下》:"重门击柝,以待暴客。"

②秦:一作"洛"。

【汇评】

卢世㴶《杜诗胥钞余论·论七言律诗》：全首娇秀，原是悲诗，却无一点悲愁滁气犯其笔端，读去如竹枝、乐府。

吴瞻泰《杜诗提要》卷一二：此客子投宿而作也。前半写暮归之景以起兴，而情在景中，写得旅人见月闻风，声声唤"奈何"也。后半是入门之后，自诉己情，犹言南渡不可，北归不能，终日奔驰，不克如栖鸟之得所，不免明日又杖藜而去也。玩一"复"字、一"还"字，有日复一日之象。意极凄楚，而法极细密。

刘濬《杜诗集评》卷一一引吴农祥曰：起语生造示奇，三、四洗削高亮，结语凄紧。殊难再读，此仄体至苍郁清急之音也。

江　汉

江汉思归客，乾坤一腐儒①。片云天共远，永夜月同孤。落日心犹壮，秋风病欲苏。古来存老马，不必取长途。

【题解】

久客江汉，一心思归而不得归；茫茫天地，心忧社稷，欲有所为而不能为，直如一无用之老儒。远浮天边，身似无根之片云；茫茫长夜，唯有与耿耿明月相伴随。虽已暮年，时日无多，雄心壮志尚在；秋风飒飒，暑气全消，病情渐有好转。自古以来，老马之用，非取其筋力，而重其见识。

【注释】

①《荀子·非相篇》："故《易》曰：'括囊，无咎无誉。'腐儒之谓也。"

【汇评】

方回《瀛奎律髓》卷二九：此诗余幼而学书，有此古印本为式，云杜牧之书也。味之久矣，愈老而愈见其工。中四句用"云天""夜月""落日""秋风"，皆景也，以情贯之。"共远""同孤""犹壮""欲苏"八字绝妙，世之能诗者，不复有出其右矣。

唐汝询《唐诗解》卷三四：此客中言志也。言此临江汉而思归之客，乃乾坤中一腐儒耳。身如片云，去天俱远，永夜无伴，与月同孤。年齿既暮，如日将落而壮心未已，经此凉爽而病骨顿苏，犹足效用也。且古人之存老马，非为其能胜任长途而取之，遭其适也。然则腐儒独无老马之用乎哉！

刘濬《杜诗集评》卷一〇引李因笃曰：乾坤作客，日夜思归，重霄洒然，八面俱彻，思参造化，笔夺天工矣。

哭李常侍峄 二首

其一

一代风流尽，修文地下深。斯人不重见，将老失知音。短日行梅岭，寒山落桂林①。长安若个畔，犹想映貂金②。

【题解】

李峄亡故，一代风流人物从此尽矣。不知其身居九泉之下，与活着是否有所不同。我将老而痛失知音，这样的朋友再也难以结交到了。他的灵柩从南而来，将归葬于长安。而长安的朋友尚不知晓，还盼望着他早日生还。

【注释】

①山：一作"江"。

②畔：一作"伴"。

【汇评】

仇兆鳌《杜诗详注》卷二二：上四为自己惜，下四为他人惜也。梅岭、桂林之间，归榇已在中途，而长安同伴，犹望生还，盖爱之深而不忍其死也。

边连宝《杜律启蒙》五言卷九：上四惜常侍之死，下四言归榇已在梅岭、桂林间，而长安同伴犹望生还也。一说"长安若个"，犹想其貂金乎？盖一死一生，乃见交情之意。按前说"若个"即指常侍，而"伴"则指其友。后说则"伴"指其友,而"若个"为不定之辞,犹云"那个"耳。

其二

青琐陪双入,铜梁阻一辞①。风尘逢我地,江汉哭君时。
次第寻书札,呼儿检赠诗。发挥王子表,不愧史臣词②。

【题解】

最初我们两人同官于朝,双双出入宫门。后来你前往铜梁,我没有来
得及以一辞相送。如今沦落江汉,旅榇相逢,幽明相隔,我只能痛哭而已。
呼儿翻检出往日来往书札、赠诗,睹物思人,音容宛然。你的德业将为史臣
所录,流芳百世。

【注释】

①铜梁:县名,治所在今重庆合川。
②王子表:《汉书》有《王子侯表》。

【汇评】

仇兆鳌《杜诗详注》卷二二:次章,于往日交情,现前哀死,身后留名,曲
尽之矣。公昔在长安,与李同入青琐之门,后李在铜梁,公疏于一辞之寄。
今旅榇相逢,但有殁后一哭耳。寻书检诗,常侍手迹所在。王子表,李为宗
室也。史臣有词,录其素行也。

呀鹘行

病鹘卑飞俗眼丑,每夜江边宿衰柳①。清秋落日已侧身,
过雁归鸦错回首②。紧脑雄姿迷所向,疏翮稀毛不可状③。强
神非复皂雕前,俊材早在苍鹰上④。风涛飒飒寒山阴,熊罴欲
蛰龙蛇深⑤。念尔此时有一掷,失声溅血非其心。

【题解】

这只病鹘张着嘴直喘气,飞得又低,在俗人眼中显得很丑。它每夜栖息在江边枯萎的柳树上,清秋日落时分,似乎都无法站直身子。可来来往往的大雁、归巢投林的乌鸦,都战战兢兢地绕飞而过,不时地回头窥探。脑胀神迷的病鹘,羽毛稀疏,无复向日雄姿,精气神虽然已经比不上皂雕,可才俊依然在苍鹰之上。风涛阵阵,寒山阴沉,熊罴即将冬眠,龙蛇也要蛰伏,而病鹘依然想着,当此天寒物藏之际,正凌厉搏击之时。失声流血,凄惨如此,绝非它的本心。

【注释】

①卑:一作"孤"。

②日:一作"月"。

③状:一作"壮"。

④非:原作"迷",据他本改。

⑤蛰:一作"絷"。

【汇评】

吴瞻泰《杜诗提要》卷六:写一鹘耳,而雁,而鸦,而皂雕,而苍鹰,而熊罴,而龙蛇,忽然请出八物,似不免填塞之诮,然须看其如何位置法。其用雁与鸦,是侧笔,写鹘之无能也。其用雕与鹰,是正笔,抑扬其词以写鹘之神。今虽不如雕,而鹘之才,昔实胜于鹰也。其用熊罴龙蛇,是陪笔,谓熊罴龙蛇是退藏之时,鹘是搏击之时,而失声如此,岂其本心乎?乃知其请用之八物,皆为病鹘三面写生。于是乎填塞者,皆化为玲珑,而鹘之强弱盛衰俱见矣,岂非神乎?此诗句句为己写照,大有衰病之感。

浦起龙《读杜心解》卷二之三:呀鹘,鹘病而张口,借以自况也。少时《画鹰》诗云:"何当击凡鸟,毛血洒平芜。"其气概可想。乃今病泊江边,见嗤俗眼,故见呀鹘而寄慨焉。前四,惜其病。中四,原其才。后四,推其心。"俗眼丑"三字,抹杀可怜。中四之方病而显其俊乀,后四之凌秋而想其心事,都从另眼看出,正对此三字。

送覃二判官①

先帝弓剑远,小臣余此生②。蹉跎病江汉,不复谒承明。饯尔白头日,永怀丹凤城。迟迟恋屈宋,渺渺卧荆衡。魂断航舸失,天寒沙水清。肺肝若稍愈,亦上赤霄行。

【题解】

唐肃宗已经崩殂,我还在苟延残喘,因病滞留于江汉,蹉跎岁月,不得重返长安,复归于朝臣之列。白头之日为覃二判官饯别,虽然心中念念不忘京城,可重逢之时难期,余生将如屈原、宋玉行吟于楚国。覃二之行舟即将远去,天寒水清,令人肠断。等到肺病稍愈,我也要北上谒君。

【注释】

①覃二:一作"覃十二"。

②帝:一作"皇"。

【汇评】

仇兆鳌《杜诗详注》卷二二:身卧荆衡,而见乘舸远去者,何堪复滞水滨乎?故欲寒时返旧京也。曰承明、曰丹凤、曰赤霄,怀君恋阙之诚,篇中盖三致意焉。

久　客

羁旅知交态,淹留见俗情。衰颜聊自哂,小吏最相轻。去国哀王粲,伤时哭贾生。狐狸何足道,豺虎正纵横①。

【题解】

不幸困于羁旅,方知交游往来的深浅;长久作客他乡,才会了解世态人情的真假。衰老而无用，不免自哂；众人轻视，而小吏最为露骨。背井离乡，想起了王粲的《七哀诗》；伤时感怀，忆起了贾谊的痛哭流涕。如今盗贼纵横，国事不宁，至于小吏之轻辱，又何足道哉。

【注释】

①正：一作"乱"。

【汇评】

方回《瀛奎律髓》卷二九：前四句似是为小人所忽而有此叹。后四句乃谓吾之客况，如王粲之哀、贾生之哭，为天下事不能平也。豺虎未静，岂与鼠子较分寸乎？

浦起龙《读杜心解》卷三之六：本为薄俗相轻而发，下复就世乱翻开一步。

边连宝《杜律启蒙》五言卷九：小吏相轻，所谓"交态""俗情"也。然衰颜方且自哂，而小吏之轻，又何足怪乎？盖王粲之哀、贾谊之哭，正以豺虎之纵横耳。彼狐狸小丑，又乌足介介于胸中耶？豺虎指盗贼，如杨子琳、崔宁之徒。狐狸指小吏。

地　隅

江汉山重阻，风云地一隅。年年非故物，处处是穷途。丧乱秦公子，悲凉楚大夫①。平生心已折，行路日荒芜。

【题解】

江汉乃地之一隅，崇山阻隔，欲归不得，风起云涌，四处漂泊。战乱以来，由陇入蜀，由蜀入楚，日复一日，年复一年，人已衰老而依然栖栖遑遑。如今流落楚汉，正似经历丧乱之王粲、悲愤痛心之屈原，平生的豪情壮志都消磨殆尽，行路日觉荒凉，处处皆是穷途。

【注释】

①谢灵运《拟魏太子邺中集诗八首》"王粲"首小序："家本秦川，贵公子

孙,遭乱流寓,自伤情多。"凉:一作"秋"。

【汇评】

仇兆鳌《杜诗详注》卷二三:上四客游之迹,下四漂泊之情。山重阻,家不可见。地一隅,身不能归。非故物,迁流无定。是穷途,生计日艰。此因丧乱之余,以致悲凉若此。心折,伤已往。荒芜,慨将来也。

边连宝《杜律启蒙》五言卷八:欲游江汉,而蜀山重阻;僻处一隅,而风云接地。迁徙无常,"年年非故物"也;遭际则一,"处处是穷途"耳。丧乱悲凉,境同二子,正所谓处处穷途者也,如此则已令人心折矣,况行路荒芜而阻隔乎?遥应首联。

舟中出江陵南浦,奉寄郑少尹 审①

更欲投何处,飘然去此都。形骸元土木,舟楫复江湖②。社稷缠妖气,干戈送老儒。百年同弃物,万国尽穷途③。雨洗平沙净,天衔阔岸纤。鸣蜩随泛梗,别燕起秋菰④。栖托难高卧,饥寒迫向隅。寂寥相煦沫,浩荡报恩珠⑤。溟涨鲸波动,衡阳雁影徂。南征问悬榻,东逝想乘桴。滥窃商歌听,时忧卞泣诛。经过忆郑驿,斟酌旅情孤。

【题解】

飘然离开这座号称"南都"的江陵城,我茫然不知再投奔何处。由于我不善于周旋,不会处理人际关系,不得不又一次踏上旅程。社稷倾危,妖气尚未消散,干戈四起,断送了我这老儒的一生。多难之世,不能有所作为;万国之间,处处皆穷途。雨后水平沙净,天高江阔岸远。寒蜩在漂浮于水面的树枝上鸣叫,燕子从菰丛中起飞南翔。我无处栖息,难以高卧,饥寒交迫,向隅而泣。身处困境而无人伸手相救,我亦无力日后报答他人恩情。虽然已经踏上征途,我尚未决定去往何方,究竟是南下投靠亲友,还是东去浮槎海上。宁戚叩击牛角而歌,乃因难逢知音;卞和抱玉痛哭楚山,实伤怀宝不遇。经过郑审的湖亭,想起了他好客热情。

【注释】

①诗题一本无"中"字。

②《晋书·嵇康传》:"美词气,有风仪,而土木形骸,不自藻饰。"

③《老子》第二十七章:"是以圣人常善救人,故无弃人;常善救物,故无弃物。"

④起:一作"赴"。

⑤《庄子·大宗师》:"泉涸,鱼相与处于陆,相呴以湿,相濡以沫。"《艺文类聚》卷八四引辛氏《三秦记》载,昆明池,昔有人钓鱼,纶绝而去。鱼托梦于汉武帝求去其钩。明日帝游于池见大鱼衔索,取而放之。三日后,帝于池边得明珠双,曰:"岂非鱼之报耶?"

【汇评】

王嗣奭《杜臆》卷一〇:此诗无一字不悲,而起语突然,更不堪读。

陈式《问斋杜意》卷一九:诗寄郑审,语出自叹,而感郑亦寓其中。是诗彻首尾悲壮,妙处难以细注,读者则亦逐句自求之。

刘濬《杜诗集评》卷一四:苍凉古淡,读之有真气,潆绕其间。每至其佳处,凄然欲涕,而语仍横放,雄气逼人。

山　馆①

南国昼多雾,北风天正寒。路危行木杪,身远宿云端②。山鬼吹灯灭,厨人语夜阑。鸡鸣问前馆,世乱敢求安。

【题解】

虽然北风猛烈,南方白日依然多雾。沿着陡峭的山路向上攀爬,树枝的顶端就在脚下。夜晚宿于高高的山馆,就如同住在云端。山风飘忽如鬼,倏然将灯吹灭。半夜就听闻喁喁细语,原来是厨人已经在准备早餐。

鸡鸣时分，我便匆匆而起，打听前方何处可以栖宿。世乱如此，岂敢奢求安逸。

【注释】

①诗题一作"移居公安山馆"。

②远：一作"迥"。

【汇评】

黄生《杜工部诗说》卷七：前叙投宿景事，后叙将发景事。三、四写题甚切，是苦境翻得佳语。五、六串读始得其解，得解始知其妙。鸡鸣，言起早也。乃厨人之起则又早，故夜阑已闻其语，所语即上五字。因手灯忽灭，戏语为鬼所吹，细人口角如见。"问"即问道之"问"，杜惯用之。人易读过，故不觉其妙。试易他字，俱不能胜也。意本怨侵晨跋涉，结语故意如此。

仇兆鳌《杜诗详注》卷二二：此移居公安时，途次所作。上半，投宿之景。下半，将发之事。

边连宝《杜律启蒙》五言卷九：雾多风寒，路间之景。行木宿云，则已至山馆矣。山鬼吹灯，形地之阴惨也；厨人语夜，则已鸡鸣而起，又将冲风冒雾而行矣。盖以身遭世乱，故不遑安处也。

哭李尚书 之芳

漳滨与蒿里，逝水竟同年①。欲挂留徐剑，犹回忆戴船②。相知成白首，此别间黄泉。风雨嗟何及，江湖涕泫然③。修文将管辂，奉使失张骞。史阁行人在，诗家秀句传④。客亭鞍马绝，旅榇网虫悬。复魄昭丘远，归魂素浐偏⑤。樵苏封葬地，喉舌罢朝天。秋色凋春草，王孙若个边⑥。

【题解】

今年你染疾后随即亡故，我却因故未能前往吊唁。你我相知直到白头,从此幽明陌路,天人永诀。风雨思友,又值浪迹江湖,更觉哀伤惨淡。你在黄泉定然也会受到重用,可叹如管辂年寿不长;你曾经奉命出使吐蕃,今后再也见不到你这位当代的张骞。你的功勋将载诸青史,你的清诗秀句会长久流传。遥悲你家客亭,此后当再无鞍马往来;伤心你之旅榇,或已悬满蛛网。你客死他乡,招魂于楚丘,归葬于浐水。你身为天子之喉舌,又是宗室子弟,在那禁止打柴割草之高贵墓地,不知你会归葬在哪个地方。

【注释】

①刘桢《赠五官中郎将诗四首》其二:"余婴沉痼疾,窜身清漳滨。"

②挂:一作"把"。

③《诗·郑风·风雨》:"风雨凄凄。"毛序:"《风雨》,思君子也。"

④《周礼·秋官·行人》:"大行人掌大宾之礼及大客之仪,以亲诸侯。""小行人掌邦国宾客之礼籍,以侍四方之使者。"

⑤复魄:招魂。昭丘:春秋楚昭王之墓,在湖北当阳东南。

⑥《楚辞·招隐士》:"王孙游兮不归,春草生兮萋萋。"

【汇评】

唐汝询《唐诗解》卷四八:此痛尚书之客死也。漳滨,卧病之地;蒿里,栖魂之乡:是皆往而不返,若流水年华之俱逝者也。故我虽谓许徐之不负,犹恨访戴之无及。正以白首之友,永无见期,能不对江湖而掩涕乎。君尝出使吐蕃,今既修文地下,则朝廷失奉使之人,青史虽标,词名虽著,难免客亭旅榇之惨。身没昭丘,魂飞素浐,不无故国归魂之念也。纵使朝廷封君之墓,禁民樵苏,君终不能朝天而为喉舌矣。况君客游既久,室家每感春草而忆王孙,今春草值秋而凋,岂复有王孙之望乎?

刘濬《杜诗集评》卷一四引李因笃曰:深情苦调,老泪渍行间。可云尽洗铅华,独存本色矣。

又引吴农祥曰:只"修文"四语,叙其行事,余俱泣知己。余尝咀味此语,为之哽塞。

重　题

涕泗不能收，哭君余白头①。儿童相顾尽，宇宙此生浮②。江雨铭旌湿，湖风井径秋。还瞻魏太子，宾客减应刘③。

【题解】

是首与前诗同时而作。"前既哭矣，此复哭之，故曰重题"（张远《杜诗会稡》卷二一）。涕泗纵横，一哭再哭，无法忍住心中的伤悲。儿童旧交凋亡殆尽，只剩下我这个白头老人浪迹江湖。风雨萧索，旗幡黯淡。你客死他乡，国家也失去了栋梁之才。

【注释】

①余：一作"馀"。

②顾：一作"识"。

③魏太子：曹丕。应刘：应场、刘桢。曹丕《与吴质书》："徐、陈、应、刘，一时俱逝，痛可言邪！"诗句原有注："公历礼部尚书，薨于太子宾客。"

【汇评】

黄生《杜工部诗说》卷七：忆昔儿童相顾尽，回思宇宙此生浮。此洗发上文"余"字，见所交皆在童稚，忽然转眼无存。入骨之言，古今同感。四以"浮生"二字拆用，句遂称佳。交情泪笔，在前四句，后只就李作收。因前诗未尽，不觉冲口而出，故章法如此。

边连宝《杜律启蒙》五言卷九：白头哭友，故涕洒难收。上句因下句，而首句即见重哭意。儿童相识之交，至此尽亡，则此生之在宇宙者，亦若浮寄而已。盖哭友而兼自哭也。五、六见旅榇之凄凉，七、八悼储贰之失辅，是从官职上生情。

杨伦《杜诗镜铨》卷一九引邵长蘅曰：八句一气，妙于言情。

醉歌行 赠公安颜少府请顾八题壁①

神仙中人不易得,颜氏之子才孤标②。天马长鸣待驾驭,秋鹰整翮当云霄。君不见东吴顾文学,君不见西汉杜陵老。诗家笔势君不嫌,词翰升堂为君扫。是日霜风冻七泽,乌蛮落照衔赤壁③。酒酣耳热忘头白,感君意气无所惜,一为歌行歌主客④。

【题解】

杜甫为颜县尉作诗,并由顾诫奢书写于壁。神仙中人原非易得,今颜县尉孤标出群,如骏马之将驰骋天下,如秋鹰之将展翅云霄,飘飘然有神仙之气。杜陵野老提笔在堂上为之赋诗,东吴顾八挥翰在壁上为之书写。此时霜风凛洌,夕阳西沉,酒酣耳热,顿忘衰白,感君意气,我高歌此曲。

【注释】

①诗题一作"醉歌行赠公安县颜十少府"。顾八:顾诫奢,善八分书。

②《易·系辞下》:"子曰:'颜氏之子,其殆庶几乎。'"

③司马相如《子虚赋》:"臣闻楚有七泽,尝见其一,未睹其余也。"乌蛮:古代少数民族名,居住西南。

④一为歌行歌主客:一作"醉歌行,歌主客"。

【汇评】

黄生《杜工部诗说》卷三:起句用仙尉事,笔下自别。颜方为小官,"天马"二句言其才尚有待而展。"君不见",诗中常调,此泛指,非呼颜也。言颜意气向己二人,足见不易得。二语若漫滤,熟味前后,方知不浪下。"是日"二句,宕此两语,气热阔远。"无所惜",言极尽倾倒之怀也。味末语不过纪即事耳,只"歌主客"三字,便见是主是客,皆不易得。映带起处,用笔简老。

杨伦《杜诗镜铨》卷一九:杜晚年五古多颓唐,惟七古格法穷极奇变,所谓"从心所欲不逾矩"者。

送顾八分文学适洪吉州①

中郎石经后,八分盖憔悴②。顾侯运炉锤,笔力破余地③。昔在开元中,韩蔡同赑屃④。玄宗妙其书,是以数子至。御札早流传,揄扬非造次。三人并入直,恩泽各不二。顾于韩蔡内,辨眼工小字。分日示诸王,钩深法更秘⑤。文学与我游,萧疏外声利。追随二十载,浩荡长安醉。高歌卿相宅,文翰飞省寺。视我扬马间,白首不相弃。骅骝入穷巷,必脱黄金辔。一论朋友难,迟暮敢失坠。古来事反覆,相见横涕泗。向者玉珂人,谁是青云器。才尽伤形体,病渴污官位⑥。故旧独依然,时危话颠踬。我甘多病老,子负忧世志。胡为困衣食,颜色少称遂。远作苦辛行,顺从众多意。舟楫无根蒂,蛟鼍好为祟。况兼水贼繁,特戒风飙驶。崩腾戎马际,往往杀长吏⑦。子干东诸侯,劝勉防纵恣⑧。邦以民为本,鱼饥费香饵。请哀疮痍深,告诉皇华使。使臣精所择,进德知历试。恻隐诛求情,固应贤愚异。列士恶苟得,俊杰思自致。赠子猛虎行,出郊载酸鼻⑨。

【题解】

自从蔡邕立下熹平石经之后,八分书就开始衰落了。顾君你千锤百炼,自成一家,笔力超凡脱俗,直追古人。往日在开元年间,你与韩择木、蔡有邻书写的石碑,曾一同树立在赑屃之上。唐玄宗称赞你们的书法精妙,将你们请到京城。皇上本人就是一个书法大家,他的御札早已流传开来,可见他的赞扬并非造次。你们三人都曾入直待诏,所赐恩惠并无二致,何况你在三人里面独工小字,善于鉴别。你逐日侍奉诸王,给他们讲解书法的秘诀。你我交往长达二十年之久,却无关名利,淡泊如水。我们曾一起在长安卿相之宅中高歌醉吟,写下的诗句流传于三省九寺等中央官署。你认为我有扬雄、司马相如之才,并约定你你永远不会背弃。如今我们重逢于荆南,双双失志蹭蹬,如同骏马走进穷巷而脱下了黄金辔鞍。真挚的友情难能可贵,迟暮之年的我更要珍惜。自古以来,世事翻覆,此次重逢令人感慨万端。过去我们所熟知的那班乘马鸣珂之人,又有谁是青云直上的大才? 我已江郎才尽,又患消渴之疾,有污于朝廷授予的官位。在一帮老朋友中,唯独我依然如故,身处乱世还喜欢讨论朝廷大事。我心甘情愿就这样多病老死,而你决不能放弃壮志豪情。为何你也为衣食所困而无法称心遂意呢? 顺众从俗选择远行,也颇为辛苦。船和桨本来很不牢靠,蛟龙又暗中作祟,兴风作浪,何况江湖上还有频频出现的盗贼,你千万莫要挂帆乘风急驶。值此四海崩腾之际,下属往往杀戮长吏,这次你干谒江东诸侯,要劝告他们不要放纵自己。民为邦本,民以食为天,请你告诉那里的观察使,务必要哀怜民间的满目疮痍,谨慎选择有德之人为官,要区分贤愚,有恻隐之心,要他们以政绩来获取功名,不能使用不当的手段。临别时我赠你这首《猛虎行》,送你送到郊外,我不觉伤心酸鼻。

【注释】

①顾八分文学:顾诚奢。《新唐书·百官志》"东宫官":"司经局……,文学三人,正六品下,分知经籍,侍奉文章。"洪州:今江西南昌。吉州:治所在今江西吉安。诗题一本无"洪"字。

②石经:熹平石经。熹平四年,蔡邕与五官中郎将堂谿典等人上表请求正定六经文字,得到允许后,乃自书于碑,使工镌刻,立太学门外。

③《庄子·大宗师》:"据梁之失其力,黄帝之亡其知,皆在炉捶之间耳。"《庄子·养生主》:"以无厚入有间,恢恢乎,其于游刃,必有余地矣。"

④欧阳修《六一题跋》卷六:"唐世以八分名家者四人,韩择木、蔡有邻、李潮、史惟则也。"赑屃:一说即蟠龟,常作为碑下之石兽形状。诗中"韩"字后有注:"择木。""蔡"字后有注:"有邻。"

1461

⑤《易·系辞上》："探赜索隐,钩深致远。"示:一作"侍"。

⑥体:一作"骸"。

⑦际:一作"险"。

⑧劝:一作"勤"。

⑨两汉乐府《猛虎行》："饥不从猛虎食,暮不从野雀栖。野雀安无巢,游子为谁骄。"陆机《猛虎行》："渴不饮盗泉水,热不息恶木阴。恶木岂无枝,志士多苦心。"

【汇评】

王嗣奭《杜臆》卷一〇:通篇无一字虚饰,可知其相与之情。至末而爱民之真恳,规友之直谅,两见之矣。

杨伦《杜诗镜铨》卷一九:放笔为直干,抒写淋漓,势若江河之决。子美晚年五古,另有一种意境。

官亭夕坐戏简颜十少府①

南国调寒杵,西江浸日车。客愁连蟋蟀,亭古带蒹葭②。不返青丝鞚,虚烧夜烛花。老翁须地主,细细酌流霞。

【题解】

公安县尉颜十,约请杜甫饮于官亭,而诗人先至,故有此戏作。太阳即将沉入江中,远处隐约传来寒杵之声。放眼所见,唯有蒹葭苍苍,使得官亭古色更重;倾耳细听,蟋蟀时时悲鸣,不免让我客愁更浓。颜少府身为地主,迟迟未至,我徒然燃烛以苦苦等待,希望他速速到来,好有美酒细细品尝。

【注释】

①官亭:原作"宫亭",据他本改。

②《诗·唐风·蟋蟀》："蟋蟀在堂,岁聿其莫。今我不乐,日月其除。"

仇兆鳌《杜诗详注》卷二二:上四,亭前夕景,记其闻见。下四,坐待少府,戏简索饮也。杵声应节,故曰调。日影沉江,故曰浸。

《唐宋诗醇》卷一八:清丽夺目,可谓老树着花。

边连宝《杜律启蒙》五言卷九:杵声中节,故曰调;日落江波,故曰浸。愁连蟋蟀,愁之剧也;亭带蒹葭,亭之荒也。总见不可无酒之意。上四官亭夕坐之景,下四则简颜索酒而戏之也。

移居公安敬赠卫大郎 钧

卫侯不易得,余病汝知之。雅量极高远,清襟照等夷①。平生感意气,少小爱文辞。河海由来合,风云若有期。形容劳宇宙,质朴谢轩墀。自古幽人泣,流年壮士悲。水烟通径草,秋露接园葵。入邑豺狼斗,伤弓鸟雀饥。白头供宴语,乌几伴栖迟②。交态遭轻薄,今朝豁所思。

【题解】

卫钧你胸襟开阔,气度宽宏,见识高远,能够体察我之贫病,颇为难得。你自小喜欢文辞,又古道热肠,前途不可限量。我形容憔悴,长处寂寥,日渐衰老,因世乱而奔波,客居萧索,晚景凄凉,饱受俗世轻慢。如今幸好与你结交,使我之忧思一扫而空。

【注释】

①极:一作"涵"。《韩诗外传》卷六:"遇长老则修弟子之义,遇等夷则修朋友之义。"

②《诗·陈风·衡门》:"衡门之下,可以栖迟。"

【汇评】

卢元昌《杜诗阐》卷三一:公在江陵,至小吏相轻,吾道穷矣。公安颜少府外,又得卫大郎。于少府曰"不易得",于大郎亦曰"不易得"。志幸,亦志慨也。但公安多警,公于《山馆》即有"世乱敢求安"句,后《晓发》又曰"邻鸡野哭如昨日",《发刘郎浦》又曰"岸上空村尽豺虎"。此章"入邑豺狼斗",必有警也。

公安送韦二少府匡赞①

逍遥公后世多贤,送尔维舟惜此筵②。念我能书数字至,将诗不必万人传③。时危兵甲黄尘里,日短江湖白发前。古往今来皆涕泪,断肠分手各风烟。

【题解】

逍遥公的后代,有许多贤士,你就是其中的一员。在系于江边的小船上,我为你送别践行。倘若别后牵挂,能够寄来数行短简,则足以慰我相思之情,至于我的诗篇,就不用传诵给世人。我白发苍苍,浪迹江湖,来日苦短。古往今来,众人无不为离别而洒泪。何况此刻兵甲纵横,干戈满世,你我皆扰扰于风尘之中,后会难期,又如何不为之肠断。

【注释】

①韦二少府匡赞:公安县尉韦匡赞,行二。

②《北史·韦夐传》:"(韦)夐字敬远,志尚夷简,澹于荣利。……前后十见征辟,皆不应命。……明帝即位,礼敬愈厚。……夐答帝诗,愿时朝谒。帝大悦,敕有司日给河东酒一升,号之曰逍遥公。"《新唐书·韦嗣立传》:"嗣立与韦后属疏,帝特诏附属籍,顾待甚渥。营别第骊山鹦鹉谷,帝临幸,命从官赋诗,制序冠篇,赐况优备,因封嗣立逍遥公。"

③能书:一作"常能"。

【汇评】

仇兆鳌《杜诗详注》卷二二:时逢兵革,身泊江湖,白发之年,短如秋日。此情此景,乃今古所同悲者,况故人分手于风烟之际,能不为之伤心而肠断乎! 四语叠递,意极惨凄。

刘濬《杜诗集评》卷一一引李因笃曰:公暮年七律,渐进自然,如此首之高浑,非老手不能。

公安县怀古

野旷吕蒙营,江深刘备城①。寒天催日短,风浪与云平。洒落君臣契,飞腾战伐名②。维舟倚前浦,长啸一含情。

【题解】

此地江流湍急,地势险峻,据说古城为刘备当日所筑。城外空旷,一望无际,那里曾经是吕蒙屯兵之处。天气寒冷,太阳匆匆而落;北风凛冽,巨浪似乎要飞上云霄。无论吴国还是蜀国,都君臣相得,磊落慷慨,能征善战。我停舟前浦,凭吊往事,长啸以舒愤懑之气。

【注释】

①吕蒙营:吕蒙屯兵之处,在今湖北公安北。刘备城:《太平御览》卷一六七引《荆州记》,谓孙权推刘备为左将军、荆州牧,镇油口,即居此城,时人称备为左公,故名其城为公安。

②飞:一作“风”。

【汇评】

吴瞻泰《杜诗提要》卷一〇:起联排二古人,中二联分应,夫人而知之。又谓上六句是古迹,末二句是怀,不知作者别有胸襟,特借古人抒己意耳。曰“野旷”、曰“江深”,则吕蒙之营、刘备之城已杳然无存矣。又申之以“寒天”“风浪”,一片凄凉,而因追想其君臣之契、战伐之名,此怀古本色语也。言外见刘有君臣之契,而己之遭际如此;吕有战伐之名,而己之辗轲如此。故七、八以“维舟”“前浦”绾前半,以“长啸”“含情”收后半,作者胸襟,于是尽露。若不如此收场,则古人自古耳,于己何与哉? 不知者乃以为句率而意懈,可慨也!

仇兆鳌《杜诗详注》卷二二：首二遗迹，三、四时景。下述怀古之意。野旷寒侵，江深浪激，刘合君臣，吕争战伐，四句各用分承，长啸含情，伤迹在而人已亡矣。

宴王使君宅题 二首

其一

汉主追韩信，苍生起谢安。吾徒自漂泊，世事各艰难。逆旅招邀近，他乡思绪宽①。不材甘朽质，高卧岂泥蟠②。

【题解】

王使君才高如韩信，自有君主爱惜任用；名重如谢安，当为苍生而复出。时事艰危，如我之辈，仅能四处漂泊而已。身处逆旅，相邀而聚，流落他乡之意绪得以舒缓。我等不才，自甘高卧，使君似龙蟠于泥，岂无高飞之日。

【注释】

①思：一作"意"。

②班固《答宾戏》："故夫泥蟠而天飞者，应龙之神也。"

【汇评】

金圣叹《唱经堂杜诗解》卷四：一解曲折无尽。言今日我谓主上不肯见用，殊不知上下相失，正复各不相照面耳。汉主追韩，临食三起。苍生望谢，渴逾云霓。茫茫天下，不知贤人何在？彼岂料正是我耶？然则吾自飘泊，非君相弃。君为无才，正苦艰难，惟我知之，非他人同喻。

仇兆鳌《杜诗详注》卷二二：首章，宴中有感。古人皆获大用，而使君乃漂泊艰难，惜其不遇也。若己之逆旅他乡，亦唯借酒宽怀耳。不才高卧，岂望泥蟠复奋乎？又自解也。五、六点宴。

边连宝《杜律启蒙》五言卷九：一、二援古，反起下联。三句"自"字，暗承韩、谢,言古人皆遇合,而吾徒自漂泊也。四句"各"字兼使君与己在内。五、六略带"宴"字。末言不才高卧,与蟠泥待伸者不同,自谦以美王也。

其二

泛爱容霜发,留欢卜夜闲①。自吟诗送老,相劝酒开颜。戎马今何地,乡园独旧山②。江湖堕清月,酩酊任扶还。

【题解】

王使君宽厚仁爱,挽留我这鬓发苍白之人,宴饮至夜晚。近来身处他乡,无人相恤,常独自吟诗以送老;今日承蒙使君设宴,屡屡举杯相劝以开我心颜。在这战火纷飞的年代,王使君的家园却无戎马之扰,故当尽情纵饮,直至江湖坠月,方酩酊而归。

【注释】

①发:一作"鬓"。《左传·庄公二十二年》载,春秋时齐陈敬仲为工正,请桓公饮酒,桓公高兴,命举火继饮。敬仲辞曰:"臣卜其昼,未卜其夜,不敢。"卜夜闲:一作"上夜关"。

②旧:一作"在"。

【汇评】

洪仲《苦竹轩杜诗评律》卷四:字字殷勤,言言懒慢,想王使君亦非真正知己,故如此纵饮开怀,以见勉强周旋之意耳。

仇兆鳌《杜诗详注》卷二二:次章,宴时之兴。爱而留宴,德使君也。送老,承霜鬓。开颜,顶留欢。今当戎马之地,使君独有故园,不觉留连而醉归耳。五、六,点王宅。

边连宝《杜律启蒙》五言卷九:上四写宴,下四因宴有感,结联仍不脱"宴"字。上关留欢,如投辖者。三句承"霜鬓",四句承"留欢"。戎马交驰,而身今居何地? 旧山独存,而乡园已寥落矣。二句皆自谓。月落醉归,庶以缓乡关之思耳。

公安送李二十九弟晋肃入蜀,余下沔鄂^①

正解柴桑缆,仍看蜀道行^②。樯乌相背发,塞雁一行鸣。南纪连铜柱,西江接锦城。凭将百钱卜,飘泊问君平。

【题解】

李贺之父李晋肃将要入川,杜甫则准备前往沔鄂一带,两人在公安县分别,杜甫赋诗相送。我正要坐船顺江而下,由江汉前往九江,而你却要逆流而上,进入蜀川。我们各自船上的樯乌背向而行,无法如大雁那样排成一行齐飞了。这水路向南一直可以通往交趾,你向西抵达成都后,请严君平为我占上一卦,何时我才能停止漂泊。

【注释】

①晋肃:中唐诗人李贺之父。沔鄂:沔州和鄂州,州治分别在今湖北武汉汉阳与武昌。

②柴桑:古县名,唐时名浔阳,为江州治所,在今江西九江。

【汇评】

仇兆鳌《杜诗详注》卷二二:上四送别之情,下四别后之慨。方为沔鄂之游,而送李入蜀,是两舟背发,不如雁序同行矣。南纪、西江,顶上背发。寄卜君平,问何时得免漂泊也。李称弟,故用雁行。往蜀中,故引君平。

杨伦《杜诗镜铨》卷一九:公诗每善于景中寓情。

留别公安太易沙门^①

隐居欲就庐山远,丽藻初逢休上人^②。数问舟航留制作,长开箧笥拟心神。沙村白雪仍含冻,江县红梅已放春。先踏炉峰置兰若,徐飞锡杖出风尘。

【题解】

大历三年冬,杜甫将要离开公安县,临别留诗与僧人太易。刚刚在公安结识了善于赋诗的僧人太易,我又要前往庐山去追寻慧远的遗踪了。僧人太易多次前来询问出航的行期,留下了送行的诗篇,我打开竹箱,反复涵咏,欲和其诗。沙洲上的村落还有积雪,公安城中的红梅已然绽放。我先往庐山香炉峰上作诗,等待僧人太易杖锡凌空而来。

【注释】

①太易沙门:僧人太易。

②庐山远:居于庐山的僧人慧远。休上人:僧人惠休,能诗。

【汇评】

仇兆鳌《杜诗详注》卷二二:上四,赞太易诗词。五、六,志相别时地。末则望其修道庐山也。

边连宝《杜律启蒙》七言卷三:言己方欲隐归庐山,适于公安而逢太易,数以著作,问我舟航,故我长发箧笥而观,以拟其诗中之神也。此叙未别以前事。五、六别时之景,一抑一扬,言己可归隐,太易亦可相就矣。故于炉峰置庵以待,俟太易之飞锡而来也。

冬　深①

花叶随天意,江溪共石根②。早霞随类影,寒水各依痕③。易下杨朱泪,难招楚客魂。风涛暮不稳,舍棹宿谁门。

【题解】

朝霞如花儿一样,千形万状,皆映照于溪水中。寒水渐落,沿着旧有的河道缓缓流动,露出岸边的石块。前路茫茫,心中惘然,夜来风涛更急,不知向何处暂宿。

【注释】

①诗题一作"即日"。

②随:一作"惟"。

③类:一作"泪"。依:一作"流"。

【汇评】

仇兆鳌《杜诗详注》卷二二:上四冬深之景,下四舟行有感。此章全用倒插。花叶惟天意,以早霞随类影也。江溪共石根,以寒水各依痕也。易下杨朱泪,以风涛暮不稳也。难招楚客魂,以舍棹宿谁门也。《杜臆》谓此在五律中,另一奇格。初疑寒水与石根紧承,早霞与花叶似不相贯,后见《杜臆》,方悟霞状变化,如花如叶耳。盖霞有红、紫、青诸色,故比之花叶,且玩"天意"二字,明属早霞矣,起句特奇。

边连宝《杜律启蒙》五言卷六:冬深而花叶落,乃天道之自然,故曰"随天意"。次句,言江水、溪水共落,并见石根也。早霞随万类自具之影,承首句无花叶蔽之也。寒水各依其所落之痕,承次句江溪皆有痕也。前四,冬深之景;后四,冬深之情。结语殊惨。

晓发公安,数月憩息此县①

北城击柝复欲罢,东方明星亦不迟②。邻鸡野哭如昨日,物色生态能几时③。舟楫眇然自此去,江湖远适无前期。此门转眄已陈迹,药饵扶吾随所之④。

【题解】

听见北城传来的击柝声,仔细辨认,以为五更将尽。起床一看,东方的启明星还放着微弱的光芒,原来尚不算迟。邻鸡开始报晓,野外的哭声又随风传来,每天都是如此。平时听惯了不觉什么,今天即将启程便倍感惊心。仔细想来,世上万物,色态各殊,却都无法长久。我在公安栖息数月,回头一顾,已成往事,似无可留恋也难以留恋。如今乘舟杳然而去,江湖之远,亦无定期。唯有安慰自己,只要有孤舟可以容身,有药饵可以疗疾,在哪里又不是一样呢。

【注释】

①诗题一作"晓发公安","数月憩息此县"为题注。

②《左传·哀公七年》:"鲁击柝,闻于邾。"《诗·小雅·大东》:"东方启明,西有长庚。"

③生态:一作"生生"。

④此:一作"出"。王羲之《兰亭集序》:"俯仰之间,已为陈迹。"

【汇评】

金圣叹《唱经堂杜诗解》卷四:此诗最恶,不知何年一见便熟。至今每五更枕上欲觉未觉时,口中无故便诵此诗,百计禁之,而转复沓至。圣叹白发是此诗送得也。……言数月以来,邻鸡野哭,耳得饱闻,日又一日,本不置意,却因今日临当发去,忽悟今犹昨,昨又犹昨,不意之间,数月何在,自今以去,又有几数月也。可痛可骇也。未发公安,尚有公安可据。自今已去,茫然不复知所如也。如此便应极大悲恼,然而竟不者,数月公安,转盼便非,身世虚假,了无可信。可惜此行实无前期,纵有之,亦何须几何时,早与公安一样也。此诗一、二句是初发公安,五、六句是既发公安,三、四、七、八句是数月憩息此县。不悲于去公安,亦不悲于去公安后无处去,悲莫悲于数月憩息此县也。

边连宝《杜律启蒙》七言卷三:击柝复罢,明星又上,邻鸡之啼,野哭之声,四者俱如昨日,然已倏至今朝,此即所谓"转眄陈迹"也。由此以推,则凡物色生态之寄迹天地之间者,宁复有几时耶?今者操舟楫而适江湖,渺渺茫茫,并无一定之所,未知将来作何归著,作何下落。然思陈迹之转眄,念生理之无几,幸有药饵相扶,亦任其所之而已,又何必介介于此耶?从无可奈何处逼出达观,却正是打熬不过也。此为九曲之肠,此为百折之笔,乃注者不能细察其起讫,总以笼统语混之,可笑。

发刘郎浦①

挂帆早发刘郎浦,疾风飒飒昏亭午。舟中无日不沙尘,岸上空村尽豺虎②。十日北风风未回,客行岁晚晚相催③。白头厌伴渔人宿,黄帽青鞋归去来。

【题解】

一大早从刘郎浦张帆出发,北风飒飒,直到中午天空依然阴沉沉的。这些日子,舟船所经的村庄十室九空,盗贼纵横,一片荒凉,大风将尘土都吹到了船上。北风一连刮了十天,似乎也是在催着我赶快南行,不要在岁暮停留了。我已经厌倦了长年伴着渔翁、漂泊于水上的生活,何时才能登岸,笠帽草鞋回到家园。

【注释】

①刘郎浦:在今湖北石首绣林山北岸,相传是刘备迎娶孙夫人之处,又名刘郎洑。

②空:一作"孤"。

③晚相催:一作"尤相催"。

【汇评】

仇兆鳌《杜诗详注》卷二二:上四写景,见浦中不可复留。下四叙怀,叹飘流未有归计。空村人少,故豺虎纵横。北风则南行便,岁晚故舟不停。黄帽、青鞋,野人之服。

浦起龙《读杜心解》卷二之三:此连日舟行所感。拂意南行,风催不转,聊以归怀矫之,然亦托之悬想而已。

别董颋①

穷冬急风水,逆浪开帆难。士子甘旨阙,不知道里寒。
有求彼乐土,南适小长安②。到我舟楫去,觉君衣裳单③。素
闻赵公节,兼尽宾主欢。已结门庐望,无令霜雪残④。老夫缆
亦解,脱粟朝未餐⑤。飘荡兵甲际,几时怀抱宽。汉阳颇宁
静,岘首试考槃⑥。当念著白帽,采薇青云端⑦。

【题解】

寒冬风急,逆流而上十分困难。但士子无力供养家人,顾不上旅途艰
难。为了寻求乐土,董颋将前往有"小长安"之称的南阳。他从我舟楫上匆
匆离去时,衣裳是如此单薄,令人揪心。听闻赵公素有节气,董颋此行定然
一帆风顺,与他相处融洽。董颋的亲人正倚门而望,期待他早日归家,不受
霜雪摧折。老夫我也又饿又穷,无力相恤,即将解缆而行。在这兵火纷飞
的岁月,我长期飘荡,不知何时才能安稳下来。汉水、岘山一带如今颇为宁
静,我真希望也能归隐于此。

【注释】

①董颋,一作董挺,字庶中。刘禹锡《董氏武陵集序》:"尝所与游,皆青
云之士,闻名如卢、杜(卢员外象、杜员外甫),高韵如包、李(包祭酒佶、李侍
郎纾)。"

②小长安:指邓州南阳,一说指桂林。

③到:一作"别"。

④庐:一作"闾"。

⑤缆亦解:一作"亦缆解"。

⑥《诗·卫风·考槃》:"考槃在涧,硕人之宽。"

⑦白:一作"皂"。帽:一作"褐"。

仇兆鳌《杜诗详注》卷二二：公素欲居襄阳，故因董适邓而及之。言己亦将道汉阳，登岘首，皂帽采薇，为终隐之计，子能念我于云端否耶？

浦起龙《读杜心解》卷一之六：董贫，无以为奉养计，黾勉出游，公赠此为别。前十二句，叙董出门之故，与之邓之情，而嘱其及早归侍。后八句，自叙目前行踪，而告以意中所向，冀其垂念。亦河上之歌所云"同病相怜"者与。公意虽在汉阳，而此行竟适湖南，读者须晓。

《唐宋诗醇》卷一二：情意稠叠，深得赠言之义。

夜闻觱篥

夜闻觱篥沧江上，衰年侧耳情所向。邻舟一听多感伤，塞曲三更欻悲壮。积雪飞霜此夜寒，孤灯急管复风湍[①]。君知天地干戈满，不见江湖行路难[②]。

【题解】

在苍茫的江面上，突然响起凄厉的觱篥之声。我这年老体衰之人侧耳倾听，心中顿时涌起了思乡之情。觱篥声从邻舟传来，初听之下已令人感伤，何况这悲壮的曲子一直吹奏到三更。严寒冬夜，积雪飞霜，悲风呼啸，孤灯明灭，觱篥声却又如此急促。这吹奏的人啊，只知道干戈遍野之苦，怎不见漂泊江湖之难。

【注释】

①风：一作"奔"。

②地：一作"下"。湖：一作"湘"。

【汇评】

吴瞻泰《杜诗提要》卷六：正急管凄怆时，又增之以霜雪，加之以风湍，助其悲壮。写得衰年人孤灯旅岸，物物皆为愁媒，声声呜咽矣。

仇兆鳌《杜诗详注》卷二二:夜吹觱篥,复歌塞曲,而又佐以急管,此江上哀音也。公在邻舟,乍听已足感伤,久闻尤加悲惨,况当寒夜孤灯,霜雪零而风湍紧,兼之急管悲鸣,不胜惨绝矣。故语觱篥者曰:君为此曲,但知干戈离乱之苦,独不见舟中漂泊者,江湖行路之难乎?何为故作此声,动人愁思也?

沈德潜《唐诗别裁集》卷七:本言行路之难,而以干戈之满形之,则不见其难矣。透过一层,"家乡既荡尽,远近理亦齐",用意亦复尔尔。

岁晏行

岁云暮矣多北风,潇湘洞庭白雪中^①。渔父天寒网罟冻,莫徭射雁鸣桑弓^②。去年米贵阙军食,今年米贱大伤农。高马达官厌酒肉,此辈杼轴茅茨空^③。楚人重鱼不重鸟,汝休枉杀南飞鸿^④。况闻处处鬻男女,割慈忍爱还租庸。往日用钱捉私铸,今许铅锡和青铜^⑤。刻泥为之最易得,好恶不合长相蒙。万国城头吹画角,此曲哀怨何时终。

【题解】

到了岁暮,北风越来越猛烈,潇湘与洞庭都笼罩在皑皑白雪中。天寒地冻,渔父无法用网捕鱼,莫徭无法用桑弓射雁,他们都生存艰难。去年米贵,军粮缺乏;今年米贱,农民又受到损害。达官贵人吃腻了酒肉,老百姓却家家缺衣少食。楚国人喜欢吃鱼虾,不愿吃鸟肉,你们不要白白杀害南飞的鸿雁,何况还听说处处在鬻儿卖女来缴纳租税。过去钱币严禁私人熔铸,现在铅锡掺入青铜已经合法。用泥刻钱模最容易办到,但不应该这样真假混合来长期欺骗百姓。各地城头都响起了号角,哀怨凄凉的曲调何时才能终结。

【注释】

①《诗·小雅·小明》:"岁聿云莫,采萧穫菽。"雪:一作"云"。

②《隋书·地理志》:"长沙郡,又杂有夷蜒,名曰莫徭。自云其先祖有

功,常免徭役,故以为名。"

③《诗·小雅·大东》:"小东大东,杼轴其空。"

④鸟:一作"肉"。

⑤许:一作"来"。

【汇评】

王嗣奭《杜臆》卷一〇:此亦不绳削,想到即书。盖偶一为之,以极诗之变。似亦嫌于伤时,故为颠倒其语,非老人语皆然也,学之便误。

吴瞻泰《杜诗提要》卷六:此杂举时政之弊,托岁暮以起兴也。头绪虽繁,气脉一线。

乔亿《杜诗义法》卷下:看似杂乱无章,细按其语脉,自相灌输,但减去承接转换之迹耳。

泊岳阳城下

江国逾千里,山城仅百层①。岸风翻夕浪,舟雪洒寒灯。留滞才虽尽,艰危气益增②。图南未可料,变化有鲲鹏。

【题解】

我逾越千里而来,泊舟于岳阳城下;所见众多之山城,仅此城楼高达百层。江岸上吹来的晚风,掀起阵阵波浪;飞旋而至的雪花,扑打着舟上的寒灯。留滞于异国他乡,有才无处伸展;时事艰危之际,意气更为豪迈。此次南下,说不定就如同鲲鹏扶摇九天之上。

【注释】

①仅:一作"近"。

②虽:一作"难"。

【汇评】

边连宝《杜律启蒙》五言卷九:首联,岳阳城下;次联,泊时之景。下四,以壮语自豪,因适当南避,故作本地风光语也。

缆船苦风,戏题四韵,奉简郑十三郎判官 _泛

楚岸朔风疾,天寒鸧鸹呼①。涨沙霾草树,舞雪渡江湖。吹帽时时落,维舟日日孤。因声置驿外,为觅酒家垆。

【题解】

北风猛烈,鸧鸹悲号,沙土飞扬,难辨草木,雪花乱舞,飞渡江湖。泊舟岸边,连帽子也时时为风吹落。天寒地冻,日日寂寥无人,于是寄诗与郑十三郎判官,不知能否在驿站外觅一酒家,请我喝酒御寒。

【注释】

①楚:一作"东"。鸧鸹:一种水鸟,大如鹳,长颈高脚,顶无丹,两颊红。

【汇评】

仇兆鳌《杜诗详注》卷二二:上四风寒之景,下四泊舟简郑。沙霾雪渡,风狂所致。此时舟中落帽,故欲索酒以御寒,所谓戏题也。

浦起龙《读杜心解》卷三之六:上写风势,笔笔猛厉,确是船中语,然未着身。五、六,乃着身写。"因声",因而寄声也。"置驿",切郑。颇以"觅酒"为面觑,故题曰戏。

边连宝《杜律启蒙》五言卷九:首句提起,二句至六句,皆风威所致。二、三句是远景,五、六句是近事,末则戏题而索饮也。

登岳阳楼①

昔闻洞庭水,今上岳阳楼。吴楚东南坼,乾坤日夜浮。亲朋无一字,老病有孤舟。戎马关山北,凭轩涕泗流。

诗为伤时抒怀而作。"舟经岳阳,登岳阳楼望洞庭湖,因感兵乱消息。此非专咏洞庭湖也。咏湖只用十字,而十字中,上句写侧面,只下五字是正面。作者恐人误认咏湖,正其题曰登岳阳楼"(汪灏《树人堂读杜诗》卷二二)。对岳阳楼可谓向往已久,今日终于一偿夙愿,登上此楼。极目远眺,但见洞庭湖茫茫一片,见不到尽头,仿佛天地万物都是漂浮在湖面上。湖水向东南拓展,把原为一体的吴国和楚国也割裂开来。面对这广阔无垠的洞庭湖,不由感到自己是如此渺小,一叶孤舟,老弱多病,孤苦无依,而遥望长安,战火纷飞,欲归不得,又如何能不涕泗横流。

【注释】

①诗题一作"登岳阳楼望洞庭"。

【汇评】

唐庚《唐子西文录》:过岳阳楼,观杜子美诗,不过四十字尔,气象阔放,涵蓄深远,殆与洞庭争雄,所谓富哉言乎者。太白、退之辈率为大篇,极其笔力,终不逮也。杜诗虽小而大,余诗虽大而小。

黄生《杜工部诗说》卷五:吴在东,楚在南,而洞庭坼其间,觉乾坤日夜浮于水上,其为宇内大观,信不虚矣。但凭轩北望,国难方殷,虽念切归朝,其如老病飘零,亲朋见弃,其能免于涕泗之横流乎?后半开一步,以"凭轩"字绾合。三、四并极力形容之语。然三语巧,四语浑,必四先成,三觅对耳。前半写景如此阔大,转落五、六,身事如此落寞,诗境阔狭顿异。结语凑泊极难,不图转出"戎马关山北"五字,胸襟气象,一等相称,宜使后人阁笔也。写大景妙在移不动,然徒能写景,而不能见作者身分,譬如一幅大山水,不画人物,终难入格。后人学杜,似乎画家,但学山水,不学人物,又况所画并是顽山死水耶。

张𬱖《杜工部诗通》卷一五:此诗百代诗人所共推服,无他,以实气对实景,写实情尔。气有馁者,欲不言袭取,终不能欺人。

陪裴使君登岳阳楼

湖阔兼云雾，楼孤属晚晴。礼加徐孺子，诗接谢宣城。雪岸丛梅发，春泥百草生①。敢违渔父问，从此更南征②。

【题解】

夕阳西下，陪裴刺史登上岳阳楼。缭绕的云雾，使洞庭湖看起来更为辽阔森茫；斜射的晚霞，让岳阳楼显得更为高峻孤傲。裴刺史如后汉陈蕃对我以礼相待，又如宣城太守谢朓能赋善诗。岸上丛梅盛开如白雪，泥中百草欣欣而出。我不敢违背当年渔父责问屈原之意，将继续南下，俾能与世沉浮。

【注释】

①雪：一作"云"。

②《楚辞·渔父》："圣人不凝滞于物，而能与世推移。世人皆浊，何不淈其泥而扬其波？"屈原《离骚》："济沅湘以南征兮，就重华而陈词。"

【汇评】

黄生《杜工部诗说》卷五：此虚实相间格。一、二目前景，所以兴三、四。五、六意中景，所以起七、八。格局庄整，句法精炼，词旨深浑。从来人止脍炙前作耳，盖彼诗之妙易见，此诗之蕴难窥也。

吴瞻泰《杜诗提要》卷一〇：起二句，倏忽阴晴，湖光万顷，唯兼而有之，始能描出一幅岳阳楼图，而用之发端尤难。"阔"字、"孤"字、"兼"字、"属"字，皆炼得工峭，非此亦描不出。后半全以比兴发其意。

夏力恕《杜诗增注》卷一九：起联括尽此楼，中间更不呆写，结束若断若续，空中四映，篇法收拾到此，巧岂在规矩外。

南　征

春岸桃花水，云帆枫树林①。偷生长避地，适远更沾襟。老病南征日，君恩北望心。百年歌自苦，未见有知音。

【题解】

春水涨溢，白帆飘忽，桃花夹岸，枫树成林。为了苟全性命，不能不四处逃难，浪迹天涯，如今又将远去衡湘，如何不潸然泪下。我一心期待北归报答君主厚遇之恩，眼下以老病之身，却不得不乘舟南行。我将百年心事全付之诗篇，可叹至今未有知音，能体察我歌中之意。诗作于大历四年(769)春，杜甫由岳阳出发，拟往潭州投靠韦之晋。

【注释】

①《汉书·沟洫志》："来春桃华水胜，必羡溢，有填淤反壤之害。"颜师古注："《月令》：'仲春之月，始雨水，桃始华。'盖桃方华时，既有雨水，川谷冰泮，众流猥集，波澜盛长，故谓之桃华水耳。"

【汇评】

边连宝《杜律启蒙》五言卷九：首联，南征之景；次联，南征之故；三联，因南征而北望；末则伤世无知己也。

杨伦《杜诗镜铨》卷一九引刘须溪曰：此等不忍再读。

归　梦

道路时通塞，江山日寂寥。偷生唯一老，伐叛已三朝。雨急青枫暮，云深黑水遥①。梦归归未得，不用楚辞招②。

【题解】

归梦，归长安之梦。"思归之惨，梦寐不忘，而终以兵戈不得遂，不便频频题曰思归,特曰归梦,言梦中亦以道途梗塞,阻我归计也"(汪灏《树人堂读杜诗》卷二二)。各地战乱此起彼伏,北归的道路总是无法贯通,江山气象眼看日渐萧索。兴兵伐乱已经过去了三朝,我一直未获任用,在逃难中一天天变老。楚地风骤雨急,长安云黑水深,梦中尚且归乡不成,何用再作楚辞招魂。恐怕从此生为异地之人,死作他乡之鬼。

【注释】

①青:原作"清",据他本改。

②梦归归未得:一作"梦魂归亦得"。

【汇评】

吴瞻泰《杜诗提要》卷一〇:前半不得归之由,是推原语。后半梦归亦不可得,是题之正面。白山所谓一层语两层意也。白山云:五、六以梦中所历,暗应次句,直唤七、八。梦境阴惨,令人毛竖,语意与"魂来枫林青,魂反关塞黑"相似。此首不出"魂"字,命意尤深。七、八即"老魂招不得,归路恐长迷"意。然彼作疑词,此作决词,言愈切而意愈悲也。

张远《杜诗会稡》卷一二:归不得而托之梦,至梦而犹不得归,其情滋戚矣。

边连宝《杜律启蒙》五言卷八:惟道路有时通塞,故江山日见寂寥。一老偷生,以道路多塞也;三朝伐叛,则江山日寂寥矣。上四乃归梦之由,五、六总是梦中迷离之象,即所谓"梦归未得"者也。末用翻结,最醒最健。

过南岳入洞庭湖

洪波忽争道,岸转异江湖。鄂渚分云树,衡山引舳舻。翠牙穿裛桨,碧节上寒蒲①。病渴身何去,春生力更无。壤童犁雨雪,渔屋架泥涂。攲侧风帆满,微冥水驿孤。悠悠回赤壁,浩浩略苍梧。帝子留遗恨,曹公屈壮图②。圣朝光御极,残孽驻艰虞。才淑随厮养,名贤隐锻炉。邵平元入汉,张翰后归吴。莫怪啼痕数,危樯逐夜乌。

【题解】

　　大历四年初春,杜甫携家人由岳阳南下,将过访南岳衡山,进入洞庭湖时赋有此诗。湖水波涛汹涌,争道而出。舟船逆流而上,转过堤岸,进入湖中,景象便与江面迥然不同。回首北望,天边的云树应该就是鄂渚的分界处吧,可惜我离它们越来越远了,船儿如今直奔南方的衡山。春天到了,老人往往慵困无力,何况我患有消渴之疾。岸上柔嫩的茭白抽出瘦芽,香蒲在清寒中吐出绿节,年轻的农人正在犁耕雨雪浸润的田地,渔民也忙着整修架在泥涂上的房子。风越来越大,欹侧的船帆鼓动而饱满,水驿被迅速抛在后面,逐渐模糊不清。我原本想去看看烧掉曹操雄心壮志的赤壁,谁知不得不前往娥皇、女英留下千古幽恨的苍梧。此时长安虽已收复,可叛乱尚未平息,贤才沦落草野,高士远害全身。唯独我如那些绕着危樯盘旋、无处栖息的乌鹊,我又如何能不啼痕满面?

【注释】

　　①桨:一作"蒋"或"浆"。裹蒋,瘦嫩的茭白。上:一作"吐"。
　　②帝子:指尧之女舜之妃娥皇、女英。舜崩苍梧,二女投湘水死。

【汇评】

　　吴瞻泰《杜诗提要》卷一三:前幅一路写景,忽起赤壁、苍梧之感,亦征途恒事耳。然诗中之波澜,全在于此。乃借帝子、曹公而入今时寇乱,致才贤皆隐去,飘泊无依耳。排律尤恶平叙,得此一振其势,不虞末路之易竭矣。

　　浦起龙《读杜心解》卷五之四:前八句,明意中所向;中八句,正身之所经;后八句,结出不得已而为此行之故。

宿青草湖①

　　洞庭犹在目,青草续为名。宿桨依农事,邮签报水程。寒冰争倚薄,云月递微明。湖雁双双起,人来故北征。

洞庭湖还在眼前,马上又要进入青草湖了,两湖原本相连。湖边停泊着许多小船,那是种田的农民前来耕作,因离家较远,晚上暂栖于此。我也将船紧靠着停下,看着岸边的邮签推算今日水行的里程。水面浮动的冰块不断挤向小船,月儿从云层中透出微弱的光芒。湖边栖息的大雁为人所惊动,成双成对飞向北边。

【注释】

①青草湖:在湖南岳阳西南,因南岸有青草山而得名。《元和郡县图志》卷二七"岳州巴陵县":"巴丘湖,又名青草湖,在县南七十九里,周回二百六十五里,俗云古云梦泽也。"

【汇评】

吴瞻泰《杜诗提要》卷一〇:通首俱写"宿"字,两句一意。其地其时其景其情,有不甘宿此之感。"农事",田家春作也。"邮签",驿舍传递也,湖与白沙驿相近。薄,迫也。春寒冰解,或倚或迫,犹"争"然。云中之月,或微或明,犹"递"然。写景工妙,四句强生别解而意反晦。一结以"起"字翻醒"宿"字,怨及无情,妙在插"人来"二字在句中,便似雁有心与人相反。

仇兆鳌《杜诗详注》卷二二:上四宿湖之事,下四对景言情。南有青草,北为洞庭,一湖两名,故曰续为名。孤舟防盗,故须宿依农畔。水程夜泊,故闻驿报更筹。倚薄曰争,见寒冰交侵而竞迫。微明曰递,见云月迭掩而迭开。

刘濬《杜诗集评》卷一〇引李因笃曰:有意写大而大,见岳阳楼作是也;无意写大而大,见青草湖作是也。有意不露痕迹,无意正堪寻绎。

宿白沙驿① 初过湖南五里

水宿仍余照,人烟复此亭。驿边沙旧白,湖外草新青。万象皆春气,孤槎自客星。随波无限月,的的近南溟②。

　　舟行水上,茫茫一片,心中不免惶恐。夕阳西下之际,终于复见人烟,停宿在青草湖外五里的白沙驿。驿站之白沙,依旧如霜雪,青草湖外已是芳草萋萋。在这万象更新的春天,我却孤舟远行,漂泊无依。波中之月如此明亮,看来我确实快要到南海了。

【注释】

　　①白沙驿:又作白沙戍,故址在今湖南湘阴县三塘镇附近。《嘉庆重修一统志》卷三五五"长沙府":"白沙戍,在湘阴县北五十七里湘江上。唐有驿,久裁。"

　　②月:一作"景"。

【汇评】

　　黄生《杜工部诗说》卷五:三、四,即景见地见时;五、六,即景见事见意,巧法兼备。枯木为槎,故不被春气,喻天泽之不已沾也。七、八,即承"孤槎"句,暗反庾赋语,然亦勉强自宽之词。前诗先见地,后点"宿"字,此诗反之,是章法变化处。

　　吴瞻泰《杜诗提要》卷一〇:漪堂云:此写水宿之景,而归重在"孤槎自客星"一句。一、二对起,"此"字指驿也,"亭"即"人今亦故亭"之"亭"。三、四见地,拆两地名为句,而炼以"新""旧"字,点染极工巧。六是主笔,以春风陪衬出之,益见乘槎者之孤。庾子山《哀江南赋》:"舟楫路穷,星汉非乘槎可上。"公用其语,即景写意,有枯槎不被春气之感。一"皆"字、一"自"字,对看分明。七、八故作幸词,谓乘槎泛月,即夕可近南溟,则又反言以结之,正与前半日复一日,对面写照,法奇而变。

湘夫人祠①

　　肃肃湘妃庙,空墙碧水春。虫书玉佩藓,燕舞翠帷尘。晚泊登汀树,微馨借渚蘋②。苍梧恨不尽,染泪在丛筠③。

肃然整饬的湘妃庙,如今冷落荒凉,只留下空墙面对着一泓春水。神像为虫所蚀,苔藓斑驳;翠帷为燕泥所污,布满灰尘。傍晚泊舟于祠庙旁,登上长满绿树的汀州,借水中的芳草聊以表达对二妃的敬意。二妃当日不得跟随舜帝前往苍梧,遗恨不浅,那湘妃竹就是她们的泪水所染。

【注释】

①湘夫人祠:即黄陵庙,故址在今湖南湘阴三塘镇黄陵山下,祀娥皇、女英。

②馨借:一作“香惜”。

③尽:一作“浅”。染泪:一作“泪染”。

【汇评】

黄生《杜工部诗说》卷五:此近体中之《九歌》也。结以夫妇喻君臣,意易见。春时仅空墙、碧水,其荒凉之状可想矣。三、四再写二语,景虽荒凉,语转浓丽。五事实,六意虚。“微馨”,用“黍稷馨香”。“渚蘋”,用“蘋蘩可荐”。不曰“荐”而曰“借”,表己欲荐之诚而已。结倒叙,因“染泪在丛筠”,故知“苍梧恨不浅”。苍梧何恨? 恨不得从舜也。用本色作收,而作者自喻之旨自见。开口“肃肃”二字,即令人凛然起敬。较李群玉之“二女啼妆”“九疑如黛”,不离文士轻薄口角,渎神甚矣。公诗发源于《楚辞》,波阔故自老成。其迹藉三唐,即此二字可见,岂待一结含蕴深厚,然后高踞百尺楼上哉! 四因舜事,直取《虞书》“百兽率舞”字入句。虫书叶成字事,亦出《汉书》,对亦不苟。细读此诗,正可方驾《禹庙》一律也。

吴瞻泰《杜诗提要》卷一〇:“禹庙空山里,秋风落日斜”,接句拓开,《湘夫人祠》亦然。而劈空著“肃肃”两字,凛然令人起敬。“玉佩”“翠帷”,硬装四字,写荒凉景象。言无所谓玉佩也,只虫书之藓而已;无所谓翠帷也,只燕舞之尘而已。前半写庙已毕,五、六自叙晚泊荐馨,与上文截住。七、八更从庙中咏叹,得断续承应之妙。

祠南夕望

　　百丈牵江色,孤舟泛日斜。兴来犹杖屦,目断更云沙。山鬼迷春竹,湘娥倚暮花①。湖南清绝地,万古一长嗟。

【题解】

　　诗与前首同时而作。"前诗言晚登,但瞻祠耳,此更从祠南而夕望"(顾宸《辟疆园杜诗注解》五律卷一二)。斜阳下,孤舟默默泊于岸边。碧绿的江水,如长长的竹缆牵引而至。游览黄陵庙罢,兴致不减,拄杖更行。远处云沙渺茫,春竹惝恍,暮花迷离,似有山鬼出入,若闻湘娥悲泣。湖南这个清秀绝顶之地,历来却为迁客骚人所游处,不能不令人长嗟。

【注释】

　　①屈原《九歌·山鬼》:"余处幽篁兮终不见天。"

【汇评】

　　黄生《杜工部诗说》卷五:此近体中之《吊屈原赋》也,结亦自寓。泛舟之际,江中景色已佳,兴来犹复杖屦登临,目断更觉云沙飘缈。既而日夕空祠,仿佛湘娥山鬼。灵均所赋,若或见之。因叹地虽清绝,而俯仰兴怀,万古其一长嗟也。七句收前半,八句收五、六。言"古"见今,却不露"今"字。言"一"即"共",却不用"共"字。借酒杯浇块磊,并"屈原"字亦不露。山鬼、湘娥,即屈原也,屈原即己也。哀歌时自短,短至五字,以此思哀,哀可知已。"迷",我迷;"倚",彼倚。与"野花留宝靥,蔓草见罗裙"同法。二字下得虚实恍惚,易以他字即呆矣。

　　仇兆鳌《杜诗详注》卷二二:上四日夕望祠,下四望中之情。舟泛日斜,来途已远,故杖屦登岸,犹如昨日,而目断湘祠,渺隔云沙矣。回想花竹幽冥,倍觉吊古凄凉耳。

　　又引张綖曰:如此清绝之地,徒为迁客羁人之所历,此万古所以同嗟也。结语极有含蓄。

登白马潭^①

水生春缆没，日出野船开。宿鸟行犹去，丛花笑不来^②。人人伤白首，处处接金杯。莫道新知要，南征且未回。

【题解】

昨晚春水上涨，淹没了系着的船缆。清晨太阳升起，这艘夜泊荒野的小船就要继续南下了。伴宿于船旁的水鸟，追随船儿飞了一段距离还是停下了；岸上的丛花仿佛在对我微笑，无奈船儿行进缓慢，好久也走不到它们的身边。人们都同情我年老依然漂泊，处处为我设宴倾杯，不要再提这些新交之友的邀请了，我现在一心南行，不会掉转船头回去了。

【注释】

①登：一作"发"。白马潭：在今湖南湘阴湘滨镇白马寺社区，一说未详。

②丛花：一作"花丛"。

【汇评】

王嗣奭《杜臆》卷一〇：潭在上水，故云登。春水方生，逆流而上，故缆没。船日出而后开，亦以逆流故。宿鸟必水宿之鸟，鸟虽步行，犹先我舟而去。岸有丛花，对我而笑，不肯便来，状逆水行舟之难也。舟之难进如此，纵使人人伤我之白首，处处接我以金杯，莫道赴新知为紧要事，只管南征，且未思回也。盖因行舟之难而思返也。后四句虚说，不然安得处处金杯乎？大抵上水之舟，便于使风，不便于牵缆；况水生时更难。"缆没"真景，他人未必写入诗者。

边连宝《杜律启蒙》五言卷九：首二题事已毕。三、四，即景寓情，以鸟去而花不来，兴人情之薄也。下四言伤白头而接金杯，新知似可恃矣，然殊泛泛而无紧要也，且南征而不回耳。

上水遣怀

我衰太平时，身病戎马后。蹭蹬多拙为，安得不皓首。
驱驰四海内，童稚日糊口。但遇新少年，少逢旧亲友①。低颜
下色地，故人知善诱②。后生血气豪，举动见老丑。穷迫挫囊
怀，常如中风走③。一纪出西蜀，于今向南斗。孤舟乱春华，
暮齿依蒲柳④。冥冥九疑葬，圣者骨亦朽。蹉跎陶唐人，鞭挞
日月久。中间屈贾辈，谗毁竟自取。郁没二悲魂，萧条犹在
否⑤。峭崒清湘石，逆行杂林薮。篙工密逞巧，气若酣杯酒。
歌讴互激远，回斡明受授⑥。善知应触类，各藉颖脱手⑦。古
来经济才，何事独罕有。苍苍众色晚，熊挂玄蛇吼。黄罴在
树颠，正为群虎守。羸骸将何适，履险颜益厚。庶与达者论，
吞声混瑕垢。

【题解】

诗作于大历四年赴长沙途中。"总纪由岳至潭州、衡州之程，牵舟上
水，无限迟滞，无限从容，沿途闲玩，沿途感慨，别有一种旅思"(汪灏《树人
堂读杜诗》卷二二)。天宝以前，我的生活就不如意，等到战争到来，贫病交
加，日子更加艰难。贬官入幕，蹭蹬难遇，携子远游，四海漂泊，亲友凋丧，
无人可依，不免低颜下色，又为后生所鄙薄。穷苦之际，追思囊昔，如中风
狂走。从乾元年间入蜀，到去年出川，浪迹天涯将近十二年了，如今又要孤
舟南行。前方即将抵达的九嶷山，是大舜安葬之处，岁月流逝，想必他的圣
骨已朽。而流放至此的屈原、贾谊等人，也是遭受谗言所致，不知他们的忠
魂是否尚存。水中石露，舟行艰难；岸多林薮，水路易迷。舟人前呼后
应，逞奇斗巧。自古以来，经济之才总是触类旁通，如敏捷之操舟者胸有成
竹。到了傍晚，舟行于雾霭之中，峰峦冥冥，林木恍惚，令人心惊胆寒。我

1488

冒着巨大风险,究竟将要去向何方? 或许只有达者才能理解我,我仅仅想浮沉吞声,混入世俗,以求相安罢了。

【注释】

①曹植《送应氏诗二首》其一:"不见旧耆老,但睹新少年。"旧亲:一作"亲旧"。

②低颜下色地:一作"低头下邑地"。

③《后汉书·朱浮传》:"而伯通独中风狂走,自捐盛时。"

④华:一作"草"。

⑤没:一作"愠"。

⑥远:一作"越"。受:一作"相"。

⑦善:一作"盖"。

【汇评】

吴瞻泰《杜诗提要》卷四:诗恶排序而贵错综,其势合者必割之使分,联者必散之使断,或参之议论以疏其势,或假之景物以离其群。要在于平坡千里中,忽然奇峰耸起,岭已断而云联,径才分而路合,如此则变化在手,头绪不棼。看此诗之断处离得奇,乃知其续处连得巧,其于结构最留意者也。前四段皆积怀不可遣处,结尾始煞出遣怀。

浦起龙《读杜心解》卷一之六:此因水路漂流而历溯恶况。中间即地即事,杂书所触,末乃归之混俗以遣怀也。"我衰"八句,漂流至老之感,乃统述从前。"低头"八句,叙客途交态,乃历来所以不安其身,而飘飘远适之故。盖即有故人诱接之邦,每多后生轻薄之辈,是以无处可长依也。"孤舟"十二〔十〕句,即地所触。仇云"上水而动吊古之思",是也。"嵯岑"十句,即事所触。上水而见舟师之习熟,因悟凡事皆有动变如神之用。"明授受"者,首动尾应,极形容行所无事,喻于不言之妙。"苍苍"八句,喻言世途险惑,而衰年远涉,故将吞声混俗,不敢相犯也。此更历世态语,亦正与后生血气相关照。"熊""虎"等句,夺胎招魂。

遣　遇

磬折辞主人,开帆驾洪涛①。春水满南国,朱崖云日高②。
舟子废寝食,飘风争所操③。我行匪利涉,谢尔从者劳。石间
采蕨女,鬻菜输官曹④。丈夫死百役,暮返空村号。闻见事略
同,刻剥及锥刀。贵人岂不仁,视汝如莠蒿。索钱多门户,丧
乱纷嗷嗷。奈何黠吏徒,渔夺成逋逃。自喜遂生理,花时甘
缊袍⑤。

【题解】

在阳光初高的清晨,我鞠躬辞谢岳阳的友人,踏上了前往潭州的旅程。
此时春水铺满南国,湘江两岸崖壁赤红,回风不时掀起恶浪,水路并不顺
利。船夫奋力搏斗,一路乘风驾浪,我特意向他们表示感谢。途中我看见
一位在山石间采摘蕨菜来缴纳赋税的妇女,她的丈夫早已死于各种差役,
晚上回到荒凉的村落,她失声痛哭。这样的情形非常普遍,在官府的盘剥
之下,家家户户连锥刀之末那样细小的财物都没有办法留下。那些所谓的
贵人,简直就把村民当作野生的杂草,索钱的名目真是多种多样,强取豪
夺,逼得村民四处逃亡。想到在春暖花开的时节还有件破袍子,我为自己
感到庆幸。"题曰'遣遇',盖谓己虽遇风涛之险,然犹得遂其生理,不若编
户迫于征役,死亡离散,更为可哀,故以此自遣也"(黄生《杜工部诗说》卷
二)。

【注释】

①磬折:作揖时弯腰如磬,表示谦恭。

②《太平御览》卷六五引《湘中记》:"湘水至清,虽深五六丈,见底了了
然,……白沙如雪,赤岸如朝霞。"

③废寝食:原作"寝废食",据他本改。

④菜:一作"市"或"米"。

⑤甘:一作"贳"。缊袍:旧绵衣。《论语·子罕》:"衣敝缊袍,与衣狐貉者立而不耻者,其由也与。"

【汇评】

浦起龙《读杜心解》卷一之六:此篇中间大半,皆目击民穷、规切当事语。前后略及行踪旅况,则似规世为主,慨己为宾。然以身事起,以身事结。中间特借穷民之尤困者,作自己波澜翻剔,则仍是安遇为主,伤时为宾。起八句,言舟楫风涛之险,原非得已,忽然截住。中十二句,从采蕨寡妇触发出来,随以"闻见略同"句,推广畅论,极淋漓恺恻之致。结只两句收转,言我驾涛远涉,困亦甚矣,然较彼穷民,犹为"生理克遂",则亦"甘心缊袍"而已。通身神理一片,旧俱失之。

佚名《杜诗言志》卷一二:与集中《潼关》《石壕》诸篇相类。而吾独举此置解者,盖以此作之旨,在借此女可伤之事,以形容自家所处,则又比善于彼,犹为生理独遂也。是以所遇他人之苦,排遣自家所遇之苦,故谓之"遣遇"。然后知作诗之妙,顾又在于命题耳。

解　忧①

减米散同舟,路难思共济。向来云涛盘,众力亦不细。呀坑瞥眼过,飞樯本无蒂②。得失瞬息间,致远宜恐泥③。百虑视安危,分明曩贤计。兹理庶可广,拳拳期勿替④。

【题解】

想到舟行的艰难,我曾事先分给船夫一些粮食,期待同舟共济。果不其然,船儿在云涛之中穿梭往来,平安无虞,幸亏众人同心协力。他们把桨樯划得飞快,巨大的漩涡一闪而过。舟船在水中毫无根蒂,安危得失完全依靠瞬息间做出的判断。出门远行,难免会遇到一些不顺利的事情。前贤考虑事情,往往非常全面细致。把这个道理推广开来,不管做什么都能免于倾覆。

【注释】

①诗题一作"遣忧"。

②呀坑：漩涡中出现的深坑。坑：一作"帆"或"吭"。

③《论语·子张》："虽小道，必有可观者焉；致远恐泥，是以君子不为也。"宜：一作"犹"。

④《礼记·中庸》："得一善，则拳拳服膺而弗失之矣。"

【汇评】

浦起龙《读杜心解》卷一之六：此上水遇险，侥幸得脱，而举为前事之鉴，为处世者告也。

汪灏《树人堂读杜诗》卷二二：舟中实事，篙师估客不能言，文人又不屑言，而公独娓娓传之，遂为纪行者开无限生面。

刘濬《杜诗集评》卷四引李因笃曰：学问中语，出险分米，安不忘危，推之即博济之功。然语意自超脱，笔力高，故所挥如意。

入乔口① 长沙北界

漠漠旧京远，迟迟归路赊。残年傍水国，落日对春华。树蜜早蜂乱，江泥轻燕斜②。贾生骨已朽，凄恻近长沙。

【题解】

我一路南行，离长安越来越远；离长安越来越远，归家也就越来越难。南方春意盎然，蜜蜂早早四处寻芳，江燕轻盈斜飞衔泥。夕阳虽好，可想到就要在泽国水乡了此残生，不免黯然神伤。才华特出如贾谊，也曾弃掷于长沙，后来郁郁而终。贾谊早已不在人世，我却又来到长沙，如何令人不凄恻怆然。

【注释】

①乔口：乔江入湘江处，在长沙西北，即今湖南长沙望城区乔口镇。

②树蜜:即枳椇子。晋崔豹《古今注·草木》:"枳椇子,一名树蜜,一名木饧,实形拳曲,花在实外,味甜美如饧蜜。"

【汇评】

黄生《杜工部诗说》卷五:一、二,步步入南,心心怀北,写出此行万非得已。三足上,四起下,五、六又倒贴三、四,结见地,应转起语。中联言是物皆有生意,而己独迫残年,近此贾生葬骨之地,彼少年且尔,吾其能免乎?"凄恻"二字,如见其神色惨沮之意,而此一诗,竟成自谶,可哀也矣!

仇兆鳌《杜诗详注》卷二二:上四自叙行踪,下四流落之感。言故乡遥隔,而老客他方,曾不如虫鸟之自适矣。况长沙地近,能无今古同悲乎?

北风 新康江口信宿方行①

春生南国瘴,气待北风苏。向晚霾残日,初宵鼓大炉②。爽携卑湿地,声拔洞庭湖。万里鱼龙伏,三更鸟兽呼。涤除贪破浪,愁绝付摧枯。执热沉沉在,凌寒往往须③。且知宽疾肺,不敢恨危途。再宿烦舟子,衰容问仆夫。今晨非盛怒,便道即长驱④。隐几看帆席,云山涌坐隅。

【题解】

南国春天就产生了瘴气,需要北风来吹散它。前日临近傍晚,天气突变,阴霾蔽日,到了半夜刮起了大风。卑湿之地顿时清爽起来,洞庭湖涛声远扬,鱼龙吓得潜藏于水底,鸟兽在三更半夜狂呼乱叫。我想乘此长风而远行,又担心狂风摧枯拉朽,将船儿倾覆。我患有肺气病,最害怕湿热,喜欢凉爽的天气,对于猛烈的北风一点也不排斥。在新康江口住了两晚之后,感觉风势稍弱,就催促船家解缆启航。坐在船舱中,靠着那张乌皮旧几,我兴致勃勃地欣赏云山涌起,来帆片片。

【注释】

①新康江:发源于湖南宁乡大沩山的沩水,流入望城区的一段称为新

康江,在望城新康乡(今并入高塘岭街道)注入湘江。

②《庄子·大宗师》:"今一以天地为大炉,以造化为大冶。"

③《诗·大雅·桑柔》:"谁能执热,逝不以濯。"

④宋玉《风赋》:"夫风生于地,起于青蘋之末,侵淫溪谷,盛怒于土囊之口。"即:一作"却"。

【汇评】

张溍《读书堂杜诗注解》卷一九:前写风势之盛,后言信宿之情。

翁方纲《杜诗附记》卷下:句句提笔,可悟书家悬腕之理矣。

铜官渚守风①

不夜楚帆落,避风湘渚间②。水耕先浸草,春火更烧山③。早泊云物晦,逆行波浪悭。飞来双白鹤,过去杳难攀。

【题解】

为了避风,天还没有黑,就落帆将船停靠在铜官渚。这里还沿袭着火耕水耨的耕作方式,冬日蓄水浸田,春日放火烧山。我们泊船的时间虽然尚早,但天空很快就暗了下来。如果逆风而行,波浪也实在太大。远处飞来一对白鹤,真羡慕它们能迎风翱翔。

【注释】

①铜官渚:又名铜官浦,在今湖南望城铜官街道。

②不夜:未入夜。不,一作"亦"。

③《汉书·武帝纪》:"江南之地,火耕水耨。"颜师古注引应劭曰:"烧草下水种稻,草与稻并生,高七八寸,因悉芟去,复下水灌之,草死,独稻长,所谓火耕水耨。"

【汇评】

仇兆鳌《杜诗详注》卷二二:首二,铜渚守风。三、四,渚前之景。下四,守风有感。未夜收帆,为避风也。浸草作粪,烧灰拥田,皆楚地春农事。云物冥晦，而浪阻行舟，不若飞鹤之乘风自适矣。

刘濬《杜诗集评》卷一〇引李因笃曰：触目所得，以手追之，其语工，故足传也。兼藉志土风方物矣。

双枫浦①

辍棹青枫浦，双枫旧已摧。自惊衰谢力，不道栋梁材。浪足浮纱帽，皮须截锦苔。江边地有主，暂借上天回。

【题解】

暂时将船停靠在青枫浦，看见浦口的那两株枫树已经枯死。我近来每每惊叹精力日渐衰歇，没有想到栋梁之材也能腐朽成这样。不过，将它们从江边的主人那里借来，截去斑驳陆离、长满苔藓的树皮，放入江中，还是足以浮载我这老头漂到天上去。

【注释】

①双枫浦：即青枫浦，在湖南浏阳城南。一说在今长江岳麓山东南前方江浦，瓦官水（今名靳江河）入湘江的水口东北，官船所在的南湖港。

【汇评】

仇兆鳌《杜诗详注》卷二二：此全是托物喻意。言停舟枫浦，见双树久摧，自从衰谢以后，人但惊其精力已竭，又谁道未衰之先，材堪栋梁乎？今兀立江干，浪高而枫顶微露，似浮纱帽，波平而皮藓半呈，如截锦苔。其摧朽若此，我欲问江边地主，借作上天浮槎，庶不终弃于无用耶。

浦起龙《读杜心解》卷三之六：全章都从枫摧托意，盖自寓也。地名虽号青枫，其实双枫已成枯树，略似槎形。会得此意，便不讶此诗设想奇奥矣。

杨伦《杜诗镜铨》卷一九：前半完题，后半又作因败为功想。

岳麓山道林二寺行①

　　玉泉之南麓山殊,道林林壑争盘纡②。寺门高开洞庭野,殿脚插入赤沙湖③。五月寒风冷佛骨,六时天乐朝香炉④。地灵步步雪山草,僧宝人人沧海珠⑤。塔劫宫墙壮丽敌,香厨松道清凉俱⑥。莲花交响共命鸟,金榜双回三足乌⑦。方丈涉海费时节,玄圃寻河知有无。暮年且喜经行近,春日兼蒙暄暖扶。飘然班白身奚适,旁此烟霞茅可诛⑧。桃源人家易制度,橘洲田土仍膏腴。潭府邑中甚淳古,太守庭内不喧呼。昔遭衰世皆晦迹,今幸乐国养微躯。依止老宿亦未晚,富贵功名焉足图。久为野客寻幽惯,细学何颙免兴孤⑨。一重一掩吾肺腑,仙鸟仙花吾友于⑩。宋公放逐曾题壁,物色分留与老夫⑪。

【题解】

　　在当阳玉泉寺以南,岳麓山寺最为特殊,而坐落在山林沟壑中的道林寺则更为幽静。它高开的寺门,正对着洞庭湖;它大殿的一脚,又仿佛插入了赤沙湖。时值五月,大殿依然凉风飕飕,连佛骨都禁不住这寒意。寺庙香火很盛,昼夜燃着香炉,多宝寺塔壮丽,香积厨道清凉,莲池里雕有共命鸟,匾额上刻有三足乌,僧人个个如沧海明珠,拜谒的香客如踩着雪山香草。渡海去寻找方丈、蓬莱等仙山只是浪费时间,穷尽河源去追踪玄圃也未必有所收获,不如就到岳麓山寺、道林寺这美如仙境的地方。暮年能够来到这里,我十分高兴,何况春意尚浓,可以扶杖而游。我白发苍苍,飘然将归何处?不如就此依傍烟霞,筑室卜居。桃花源里虽然换了朝代,但橘子洲头的田地依然膏腴。潭州城内民风淳朴,太守府内悄无声息。从前人们遭逢乱世都韬光养晦,如今我幸好寻觅到乐土来修养病体。富贵功名不值得去贪图,现在投奔老禅师也不算晚。我早已习惯如谢灵运那样寻幽访胜,此时再慢慢学习周颙清心寡欲。这里的一山一水都如同我的肺腑,一鸟一花都似我的兄弟。宋之问放逐岭南曾在此赋诗题壁,他把当年所见的景色留给了老夫。

【注释】

①岳麓山、道林二寺:在湖南长沙岳麓山。岳麓山寺在山上,道林寺在山下。

②玉泉:玉泉山,在今湖北当阳,上有隋智顗禅师所创玉泉寺。

③赤沙湖:故址在今湖南南县。隋唐时,夏秋水涨,与洞庭湖相连。

④佛:一作"拂"。

⑤雪山草:《楞严经》载,雪山上有一种大力白牛,食雪山中香草,饮雪山清水,其粪可和旃檀。僧宝:僧众。

⑥塔劫:佛塔。劫,一作"级"。宫:原作"官",据他本改。墙:一作"坛"。香:一作"石"。凉:一作"崇"。

⑦花:一作"池"。共命鸟:佛经言雪山有神鸟,一身两头,人面禽形,自鸣其名。

⑧身:一作"将"。

⑨野客:此指晋谢灵运,小名客儿,其为永嘉太守,喜寻幽探胜。野,一作"谢"。何颙:当为周颙,南朝齐人,官至著作郎,著《三宗论》,兼善《老》《易》,于钟山西建隐舍,清贫寡欲,终日蔬食。

⑩仙鸟仙花:一作"山鸟山花"。

⑪宋公:此指宋之问。与:一作"待"。

【汇评】

佚名《杜诗言志》卷一二:此先生疲于奔迫之余,暂纾其家国危亡之忧,而欲游心域外,以寄其旷达之怀者,然非其真也。

夏力恕《杜诗增注》卷一九:七言长古,通体偶句绝少,此篇除起结外,无联不对,而流衍跌宕,何尝散行,真有盖世之气。

杨伦《杜诗镜铨》卷一九:前半述二寺之胜,后半思欲结庐终老。一气抒写,如珠走盘,所谓文如翻水成,初不用意为者,足以见公诗境之愈老而愈熟。

清明二首

其一

朝来新火起新烟,湖色春光净客船①。绣羽衔花他自得,红颜骑竹我无缘②。胡童结束还难有,楚女腰肢亦可怜。不见定王城旧处,长怀贾傅井依然③。虚沾周举为寒食,实藉严君卖卜钱④。钟鼎山林各天性,浊醪粗饭任吾年。

【题解】

　一大早起来赶路,天气放晴,小舟荡漾在一片湖光春色之中。时届清明,家家户户钻着新火,五彩斑斓的鸟儿飞来飞去,天真无邪的儿童嬉戏玩闹。小孩们独特的民族服饰已经很少见到了,纤细美丽的楚女却还时在目。昔日辉煌的定王府了无踪迹,贾谊担任长沙王太傅时留下的古井还保留着原来的模样。虽然只需要禁火三日,无奈经济拮据,无钱购买食物蒸煮,不能不辜负周举的好意。人的一生,究竟是钟鸣鼎食还是隐逸山林,那全凭天意,而我只要有粗茶淡饭来颐养天年就足够了。

【注释】

　①新火:旧俗清明前二日禁火寒食,至清明节再起新火。
　②衔:一作"冲"。
　③定王城:汉长沙定王名发,景帝之子,景帝二年封王,建都于长沙。贾傅井:盛弘之《荆州记》载,湘州南市之东,有贾谊宅,宅中有井,小而深,上敛下大,状似壶,即谊所穿也。
　④周:原作"焦",据他本改。《后汉书·周举传》:"举稍迁并州刺史,太原一郡,旧俗以介子推焚骸,有龙忌之禁,至其亡月,咸言神灵不乐举火,由是士民每冬中辄一月寒食,莫敢烟爨,老小不堪,岁多死者。举既到州,乃作吊书以置子推之庙,言盛冬去火,残损民命,非贤者之意。以宣示愚民,

使还温食。于是众惑稍解,风俗颇革。"

【汇评】

仇兆鳌《杜诗详注》卷二二:此章先咏长沙景事,后及清明感怀,在六句分截。新火春光,点叙清明。鸟衔花、儿骑竹、童装胡服、女作细腰,此皆舟前所见者。定王城、贾傅井,思长沙遗迹也。寒食之时,周举虽开火禁,而舟鲜熟食,故曰虚沾,此皆无钱之故,因思君平卖卜以自给。浊酒粗饭,即舟中饮食。

其二

此身飘泊苦西东,右臂偏枯半耳聋。寂寂系舟双下泪,悠悠伏枕左书空。十年蹴鞠将雏远,万里秋千习俗同①。旅雁上云归紫塞,家人钻火用青枫。秦城楼阁烟花里,汉主山河锦锈中②。风水春来洞庭阔,白𬞟愁杀白头翁③。

【题解】

身如浮萍,任意东西,已令人凄楚,何况疾病缠身,右臂瘫痪,左耳已聋。逢此佳节,舟中寂寞,潸然泪下;岁月悠悠,卧病枕上,仅能用左手在空中书写"咄咄怪事"四字。十年来,哪怕我已经流落到万里之外,但当地在清明节蹴鞠、荡秋千的风俗与故乡还是一样。大雁高飞入云,它们将回到北方的关塞,而我的家人还在江南用青枫取火。春去春又来,洞庭湖波光渺渺,面对繁盛的白𬞟,我这白头老翁不胜怅惋,掩映在锦绣堆中的长安,不知何时再能见到。

【注释】

①宗懔《荆楚岁时记》载,南方寒食日有打毬、秋千、施钩之戏。

②烟:一作"莺"。

③风水:一作"春去"或"春水"。

【汇评】

仇兆鳌《杜诗详注》卷二二:次章先慨飘流之迹,后叹清明景事,亦六句分截。系舟，承飘泊。左书空，应右臂枯。将雏远，远在楚中。习俗同，同于长安。紫塞雁，仍指长安。青枫火，又指楚中。秦城、汉主，思长安而不见也。洞庭、白蘋，叹楚中之淹滞也。

佚名《杜诗言志》卷一二：看他二首句句绾定清明，句句对照自己，而一顺一逆，极行文变化之能事。乃又恰是近体长句，所谓诗律之细，洵非老杜不能办也。

杨伦《杜诗镜铨》卷一九：前首从湖南风景叙起，说到自家；后首从自家老病说起，结到湖南，亦见回环章法。

发潭州①

夜醉长沙酒，晓行湘水春。岸花飞送客，樯燕语留人。贾傅才未有，褚公书绝伦②。高名前后事，回首一伤神③。

【题解】

昨夜犹在长沙痛饮酣眠，今日拂晓就将随湘江春水远行。茫然四顾，唯有岸上飞舞的落花为我送行；仰首而望，船樯上的春燕呢喃不休，似乎在热心地挽留我。贾谊的才华是世间罕有，褚遂良的书法也是绝伦无比，他们名高一时，却依然都贬谪长沙。才人志士，往往沦落不偶；回首往事，令人黯然神伤。

【注释】

①潭州：古代行政区，辖区多变，此指其治所，即今湖南长沙。
②褚公：褚遂良，曾贬为潭州都督。
③高名：一作"名高"。诗末原有注："褚永徽末放此州。"

【汇评】

金圣叹《唱经堂杜诗解》卷四：题是"潭州"，便从潭州上掇拾出贾、褚二人来，最是冬烘恶套。我欲骂之，彼便高援先生此诗为证。不知先生自有异样妙法，明明写出贾、褚，明明纸上反已空无一人。不惟无他人，乃至并无先生。此不知当日先生是何心血做成,亦不知圣叹今日是何眼光看出。总是前人心力不得到处,即后人心力亦决不到;若是后人心力得到之处,早是前人心力已到了也。千秋万岁之下,锦心绣口之人不少,特地留此一段话,要得哭先生,亦一哭圣叹。所谓回首伤神,辈辈皆有同心也。

黄生《杜工部诗说》卷七:此从潭州回棹之作也。夜醉于此,晓行于彼,见发舟时客尚在梦中。岸花飞如送客,则无人送焉者;樯燕语似留人,则无人留焉者。寥落之感,出以鲜俊之辞,故觉有味。贾、褚皆以忠节之士,前后放逐于此,然贾但以才名,褚但以书著,其立朝鲠亮之节,人或未之称焉。使其稍肯委蛇,岂有长沙之行哉。今重经此地,念及二公之事,自不禁回首伤神耳。

早　行

歌哭俱在晓,行迈有期程。孤舟似昨日,闻见同一声。飞鸟数求食,潜鱼亦独惊①。前王作网罟,设法害生成②。碧藻非不茂,高帆终日征③。干戈未揖让,崩迫开其情④。

【题解】

一路匆匆而来,每日停泊之地不同,但拂晓总可以听见或歌或哭之声。在这战火纷飞的日子,无论去留都难得安宁。飞鸟为求食而早飞,潜鱼也饱受惊吓之苦。前代圣王教人织网抓鸟捕鱼,没有想到鱼鸟却由此无法安生,而百姓的生活也无从好转。如今留在故乡,如鱼在碧藻而困于网罟;高帆远征,又似求食之飞鸟惶惶不可终日。眼下所有的灾难,都是战争所带来的。

【注释】

①数:一作“散”。亦:一作“何”。

②《易·系辞下》:“古者包犠氏之王天下也,……作结绳而为网罟,以佃以渔。”

③茂：一作"暮"。

④未：一作"异"。开：一作"关"。

【汇评】

黄生《杜工部诗说》卷二：飞鸟以求食故不能安居，鱼虽安居于水，而又有网罟之患。人在故乡，犹鱼在碧藻，其迫于干戈，犹困于网罟也。今此挂帆行迈，是以网罟之惊鱼转为求食之飞鸟。然则闻见关情，皆干戈崩迫使然，深叹宁静之无日也。

吴瞻泰《杜诗提要》卷四：借鱼、鸟以起兴，即借网罟而怨及前王，盖伤揖让之风远，而干戈之祸兴也。师古云：网罟所以养民，后世反因此而害物。赋敛所以平民，后世反以此而肆暴。追怨前王处，乃其深伤时事处，故曰"闻见同一声"，又曰"崩迫关其情"也。前后一气，而以比意透之，故自不觉耳。"碧藻"句，舟中景语，遥接"行迈"，正是离奇之笔，原与"潜鱼"无关，说诗者未可以词害意也。

野　望

纳纳乾坤大，行行郡国遥。云山兼五岭，风壤带三苗①。野树侵江阔，春蒲长雪消。扁舟空老去，无补圣明朝。

【题解】

流寓之远，方知乾坤之大、郡国之遥。此时已经身处三苗，旷野眺望，五岭依然在云雾缭绕的远方。江水上涨，浸泡着岸边的野树；积雪消融，掩埋其中的蒲草开始迅速生长。不能有所作为，一叶扁舟，空老于旅途，令人慨叹。

【注释】

①云：一作"雪"。三苗：古族名，其聚集地在今河南南部至湖南洞庭湖、江西鄱阳湖一带。

【汇评】

黄生《杜工部诗说》卷五:纳,容也。纳而又纳,无所不容也。五岭三苗,皆在包涵遍覆之内,乾坤之大可知。行行直至于此,郡国之遥可知。三、四极目之景,应起句。五、六目前之景,起"扁舟"字。七、八又挽合次句。三、四如画家写景。五岭,深远也;三苗,平远也。深远故曰"兼",平远故曰"带"。五、六,江涨直侵野树,前此树故在岸也;雪消始长春蒲,前此为雪所掩也。倒押成句。扁舟空老,无补圣明,明从国事起见,止作自咎之语,读《诸将》诗第三、第四首,即知此首言外之意矣。

浦起龙《读杜心解》卷三之六:斗然而来,飘然而去,格势绝佳。其脉理则首句虚悬,次句总含下六句。

宿凿石浦^①

早宿宾从劳,仲春江山丽。飘风过无时,舟楫敢不系^②。回塘澹暮色,日没众星嘒^③。缺月殊未生,青灯死分翳。穷途多俊异,乱世少恩惠。鄙夫亦放荡,草草频卒岁^④。斯文忧患余,圣哲垂象系^⑤。

【题解】

仲春二月,凿石浦风景秀丽。幸有同舟宾客与随从的帮助,我们才能够早早安歇。江边不时刮起大风,舟楫不敢随便栓系,只能移入回塘来躲避。太阳下沉,天气转黑,闪亮的群星出现了。时至初二,空中还见不到缺月,茫茫夜色里唯有惨淡的灯光在跳跃。俊异特出之士往往困于穷途,乱世之中很难得到他人的恩惠。我东飘西荡,不知不觉就上了年纪。文人经历了种种磨难忧患,说不定就会留下圣哲那样的传世之作。

【注释】

①凿石浦:又名枣石埠,故址在今湖南株洲天元区。

②敢不:一作"不敢"。

③《诗·召南·小星》:"嘒彼小星,三五在东。"

④卒:一作"年"。

⑤《易·系辞下》:"作《易》者,其有忧患乎?"象系:《易经》之《象辞》和《系辞》。相传文王蒙难而作《象辞》,孔子困厄而作《系辞》。

【汇评】

王嗣奭《杜臆》卷一〇:俊异因穷途而多,见穷之有益于人;恩惠因乱世而少,见处穷途者又当自安,不应以少恩责备乎人。鄙夫日在穷途,正天之所以益我;而不知自爱,放荡草草以卒岁。岂知有忧患后有斯文,斯文乃忧患之余,独不观圣哲以忧患而垂象系乎?公之自负如此,乃知其虽穷而有以自乐也。向使终身富贵,安有一部《杜诗》悬于日月乎?

浦起龙《读杜心解》卷一之六:前八后六分截。前八句,四叙遇风早宿事。"敢不系",即早宿也,仇本改作"不敢",非。四叙早宿时之景,笔力隽刻。后六句,本抱不平之怀,转为见道之语。落寞之中,每多奇士;分崩之际,定少高情,此古今同叹者。

咏怀二首

其一

人生贵是男,丈夫重天机。未达善一身,得志行所为。嗟余竟辙轲,将老逢艰危。胡雏逼神器,逆节同所归①。河洛化为血,公侯草间啼②。西京复陷没,翠盖蒙尘飞。万姓悲赤子,两宫弃紫微③。倏忽向二纪,奸雄多是非。本朝再树立,未及贞观时。日给在军储,上官督有司。高贤迫形势,岂暇相扶持。疲茶苟怀策,栖屑无所施。先王实罪己,愁痛正为兹。岁月不我与,蹉跎病于斯④。夜看丰城气,回首蛟龙池。齿发已自料,意深陈苦词⑤。

大历四年晚春,杜甫由潭州赴衡州,途中有感而作。"此二诗见公出处大节。前章谓志期济世而诎于衰病,后章谓既不能兼善便当独善,思为避世长往之计"(王嗣奭《杜臆》卷一○)。生而为大丈夫,要想建功立业,必须抓住时运机遇。未得志时独善其身,飞黄腾达则兼济天下,不负志向。可叹我一生竟然如此坎坷,到了老年还身处艰难危苦之中。当年安禄山僭越作乱,不少朝臣变节阿附,河洛一带染满了鲜血,公卿王侯啼哭于草间,西京长安落入胡虏之手,天子蒙尘出奔,百姓悲号如赤子无所依归。十二年一纪轮回,转眼十五年过去了,现在进入了叛乱之后的第二纪,而那些跋扈的藩镇依然为所欲为。代宗平定河北,驱逐吐蕃,使大唐重新树立了信心,但依然没有恢复到贞观盛世时的程度,眼下朝廷每日催促地方官员收纳军粮,那些官员迫于形势无暇扶弱救困,一些有才之士又沦落草野,疲惫劳苦,虽有良策而无从施展。先皇为此忧愁,下罪己诏痛自刻责。我自幼立下大志,如今岁月蹉跎,齿发日衰,流落于此,还能有什么指望。

【注释】

①神器:指社稷江山。范宁《穀梁传序》:"以废君为行权,是神器可得而窥也。"

②侯:一作"卿"。

③《晋书·天文志》:"紫宫垣十五星,其西蕃七,东蕃八,在北斗北,一曰紫微,大帝之座也,天子之常居也。"

④《论语·阳货》:"日月逝矣,岁不我与。"

⑤苦:一作"昔"。

【汇评】

浦起龙《读杜心解》卷一之六:首章,述素志也,为后首引端,公盖有志用世者。起四句,泛以人生立志言,重"得志行所为"一句,为全篇之主。"嗟余"一段,历述祸乱始末,此不得志之由也。"本朝"一段,极言时弊难挽,此不能行所为之叹也。末四句,见志虽在而身已老,反结"得志行所为"意。夫既值此时世,不能得志大行,则惟有飘飘远适而已。此所以为后首之引也。

杨伦《杜诗镜铨》卷一九:意思郁结,故诗体亦复如之。

其二

　　邦危坏法则,圣远益愁慕。飘飘桂水游,怅望苍梧暮。潜鱼不衔钩,走鹿无反顾。皦皦幽旷心,拳拳异平素。衣食相拘阂,朋知限流寓。风涛上春沙,千里侵江树①。逆行少吉日,时节空复度②。井灶任尘埃,舟航烦数具。牵缠加老病,琐细隘俗务。万古一死生,胡为足名数。多忧污桃源,拙计泥铜柱。未辞炎瘴毒,摆落跋涉惧。虎狼窥中原,焉得所历住。葛洪及许靖,避世常此路③。贤愚诚等差,自爱各驰骛。羸瘠且如何,魄夺针灸屡。拥滞僮仆慵,稽留篙师怒。终当挂帆席,天意难告诉。南为祝融客,勉强亲杖屦。结托老人星,罗浮展衰步④。

【题解】

　　国家危亡,纲纪紊乱,令人愈加怀念太平的时代。我随风飘摇,来到了湘桂,这里的苍梧山是舜帝埋骨之所。潜藏水底的鱼儿不会吞钩,奔走逃命的野鹿无暇回头。我拳拳救世之心,皎皎如日月,如今举止大异于往昔,只是由于生计无着、朋知远隔。猛烈的大风使波浪涌上了春渚,蜿蜒的江水浸湿了岸边树木。逆水行舟,也顾不上什么吉日,佳节就这样虚度了;四处奔波,行色匆匆,屡次换船,甚至来不及生火做饭。我又老又病,俗务冗杂,这样碌碌死生,有何意义。我忧心社稷,不敢去污染世外桃源;拙于谋生,不得不南奔衡州。哪怕衡州充斥着炎瘴之毒,我也没有停下南奔的脚步。中原沦为虎狼之地,盗贼肆虐,哪里能够长久居住。当年葛洪、许靖避乱南来,也是走了这条路。我与古人贤愚有别,但为了生存都得驰骋奔波。我身体羸弱,屡次依靠针灸救命,由此耽搁了行程,僮仆厌烦,船夫恼怒。我相信终当挂帆前行,只是天意难测,不知何时启程。我一路费尽心力来到南方,一定要去罗浮山栖身隐居,求仙访道。

【注释】

①千:一作"十"。侵:一作"浸"。

②少:一作"值"。

③葛洪,字稚川,自号抱朴子。少好神仙导养之法。闻交趾产丹砂,求为句漏令。后携子侄至广州,于罗浮山炼丹。许靖,字文休,于东汉末年避难至交趾。

④罗浮:山名,在广东省东江北岸。道教称之为"第七洞天"。

【汇评】

浦起龙《读杜心解》卷一之六:次章,叙近履也,为前首结局。起四句,两括上意,两提南行,南行乃一篇之主。"潜鱼"一段,述汲汲向南,自了生死之概。"多忧"一段,言所以不辞劳涉者,为欲急远虎狼,希踪避世,虽身惫役疲,终当一行也。结四句,足避世之意。

佚名《杜诗言志》卷一二:老杜写怀诗不一,而大略相似,以其所怀者不出此数事也。数事维何?以君国言之,则胡雏之逆节,乘舆之播迁,庙社之倾败,无以解其忧愤。以己事言之,则葵忠之莫献,直言之见放,遭时之乱离,无以喻其悲怨。以民生言之,则闾阎之凋敝,赋税之烦兴,上官之督责,无以释其哀痛。故偶一感触,即为嗟讼。此诗因将适湖南,感其漂泊之益远而作。

方东树《昭昧詹言》卷八:世人徒慕公诗,无一求通公志,故不但不能及之,并求真知而解之亦罕见。如公在潭州入湖南时《咏怀》二首,此公将没时,迫以衰病,心志沉恸,语言陷滞,诚若不可人意,然苟求其志,则风调清深,豪气自在,虽次第无端由,要见一种感慨叹息之情,终非他人所及。

过津口①

南岳自兹近,湘流东逝深。和风引桂楫,春日涨云岑。回首过津口,而多枫树林②。白鱼困密网,黄鸟喧嘉音。物微

1507

限通塞,恻隐仁者心③。瓮余不尽酒,膝有无声琴④。圣贤两寂寞,眇眇独开襟。

【题解】

船过津口,湘水从这里向东北远流而去,衡山就在附近了。春光融融,和风煦煦,舟楫轻快,云彩飞扬。两岸多是青青的枫树,渔网中随处可见困住的白鱼,黄鸟婉转的啼叫声时时传来。鱼鸟虽不足道,但它们不同的遭遇还是引发了仁者的恻隐之心。瓮里还有没喝完的酒,膝上横放着无弦琴,自古圣人贤士都很寂寞,唯独我有酒有琴,怡然自得,胸襟开阔。

【注释】

①津口:即今渌口,在湖南株洲渌口区湘江东岸。

②首:一作"道"。

③限:一作"恨"。

④《宋书·陶潜传》:"潜不解音声,而蓄素琴一张,无弦,每有酒适,辄抚弄以寄其意。"

【汇评】

吴瞻泰《杜诗提要》卷四:前首(《早行》)言鱼鸟之同网罟,此首言鱼鸟之异通塞,用笔又换。既曰仁者德泽在人,而又曰圣贤寂寞,有其心而无其政,能不伤怀? 故终以琴酒自遣,此善用转笔也。

浦起龙《读杜心解》卷一之六:喜遇风水平和。而为怡神之语,居然靖节风味,忘乎其为穷途矣。仇云:前四,舟行之景;中六,咏物之情;后四,自叙己怀。愚谓不必分段。风引,逆风也,春多南风。水涨,逆流也,南行为上水。风水虽逆,而春气已融,故无苦趣。

《唐宋诗醇》卷一二:纪行诸诗,一片老境,有如天降时雨,山川出云,木叶尽脱,石气自青,视入蜀诗,别一境界,盖浑用力之迹而臻于化矣。

次空灵岸①

沄沄逆素浪,落落展清眺。幸有舟楫迟,得尽所历妙。
空灵霞石峻,枫栝隐奔峭②。青春犹无私,白日亦偏照③。可
使营吾居,终焉托长啸④。毒瘴未足忧,兵戈满边徼。向者留
遗恨,耻为达人诮。回帆觊赏延,佳处领其要。

【题解】

诗当作于大历四年晚春,"此言舟行从容,得览空舲山水之佳,遂有营
居终焉之意"(张綖《杜工部诗通》卷一六)。迎着鳞鳞白浪前行,此时江面
视野开阔,最宜远眺。幸好小船在空灵岸停了片刻,我得以尽情领略这里
奇妙的风景。空灵岸巨石矗立,阳光遍照,色赤如霞,丛生的枫树、栝树遮
住了陡峭的崖壁。我真希望在此筑室卜居,长啸于山林之间,逍遥以终老。
虽然这里充斥着有毒的瘴气,可总胜过兵戈遍野的北方。以往我四处奔
波,无暇细玩山光水色,留下无数遗憾,为达者所嗤笑,现在我得抓紧岸转
帆回的时机,好好欣赏空灵岸的佳处。

【注释】

①空灵岸:位于今湖南株洲城南天元区湘江边。空灵:一作"空舲"。

②栝:一作"枯"。

③无:一作"有"。亦:一作"已"。

④居:一作"屋"。

【汇评】

黄生《杜工部诗说》卷二:道途虽苦征役,然有山水之趣。入蜀及湖南
诸诗,一边述征行,一边志赏眺,祛次已越俗流,然犹云"耻为达人诮",尚有
经过草草之憾。峭壁隐天,故有"白日偏照"之语。

吴瞻泰《杜诗提要》卷四:历尽妙,与"领其要"同一心眼。然非历尽,亦
不知领要之贵。高人看山水,胸中别有本子在。此直一首康乐游山诗。

宿花石戍①

午辞空灵岑,夕得花石戍。岸疏开辟水,木杂今古树②。地蒸南风盛,春热西日暮。四序本平分,气候何回互。茫茫天造间,理乱岂恒数③。系舟盘藤轮,策杖古樵路。罢人不在村,野圃泉自注。柴扉虽芜没,农器尚牢固。山东残逆气,吴楚守王度。谁能扣君门,下令减征赋。

【题解】

中午从空灵岸出发,傍晚就抵达了花石戍。开天辟地以来,这里就杂草丛生,峡水流淌。时值晚春日暮,南风很大,地热蒸腾。一年四季,本当平分流转,为何花石戍一带气候错乱呢?可见天地造化没有常数,人世间也会理乱不齐。把舟缆系于藤蔓之上,登岸杖策而行,但见村庄冷落,泉水空流,园圃废弃,柴扉荒芜,农具牢固可用,而农民早已逃亡。如今河北降将目无朝廷,吴楚恪守法度,负担很重,谁能叩开君门,让君王下令减轻南方的赋税?

【注释】

①花石戍:故址在今湖南株洲渌口区龙船镇(原王十万乡)之湘江西岸。《新唐书·地理志》潭州长沙郡:"有渌口、花石二戍。"

②水:一作"山"。

③造:一作"地"。间:一作"开"。

【汇评】

仇兆鳌《杜诗详注》卷二二引卢世㴶曰:杜公纪行诗,从发秦州至万丈潭,从发同谷至成都府,入天穿水,万壑千崖,雨雪烟虹,朝朝暮暮,一切可怪可吁可娱可忆之状,触目经心,直取其髓,而犁然次诸掌上,嗣是金华山观,去通泉十五里山水、清溪驿、凿石浦、津口、空灵岸、花石戍、晚洲、衡州、莫不随处点缀,尽妙领佳,统成少陵一部游记,留谱与人。

浦起龙《读杜心解》卷一之六:见戍间之民,困征役而逃亡,缘此发兴。起四,戍前之景。"地蒸"六句,借气候引脉,言气候尚且不齐,何况理乱无恒,岂能料其所止耶。如此冒下,意味深长。"系舟"六句,正叙流散荒凉之象。"轮",疑即转水之具,即下所云"农器"也。"盘藤",久废而藤盘其上。此正樵路旁所见者。"罢人",罢于征役之人。"不在村",人去而村空也。结四句,以逆形顺,急望宽政之及,见未被兵处,民穷亦然,天下几无容足之地矣。

早　发

有求常百虑,斯文亦吾病。以兹朋故多,穷老驱驰并。早行篙师怠,席挂风不正。昔人戒垂堂,今则奚奔命[①]。涛翻黑蛟跃,日出黄雾映。烦促瘴岂侵,颓倚睡未醒[②]。仆夫问盥栉,暮颜觍青镜[③]。随意簪葛巾,仰惭林花盛。侧闻夜来寇,幸喜囊中净。艰危作远客,干请伤直性。薇蕨饿首阳,粟马资历聘[④]。贱子欲适从,疑误此二柄。

【题解】

大凡人无欲则刚,一旦有所求便千回百转。我放不下斯文之态,不肯厚颜求人,所以朋友虽多,却无处安居,直到老年依然在四处奔波。船夫不愿早行,风不顺挂帆也没有用处。昔人曾经告诫,千金之子坐不垂堂。我如今穷困潦倒,为了生计,不得不疲于奔命。江中波浪翻滚,似乎是黑色的蛟龙在跳跃;太阳升起来了,江面又笼罩了一层黄雾。我斜躺在船舱总是睡不醒,心烦意乱,难道是受到了瘴气的侵袭?仆人前来催我梳洗,对着铜镜,我无法正视自己的衰颜。随随便便用葛巾束住头发,仰首看见茂盛的林花不胜羞愧。听说昨夜有盗贼来扰,幸好我囊空如洗。在艰难之际作客远方,哪能不求于人。可一旦求人,又会委曲我耿直的本性。我既无法学伯夷、叔齐采薇而食,饿死于首阳山,又无法如苏秦、张仪历聘于六国。究竟何去何从,我现在进退两难。

【注释】

①《史记·袁盎晁错列传》:"千金之子,坐不垂堂。"

②未:一作"还"。

③颜:一作"未"。

④张仪、苏秦历游六国,诸侯皆以粟马迎之。

【汇评】

黄生《杜工部诗说》卷二:高士决无求,有求定非高士。首尾数语,自省自疚,犹胜夸名而跖趣者。

吴瞻泰《杜诗提要》卷四:蓄意题前,陡有此起,若不知何为而发,读至次句,乃知为斯文也,为朋故也,为穷老驱驰也。三者皆吾虑也,然而所求只朋故一件,何也? 以斯文而朋故多,以朋故多而驱驰并,受病之由在此。故"以兹"二字为上下针线,而四句意于是乎始醒。其工于发端如此。末段"干请"二字,正与"求"字相应,方申出首四句未尽之言。又双引夷齐、苏张两种人,夹出一干、一不干,而结之曰"疑误此二柄"。公岂真有误哉? 艰危中作远客,无可如何也,曲笔传神,窥见苦衷。如此起结,真是奇笔,不可言传者也。

浦起龙《读杜心解》卷一之六:此因匆匆早发,而为奔逐谋生之叹。前八后八相呼应,皆作自问自答,去就两难之词。中八,述途景老态之不堪,与前后相耀。起四,自明难合之故。"有求百虑",不轻身也;"斯文吾病",犹云儒冠误我也。所以不敢轻身者,缘身系斯文,不肯为脂韦之态。以兹之故,朋旧虽多,而驱驰不止,语本条直,解者乃极支离。……以上诸篇,如《发秦州》等诗,皆纪行之作也。彼多即景生情,此多抚时感事,盖涉历愈老,则悲叹愈多。

次晚洲[1]

参错云石稠，坡陀风涛壮。晚洲适知名，秀色固异状。棹经垂猿把，身在度鸟上。摆浪散帙妨，危沙折花当[2]。羁离暂愉悦，羸老反惆怅。中原未解兵，吾得终疏放[3]。

【题解】

才听说晚洲风景奇特，来到这里一看，果然名不虚传。巨石耸立，高入云霄，波涛起伏，声势浩大。船行于峡谷间，狭窄处，挂臂垂饮的猿猴可以一把抓住船棹；奔涌处，船上乘客的身子要高过飞越水面的鸟儿。浪花飞溅，打湿了船舱中摊开的书卷；船身在江流中摇摆起伏，伸手摘取沙洲上的鲜花倒是很方便。旅途中看到这样的美景，也能暂时让人愉悦，但一想到自己年老体衰又不免黯然神伤。中原至今干戈未休，难道我真的就这样疏放终老、流寓不归吗？

【注释】

①晚洲：在今湖南株洲渌口区龙船镇挽洲村南。

②折：一作“拆”。

③离：一作“艰”。

【汇评】

浦起龙《读杜心解》卷一之六：起四，次洲之因。中四，申涛壮、秀色之景。结四，即景而悦，由悦转悲。忧时之情，终无可遣也，亦不必截。

望　岳

南岳配朱鸟，秩礼自百王[1]。欻吸领地灵，澒洞半炎方[2]。

邦家用祀典,在德非馨香③。巡守何寂寥,有虞今则亡。泊吾隘世网,行迈越潇湘④。渴日绝壁出,漾舟清光旁⑤。祝融五峰尊,峰峰次低昂⑥。紫盖独不朝,争长嶪相望。恭闻魏夫人,群仙夹翱翔⑦。有时五峰气,散风如飞霜。牵迫限修途,未暇杖崇冈⑧。归来觊命驾,沐浴休玉堂。三叹问府主,曷以赞我皇。牲璧忍衰俗,神其思降祥⑨。

【题解】

杜甫乘船由潭州至衡州,途中望见衡山而作是诗。南岳上配朱雀星宿,祭祀等级来自百代以前的帝王,它吸取天地之灵气,掌管着占半壁江山的南方。朝廷祭祀南岳,依靠功德而非祭物的好坏。自从帝舜之后,很少有君王再来南巡了。我为生计所迫,到了晚年越过潇湘而南下。长久不见的太阳终于从绝壁处露出脸来,小舟荡漾在清波之上。衡山七十二峰,盘纡数百里,其中以五峰最为著名。它们都朝向祝融峰,而唯独紫盖峰与之争高下。听说魏夫人成仙后,与群仙翱翔于此。有时五峰上的云气,为风所吹散,如寒霜一样冰冷。由于旅程紧促,我现在没有时间杖策而上,等到来日归帆,再去神庙沐浴致祀。不知南岳神祇,何以赞助我皇,降福于人间。

【注释】

①《淮南子·天文训》:"南方,火也,其帝炎帝,其佐朱明,执衡而治夏。其神为荧惑,其兽朱鸟。"

②颎:一作"鸿"。

③《书·君陈》:"黍稷非馨,明德惟馨。"

④泊:一作"汩"。

⑤渴:一作"遏"。

⑥五峰:指芙蓉峰、紫盖峰、石廪峰、天柱峰和祝融峰。五,一作"三"。尊:一作"高"。

⑦《太平御览》卷六七八引《南岳魏夫人内传》载,魏夫人名华存,字贤

安,晋司徒魏舒之女。晋成帝咸和九年成仙,上诣三清,位为紫虚元君,后封南岳夫人。

⑧限:一作"恨"。

⑨忍:一作"感"。

【汇评】

黄生《杜工部诗说》卷二:衡、华、岱皆有《望岳》作。岱以小天下立意,华以问真源立意,衡以修祀典立意,旨趣各别,而此作尤见本领。文士无其学,儒者无其才,故两让之。末语含蓄无限,说托意甚难,府主人不能知。

吴瞻泰《杜诗提要》卷四:此专为衰俗不中古礼而发。起二句庄重,见南岳之尊严。于位则配天之朱鸟,于礼则定自百王,曾无所谓南岳夫人者,句中已伏下意。又言国家祀典,"黍稷非馨,明德惟馨",可见有德则神降祥,而无如有虞巡守,至今不行也,正与结处针锋相射。南岳则制定百王,夫人则夹以群仙,一典一不典,对面相形,褒讥自见。又于魏夫人上加"恭闻"二字,语若钦崇,意实冷讽。"散风如飞霜",偏又写得群仙活现,此又善写背面法。诗贵离奇,离则步步有起伏,层层有波澜。如登山者阅一境,又有一境,迥非从前耳目所及,乃称奇耳。否则连篇累牍,终无断处。看此诗初写南岳未了,忽接行迈;写行迈未了,忽提魏夫人;写夫人未了,又接行迈;写行迈甫毕,即又收回南岳上去。本是一副说话,离作数段,便成奇观,此公极作意处。

《唐宋诗醇》卷一二:岱、华二诗,笔意峭拔,各极其变。此诗另辟一格,出以典重。以明德惟馨之意勖励守土,尤有立言之旨,非徒得郊坛登歌气象。

酬郭十五判官①

才微岁老尚虚名,卧病江湖春复生②。药裹关心诗总废,花枝照眼句还成。只同燕石能星陨,自得隋珠觉夜明③。乔口橘洲风浪促,系帆何惜片时程④。

【题解】

大历四年春末,杜甫将要抵达衡州时,曾寄诗与郭受,告知其行踪。郭受回赠《杜员外兄垂示诗因作此寄上》:"新诗海内流传遍,旧德朝中属望劳。郡邑地卑饶雾雨,江湖天阔足风涛。松醪酒熟傍看醉,莲叶舟轻自学操。春兴不知凡几首,衡阳纸价顿能高。"杜甫接到郭受之作,又赋有此诗。"时公在潭州,未几如衡州。郭在潭,公先示以诗。郭因作诗寄上,而公复酬之也"(顾宸《辟疆园杜诗注解》七律卷五)。我年老才微,空有虚名,一年又一年,浪迹江湖。因为疾病缠身,连作诗也荒废了。眼下只是春暖花开,偶尔拼凑诗句而已。我的那些诗句仅如燕石,见笑于大方之家。你的大作仿佛是隋侯之珠,光彩照人。我已经安然渡过了乔口、橘子洲头的急促风浪,要不了多久就会来到衡州。

【注释】

①郭十五判官:湖南观察使韦之晋判官郭受。

②老:一作"晚"。

③《太平御览》卷五一一引《阙子》:"宋之愚人,得燕石于梧台之东,归而藏之,以为大宝。周客闻而观焉,主人端冕玄服以发宝,华匮十重,缇巾十袭。客见之,卢胡而笑曰:'此燕石也,与瓦甓不异。'主人大怒,藏之愈固。"

④系帆:一作"系舟"或"惊帆"。

【汇评】

仇兆鳌《杜诗详注》卷二二:上四自谦,下四怀郭。药裹承卧病,花枝承春生,燕石比己诗,隋珠赞郭诗。乔口橘洲,去衡不远,且风浪甚速,行当挂帆一至耳。燕石系宋人事,并缀以陨石于宋,言己诗如星陨于地,不见光彩,然两事牵合在一句中,不如对语自然。

又曰:集中酬答诸诗,皆据来诗和意,语无泛设。如此章,首句酬旧德,次句酬江湖,三、四酬新诗春兴,五、六酬衡阳纸价,七、八酬天阔风涛及莲叶操舟,逐句酬答,却能一气贯注,所以为佳。

范廷谋《杜诗直解》七律卷二:公于能诗之士,虽在逆旅中犹殷殷相待,冀其一晤,且于人则极意推崇,于己则十分谦抑,情性学问于此具见。

衡州送李大夫赴广州①

斧钺下青冥，楼船过洞庭。北风随爽气，南斗避文星。日月笼中鸟，乾坤水上萍。王孙丈人行，垂老见飘零。

【题解】

李勉至广州赴任，杜甫作诗相送。李勉你以御史中丞出刺广州，乃是秉斧钺之威，从天子身边而来。如今你的楼船渡过了洞庭湖，浩浩荡荡随北风而南下，气势盛大而显赫，连南斗也要退避三舍。而我身若笼中之鸟，迹似无根之浮萍，日月之久，乾坤之大，总难觅得安身立命之处。李勉你是宗室之后，又是我的长辈，见我垂老飘零或当伸手相助。

【注释】

①李大夫：一作"李大夫七丈勉"。大历二年四月，李勉自江西观察使入为京兆尹，兼御史大夫，大历三年十月乙未，拜广州刺史，充岭南节度使。

【汇评】

王嗣奭《杜臆》卷一〇：前四句磊落有气。日月照临之下，而我为笼中之鸟；乾坤覆载之内，而我同水上之萍。此垂老之飘零也。王孙乃我丈人行，而忍见其若此耶？

黄生《杜工部诗说》卷五：前后两截格，分叙彼己。前半极其雄迈，五、六意悲而语则壮，必得此始相称。结亦不觉衰飒，此章法凑泊之妙。

石闾居士《藏云山房杜律详解》五律卷六：此诗当分上下两截看。上截是赞李勉赴广必成大功，下截是因送李而自述其苦况。盖李为公之至戚，故直望其拯济，不作客情语也。通首沉雄悲壮，奇辟异常。颈联用藏头句法，转接上下两截，尤为神功天巧，超古轶今。在公集中亦属有一无二之作。

哭韦大夫之晋

凄怆郇瑕邑,差池弱冠年^①。丈人叨礼数,文律早周旋^②。台阁黄图里,簪裾紫盖边^③。尊荣真不忝,端雅独翛然。贡喜音容间,冯招病疾缠^④。南过骇仓卒,北思悄联绵。鵩鸟长沙讳,犀牛蜀郡怜。素车犹恸哭,宝剑谷高悬^⑤。汉道中兴盛,韦经亚相传。冲融标世业,磊落映时贤。城府深朱夏,江湖眇霁天。绮楼关树顶,飞旐泛堂前^⑥。帟幕疑风燕,笳箫急暮蝉^⑦。兴残虚白室,迹断孝廉船。童孺交游尽,喧卑俗事牵。老来多涕泪,情在强诗篇。谁继方隅理,朝难将帅权。春秋褒贬例,名器重双全^⑧。

【题解】

大历四年夏,韦之晋卒于衡州,杜甫作此诗。弱冠之年,我在郇瑕与你结交。你礼数周全,谙熟文章,嗣后任职于帝都,又出刺于衡州。无论置身何处,都风度潇洒,尽职尽责。作为旧友,我为你受到重用而高兴,又为自己疾病缠身、无法履职而深感遗憾。我南来至衡州,却骇然听闻你卒于北边之潭州。当年贾谊作《鵩鸟赋》,自以为在长沙而寿不得久,没想到对你一语成谶。你曾履职于蜀郡,那里的人们听闻后也会为之伤感怜惜。至于我这生死之交的朋友,就更为痛心了。大唐正处于中兴阶段,你官以监察御史,冲和磊落,名高一时,谁料竟殁于南方,往日游处宴乐之地,魂幡飞扬,无比凄凉。自从你亡故,我夜游清谈的兴致消减了,少时结交的友人一个个离去,唯有作诗哀悼。在湖南这方隅之地,难得有这样优秀的治理者。盖棺定论,你功名德业无愧。

【注释】

①郇瑕:故址在今山西临猗县临晋镇。《左传·成公六年》:"晋人谋去

1518

故绛,诸大夫皆曰:'必居郇、瑕氏之地。'"邑:一作"色"或"地"。

②丈:一作"大"或"士"。

③黄图:指京都。簪裾:显贵者之服饰。紫盖:紫盖峰,衡山七十二峰之一。

④贡:贡禹。《汉书·王吉传》:"吉与贡禹为友,世称'王阳(王吉字子阳)在位,贡公弹冠。'"冯:冯唐。左思《咏史》:"冯公岂不伟,白首不见招。"

⑤《后汉书·范式传》载,范式字巨卿,与张劭为友。劭死,托梦于式,式乃奔丧,未至而丧已发引,既至圹,将窆,柩不肯进。遂停柩移时,乃见素车白马,号哭而来。劭母望之曰:"是必范巨卿也。"式因执绋而引,柩于是乃前。

⑥关:一作"高"。飞旐:飘动的魂幡。

⑦帟幕:帐幕。疑:一作"旋"。

⑧《左传·成公二年》:"唯器与名,不可以假人,君之所司也。"

【汇评】

刘濬《杜诗集评》卷一四引李因笃曰:典重尊严,初唐巨手。其序述有情有体,见公之不苟于大臣也。

湘江宴饯裴二端公赴道州①

白日照舟师,朱旗散广川。群公饯南伯,肃肃秋初筵。鄙人奉末眷,佩服自早年。义均骨肉地,怀抱罄所宣。盛名富事业,无取愧高贤。不以丧乱婴,保爱金石坚。计拙百僚下,气苏君子前。会合苦不久,哀乐本相缠②。交游飒向尽,宿昔浩茫然。促觞激万虑,掩抑泪潺湲③。热云集曛黑,缺月未生天④。白团为我破,华烛蟠长烟。鹁鶒催明星,解袂从此旋⑤。上请减兵甲,下请安井田。永念病渴老,附书远山巅。

大历四年夏,裴虬将赴道州刺史任。州府诸公饯别于湘江楼船之上,杜甫陪宴而赋此诗。明晃晃的太阳照着高大的水师楼船,红旗在宽阔的江面上迎风招展。诸公在这里饯送即将南去的裴刺史,筵席气象肃然,尊卑有秩。鄙人深受裴刺史你眷顾,早年就对你钦佩不已,视之如同骨肉。如今你履任道州,可以尽情施展怀抱,建立功勋,无愧于高贤,不要因为遭逢乱世,就顾不上保重身体。我计拙谋劣,远坐于百僚之下,唯有在你面前才得一舒抑郁之气。只可惜聚会的日子过于短暂,哀伤与欢乐总是纠缠在一起。老朋友几乎衰老殆尽,想起往事百感交集,喝着美酒也流下了眼泪。转眼到了黄昏,黑压压的热云聚拢起来,仆人为我摇着团扇;下弦月尚未升上天,舟中燃起了蜡烛。等到鹁鸪、鹬鸟开始鸣叫,启明星出现于天空,你就要启程了。希望你到任后裁兵安民。如果想起我这又老又病的老朋友,就请附书到我隐居的山巅。

【注释】

①裴二:即裴虬,字深源,河东人。大历四年官著作郎,兼侍御史、道州刺史。端公:唐时侍御史之别称。道州:治所在今湖南道县。

②苦:一作"共"。久:一作"及"。

③万:一作"百"。

④集曛:一作"初集"。

⑤鹁鹬:一作"鹬鹬"或"鹁鹁"。鹁鸪与鹬鸟,均啼叫于黎明时分,或以为催曙之鸟。

【汇评】

浦起龙《读杜心解》卷一之六:四起四结,中只一片说去,无分乙处。起四,叙湘江宴饯之事,"群公饯",公盖陪宴也。中一长段,言早年相契,今不以我婴乱落魄,而移其宿爱,是以计拙如我,遇君而气暂得苏。所恨暂相会而即相别,无多旧交,分离促迫,当此清宵易旦,难堪解袂作别耳。结四,特致为民请命之苦词,而望其报书,以征其治效,洵无忝于良友箴规矣。

夏力恕《杜诗增注》卷二〇:此诗微带暮年絮絮叨叨景况,而持论正自正。

元次山曾守道州,故以高贤致望,又示偃武绥邦之大要也。

鲁一同《鲁通甫读书记》:气体之高,笔力之横,愈老愈工。

潭州送韦员外牧韶州 迢①

炎海韶州牧,风流汉署郎。分符先令望,同舍有辉光。
白首多年疾,秋天昨夜凉。洞庭无过雁,书疏莫相忘。

【题解】

大历四年,尚书员外郎韦迢出任韶州刺史,途径潭州时曾看望杜甫,并
留有诗作《潭州留别杜员外院长》:"江畔长沙驿,相逢缆客船。大名诗独
步,小郡海西偏。地湿愁飞鹏,天炎畏跕鸢。去留俱失意,把臂共潸然。"杜
甫赋是诗相送。你这位倜傥风流的尚书省郎官,现在成了南方靠海的韶州
牧守。朝廷挑选地方大员,自然先要考虑有声望的官员,身为你昔日的同
僚,我也为你感到荣幸。可叹我已白发苍苍,又多年患病,幸好昨夜立秋,
天气开始转凉。听说大雁飞到洞庭湖之后,就不再南飞。你到了岭南,莫
要忘了给我写信。

【注释】

①韦员外:尚书员外郎韦迢,京兆杜陵人,历官检校都官郎中、岭南节
度行军司马。题注"迢",一本在"员外"后。

【汇评】

边连宝《杜律启蒙》五言卷九:韦先留别,公以此送之也。前四颂之,五
六隰栝以答韦诗之意,末又嘱之。

杨伦《杜诗镜铨》卷二○引何焯曰:此种诗淡而有味。

刘濬《杜诗集评》卷一○引李因笃曰:如老人说事之当,意不求奇。

酬韦韶州见寄

养拙江湖外，朝廷记忆疏。深惭长者辙，重得故人书。白发丝难理，新诗锦不如①。虽无南过雁，看取北来鱼②。

【题解】

韦迢离开潭州后，途径湘潭时，又作诗《早发湘潭寄杜员外院长》寄与杜甫："北风昨夜雨，江上早来凉。楚岫千峰翠，湘潭一叶黄。故人湖外客，白首尚为郎。相忆无南雁，何时有报章。"杜甫回赠此诗。为了养拙避世，我长期浪迹于江湖，朝廷已经不太记得我了。你能专程前来探访，我本已深感惭愧；现在你又寄信前来，我更喜出望外。我满头白发如乱丝难以梳理，你的大作比锦绣更美。虽然南飞的大雁不会越过衡阳的回雁峰，我依然会从北边寄信前来，你得注意捞取江中捎信前来的游鱼。

【注释】

①理：一作"并"。

②过：一作"去"。

【汇评】

汪瑗《杜律五言补注》卷四：此诗全是和韦寄诗后四句之意。观此上四篇，往来反覆，词旨互见，可见古人和诗必答其意，非若今人为次韵所拘也。

仇兆鳌《杜诗详注》卷二二：上四感韦交情，下四谢韦寄诗。江湖作客，朝士久忘，韦枉辙而又寄书，情良厚矣。白发自怜，新诗称韦。南雁自道，北鱼指韦，古人以鱼雁比书。回雁峰高，故不去。湘水北流，故可来。

楼　上

天地空搔首,频抽白玉簪①。皇舆三极北,身事五湖南②。恋阙劳肝肺,论材愧杞柟③。乱离难自救,终是老湘潭。

【题解】

登楼四望,俯仰天地,忧愁满腹,频频临风搔首。君王在三极之北,关山阻隔;自己在五湖之南,漂泊无依。当此非常之际,朝廷正需要栋梁之才,自己愧无大才,弃掷于草野,日夜忧虑,劳伤肝肺。身处乱世,报国无力,又无暇自救,看来只能终老于湘水之滨,赍志以殁了。

【注释】

①《西京杂记》卷二:"(汉)武帝过李夫人,就取玉簪搔头。自此后宫人搔首皆用玉。"

②皇舆:指国君。屈原《离骚》:"岂余身之惮殃兮,恐皇舆之败绩。"仇兆鳌注:"地有四极,皇舆在东西南之北,故云三极。"

③论:一作"抡"。

【汇评】

仇兆鳌《杜诗详注》卷二二:此诗登楼而感怀也。孤楼之上,俯仰天地,徒然搔首而抽簪者,正以皇舆在北,身事在南故也。恋阙而不才沦弃,既无补于皇舆,乱离而终老湘潭,又无济于一身,此所以搔首踟蹰耳。

边连宝《杜律启蒙》五言卷九:抽簪所以搔首,首联作倒装,而"天地"字已含下"三极""五湖"在内。三、四言国处极北,身客极南,正明所以搔首之故。五、六承三句,七、八承四句。盖恋阙而不能北归,则作客而终老于南卅。诗绝不沾"楼"字,然句句是楼上远望感伤之神。

刘濬《杜诗集评》卷一〇:语淡而雄,雄而悲,于此见大家身份。险韵稳押,又其余也。

千秋节有感 二首①

其一

自罢千秋节,频伤八月来。先朝常宴会,壮观已尘埃。凤纪编生日,龙池堙劫灰。湘川新涕泪,秦树远楼台。宝镜群臣得,金吾万国回。衢尊不重饮,白首独余哀②。

【题解】

因唐明皇驾崩,千秋节由此而罢。此后每当八月来临,心中就颇为伤感。回想玄宗寿诞之日,在花萼楼宴请百官,极尽壮观之能事。可惜八月五日虽然成为千秋节,并编著于律令,但兴庆宫龙池之气久已消亡,当日楼台下获赐宝镜之群臣大多凋谢,执金吾之禁军也流散四方,唯有我这白首之人遥望秦川,泪洒湘水。

【注释】

①千秋节:指八月五日。原为唐玄宗生日,开元十七年,宰相源乾曜、张说等请以是日为千秋节。《旧唐书·玄宗纪》:"开元十七年八月癸亥,上以降诞日,宴百僚于花萼楼下。百僚表请每年八月五日为千秋节,王公以下献宝镜及承露囊,天下诸州咸令宴乐,休暇三日,仍编为令。从之。"

②《淮南子·缪称训》:"圣人之道,犹中衢而致尊邪。过者斟酌,多少不同,各得其所宜。是故得一人,所以得百人也。"

【汇评】

唐汝询《唐诗解》卷四八:此追忆明皇而感朝政之日衰也。帝名其生朝为千秋,自罢此节,而我每伤八月之来者,以先朝宴会之地,宫观皆成尘埃。生日虽编诸凤纪,而龙池崩陷已同昆明之劫灰矣。况我流落湘川,徒然陨涕,终不能睹秦中之景。想昔所献之镜,复归群臣,侍卫之臣,亦各散去,谁复饮此衢樽乎?徒使我白首衔哀耳。盖明皇能斟酌时宜,故以衢樽取譬。

"不重饮"者,肃、代不能继其业也。

王夫之《唐诗评选》卷三:杜于排律极为漫烂,使才使气,大损神理,庸目所惊,正以是为杜至处。

仇兆鳌《杜诗详注》卷二二:首章,叙崩后节日,乃伤今思昔之感,在六句作截。赐宴之事,虽编于帝纪,而龙池王气,久已销亡,不但壮观尘埃也。四句,申千秋节罢。今遥望秦中,楼台之下,得宝镜者旧臣凋谢,为金吾者各国散归,独留白首书生,泪滴湘川而已。

其二

御气云楼敞,含风彩仗高。仙人张内乐,王母献宫桃①。罗袜红蕖艳,金羁白雪毛。舞阶衔寿酒,走索背秋毫②。圣主他年贵,边心此日劳。桂江流向北,满眼送波涛。

【题解】

当年千秋节,唐玄宗在高高的花萼楼上宴请百官,含风殿前彩旗招展,宫廷女优奏着轻快的乐曲,杨贵妃献上精美的寿桃。宫女脚著艳丽的罗袜翩翩起舞,通身雪白的马儿戴着金络头衔杯上寿,表演绳技的艺人不爽秋毫。或许正是因为玄宗往日恣意享乐,才引起祸患,导致今日之悲。此时我伫立江边,目送北流之波涛,不胜伤感。

【注释】

①《汉武帝内传》载,西王母降临汉宫,会见汉武帝,命侍女献仙桃七颗,以四颗与帝,三颗自食。

②《新唐书·礼乐志》:"玄宗又尝以马百匹,盛饰分左右,施三重榻,舞《倾杯》数十曲,壮士举榻,马不动。乐工少年姿秀者十数人,衣黄衫,文玉带,立左右,每千秋节,舞于勤政楼下。"又仇兆鳌注引《唐实录》载,开元二十四年八月千秋节,御广运楼,宴群臣,奏九部乐,内出舞人绳妓,颁赐有差。

【汇评】

仇兆鳌《杜诗详注》卷二二:次章,叙生前节日,乃乐极悲来之感,在八句作截。御楼受贺,彩伏迎风,于是梨园奏乐,太真献桃,舞阶之白马,衔酒前来,走索之宫人,红裳高露。当年可谓恣情尊贵矣,岂知边忧即从此日而生乎?至今目送波涛,不胜北望伤神也。

刘濬《杜诗集评》卷一四引李因笃曰:正于华郁处见苍凉,惟初唐人惯此法。

奉赠卢五丈参谋琚^① 时丈人使
自江陵,在长沙待恩旨,先支率米钱

恭惟同自出,妙选异高标。入幕知孙楚,披襟得郑侨^②。丈人藉才地,门阀冠云霄。老大逢迎拙,相于契托饶^③。赐钱倾府待,争米驻船遥^④。邻好艰难薄,氓心杼轴焦^⑤。客星空伴使,寒水不成潮。素发干垂领,银章破在腰。说诗能累夜,醉酒或连朝。藻翰惟牵率,湖山合动摇。时清非造次,兴尽却萧条。天子多恩泽,苍生转寂寥。休传鹿是马,莫信鹏如鹐^⑥。未解依依袂,还斟泛泛瓢。流年疲蟋蟀,体物幸鹡鸰。辜负沧洲愿,谁云晚见招^⑦。

【题解】

大历四年秋日,卢琚由江陵出使长沙,拟押送钱米而回。但长沙因本地民食缺乏,不肯拨付。卢琚因此请命朝廷,并留在长沙候旨。其间卢琚与杜甫有所往来,杜甫赋诗相赠。我们两人的母亲同出于崔氏,算起来还是亲戚,但你不愧为朝廷精心选拔出来的人才,到南方就获得重用,立下诸多功劳,使卢氏门阀高于云霄。我年已衰老,又拙于逢迎,与你却意气相投。如今江陵府无钱无米,军民引颈而望,但潭州也时事艰难,士庶正为缺衣少食而焦虑。我客居此处,无力出手相助,正如寒水不能成潮。虽然还挂着官职,可破旧的鱼袋悬在腰间,干枯的白发垂到衣领,这模样也没有人

搭理。不过谈起诗、喝起酒来,倒是可以几天几夜都不歇息。卢琚你的诗作气象高壮,如同湖山动摇,我则唯有勉强酬和。在盛世纵饮,本是理所当然,如今诗酒尽兴,却深感索然。天子一心施恩于民众,而生民却越来越艰难,这应该是朝廷奸佞蒙上欺下,指鹿为马。想起这些事就十分痛心,在分手之前,你还是多饮几杯吧。我年事已高,没有太多追求,眼下出仕不得,归隐不得,进退两难,只求如鹪鹩有枝可依足矣。

【注释】

①卢五丈参谋琚:江陵帅府行军参谋卢琚。

②郑侨:春秋时郑国大夫公孙侨,字子产。《左传·襄公二十九年》载,吴公子札聘于郑,见子产,如旧相识。

③老大:一作"老矣"。

④驻:一作"贮"。

⑤杼柚:织布机。《诗·小雅·大东》:"小东大东,杼柚其空。"

⑥如:一作"为"。

⑦辜:一作"孤"。

【汇评】

张溍《读书堂杜诗注解》卷二〇:此诗首言卢才望过人,朝廷破格优待。次言己衰老,屈于幕府,与卢以诗酒暂会。后勉其推诚布德,实尽使者之事。

浦起龙《读杜心解》卷五之四:起八句,颂卢而兼叙谊。"赐钱"十二句,纪事而及客况。"时清"八句,伤时之语。末四句,自伤之词。

惜别行 送刘仆射判官①

闻道南行市骏马,不限定数军中须②。襄阳幕府天下异,主将俭省忧艰虞。只收壮健胜铁甲,岂因格斗求龙驹。而今西北自反胡,骐骦荡尽一疋无。龙媒真种在帝都,子孙未落西南隅③。向非戎事备征伐,君肯辛苦越江湖。江湖凡马多憔悴,衣冠往往乘蹇驴。梁公富贵于身疏,号令明白人安居。俸钱时散士子尽,府库不为骄豪虚。以兹报主寸心赤,气却西戎回北狄。罗网群马藉马多,气在驱除出金帛④。刘侯奉使光推择,滔滔才略沧溟窄。杜陵老翁秋系船,扶病相识长沙驿。强梳白发提胡卢,手兼菊花路旁摘⑤。九州兵革浩茫茫,三叹聚散临重阳。当杯对客忍涕泪,君不觉老夫神内伤⑥。

【题解】

大历四年秋,刘判官南行买马,与诗人相遇。重阳佳节,杜甫与之对饮而赠以此诗。听说你一路南来,为军中买马而不拘定数。襄阳幕府真与众不同,刺史节俭而有深谋远虑,所收买之马但求壮健,可以披甲,并非用于自乘自娱。自从逆胡叛乱以来,西北的骏马荡然无存。长安或许还有天马龙媒,但西南是没有宝马的。如果不是为了备战,刘判官你也不会涉江越湖辛苦而来。但江湖上多是憔悴之凡马,衣冠之族往往乘蹇驴而行,哪里还会有骏马?梁崇义刺史节俭爱士,法令清晰,襄阳士庶安居。他有报主之赤心,希望战败西戎、北狄,所以不惜金帛收罗战马。刘判官你才略宽广,不负使命。我这漂泊舟上的杜陵老翁,秋日病中与你相识于长沙驿,勉强打理好白发,提着酒葫芦,摘上一把路旁的野菊花,前来与你举杯对饮。值此重阳佳节,而九州大地依然兵荒马乱,你我聚散匆匆,如何不让人黯然神伤。

【注释】

①题注一本连题作大字。刘仆射判官:襄州刺史山南东道节度使梁崇义之判官刘某。

②军:一作"官"。

③未:原作"永",据他本改。西南:一作"东南"。

④气:一作"用"。驱除:一作"驱驰"。

⑤兼：一作"把"。

⑥涕泪：一作"流涕"。君不觉：一作"不觉"，无"君"字。

【汇评】

浦起龙《读杜心解》卷二之三：《唐史》：广德初，梁崇义据襄州，代宗不能讨，因拜山南东道节度使。是则崇义臣节已失，括马岂无异志。赠诗只作世故语，子美不为也，而又不便显言。故篇中着句，都非实笔，纯作悬拟反扑口气，一气转拓。

重送刘十弟判官

分源豕韦派，别浦雁宾秋①。年事推兄忝，人才觉弟优。经过辨丰剑，意气逐吴钩。垂翅徒衰老，先鞭不滞留②。本枝凌岁晚，高义豁穷愁。他日临江待，长沙旧驿楼。

【题解】

此诗与前首同时而作。杜、韦同出一脉，刘氏又为韦氏之后，这样算起来刘、杜同出陶唐氏，你我也有兄弟之谊。论年龄，是我大；论才华，是你更优秀。你如那丰城宝剑光芒四射，又如吴钩意气风发，先我一步，为世所用，不似我收翅敛翼，衰老沦落。在穷愁之晚年，能遇到你这样的本家，也足以令人欣慰。但愿此别之后，他日我们能在长沙驿楼重聚。

【注释】

①《左传·襄公二十四年》："宣子曰：'昔匄之祖，自虞以上为陶唐氏，在夏为御龙氏，在商为豕韦氏，在周为唐杜氏。'"《左传·昭公二十九年》："有陶唐氏既衰，其后有刘累，学扰龙于豢龙氏，以事孔甲，能饮食之。夏后嘉之，赐氏曰御龙，以更豕韦之后。"《礼记·月令》："季秋之月，……鸿雁来宾。"

②《世语新语·赏誉》："刘琨称祖车骑为朗诣，曰：'少为王敦所叹。'"刘孝标注引《晋阳秋》："刘琨与亲旧书曰：'吾枕戈待旦，志枭逆虏，常恐祖生先吾著鞭耳。'"

仇兆鳌《杜诗详注》卷二二:刘之才气英利,如丰剑吴钩,故能先鞭用世,不似己之垂翄飘流也。晚逢高义,差慰旅愁,但未知此别之后,何时重会驿楼耳。

登舟将适汉阳

春宅弃汝去,秋帆催客归。庭蔬尚在眼,浦浪已吹衣。生理飘荡拙,有心迟暮违。中原戎马盛,远道素书稀。塞雁与时集,樯乌终岁飞。鹿门自此往,永息汉阴机①。

【题解】

春日来到潭州,居留于此宅,今日将登舟前往汉阳。片刻之前,庭院中的蔬菜还历历在目,转眼已在舟中乘风破浪。拙于生计,四处漂泊,时至迟暮,而报国之心难遂。中原战火正炽,音讯难通。北塞之鸟按时南飞,而我终年飘荡,欲归不能。希望此去我能终隐于鹿门山,忘怀世事。

【注释】

①《庄子·天地》:"子贡南游于楚,反于晋,过汉阴,见一丈人方将为圃畦,凿隧而入井,抱瓮而出灌,搰搰然用力甚多而见功寡。子贡曰:'有械于此,一日浸百畦,用力甚寡而见功多,夫子不欲乎?'……为圃者忿然作色而笑曰:'吾闻之吾师,有机械者必有机事,有机事者必有机心。机心存于胸中,则纯白不备;纯白不备,则神生不定;神生不定者,道之所不载也。吾非不知,羞而不为也。'"

【汇评】

浦起龙《读杜心解》卷五之四:起四,写北归急迫之景,神情活现。中四,用两路夹翻之法。……结四,归宿于此意,而以雁、乌兴出,姿趣生动。

刘濬《杜诗集评》卷一四:似初唐诸人之作,在公集又具一体矣。

湖中送敬十使君适广陵①

相见各头白,其如离别何。几年一会面,今日复悲歌。少壮乐难得,岁寒心匪他②。气缠霜匣满,冰置玉壶多③。遭乱实漂泊,济时曾琢磨。形容吾校老,胆力尔谁过。秋晚岳增翠,风高湖涌波。骞腾访知己,淮海莫蹉跎。

【题解】

大历四年秋,故友敬超先将赴扬州,途径长沙,与杜甫相聚即别,杜甫作诗送别。多年不能相见,相见却已白头,白头相聚又将匆匆而别,如何能不悲痛而歌。回首少壮,欢乐难再;兄弟之情,岁寒不变。敬刺史你意气豪迈,品望清洁,胆力过人。我遭乱漂泊,历经坎坷,形容憔悴,济时之志不改。湖南之秋夕,风高浪急,山岳翠绿。你远去淮海寻访知己,期望早日建立功业,不要蹉跎岁月。

【注释】

①湖中:一作"湖南"。敬使君:韶州刺史敬超先。

②《诗·小雅·頍弁》:"岂伊异人,兄弟匪他。"

③霜匣:剑匣。《西京杂记》卷一:"高祖斩白蛇剑,剑上有七采珠、九华玉以为饰,杂厕五色琉璃为剑匣。剑在室中,光景犹照于外,与挺剑不殊。十二年一加磨莹,刃上常若霜雪。开匣拔鞘,辄有风气,光彩射人。"

【汇评】

刘濬《杜诗集评》卷一四引陆嘉淑曰:情积意满,为喷薄而出。

又引李因笃曰:画沙印泥之篇,有蛛丝连贯之妙。

苏大侍御涣,静者也,旅于江侧,凡是不交州府之客,人事都绝久矣。肩舆江浦,忽访老夫舟楫而已,茶酒内,余请诵近诗,肯吟数首,才力素壮,词句动人。接对明日,忆其涌思雷出,书箧几杖之外殷殷留金石声,赋八韵记异,亦记老夫倾倒于苏至矣①

庞公不浪出,苏氏今有之。再闻诵新作,突过黄初诗②。乾坤几反覆,扬马宜同时③。今晨清镜中,胜食斋房芝④。余发喜却变,白间生黑丝⑤。昨夜舟火灭,湘娥帘外悲⑥。百灵未敢散,风破寒江迟⑦。

【题解】

苏涣侍御是个爱清静的人,旅居江畔时,不与客人结交,不与官府应酬往来。有一天他突然坐着轿子来到江边,登上舟船访问我。在茶酒之后,我请他朗诵近来的诗作,他答应吟诵数首,其诗作才力雄壮,词句动人。在招待他之后的第二天,想起他朗诵之时,声音宏亮如雷鸣,书箱几杖之外还殷殷留有金石之声,于是赋诗八韵来记录这意外收获,同时也表达老夫我对苏涣的倾倒敬慕之情。诗中说,苏涣如庞德公从不虚出,如今前来看望我,使我受宠若惊。再听他朗诵的近来诗作,已经超越了黄初年间的那些作品。乾坤翻覆,时代变迁,人才辈出。昨晚舟火明灭而湘娥悲鸣帘外,今晨对镜而白发变黑,这都是你朗诵诗作的结果。你的诗作,胜似九灵芝。你的诗作可以泣鬼神,百灵驻足倾听而江风驱之不去。

【注释】

①诗题一作"苏大侍御访江浦,赋八韵纪异并序"。《新唐书·艺文

志》：“(苏)涣少喜剽盗，善用白弩，巴蜀商人苦之，号'白跖'，以比庄蹻。后折节读书，进士及第。湖南崔瓘辟从事，瓘遇害，涣走交、广，与哥舒晃反，伏诛。”凡：一作“乃”。而已：一作“已而”，断在后作“已而茶酒内”。疑此处字句有脱讹。明日：原作“明白”，据他本改。“赋八韵记异”：诗止七韵，或疑有脱误。亦记：一作“亦见”。

②黄初：魏文帝曹丕年号（220—226）。

③几：一作“泊”。

④《汉书·武帝纪》载，汉武帝元封二年，甘泉宫产芝，九茎连叶，作《芝房之歌》。

⑤生：一作“添”。

⑥灭：一作“接”。

⑦破：一作“浪”或“波”。

【汇评】

吴瞻泰《杜诗提要》卷五：通首俱赞诗，一层深一层。后二层从接对明日空缝中，写出心融神会光景，风韵嫣然。白山云：发白变黑，犹言清吟可愈疾也。结四句，犹言诗成泣鬼神也。皆极力形容之词，奇在竟似当真说话。从来赞人诗说愈疾者有之，未有及变发者。乃不先说变发，而倒插“胜食斋房芝”五字于览镜下，正是神来之笔。今人反疑为倒，而改之以顺其文。呜呼！顺逆之不审，其又奚言乎？又赞人诗说神通者有之，未有说火灭而湘娥悲、百灵聚、江风迅。如此变怪者，俨然夜半群仙降临，亲闻其赞叹之声。而尾后不益一语，竟自攸然而逝，使人恍惚中，疑鬼疑梦。题云“倾倒于苏至矣”，余于此诗亦云。

仇兆鳌《杜诗详注》卷二三：诗题“记异”，意凡四层：闭门不出，一异也；诗过前人，二异也；喜变颜色，三异也；感动神灵，四异也。

浦起龙《读杜心解》卷一之六：杜氏创体长题也。分两层写其有异，末以二语总之。上异其静者，下异其诗词也。“静者”字，从下五句生出，“不交”上著“凡是”字，“舟楫”下著“而已”字，乍读疑衍，详味之，转觉意溢句外。言“凡是”，知其从不作热闹想。言“而已”，知其独有意冷落人。故断之曰"静者"，此一异也。……"辞句动人"一顿，盖方吟而已觉动人矣。至明日而忆其金石流声，更引闻者于无尽，此又一异也。

暮秋枉裴道州手札，率尔遣兴，寄近呈苏涣侍御①

久客多枉友朋书，素书一月凡一束。虚名但蒙寒温问，泛爱不救沟壑辱②。齿落未是无心人，舌存耻作穷途哭③。道州手札适复至，纸长要自三过读。盈把那须沧海珠，入怀本倚昆山玉。拨弃潭州百斛酒，芜没潇岸千株菊④。使我昼立烦儿孙，令我夜坐费灯烛。忆子初尉永嘉去，红颜白面花映肉。军符侯印取岂迟，紫燕骝耳行甚速⑤。圣朝尚飞战斗尘，济世宜引英俊人。黎元愁痛会苏息，夷狄跋扈徒逡巡。授钺筑坛闻意指，颓纲漏网期弥纶。郭钦上书见大计，刘毅答诏惊群臣⑥。他日更仆语不浅，明公论兵气益振。倾壶箫管黑白发，舞剑霜雪吹青春⑦。宴筵曾语苏季子，后来杰出云孙比。茅斋定王城郭门，药物楚老渔商市。市北肩舆每联袂，郭南抱瓮亦隐几。无数将军西第成，早作丞相山东起⑧。鸟雀苦肥秋粟菽，蛟龙欲蛰寒沙水。天下鼓角何时休，阵前部曲终日死。附书与裴因示苏，此生已愧须人扶。致君尧舜付公等，早据要路思捐躯。

【题解】

诗作于大历四年秋。裴虬将赴道州时，杜甫曾有诗饯送；裴就任道州刺史后寄信前来，杜甫得信后即回赠此诗；又因饯别之日苏涣在座，故回忆往事而兼寄与苏涣。久客于他乡，颇为寂寥，幸好有朋友寄信问候，平素一个月就可以收到一札书信。当然，其中诸多书信只是客套寒暄罢了，并没有提供帮助。其实我也没有求助之意，虽然牙齿早已半落，却未忘济世之志，三寸之舌尚存，亦耻作穷途之哭。道州刺史裴虬寄来的书信很长，情感又真挚，所以我要再三阅读。把他的书信拿在手中，如同手把沧海之珠；将之揣入怀中，如同怀揣昆山之玉。得到裴道州的手札，我无心饮潭州之美酒，赏潇水两岸之菊花。白天我让儿孙扶着，晚上我浪费灯烛，都是为了读你的来信。想当初裴虬你就任永嘉尉时，风华正茂，满面春风。如今升任道州刺史，掌管一州军政，可谓骏马登途，飞黄腾达。眼下战乱未休，正应重用俊杰之士。裴虬你这样的人才获得重用，百姓的苦难定能解除，入侵之狄夷与跋扈之强藩也当逡巡不前，希望你如郭钦之献大计、刘毅之敢直言。前些日子我们在潭州见面时，无所不淡。谈及兵事，你尤其精神焕发，令人白发转黑，雪里生春。在筵席上，你还称赞苏涣不愧为苏秦之后。苏涣结庐长沙城郭，我卖药于渔商市上，彼此往来，相得甚欢。如今武将一心追求奢华，文官一意谋求高位，庸人素餐尸位，贤士沉沦穷困，朝廷所用非人，战士白白送命。我将这首诗回赠裴虬刺史，同时拿给苏涣看。我已年老，不能有所作为，致君尧舜的理想就交给你们了，希望你们早登高位，捐躯救国。

【注释】

①裴道州：道州刺史裴虬。近：一作"递"。

②温：一作"暄"。《论语·学而》："泛爱众，而亲仁。"

③《史记·张仪列传》载，张仪从楚相饮，已而楚相亡璧，门下意张仪盗之，掠笞数百。仪归，其妻嘲之。仪曰："视吾舌尚在不？"其妻笑曰："舌在也。"仪曰："足矣。"

④《后汉书·郡国志》长沙郡注引《荆州记》："有鄙湖，周回三里。取湖水为酒，酒极甘美。"

⑤军符侯印：指刺史之职。汉至六朝，刺史逐渐掌州军政大权，并加将军衔，权如侯王。《西京杂记》卷二："文帝自代还，有良马九匹，皆天下之骏马也。一名浮云，一名赤电，一名绝群，一名逸骠，一名紫燕骝，一名绿螭骢，一名龙子，一名麟驹，一名绝尘，号为九逸。"《史记·秦本纪》："造父以

善御幸于周穆王，得骥、温骊、骅骝、騄耳之驷。"

⑥《资治通鉴·晋纪三》载，晋武帝太康元年侍御史郭钦上疏，建议"渐徙内郡杂胡于边地，峻四夷出入之防，明先王荒服之制，此万世之长策也"。《晋书·刘毅传》载，晋武帝问刘毅："卿以朕方汉何帝也？"毅答可比汉桓帝、汉灵帝，武帝大为不满，毅又曰："桓灵卖官，钱入官库；陛下卖官，钱入私门。以此言之，殆不如也。"

⑦黑：一作"理"。

⑧《后汉书·梁冀传》："冀乃大起第舍，而寿亦对街为宅，殚极土木，互相夸竞。""冀又起别第于城西，以纳奸亡。"山东：一作"东山"。

【汇评】

仇兆鳌《杜诗详注》卷二三：此诗用韵错综，有换意不换韵处，有换前不换意处。公长篇古风，往往变化莫测。

刘濬《杜诗集评》卷六：一起一结，有兴会中，亦觉词胜于意。

奉赠李八丈判官曛

我丈时英特，宗枝神尧后①。珊瑚市则无，骕骦人得有。早年见标格，秀气冲星斗②。事业富清机，官曹正独守。顷来树嘉政，皆已传众口。艰难体贵安，冗长吾敢取。区区犹历试，炯炯更持久。讨论实解颐，操割纷应手③。箧书积讽谏，宫阙限奔走。入幕未展材，秉钧孰为偶④。所亲问淹泊，泛爱惜衰朽。垂白乱南翁，委身希北叟⑤。真成穷辙鲋，或似丧家狗⑥。秋枯洞庭石，风飒长沙柳。高兴激荆衡，知音为回首。

【题解】

大历四年秋，湖南观察使判官李曛前来潭州看望杜甫，并有所资助，杜甫赠诗致谢。我这位长辈本是宗室后裔，英雄特达，如集市上所绝无之珊瑚、凡人不可得之骥耳与骐骥。早年他才华出众，风度超群，甘于任事，心底纯净，重操守而不干进。近年来所树立之嘉政，已经广为传颂。艰难之时，他能以清静为重，无取于冗碎之杂务。他不以官小为卑，屡经困苦而不易所守，博通典故，练达时务。讽谏之书虽多，积满朝箧，人却屈身幕府，大材小用，不得全力施展其抱负。他亲自前来垂问我的近况，对我衰朽之状尤为痛惜。我垂白之年仍滞留南方，一心北归，眼下如涸辙之鲋、丧家之犬。秋日洞庭湖水落石出，长沙驿外枯柳瑟瑟，我流寓荆衡，以李公为知音，兴致大发而赋有此诗。

【注释】

①时：一作"特"。神尧：唐高祖谥神尧大圣大光孝皇帝。

②冲：一作"通"。

③《汉书·匡衡传》："匡说诗，解人颐。"

④材：一作"杯"。《诗·小雅·节南山》："秉国之钧，四方是维。"

⑤乱：一作"辞"或"慕"。北叟：即《淮南子·人间训》所载失马之塞翁。

⑥《史记·孔子世家》："累累若丧家之狗。"

【汇评】

刘濬《杜诗集评》卷四引李因笃曰：句整，得初唐之神。

别张十三建封①

尝读唐实录，国家草昧初。刘裴建首义，龙见尚踟蹰②。秦王拨乱姿，一剑总兵符。汾晋为丰沛，暴隋竟涤除③。宗臣则庙食，后祀何疏芜。彭城英雄种，宜膺将相图④。尔惟外曾孙，倜傥汗血驹。眼中万少年，用意尽崎岖。相逢长沙亭，乍问绪业余。乃吾故人子，童丱联居诸⑤。挥手洒衰泪，仰看八尺躯。内外名家流，风神荡江湖。范云堪晚友，嵇绍自不孤⑥。择材征南幕，湖落回鲸鱼⑦。载感贾生恸，复闻乐毅书⑧。主忧急盗贼,师老荒京都。旧丘岂税驾,大厦倾宜扶。君臣各有分,管葛本时须。虽当霰雪严,未觉栝柏枯。高义在云台,嘶鸣望天衢。羽人扫碧海,功业竟何如。

【题解】

大历初年,道州刺史裴虬荐张建封于韦之晋,后者辟为参谋,奏授左清道兵曹。韦之晋去世后,张建封主动去职,离开长沙之际,杜甫赋诗相送。我曾经读大唐的国史,国家草创之初,形势尚未明朗,刘文静与裴寂首先向唐高祖建议起兵反隋。后来唐太宗手提三尺之剑,总天下之兵符,拨乱反正,推翻暴隋,建立大唐基业。那些襄助起兵之大臣,世代在庙堂中享受祭飨,直至于沉寂。张建封本为刘文静之外曾孙,才能卓异,豪爽潇洒,倜傥不羁,意深莫测。我与他相逢于长沙亭,询问其家世,得知为故人之子。当年我和他的父亲张玠同游山东时,他还是小毛孩。如今他身长八尺,伟岸高大,继承了刘文静与张玠的风采,逸气纵横。他是我的忘年交,可以托付后事。他本任职于韦之晋幕府,因韦卒而北归,慨时事而恸哭如贾谊,不忘旧帅而如去燕之乐毅。如今盗贼肆虐,朝廷多次征讨,师老民困,君上忧心。张建封你不能就此归隐旧丘,而当挺身而出,扶颠持危,如管仲、诸葛亮那样履行大臣的职责,坚贞不易,直追云台之栋梁,何必效仿羽人入海遁世。

【注释】

①张建封(735—800),字本立,邓州南阳人,历官岳州刺史、寿州刺史、徐泗濠节度使等。

②刘裴:刘文静与裴寂,两人襄助唐高祖起兵反隋。《易·乾》:"见龙在田,利见大人。"

③汾晋:汾水流域,亦特指山西太原地区。高祖李渊在隋袭唐国公,任太原留守、晋阳宫监。丰沛:秦沛县丰邑,为汉高祖刘邦起兵处。

④彭城:隋唐郡名,治所在今江苏徐州。刘文静自云彭城人,代居京兆之武功。

⑤《诗·邶风·柏舟》:"日居月诸,胡迭而微。"

⑥《南史·范云传》:"(范)云性笃睦,事寡嫂尽礼,家事必先谘而后行。好节尚奇,专趋人之急。少与领军长史王畡善,云起宅新成,移家始毕,畡亡于官舍,尸无所归,云以东厢给之。移尸自门入,躬自营啥,招复如礼,时人以为难。"晚友:一作"晚交"或"结友"。《晋书·山涛传》:"(山涛)与嵇康、吕安善,后遇阮籍,便为竹林之交,著忘言之契。康后坐事,临诛,谓子绍曰:'巨源在,汝不孤矣。'"

⑦征南幕:晋征南大将军杜预之幕府,此喻湖南观察使韦之晋幕府。湖:一作"潮"。

⑧《史记·乐毅列传》载,齐使反间计于燕惠王,惠王以骑劫代乐毅,乐毅畏诛而降赵。燕王悔,遗乐毅书,乐毅亦作书回报,复与燕王交好,燕赵以为客卿。

【汇评】

卢世㴋《杜诗胥钞余论·论五言古诗》:送魏佑、王砅、张建封,乃一肚皮国史实录,无处发付,特借彼题目写我文章,即与本人分上,颇觉迂远,亦不暇顾。要之建封自奇士,只"风神荡江湖",谁能当此五字耶。

北 风

北风破南极,朱凤日威垂①。洞庭秋欲雪,鸿雁将安归。十年杀气盛,六合人烟稀。吾慕汉初老,时清犹茹芝。

【题解】

北风呼啸而来,一直吹到极南之地,南方之神朱凤的威力日渐削弱。洞庭湖秋日居然就要卜雪,那些鸿雁将飞向何处。十年来战乱不休,天地内人烟越来越稀少。我羡慕商山四皓,在太平时节可以归隐,茹芝以终老。

【注释】

①威:一作"低"。

【汇评】

张溍《读书堂杜诗注解》卷一九：首四句皆比，言君上蒙尘，而臣子无所归也。末句言时清犹隐，则世乱可知。

仇兆鳌《杜诗详注》卷二三：上四比兴，下四叙情。朱凤低垂，鸿雁无归，喻己之流离失所。此因乱离所致，故有杀盛人稀之感。四皓采芝，时清犹隐，今乱后将焉适耶，语意紧与上截相应。

幽　人

　　孤云亦群游，神物有所归①。麟凤在赤霄，何当一来仪②。往与惠荀辈，中年沧洲期③。天高无消息，弃我忽若遗。内惧非道流，幽人见瑕疵④。洪涛隐语笑，鼓枻蓬莱池⑤。崔嵬扶桑日，照曜珊瑚枝。风帆倚翠盖，暮把东皇衣⑥。咽漱元和津，所思烟霞微⑦。知名未足称，局促商山芝。五湖复浩荡，岁暮有余悲。

【题解】

　　独游之孤云，因追随神龙而群聚；翱翔九天之灵凤，何时飞来而能一睹其风采。往日我与惠荀等人，约定中年去隐居，莫非他们已经羽化成仙、得道飞升，只是把我遗忘？还是因为我求道之心不够坚定，被他们发现了许多毛病。洪涛中隐约传来谈笑之声，看来他们正乘船划桨奔向蓬莱。太阳爬上高高的扶桑树，照耀着海中的珊瑚枝。船帆从岸边的树林旁一闪而过，到了日暮就可以牵着东皇太一的衣服。我也吞津修炼，以寄迹烟霞隐微之处，但为求名所误，只得局促地怅望着商山灵芝。五湖之水如此浩荡，岁暮之时，我想起幽人心有余悲。

【注释】

①有：一作"识"。

1540

②麟:一作"灵"。当:一作"尝"。《书·益稷》:"箫韶九成,凤皇来仪。"

③荀:一作"询"。

④见:一作"在"。

⑤语笑:一作"笑语"。

⑥盖:一作"鹹"。

⑦元和津:道家所称口中之津液。《云笈七签》卷一三引《太清中黄真经》:"但服元和除五谷。"霞:一作"雾"。

【汇评】

黄生《杜工部诗说》卷一:同一学仙语,在太白则清新俊逸,在子美则沉郁顿挫,笔性所至,不可强也。

吴瞻泰《杜诗提要》卷四:此有出世之思,以幽人自期,而寄慨在不即不离之间。篇凡四层描写,而发端处翩然出奇,不可名状。"洪涛"一段,接笔突兀,尤不可名状。其用笔全自《九歌》中脱来,另是一种笔墨。

陈沆《诗比兴笺》卷三:钟惺辈直谓游仙之词,朱彝尊谓怀李泌隐衡山而作,皆泥文窒悟,但见筌蹄。夫"幽人""东皇",皆况君也;"龙""凤"又以况幽人也。云必从龙,始得所归;凤在九霄,何时来下?"往与惠询辈",谓早岁侍从之时;"天高无消息",则九重万里之感;"内惧""见瑕疵",则微贱疑谤之情。"洪涛"以下,冀遇合之可必也;章末四语,慨仙愿之不遂也。纵希商山四皓之踪,终为名累,况羁五湖浩荡之游,徒悲岁暮乎。

晚秋长沙蔡五侍御饮筵送
殷六参军归澧州觐省①

佳士欣相识,慈颜望远游。甘从投辖饮,肯作置书邮②。
高鸟黄云暮,寒蝉碧树秋。湖南冬不雪,吾病得淹留。

【题解】

晚秋时节,殷参军即将回澧州探亲,蔡侍御在长沙为其践行,杜甫预宴而赋有此诗。诗人说,能够结识殷参军这样的人才,是非常荣幸的事情,理当举杯痛饮,大醉方休。只是殷参军担心慈母倚门而望,思归心切,不便过多挽留,甚至想托殷参军捎带书信,也唯恐延误了他的行程。黄云暮合,飞鸟高翔,碧树矗立,寒蝉无声,殷参军带着浓浓的秋意而去。我滞留湖南,幸亏此处地暖,冬日无雪,病情得以有所缓解。

【注释】

①澧州:治所在今湖南澧县。

②置:一作"致"。《世说新语·任诞》:"殷洪乔作豫章郡,临去,都下人因附百许函书。既至石头,悉掷水中,因祝曰:'沉者自沉,浮者自浮,殷洪乔不能作致书邮。'"

【汇评】

卢元昌《杜诗阐》卷三二:参军佳士,相见恨晚,奈有母倚闾望其遄归何。在我欣相识之心,于侍御筵甘为投辖饮;在参军念慈颜之望,恐归途日难为置书邮。昔殷洪乔将人所寄书悉投水中,曰殷洪乔不能作置书邮。今参军固无此事,但迫于省亲,或不暇寄书耳。秋晚矣,黄云暮合,高鸟归飞,碧树寒侵,哀蝉辍响。此时殷母在家,有子远游,暮而未归,倚闾之情为何如者。我在湖南,秋虽已晚,犹幸地暖,冬亦不雪,老病淹留,庶得少慰云。

黄生《杜工部诗说》卷七:公盖托殷寄书,诗故归重殷,与他筵送客宾主分明者有别,此古文叙事详略轻重之法也。

送卢十四弟侍御护韦尚书
灵榇归上都① 二十韵

素幕渡江远,朱幡登陆微。悲鸣驷马顾,失涕万人挥。参佐哭辞毕,门阑谁送归。从公伏事久,之子俊才稀。长路更执绋,此心犹倒衣②。感恩义不小,怀旧礼无违。墓待龙骧诏,台迎獬豸威。深衷见士则,雅论在兵机③。戎狄乘妖气,尘沙落禁闱。往年朝谒断,他日扫除非。但促铜壶箭,休添玉帐旌④。动询黄阁老,肯虑白登围。万姓疮痍合,群凶嗜欲肥⑤。刺规多谏净,端拱自光辉。俭约前王体,风流后代希。对扬期特达,衰朽再芳菲⑥。空里愁书字,山中疾采薇。拨杯要忽罢,抱被宿何依。眼冷看征盖,儿扶立钓矶。清霜洞庭叶,故就别时飞⑦。

【题解】

江面上,韦之晋尚书的灵榇越来越遥远,慢慢消失在岸上送行部曲的眼前。驷马恋主而长鸣,万人伤悲而挥涕。幕中之佐吏、参军哭辞既毕,唯有卢侍御送归灵柩,因为他跟随韦尚书时间最久。这漫长的归程,卢侍御感激韦尚书往日的恩义,一路手执牵引灵柩的大绳,直到抵达京城,为朝廷隆重接待并予以厚葬。卢侍御感恩怀旧,可谓士人之楷模;他慨然时事,认为朝廷安危在于通晓兵事。吐蕃连年入寇,代宗出奔而皇室蒙尘,官员无法朝谒,这都是所用非人的缘故。君王早朝勤政,不要添兵苑中,分散军队的指挥权。朝中大臣,也不能再素餐尸位,不替君王分忧解难。河北降将恣意骄奢,天下百姓疮痍遍身。希望卢侍御直言谏净,使天子厉行俭德,遵从先王体制。卢侍御你面君奏对,受到提拔重用,我这衰朽之人也会感到光彩。虽然我困居山中,愁闷不堪,无法再与你同眠共饮。清霜叶落之时,我为儿子所搀扶,伫立在江边的钓矶上,遥望着你的车盖远去。

【注释】

①卢十四弟侍御:杜甫表弟、大理评事兼监察御史卢岳,字周翰。韦尚书:韦之晋,大历四年夏日卒于长沙。

②《诗·齐风·东方未明》:"东方未明,颠倒衣裳。颠之倒之,自公召之。"

③《世说新语·德行》:"陈仲举言为士则,行为世范,登车揽辔,有澄清天下之志。"

④促:一作"整"。

⑤凶:一作"雄"。

⑥对扬:在天子前对答、称扬。《书·说命下》:"(傅)说拜稽首,曰:'敢对扬天子之休命。'"

⑦《楚辞·九歌·湘夫人》:"袅袅兮秋风,洞庭波兮木叶下。"

【汇评】

杨伦《杜诗镜铨》卷二〇:首段完题,中段以直谏勉卢,皆归朝后事,末叙别情,有黯然魂消之致。

又引蒋弱六曰:草野孤忠,借题发意,真挚动人乃尔。

奉送魏六丈佑少府之交广①

贤豪赞经纶,功成空名垂②。子孙不振耀,历代皆有之③。郑公四叶孙,长大常苦饥④。众中见毛骨,犹是麒麟儿。磊落贞观事,致君朴直词。家声盖六合,行色何其微。遇我苍梧阴,忽惊会面稀。议论有余地,公侯来未迟。虚思黄金贵,自笑青云期⑤。长卿久病渴,武帝元同时⑥。季子黑貂敝,得无妻嫂欺。尚为诸侯客,独屈州县卑。南游炎海甸,浩荡从此辞。穷途仗神道,世乱轻土宜。解帆岁云暮,可与春风归。出入朱门家,华屋刻蛟螭。玉食亚王者,乐张游子悲。侍婢艳倾城,绡绮轻雾霏⑦。掌中琥珀钟,行酒双逶迤⑧。新欢继明烛,梁栋星辰飞。两情顾眄合,珠碧赠于斯。上贵见肝胆,下贵不相疑⑨。心事披写间,气酣达所为⑩。错挥铁如意,莫避珊瑚枝⑪。始兼逸迈兴,终慎宾主仪。戎马暗天宇,呜呼生别离。

【题解】

魏佑将南游交广,杜甫作诗相送。"魏佑名臣之后,凤负才具,卑就一

1544

尉,弃职游交与广,于其行也,畅言游踪之乐,而终之以规"(汪灏《树人堂读杜诗》卷二三)。贤俊豪杰建功立业、名垂后世而子孙衰微不振的现象,历代皆有。魏佑乃郑国公魏徵的四世孙,生长于饥寒交迫之中,一见其骨相容貌,大家都知道他非同一般。贞观年间魏徵犯言直谏,磊磊落落,名闻遐迩;魏佑则才华杰出,有望重振家声,青云直上,如今却行色匆匆,落拓如司马相如未遇汉武帝、苏秦说秦王而不获,仅仅屈身州县担任卑职。他在长沙与我不期而聚,说要南游炎海,从此远去。人在穷途末路往往乞灵于鬼神庇护,身处乱世就会轻易离开故土。岁暮启程,来年早春他就可以抵达交、广,出入朱门华屋,享受精美的食物,欣赏精妙的歌舞。希望他能得到交广当权者的信任,披肝沥胆,在注意宾主之仪的同时,一吐胸中豪气。

【注释】

①魏佑,巨鹿人,行六,魏徵四世孙,曾任县尉。交广:交州与广州。交州治所在今越南河内。

②《易·屯》:"君子以经纶。"空名:一作"名空"。

③不振耀:一作"没不振"。

④郑公:郑国公魏徵。贞观七年,魏徵加左光禄大夫,进封郑国公。

⑤黄金:黄金印,宰相之印。贵:一作"遗"。

⑥《汉书·司马相如列传》载,司马相如口吃而善著书,常有消渴病。汉武帝读司马相如《子虚赋》,叹曰:"朕独不得与此人同时哉!"

⑦轻:一作"烟"。

⑧掌:一作"堂"。

⑨相:一作"见"。

⑩达:一作"远"。

⑪《晋书·石崇传》载,晋武帝赐王恺珊瑚树一株,高二尺许,世所罕比。王恺以示石崇,石崇以铁如意击之,应手而碎。

【汇评】

浦起龙《读杜心解》卷一之六:详诗意,魏为名勋之胄,才高位下,远客殊俗,而其年或尚少壮,奢淫易惑。故前半多惜词,后半多戒词。此篇段落不齐。起四句,泛举勋胄式微冒起。次八句,以魏君实之,四先抑后扬,四先扬后抑，笔情矫变，而"行色"句却已领下。"遇我"以下，正言其"行色"之微也。"议论余"，富才情也。"公侯来"，宜贵显也。乃买赋不如长卿，空囊竟同季子，虚縻散官，浩荡远客，岂不可惜。伏神道，以祝其平安；轻土宜，以谅其罔投；春风归，以止其留恋。此四句，复为行色微者曲曲慰劝。此上皆惜词。交、广多产珍宝，俗奢而淫，语有之"少不入广"，谓其易迷而丧志也。故"出入"十四句，备陈蛊惑客心之态。而"心事"四句，又申致沉溺丧守之虞。然后以"逸兴""慎仪"二句，一纵一收，归之正论。盖非漫为交、广渲染，乃深为少年警惕也，老成之言如此。以上皆戒词。末两句，另笔收住，与前文似不相属，然动以临岐叹息之声，一以见远离之苦，一欲其念别语之悲，盖亦言中之惜词、言外之戒词也与。

舟中夜雪，有怀卢十四侍御弟

朔风吹桂水，大雪夜纷纷①。暗度南楼月，寒深北渚云②。烛斜初近见，舟重竟无闻。不识山阴道，听鸡更忆君③。

【题解】

杜甫夜宿舟中，见纷纷扬扬的大雪，想念送韦之晋灵柩归京的侍御史卢岳而作此诗。猛烈的北风，在湘江上肆虐，大雪随之而来，又大又密，云层低厚，星月晦暗。大雪初下，阒寂无声，持烛靠近才能发现。雪慢慢越下越大，船篷的积雪也越来越厚了，船身也变得沉重起来。雨雪凄凄，我无法如王徽之连夜探访友人，听见鸡鸣，更加思念你。

【注释】

①大：一作"朔"。

②《楚辞·九歌·湘夫人》："帝子降兮北渚。"

③《诗·郑风·风雨》："风雨凄凄，鸡鸣喈喈。既见君子，云胡不夷。"

【汇评】

方回《瀛奎律髓》卷二一："舟重竟无闻"，可谓善言舟中听雪之状。凡用事必须翻案,雪夜访戴,一时故实。今用为不识路而不可往,则奇矣。

黄生《杜工部诗说》卷五:总是对雪怀人,以雪起,以人终。三、四,写彼地之雪,意中想象;五、六,写己地之雪,即事形容。情中景,景中情,融成一片,无像可窥,此之谓化境。

仇兆鳌《杜诗详注》卷二三:首纪地,次点题;三、四远景,言岸上;五、六近景,切舟中。山阴应雪,听鸡应夜,全诗句句入细。月之暗,雪暗之也。云之寒,雪寒之也。烛斜初见,在坐时。舟重无闻,在卧时。

对　雪

北雪犯长沙,胡云冷万家。随风且间叶,带雨不成花^①。金错囊徒罄,银壶酒易赊^②。无人竭浮蚁,有待至昏鸦^③。

【题解】

此首与前诗同时而作,前首咏夜雪,此诗咏日间之雪。北方风雪南袭,长沙一片凄寒。雪片很小,尚未成花。风中飘着落叶,雪中夹着雨滴。行囊空空,无钱只能赊酒。酒难得又无朋,独坐至黄昏而见乌鸦归巢。

【注释】

①间:一作"开"。

②金错:金错刀,古代钱币名,王莽摄政时铸造,以黄金错缕其文。徒:一作"从"或"垂"。

③诗句原有注:"何逊诗云:城阴度堑黑,昏鸦接翅归。"

【汇评】

方回《瀛奎律髓》卷二一:诗家善用事,藏一字于句中。"银壶酒易赊",非易也,乃不易也。钱囊既已空矣,酒义可以易赊乎? 但哦此者,着些断续轻重即见意矣。以尾句验之,盖无人肯赊,直待至昏黑也。

仇兆鳌《杜诗详注》卷二三:上四雪中景,下四雪中情。南方少雪,故远自北方而来。雪飞叶落,随风杂舞,故曰"间"。雪有六花,带雨而湿,故不成。有酒无朋,此对雪凄凉之况。

石间居士《藏云山房杜律详解》五律卷六:此诗通身是对雪欲饮,却又以末句未饮截然收住,奇幻之至。

冬晚送长孙渐舍人归州

参卿休坐幄,荡子不还乡①。南客潇湘外,西戎鄠杜旁②。衰年倾盖晚,费日系舟长。会面思来札,销魂逐去樯。云晴鸥更舞,风逆雁无行。匣里雌雄剑,吹毛任选将。

【题解】

大历四年冬,杜甫送中书舍人长孙渐北归而作此诗。我曾为剑南节度使参幕,先弃职而仍无法归乡。长安为吐蕃骚扰,战乱不休,我只好一路南行至潇湘。衰弱之年,与你倾盖如故,依依惜别,久久不愿发棹启程。樯桅远去,令我黯然销魂;此去会面艰难,倘若挂念就寄信前来吧。江鸥在晴空下起舞,大雁因逆风而不成行列。长孙渐你如匣中吹毛可断之宝剑,北归后将锋芒毕露。

【注释】

①《列子·天瑞》:"有人去乡土、离六亲、废家业、游于四方而不归者,何人哉?世必谓之为狂荡之人矣。"还:一作"归"。

②《汉书·宣帝纪》:"尤乐杜鄠之间,率常在下杜。"杜鄠,杜陵与鄠县,在长安附近。

【汇评】

浦起龙《读杜心解》卷五之四:起四,自述。中四,叙题。后四,景与情俱到。实则段段脉连,句句流对,笔力横绝。

暮冬送苏四郎徯兵曹适桂州

飘飘苏季子,六印佩何迟。早作诸侯客,兼工古体诗。尔贤埋照久,余病长年悲。卢绾须征日,楼兰要斩时①。岁阳初盛动,王化久磷缁。为入苍梧庙,看云哭九疑。

【题解】

苏徯为杜甫故人之子,两人曾在夔州相见,杜甫作有《赠别苏徯》。大历四年冬,桂州朱济反叛,苏徯将入桂协助平乱,杜甫赋诗送之。当日游说诸侯的苏秦,在身佩六国相印之前,何等穷困潦倒。苏徯你擅长五言古诗,早年任职于幕府,长久埋没沉沦,不受重用。此次朱济叛乱,你要效仿傅介子,挺身而出,联合各处力量,诛除乱贼,使王化之地不受玷污。行经苍梧山时,希望你能为我入庙祭拜舜帝,祈求盛世早日来临。

【注释】

①卢绾:与刘邦同里,随刘邦起沛,汉初封燕王,后降匈奴。《汉书·高帝纪》:"上使辟阳侯审食其迎绾,绾称疾,食其言绾反有端。春二月,使樊哙、周勃将兵击绾。"

【汇评】

仇兆鳌《杜诗详注》卷二三引卢元昌曰:苏季子历说诸侯,合从伐秦,佩六国相印。公欲兵曹连结诸经略节度并力讨贼,如季子合从,故起有"六印"句。其后容管使王翊、藤州刺史李晓庭、义州刺史陈仁璀结盟讨贼,贼遂平。

客　从

客从南溟来,遗我泉客珠①。珠中有隐字,欲辨不成书。缄之箧笥久,以俟公家须。开视化为血,哀今征敛无。

有客人从南方而来,曾经赠送我一颗珍珠。珍珠里隐约有字,想辨认又看不清楚。我一直将它收藏在竹箱里,等待日后官府缴纳赋税。谁知打开箱子一看,珍珠已经化成了血水,现在我能拿什么来应付官家的征敛呢?

【注释】

①《庄子·逍遥游》:"海运则将徙于南冥。"《述异记》:"鲛人,即泉先也,又名泉客。"

【汇评】

卢世㴶《杜诗胥钞余论·论五言古诗》:《留花门》、《塞芦子》、前后《出塞》、"二吏""二叹""三别",暨《客从南溟来》《白马东北来》,纡虑老谋,补偏救弊,体人情若雪片,数世事如雨点,情酸味厚,歌短泣长,而一唱三叹,蕴藉优柔。《三百篇》、《十九首》、李陵、苏武、曹植、陶潜,上下同流,后先一揆。

夏力恕《杜诗增注》卷二〇:此篇似叹征求,亦寓言耳。自以生平忧世篇章,皆和泪写之。如泉客之珠,辞虽婉讽,隐而难辨,然实可用于世,方期藏而有待,今且老矣,泪化为血,即用我亦无矣。思之至,故哀之深也。

蚕谷行

　　天下郡国向万城,无有一城无甲兵。焉得铸甲作农器,一寸荒田牛得耕。牛尽耕,蚕亦成①。不劳烈士泪滂沱,男谷女丝行复歌。

【题解】

全天下上万座城池,哪一座城池不是戒备森严、干戈纵横呢?如何才能让甲胄兵器无用武之地,把它们铸成农具,使天下每一寸土地都得到耕作?如果耕牛尽其用,桑蚕有所成,农民都不用涕泪滂沱去出征,男耕女织,安居乐业,载歌载舞,那是多么美好啊。

【注释】

①尽:一作"得"。耕:一作"耕田"。

【汇评】

仇兆鳌《杜诗详注》卷二三:当时赋役繁而农桑废,此《蚕谷行》所为作也,然必销兵之后,民始复业。末云烈士,见当时征戍之士即农民耳。

又引《杜臆》:上言甲兵,下文变铸兵为铸甲,此用字错综处。题兼蚕谷,篇中只带言"蚕亦成",此序事详略法。

夏力恕《杜诗增注》卷二〇:意义分明,变幻是"牛尽耕""蚕亦成"一转,单起双行,章法最妙。

白凫行

君不见黄鹄高于五尺童,化为白凫似老翁①。故畦遗穗已荡尽,天寒岁暮波涛中②。鳞介腥膻素不食,终日忍饥西复东③。鲁门鶢鶋亦蹭蹬,闻道如今犹避风④。

【题解】

君不见高过五尺孩童的黄鹄,化作白色野鸭就如同老翁一样。故土畦田中的遗穗早已被捡拾干净,它又不愿意吞吃腥膻的鱼虾,于是忍饥挨饿,天寒岁暮还在波涛中游来游去。听说海鸟也是这般潦倒,至今仍栖息在鲁国东门外躲避灾风。

【注释】

①似:一作"象"。

②岁:一作"日"。

③膻:一作"臊"。

④鶢鶋:海鸟。《国语·鲁语上》:"海鸟曰爰居,止于鲁东门之外三

日。……展禽曰：'……今兹海其有灾乎？夫广川之鸟兽，恒知避其灾也。'是岁也，海多大风，冬暖。"如：一作"于"。

【汇评】

吴瞻泰《杜诗提要》卷六：此骚体，全不出正意。用屈原《卜居》"将泛泛若水中之凫乎""将与黄鹄比翼乎"二句，言东西无地可栖也。结又引出一鸟，寓有不飨太牢、不乐钟鼓之慨，而但曰避风云者，其自寓也微矣。

仇兆鳌《杜诗详注》卷二三：《白凫行》，自伤迟暮漂流也。黄童化为老叟，此黄鹄白凫之喻也。遗穗荡尽，陆无粮矣。腥膻不食，水又饥矣。此自蜀至楚之喻。鹔鹴避风，伤北归亦无安身之地也。

杨伦《杜诗镜铨》卷二〇：起语如谣，寓意深恻。

朱凤行

君不见潇湘之山衡山高，山巅朱凤声嗷嗷①。侧身长顾求其群，翅垂口噤心甚劳②。下愍百鸟在罗网，黄雀最小犹难逃。愿分竹实及蝼蚁，尽使鸱枭相怒号③。

【题解】

君不见坐落在潇湘的衡山高入云霄，山顶有凤凰哀鸣嗷嗷。它侧身旁顾，引颈四望，呼求同伴。但见百鸟都难逃罗网，甚至连最小的黄雀都不例外，于是垂翅缄口，内心焦虑而无奈。它多么希望能够把自己吃的竹实，分给那些小鸟乃至蝼蚁，哪怕鸱鹰生气怒号。

【注释】

①巅：一作"岩"。声：一作"鸣"。

②群：一作"曹"。甚劳：一作"劳劳"。古乐府《艳歌何尝行》："吾欲衔汝去，口噤不能开。"

③尽：一作"忍"。

【汇评】

仇兆鳌《杜诗详注》卷二三:《朱凤行》,自伤孤栖失志也。师氏曰:凤喻君子。公困于荆衡,不得其志,欲引同志以进,泽及下民,恐为小人所疾也。朱凤求曹,呼引同志也。翅垂口噤,欲言不敢也。百鸟罗网,民困诛求也。黄雀难逃,无一得所也。愿分蝼蚁,爱物之意无穷。鸱枭怒号,欲去小人之为害者。

杨伦《杜诗镜铨》卷二〇引蒋弱六曰:《白凫》言其节操之苦,《朱凤》言其胸襟之阔,此老岂徒为大言而已,此中实有学问,有性情。不如是,不足为千古第一诗人也。

又引李因笃曰:悲天悯人,托物起兴。

追酬故高蜀州人日见寄 并序

开文书帙中,检所遗忘,因得故高常侍适往居在成都时,高任蜀州刺史,人日相忆见寄诗。泪洒行间,读终篇末。自枉诗已十余年,莫记存殁,又六七年矣。老病怀旧,生意可知。今海内忘形故人,独汉中王瑀与昭州敬使君超先在。爱而不见,情见乎辞。大历五年正月二十一日,却追酬高公此作,因寄王及敬弟。①

自蒙蜀州人日作,不意清诗久零落②。今晨散帙眼忽开,迸泪幽吟事如昨③。呜呼壮士多慷慨,合沓高名动寥廓。叹我悽悽求友篇,感时郁郁匡君略④。锦里春光空烂熳,瑶墀侍臣已冥寞。潇湘水国傍鼋鼍,鄠杜秋天失雕鹗。东西南北更堪论,白首扁舟病独存⑤。遥拱北辰缠寇盗,欲倾东海洗乾坤⑥。边塞西蕃最充斥,衣冠南渡多崩奔。鼓瑟至今悲帝子,曳裾何处觅王门⑦。文章曹植波澜阔,服食刘安德业尊⑧。长笛谁能乱愁思,昭州词翰与招魂⑨。

有一天打开书箱,忽然翻检到高适担任蜀州刺史时,在上元二年(761)正月初七所作《人日寄杜二拾遗》:"人日题诗寄草堂,遥怜故人思故乡。柳条弄色不忍见,梅花满枝空断肠。身在远藩无所预,心怀百忧复千虑。今年人日空相忆,明年人日知何处。一卧东山三十春,岂知书剑老风尘。龙钟还忝二千石,愧尔东西南北人。"重读之时,泪洒纸上。自从高适赠诗与我之后,转眼十年过去了,他亡故也有六七年了。如今我又老又病,情怀可想而知。眼下海内尚且活着的不拘形迹的好友,只有汉中郡王李瑀和昭州刺史敬超先。他们二人相距甚远,无法见面,于是在大历五年(770)正月二十一日写下这首诗,追酬高适,同时寄给李瑀和敬超先,表达我对两人的思念之情。诗中说,高适从蜀州寄来的那篇人日之作,我将它夹在了书卷里。今天早上打开卷帙,看见它不觉眼睛一亮,边哭边吟,往事历历在目,恍惚如在昨日。高适慷慨豪放,名动宇内。他在诗中感叹我流离转徙,我也为他未能尽情施展匡时之策而惋惜。那时成都春光烂漫,两人酬唱往复,也是人间乐事。如今高适早已故去,朝廷失去了这位直言进谏的重臣,我则白首扁舟,一路漂流至潇湘。北方狄夷连年入寇,中土衣冠纷纷南渡,我恨不得翻倒东海来冲洗乾坤。在这水乡泽国,我愁听湘灵鼓瑟,尚思曳裾王门,可惜山川阻隔,无法成行。汉中王你文辞如曹植波澜壮阔,又效仿刘安服食,德业为世所尊。我思念高适,如同向秀在山阳闻邻人长笛而想起嵇康,希望敬超先刺史你能够写诗纪念高适,一如宋玉为屈原招魂作赋。

【注释】

①王:一作"郡王"。

②蒙:一作"枉"。

③开:一作"明"。

④《诗·小雅·伐木》:"嘤其鸣矣,求其友声。"感时:一作"感君"。匡君:一作"匡时"。

⑤堪:一作"谁"。

⑥遥:一作"犹"。《论语·为政》:"为政以德,譬如北辰居其所而众星共之。"

⑦《楚辞·远游》："使湘灵鼓瑟兮,令海若舞冯夷。"《汉书·邹衍传》:"饰固陋之心,则何王之门不可曳长裾乎?"

⑧《古今注·音乐》："淮南服食求仙,遍礼方士,遂与八公相携俱去,莫知所在。"《史记·淮南衡山列传》:"淮南王安为人好读书鼓琴,不喜弋猎狗马驰骋,亦欲以行阴德拊循百姓,流誉天下。"

⑨《晋书·向秀传》载,嵇康被杀,向秀过其旧宅,作《思旧赋》,序言邻人有吹笛者,发声寥亮,追思曩昔游宴之好,感音而叹。谁能:一作"邻家"。招魂:宋玉悲屈原忠信而见弃,遂作《招魂》以哀之。

【汇评】

王嗣奭《杜臆》卷一〇:高乃忘形故人,已死而遂及生者,将汉中、昭州并入篇中,此公触想成诗,无成心亦无定体,如太空浮云,卷舒自如。

浦起龙《读杜心解》卷二之三:上下六韵截,各四句转意。起四句,叙明见诗。"呜呼"四句,推其才望,带表相契。"锦里"四句,伤高殁也。"锦里空"而身"傍鼋鼍",惠诗之处,不堪回首矣。"瑶墀冥"而人"失雕鹗",作诗之人,杳然长逝矣。彼此互叹,文情摇曳。"东西"四句,就高诗结语,推透一层。而"缠寇盗""洗乾坤",则申上"扁舟"无着之故,引下"充斥""崩奔"之因也。"边塞"四句,谓值乱世而远国门。"悲帝子",南滞之情;"觅王门",北望之情也。末四句,两寄汉中王,两寄敬使君。于王则泛称才德,于敬则寄意招寻。盖亦绝意还乡,弥思远去之苦衷耳。

送重表侄王砅评事使南海①

我之曾老姑,尔之高祖母。尔祖未显时,归为尚书妇②。隋朝大业末,房杜俱交友。长者来在门,荒年自糊口。家贫无供给,客位但箕帚。俄顷羞颇珍,寂寥人散后。入怪鬒发空,吁嗟为之久。自陈翦髻鬟,鬻市充杯酒③。上云天下乱,宜与英俊厚。向窃窥数公,经纶亦俱有。次问最少年,虬髯十八九。子等成大名，皆因此人手。下云风云合，龙虎一吟吼。愿展丈夫雄，得辞儿女丑。秦王时在坐，真气惊户牖。及乎贞观初，尚书践台斗。夫人常肩舆，上殿称万寿。六宫师柔顺，法则化妃后。至尊均嫂叔，盛事垂不朽④。凤雏无凡毛，五色非尔曹。往者胡作逆，乾坤沸嗷嗷。吾客左冯翊，尔家同遁逃⑤。争夺至徒步，块独委蓬蒿。逗留热尔肠，十里却呼号。自下所骑马，右持腰间刀。左牵紫游缰，飞走使我高⑥。苟活到今日，寸心铭佩牢。乱离又聚散，宿昔恨滔滔。水花笑白首，春草随青袍。廷评近要津，节制收英髦⑦。北驱汉阳传，南泛上泷舠⑧。家声肯坠地，利器当秋毫。番禺亲贤领，筹运神功操。大夫出卢宋，宝贝休脂膏⑨。洞主降接武，海胡舶千艘。我欲就丹砂，跋涉觉身劳。安能陷粪土，有志乘鲸鳌。或骖鸾腾天，聊作鹤鸣皋⑩。

【题解】

王砅欲往广州，杜甫赋诗相赠。我的曾老姑是你的高祖母，在你高祖王珪尚未显达时就已经嫁给了他。隋朝大业末年，房玄龄、杜如晦都把他当作朋友。当时正值饥荒，糊口艰难，每当那些名士前来拜访，你的高祖母就费尽心思准备酒菜热情款待。你的高祖母对你的高祖说，天下已经大乱，应该多与英雄往来，我看你的那些朋友都是栋梁之材；然后又说，其中一位十八九岁的少年最了不起，以后你们都要依靠他而成就一番事业；最后还说，风云际会，当奋发有为，才是大丈夫本色。当时秦王在座，天子之气不可掩遏。等到贞观初年，你的高祖担任了尚书，你的高祖母也常常肩舆入朝，上殿祝寿，德行堪为六宫之典范，太宗与她亲如叔嫂。你们犹如凤雏，也不同凡响。安史之乱爆发时，我正寄居白水，于是带着家人北上避乱，结果牲口被人抢走，我一个人掉在了野草坑中。王砅你本来已经前行了十多里，发现我失踪后，独自返回来寻找我，并把马让给我骑着，左手牵着缰绳，右手拿着刀，一路护送我抵达安全处所。直到今天，我对你当年的情谊依然时刻牢记在心头。没有想到在这乱世,我们还能重逢。此时我已满头白发,而你则是岭南节度使幕中的英豪。你由汉阳而来,将从潭州乘船继续南下。你处理政务果断细致,无坠于家声。岭南节度使李勉为宗室之后,他运筹帷幄,不贪财货,为官清廉,降服蛮夷洞主,招徕海外客商。我本想南下交趾,无奈旅途劳顿,身体衰弱而无法前往。你风华正茂,怎能陷入粪土之中,终当驾鲸鳌而直上,乘骖鸾而翱翔。

【注释】

①重表:高祖、曾祖以来的中表亲,一说两重表亲。王砅:太宗宰相王珪玄孙。砅,一作“殊”。南海:县名,唐广州治所,在今广东广州。

②老:一作“祖”。

③《世说新语·贤媛》载,陶侃微时,名士范逵过访之。侃家徒四壁,无以待客。其母湛氏乃剪发售之,换得酒食,以飨宾客。鬻市:一作“市鬻”。杯:一作“酤”。

④垂:一作“传”。

⑤左:一作“在”。

⑥诗末原有注:“昔邺下童谣曰:‘青青御路杨,白马紫游缰。’”今移至对应诗句处。

⑦廷评:廷尉平,汉魏官名,唐改为大理评事。节制:节度使。唐代宗大历三年十月,李勉为广州刺史,充岭南节度使。

⑧泷:水名,即今广东西江支流罗定江。舠:小船。

⑨卢宋:卢奂与宋璟,两人曾为南海太守,清廉有治声。《旧唐书·李勉传》载,李勉自南海归朝,至石门停舟,悉搜家人所贮南货犀象之物投之江中。

⑩江淹《别赋》:“驾鹤上汉,骖鸾腾天。”聊:一作“不”。《诗·小雅·鹤鸣》:“鹤鸣于九皋,声闻于天。”

【汇评】

《唐诗归》卷一七钟惺曰:前段不过叙中表戚耳,忽具一部开国大掌故,无头重之患。自“往者胡作逆”以下,只是乱离相依、饮食仆马细故,无端无委,无转无接,首尾不应,细大不伦,胸中潦倒,笔下淋漓,非独诗,即看作一篇极奇文字亦可。志传叙事体,入诗奇,作起语尤奇。

仇兆鳌《杜诗详注》卷二三:此夔州以后之诗,挥洒任意而出之者。如"寂寥人散后""入怪鬓发空",乃隔句呼应;"右持腰间刀""左牵紫游缰",乃隔联斜对。与秦蜀诸诗,谨严融洽者,固不同也。

杨伦《杜诗镜铨》卷二〇引李因笃曰:前半太史公得意之文,后半亦直叙,如长江出蜀,当看其一往浩瀚。

奉赠萧二十使君

昔在严公幕,俱为蜀使臣。艰危参大府,前后间清尘①。起草鸣先路,乘槎动要津。王凫聊暂出,萧雉只相驯。终始任安义,荒芜孟母邻②。联翩匍匐礼,意气死生亲③。张老存家事,嵇康有故人④。食恩惭卤莽,镂骨抱酸辛。巢许山林志,夔龙廊庙珍⑤。鹏图仍矫翼,熊轼且移轮⑥。磊落衣冠地,苍茫土木身。埙篪鸣自合,金石莹逾新⑦。重忆罗江外,同游锦水滨⑧。结欢随过隙,怀旧益沾巾。旷绝含香舍,稽留伏枕辰。停骖双阙早,回雁五湖春。不达长卿病,从来原宪贫。监河受贷粟,一起辙中鳞。

【题解】

我们曾经都在严武幕下担任郎官,只不过你任职于他初镇蜀川,而我入幕于严武再镇蜀川。后来你由舍人出为县令,重情重义,不肯趋炎附势,在严武卒后,又尽心尽力为其母操办丧事,担当托孤重任,抚恤严武后人,如张孟之存赵武家事、山涛抚养嵇康孤儿,使我自愧远远不如。我只能如巢父、许由遁居山林,而你如夔龙有廊庙之才,如今出任刺史,矫首奋翼,前程远大。我虽为士大夫,身在衣冠之列,却土木形骸,不自藻饰。我与你情如兄弟,相和似埙篪,节坚比金石。同游锦江已成往事,欢乐总是那样短暂,回忆起来令人潸然。我虽为郎官,却因病滞留湖南,久久不能赴任,眼下既病又贫,希望你能伸出援助之手。"此盖送萧为郡,因美萧之于严公如任安之事卫青有始终之义,而自愧不若,且怀旧沾巾而有所需于萧焉"(单复《读杜诗愚得》卷一八)。

【注释】

①诗句原有注:"严再领成都,余后参幕府。"

②《汉书·卫青霍去病传》:"自是后,青日衰而去病日益贵。青故人门下多去事去病,辄得官爵,唯独任安不肯去。"任安,荥阳人,曾为大将军卫青舍人。

③《诗·邶风·谷风》:"凡民有丧,匍匐救之。"诗句原有注:"严公殁后,老母在堂,使君温清之问,甘脆之礼,名数若己之庭闱焉。太夫人顷逝,丧事又首诸孙主典。抚孤之情,不减骨肉,则胶漆之契可知矣。"

④张老:春秋时晋大夫张孟。《礼记·檀弓》:"晋献文子成室,张老曰:'美哉轮焉,美哉奂焉。歌于斯,哭于斯,聚国族于斯。'"

⑤夔龙:舜之二臣,夔为乐官,龙为谏官。《书·舜典》:"伯拜稽首,让于夔龙。"

⑥《后汉书·舆服志》:"公、列侯安车,朱班轮,倚鹿较,伏熊轼。"

⑦《诗·小雅·何人斯》:"伯氏吹埙,仲氏吹篪。"

⑧罗江:唐县名,属绵州,在今四川绵阳西南,属四川德阳。

【汇评】

王嗣奭《杜臆》卷一○:诗以排律叙事,条达流利,绝无滞阂。

刘濬《杜诗集评》卷一四:声情悲壮,格律老成,轻重疾徐,各当其则。于难言处,犹能含蓄,固公之所长也。

奉送二十三舅录事之摄郴州① 崔伟

贤良归盛族,吾舅尽知名。徐庶高交友,刘牢出外甥②。泥涂岂珠玉,环堵但柴荆③。衰老悲人世,驱驰厌甲兵。气春江上别,泪血渭阳情④。舟鹢排风影,林乌反哺声。永嘉多北至,勾漏且南征。必见公侯复,终闻盗贼平。郴州颇凉冷,橘井尚凄清。从役何蛮貊,居官志在行⑤。

【题解】

大历五年春,崔伟以录事参军代理郴州刺史,赴任途中与杜甫相遇于长沙,杜甫赋诗相送。崔氏是唐朝的望族,我的这些舅氏无不以贤良知名,他们所结交的也都是高明之士。崔舅有明珠之质,岂能困于泥涂,而我贫困潦倒,环堵萧然。人至衰老,不免以人世为悲,何况饱经战火,四处流离。阳气萌动的初春,我在江边送舅氏崔伟前往郴州,他奉母亲一同南下,必将平定盗贼,建立功业,造福一方。郴州虽是蛮貊之地,舅氏尽忠职守,肯定能以王化治之。

【注释】

①二十三舅:指崔伟,时以录事参军代理郴州刺史。郴州:治所在今湖南郴州。

②《三国志·蜀书·诸葛亮传》:"惟博陵崔州平、颍川徐庶元直,与亮友善。"《晋书·何无忌传》:"何无忌,刘牢之之甥,酷似其舅,共举大事,何谓无成。"

③《晋书·卫玠传》:"骠骑将军王济,玠之舅也,俊爽有风姿,每见玠,辄叹曰:'珠玉在侧,觉我形秽。'"《礼记·儒行》:"儒者有一亩之宫,环堵之室。"

④《诗·秦风·渭阳》:"送我舅氏,曰至渭阳。"

⑤《论语·卫灵公》:"言忠信,行笃敬,虽蛮貊之邦,行矣。"

【汇评】

夏力恕《杜诗增注》卷二○:公长律最妙于转换,每从使事中暗藏脱卸,如此篇,细推可见。

杨伦《杜诗镜铨》卷二○引李因笃曰:首段称崔,次段自叙,三段送别,四段因勉慰之。头绪亦繁,转承自合。

送魏二十四司直充岭南掌选
崔郎中判官兼寄韦韶州^①

选曹分五岭，使者历三湘。才美膺推荐，君行佐纪纲。佳声期共远，雅节在周防^②。明白山涛鉴，嫌疑陆贾装^③。故人湖外少，春日岭南长。凭报韶州牧，新诗昨寄将^④。

【题解】

大历五年春，魏二十四司直将赴岭南选补使崔郎中府任判官，杜甫赋诗送行，并兼寄韶州刺史韦迢。崔郎中掌管岭南铨选官吏之事，魏司直你历经三湘之地前往岭南。你的才华足以胜任职事，定能好好辅佐崔郎中，如山涛那样甄拔搜选贤士，留下一段佳话，不过也要小心提防，杜绝贪赃之嫌疑。你此去岭南，湖南的故友更加稀少，请你代我转告韶州韦刺史，昨日我已经收到了他寄来的新诗。

【注释】

①《新唐书·选举志》："高宗上元二年，以岭南五管、黔中都督府得即任土人，而官或非其才，乃遣郎官、御史为选补使，谓之南选。"

②期：一作"斯"。共：一作"不"。

③《晋书·山涛传》载，山涛为冀州刺史，甄拔隐屈，搜访贤才，旌命三十余人，皆显名当时。《史记·郦生陆贾列传》载，汉高祖使陆贾赐尉他印为南越王，尉他赐陆生橐中装直千金，他送亦千金。

④寄：一作"夜"。

【汇评】

卢世㴶《杜诗肯綮余论·五七言排律》：多少祈望，多少箴规，字句如金，肝肠如雪。可见古人厚道雅道，无拘无隐。赠送诗中有此，不异天球大贝，历代传宝，夫复何疑。

杨伦《杜诗镜铨》卷二〇：中四语老成忠告，见朋友相规之义。

刘濬《杜诗集评》卷一四引李因笃曰：序事甚明,敷词有体,转下兼寄韶州,尤称一苇渡江矣。

送赵十七明府之县

连城为宝重,茂宰得才新。山雉迎舟楫,江花报邑人^①。论交翻恨晚,卧病却愁春。惠爱南翁悦,余波及老身。

【题解】

诗为送赵县令至南方赴任而作。你如赵国的和氏璧那般珍贵,作为一名贤能的县令,你将惠及百姓,造福一方。我因病久卧,春来生愁,与你可谓相见恨晚。希望你施惠与民的同时,也能惠及于我。"赵必为南方之令,近于衡潭间,故欲其惠爱及于南翁,而余波及公也"(顾宸《辟疆园杜诗注解》五律卷一二)。

【注释】

①《后汉书·鲁恭传》:"(鲁恭)拜中牟令。恭专以德化为理,不任刑罚。……建初七年,郡国螟伤稼,犬牙缘界,不入中牟。河南尹袁安闻之,疑其不实,使仁恕掾肥亲往廉之。恭随行阡陌,俱坐桑下,有雉过,止其傍。傍有童儿,亲曰:'儿何不捕之?'儿言:'雉方将雏。'亲瞿然而起,与恭诀曰:'所以来者,欲察君之政迹耳。今虫不犯境,此一异也;化及鸟兽,此二异也;竖子有仁心,此三异也。久留,徒扰贤者耳。'还府,具以状白安。"

【汇评】

浦起龙《读杜心解》卷三之六:前叙事而带景,故色鲜;后写意而切事,故情洽。

石闾居士《藏云山房杜律详解》五律卷六:"山雉"二句,一是德洽于民,一是泽及于物,乃用倒装句法以出之,更觉蓄意宏深,包孕无限。且山雉而云迎舟楫,是从山说到水;江花而云报邑人,是从水说到山。义是因人而及物,文却先物而后人,颠倒错综,上下交换,两句中该括治术之全功,十字内极尽文章之变化。

同豆卢峰贻主客李员外贤子棐知字韵①

炼金欧冶子,喷玉大宛儿②。符彩高无敌,聪明达所为。梦兰他日应,折桂早年知③。烂漫通经术,光芒刷羽仪。谢庭瞻不远,潘省会于斯④。倡和将雏曲,田翁号鹿皮⑤。

【题解】

主客员外李贤携子李棐至长沙,豆卢峰赠诗与李棐,杜甫以“知”字韵和之。主客郎中李贤教子有方,使得其子李棐才智出众,身手不凡,聪明通达,学问渊博,文采飞扬,他日必将攀桂折枝,堪为世用。李贤携子而来,豆卢峰先作有《将雏曲》,我这遁世老翁又从而和之。“此诗赠主客李员外子名棐者,时公同豆卢峰作以贻之也”(单复《读杜诗愚得》卷一八)。

【注释】

①诗题一本作“同豆卢峰知字韵”。豆卢:复姓。豆卢峰,河南人,贞元间为郎中。

②《吴越春秋·阖闾内传》:“干将者,吴人也,与欧冶子同师,俱能为剑。”《穆天子传》:“东游于黄泽,宿于曲洛,……使宫乐谣。曰:‘黄之池,其马喷沙,皇人威仪;黄之泽,其马喷玉,皇人受穀。’”

③《左传·宣公三年》:“郑文公有贱妾曰燕姞,梦天使与己兰,曰:‘余为伯鯈。余,而祖也。以是为而子,以兰有国香,人服媚之如是。’既而文公见之,与之兰而御之。辞曰:‘妾不才,幸而有子,将不信,敢征兰乎?’公曰:‘诺。’生穆公,名之曰兰。”

④远:一作“足”。潘岳《秋兴赋序》:“余春秋三十有二,始见二毛,以太尉掾兼虎贲中郎将,寓直于散骑之省。”

⑤《宋书·乐志》:“《凤将雏》哥者,旧曲也。应璩《百一诗》云‘为作陌

上桑,反言凤将雏',然则《凤将雏》其来久矣。"

刘濬《杜诗集评》卷一四引李因笃曰:频用典而笔能运之,词意相承,故虽短章不觉。

归雁二首

其一

万里衡阳雁,今年又北归。双双瞻客上,一一背人飞。云里相呼疾,沙边自宿稀。系书元浪语,愁寂故山薇^①。

【题解】

万里而来的大雁,去年飞至衡阳回雁峰后,今年又开始北归了。它们成双成对,一一向我长辞,高飞云霄,前呼后应,急于归去,很少夜宿沙边。至于所谓雁足传书,原本是无稽之谈,而归隐故山也成奢望,如何不令人怅然。

【注释】

①元:一作"无"。寂:一作"绝"。

【汇评】

仇兆鳌《杜诗详注》卷二三:首章,见归雁而切故乡之思。衡雁又归在潭两春矣,雁去既不能留,而系书又不可得,所以有故山之慨。

边连宝《杜律启蒙》五言卷九:此见归雁而切乡思也。首联作艳羡之词,神情无限。瞻客上,似欲作别也;背人飞,不顾而去也。呼疾而宿稀,归之速也。故乡既不可见,系书又不可得,故不禁为之愁绝耳。

杨伦《杜诗镜铨》卷二〇:咏物诗,托兴凄婉,并为绝调。

其二^①

欲雪违胡地,先花别楚云。却过清渭影,高起洞庭群。

塞北春阴暮,江南日色曛。伤弓流落羽,行断不堪闻。

【题解】

大雁在大雪降临之前就离开了北方,在鲜花绽放之前又离开了南方。它们来去何等匆匆,刚刚飞越渭水,却又从洞庭湖启程回转了。此时春阴欲暮,日色方曛,它们急于从江南飞回塞北,旅途劳顿。那些受伤落伍的大雁,它们的哀鸣声如此凄凉,令人不堪听闻。

【注释】

①诗题一作"再吟"。

【汇评】

仇兆鳌《杜诗详注》卷二三:次章,伤归雁而兴飘泊之感。违胡地,去秋雁来。别楚云,今春雁去。过清渭,来时所经。起洞庭,去时所历。塞北、江南,承上起下,言当此春日,而犹有伤弓落羽,行断声哀者,皆穷途旅客所不忍闻也。

刘濬《杜诗集评》卷一○:咏雁耶,悲人耶,不粘不离,洞乎其中,超乎其外,固绝调也。清圆秀润,老笔生姿。

石闾居士《藏云山房杜律详解》五律卷六:此诗通身从归雁上寄意,有民胞物与气象,自伤漂泊之感,却在言外。非稷契一流不能道此语也。

风雨看舟前落花,戏为新句

江上人家桃树枝,春寒细雨出疏篱①。影遭碧水潜勾引,风妒红花却倒吹。吹花困癫傍舟楫,水光风力俱相怯②。赤憎轻薄遮入怀,珍重分明不来接③。湿久飞迟半欲高,萦沙惹草细于毛④。蜜蜂蝴蝶生情住,偷眼蜻蜓避伯劳⑤。

【题解】

江边有户人家,园子里种有一棵桃树,树枝在春寒细雨中斜出篱笆之外。碧水想偷走鲜艳的桃花,不停拉扯它的倩影;春风则不希望花瓣落下,使劲倒吹。但春风与碧水都没有成功,经过一番折腾,桃花最终还是落在舟楫旁。或许是因为桃花讨厌春风过于轻薄,总想将它揽入怀中,而碧水矜持端庄,不肯前来迎接;或许是因为桃花被雨水打湿而无法飞得更高更远,掉落于沙滩细草之上。蜜蜂、蝴蝶见此情景,便撇在一旁,置之不理;冷眼旁观的蜻蜓,为了躲避伯劳,又仓促避去。落花终究无人怜惜。

【注释】

①树:一作"李"。

②癫:一作"懒"。

③接:一作"折"。

④欲:一作"日"。

⑤住:一作"性"。伯:一作"百"。

【汇评】

《唐诗归》卷二〇钟惺曰:是新句,不是填词;是填词料,不是填词体。有杜此诗,千古无落花矣。今人落花诗犹唱和至数十首不已,何其有胆而无目,有目而无心也。他人是咏落花,便板;此诗是看落花,便灵。此出脱之妙。

王嗣奭《杜臆》卷一〇:此皆从静中看出,都是虚景,都是游戏,都是弄巧。本大家所不屑,而偶一为之,故自谓新句,而纤巧浓艳,遂为后来词曲之祖。

陈式《问斋杜意》卷二〇:此系舟看落花之作。句句妙在看舟前落花,风雨舟前落花。摹写去来远近,无限爱惜,无限流连,就中便有己之情性,却又从蜜蜂、蝴蝶、伯劳衬出己之情性,从蜻蜓衬出己之不得遂其情性,性情著蜜蜂、蝴蝶,并著蜻蜓、伯劳。或亦谓公诗为寄托之言,不知公亦自咏看中落花,但咏之看中落花,而西施捧心,绿珠坠楼,李夫人是耶非耶,姗姗来迟之态,已不觉随风飘扬。

江南逢李龟年①

岐王宅里寻常见,崔九堂前几度闻②。正是江南好风景,落花时节又逢君。

【题解】

江南,多以为这里指荆江之南。大历五年春,杜甫在长沙与流落至此的李龟年相遇,不胜今昔之感而有此作。开元年间,你经常出入岐王府,演奏于崔九堂前。这么多年过去了,没有想到落花时节在江南遇见了你。江南风景虽好,花落春去总令人愁闷;此时又与你相逢,勾起往日回忆,恍如隔世,令人泫然欲绝。

【注释】

①郑处诲《明皇杂录》卷下:"唐开元中,乐工李龟年、彭年、鹤年兄弟三人皆有才学盛名。彭年善舞,鹤年、龟年能歌,尤妙制《渭川》,特承顾遇。于东都大起第宅,僭侈之制,逾于公侯。宅在东都通远里,中堂制度,甲于都下。其后龟年流落江南,每遇良辰胜赏,为人歌数阕,座中闻之,莫不掩泣罢酒。"

②岐王:李范。《旧唐书·睿宗诸子传》:"惠文太子范,睿宗第四子也。""睿宗践祚,进封岐王。""范好学工书,雅爱文章之士。士无贵贱,皆尽礼接待。"崔九:崔涤。《旧唐书·崔仁师传》:"涤,多辩智,善谐谑,素与玄宗款密。兄湜坐太平党诛,玄宗常思之,故待涤逾厚,用为秘书监。出入禁中,与诸王侍宴不让席,而坐或在宁王之上。"诗句原有注:"崔九,即殿中监崔涤,中书令湜之弟也。"

【汇评】

黄生《杜工部诗说》卷一〇:此诗与《剑器行》同意。今昔盛衰之感,言外黯然欲绝。见风韵于行间,寓感慨于字里,即使龙标、供奉操笔,亦无以过。乃知公于此体,非不能为正声,直不屑耳。……有目公七言绝句为别调者,亦可持此解嘲矣。

吴瞻泰《杜诗提要》卷一四:此盛唐绝调也,字字风韵,不觉有凄凉之色,而国家之盛衰,人世之聚散,时地之迁流,悉寓于字里行间,一唱三叹,使人味之于意言之表,虽青莲、摩诘亦应俯首。

《唐宋诗醇》卷一八:言情在笔墨之外,悄然数语,可抵白氏一篇《琵琶行》矣。"休唱贞元供奉曲,当时朝士已无多",刘禹锡之婉情;"钿蝉金雁皆零落,一曲伊州泪万行",温庭筠之哀调。以彼方此,何其超妙!此千秋绝调也。

燕子来舟中作

湖南为客动经春,燕子衔泥两度新。旧入故园常识主,如今社日远看人①。可怜处处巢居室,何异飘飘托此身②。暂语船樯还起去,穿花落水益沾巾③。

【题解】

燕子飞来船上樯杆暂栖,杜甫见之有感而作。我在湖南飘荡已经有一个年头了,因为两度看见燕子衔泥筑新巢。以往我定居故乡,燕子能够辨别主人。如今以舟为家,浪迹江湖,时至社日,春燕也只是远远在樯杆上看我一眼。燕子你居无定所,年年筑巢,和我寄居他人、四处飘荡又有什么不同呢。你在樯杆上说完话,就穿花贴水飞去,留下我泪流满面。

【注释】

①常:一作"尝"。

②居:一作"君"。

③落:一作"帖"。

【汇评】

吴瞻泰《杜诗提要》卷一二:只起手一语属己,后七句皆属燕。中二联作燕子语,唯"益沾巾"三字属己。回抱转去,通身是力。此与《小寒食》皆舟居时所见之作,总寓故园之想。乃"故园"字不从己口说,偏从燕子口中说出,言外见相怜相识者,唯燕而已。此为客之所以"益沾巾"也。琢语楚楚动人,而篇法却工巧,却自然。

浦起龙《读杜心解》卷四之二:详观诗体,知题句"来"字须读;盖六句只是咏燕子来,不黏舟也,七、八,乃贴舟中作。"为客""经春"四字,一篇骨子。中四,句句自咏,仍是咏燕;句句咏燕,却是自咏。字字切,字字空。结联方专就燕子写其若舍若恋之情,而以十一字贴燕,旋以三字打入自心中。不知燕之为子美欤? 子美之为燕欤? 吾将叩之漆园。

边连宝《杜律启蒙》七言卷三：经春做客，两度燕来。昔在故园，似曾相识；今逢社日，远路相看。燕子何多情耶！盖燕则羁栖异地，我则漂泊无依，同病相怜故远来相看耳。虽当船樯既起之时，犹复贴水穿花，依依不舍，不益令人沾巾乎？似慧似痴，是墨是泪，绝作也。

小寒食舟中作^①

　　佳辰强饮食犹寒，隐几萧条带鹖冠^②。春水船如天上坐，老年花似雾中看。娟娟戏蝶过闲幔，片片轻鸥下急湍。云白山青万余里，愁看直北是长安^③。

【题解】

　　小寒食这一天，我戴着鹖冠，靠着破旧的乌皮几，席地而坐。虽然没有什么胃口，但适逢佳节，还是勉强喝了点酒，吃了几口冷饭。春水上涨，灌满河道，与大堤齐平，小船如同行进在天上。身体衰迈，老眼昏花，总感觉岸边的花花草草为雾气所笼罩。蝴蝶翩翩，悠闲地飞过船幔；鸥鸟成群，轻快地冲向激流。从这潭州向北眺望，白云青山之外的万余里，就是我日夜思念的长安。

【注释】

　　①小寒食：寒食之次日，清明之前日。

　　②带：一作"戴"。

　　③愁看：一作"看云"。直：一作"西"。是长安：一作"至长安"或"见长安"。

【汇评】

　　毛奇龄《西河诗话》：杜用《小寒食舟中作》，船如天上，花似雾中，娟娟戏蝶，片片轻鸥，极其闲适。忽望及长安，蓦然生愁，故结云："愁看直北是长安。"此即事生感也。然人第知前七句皆即事，惟此句拨转，而不知此句之上，先有"云白山青万余里"七字，说得世界开扩尽情，而后接是句，则目极神伤,通体生动,言想望如许地也。

施补华《岘佣说诗》:少陵七律有最拙者,如"桃花细逐杨花落,黄鸟时兼白鸟飞"之类是也;有最纤者,如"春水船如天上坐,老年花似雾中看"之类是也。皆开后人习气,学者不必震于少陵之名,随声附和。

清 明

　　著处繁花矜是日,长沙千人万人出①。渡头翠柳艳明眉,争道朱蹄骄啮膝。此都好游湘西寺,诸将亦自军中至②。马援征行在眼前,葛强亲近同心事。金镫下山红粉晚,牙樯捩柁青楼远③。古时丧乱皆可知,人世悲欢暂相遣④。弟侄虽存不得书,干戈未息苦离居⑤。逢迎少壮非吾道,况乃今朝更被除⑥。

【题解】

　　清明节这一天鲜花满眼,长沙城万人空巷。漂亮的女子乘船从渡口而来,出城的游人骑着高头大马抢道争行。这座城池的人都喜欢去游览岳麓山寺、道林寺,甚至军中的那些将领也不例外。眼下出征在即,全军上下应该齐心协力,岂可耽于游乐。然而直到傍晚,这些将领、歌女才纷纷下山,各自骑马、乘船回家。人臣以国事为游戏,将军漫不经心,古来丧乱的缘故由此可见。人世之悲欢,也只是暂时排遣而已。对于我而言,干戈未息,弟侄离居,年老体衰,自然不能如年轻人那样驰逐逢迎,更何况今天乃是消除不祥的日子,岂宜寻欢作乐?

【注释】

①花:一作"华"。矜:原作"务",据他本改。是:一作"足"。

②亦自:一作"远自"或"方自"或"亦云"。

③下山:一作"卜下"或"山下"。粉:一作"日"。

④人世:一作"世人"。

⑤离:一作"难"。

⑥《周礼·春官·女巫》:"掌岁时祓除衅浴。"郑玄注:"岁时祓除,如今三月上巳如水上之类。"《后汉书·礼仪志》:"是月(三月)上巳,官民皆絜于东流水上,曰洗濯祓除,去宿垢疢,为大絜。"

【汇评】

金圣叹《唱经堂杜诗解》卷四:起得阔大奇肆,然只是赞清明之至,非题外作过分语。"金镫"二句,结"千人万人";"古时丧乱"句,结诸将皆至;"人世悲欢"句,总结到自身也。"祓除"字用得好。相传祓除不祥,此老乃更祓除累德也。

赠韦七赞善①

乡里衣冠不乏贤,杜陵韦曲未央前。尔家最近魁三象,时论同归尺五天②。北走关山开雨雪,南游花柳塞云烟③。洞庭春色悲公子,鰕菜忘归范蠡船④。

【题解】

韦赞善出使岭南将北归,杜甫赠诗送别。杜、韦为衣冠望族,贤才辈出,最近韦家更有人官至三公。两族聚集之地杜陵、韦曲,同在长安城南,离皇宫最近。如今韦七你将北归京城,前途不可限量,而我依然滞留洞庭湖,欲归不得,漂泊舟中,每日与鱼虾为伍。

【注释】

①赞善:赞善大夫,东宫属官,掌传令,讽过失,赞礼仪。

②魁三象:诗句原有注:"斗魁下两两相比为三台。"三台,喻三公。同归:一作"因侵"。五尺天:诗句原有注:"俚语曰:城南韦杜,去天尺五。"

③山:一作"河"。云:一作"风"。

④鰕:一作"鲑"。范蠡:一作"万里"。

黄生《杜工部诗说》卷八:韦与公为乡里,又值归京,故赠别一倍肫切,其诗亦一倍精警。三台应宰相。必韦家世有宰辅者,故三云云。然俚语韦、杜并称,故虽援以赞韦,而下笔极为斟酌。次句接法极奇峭,极浑老,随以三、四醒之。次句得三、四而意明,前半得次句而格立。"开""塞",对虽太切,然字法并工,不厌其切。北去入春,雨雪渐少,故曰"开"。南方地暖,花柳早放,如云烟之塞眼,故曰"塞"。云比花,烟比柳,以虚对实,句法庄重不觉。七句"洞庭春色"四字,应六句,起八句,而以"悲公子"三字横插其间,三字自应五句耳。因洞庭故用范蠡事,欲归不得,而曰忘归,反言之也。悲公子之北而已独南,岂真恋洞庭春色同范蠡之忘归乎?二语浑融奇巧,若经千锤百炼,其实信笔写成。公自谓诗有神助,非夸语矣。

吴瞻泰《杜诗提要》卷一二:与韦同乡里,又值归朝,故起手四句,一片闹热。五、六一开一塞,方有彼归此滞之感。结乃痛切言之,而渲染色泽,风韵嫣然,又与起调相称。

刘濬《杜诗集评》卷一一引李因笃曰:语语老道,而意致弥新。

奉酬寇十侍御锡见寄四韵复寄寇①

往别郇瑕地,于今四十年。来簪御府笔,故泊洞庭船②。诗忆伤心处,春深把臂前。南瞻按百越,黄帽待君偏。

【题解】

御史寇锡奉旨巡按岭南,春日曾与杜甫相聚长沙,别后有诗见寄,杜甫赋诗酬和。四十年前,我们两人曾在晋地相遇;四十年后,你身为御史,出使岭南,我们才重聚于洞庭湖之舟,春深把臂,言及往事,不胜凄楚。如今你南去巡按百越,我舣舟以待,等你归来。

【注释】

①奉酬:一作"酬"。寇锡,字子赐,上谷(今河北易县)人,曾官荥阳尉、

寿安主簿、高安令、监察御史等。

②《初学记》卷一二引《魏略》："帝尝大会殿中，御史簪白笔侧阶而坐。上问左右此为何官何主，左右不对，辛毗曰：'此谓御史。旧时簪笔，以奏不法，今者直备官，但耗笔耳。'"

【汇评】

仇兆鳌《杜诗详注》卷二三：上四，散而复聚，喜洞庭相见。下四，聚而复散，伤百越远行。诗忆，指寇君所寄者。黄帽，指舟人，谓相候于水边也。

石间居士《藏云山房杜律详解》五律卷六：此诗通身一起流转，亦以诗代书之妙言。

入衡州

兵革自久远，兴衰看帝王。汉仪甚照耀，胡马何猖狂。老将一失律，清边生战场。君臣忍瑕垢，河岳空金汤。重镇如割据，轻权绝纪纲①。军州体不一，宽猛性所将。嗟彼苦节士，素于圆凿方。寡妻从为郡，兀者安短墙②。凋弊惜邦本，哀矜存事常。旌麾非其任，府库实过防。恕己独在此，多忧增内伤③。偏裨限酒肉，卒伍单衣裳。元恶迷是似，聚谋泄康庄④。竞流帐下血，大降湖南殃。烈火发中夜，高烟燋上苍。至今分粟帛，杀气吹沅湘。福善理颠倒，明征天莽茫⑤。销魂避飞镝，累足穿豺狼。隐忍枳棘刺，迁延胝趼疮。远归儿侍侧，犹乳女在旁。久客幸脱免，暮年惭激昂。萧条向水陆，汩没随鱼商。报主身已老，入朝病见妨。悠悠委薄俗，郁郁回刚肠。参错走洲渚，春容转林篁。片帆左郴岸，通郭前衡阳⑥。华表云鸟埤，名园花草香⑦。旗亭壮邑屋，烽橹蟠城隍⑧。中有古刺史，盛才冠岩廊。扶颠待柱石，独坐飞风霜⑨。

昨者间琼树，高谈随羽觞。无论再缱绻，已是安苍黄。剧孟七国畏，马卿四赋良。门阑苏生在，勇锐白起强⑩。问罪富形势，凯歌悬否臧。氛埃期必扫，蚊蚋焉能当。橘井旧地宅，仙山引舟航。此行厌暑雨，厥土闻清凉。诸舅剖符近，开缄书札光。频繁命屡及，磊落字百行。江总外家养，谢安乘兴长⑪。下流匪珠玉，择木羞鸾皇。我师嵇叔夜，世贤张子房⑫。柴荆寄乐土，鹏路观翱翔。

【题解】

大历五年夏，湖南兵马使臧玠杀湖南观察使崔瓘，据潭州作乱。杜甫携家人离开潭州，溯湘江再入衡州，欲南行至郴州投奔崔伟，并以诗歌记录这段经历与心路历程。王朝的兴衰，兵革的远近，终究要看帝王的行事如何。如今虽是大唐之天下，而胡人却何等猖獗。自从老将被随意处置，边关就失去了安宁，最终致使城池不再固若金汤，君臣不得不忍辱含垢，纲纪不振，天下裂为藩镇，号令不一，各自为政。那些苦节之士如崔瓘谨守法度，好比方枘不入圆凿而显得格格不入。崔瓘善于抚民，以民为本，不忘刑罚，使孤寡老弱安居于墙堵之下，无复忧虑，但却不善于领军，吝惜财赋而不愿赏赐士卒，致使将士不满，军心不稳。而臧玠借机生事，以缺饷为名煽动叛乱。军士泄愤，夜入长沙烧杀掠夺，湖南遭此大祸，崔瓘也因此被害。我自惭年老而无法入朝报主，多病而无力请缨讨贼，暴乱发生时只好领着一家老小逃向寄寓的小船。一路上乱箭四飞，使人魂飞魄散。为了躲避如狼似虎的叛军，脚底打了泡还要挣扎着行进在荆棘上。幸好有儿女协助，我才安然无恙躲入船中，随着渔商穿越参差错落的大小沙洲，从从容容绕过片片竹林，准备奔向东南的郴州。途中我先抵达衡阳，这里已经戒备森严，设立了壕沟烽燧。衡阳的阳刺史有古人之风，具廊庙之才，能扶颠济危，实国之柱石。昨日我与他并坐，就如同兼葭倚玉树；听了他的高谈阔论，我仓皇失措的心也终于安定下来。他告诉我澧州、道州与衡州即将联兵讨贼，形势一片大好，必将凯歌高奏。我的舅氏崔伟正在郴州，郴州地凉正好避暑,崔伟也多次寄信前来邀请。我虽然身处卑贱且非珠玉之质,避难却如凤凰择木。我要效仿嵇康恬静寡欲,张劝则有张良之才。我将寄居郴州,静待衡阳等地将领讨贼立功。

【注释】

①轻权:一作"经权"或"权轻"。

②《诗·大雅·思齐》:"刑于寡妻,至于兄弟,以御于家邦。"短:一作"堵"。

③恕:一作"怒"。

④谋:一作"谍"。

⑤刘峻《辩命论》:"福善祸淫,徒虚语耳。"

⑥左:一作"在"。

⑦埤:一作"阵"。

⑧蟠:一作"卧"。

⑨《后汉书·宣秉传》:"建武元年,拜御史中丞。光武特诏御史中丞与司隶校尉、尚书令会同并专席而坐,故京师号曰'三独坐'。"

⑩诗句原有注:"苏生,侍御涣。"

⑪《陈书·江总传》:"(江)总七岁而孤,依于外氏。幼聪敏,有至性。舅吴平光侯萧劢名重当时,特所钟爱。"《晋书·谢安传》载,谢安出仕前,寓居会稽,"出则渔弋山水,入则言咏属文,无处世意"。

⑫诗句原有注:"彼掾张劝。"

【汇评】

翁方纲《杜诗附记》卷下:五言长篇如此种,是庾子山后,特开生面者。

杨伦《杜诗镜铨》卷二〇:此诗多用偶句,似古亦似排,与《桥陵诗》同格。

刘濬《杜诗集评》卷四引李因笃曰:语极庄而意自畅,洋洋大篇。

逃　难

五十头白翁,南北逃世难。疏布缠枯骨,奔走苦不暖。已衰病方入,四海一涂炭①。乾坤万里内,莫见容身畔。妻孥复随我,回首共悲叹。故国莽丘墟,邻里各分散。归路从此迷,涕尽湘江岸。

【题解】

我年已五十,满头白发,还在从北到南不停地逃难。粗疏的布衣裹着我这瘦弱的身躯,我一直奔走在旅途,感受不到片刻的温暖。身体衰弱,疾病也趁虚而入,天下大乱,四海不宁,乾坤虽大,竟然没有我的容身之地。妻儿老小也跟随我逃窜,备尝艰辛,回首往事往往一起悲叹。故乡的家园早已沦为废墟,邻里乡亲也各自东西,我无家可归,徘徊在湘江边;泪水流尽。

【注释】

①《书·仲虺之诰》:"有夏昏德,民坠涂炭。"孔传:"民之危险,若陷泥坠火,无救之者。"

【汇评】

浦起龙《读杜心解》卷一之六:从昔年逃难之始,迄于今日暮途之穷,一直写下。

白　马

白马东北来,空鞍贯双箭①。可怜马上郎,意气今谁见。近时主将戮,中夜伤于战②。丧乱死多门,呜呼涕如霰③。

一匹白马从东北方向跑了过来,身上插着两只箭,马鞍上空空如也。它的主人曾经何等意气风发,现在又到哪里去了呢? 潭州的这一次叛乱,不仅许多将士战死,连主将崔瓘都被杀了。乱世人如草芥,一不小心就死于非命,想到这里我不禁泪如雨下。

【注释】

①贯双:一作"双贯"。

②伤:原作"商",据他本改。

③涕:一作"泪"。

【汇评】

浦起龙《读杜心解》卷一之六:诗凡四层,逐层抽出,马来一层,见马而伤马上郎一层,因马上郎推到主将被戮本事一层,又因本事而遍慨死非其命者一层,末以单句总结四层。

舟中苦热遣怀,奉呈阳中丞,通简台省诸公①

愧为湖外客,看此戎马乱。中夜混黎甿,脱身亦奔窜。平生方寸心,反掌帐下难②。鸣呼杀贤良,不叱白刃散。吾非文人特,没齿埋冰炭③。耻以风病辞,胡然泊湘岸④。入舟虽苦热,垢腻可溉灌。痛彼道边人,形骸改昏旦。中丞连帅职,封内权得按。身当问罪先,县实诸侯半。士卒既辑睦,启行促精悍。似闻上游兵,稍逼长沙馆。邻好彼克修,天机自明断。南图卷云水,北拱戴霄汉。美名光史臣,长策何壮观。驱驰数公子,咸愿同伐叛⑤。声节哀有余,夫何激衰懦⑥。偏裨表三上,卤莽同一贯。始谋谁其间,回首增愤惋。宗英李端公,守职甚昭焕。变通迫胁地,谋画焉得算。王室不肯微,凶徒略无惮。此流须卒斩,神器资强干。扣寂豁烦襟,皇天照嗟叹^⑦。

【题解】

　　大历五年夏,衡州刺史阳济筹划联合邻近诸州兵马讨伐臧玠,杜甫在舟中赋诗呈献。"诗凡七节,首节叙遇乱情事,次节点舟中苦热,以下逐节分叙四人。中丞则嘉其首义,崔师则喜其助讨,澧州则讽其纵恶,端公则望其靖乱。所言或可与史传互证,或补史传所缺,要在当日目击情形,词无曲讳,皆实录也"(浦起龙《读杜心解》卷一之六)。我亲眼目睹了潭州的这场兵乱,半夜城中一片混乱,我混入黎庶才得以逃脱,泊舟于洞庭湖外,回想起来心中难免有愧。崔瓘真心为民,反遭部下发难。贤良之士被杀,无人挺身而出,驱散乱兵。我自恨不是救世的英雄,但面对这样的事情,我还是愧愤交加,终身如怀冰炭。我耻以老病辞官,不愿置身事外,可为何至今还停泊在湘江之岸,半点用处也没有。住在船上燥热,身子脏了倒可以就近洗涮,可怜遇难者横尸路边,旦夕间命运完全改变。阳中丞你身居连帅之职,位高权重,境内之事都可以过问,统辖大半个军州,所以应该率先问罪臧玠。士卒既然已经集结,不妨催促精锐启程。还听说上游的援兵逼近了长沙驿馆,邻州有此义举,中丞当更坚定决心,席卷群盗,平定叛乱,拱卫天子,流芳百世。裴虬、李勉、杨子琳愿意联兵救难,协力讨贼,使我也感激奋发。不过有些将领上下串通,讨价还价,谋求贿赂,挑拨离间,又真令人愤慨惋惜。李勉是宗室后裔,才华杰出,政绩昭然,他绝不会让王室衰微而任凭逆贼嚣张跋扈,肆无忌惮,如果他能在贼党逼迫要挟之处变通出奇,就能破坏逆贼的谋划。作乱的趋势必须阻止,朝廷应该加强自身权威,不能再姑息养奸。我的这些长吁短叹无人体察,唯有写进诗中。

【注释】

　　①阳中丞:衡州刺史兼御史中丞阳济。阳,一作"杨"。

　　②掌:一作"当"。

　　③文人:一作"丈人"或"丈夫"。《诗·秦风·黄鸟》:"维此奄息,百夫之特。"

④《后汉书·姜肱传》载,姜肱屡被征召皆不就,桓帝命画工图其形状,姜肱卧于阴暗之处,以被蒙面,托言感眩疾不敢见风,不让画工看见他。遂逃遁海滨,卖卜给食。

⑤同:一作"闻"。

⑥声:一作"名"。

⑦陆机《文赋》:"课虚无以责有,扣寂寞而求音。"

【汇评】

夏力恕《杜诗增注》卷二○:森森正气,千载下读之犹凛然。

题衡山县文宣王庙新学堂呈陆宰①

旄头彗紫微,无复俎豆事②。金甲相排荡,青衿一憔悴。呜呼已十年,儒服弊于地。征夫不遑息,学者沦素志。我行洞庭野,欻得文翁肆。侁侁胄子行,若舞风雩至③。周室宜中兴,孔门未应弃。是以资雅才,焕然立新意。衡山虽小邑,首唱恢大义。因见县尹心,根源旧宫閟④。讲堂非曩构,大屋加涂墍。下可容百人,墙隅亦深邃⑤。何必三千徒,始压戎马气⑥。林木在庭户,密干叠苍翠。有井朱夏时,辘轳冻阶戺⑦。耳闻读书声,杀伐灾髣髴。故国延归望,衰颜减愁思。南纪改波澜,西河共风味⑧。采诗倦跋涉,载笔尚可记⑨。高歌激宇宙,凡百慎失坠⑩。

【题解】

杜甫游衡山县,见孔庙里新建学堂,赋诗呈当地陆县令。"崇圣学,兴教化,原属太平盛事,一自戎马陆梁,杀伐四起,宇宙间求生之不暇,何复问儒服礼乐哉? 老杜乃稷契一辈人,目击时乱,伤心久矣。兹游衡山,独善陆宰能于兵戈扰攘之间,倡兴文教,修广庙堂,故急予之"(佚名《杜诗言志》卷一二）。自从安史叛乱以来,祭祀等礼仪暂废,铠甲之士四处横行,青衿学子憔悴潦倒。转眼十多年过去了,征夫奔走不暇,学者失去理想,儒业不振,斯文扫地,孔门凋敝。没想到我在洞庭之滨的衡山县,见到了如文翁那样重视教化的县令。他在孔庙里兴建了一座学堂,学子济济一堂,被服雅化,如舞雩而归。大唐要中兴,就当复兴儒业,培育人才。衡山虽是一个小县,却首倡兴学,可见陆县令深谋远虑,能追本溯源。学宫在原来孔庙的基础上扩大了规模,进行了修葺,可以容纳上百人。如今墙高院深,庭户开阔,树木苍翠,井水清凉,确实是个读书的好地方。何必一定让孔子门徒亲自上战场,才能消弭战争?琅琅的读书声,本身就带有杀伐之气。突然爆发的叛乱,推迟了我归乡的行程。我引颈而望,不胜惆怅,不意在炎荒之南方,听到了弦歌之声,感受到礼乐教化之风味。我长途跋涉,疲惫不堪,不想效仿古人去采诗,可遇到这样的盛举还是要记录下来以激励世间君子,千万莫要让文教坠失。

【注释】

①衡山:县名,唐初属潭州,后改属衡州。今属湖南衡阳。《旧唐书·礼乐志》载,唐武德二年,诏州县及乡,并令置学。开元二十七年,追尊孔子为文宣王。

②《论语·卫灵公》:"俎豆之事则尝闻之矣,军旅之事未之学也。"

③侁侁:众多貌。傅咸《皇太子释奠颂》:"济济儒生,侁侁胄子。"《论语·先进》:"冠者五六人,童子六七人,浴乎沂,风乎舞雩,咏而归。"

④《诗·鲁颂·闷宫》:"闷宫有侐,实实枚枚。"郑玄笺:"闷,神也。"

⑤百:一作"万"。

⑥《史记·孔子世家》:"孔子以诗书礼乐教,弟子盖三千焉。"

⑦《书·顾命》:"四人綦弁,执戈上刃,夹两阶阤。"孔传:"堂廉曰阤,士所立处。"

⑧改:一作"收"。《史记·仲尼弟子列传》:"孔子既没,子夏居西河教授,为魏文侯师。"

⑨尚可记:一作"常记异"或"纪奇异"。

⑩《诗·小雅·雨无正》:"凡百君子,各敬尔身。"

1580

浦起龙《读杜心解》卷一之六:此篇肃雍邃穆,居然闷宫清庙之音。本儒林盛事也,每以兵气夹写;本喜心激发也,每以郁怀剔出。处处两意关生入妙,各八句转意。首段,言学校荡废,由于天宝肇乱之余。次段,行至学堂,喜其重新。以"洞庭"虚提"衡山",以"文翁"虚提"陆宰"。三段,乃实叙兴学之地与其人,及其规制。"见根源",言其心以振兴文教为根本也。四段,见文教之兴,足以销弭兵气,言何必生徒众多,始能销乱,似此深林苍翠之中,凉井辘轳之畔,一闻书声而杀气渐衰息矣。"髣髴",作稀微将止之义解。此正与首段相照。末则总束全篇,而以作诗警后为结。"延归",本厌居于此者;"减愁",则乐就乎此矣。盖以耳目一换,觉叛乱之波澜忽转,而弦歌之风味可挹也。"倦跋涉"者,辎轩已废;"尚可记"者,盛事宜传。结即"作为此诗""敬而听之"之义,提撕聋瞆不少。读竟,知其喜动颜面。

聂耒阳以仆阻水,书致酒肉,诗得代怀, 至县呈聂令一首①

耒阳驰尺素,见访荒江眇②。义士烈女家,风流吾贤绍③。昨见狄相孙,许公人伦表。前期翰林后,屈迹县邑小④。知我碍湍涛,半旬获浩溔。麾下杀元戎,湖边有飞旐。孤舟增郁郁,僻路殊悄悄。侧惊猿猱捷,仰羡鹳鹤矫。礼过宰肥羊,愁当置清醥⑤。人非西喻蜀,兴在北坑赵⑥。方行郴岸静,未话长沙扰。崔师乞已至,澧卒用矜少。问罪消息真,开颜憩亭沼。

【题解】

大历五年夏,杜甫在衡州稍作停留后,继续前往郴州,途径耒阳方田驿时,为大水所困,泊舟五日而不得食。耒阳聂县令得知后,派人送信并馈以酒肉，杜甫作诗酬谢。聂县令你派人拿着信，到荒凉的江边来找我。你继承了先祖的高风亮节，昨日狄相公之孙还推许你乃士林表率。你本来是前代翰林之后，如今屈身于耒阳这样的小邑。得知我因江水上涨，被困于这偏僻寂寥之处，五天来只能守着这片汪洋大水，看着鹳鹤自由飞行、猿猱矫健跳跃，于是热情送来比宰头肥羊还贵重的厚礼。不久前潭州崔瓘被部下所杀，我看见他的灵柩从湖边经过，心中正惨然不乐，此时收到了你送来的上等白酒，正好用来解愁。我没有传檄宣喻的职责，也来不及与你详细述说长沙作乱的事情，讨伐逆贼的军队已经在途中，期待逆贼早日被剪灭，使我得以开心颜。

【注释】

①诗题一作"聂耒阳以仆阻水，书致酒肉，疗饥荒江，诗得代怀，兴尽本韵，至县呈聂令，陆路去方田驿四十里，舟行一日，时属江涨，泊于方田"。耒阳：县名，唐属衡州，今为耒阳市，属湖南衡阳。

②眇：一作"渺"。

③义士：指聂政。烈女：指聂姊聂荣。《史记·刺客列传》载，聂政为严仲子报仇，杀死韩相侠累后毁容自杀，以免连累亲属。其姊聂荣伏尸痛哭，死于弟尸之旁以扬弟名。

④期：一作"朝"。

⑤清醨：清酒。曹植《酒赋》："其味有宜城醪醴，苍梧醥清。"

⑥《史记·司马相如列传》载，司马相如出使西蜀，作《喻巴蜀檄》。《史记·白起王翦列传》载，秦将白起在长平大破赵军，坑杀赵降卒四十万人。

【汇评】

浦起龙《读杜心解》卷一之六：诗本为致谢聂令而作，适闻讨贼信确，故及之，不无激励聂令之意。首段，喜接聂书，因推其品望家声也。观狄孙推许之文，知非公旧交矣。中段，叙阻泊情事，以及聂之致馈。前八都贯入"知我"二字内。四言阻水见樯，以伏后脉。四言身惭猿鹤，以度聂馈。"礼过"二句，遥接"知我"，以点作束。末段，述传闻讨玠之喜，所以劝也。书我此行，虽非有传檄之责，实素有屠贼之兴者，乃方在中途，未遑告变，而问罪诸师，已一时俱发。则身虽阻泊，颜且为之一开耳。吾贤岂有意乎！

回 棹

宿昔世安命,自私犹畏天①。劳生系一物,为客费多年。衡岳江湖大,蒸池疫疠偏②。散才婴薄俗,有迹负前贤③。巾拂那关眼,瓶罍易满船。火云滋垢腻,冻雨裹沉绵④。强饭莼添滑,端居茗续煎。清思汉水上,凉忆岘山巅。顺浪翻堪倚,回帆又省牵。吾家碑不昧,王氏井依然⑤。几杖将衰齿,茅茨寄短椽。灌园曾取适,游寺可终焉⑥。遂性同渔父,成名异鲁连⑦。篙师烦尔送,朱夏及寒泉。

【题解】

一般认为,此诗为杜甫于大历五年夏日在耒阳掉头北还而作。从前我总想到要畏惧天命,随遇而安,可为了生计就不免四处漂泊,长年客居他乡。衡岳湖湘间多水,盛夏酷热难当,世俗人情浇薄,前贤裹足不至。我独坐于舟中,无人往来而不用整理仪容,时时借酒消愁,船中堆满了空瓶空罐。天热满身是汗,暴雨方使自己的病体有所舒缓。勉强吃了点莼羹,闲坐无事便不断喝茶。此时汉水之滨、岘山之巅定然十分清凉,我决计回帆北还,顺流而下,还可以省却拉纤。我家祖先立在岘山上的纪绩碑还没有被损坏,王粲宅前的古井依然存在。我将要回到那里,凭几扶杖,寄迹于短椽茅屋之中,抱瓮灌园,适志遨游,效仿遂性退隐之渔父,绝不学功成身退之鲁仲连。麻烦船夫送我一程,争取在盛夏就能抵达襄阳。

【注释】

①世:一作"试"。《庄子·德充符》:"知不可奈何而安之若命,唯有德者能之。"

②《元和郡县图志》卷二九:"(衡阳)县城东傍湘江,北背蒸水。""蒸水,自临蒸县北东注于湘,谓之蒸口。"

③薄：一作"旧"。

④沉：一作"尘"。

⑤《晋书·杜预传》："(杜)预好为后世名，常言高岸为谷、深谷为陵，刻石为二碑，纪其勋绩，一沉万山之下，一立岘山之上。"

⑥《高士传》卷中："陈仲子者，齐人也。……将妻子适楚，居於陵，……楚王闻其贤，欲以为相，遣使持金百镒至於陵聘仲子。……于是出谢使者，遂相与逃去，为人灌园。"《南史·隐逸传》载，梁刘慧斐尝游匡山，遂有终焉之志，因不仕，居东林寺，于山北构园一所，号离垢园，时人称为离垢先生。

⑦名：一作"功"。

【汇评】

夏力恕《杜诗增注》卷一九：其意颇豪，其音则哀矣。详诗中语气，盖皆预拟之词。

江阁卧病走笔寄呈崔、卢两侍御①

客子庖厨薄，江楼枕席清。衰年病只瘦，长夏想为情。滑忆雕胡饭，香闻锦带羹②。溜匙兼暖腹，谁欲致杯罂③。

【题解】

一般认为，杜甫此诗作于大历五年之长沙，当是"病中向友人觅食物，诗以代柬"(汪灏《树人堂读杜诗》卷二二)。厨房里没有多少食物了，唯有面对江楼枕席而卧。衰老之年又身患疾病，不免日渐消瘦。漫漫长夏，耿耿不寐，思绪飞跃，不禁想起了可口润滑的雕胡饭、香软暖胃的锦带羹，不知两人能否请我喝上一杯？

【注释】

①江阁：杜甫在潭州的居所之一，故址当在湖南长沙小西门湘江边。崔、卢侍御：崔漠和卢岳。

②忆：一作"喜"。锦带羹：即莼菜羹。

③致：一作"觅"。

【汇评】

边连宝《杜律启蒙》五言卷九：前四，江阁卧病；后四，寄呈崔、卢，而以四句为过接。为情，犹用情也。溜匙暖腹，浑顶羹、饭，而杯罂则谓酒。本欲兼索酒饭，而嫌于尽欢竭忠，故于饭则明言之，于酒则反言以示意，殊有面觍之状。盖作客之难，而人情之不可恃如此。言溜匙暖腹，得此已足，谁欲更致杯罂，作无厌之求哉？

江阁对雨，有怀行营裴二端公

南纪风涛壮，阴晴屡不分①。野流行地日，江入度山云。层阁凭雷殷，长空水面文②。雨来铜柱北，应洗伏波军③。

【题解】

独坐江阁，凭栏而望，江中波涛汹涌，江流似挟裹日影滚滚而去；天气乍晴乍阴，山后飞来的乌云就要与江水连成一片。江阁上响起阵阵雷鸣，水面上溅起朵朵浪花。大雨从北方骤然而来，道州刺史裴虬的军营正驻扎在那边，希望裴公能率军早日平定乱贼。"此诗是因登楼玩景，偶见雨从北来，想到正是裴公屯兵之地，而题曰'江阁对雨有怀裴二端公'，非先有裴公之怀而始登楼，是以详于景而略于事"（石闾居士《藏云山房杜律详解》五律卷六）。

【注释】

①纪：一作"极"。

②水面：一作"面水"。

③应：一作"意"。

【汇评】

吴瞻泰《杜诗提要》卷一〇：凡句法不明，即不知章法所在。何也？词不达，则意不出也。唐贤最讲句法，唯老杜法无不备，而多变化，自宋以下无讥焉。

仇兆鳌《杜诗详注》卷二三引胡夏客曰:篇中言江阁,言对雨,言怀裴,言行营,凡题所当发者,诗皆一一拈出,可想诗家作法。

浦起龙《读杜心解》卷三之六:每句层递而下。上截总在雨前,下截逐层还题。

舟泛洞庭①

蛟室围青草,龙堆拥白沙②。护江盘古木,迎棹舞神鸦③。破浪南风正,收帆畏日斜④。云山千万叠,底处上仙槎⑤。

【题解】

一般认为,诗为大历五年夏日,杜甫自衡州回棹再过洞庭湖时所作。《潘子真诗话》:"元丰中,有人得此诗刻于洞庭湖中,不载名氏,以示山谷,山谷曰:此子美作也。"洞庭湖外芳草萋萋,白沙湖中龙堆隐约可见。护江之古木盘结纡曲,棹前之乌鸦起舞盘旋。时值南风,正好破浪而行;收帆而望,唯恐夕阳西斜。千山叠峰,云水森森,似与天际相连,令人欲乘仙槎而直上银河。

【注释】

①诗题一作"过洞庭湖"。

②龙堆:旧时湘江注入洞庭湖时泥沙堆积的小洲,即老庙台,在今湖南岳阳鹿角镇湘江西岸,洲外即为白沙湖。拥:一作"隐"。

③江:一作"堤"。《岳阳风土记》:"巴陵鸦甚多,土人谓之神,无敢弋者。"

④收帆:一作"回樯"或"归舟"。《左传·文公七年》:"赵衰,冬日之日也。赵盾,夏日之日也。"杜预注:"冬日可爱,夏日可畏。"

⑤"云山"两句:一作"湖光与天远,直欲泛仙槎"。

【汇评】

仇兆鳌《杜诗详注》卷二三:上四洞庭之景,下四舟过湖中。青草湖、白沙驿,皆地名。青草包于蛟室之外,故曰围。龙堆藏于白沙之中,故曰隐。

边连宝《杜律启蒙》五言卷九:前四湖中之景,后四泛湖之事。青草、白沙,直是青草、白沙耳,不必引青草湖、白沙驿。此诗得于洞庭石刻,不著姓名,山谷定为少陵作。其雄深老练,信非少陵不能也。

暮秋将归秦,留别湖南幕府亲友

水阔苍梧野,天高白帝秋^①。途穷那免哭,身老不禁愁。大府才能会,诸公德业优。北归冲雨雪,谁悯敝貂裘^②。

【题解】

大历五年晚秋,杜甫启程北上,准备还归长安,临行前留诗与湖南观察使辛京杲幕府之亲友。秋日天高云长,湘江水面宽阔。年老体弱而又途穷无路,哪能不满腹辛酸? 幕府中的诸位亲友才华杰出,必将做出一番事业。我冒着风霜雨雪黯然北归,有谁来资助我呢?

【注释】

①野:一作“晚”。《礼记·月令》:“立秋之日,天子亲帅三公九卿诸侯大夫以迎秋于西郊。”郑玄注:“迎秋者,祭白帝于西郊之兆也。”

②谁:一作“俱”。

【汇评】

黄生《杜工部诗说》卷五:一见地,二见时,留别诗如此起法,何等阔大。接联及尾联,口角愈伤悲,身分愈高傲,由其气足以振之故也。识得“苍梧野”三字,有来历,句乃坚确。三虽用阮事,然“哭”字又取湘江染泪意,故贴首句为精。四以衰候映老景,故贴次句。后半意言亲友虽多,其能悯此敝貂裘、冲雨雪而北归者谁乎? 结处字字应转前半篇,章法精密。三、四轻接起联,五、六直趋尾联,故俱不甚用力。用力在一起一结,极其精猛。

长沙送李十一 衔

与子避地西康州,洞庭相逢十二秋。远愧尚方曾赐履,
竟非吾土倦登楼①。久存胶漆应难并,一辱泥涂遂晚收②。李
杜齐名真忝窃,朔云寒菊倍离忧③。

【题解】

当年我和你一起在同谷避乱,没有想到十二年后又在洞庭湖边重逢。
朝廷授予我郎官之职,我却未能入朝履职,不禁感到惭愧。并非我执意要
留在长沙,它也并非我的故乡,只是我有家难回。长期滞留,我连登楼的兴
趣都没有了。你我情感深厚,历来多有李杜并称之说,但你才气远过于我,
我久辱泥涂,穷老不振,真不敢与你齐名。这些朔云寒菊,更增添了我的离
愁别绪。

【注释】

①竟:通"境"。

②《后汉书·雷义传》:"雷义字仲公,豫章鄱阳人也。……义归,举茂
才,让于陈重,刺史不听,义遂阳狂被发走,不应命。乡里为之语曰:'胶漆
自谓坚,不如雷与陈。'三府同时俱辟二人。"

③《后汉书·杜密传》:"杜密字周甫,颍川阳城人也。……党事既起,
免归本郡,与李膺俱坐,而名行相次,故时人亦称'李杜'焉。"

【汇评】

仇兆鳌《杜诗详注》卷二三:上四叙别后情事,下乃感李而惜别也。郎
官遥受,不如赐履入朝。南楚浪游,有似登楼寄慨。此十二年来行迹也。
胶漆难并,谓气谊过人。泥涂晚收,谓穷老莫振。二句宾主对举,故下用李
杜双承。

杨伦《杜诗镜铨》卷二〇引李因笃曰:浑朴有初唐气味。

风疾舟中,伏枕书怀三十六韵, 奉呈湖南亲友

　　轩辕休制律,虞舜罢弹琴①。尚错雄鸣管,犹伤半死心②。圣贤名古邈,羁旅病年侵。舟泊常依震,湖平早见参③。如闻马融笛,若倚仲宣襟④。故国悲寒望,群云惨岁阴。水乡霾白蜃,枫岸叠青岑⑤。郁郁冬炎瘴,濛濛雨滞淫。鼓迎非祭鬼,弹落似鸮禽⑥。兴尽才无闷,愁来遽不禁。生涯相汩没,时物自萧森⑦。疑惑尊中弩,淹留冠上簪⑧。牵裾惊魏帝,投阁为刘歆。狂走终奚适,微才谢所钦。吾安藜不糁,女贵玉为琛⑨。乌几重重缚,鹑衣寸寸针。哀伤同庾信,述作异陈琳⑩。十暑岷山葛,三霜楚户砧。叨陪锦帐座,久放白头吟。反朴时难遇,忘机陆易沈⑪。应过数粒食,得近四知金⑫。春草封归恨,源花费独寻。转蓬忧悄悄,行药病涔涔。瘗夭追潘岳,持危觅邓林⑬。蹉跎翻学步,感激在知音⑭。却假苏张舌,高夸周宋镡⑮。纳流迷浩汗,峻址得欹嵚。城府开清旭,松筠起碧浔⑯。披颜争倩倩,逸足竞骎骎。朗鉴存愚直,皇天实照临。公孙仍恃险,侯景未生擒。书信中原阔,干戈北斗深。畏人千里井,问俗九州箴⑰。战血流依旧,军声动至今。葛洪尸定解,许靖力还任⑱。家事丹砂诀,无成涕作霖⑲。

【题解】

　　学者多以此诗为杜甫绝笔之作。轩辕制作律管以调和天地之气,虞舜弹奏五弦之琴以育养万民,如今律管雌雄不分,万民奄奄一息,还是将律管、琴弦都收起来吧。造弦定律的圣贤何等渺茫,难以追寻,我羁留他乡,

病情一年比一年严重。我那前往汉阳的小船，每晚尽量停留在东方，以便在宽阔的水面尽早见到报晓的参星。我思念京城如同马融闻笛心悲，苦忆家乡好似王粲登楼迎风敞襟。我极目远眺，冬日愁云惨淡，水面浓雾弥漫，岸边茅屋若隐若现，视线好不容易穿透枫树林，又被重重叠叠的青山遮断。哪怕到了冬日，南方的瘴气依然没有消散，蒙蒙的细雨还是下个不停。前方响起一阵鼓声，那是当地民众在迎神。一颗石子飞过，好像猫头鹰被弹落。我打起兴致观看沿岸的风俗，可凄苦还是忍不住涌上了心头。我这一生就这样在漂泊中度过，碌碌无为，一事无成，直到晚景萧索。屡受重挫，以致杯弓蛇影，心绪难安；仕途虽未断绝，却淹留他乡，无法回归京城。当年为救房琯，我廷诤忤旨有如牵裾苦谏之辛毗；此后遭逐，又似无辜受牵连而投阁之扬雄。诸公都可谓人中豪杰、国之重宝，承蒙你们谬赞我感激不尽。我的哀伤如同庾信一样深沉，即使能够写诗作赋也毫无用处，不能如陈琳之才能疗伤医疾。粗茶淡饭我倒也习惯，可长年奔走流窜，终究去往何方？随身携带的乌皮几早已破败不堪，身上的衣衫也打满了补丁。我在蜀中滞留了十年，又在楚国流荡了三年。虽然此前被奏为工部员外郎，可长久流离，无法赴任，如今只能摇晃着白头自吟。返璞归真而不计荣辱贵贱的时代，实在很难遇到。我之所以接受诸公的馈赠，是因为食不果腹，生活窘困。回不了家，我唯有期盼萋萋芳草将愁思封闭起来。四处漂泊，还是无法寻找到世外桃源。除了饱受流离之苦，我还得经常服药以减轻病痛。我的幼子，就夭折于这转蓬生涯。我真希望得到夸父扔掉的手杖，以度过这艰难岁月。诸公才华卓越，以苏秦、张仪之能言善辩，将我誉为剑珥；我无论怎样称赞诸公，都是邯郸学步，表达不出心中的谢意。青山巍峨，湖水浩渺，城池灿烂，松竹清幽。贤士争先恐后而至，幕府可谓人才济济。诸公都有鉴人之能，却对我这样愚直之人另眼相待，使我无比感激。眼下强藩割据，逆贼作乱，北方战乱未休，故乡杳无音讯。我既不能如许靖那样远走交州，又无法服食成仙，必将殁于途中，客死他乡。想到这里，我泪如雨下。

【注释】

①《礼记·乐记》："昔者舜作五弦之琴，以歌《南风》。"《孔子家语·辨

乐解》载《南风》诗曰:"南风之薰兮,可以解吾民之愠兮。南风之时兮,可以阜吾民之财兮。"

②枚乘《七发》:"龙门之桐,高百尺而无枝……其根半死半生……于是背秋涉冬,使琴挚斫斩以为琴,野茧之丝以为弦。"

③《易·说卦》:"震,东方也。"早:一作"半"。参:星名,西方七宿之一。

④马融《长笛赋序》:"融既博览典雅,精核数术,又性好音,能鼓琴吹笛,而为督邮,无留事,独卧郿平阳邬中。有雒客舍逆旅,吹笛为《气出》《精列》相和。融去京师逾年,暂闻,甚悲而乐之。"王粲《登楼赋》:"凭轩槛以遥望兮,向北风而开襟。"

⑤蜃:一作"屋"。叠:一作"垒"。

⑥非:一作"方"。《论语·为政》:"非其鬼而祭之,谄也。"

⑦自:一作"正"。

⑧应劭《风俗通义·怪神》:"予之祖父郴为汲令,以夏至日诣见主簿杜宣,赐酒。时北壁上有悬赤弩,照于杯,形如蛇。宣畏恶之,然不敢不饮,其日便得胸腹痛切,妨损饮食,大用羸露,攻治万端,不为愈。后郴因事过至宣家,窥视,问其变故,云:'畏此蛇,蛇入腹中。'郴还听事,思惟良久,顾见悬弩,必是也。……宣遂解,甚夷怿,由是瘳平。"

⑨《庄子·让王》:"孔子穷于陈蔡之间,七日不火食,藜羹不糁。"《晋书·宋纤传》载,宋纤少有远操,酒泉太守马岌造访而不见。马岌铭诗于石壁,其中有云"其人如玉,维国之琛"。

⑩庾信《哀江南赋序》:"信年始二毛,即逢丧乱,藐是流离,至于暮齿。"《三国志·魏书·陈琳传》注引《典略》:"(陈)琳作诸书及檄,草成呈太祖(曹操)。太祖先苦头风,是日疾发,卧读琳所作,翕然而起曰:'此愈我病。'"

⑪《庄子·则阳》:"方且与世违而心不屑与之俱,是陆沉者也。"郭象注:"人中隐者,譬无水而沉也。"

⑫张华《鹪鹩赋》:"巢林不过一枝,每食不过数粒。"《后汉书·杨震传》载,王密夜怀金十斤以遗震,曰:"暮夜无知者。"震曰:"天知,神知,我知,子知,何谓无知?"

⑬潘岳《西征赋》："夭赤子于新安，坎路侧而瘗之。"《山海经·海外北经》："夸父与日逐走，……道渴而死，弃其杖，化为邓林。"

⑭《庄子·秋水》："且子独不闻夫寿陵馀子之学行于邯郸与？未得国能，又失其故行矣，直匍匐而归耳。"

⑮镡：剑珥。《庄子·说剑》："天子之剑，以燕溪、石城为锋，齐、岱为锷，晋、卫为脊，周、宋为镡，韩、魏为铗。"

⑯筼：一作"篁"。

⑰曹植《代刘勋妻王氏见出为诗》："人言去妇薄，去妇情更重。千里不唾井，况乃昔所奉。"丁晏注："乃为常饮此井，虽舍而去之千里，知不复饮矣，然犹以尝饮乎此而不忍唾也。"《礼记·曲礼上》："入境而问禁，入国而问俗，入门而问讳。"《汉书·扬雄传》："（雄以为）箴莫善于《虞箴》，作《州箴》。"注引晋灼曰："九州之箴也。"

⑱《晋书·葛洪传》："（葛洪卒后）视其颜色如生，体亦柔软，举尸入棺，甚轻，如空衣，世以为尸解得仙云"。《三国志·蜀书·许靖传》："孙策东渡江，皆走交州以避其难。靖身坐岸边，先载附从，疏亲悉发，乃从后去，当时见者莫不叹息。""每有患急，常先人后己，与九族中外同其饥寒。其纪纲同类，仁恕恻隐，皆有效事。"还：一作"难"。

⑲诗末原有注："伏羲造瑟，神农作琴，舜弹五弦琴，歌《南风》之篇有矣。"

【汇评】

浦起龙《读杜心解》卷五之四：仇本以是诗为绝笔，玩其气味，酷类将死之言，宜若有见。絮絮叨叨，纯是老人病愈时，追思历历寄谢种种情状。然细寻之，条理仍复楚楚，分五节看。第一节，陡从风疾起，随手点清舟中；第二节，书伏枕时所值景物，为书怀缘起；第三节，自陈所以漂流至此，致烦亲友周旋之故；第四节，备述近态，寄语诸公，感激中带不平意；第五节，乃阻乱难归，恐将客死，而仍寓无可告诉之慨也。

夏力恕《杜诗增注》卷二〇：暮年诗格如此，思之深而运之熟也。诗家每称杜律，谅哉。

图书在版编目（CIP）数据

　　杜甫诗全集 / 闵泽平校注. -- 武汉：崇文书局，
2023.3
　　（中国古典诗词校注评丛书）
　　ISBN 978-7-5403-6695-7

　　Ⅰ．①杜… Ⅱ．①闵… Ⅲ．①杜诗－诗集 Ⅳ．
① I222.742

　　中国版本图书馆 CIP 数据核字（2022）第 148573 号

选题策划：王重阳
项目统筹：郑小华
责任编辑：陈金鑫
封面设计：甘淑媛
责任校对：董　颖
责任印制：田伟根

杜甫诗全集【汇校汇注汇评】
DUFU SHI QUANJI HUIJIAO HUIZHU HUIPING

出版发行：长江出版传媒 崇文书局
地　　址：武汉市雄楚大街 268 号 C 座 11 层
电　　话：(027)87677133　邮政编码：430070
印　　刷：湖北恒泰印务有限公司
开　　本：880mm×1230mm　　1/32
印　　张：52.25
字　　数：1 540 千字
版　　次：2023 年 3 月第 1 版
印　　次：2023 年 3 月第 1 次印刷
定　　价：265.00 元（全三册）
（如发现印装质量问题，影响阅读，由本社负责调换）